U0486737

大鱼
大鱼文化传媒
大鱼文学

男友送上门

Her boyfriend to come

棠棣之华vivi 著

贵州出版集团
贵州人民出版社

图书在版编目（CIP）数据
男友送上门 / 棠棣之华vivi著. -- 贵阳：贵州人民出版社，
2016.1（2020.1重印）
ISBN 978-7-221-13135-5
Ⅰ. ①男… Ⅱ. ①棠… Ⅲ. ①言情小说 - 中国 - 当代
Ⅳ. ① I247.5

中国版本图书馆 CIP 数据核字 (2016) 第 018904号

男友送上门

棠棣之华vivi 著

出版统筹 陈继光
选题策划 大鱼文化
责任编辑 陈继光 潘 媛
流程编辑 潘 媛
特约编辑 准拟佳期
封面设计 Insect
出版发行 贵州人民出版社（贵阳市观山湖区会展东路SOHO办公区A座
邮编：550001）
印　　刷 三河市华东印刷有限公司
开　　本 880×1230毫米 1/32
字　　数 228千字
印　　张 8.5
版　　次 2016 年 3 月第 1 版
印　　次 2016 年 3 月第 1 次印刷
2020 年 1 月第 2 次印刷
书　　号 ISBN 978-7-221-13135-5
定　　价 35.00 元

目录 CONTENTS

Her boyfriend to come

目录 CONTENTS

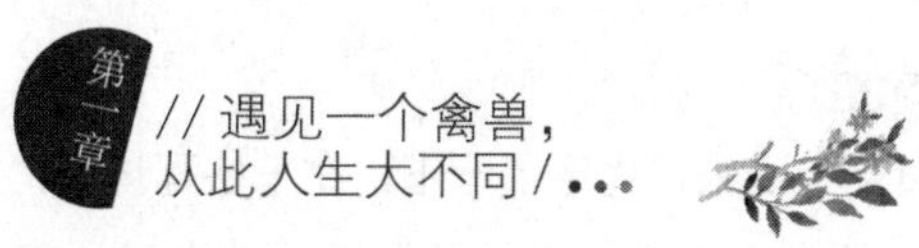

第一章 //遇见一个禽兽，从此人生大不同/...

午夜十二点，自由空间酒吧。

胤阳一眼就看到坐在弧形沙发里，跟几个同伴举杯豪饮的女人。

她看起来二十出头，扎着马尾，没化妆，一张脸清清淡淡的，跟高山上流过的泉水一样，没有一点儿杂质，在灯光下甚至有些惨白。或许喝得太急，没等喝完，眼泪被呛了出来，她眼睛都已泛红。看来是喝多了。

她将空杯倒着放在吧台上，大笑着："再来，哈哈。"声音已有淡淡的沙哑，还带些压抑，身边人见劝不住她，索性跟她一起喝。

这是他这个月第三次在这里看到她。她有一种特别的气质，明朗干净，爱笑，玩起来很疯，加冰的啤酒一杯接一杯灌下肚，行为大胆又放肆，偏偏那双眼睛，像是冰冷雨夜被丢在路边淋雨的小猫的神态，毫无防备又无辜脆弱，让人想抱在怀里细细温存。

胤阳和车宇坐在酒吧光线昏暗的僻静角落，很隐蔽，远离舞台的嘈杂喧闹。

"一晚上你眼睛就没离开那个座位，怎么，你认识那姑娘？"车宇给自己倒了杯酒，递到嘴边喝了口。

胤阳低头点了支烟，淡青色的烟雾在他修长的指尖上方腾腾升起，他抬手叫住一个服务员："给C17的客人送瓶酒过去，我请。"

车宇举起的杯子顿住："真认识啊。"

胤阳继续抽着烟，没说话。

服务员一听是胤阳请，没敢怠慢，取了瓶龙舌兰送过去。胤阳看到那边好几双眼睛齐刷刷看过来，对他打了个招呼算是感谢，而那女人只是微微抬头，微醺地看了看胤阳，似乎觉得视线有些模糊，看不大清他的样子。她低头又给自己倒了满满一玻璃杯酒，声音远远地飘了过来，带着虚浮的笑声："你们，真的不行啊，哈哈，再喝，喝不痛快谁都不许走。"

胤阳觉得这女人喝傻了。

片刻，那个服务员又走回来，犹豫了一下，在车宇耳边道："老板，酒我送过去了。可那桌客人除了点了几瓶啤酒，自己还带了两瓶二锅头。"

车宇顿时傻住："二锅头？你看清楚没？"

服务员连连点头："看清楚了，红星的，500ML 的量。"

车宇想摔桌子："我靠，谁许他们自带酒水了。"

胤阳磕了磕烟灰，慵懒十足地往椅背上一靠："让她喝。"

服务员以为自己听错了："啊？"

车宇看了胤阳一眼，灯光昏暗，胤阳缓缓吐着烟，烟雾弥漫出淡淡的一层白，模糊了胤阳的表情。十几年的哥们，他对胤阳也算了解，没有探究原因，对着服务员比了个手势，重复说："让她喝。"

服务员这回确认了自己真没听错，刚要走，车宇抬手叫住他："送的什么酒？"

服务员愣了下："龙舌兰。"

车宇："我靠，赔大了。"

C17 的环形沙发里，坐了四个人，三女一男。

喝得晕晕乎乎，摸不清南北的那个女生叫方洵，她整个人趴在酒桌上，歪着头看着杯子里的透明酒液，大着舌头问："什么酒？"

旁边的人扶住她："管它什么酒，白送的。"

她呃了一声，然后傻乎乎地笑起来："白送的好，最喜欢不花钱的，喝光它。"

“别喝了，欧阳不行了。”两个同伴指了指倒在沙发里呼呼大睡的女人，“得送她回去。”

方洵摆摆手：“好，好，你们先走，我结账，哈哈。”

“你行不行啊？”音乐声太大，满场的尖叫欢呼声震耳欲聋，两个同伴只能凑到她耳朵边喊。

“行，行，我没事儿，出门就有车，十块钱到家，哈哈哈，我把剩下这点儿喝完。”

同伴把嘴巴凑到她耳边：“快回去，别喝了。”说着把她的背包带套在她脖子上，然后架起她晃晃悠悠地往门口走。可刚走到门口，方洵却嚷着难受要上洗手间，其他三个同伴只能在门口等她。

等到方洵从洗手间出来，昏暗的空间里，她有点儿分不清东西南北，摸索着又回到了方才的卡座C17，突然听到不远处有人大喊了一声“贱男”，似乎是吵起来了。方洵拎着酒瓶子晃晃悠悠地走了过去，跟着起哄。

胤阳愣了愣，往C17看了看，那边果然空了，桌子上只剩下几个歪倒的酒瓶子。再一看门口，她的同伴也走了。

人都散了，她还留在酒吧继续喝？

刚收回目光，胤阳就感到眼前一团黑乎乎的东西压在自己身上，那东西还埋在他胸前使劲蹭了蹭，嘴里哼唧着，软软的头发隔着一层薄薄的衬衫蹭得他酥酥痒痒，和着令人发麻的温热气息，说不出来的感觉。他低头一看，正是刚才喝得晕晕乎乎还跟着瞎起哄的女人，不禁皱了皱眉，将她从怀里拉出来：“小姐，你喝多了。”

“哈哈，秦朔。”她扒拉开他的手，再一次扑了上去，大概是酒劲上来，哼唧声渐渐变了音调，听起来像呜咽。她抽动肩膀，开始趴在他身上哭，鼻子一抽一抽的，双手死死抓着他竖起的衣领，最后哭得嗓子都哑了，嘴里含混不清地叫着，“秦朔，我难受。”

“嗬……”胤阳冷笑，“伤情伤傻了。”

“秦朔。”

“禽兽？”

“秦朔。”

“哦，禽兽。”让一个女人哭成这样，确实够禽兽的。

车宇为难地看着胤阳：“喝多了啊。”

“嗯，没酒量，还逞强。”

车宇说：“你别让她趴着，当心一会儿吐出来，白瞎了我的龙舌兰。”

“……”

胤阳伸手去拉她起来，她哭着挣扎，沾了鼻涕眼泪的手黏糊糊的，刚放开他的衣领又去抱他的脖子，黏黏地蹭了他一身。胤阳微微皱眉，伸手扳过她的脸，逼她睁开眼睛：“笨女人，看清楚，我不是你的禽兽。”

“嗯？”她满脸泪痕，抬手要摸他的脸，样子居然有些可怜，“你是？”话音没落，哇的一声，一大口秽物翻涌而出全吐在胤阳身上。

胤阳想躲都来不及，一股刺鼻的味道迎面扑来，直叫人作呕。他有些生气，刚刚是眼睛被泥巴糊住才会觉得她可怜。他一把将她揪起来，怒不可遏地看着她，她脸色苍白中透着红晕，双眼迷离，半梦半醒地盯着胤阳看：“呃，好受多了。”

“……”

好，很好！

车宇也愣住了，不可思议地看着方洵像刚孵化出来的小鸡一样，惨兮兮地被胤阳拎在手里，不禁为她捏了一把汗。女人，你竟然吐了胤阳一身！你真的吐了胤阳一身！我靠，女人，干得漂亮。

从“自由空间”出来，已经凌晨一点。

车宇借口自己走不开把方洵丢给胤阳，又说这女人有胆子吐他一身，不能这么便宜了她。胤阳居然觉得很有道理，于是半拉半抱地把方洵拖出酒吧，打开车门，然后丢小鸡一样往后车座一扔，完事。

“砰”的一声，方洵只觉得后脑勺撞到什么硬物，大面积的钝痛感噌噌往上冒，她哼唧着坐起身，伸手去拉胤阳的胳膊：“疼。”

胤阳扭头看了她一眼，哦，是撞在车门上了。

“忍忍。”

方洵扁着嘴，一副委屈模样，又趴下去。

“呵呵，还挺听话。”胤阳好笑地着看她，“听话的女人，你是怎么被一只禽兽甩了的啊？”

她似乎没听懂，在已经完全不转轴的脑子里用力想了好一会儿，突然觉得胃里一阵翻江倒海的难受，她猛一捂嘴，做出要吐的表情。

胤阳上去捂住她的嘴巴，恶狠狠道：“你要是敢吐出来，我就把你丢大街上。”

她看了他一眼，好像听明白了，点了点头，喉咙咕噜两下，涌出来的东西又咽了下去。

“……”

胤阳皱皱眉，果断拿开自己的手：“我知道你是怎么被甩的了。”

路上没什么车，只有马路两旁的路灯静静地亮着，胤阳开足马力，飙到一百二十迈，带着醉醺醺的方洵疾速奔在沉寂的午夜街头，路口等红灯的时候扭头看了她一眼，难怪这么安静，这家伙睡着了。

直到车子开进地下车库，停好车，解开安全带，拉开后车门，胤阳伸手推了推睡得昏昏沉沉的方洵：“下车。”

她模模糊糊地嗯了一声，没动。

胤阳只能弯下身去抱她，一手托着她的腰，一手托着她的头，避免她再次撞到车门上。

“酒品这么差，难怪禽兽不要你。”

好像听懂了他的话，方洵含含糊糊地骂了一声，然后趴在他怀里，又开始哭。

胤阳觉得自己没办法了，女人天生就会哭，不管认不认识都能哭得男人心里抽抽，管她吧觉得自己没事找事，不管她吧又觉得自己丧心病狂。胤阳最终还是没狠下心，稍一用力把她整个人扛在肩上，锁了车门走到电梯口，按亮按钮。

“呃，难受，晕，晕。”头朝下的姿势让她头昏脑涨，但显然已经不能清楚地表达她想让胤阳把她放下来。

胤阳也没有意识到她的需求，抬手拍了下她的屁股：“老实点儿。”

几瓶生啤加冰，又灌了大半瓶烈酒，这会儿酒劲上来，她浑身燥热，太阳穴都跟着突突地跳。两具身体贴合，胤阳也能感到她身体滚烫，又摸摸她的额头，也烫。

开了锁，进家门，胤阳将她使劲往沙发上一丢，准备换身衣服。她突然抓住他的手，不知哪儿来的力气，一把就把他拽倒，直接压在了自己身上，滚烫的双手抱着他的腰，眼睛半睁半合地傻笑：“秦朔。”

他的眼神有些冷淡，看着她，没动。她脸色发白，两颊却红得厉害，目光缥缈迷离，眼底却有着小女孩的任性和天真，抱着他的双手在他腰上来回游动，掌心的热度不断传递到他身上，通过血液蔓延，一直到喉咙口。他猛地按住她不安分的手，她咧着嘴角笑。慢慢地，他眼里融上一层暖色，嘴角扬起，是一个美妙的弧度。他俯下身，嘴唇贴近她发烫的脸：“禽兽？既然你想要，我勉强做一回吧。”

方洵醒来时，窗外阳光正好，暖色光晕透过落地玻璃窗在她身上洒下淡淡光影，却有些灼痛刺眼。她抬手挡了挡，在床上伸了个懒腰然后挣扎着爬起，靠在床头揉了揉太阳穴。突然感到哪里不对，方洵一个激灵，急忙低头看看自己，光着？她蓦地瞪大双眼看向四周，宽敞明亮的房间，简洁大方的摆设，灰白的色调空间，落地窗前盛放的君子兰，地上还丢着男人的衣服……

三秒钟后，一声急促的惊叫划破宁静的空间，叫得地板都抖了三抖：“啊——”

外面突然传来极轻的脚步声，紧接着房门被轻轻推开，方洵懊恼地抓着头，目瞪口呆地看着一个身形高大的陌生男人出现在她眼前。他光脚踩在地板上，黑色的休闲长裤衬出他岩石般结实紧致的修长双腿，上身随意穿了件白色衬衫，散漫地系着两颗扣子，露出他线条流畅肌理分明的锁骨和大片蜜色肌肤。微微湿润的短发柔软而服帖，停在发梢处的水珠顺着耳垂滑落，流过他棱角分明的脸部轮廓，滴在他衣襟大敞的前胸上，衬得左耳上一枚小巧精致的黑色钻石耳钉越加妖异而闪亮。他一脸闲适地靠着房门，一边接听电话一边对着她做了个噤声的动作，再见她一脸迷茫，嘴角微微扬起，对她笑了笑。

如果不是以这样尴尬又莫名其妙的方式相见，方洵发誓她一定会被眼前的美景迷惑。可现在她完全没有心情欣赏，一脸呆愣地看着男人挂掉电话，然后“不怀好意”地朝她走来，嘴角的那丝诡笑越发让人心里瘆得慌，声音有着刚刚醒来的低沉沙哑，却极具魅惑：“醒了？”

她突然打了个冷战，急忙将被子往上拉了拉，将自己全身遮得严严实实，声音抖得都分不出音调了：“你是谁？这是哪儿，我怎么会在这儿？为什么我没穿衣服？”

他将手机丢在一边，不深不浅地笑了下：“头还疼吗？”

方洵摇摇头：“我们不认识啊。”

他慢慢探上前，饶有兴致地看着她，笑容是令人猝不及防的邪魅与诡异：“我们当然不认识，不过很快会成为熟人，因为从这一刻起，我是你的人了！”

方洵感到自己的身体一僵，整个人仿佛跌入漆黑冰窖，又冷又无措，随手抓起床上的枕头丢过去。

“谁要你成为我的人啊？我昨晚明明跟朋友在一起喝酒，怎么会在这里？”接着想起什么，她猛一激灵，喝酒？她记得昨天跟几个朋友到了酒吧，叫了几瓶啤酒，还喝了几杯白的，散场的时候已经十二点多了，她想着把最后那点儿喝完再走。之后她看到有人吵架，她好像吐了，而且吐在了谁身上，再然后呢？

方洵懊恼地抱住头，双手用力地揪着头发，后面又发生什么了？怎么会跟陌生人走的？怎么会被扒光衣服……该死的不记得了，一点儿都不记得了……

胤阳坐在床沿，一脸闲适自在的表情：“想起来了吗，昨晚你喝多了，死皮烂脸求我带你回来的。事情已经发生，现在才后悔太晚了吧？何况，我也不是随便什么人都往家里带的，既然带你回来，你又对我做了那种事，就要对我负责。”

方洵觉得要被他气哭了，她抓着头发，哭笑不得地看着他裸露的结实健硕的上半身，胸肌腹肌肱二头肌，心想就你这块头我能把你怎么样啊。但她不知道是不是真的被占了便宜，事情到了这一步，只能是一笔糊里糊涂的烂账。

方洵深深呼出一口气，眼圈都红了，却努力压抑颤抖的嗓音，故作镇定道：“我……我的衣服呢，把我的衣服给我。”

胤阳为难地摇摇头：“我只负责给女人脱衣服，不负责穿衣服。”

方洵强忍住一脚踢上去的冲动，咬着牙红着眼睛看着他：“你不是要我负责吗，那就先把衣服给我，等我穿好衣服，我再负责。”

胤阳扬起嘴角，又是那种暧昧的笑容：“好。”说完转身走到客厅，将沙发上的衣服捡起来丢到卧室的床上。

在一边看着她笨手笨脚地躲在被子里将衣服穿好，他突然扬起眉头，重复道：“对我负责。”

她恨恨地瞪了他一眼，瞬间变了脸色：“我对你负什么责啊？我什么都不知道，我喝多了。”

“你当然喝多了。”他伸手过来要摸她的脸，“不然也做不出昨晚那么疯狂的事。”

“啊啊啊……”方洵打掉他的手，“不要再说了。”

“为什么不能说？”他捂着被打痛的手，表情居然有些委屈，漆黑的眼睛扫了扫她，突然开始动手解衬衫扣子，然后在她面前毫无羞耻感地一把扯下，露出自己的半个肩头，“看你把我咬得。”

方洵瞪大眼睛，难以置信地看着他左侧肩膀上的齿痕，由于咬得用力过猛，齿痕边缘已经有些红肿，微微渗出血丝，她咽了口唾沫，没底气地反驳：“那个，不是我。”

胤阳微一皱眉：“不承认？”他微微眯起眼睛，火热的目光自上到下来回打量她，直到将她看得满脸通红、浑身发热，他低声笑道，“那么，我让你重温一下。”说完就要上来抢她的被子。

方洵吓得一脚踢过去，他闪避不及，险些被她踢下床。她趁机从床上跳起，将被子用力掀起压在他身上，光着脚就往外跑。他起身扯掉被子，在她跑出大门前一把拽住她，一脸的愤愤和不甘：“你还真狠心啊，知道昨晚我带你回来有多不容易吗，被你吐了一身，回来又是洗澡，又是给你换衣服，你居然做完了拍拍屁股就想走，真是最狠妇人心哪。”

方洵用力挣开他：“那你到底想怎么样？”

他挑眉一笑，嘴巴慢慢凑近她耳朵，在上面轻轻吹了口气，那声音嘶哑魅惑得叫人全身发麻：“我从来不做无偿服务，你说，我想怎么样？”

方洵顿时傻了，一偏头正对上他看着自己。他眼睛细长，眼尾微微上挑，一双十足的桃花眼，波光不经意地一转，让你感觉荡漾在他眼里的盈盈春水就要流淌出来。这样美丽而诱惑的一双眼睛，内心居然是这么一副臭德行。

方洵往后退了两步，离他远了些，然后逼得自己冷静下来，大脑开始飞快运转，努力回想着他说过的每一句话并作出合理联想和假设。酒吧，男人，只会给女人脱衣服，不做无偿服务，她猛地想起昨晚有人吵架，好像谁在她面前说了一句“我是出来卖的”。她心里咯噔一下，猛地抬头再次看向他，那张帅得不像话的脸，那暧昧的目光、扬起的嘴角、完美健硕的身材……方洵捂住嘴巴，惊愕得说不出话。

少爷！

方洵腿一软差点儿跪在地上，喝个酒而已，怎么会发生这么大的事，跟了个少爷回家，妈呀！妹啊！报应来了，报应来了！

她捂着嘴巴，不可思议地看着眼前的人，早知道左耳戴耳钉的男人十个有九个不正常，怎么这么倒霉就让她碰见了呢？方洵傻愣了半晌，然后认命地掏出钱包，哆哆嗦嗦地从里面摸出一百块钱。

胤阳低头看了看她拿在手里还犹豫着要不要给的红票子，沉默了下，突然说：“就这点儿？昨晚你喝酒的钱，也是我付的。”

方洵觉得脑袋更大了，想了下，从包里又摸出五十。

胤阳皱皱眉，没接："你以为你喝的是北冰洋啊。"

方洵咬着嘴唇，觉得不能再被侮辱，一狠心把钱包里仅剩的一百块钱也掏了出来，一甩手摔在男人脸上："二百五，不能再多了，你也就值这个价。"说完捂着心口头也不回地跑出门。

胤阳从地上捡起钱，居然十分认真地数了数，然后好笑地望着门口："敢摔我？还是拿二百五十块摔我？好啊，好啊，你等着！"

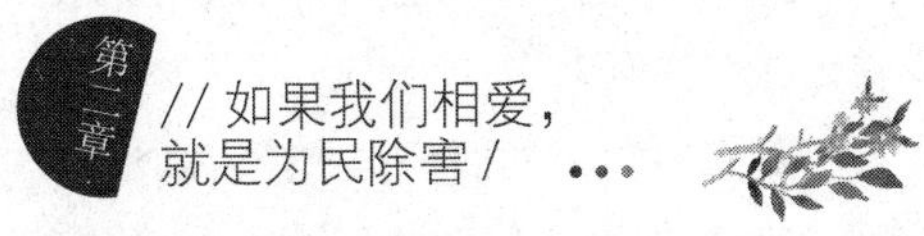

第二章 // 如果我们相爱，就是为民除害 /

方洵在S大学读研一，二十二岁，水瓶座，属于疯疯癫癫爱玩爱闹的类型，学习不太用功，好在脑子比较灵活，记忆力超群，临时抱佛脚的功力十分老练深厚，这一点她的导师汉语言文学大师胤教授都忍不住点头称赞。他教书二十年，带过那么多届学生，真是再没有哪个人比方洵还没心没肺，但每一次考试运气都好得没话说。所以每逢考试胤教授都十分郁闷，因为她考得不好他要揪心，考得好他更揪心。

平时除了上课，她就是写写言情小说，虽然反响平平，通常从街头扑到巷尾，架不住她心态好，一百万字的大长篇没两个人看还能乐此不疲地奋战到完结。后来有个善良的小天使爱心泛滥给她写了篇长评，投了上百颗雷，叫她狠狠感动了一把，之后才知道小天使是她大学同学兼死党，人称周公子的豪门少爷，不要脸的富二代周阔。

她现在不愿提周阔，因为太丢脸，他们同一年考上汉语言文学专业的研究生，才读了半年，周阔便带着本校大一新来的小学妹私奔了，到现在整整消失了一个月，音信全无。胤教授每天在课堂上点名时都十分忧郁，开始还念念周阔的名字，幻想着会有意外惊喜，后来干脆放弃。

方洵一手撑着头，一手夹着支笔塞在嘴里咬，脑子里浮现的都是今天早上自己在一个陌生男人面前没穿衣服，还被他调戏的画面，越想越觉得羞耻，无法忍受。胤教授捏着粉笔头在黑板上写字的工夫，方洵眼前突然飞来一张字条，龙飞凤舞的几个字，笔锋十分刚劲霸道:“老娘头疼得厉害，你昨晚没事吧，几点到家的？怎么一脸颓废？”

在英明而伟大的胤教授眼皮子底下还敢丢字条的人叫欧阳绿夏，人长得端庄，看起来是个十分安静内敛的姑娘，但无奈有一颗比爷们还爷们的心。她丢了字条之后又对方洵比了个手势，见方洵没反应，又丢过来一张：“你脸怎么这么红啊？”

半分钟后，欧阳大人收到来自前方的回信：“被人煮了。”

好不容易挨到下课，方洵抓起书包就飞奔出去，今天一整天心情糟透了，脑袋里一团糨糊，她需要出门去转换一下心情，重塑信心。

坐在公交车最后一排的角落，方洵透过窗户看外面的景色。这个时间路上人不多，但是脚步匆匆，在这座繁华而忙碌的城市，很少有人可以真正静下心来，好好看一看身边的景色。每个人都是一路匆匆，眼睛只看向终点，忙着奔走，忙着路过，也忙着错过。

公交车停在繁华地段的十字路口，方洵盯着窗外的眼睛突然一亮。她看到了什么？早上被她摔了二百五十块钱的少爷竟然在当街拉客。只不过这回拉着的是一个四十来岁的女人，画面多少有些违和感。这女人看上去一脸富贵，瞧那圆润的大脸盘、风韵犹存的身姿、精心设计的高贵发型、亮瞎她狗眼的蓝宝石项链、价值不菲的包包。这女人从上到下都彰显出两个字——有钱！

女人拍拍他的肩膀，又凑过去在他耳边低语几句，举止十分亲昵，之后对他摆了摆手，拿出车钥匙启动了一辆白色宾利，表情十分恋恋不舍，恨不得一步三回头。而他站在原地，双手插进风衣口袋，看着那辆车开远，脸上竟有些淡漠神情，与早上那股子邪肆且禽兽不如的气质迥然不同。不过可以理解，要面对一个比自己大这么多的人，从心理上来讲确实有些难以接受。其实平心而论，他的相貌十分俊朗，身姿挺拔，静静站着的时候有种疏离的冷漠气质。在他身上看不出一点儿脂粉气和讨厌的娘娘腔，即使是挑起眼角与她调笑的时候，你都会觉得那是一种由内而外自然而生的致命蛊惑而非刻意勾引，只是可惜……方洵扼腕长叹，怎么是个少爷呢？

方洵在路口堵了十分钟，看他之后转身进了一家咖啡厅，在里面待了七八分钟的工夫才出来，然后钻进一辆黑色法拉利。

方洵看得目瞪口呆，一个少爷竟然开着法拉利，苍天，这得呕心沥血地做多少年，拼死拼活接多少客才行啊？照她早上摔在他脸上的标准，他一天接十几个也得做上好几年才行吧？不过他长得好，又会说话，应该很招人喜欢，做到他这个地步，想必已经是业界楷模、行业精英、后辈们顶礼膜拜的超级偶像了。

方洵正出神地想着，脑子里突然闪过一件事，一摸兜，手机呢？

仔细想了想，应该是昨晚落在酒吧了，虽然有心理阴影，不想去那个地方，但这手机刚换不到一年，就这么不要了，那她才是“烧包”。

酒吧白天没什么人，空空荡荡的，很静。两个服务员在吧台摆酒，还有几个在擦桌子。车宇坐在吧台的一边调酒，看到方洵眼睛一亮，对她招了招手，热情地打着招呼：“嘿，又来了。”

方洵不清楚车宇为什么会认得她，想了下，估计是昨晚闹的。尽管他笑眯眯的，态度友好，方洵对他却没什么好感。昨晚那个男人能把她带走，说明他在这家酒吧招揽生意，车宇是酒吧老板，一定跟他揽客脱不了干系，两人没一个好鸟，一对臭流氓。

方洵的脸色有些难看，慢吞吞地蹭到吧台来，犹豫着说：“那个，我的手机忘在这里了。”她指了指C17的方向，“昨晚我坐那边。”

“哦，手机呀。”车宇笑着动了动手指，不知怎的袖子里突然掉出一部手机来，他握在手心里转了转，挑着眉问，“这个吗？”

方洵眼睛一亮，伸出手来：“就是这个。”

他突然松开手，手机直接从他手中滑落到方洵的手里，他抱臂笑着看她，目光玩味：“方小姐，昨晚过得愉快吗？”

方洵当然知道他在说什么，脸唰地红了，窘迫地把手机塞进口袋，没理他。想了一下突然觉得不对，她赶紧问：“你怎么知道我姓方？”

车宇耸肩，没答。有人平白无故送出好几千块钱的酒，被吐了一身也没发作，还屁颠屁颠地带人回家，他能不把这女人的底细摸清吗？

找到了手机，方洵也不想再跟车宇多说，扭头就走。快走出酒吧门口的时候，她目光自然而然落在走廊的一面琉璃装饰墙上，上面贴满了大大小小的照片，大多是来自由空间喝酒的人，还有一部分是车宇相熟的朋友，男的俊朗，女的俏丽，勾肩搭背，笑容款款。装饰墙右下方的角落贴着一张三人合影，位置不明显，有些陈旧，边缘泛黄，不仔细看还真注意不到。照片里的人却比任何时候都明朗、绚烂。两个男人中间拥着一个女人，表情有些拘谨的是车宇，微微抿嘴笑着的是昨晚那个男人，至于中间的女人，没见过，也不认识。

走出酒吧，方洵拢了拢衣服，午后阳光温煦，三月天，空气还是有些凉。

刚刚走出几步，就见昨晚那个男人从路边停靠的一辆车里走下来，看到她也是一愣，然后笑了："找我？"

阳光下他的笑容格外明朗，甚至有些刺眼，带着玩味，带着挑衅，毫不避讳。

方洵觉得自己太阳穴跳了下，别扭地转过头："不是。"

他走过来，抬手敲敲她的额头："你还有钱泡别人吗？"

"……"

这话难听，但是事实。她现在不但没钱泡男人，就连坐公交车的钱都没有。但气势不能输，方洵往后退了步，离他远了点儿，皱皱眉，不客气道："别挡路，我还有事。"见他站着没动，她有点儿生气，"我不是给你钱了吗？"

她不想跟他再有什么瓜葛，她尊重他们的行业规矩，给钱！这男人也得识相，滚蛋！

显然她还没意识到，二百五十块，连胤阳家门口的鞋拔子都买不到。

胤阳觉得这女孩挺有意思，还想继续逗逗她："二百五十块就想买我？”他看上去有些为难，“那么点儿钱，只够我给你脱衣服。”

方洵想一耳刮子把这男人打马路对面去。

但她没下手，残存的一丝理智告诉她，这一巴掌打下去，这男人还不知道要怎么讹她，最后她只能像个狼狈的落败者，落荒而逃。

结束最后一堂课，方洵从校门走出来的时候，已经临近傍晚，天还没黑，校门口熙熙攘攘的人群进进出出，热闹得像菜市场。方洵刚走出大门口，就觉得一道黑影迅速在眼前晃过。她停住脚步，怔怔看着停在学校门口的那辆黑色法拉利，顿时吓得跳起来，是他！果不其然，下一秒车门被打开，一个英俊挺拔的身影从车上下来，大步款款地向校门走来。

方洵猛地转过头，哆哆嗦嗦地往回走，苍天，她造了什么孽？不能被他逮到，虽然她没什么英名，但不能被毁。不管他是来干什么的，约了哪个大妈或者大爷，千万别看到自己，千万别……

但上天的安排总是那么巧。

“方洵。”

胤教授推着自行车从学校里走出来，看到自己的学生正一脸魂不守舍还有点儿贼眉鼠眼地从自己身边溜走，连声招呼也没打，心里感到一丝不悦，不由得叫住她：“去哪儿啊，怎么慌慌张张的？”

方洵猛地站住：“老师？”连忙回头看看身后那人，妈呀，他走过来了，要是被他看见，叫住自己，当着胤教授的面说什么不该说的话，她还想毕业吗？于是，她赶紧对着胤教授点点头，敷衍道，“那个，老师，我有事，不多说，先走了。”说完摇摇晃晃地想要闪人。

“等下。”胤教授抓住她的胳膊，抬眼看了看大步向他们走过来的人，尽量用缓和的语气道，“一天到晚毛毛躁躁的，什么事这么急？”

“等不了了。”方洵急得要哭了，如果被英明而伟大的胤教授知道她敢在外面跟男人鬼混，还是跟一个做少爷的男人，她还活不活了，传出去同学们怎么看她，老师们怎么看她？

方洵拼命想要挣开胤教授，苦着脸道："老师，我尿急。"

胤教授一脸迟疑："这样啊。"刚一松手，身后的男人已经大步走上前来，熟络地跟她打着招呼，又是那种嘶哑而魅惑的声音："这么巧？"

方洵顿时整个人僵住，正纠结要不要回头时，胤教授十分善解人意地拍了拍她的肩，她吓得一抖，只能慢吞吞地回身去看他，一颗心登时提到了嗓子眼，脸色通红。她使劲咽了口唾沫，正要开口说话，却见他又往前迈了两步，伸出手，突然握住了胤教授。

方洵目瞪口呆。

不可思议，一天之内她见到这个男人四次，第一次在床上被他调戏，第二次在十字路口看别人调戏他，第三次在酒吧门口他调戏未遂，第四次他竟然明目张胆握着自己导师的手，还不知道是谁要调戏谁！

胤教授皱了皱眉，推开他的手："你怎么来了？"

他将手放进兜里，挑眉笑了笑："来看看您。"

胤教授黑着脸："别以为说两句好听的就能糊弄我，你在背后叫我老头子的事以为我不知道啊，我问你，我有那么老吗？"

方洵尴尬地站在那里，苍天，为什么要听他们之间这种对话，这种完全想歪的对话？她有些心虚，又害怕这男人说出什么不该说的话，只能赶紧上去打圆场："老师，就算是老头子，您也是个英明神武的老头子，看您那动人的气质、忧郁的小眼神，还有您的座驾二八自行车……"

胤教授一脸正经："方洵。"

方洵立马吐了吐舌头闭嘴了，胤教授无奈地叹了口气，用手指了指她，对眼前的男人说："来，认识一下，这是我学生方洵。"又指指那男人，"方洵，这是我儿子胤阳！"

头顶赫然响起一声惊雷，方洵一口血差点儿喷出来。

她一定是听错了。

胤教授双目炯炯，无比清明，看方洵傻愣着没动，以为自己说得不够清楚，于是清了清嗓重复道：“我儿子胤阳，阳光的阳。”

方洵无力地揪着头发，老师您在逗我吧，还有，他不是阳光，他是雾霾，是PM2.5的重度雾霾。

但她不敢说，她甚至怀疑胤阳做这一行，胤教授根本不知情。胤阳偏头看看方洵，伸手摸了摸她的头，一副相熟的样子：“哦，我们已经认识了！”

方洵推开他的手，往一边躲了躲，多少有点儿别扭。他却不以为意地笑了下，知趣地收回手，不咸不淡地说了句：“她是我的客户！”

头顶再次响起一声惊雷，方洵愕然地看着他，差点儿想直接给他跪下，胤少爷，你这样直接真的好吗？你已经事业有成，后宫三千，连法拉利都有了，可我还想毕业啊！还有我不想光顾你，我是被迫的好吗被迫的啊！

果然胤教授一脸震惊地看着她，颤抖着嘴唇：“方洵，你……”

方洵急忙摇头解释：“老师，不是您想的那样……”

“如果你是胤阳的客户，那真是太好了。”胤教授笑眯眯地打断，“我和你妈一直为你的前途担忧，没想到你早就想通了，也很有自己的方法，年纪轻轻就做上生意了，有前途！”

方洵目瞪口呆，老师您是气傻了吗？还是，您要放弃我了？您是觉得自己的浑蛋儿子跟混账学生搞在一起，从此这个世界将少一对祸害？

那句话怎么说来着，如果我们相爱，就是为民除害！

不是的，我还想上学，毕业。方洵抱住胤教授的胳膊，眼圈唰地就红了：“老师，别放弃我，我保证以后再也不光顾他的生意了。”

“那可不行啊。”胤教授一脸沉思，“你要是不光顾，以后谁来养我啊？

“……”

胤教授推着二八自行车挥挥手不带一丝尘埃地走了，临走前还嘱咐胤阳把方洵送回住的地方。方洵本想拒绝，可是看到年迈的胤教授那一脸殷切慈爱的目光，于是在他的殷殷注视下，苦着脸上了胤阳的车。

胤阳扭头看着执意坐在后座的方洵，拍拍副驾的座位："坐到前面来。"

方洵瞅瞅他，没理。

他笑了一下，也没勉强，扣好安全带，一脚油门踩了下去。

胤阳开车很稳，很专注，行云流水般平稳流畅，跟他轻佻的样子不同，他将手搭在方向盘上，突然叫了方洵一声："方洵。"

"啊？"

"你刚刚答应我爸的事情，没忘记吧？"

"我答应什么了？"

"答应他以后经常光顾我啊。"

方洵吓一跳："我什么时候答应了？我后来明明没有说话。"

"不说话就是默认。"

"你妹啊。"方洵被他气得奓毛，"凭您这长相，想要光顾的人不少吧，怎么就非得赖上我啊，我长得不好看，也没什么钱，咱俩画风不对。"

他十分认真地听她说完，沉默片刻，义正词严："我这么帅的一张脸，平白无故被你摔了二百五十块钱，这事没完。"

方洵目瞪口呆地看了他半晌，最后一咬牙，一副豁出去的架势："大哥，我求你，别闹了……"方洵把脸凑过去，"要不，你也摔我一次？"

"……"

方洵坐在电脑桌前，一手撑着头，一手搭在鼠标上，两眼发直地盯着电脑屏幕，打开的文档一字未写，脑子里不断蹦出的都是那天的画面：床上赤身裸体的自己，还有胤阳那张十分欠揍但其实帅得无法无天的俊脸……方洵抓狂地挠了挠头，她到底走了什么霉运，遇见这么个瘟神。

手机“叮”的一声，方洵瞥了一眼，来自欧阳大人的信息：“在做什么？”

“码字。”

三秒后：“我赌你现在一个字都没憋出来。”

方洵哼了一声，懒洋洋地回：“你赢了。”之后依旧看着电脑屏幕。

手机又是“叮”的一声，有人加她微信，她拿起手机，习惯性地通过验证，等了半天，却没见那人说话，于是撇撇嘴放下手机继续看电脑。大概三分钟之后，手机忽然响起，简短的两个字：“方洵。”

方洵愣了愣，拿起手机琢磨了一会儿，发过去一个问号，想了下，又发过去一条：“你是谁？”

那边突然没了动静。

方洵皱了皱眉，刚要放下，手机屏上显示几个字：“我是你现在想的谁。”

方洵眼睛一亮，嗬，这开场白真是别致得叫人神清气爽，虽然有些戏谑味道，但对方既然知道她的名字，应该是认识的人，而且听这口气十有八九是带着学妹私奔的周公子，于是调戏道：“想你怎么了？”

那边发了个得意的表情，附了一枝花：“甚好。”

哼哼，方洵对着手机屏幕哼笑两声，几乎可以肯定这人是周阔没错，一骨碌翻上床：“公子爷，你什么时候回来，走了一个月了，也该放肆够了啊，老头子都发飙了，现在一提你就浑身发抖，头发一把一把地掉啊，我见着都不忍。”

那边沉默了一下，回道：“你跟一个人讨论他爸爸的头发问题，不觉得很失礼吗？”

方洵盯着手机屏幕愣怔了三秒，噌地坐起来，胤阳？他怎么有我微信号？

紧接着又来了一条：“老头子来电话了，我先接电话。”

方洵赶紧抓起手机解释：“我说的老头子是我们家楼下卖鱼食的，我以为你是我弟，我弟上次去他家买鱼食没给钱，老头子气得脸都绿了，你千万别在老师面前胡说，拜托嘴下留情。”

大概一通电话的工夫，那边发来一个亲亲的表情：“放心，我对你不但嘴下有情，别的地方，也都有情。”

方洵觉得要被他气吐血了，想都没想就发过去五个字：“你个死少爷。”刚发完就后悔了，这么说会不会太过分了，虽然是事实，但是这样直白地说出来，多少有些伤人自尊，不管怎么说他也是胤教授的儿子……

想了想，还是决定道个歉，她又发了一条过去：“对不起。”

方洵趴在床上等了十分钟也没等到回复，心想完了，这下真把他惹生气了。每个人都有自己的底线。她心里正惆怅，胤阳发了信息过来，她瞪大眼睛一看，差点儿直接背过气去：“来活了，我要出去接客了，改日再聊，拜。”【娇羞】【娇羞】【娇羞】

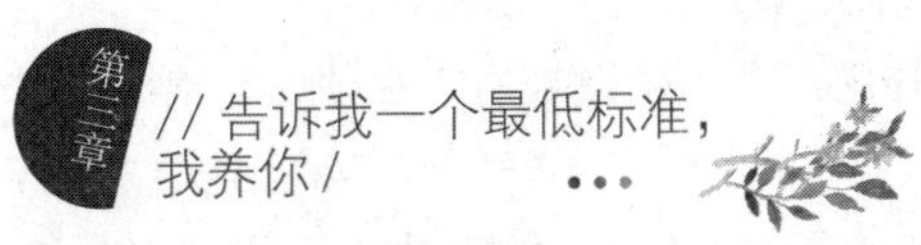

第三章 // 告诉我一个最低标准，我养你 /

周六，天气很好，外面阳光充足。

胤阳离老远就看到了方洵，她一个人站在山顶吹风。他没有叫住她，而是悄悄注视着她的一举一动，她穿了件纯白色粗线毛衣，大领，围着浅灰色围巾，遮住小巧的下巴，更衬出她一张鹅蛋脸精巧细致，休闲裤、帆布鞋，看起来轻松而随意，如她本人。

许久，她微微踮起脚，微仰着头，张开双臂，慢慢闭上了眼睛。

胤阳掏出手机，发了条信息过去："你在做什么？"

方洵掏出手机，看到信息呵呵两声，没回。

过了会儿又来了一条："我饿了，请我吃饭。"

方洵看看手机，又是呵呵两声，回了一句："没心情。"

"看来真的很没心情，不然也不会一个人在山顶喝西北风。"

方洵盯着手机足足愣了三秒，才想到回头去看，初春的山里尚有些冷清，枝丫光秃的松树显得格外寂寥。苍白而微微刺眼的阳光下，穿着黑色风衣的胤阳笔直地站在她面前，双手随意插兜，眉梢眼角都带着暖暖的笑意，没说话也没动作，只是微抿着唇静静地望着她，半晌，扬起嘴角展颜一笑，对着她勾了勾手指。

那个笑容，真的耀眼得有些过分了。

她一时间有些恍惚，竟分不清眼前的人是谁，直到他薄薄的嘴角弯出一道好看却邪肆的弧度，与印象中的那个他完全重叠，才把她一下子拉回现实。方洵有些尴尬地咳了一声："那个，这么巧，我来寻找灵感，你呢？"想了一下，试探着问道，"不会约了客户吧？"

他嘴角的笑意更深，带着玩味："我的客户，不是你吗？"

方洵吓了一跳："别开玩笑了，我可没钱光顾你。"

"那我光顾你好了。"胤阳走过来拉住她的手，亲昵道，"走吧，我请你吃饭。"

方洵有些诧然，他们什么时候熟到这地步了？

用力挣了挣，没挣脱，方洵微微皱眉，生硬地拒绝："那个，我有事，就不去了。"

他没说话，沉默地看了她一会儿，突然问道："你看不起我？"

方洵心想该怎么解释。你跟他讲道理，他跟你讲规矩。你跟他讲规矩，他跟你讲尊严。

风有些凉，她慢慢抽出手，绷着脸认真解释："我没有看不起你，我尊重每一个行业，以及为了生存和生活而认真努力的人。只是，虽然可以理解，但还是，不能完全接受。"

他微微皱眉，双手放进口袋，眼神冷冷的："你还是看不起我。"说着低头笑了下，用一种自嘲的口气道，"看来你之前的道歉是假的，在你眼里，我就是个死少爷。"

方洵心想，得，更没法解释了，已经从尊严上升到人格侮辱了。

你说这人三言两语就能让别人无言以对无地自容，这样有才怎么就不能从良，让胤教授少操点儿心呢！

方洵碰了碰他的胳膊，十分无力道："走吧。"

他挑眉笑："你家还是我家？"

方洵觉得，自己要被他气吐血了。

两人下了山，胤阳载着方洵到了市区一家中餐厅，这家餐厅装修风格简约，色调黑白为主，单一，还有些淡淡的冷。这个时间人不多，安安静静的，方洵看着餐桌上铺叠整齐的白色桌布，然后扭头看看玻璃窗外面的景色，不知道该说些什么。

胤阳将果汁递给她，看着她一脸的不自在，笑道："那晚什么都没发生。”

方洵回过头来看他，犹豫了下，说：“我知道。”

见他一脸“你怎么知道的”惊讶，她拿起杯子猛喝了口果汁，说：“后来察觉的，如果发生那种事……”她看着他，脸色微微泛红，然后窘迫地大声叫道，“反正我就是知道！”

胤阳强忍住笑，故作平静地喝了口水：“是吗？”

方洵尴尬地拿起杯子，一双漆黑的眼睛转了又转，有些闪躲，想要转移话题结果还是绕了回来：“那个，我吐了一身，所以是你帮我换了衣服？”

他“嗯”了一声，抬眼看到方洵一张脸瞬间涨得通红，心有不忍地安慰道：“放心，我闭着眼睛换的。”

她安心似的深深呼出口气，低头又喝了口果汁，突然觉得不对：“闭着眼睛怎么换？”

“边摸边换！”

方洵一口果汁呛在了嗓子眼。

胤阳赶紧给她递纸巾，看她擦完嘴角又擦衣服，气急败坏，手忙脚乱，他一个没忍住，扑哧笑了。

方洵抬头狠狠瞪他一眼，然后指了指桌上振动不停的手机，挖苦笑道：“又来活了？”

他没说话，拿起一看，方才还笑着的脸，突然有了微妙的变化。

他起身走到她身边，将手搭在她肩膀上，说了句“等我”，便拿起外套走出餐厅。

三月的天，虽然阳光温热，还是有微微的凉。

胤阳双臂抱胸倚着停在路边的黑色法拉利，身上带着些慵懒散漫的味道，神色冷漠而疏远地看着此刻站在他面前暴怒抓狂的女人，听她发了会儿飙，脸上却没什么表情，姿态从容得仿佛是看一场无关紧要的个人表演。半晌，他突然换了个姿势，似乎开始有些不耐烦：“说完了？”

那女人愣了一下，被他极度不屑的语气和态度气得浑身直抖，不由分说抬手甩了他一巴掌。

胤阳顺势偏过头，接着抿起嘴角，有些轻蔑地笑了声，重复道："说完了？"

"你……"女人血压不稳地撑住后脑勺，"好啊。"

而方洵吃得心满意足准备开溜，刚刚走出餐厅就被眼前这一幕吓了一跳。这女人她见过，就是之前那个与胤阳当街拉拉扯扯的富贵女人，在她看来，这女人该是胤阳的最大客户，跟他之间或许还有些什么特殊约定补充协议之类的。照理说他们两个人之间的事，她没什么好说的，但当街打人，这未免太侮辱人格了吧。

胤阳可是高大帅气，气质也好，被这女人掴了一巴掌就像是被一头母猪拱了自家的白菜地，想想都窝囊。再想想课堂上那个头发花白的身影，如果让老人家看到眼前一幕，不知道作何感想，眼前张牙舞爪的富贵女人，不就是仗着有几个臭钱吗？

方洵立刻三两步走过去横在两个人中间，用肩膀碰了碰胤阳的肩膀："嘿，这么巧。"

胤阳没想到方洵会来，一时间有些诧异，看了看她，又看看身边的女人，伸手把方洵拽到身后。

方洵十分不老实地往前迈了两步，不满地说道："大姐，有话好好说，干吗打人啊？"

那女人面带不善，睨了方洵一眼，厉声道："谁是你大姐？"

女人声音很厚很稳，虽然在气头上，说出的话不客气、不友善，但中气十足。

这模样，倒是很像最近热播的一部宫斗剧里的太后，端严、雄武、不可冒犯。

方洵伸手摸了摸鼻子，装模作样道："不好意思，我眼拙了，看您这年纪，也当不了我大姐，在称呼上把您叫年轻不高兴了吧，称呼您一声大娘您看行吗？"

女人气得脸都绿了，急道："谁是你大娘？从哪儿冒出来的东西？滚远点儿。"

方洵干笑两声："不叫就不叫呗，喊什么啊。"又对着胤阳小声嘟哝，"脾气这么大，不知道是不是内分泌不好。"

女人抬手指着方洵："你……"

"其实您完全没必要发这么大火，对一个年纪可以做您儿子的人，何必呢？您看您打他他都没还手，人好，修养也好，对您也是百般顺从，一个电话就马上赶到，端茶送水，陪吃陪聊，就算您亲儿子也做不到这样吧？说明他把您当大娘一样尊敬啊。"

女人血压不稳地晃了两下，撑着后脑勺，怒道："我儿子怎么对我，关你什么事？"

方洵也有点儿生气，她儿子怎么对她，当然不关她的事，可胤阳不是她儿子，她是给了钱，但也要给人起码的尊重吧。而且看胤阳的样子，对他这个大客户也不是很满意，凭什么就得被随意打骂呵斥。

方洵又上前两步，跟那女人面对面站着，眉头拧起来，突然就想要好好问一问她，拱了这片新鲜水灵的白菜地，知不知道"羞耻"两个字怎么写？可没等开口就被身后的人拉住，紧接着一只手腕被用力握紧。方洵愣了下，回头看看胤阳，他没说话，也没什么表情，却对她摇了摇头。

有些淡漠，有些冰冷，目光却是真挚的。

那一刻，她真觉得他委屈极了。她咬了咬嘴唇，反手将他握得更紧。

这是她第一次主动握他的手，胤阳的这双手，充满韧性和力量，让人想要依靠，很厚实，很暖，跟秦朔的不同。秦朔的手指冰，十指交握时凉进骨头，让人心疼。

她看着他，专注地、认真地说了句："别担心，有我！"

简单不过的一句话，却好像穿透他的皮肤，烙在他坚硬的骨头上。胤阳怔了怔，脸上出奇平静，眼里却流淌过莫名的情绪。

从来没有过的情绪，很涩、很柔，辨不出味道，呵呵，真奇怪！

女人看着两个人紧紧握着的手："你们……"

"我们什么？"方洵扭头看着女人，"我不知道你出了多少钱，但别以为只有你才能光顾他，我也是他的客户，所以他不是你一个人的，他是属于我们大家的，而且我跟他之间的……”想到胤教授，她一下子理直气壮起来，嗓门也大了，“感情并不是完全用金钱衡量的，你除了钱，还有什么？”

“哈……”女人被气得笑出来，“你不就是冲着他的钱吗？这点儿鬼心思以为我看不出来？小丫头，不知天高地厚，你算个什么东西，敢跟我在这里讨论他的所有权问题。”

方洵气得手一抖，还想继续辩驳，胤阳用力攥住她的腕骨，对那女人微微皱了皱眉，目光淡漠到透明：“您失礼了。”说完不再与她纠缠，拉着方洵就走，掏出钥匙启动车子，打开车门一把将方洵丢了进去，自己也上了车。

胤阳修长的手指轻轻搭在方向盘上，专注地开车，一脸平静仿佛什么都没发生。方洵微微偏头去打量他，干净利落的短发顺着额际服帖地贴在耳侧，衬出他冷隽眉目和棱角分明的侧脸，明明是那样精致而冷硬的一张脸，可微微抿起的嘴角，在死一般的沉默中透出恬淡和温暖的味道。

“那个……”方洵犹豫了一会儿，还是决心问出口，“你们这行，是要往上面交钱吧？

胤阳一愣，回过头来看她，好笑地问：“你连这个都懂？”

方洵心想废话，我可是写小说的。可话到嘴边转换成十分认真的低语：“我觉得人活着，不管做哪一行，都要有自己的原则和尊严，更不能被随意践踏，今天之后，那位可能再也不会光顾你了。对不起啊，影响你做生意。”

胤阳没说话，平静的目光却多了些别的味道，目视前方，等着她继续说下去。

方洵咳了一声，继续道：“可我实在看不下去了，你想，如果让你爸看到你被打，他得多心疼，估计又得掉不少头发。”停了一下，她鼓足勇气道，“你知道我是学生，没什么钱，比起刚才那位，我能给的很少很少，但你告诉我一个最低标准，我包养你！”

胤阳猛地将车停在路边，难以置信地转头看她：“你说什么？”

这个决定是突然做出的，刚刚冒出这个想法时，她自己也吓了一跳，但她在最短的时间内，很认真仔细想过这件事。胤阳很好，气质、修养、家庭背景，一切都好，虽然不清楚他为什么要选择这一行，但是，她想帮帮他。

当然不是用钱，但钱是第一步。

方洵摸了摸身上的包，一脸认真道：“我包养你，但不需要你付出什么，只是纯聊天而已。我虽然还在上学，但我不花家里钱，我写小说，每个月有稿费，除去学费生活费，还剩下些，我可以帮你，只要你不觉得我自不量力……”

胤阳冷硬的眉目忽然变得柔软，双眸漆黑，如一摊化不开的浓墨，看不见里面流动的情绪，也读不懂那些内容。半晌，他倾身过来，靠近她的脸，嘴角扬起好看的弧度，轻声笑着：“我们这行就算盖着被子纯聊天，也要收睡觉的钱，所以只是聊天的话，你就太亏了。”

方洵将脖子缩了一缩，诚恳道：“你太贵了，我睡不起！”

他有些失望地看着她。

方洵下意识避开他的目光，扭头看向窗外，声音有些缥缈：“如果你觉得我亏了，那我有一个条件。”

“哦？”说话的声调和那嘶哑魅惑的嗓音真是恰到好处。

方洵清了清嗓：“两个月为期，不管你用什么方法，帮我忘记一个人。”她回过头来，眼神很认真，“如果你做不到，那就是你没本事，浪费了我的时间和金钱，那么，约定自动解除。”

他抬眼看进她眼里，看着她清澈双眸的笃定和渴望，轻笑着道：“如果我能做到，你包养我一辈子。”

她动了动嘴唇，不可思议地看着他，似乎在嘲笑他的大言不惭：“我用两年时间都没能忘记，你只有……”

他一把将她抱住，按在怀里狠狠吻上她的瓣唇，那动作是不留余地的完全占有，有些倨傲，有些霸道，眼神淡漠中带着一点儿热度。

她突然惊住了，以至于没有反应过来瞪大眼睛看他。

许久，他终于满意地放开她，和她拉开一点儿距离，修长的手指在她小巧的鼻尖上轻轻划过，得逞般微笑："成交！"

周日，方洵是被一阵鬼哭狼嚎的电话铃声叫醒的，顶着鸡窝头噌地翻身起来，突然想起今天是周末，睁着惺忪的眼睛看手机，一串陌生的号码在眼前来回晃悠，她按下接听键："喂。"

"起床了？"

方洵扒着头发："你谁啊？"

那边沉默了几秒钟，口气有些不悦："你没存我的号？上次不是让你存下来吗？"

方洵这回听清楚了，不以为意地哼了一声，重新趴回到床上，闭着眼睛懒懒道："我忘了。"

"忘了？"此时站在楼下倚着车门吹风的胤阳咬牙切齿，"很好。"

那边突然没了动静，胤阳将电话从耳侧拿开，对着扬声器大喝一声："方洵。"

趴在床上睡着了的方洵再次被惊醒，艰难地睁开双眼，迷糊道："啊？"

"起来，我们去看日出。"

方洵抓狂地揪着头发，恨恨道："看你妹啊，我还没睡醒呢。"

那边气定神闲，底气十足："给你十分钟，十分钟等不到你，我上去抱你下来。"说完果断挂掉手机。

方洵呆呆地盯着屏幕看了会儿，三点二十？苍天，她到底造了什么孽，惹上这么个祖宗。她唉声叹气连滚带爬地从床上翻身起来，洗漱，穿衣，胡乱扎了个马尾，拎包就往楼下跑。

天还没亮，胤阳站在冰冷的车门前，影子暗淡，带着丝凉意。

他低头点着一支烟，眼睛透过淡青色的烟雾静静看着前面，不时低头看下腕表。

"十分钟。"

方洵气喘吁吁地站定，伸手过去让他看时间，他握住她的手，装模作样地在她的手腕处看了会儿，然后微微扬起嘴角，轻笑着道："哎，你这手表不错啊，送我吧。"

她用力将手抽回来："大哥，我虽然同意包养你，但是以最低标准的，供你吃供你住就不错了，您还想连吃带拿啊？"

他眯起眼睛打量她，目光带着玩味，嘴角的笑若有似无："供我住？你的意思是，我可以……"

她哆嗦了下，急忙解释："我就是打个比方，你别误会。"

"我没误会。"胤阳打开车门，"上车。"

方洵哼哼两声，一扭头扫见被丢在地上的几个烟头，皱着眉头道："你怎么随地乱扔烟头。"

他面不改色："为了让你捡。"

"……"

方洵睡了一路，车开到南山脚下的时候，天还没亮。胤阳解开安全带，扭头看向她，她歪着脑袋大大咧咧地靠在椅背上，头发乱糟糟，微微张着嘴巴，口水都要流出来，他忍住笑，轻轻拍了拍她的肩膀，严肃道："方洵，上课了。"

她立马睁开眼睛，噌地坐直，扭头见是胤阳，才缓过神来，没好气地瞪他一眼："吓死我了，还以为又被点名了。"

他探过去给她解安全带："看你这模样，在我爸的课上没少睡吧，都条件反射了，回去我得跟老头子好好说说。"

她心虚道："不是，我昨晚熬夜来着，才睡了两个小时，困死了。"她揉揉眼睛，怨念道，"看我这黑眼圈。"

他摸摸她的头："好吧，原谅你。"

方洵心想，你原谅我？我做了什么大逆不道的事情啊还要你原谅，不要脸。

胤阳保持着给她解安全带的姿势不动，身体却无意识地贴近。方洵感到他在自己身上的力量越来越重，轻微的喘息声撩得她耳根发热，她按住他的肩膀，本能地往外推："你干吗，少借故占便宜。"

他微微拧眉："卡住了。"

方洵："……"

好不容易解开安全带，下了车，在迷蒙暗色中依稀瞧见眼前拾级而上的千级石阶，山道两旁耸立的百年云松，山顶上缭绕在云山雾海里那个模糊的白色灯塔，方洵微微皱眉，不能理解地看向胤阳："为什么来这里？"

"知道这是哪儿吗？"他没看她，只是淡淡问道。

她没好气地瞪着他："废话，这里是南山，我们昨天才来过，我是问你为什么要带我来这里？"

他望向她，眼里微微带笑："你不是要我为你疗伤吗？我听人说，从哪里跌倒，就从哪里爬起来。"

方洵呆愣着看他，有些没底气地问道："你怎么知道我是在这里跌倒的？"

他笑了笑，锐利目光穿透凉薄雾霭，定定望向山顶那头灯塔的微光，用一种笃信而又肯定的口气说道："定情的地方，往往就是伤情的地方，而定情之处，除了山头，就是海边，在海边的人通常比较浪漫……"

"那山头的呢？"她急着追问。

他瞅瞅她："傻了吧唧！"

"你妹！"

胤阳上前握住方洵的手，拉着她往山上走。方洵使劲挣了挣，他却握得更紧，丝毫没有放开的意思。她站在那里不动，黑着脸瞅他，他纳闷地看看她，又低头看了看两人握着的手，若无其事地笑道："牵个手而已，又不要钱，算是我免费赠送的，你既然说要包养我，总要让我有些被包养的感觉吧。"

方洵觉得，这世上绝对找不出比他还厚脸皮的人。

两人爬到山头已经五点多，眼前山雾缭绕，烟波渺渺，云松耸立，层云推移，一点橘红微光穿透稀薄雾霭慢慢映入视野，将眼前一片微白山景镀上融融暖色，两个并肩而立的身影在这一片浩渺苍茫中显得厚重而绵长。谁都没有说话，直到太阳完全升起来，方洵才想起一直握在她手心里的温度。偏头看看他，这一刻他没了之前的暧昧轻佻，而是站得笔直，目光平静，就如挺立在他身后的那株高大松树，沉默而骄傲。

眼前的场景与从前相似，身边的人却完全不同，心里有一种近在咫尺，却恍如隔世之感。

胤阳突然松开方洵的手，将手随意放在兜里，微微抬头望着头顶带着微赤之色遥远而迷蒙的日光，问道："跟他看过几回日出？"

方洵看着自己被放空的手，有那么一瞬间的恍惚，听他这么一问，整个人僵了一下，呆了好一会儿，才磕磕绊绊地回答："一回也没看到，来过几次，都赶上阴天。"

胤阳哧地笑了，又是从前那种邪恶带着调笑的口气："看来一开始就注定没有好结果，分开是对的，你还有什么想不开？"

他没看她，口气也是漫不经心，却听得她心里一拧。

她从来没听过还有这种道理。

这种道理隐含的意思是，每天都有车祸的，何必出门？食物也会中毒的，何必吃饭？早晚也是要死的，何必活着？小说开篇没写好的，你还不草草完结？

她转过头来看胤阳，眼睛一弯，绽放在阳光下的笑容明媚耀眼："我不这么认为，因为没有谁会在还没开始的时候就想到会有结果，也没有谁会在两个人在一起之后想到没有将来，爱情从来就不是能够预料的，即使预料得到，也做不到。"

他静静地站在那里，不以为然地笑了下，没有反驳，只是话锋一转："我饿了，请我吃饭。"

"我请？"

"当然，是你养我，难道要我倒贴？"

方洵犹豫了下："那吃面吧，这附近就有一家，还挺好吃的。"抬眼看了看胤阳，理直气壮道，"我只说包养你，没说提供什么标准，你要是不想吃那就……"

“就怎么？”他笑着问她。

“那我就省了呗，因为包养你的钱是我正经花销之外的闲钱，也就是说要仔细、慎重、节省，如果你想大鱼大肉，钱早早花完了，我就没钱包你了，所以说，吃得便宜点儿，我就能包得长远点儿。”

“哦？怎么长远？”他的笑意更深。

方洵决定给他算一笔账。

“你看啊，如果咱俩去吃顿好的，至少也得一两百块，一个月吃上两三回，再加上你平时的吃喝，就差不多一千多块，但是一碗面才十块钱，我包你一个月，也就三百块钱。”

胤阳头一回听到有人这么算账，她的意思是说，除了每天一碗面，就不打算负责别的了，这叫包养？

胤阳若有所思地摸着下巴：“我不可能每天只吃一碗面。”

方洵：“啊？”

“其实我吃得不多，要求也不高，一日三餐是不可少的，算下来一天不能低于一百块，这是基本。”

方洵：“啊？”

“我每个星期都要购置新装，这个费用每个月差不多上万。”

方洵：“啊？”

“保养品我倒是不怎么用，只是偶尔护肤，这个一千块就够了，而且我不用香水。”

“……”

“对了，还有我的车，这个是重点，门面嘛，一个月的油费、保养费也不少。”

“……”

“还有，今年的物业费还没交。”

“……”

“健身俱乐部的会员卡也该续费了。”

“……”

“这么算来，你想包养我，一个月至少两万块。”

“……”

“怎么不说话，两万块买到我，是不是觉得很划算？”

方洵目瞪口呆，她觉得她已经算不过来这笔账了。

她说包养他的那句话，还能收回吗？

“不过如果是你……”胤阳将嘴唇凑近她耳边，暧昧地笑着，“一天一碗面，我认了，一个月三百块，我也认了，只要你不甩了我，我都认了。”

方洵头皮有些发麻。

明明是问她要钱，说出来却甜言蜜语一样动听。

胤阳走过来抓住她的手，拉着她往山下走，方洵看着自己突然又被握住的手，有一种完全居于被动和弱势局面的挫败感，她凝着眉头用力挣了下：“干吗？”

他抓着她紧紧不放：“怎么？是你说，无论我用什么方法，只要让你忘了那个禽兽。”

她怔住，忍不住纠正道：“他不叫禽兽，叫秦朔。”

他理直气壮：“有区别吗？”

“你……”

南山脚下就有吃饭的地方，简简单单的面馆，还有一家水果摊和卖纪念品的商店，两个人一路吵吵闹闹走下来，到山脚已经快十点。路过纪念品店时，胤阳脚步停了停：“哎，你看那里有卖纪念品的，你看那个泥雕小人真不错哎，你送我一个吧……”话没说完，直接被方洵拖进面馆。

叫了两碗牛肉面，几分钟的工夫，老板已经把面端上来，笑眯眯地搁在两人面前。方洵将筷子递给胤阳，他看看筷子，没接，而是张开嘴巴：“啊……”

方洵拿着筷子的手一抖，端起碗想泼他一脸面汤。想了想还是忍了，直接将筷子丢过去，没好气道：“自己吃。”

他失望地叹口气，极其不情愿地拿起筷子，嘴里念叨着：“从前跟客户在一起时，从来没自己拿过筷子吃饭，真不习惯。”

方洵再次忍住将面汤泼过去的冲动，怒道：“你吃不吃？”

胤阳递到嘴边的筷子一顿，抬眼扫了扫她：“你再对我喊一个？”

方洵一摔筷子，噌地站起来：“老子不干了。我花钱包养你，给你吃给你喝，你还那么多事，你是不是故意找碴儿？”

春日登山的人多，又赶上周末，不大的一家面馆已经全部坐满，方洵这一嗓子吼出来，整个屋子吃饭的人都呆住了，齐齐扭头目瞪口呆地看着她，有个小孩被吓得筷子啪地掉在地上。

那些投来惊讶目光的人，有曼妙少女，有曼妙少男，还有两个曼妙未遂的猥琐大叔。

面馆太小，场面太大，万众瞩目的焦点也不是那么好当，方洵再厚脸皮都有点儿拉不下脸，只能羞恼地重新坐下来。抬眼看了看胤阳，他却没事人似的，不但没生气，反而有些沾沾自喜的得意表情，她没好气地瞪了他一眼：“都怪你，你还笑，笑个屁。”

他笑得十分欠抽：“我就是在笑个屁啊。”

方洵觉得，答应养他这件事真是个失败的决定。一个月三百块虽然不贵，但架不住心里堵得慌。

她开始有点儿同情胤教授，跟这么个逆天的祸害玩意儿一起生活了二十来年，究竟是怎么活下来的啊。

老师就是老师，意志力果然非同一般，叫人敬佩。

心情好不容易平复下来，方洵重新拿起筷子，看了半天自己的面碗，然后开始一点点往外夹香菜。

他抬头看看她：“你不吃香菜？”

她懒得看他，生硬回道：“不喜欢吃。”

“那为什么还要放？”

她的筷子顿了下，似乎在认真思考这个问题：“习惯吧。以前每次吃面，都会往里面放很多香菜，我不爱吃，但是有人帮我挑出来，虽然折腾人，但我享受那过程，看着他为我一点点往外挑，那种认真专注的样子，我就觉得他是因为喜欢我，才愿意为我做很多事。

后来，他走了，我就一个人来，还是习惯来这里吃面，习惯往碗里放香菜，不过，要自己挑了。”

胤阳微微皱起眉头，沉默好一会儿，突然问道：“放了香菜又不吃，我想知道，你这么浪费，这家店的老板知道吗？”

方洵迷茫地看着他：“啊？”

“看来不知道啊。”胤阳撂下筷子，端起方洵面前的面碗，起身往面馆后厨房走去。

“喂。”方洵想拉没拉住，“你不是吧，给我回来。”

声音太大，周围人再一次看了过来，目光火辣辣的，方洵吞了吞口水，赶紧扭回头。

大约三分钟后，胤阳端着面碗从里面走出来，方洵坐立不安地看着他，又往他身后看了看，见老板没跟着出来，才稍稍安心。她对他比画两下，咬牙切齿道：“大哥，你不是跟老板说这事去了吧？”

他将手中的面碗重新放回她面前，然后坐回座位上，声音平静：“吃吧。”

她疑惑地低头看了看自己的碗，里面的香菜全没了，不是被人挑了出去，而是重新换了一碗新的。她抬头看看胤阳，不解道：“这个？”

“你是我的客户，拆你的台，谁来养我？”他眯起细长的眸子，带着玩味注视她有些含糊闪烁的眼神，“其实有些事情，没那么复杂，有些回忆，也没那么难忘，所有让自己陷入从前的记忆走不出来的人，都是作茧自缚。我从来没见过谁像你，把回忆当作未来在活，自己狼狈不堪……”他抬手指了指虚空，有些轻蔑地笑了，“那个人却好好的。”

方洵抿着唇不说话，有种难以言说的东西在心里来回翻腾，却辨不出究竟是什么情绪。

胤阳眼里的意味很深，目光很沉静，嘴边噙着淡淡的笑，那双漆黑的眼睛仿佛沉淀了经年风霜，淡漠从容却又无比寂寞，似冬日里的太阳，并不刺眼却在冰冷中释放出热度，不动声色地灼烧人心。

胤阳看着一脸思索望着自己的方洵，蓦地笑了：“怎么这么看着我？你在想什么？”

那笑容很深很好看，如同冬日暖阳般恬淡温暖。

她眼睛骨碌碌转了转，慢慢将脸凑过去，挑衅般扬了扬眉，狡黠笑着：“我想，换这碗面的钱，你来付。”

“好。”他爽快答应，倾身过来，几乎是贴着她的脸，带着些暧昧口气轻声道，“晚上住的地方，你出。”

方洵咬着嘴唇，努力将眼泪吞进肚子里，艰难道：“还是我付吧。”

方洵被胤阳霸占了一整天，上午爬南山，下午要她陪着去看画展。她不懂那些，一言不发地跟在胤阳身边，看着他专注看画，自己在脑子里构思小说情节。好不容易陪他看完，又被他拉去吃晚饭，这一番折腾，回到住的地方已经傍晚。

天色渐暗，马路两旁街灯昏黄，映出初春时节寂寞梧桐长长的树影。方洵撑着疲乏的身体正准备开门下车，却被胤阳一把拦住，握着她的手腕，暧昧地朝她扬起嘴角，露出调笑般的表情：“不请我上去坐坐？”

方洵挣开他的手，果断拒绝：“我家里小，没你坐的地方。”

他有些失落地看着她：“我屁股有那么大吗？”

“……”

最后胤阳还是死皮赖脸地跟着方洵上了楼，进了家门，看了看门口的鞋架，问道：“没有拖鞋？”

方洵无语地看着他：“你还真把这儿当自己家了？你是来做客的好吗，请摆正自己的位置。”

他抿嘴笑了笑：“好吧，下次我自己带一双。”

方洵不可思议地看着他：“大哥，你是打算常来常往吗？”

他表情满是认真：“我是你的人，早晚也是要住进来的。”说着，将身体慢慢探过去，凑近她耳边，低语道，“你知道我为了你拒绝了多少客人吗？你知道我这半个月少赚了多少钱吗？我就要连拖拉机都开不起了，你倒好，连双拖鞋都不给。”

“我……”方洵斜眼瞅着他，“我不是这个意思。”

“那是什么意思？”

方洵被噎得无言以对，低头看了看自己的脚，慢吞吞地脱下一只鞋，抬手甩给他，一脸诚恳道：“一人一只，行吗？”

胤阳：“……”

方洵是在学校附近租的房子，因为不在市区，价格相对便宜，四十来平方米的面积，一室一厅，虽然不大，却收拾得干净整洁，与她平时鸡飞狗跳的性格不大相符。此时她正在厨房烧水准备泡茶，胤阳坐在客厅的沙发上随意翻着她搁在茶几上的书。页面有些旧了，看样子她翻过很多遍，翻到最后，突然从里面掉出一张相片。

相片上的她，穿着白色T恤，扎着马尾，笑容干净而明亮，歪着头靠在一个高大帅气的男生肩上。那男生面容清冷，眼睛里带出几分沉郁，虽然不如她笑得张扬而肆意，但微微凝着的眉间隐约含着一丝不易察觉的笑。

胤阳修长的手指慢慢划过那张俊脸，最后停在男生额间用力戳了下，嗓子里冷冷逸出两个字：“秦朔。”

方洵端着杯子出来，往茶几上啪地一放：“喝吧。”一抬头，胤阳正以手指夹着那张照片，在她眼前晃了晃：“他是禽兽？”

方洵愣了下，伸手就要去抢：“给我。”

他手腕一转，灵巧躲开，重复着问：“禽兽？”

她看着他，闷闷地点头：“嗯。”

“长得也不怎么样啊。”他止不住嗤笑了声，不屑中带着几分讥诮的口气，“人都走了，还留着照片做什么？诅咒他啊？”

她低下头，静静看着茶几上那杯热茶，在空气里蒸腾出袅袅水汽，视线有一些湿润的模糊。

“我也不知道，有些事情过去了就回不来，这个道理我明白。他虽然走了，可我常常在想，或许有一天，他还会回来，我还能再见到他，我想问一问他为什么离开我，连个理由都没有。但现在我不这么想了，就算他回来，我也……喂，你干什么？”方洵话刚说一半，胤阳双手分别夹住相片两角，稍一用力，直接将相片撕成两半。

想要阻止已经来不及，方洵不可思议地看着他，又看看他左右手中拿着的半张照片，觉得天轰地塌了下来："那是唯一一张合影。"

"是吗？"胤阳将方洵的那半张照片塞进自己怀里，然后从沙发上站起来，慢悠悠地往窗边走。方洵不解地跟着他："喂，你做什么？干什么去啊？"

他走到窗前，漫不经心地推开一扇窗，然后回头看了看她，眉头一挑，嘴角一弯，还没等她反应过来，猛地抬手将攥在手里的另半张相片挥手丢了出去。

"胤阳！"方洵抓狂地跑到窗边，探出头瞪大眼睛往窗外瞧，那半张相片已经被风卷出老远，落在一片模糊的沉寂夜色里，寻不着半点儿痕迹。

她愤怒地转过头，狠狠地盯着胤阳："你……"

他倚着窗子，歉意一笑："不好意思，手滑了。"

"你是故意的。"

"哦。"他仍笑笑，"好吧，我是故意的，然后呢？你要怎么样？"

方洵看着他，觉得自己要气死了。跟秦朔在一起的那些日子，他对她的好，他虽沉默不喜言语却偶尔对她展露出的笑，仍是她这一生无法割舍的珍贵记忆，可现在，没了，全没了，连点儿渣渣都不剩。苍天，她到底造了什么孽，上天派了这么一个人下来折磨她，吃她的、花她的，还给她气受，明明是她花了钱，为什么会这么累、这么气、这么憋屈？

她指指门口，无力道："请你圆润地走出去。"

他仿佛没听见似的，重新坐下来，悠闲地喝了一口茶："唔，好烫。"又抬头看看她，"生气了？"

她揪着头发，怒不可遏地瞪着他："大哥，我到底是什么地方得罪你了，你要这么折磨我？"

"是你说，要我用尽一切方法，让你忘了那个禽兽。"

"别找借口。"方洵气呼呼地指着他，"胤阳，你到底有没有认真喜欢过一个人，有没有为了一个人全心付出过？不在意回报，不计较得失。”她冷笑一声，“没有吧，像你这种人，哪里懂得真心的可贵，哪里知道什么是一见钟情，你甚至连最起码的尊重都不懂。”

他坐在那里，渐渐收起唇边的笑意，微微抬高了双眸，凌厉眸光毫不避讳地看进她的眼里，话语冰冷如刀锋：“你说得对，我这种人，确实不懂得真心的可贵，也不知道什么是一见钟情，更没有尊重过谁，但我知道的是，你喜欢的、钟情的、想要尊重的人，未必喜欢你、钟情你，像你尊重他那样尊重你。”

她突然怔住，无言以对。

她觉得他在强词夺理。

可她连这种强词夺理都反驳不了。

他站起身来，一步步走近她，不说话也没有生气，气氛却在微妙地变化。她后退一步。

胤阳伸手拉住她，让她紧紧地贴合自己，沙哑中稍带魅惑的嗓音擦在她耳侧，轻蔑，甚至带着些嘲讽：“我不知道你们从前经历过什么，但我要告诉你，回忆只能是回忆，越是美好的回忆越伤人心。那些你在意的、舍不得放手的东西都会流逝，你拼尽力气也未必抓得住。如果他真的爱你，就不会走，既然走了，就算有一天，他回来了，跪在你面前求你原谅，也不要稀罕。就当他是一棵杂草，把一棵杂草从你的世界里拔除，这有多难？”

他笑了笑，手掌慢慢攀上她的后背，隔着层薄料，轻轻地拍着她的脊背：“既然要忘记他，那么，就要全部，一丝一毫都不要留下，包括，回忆。”

他的掌心很热，方洵觉得一股电流从他手心腾地冒起，流光一样飞速蹿进自己的身体，她不由自主地轻颤了下，耳根发热，心跳声怦怦怦。

这感觉有些陌生，但是很奇妙。

她呆愣着沉浸在他的话里，半天没有回神。胤阳从沙发上拿起外套，从她身边无声擦过，走到门口的时候，突然来了一句：“记得准备拖鞋，你家地上太凉。”说完还补充一句，“光脚站久了，肾虚。”

“……”

折腾了一天，睡眠严重不足的方洵只觉得昏昏沉沉，到了晚上偏偏没了睡意，趴在床上想这几天的事情，想胤阳说的那些话。想着想着觉得他实在可恨，可又觉得他说得很有道理，如此反复，简直要把自己搞得精神分裂。

她拿起手机，找到胤阳的头像，快速打上一句话，发送。

“你爸给我留的作业没完成，都怪你，耽误我一天时间，怎么办？【愤怒】”

那边很快回复：“别担心，有我。【得意】”

方洵心想，有你？有你顶个屁用啊！哼了一声，一头扎进被子里，没回复。

手机又“叮”的一声，方洵从被子里爬出来，划开屏幕，果然还是胤阳，点开一看，竟然是今天登山的一张照片。照片的角度是她的一个侧身，淡淡光影下，她静静站在那里，白毛衣，浅灰围巾，束着简单的马尾，双手自然垂下，神情专注地看着自地平线缓缓升起的一抹灿烂初阳。远景是白色灯塔，近景有百年云松，就在那样一个略显迷蒙和悠远的画面里，她静静地站着，纯净美好得令人惊叹。

她盯着照片看了好一会儿，完全想不起他是什么时候照的。

“照得不错。”

“我也觉得不错，就是有个地方不和谐，破坏了整体美感。【叹气】”

方洵赶紧又看一遍，那山，那树，那灯塔，那完美的侧颜、高挺的鼻梁、忧郁的小表情，没什么不对啊，于是发过去一个问号：“哪里不和谐？”

“腿太短了。”

浑蛋胤阳！方洵噌地坐起来，嗖地将手机丢了出去。

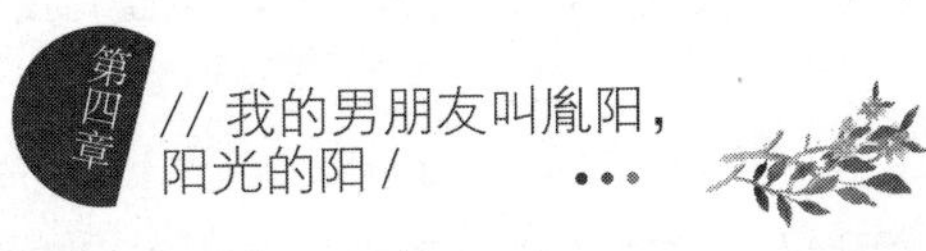

第四章 // 我的男朋友叫胤阳，阳光的阳 /

周一一大早，方洵顶着两个吓人的熊猫眼晃晃悠悠地下了楼，两个晚上没睡好，脚步有些虚浮，走出楼梯口的时候，不稳地晃了一下，左脚绊到右脚，一个踉跄差点儿直接趴在地上。

“方洵。”

走出小区大门，隐约听见有人叫她。方洵四处看看，没看见什么认识的人，以为自己出现了幻听。刚要抬起脚步，又传来一声，无比清晰无比响亮：“方洵。”

马路对面的胤阳，一身西装笔挺，白衬衫最上面两枚扣子没系，露出修长脖颈和流畅的锁骨线条，干净利落的短发张扬而放肆，左耳那枚黑色钻石耳钉在阳光照耀下异常魅惑闪亮。此时他正倚着法拉利的车门笑容款款，一面对她摆手，一面暧昧地投来一个眼神。见此情景，方洵脚步不稳地晃了一下，急忙扶住大门。苍天，这是要干吗？大清早的打扮成这样，不是来开口要钱的吧！

她愁眉苦脸地走过去，瞅瞅他，下意识抓紧自己的包，一脸防备：“你来干吗？”

他移开身形，打开车门：“上车。”

“啊？”

胤阳一把揪过方洵将她丢进车子，自己也跟着上去，油门一踩，直奔S大学而去。

看着前面这条熟悉的马路，方洵才稍稍安心："你来送我上学？为什么？"

胤阳将手搭在方向盘上，漫不经心道："你不是说老头子留给你的作业没完成吗？我送你去，他不敢为难你。"

方洵瞟了他一眼，撇撇嘴道："教授要是真为难我了，你还能把他怎么着啊？"

他扭头看看她，笑道："我是不能把他怎么着，不过，我可以给你收尸。"

"……"

快到S大学门口的时候，突然从路口冒出一个人影，把着辆二八自行车慢悠悠地往前骑。这条路比较窄，自行车完完全全挡在他们前面，车子开不起来，而胤阳表现出了相当高的素质和修养，不但没生气，还扬了扬嘴角，不怀好意地笑了笑，抬手按了按喇叭。

"嘀嘀"两声，前面的人似乎有了点儿反应，慢慢地转过头来。这不回头还好，一回头将方洵吓了一跳。

老师？

方洵急忙趴下，拽了拽胤阳的袖子，急道："你爸，是你爸。"

胤阳跟没听见似的，又是"嘀"的一声长响，胤教授无语地再次回头，认出那辆黑色法拉利后，气得胡子直颤。

方洵吓得肝胆俱裂，一把按在胤阳的手上："别按了，完了，又被他看见我跟你在一起，还试图超他老人家的车，我死定了。"

胤阳却没事人似的，只是看了看她死死按着自己的手，突然来了一句："你摸我。"

"……"

S大学校门口，方洵耷拉着脑袋，苦着脸听胤教授一顿教育："方洵啊，老师看你是挺老实一孩子，怎么老跟这种人混在一起呢？你还小，应该好好念书，以你的聪明，如果再勤奋点儿、刻苦点儿，是一定会有前途的。对了，老师上周交给你的作业，完成了吗？一会儿拿来给老师看看。”

胤教授口中的“这种人”自然是指追在他屁股后面，试图超他车的逆天儿子胤阳。此时胤阳正靠着车门，撑着下巴听胤教授一顿絮叨，然后咳了一声，打断老人家的话：“爸，你留的作业方洵没写，昨天我们折腾得太晚了，哪还有力气写作业，直接睡觉了。”

方洵猛地抬头，目瞪口呆地看着胤阳，胤教授也目瞪口呆地看着胤阳，然后血压不稳地晃了两下，还好扶着他的座驾二八自行车，不然估计得直接趴下。只见他一脸绝望，颤抖着嘴唇道：“你们……”

方洵急忙解释：“不是的啊，老师你听我解释，其实我们昨天去爬山，回来得晚了，并不是您想的那样。”

“解释什么？”胤阳没羞没臊地一把搂过方洵，对着胤教授介绍道，“来，重新认识一下，爸，这是方洵，我女朋友，以后对她好点儿，不然不养你。”

胤教授觉得嗓子一阵发紧，浑身的火一阵阵往上冒，恨不得卸了车链子上去抽他：“你个臭小子，你想气死我啊，看你这是什么样子，看你那糊了一头强力胶的头发，看你那跟小痞子似的大耳环。你……你这副样子，你简直丢我、丢你妈的脸啊。”

方洵吓得一个劲用手指戳胤阳的腰，让他闭嘴。胤阳直接抓着她的手送到嘴边亲了亲：“别怕，丑媳妇也是要见公婆的，何况你不丑。”

胤教授脸色发青，抖着嘴唇道：“好啊，好啊。”

三个人正说着话，方洵放在兜里的手机突然振动起来，拿出来看了眼，是白桐。

白桐是方洵大学同学，室友，大四毕业就离开了G市，到邻近城市工作，东北姑娘，爽直、敢拼、说话办事利落，不到一年的工夫，已经混上了一个小公司的部门主管。她跟白桐从前关系好，毕业之后就很少见，上次通电话白桐说要来G市看她，估摸是定好日期了。

“喂。”方洵躲开胤阳和胤教授，一脸喜悦地接起电话，“哪天来？我去车站接你。”

“方洵。”电话那头的声音十分严肃拘谨，甚至带着点儿忐忑，“大事。”

没见过白桐这么正经，方洵心里一急：“咋了，被炒了？”

她现在已经是个穷神，还要养着胤阳，此时的她觉得天大地大的事，都比不过钱大。

如果是借钱，嗯，她可以甩了胤阳接济白桐，几年的姐们，好说。

白桐犹豫了半天，才谨慎道：“姐们昨天收到一张喜柬。”

“嗬，我当什么事。”方洵松了口气，扭头看见胤教授正准备推着车子走，她赶紧讨好地摆了摆手，意思是“您老慢走”。胤教授余光瞟到她，飞快地骑上二八自行车撤了。

胤阳靠着车门点着一支烟，见她看过来，扬了扬嘴角，对她一笑。

虽然方洵不想承认，但胤阳那种在骄矜和淡漠中偶尔呈现的慵懒十分有味道。阳光下他微微眯着眼睛，嘴唇弯成微妙的弧度，手指间夹着烟，安安静静又漫不经心的样子真是俊朗好看。

七分淡漠，三分雅痞，骨子里有十足的贵公子气质。

一个月三百块来包养他，还真有点儿暴殄天物了。

“对了。”方洵收回目光，笑着问，“谁结婚了？”

“是订婚。”白桐深吸一口气，“那张喜柬，是秦朔的。”

方洵觉得自己没听清：“谁？”

白桐沉默好一会儿，重复道：“秦朔。方洵，他回来了。”

方洵觉得脑子里“嗡”的一声瞬间空白，拿着手机的手都微微颤抖，白桐还在断断续续地说着。

“我收到请柬之后，也拿不准要不要告诉你，毕竟当初他一句话没说就走了，做得不厚道，把你坑苦了，所以你自己选择，哪怕是问一个原因，做一个了断也好。方洵，你要不要去？”

方洵感到嗓子发紧，说不出话来，浑身虚浮无力，额头冒出一层密密的细汗，眼睛也有些干涩作痛，想要伸手抓住些什么，却找不到任何东西来扶。

胤阳发现她看过来的样子十分不对，仓皇、迫切、无助。凌厉的光掠过双眸，他突然从路边冲过来，稳稳接住了方洵要倒下去的身体。

电话还没挂断，白桐的声音越来越急："姐们你别吓我，说话啊。"

胤阳将浑身瘫软的方洵紧紧搂在怀里，接过她的电话："喂。"

突然出现的男声将白桐吓一跳，还以为串线，确定还是方洵的号，便犹豫着问："请问你哪位，方洵呢？"

"我是她男朋友，我想知道，什么事情，把我的女朋友吓成这样？"

胤阳一句"男朋友"直接把白桐打蒙了，她想这事她是说呢，还是不说呢？

她停顿了大概三秒钟，迅速做出一个决定，让现任打脸前任，绝对没有比这个更合适、更刺激、更振奋人心的戏码了。

说，必须说！！

说完之后，她又补充了句："方洵又冒汗了吧，别紧张，她是低血糖，上学的时候经常犯，你给她吃块糖或者巧克力就好了。还有，帅哥，友情提醒下，秦朔这小子虽然不厚道，但长得挺帅，请你打扮得用心点儿，祝你打脸成功，姐挺你，加嘞个油！"

胤阳将手机塞进方洵兜里，又用袖口给她擦了擦汗，看着她稍稍好转的脸色，笑着说了句："看来以后，要每天在你兜里备一块糖了。"

"我没事。"方洵摆摆手，"白桐说什么了？"

"她说祝我打脸成功。"

"……"

晚上十点，自由空间酒吧。

远离热闹嘈杂的舞台中央，胤阳坐在欢笑场斜后方一个灯光偏暗的角落，玻璃桌被服务员擦得很干净，隐隐约约映出他淡漠的脸。

他姿态慵懒地靠在沙发上，右手夹着一支烟，左手翻开一张溜边烫金的大红请柬。

标准化的请柬格式，简单、干净的页面，冰冷的语言，一切都显得庄重刻意，就像那个人的脸。

车宇拿着一瓶伏特加走过来，又从身边服务员手里接过两个玻璃杯，往胤阳面前一递："喝两杯吧。"

胤阳没说话，在烟火缸里按灭烟头接过酒杯，六十度的伏特加像白水一样"哗哗"地倒进去。

"胥日回来了。"车宇在胤阳对面坐下。

"我知道。"胤阳手一松，夹在手里的请柬掉在了桌子上。

车宇拿起看了看，笑了："你的名字是她亲自写上去的，我的是代写。"他笑得有些玩味，"厚此薄彼。"

胤阳端起杯子喝了一口，没理车宇，嘴角不经意地弯了下，那弧度十分微妙，有些轻蔑，有些嘲讽。

车宇看着他："打算去吗？"

胤阳修长的手指摩挲着冰凉的杯口，垂眼看着里面的透明酒液："请柬都给了，不去就太说不过去了吧。"

车宇鹰隼一样精锐的目光带了些思索的味道："七年，绕了大半个地球，还是回来了，可惜，她要嫁的人，不是你。"

"你凭什么觉得我还会要她？"胤阳冷淡地笑，往杯子里加了块冰，"七年前是她执意要走，七年后也不是我将她拱手送出。车宇，我对她没有遗憾，别用那种眼光看我。"

爱情不是崇拜，也不是折辱。

爱情中有一个人先走了，就没有资格要求留下的那个原地等他。

方洵是个傻子，他胤阳不是。

"行行行。"车宇主动上去碰了碰他的杯子，"是我话多，咱们喝酒，不提那些破事儿。"

胤阳仰头将一整杯伏特加喝下去，桌子上的手机突然响了起来。

车宇低头看看，哧地笑了："哟，这不是那天喝多的小妹妹吗，这么快就被你拐到手了？”

胤阳低头笑了下，跟刚才的淡漠轻蔑不同，是柔软的、兴味的，带着点儿甜腻的味道：“不是我拐她，是她拐我。”

车宇被胤阳的笑刺激得够呛，一口酒差点儿喷出来：“我去，你那是什么表情。”

胤阳没理他，接通电话。

“想我啊。”酒吧里声音很大，他几乎是将嘴唇贴在话筒上，声音魅惑而温醇。

“那个……”方洵的声音有些犹豫，“我……”

“怎么？”

“我有点儿紧张。”

“嗯？”

“那个，我上网查了一下，原来跟秦朔订婚的胥日是胥氏集团的千金小姐，人长得漂亮，气质也好，刚刚游学回来，能说好几国语言，还是个画家。不像我，长得一般，也没什么钱，勉强写个小说，还是会扑街的货，这么一比我好像从泥巴里爬出来的，就算打扮得再漂亮，气势上也会输掉一大截……”

胤阳沉默了会儿，突然问：“你是为了跟她比较才去的吗？”

“啊？”方洵认真想了下，“不是。”

“那还担心什么？”胤阳止住笑，几杯烈酒下去，喉咙口有些灼灼的热，他的声音就显得比平时更厚重了些，“你只要记住，你很好，你比她好。”

方洵有点儿不习惯胤阳的一本正经。

但他的话有一种蛊惑人心的力量，把她心里的紧张，和那些躁动不安的情绪都压了下去，她突然觉得有了信心。

胤阳重新拿起桌子上的喜柬，看着工工整整印着的“秦朔”两个字，有些危险地眯起了眼睛。

“况且，就算你比不过她，还有我呢，我保证把你的禽兽比下去，怎么样？”

方洵很清楚，如果可以对胤阳的职业忽略不计，无论从长相、气质，还是谈吐，他绝对能够完胜任何一个与他比肩的男人，就连那股子放肆到极致的嚣张、偶尔透出的慵懒味道，都是从骨子里透出来的致命利器。

他是锐利的、倨傲的、鲜活的。

但她不想把他牵扯进来，她觉得那是她跟秦朔两个人的事，无关别人，甚至无关胥日。

“那个，我自己去吧。”方洵的声音很软，但很坚定，“我一个人。”

胤阳沉默了下：“你确定？”

“确定。”

“方洵。”

“嗯？”

“勇敢点儿。”

“嗯，放心吧，我能行，你也知道，我这人脸皮挺厚的。”

“是挺厚的。”胤阳拿起杯子，示意车宇给自己倒酒，然后递到嘴边浅浅喝了一口。

“不过，那种场合确实麻烦，如果你发现应付不来，就给我打电话。”

一瞬间的沉默，方洵握着手机没说话。感觉像是被什么东西狠狠呛了一下，从喉咙口到鼻尖一阵发酸，半晌，她答：“好。”

放下电话，胤阳发觉车宇看着他的表情很古怪，像是在仔细琢磨，带着点儿探寻的味道。

“你该不会真的喜欢上她了吧？”

胤阳重新点着一支烟，冷着眉深吸一口，缓缓吐出淡白色的烟雾：“你今晚的话太多了。”

“最后一句。”车宇郑重地伸出一根手指，嘴角噙着笑意，眼神里却带着他少有的认真，“你这么帮她，究竟是为什么？你是想帮她打脸，还是……”车宇倾身过去，逼近胤阳淡漠到透明的脸，对上他冷飕飕的目光，“想利用她帮你打脸呢？”

车宇微微眯起眼睛，叹息着冷笑出来："胤阳，你还是忘不了她。"

两人几乎是脸贴着脸，气氛有些诡异的沉默，胤阳不说话，暗淡光线下烟雾袅袅，看不清他的表情。

一大早，方洵就被一阵短促的敲门声惊醒。

在床上翻了个身，抬眼看看时间，还不到六点，她伸手揉揉眼睛，披了件外套去开门。

胤阳拎着几个纸袋站在门口，对着脸没洗头没梳的方洵热情地打着招呼："洵洵。"

方洵瞪了他一眼，就放了他进来："你怎么来了，不是说好我一个人去吗？"

今天是秦朔和胥日订婚的日期，方洵好不容易治好的失眠昨晚又犯了，凌晨四点的时候才睡着，这会儿觉得脚步虚浮，脑子里昏昏沉沉，看着胤阳的时候，总觉得他身边有个白晃晃的影子要附他的身。

胤阳把手里的一堆纸袋丢给方洵："给你的。"

方洵在袋子里随意翻了翻，然后掏出一条白色的裙子来。

她看着胤阳怔了怔："这个？"

他笑着坐在沙发里，给自己倒了杯冷水："人靠衣装，气质这种东西不是三五天就能养出来的，何况有些人是天生的。"他摸了摸下巴，微微眯起眼睛，"虽然你没什么气质，但听我爸说你临时抱佛脚的功力不错，好好打扮一下，就算气质差得远，气势上也不能输。"

方洵抱着衣服冷脸看他，不甘道："我气质上也没有差好远吧。"

胤阳耸肩一笑："嗯，凑合吧。"

方洵个子不高，一米六二左右，体形偏瘦，看起来是属于娇俏型的女孩，长裙衬不出她的气质，反而显得拖沓啰唆，所以胤阳给她选的是一件纯白色露肩小礼裙，长度刚好遮住膝盖，可以露出她好看的小腿腿形。料子质地很好，款式简单素净，没什么繁复花纹，很符合她。配一款同色手提包，包的左下角有一小块精巧的金属“logo”，闪亮却不张扬，与裙子相得益彰。一双十厘米的高跟鞋，没有钻，很简洁大方，除此之外，袋子里还装着一个十分精致的小发夹，上面镶着几颗水钻，十分配她那件白色礼裙。

方洵将头发绾起来，别上发夹，露出她好看的鹅蛋脸，浅浅笑来还有两个酒窝，这一套衣装穿在她身上十分合适，连尺寸都这么合适。

方洵看着镜子里的自己，努力露出一个笑来，笑得有些勉强。

胤阳站起来，双手放在她肩上，对着镜子将她从头到脚仔细打量了一遍，然后满意地点头：“不错。”

她保持着那个笑容：“谢谢。”顿了下又说道，“这一身不便宜吧，你特意买来送我的？不过我平时也穿不到，有点儿浪费，你以后不要这么花钱了！”

胤阳在她额头上轻敲了一下：“你想多了，我租的。”

“……”

车子开到胥氏集团楼下，胤阳将车停在路边，回头看了方洵一眼，她低头看着自己的脚面，紧紧抓着手里的包，嘴里背台词一样念叨着什么。

从来没有这么紧张过，中考高考论文答辩都没有难倒她，现在竟然被早在心里嚼了千遍万遍的话哽住了，她的手心冒出细汗，心都要从喉咙口跳出来。

胤阳探身过去，一只手搭在她肩上，然后抚弄了下她的头发，笑得甜腻而温醇：“紧张？”

方洵摇头，牙齿有些打战：“我不紧张。”她吞了吞唾沫，“就是喉咙有点儿干。”

胤阳从座位前的抽屉里拿了瓶矿泉水给她：“你不是说，你脸皮挺厚的吗？”

方洵接过矿泉水没说话，她确实是脸皮挺厚的，但是今天这事，脸皮再厚都有点儿绷不住。

胤阳另一只手也探过来，顺着她的鬓发绕到她耳后，双手撑着她的后脑勺，一双漆黑的眼睛深深注视着她：“不要介意别人说的话，不要在意别人的眼光，该羞愧的那个人不是你。方洵，挺胸，抬头，淡定点儿。”

方洵终于抬头对上他的眼睛，他的目光很深邃，很沉静，带着点儿深不见底的神秘，但就是莫名地叫人安心。她点点头，对他露出一个笑来：“好。”

胤阳微微笑了，他的身体又往前探了探，然后“咔”的一声，安全带在他手中解开：“下车吧。”

胥氏十六层婚典宴会大厅，天花板垂下巨大的欧式水晶灯，橘黄色的灯光照耀得整个大厅流光溢彩，给人的感觉很暖很醉人，大厅的整体布置雍容典雅又不失明亮。大厅里人很多，男的穿着剪裁得体的高档西装，举止绅士，女人大多穿着曳地的裹身长裙，优雅地举着酒杯，走起来腰肢一扭一扭，偶尔传来几声欢笑。

但方洵的视线都不在这里。

大堂里明快而带着些暧昧暖意的灯光下，一道修长身影掠过身边想要上前攀谈的人，不急不徐地向她走来。修长身躯衬着剪裁得体的西装，透出自信与威严的深沉味道，冷峻而端凝的一张脸孔有些憔悴神色，眉宇间倏然一现的成熟与强悍之气，已不同于当年，看不出喜悦也看不出悲伤，反而有些沉默的凌厉。

他在她跟前站定，沉默地看了她好一会儿，缓缓开口吐出两个字：“方洵？”他叫着她的名字，口气很淡然，甚至有些冷漠，这样的冷漠方洵从前很喜欢。

这世上总是有一些人、一些事，你以为过了千年万年也不会改变。

就如眼前的方洵，她还是有着灵动的眼睛、小小的下巴、灿烂美好的笑容，看起来永远是那样干净明亮，纯粹得如同一块流光溢彩的琉璃，珍贵得要你捧在掌心好好呵护。两年的时间，她一点儿都没变。

方洵感到自己的指尖有些冷，是从心底骤然涌出的那种寒意，仿佛回到两年前，冰冷的十字路口，昏黄的街灯下，她一个人固执地站在雨里，无数次被大雨冲刷的那个绝望瞬间，却再也等不到他的温润回眸。她咬了咬嘴唇，两眼发直地看着他，不知道该说些什么，好像什么都可以，好像什么都不合适，原来所谓最熟悉的陌生人，不过如此。她在心里冷笑，两年的时间，我们已经无话可说了。

他走上前一步，冷峻的脸带出小小的诧然："你怎么会来？"

方洵咬了咬嘴唇，有些轻蔑地笑了声："不是你让我来的吗？"

他微微拧起眉头，额心处有一道浅浅的痕。

方洵抿了抿有些干涩的唇，继续道："你把请柬给了白桐，不就是希望她告诉我，来参加你的婚礼，好好看一看现在的你是什么样子吗？"

他没说话，眉头皱得更深。

方洵抬高眼睛，毫不避讳地看着他那双漆黑的眼睛："你知道她一定会告诉我，可你不知道该不该让我来，不确定是不是想要看见我，所以你把这个难题抛给我。秦朔，你还是老样子，这么点儿小事都要跟我计较，都要算计。"她顿了顿，嘴边露出一丝浅笑来，只是那笑刻意又疏远，"但我没有你那么多的心思，我做人很坦荡，我不但来了，还想对你说一声，恭喜你。"

方洵觉得作为一个被甩了的前女友，她的落落大方一定会让他这个前男友自惭形秽。

果然，他晶亮的眸子变得暗淡，半晌，发出低低的一声叹息："方洵。"

方洵有些生气，你看这人，明明他辜负别人在先，现在却一副无辜受害者的样子，除了皱眉就是叹息着叫她的名字，除此之外，好像什么都不会做了。让人想打脸都下不去手。

然后，就开始了诡异的沉默。

欢笑场中，一个头发高绾、穿着深红色V领长裙的高挑女人朝着他们走了过来，她一只手端着盛着红酒的玻璃杯，另一只手优雅地对着方洵递过来：“你是方洵吧，你好，我是胥日。”

方洵觉得心倏地一紧，不禁抬高了双眸仔细看她。老实说她的长相并不是那种惊艳的美，但绝不艳俗，她的目光很凌厉，看人的时候具有侵略性，仪态却很端庄，嘴边噙着淡淡的笑，一举一动皆是优雅规整。胤阳说过，有些人的气质是天生的，说的大概就是胥日这一类人。

就算气质差得远，气势上也不能输，方洵礼貌地伸出手来，客气道：“你好，我是方洵。”

胥日点头微笑：“洵有情兮，是诚实美好的意思，方小姐的名字真好，气质也好，很可爱，让人想放在手心里保护。”

方洵心里五味杂陈，一般当别人夸你气质好、很可爱的时候，基本上就是觉得你的长相很难点评。

她确实没听别人夸过她长得好看，秦朔没有，胤阳也没有。

她掩嘴咳了一声，笑着回道：“胥小姐真有才，是学诗的？”

胥日嫣然一笑：“不，我是学画的。”顿了顿，又说，“不过我认识一位长辈，非常喜欢研究汉语言文学，所有的诗词乐赋他都很喜欢，写过很多民间文学和美学的文章，我偶尔会向他请教，如果方小姐也感兴趣，我可以介绍给你认识。”

方洵笑着回绝：“胥小姐客气了，我就是学汉语言文学的，我们一家子都是研究汉语言文学的，我未来公公还是研究汉语言文学的大家，所以，不麻烦了。”

说完在心里十分不好意思地默念了句，老师对不起了，情况特殊，只能借您老人家出来用一用。

胥日有些惊讶：“方小姐有男朋友了？”

方洵心想难道我的长相已经到了连男朋友都不能有的地步吗？

看出方洵明显的尴尬，胥日赶紧打圆场：“哦，不好意思，其实方小姐这么漂亮，有男朋友是我早就该想到的事。”她歉意地点了点头，“胥日失礼了。”

方洵突然觉得胥日这个女人很不简单。

优雅，大方，说话做事滴水不漏。

胥日笑着抿了口红酒，没再说什么。没举杯的那只手十分自然地搭在秦朔的臂弯处，秦朔默契地弓起手肘，胥日就挽住了他的胳膊，那动作十分流畅自然。白桐还说让方洵好好看一看秦朔的倒霉老婆长什么样，要好好地嘲笑一番，可方洵觉得，眼前的男女，十分登对，郎才女貌。

秦朔也没再对方洵说什么，他的目光仍是冷漠的，但他看着胥日的时候，多了一点儿温度。方洵心里有些发酸，像是被什么东西狠狠呛过，是那种想要哭却哭不出来的酸。她想找秦朔做个了断，所以她来了，她以为所谓了断一定要做一件了不起的大事，一定要说一句冰冷决绝的狠话，原来都不是，其实了断很简单，是那个人就在你面前，却再也不会向你伸出手，再也不会对你露出笑，再也不会穿过汹涌人潮，只专注望着你一个人。什么是了断，这就是！

宴会厅很大，空调吹出一阵阵凉风，方洵突然觉得身上有点儿冷，手心里的汗也是带着冰凉的潮润。她想要抹掉那黏腻的汗液，也抹掉生命中再也承受不起的东西。

灯光下游走的人越来越多，有些热闹的大厅突然奇迹般安静下来，商业精英的高谈阔论、豪门小姐的娇声笑语，全变成在角落里交头接耳的窃窃私语。

大厅的入场处走进来一个人。

他的脚步很稳，很慢，走到哪里，身边西装革履的人就会看着他，窃窃私语声越来越多，人群里发出一阵又一阵的唏嘘惊叹。

方洵顺着大家的视线转过了身。

很久以前，她在看《大话西游》的时候，记住了紫霞仙子的那句话：“我的意中人是个盖世英雄，有一天他会身披金甲圣衣、驾着七彩祥云娶我……”

眼前的这个男人没有金甲圣衣，没有七彩祥云，也不是个盖世英雄，他糊着胤教授口中的强力胶，戴着小痞子似的大耳环，甚至连衬衫扣子也不系，黑色西装微敞，微微扬起的嘴角泛着不易察觉的讥讽以及刻意的笑。可他在万众瞩目之下，那样玩味地、慵懒地，朝她走来。

方洵一直紧紧绷着的一根弦，突然松动了。

胥日整晚都很端庄持重的脸在看到胤阳的一瞬变得微妙，她静静地站在那里没动，端着酒杯的左手还是稳稳的，挽着秦朔的右手却不自觉地握紧了他的手臂。

秦朔低头看了看她的手，没说话。

大堂的气氛突然有了奇妙的变化，凑在一起窃窃私语的商界精英和门第高阔的千金小姐们脸上呈现出难以掩饰的喜悦，甚至是兴奋，先前还友善交谈的面孔突然变得彼此戒备。其中一个眼睛很大的女孩尤为迫切，眼看就要按捺不住内心的喜悦和冲动，不顾一切地扑上前去。

没扑上去的原因不是她露怯，而是她看到胤阳突然停在方洵面前，向方洵递出了手。

“不是让你等我吗？跑那么快干什么？”胤阳微微垂眼看方洵，嘴角边带着笑。

方洵反应了半天才回过神来，他们明明说好了她一个人来，他只要在外面等着就好，这还不到半个小时，他怎么突然进来了？

见方洵呆愣着没动，胤阳将手往前递了递：“方洵。”

那声音很温醇，有淡淡的沙哑，还带着一点儿他独有的甜腻味道，他的目光很深邃很亮，那是一个鼓励的眼神。

她左手拿着包，右手放在了他的手心里。

胥日微微垂眼看着两个人十指交握的手，很优雅地笑了：“方小姐，他就是你的男朋友？”

两个人突然握手这一动作引起一阵不小的唏嘘声，先前要扑上来的女孩将眼睛瞪得更大，她身边两个浓妆艳抹的女孩啧啧两声，其中一个提高声调："啊，他有女朋友啊？我的妈！"

方洵心里咯噔一声，怎么会有人认识胤阳？而且看样子认识他的人还不少，不知道会不会有什么麻烦啊，让他在楼下老实待着吧，这人怎么这么爱嘚瑟啊。

胤阳余光瞟了瞟旁边的两个女孩，没说话。方洵舔了舔嘴唇，将胤阳的手攥得更紧，肯定地说："对啊，他就是我男朋友，他叫胤阳。"顿了顿，"阳光的阳。"

胥日脸上的表情微妙到无法形容。

他叫胤阳，她当然知道他叫胤阳，他是她爱了十年的人，是想握着他的手跟他走过漫漫人生的人，是无论走了多久多远，只要想到他还等在那里，就迫不及待想要回来拥抱他的人。

她想过很多次，再一次见到他的时候，第一句话要对他说什么？好久不见，还是这么多年过去，你一点儿没变。其实她最想说的是，胤阳，我回来了，回来你身边了。可就在看到他们的手在自己面前紧紧交握的那一瞬，什么都说不出来了。

就连想要给他一个久违的拥抱、一次简单的握手，都做不到。

她原本很期待看到他再次见到自己的样子，伤心或是绝望、愤怒或是不甘，哪怕是说出刻薄又决绝的话，但不应该是这样，这样淡然冷漠，像个陌生人。

她端着玻璃杯的手微微颤抖，赶紧将杯口递到嘴边，浅浅地抿了一口。

胤阳似乎并没有注意到这些，也没有像个老朋友一样与胥日寒暄，他左手握着方洵，右手递向了秦朔，嘴角挑出淡淡的笑："禽先生。"

从胤阳走进来的那一瞬，秦朔就沉默得像座石雕，不说话也不动作，眼里的神情深沉到凌厉，看着胤阳递过来的手，脸上有一瞬间的迟疑，然后，也伸出手来。

胤阳这号人物，秦朔当然知道。

翻手为云覆手为雨，是个弹指间就能叫整个商界风云变色的人物，让人敬畏又忌惮，除此之外，他还十分有女人缘。

这是秦朔第一次见到胤阳本人，跟想象中的样子不大相符，他以为胤阳是个世故老到的人，心狠但处事低调，现在一看，这人嚣张得有些过分了。

有些人深沉到泥土里，不喜欢见到阳光，所以他很不喜欢胤阳这种闪亮到刺眼的嚣张。

“胤先生是怎么认识方洵的？”秦朔木然的脸上带着一点儿探寻之意。

“在床上认识的。”胤阳似乎完全没看见方洵的眼色，坦白道。

胥日刚刚喝下的一口酒猛地呛在了嗓子眼，躬着背剧烈地咳起来。

方洵吓了一跳，使劲瞪了胤阳一眼，上去帮胥日拍了拍背：“不好意思啊，他这人说话一向这么直接，不是你想的那样，其实是我喝多了……”

“你喝多了这事就不要提了，怪丢人的。”胤阳伸手刮了下她的鼻尖，“但是很可爱。”

方洵想一脚把他从十六层踢下去，但是想到以大局为重，忍住了。

旁边的大眼女孩终于憋不住了，趁着胥日咳嗽的工夫快步走上前来，在胤阳跟前摆了个好看的站姿，一脸娇笑道：“胤哥哥，我是唐嘉，我父亲是兆嘉集团的董事，我们之前见过的。”

“哦。”胤阳拖出长长的音调，礼貌性地微笑，“唐嘉小姐，我记得你，你的钢琴弹得很好，人也漂亮，如你父亲所说是美丽与智慧并存。”

“是吗？”美丽与智慧并存的唐嘉小姐顿时一脸惊喜，“既然这样，一会儿能否一起跳一支舞呢？”

方洵本以为以胤阳的性格会拒绝，没想到他欣然答应：“好。”

唐嘉乐得要去挽胤阳的胳膊，却被他礼貌地挡开：“不过今晚邀请我跳舞的人太多了，你得排队。”

“……”

美丽与智慧并存的唐嘉小姐讪讪地走开了，方洵强憋住笑，在胤阳手背上狠狠掐了一把。

胥日将手中的酒杯放在身边走过的侍应生的盘子上，十分优雅地对着胤阳伸出手来：“想邀得胤先生跳舞，不知道我是否也要排队呢？”

胤阳扫了一眼沉默着的秦朔，脸上露出公式化的笑容：“胥小姐的未婚夫在这儿，邀我跳第一支舞，不合适吧。”

胥日脸上荡漾出优雅明媚的笑：“他不介意。”

胤阳低眉一笑，声音很低，却极具穿透力：“胥小姐，你理解的重点错了，就算你的男人不介意，你也要问过我的女人介不介意。”

胥日递出的手尴尬地顿在半空，目光望向方洵。

秦朔也望向她，那目光很平静，里面却隐约有一些东西在静静流淌。

方洵看着胥日递出来的手，五指纤细白皙，修整过的指甲透着晶莹的微光，一看就是长期精心保养的手。她又低头看了看自己被胤阳握着的手，突然就有了一种把他的手送出去就再也收不回来的感觉，她清了清嗓，歉意一笑：“不好意思啊胥日小姐，别的事情都好说，但是这事，我还真有点儿介意。”

秦朔眸色一沉，突然伸手将胥日递出的手拉了回来，声音冷冷道：“我也介意。”

四个人都没说话，场面僵得就要撑不住，甚至有点儿剑拔弩张的味道。

这气氛让方洵十分不舒服，她甚至在想刚才是不是不应该拒绝胥日，正想着，突然感到胤阳握着她的手力量重了很多，然后她整个人被拉进了舞池。

方洵一手被他牵着，一手搭着他的肩，有些尴尬地道：“我刚才是不是说错了，胥日好像生气了。”

胤阳笑了笑，漫不经心地问道：“你担心她生气？”

“其实她人还不错，很礼貌周全，也没有给我难堪。”

“她从来都是这样。”胤阳低声笑着，声音里却有着淡淡的嘲讽，“礼貌周全，对每个人都好，在所有人心里，是个完美女神。”

方洵有些诧异：“说得好像你跟她很熟。”

他摇头：“不，我跟她一点儿都不熟，我甚至，从来没有认识过她。”

方洵觉得这话越听越不对，但又说不出哪里不对，就没再接话。只是感到旁边一道目光冷冷地瞟了过来，她扭头一看，是美丽与智慧并存的唐嘉小姐。

方洵把脸凑过去一点儿，小声问道：“刚才那个女孩怎么会认识你的，眼睛很大的那个，叫唐嘉。”

胤阳将她揽近了一些，仔细凝视着她脸上的表情：“之前参加一个活动的时候认识的，小姑娘挺可爱，第一次见我就说我长得像他哥，之后见着我，不管我乐不乐意都管我叫哥。”

方洵哼了一声：“你认的妹妹还不少。”

他低低地笑：“怎么？吃醋了？”他微微低下头，额头抵着她的额头，“喜欢到处认妹妹的那个是车宇，我就这一个，还是被迫的。”

方洵想了下，觉得自己有些吃亏：“我怎么觉得花钱养你，到头来是给别人养的呢？”

胤阳继续厚颜地笑：“你放心，世间自有公道，付出总有回报，现在你养我，以后，换我养你。”

方洵扑哧一笑：“这还勉强像句人话。”

胥日端着酒杯游走在前来观礼的人群中央，一刻不得歇，甚至连一支舞都没有时间跳，她一面与那些人谈笑风生，一面向舞池投去关注的目光。

秦朔就站在一旁，看着舞池中央的一对男女有说有笑，胤阳偶尔俯身在方洵耳边说些什么，那动作温柔又亲昵，然后方洵一脸羞恼地狠狠瞪胤阳一眼，一副好气又好笑的样子。那样的笑容很恬淡很柔软，像开在九月的秋海棠，明媚又动人，看在他的眼里却太过于刺眼，刺眼到他觉得自己暗淡的世界完全承受不住。

他曾经希望她不会变，而她真的没有变，她还是那个在阳光下灿烂笑着的方洵，只是，存在她内心的光明太强大，所以，即使活在没有他的世界里，她也依然鲜活明亮，触不可及。

他就那样看着她，专注而细腻，像从来没有认识过她那样。

舞跳到一半，胤阳突然收紧环着方洵的手臂，稍一低头，一张俊脸贴了上来。

方洵下意识躲了下，小声道："你干吗呢？正经点儿，旁边有人看呢。"

胤阳的目光没有离开，静静望进她的眼睛，然后，突然诡秘一笑。

"我想亲你。"

方洵吓一跳："别闹了，这么多人呢，你看那个唐嘉一直看你呢，还有她身边的谁谁谁也在看你呢，唔……"

方洵话没说完，就被胤阳直接堵住了嘴巴。

唐嘉以及她身边的一小群观众惊讶地捂住嘴巴，难以置信地看着眼前这幅画面。

方洵感到自己原本冰凉的嘴唇瞬间火热，灼人的热度从胤阳微烫的唇上一点点传递过来，那样温醇甜腻，带着一点儿急切。

她不知道该如何回应，这人老是硬来，不给别人任何准备的机会，就这么被钩住下巴狠狠吻住，有一种被霸王硬上弓的羞耻感。

她瞪着眼睛骨碌碌地乱转，然后无力地发现几乎所有人都在看他们，胥日停止了与别人的交谈，秦朔递到嘴边的酒杯猛地顿住，美丽的唐嘉小姐已经开始揪头发了。

感受到方洵的身体不由自主地僵硬，胤阳微微睁开眼睛，嘴唇离开她的唇瓣只有短暂的一秒。

"闭上眼睛。"

他略显低沉的嗓音有着淡淡的沙哑，很魅惑，很温软。她受到蛊惑似的，收回到处乱瞟的视线，对上他漆黑的眼睛。他的眼神流淌出细腻柔软的味道，看起来包容且温暖，但同时充满了企图与霸道，让人无法也不能拒绝。就是这样一双眼睛，好像有着致命的诱惑，深不可测中带着玩味的笑意，她却莫名地觉得那样的笑意很认真，甚至比他一本正经的时候还认真。

她闭上了眼睛。

与秦朔不同，秦朔的吻是细腻而绵长的，胤阳的却很炽烈，带着浓浓的热度，像经过高温蒸馏的烈性酒，强劲、霸道。她感到嗓子发紧，脸上火辣辣地烧着，全身的血液像烧开的水叫嚣着沸腾，甚至有一种要冲破皮肤流出来的可怕感觉，手不知道往哪儿放，心怦怦地跳着，似乎就要从紧涩的喉咙口跳出来！

从来没有过的感觉，紧张、窘迫，还有一点儿期待，想要推拒，又想得到更多！

如果这是喜欢，那她好像从来没有喜欢过秦朔。

一直静静看着这一切、目光冷淡到寂寞的秦朔终于有了一点儿动容之色。

他从来没有想过有一日，要眼睁睁看着方洵在另一个男人怀里快乐，看着她握着他的手，吻着他的唇，露出仿若阳光打过蜡一样的灿烂微笑。

舞池中的胤阳终于放开方洵，然后对她魔性一笑："很配合嘛，我现在有点儿被包养的感觉了。"

方洵涨红着脸，偏头躲开他的目光："你给我正经点儿。"

"胤阳哥哥。"在一旁郁闷了大半天的唐嘉见胤阳和方洵终于停了下来，赶紧见缝插针地扑了过来，然后有些委屈地噘着嘴道，"我等了好久了，该排到我了吧。"

胤阳摸了摸下巴，一脸为难："这个……"

"哟哟哟，这谁呀？这不是美丽与智慧并存的唐嘉小姐吗？嗬，一阵子不见，都长这么大了。"

与胤阳沙哑中带着魅惑的声音不同，这人的声音很随性惬意，又带着一点儿调侃的味道，离老远就飘了过来，众人回头一看，只见车宇一手端着酒杯，一手遥遥地对着唐嘉打招呼。

唐嘉微一皱眉："你是？"

"我呀，你宇哥哥呀，之前咱们见过的，你还说我长得像哪个明星的，怎么，这么快忘了？"

唐嘉有点儿反应不过来似的，一脸茫然地看着他："好像，是有点儿印象。"

车宇赶紧递出手去，不由分说一把握住了唐嘉，笑得十分阴险："正好，我今晚一个人，正愁没人陪我跳舞，不知唐嘉小姐是否愿意……"

唐嘉着急地看着胤阳，生怕吃亏似的："我得先跟他跳完。"

"哦，你说你愿意啊，那来吧。"车宇十分厚颜地拉着唐嘉进了舞池。唐嘉被他拉着，急得连连回头，可怜巴巴地看着胤阳，一脸不情愿地嘟哝："哎呀，我好不容易才排到的呀。"

看着唐嘉被强行拖走，方洵十分好心地替这位单纯的大小姐担心了一把，总觉得有一种小红帽被大灰狼拐走了的恐惧感。

倒是胤阳有些失落："车宇一出手，我这白来的妹妹要移情别恋了。"

突然，一只手十分优雅地送到了胤阳面前，伴随着一道悦耳温醇的声音，声调很稳，客气中自带着一股熟络："胤先生，既然陪过了女朋友，那么能否给今晚的女主人一个薄面，赏脸跳支舞呢？"

胤阳嘴角的笑突然顿住。

方洵也不太明白，为什么胥日会对胤阳如此执着，或许是天生的优越感，让她无法忍受被人漠视和拒绝的冰冷感觉？

富贵人家的小孩啊，怎么都这么脆弱呢？

胥日近乎偏执的邀请让方洵不好再说什么，她决定把这个难题丢给胤阳，其实跟胥日跳支舞也没什么，大不了再认个妹妹呗！

但显然胤阳并不这么想。

他任由胥日递出的手在半空顿了很久，都没有上去握住的意思，那只手纤纤如玉，微泛着一股冷意，大概是停顿的时间长了，指尖微微颤抖，仿佛再没有人上去扶住，下一秒就要无力地垂落下来。

周围有不少人看热闹似的围了过来，虽然都没有出来指指点点，但眼神里流露出的诧异和鄙夷，让本就诡异的气氛僵到了极点，方洵都替胥日感到尴尬。

秦朔也走了过来，可他没有阻止胥日，反而用一种十分奇怪的眼神看着胤阳，那眼神很冰冷，带着一丝不屑。

方洵发觉，在这一场尖锐的对峙中，真正尴尬的人不是胥日，而是胤阳。

胥日已经做出了选择，只是固执地在等一个答案，而胤阳是在被迫做选择，他现在被一种蒙尘的目光逼到了死角，仿佛上去握住胥日才是理所当然，才是最儒雅的绅士，而这样冷硬地僵持着，让一个落落大方的女主人就这样被一直晾着，被漠视和侮辱着，他就成了不解风情不识抬举的浑蛋臭流氓。

或许胥日很单纯，并没有要对胤阳使出这样的心机，可她将胤阳置于两难之地。

而对于这种无心的“刁难”，胤阳表现得太过于平静，他只是淡淡地看着胥日，脸上的表情冷淡到生硬。

下一秒，胤阳凝固的表情突然松动，因为原本握着他的那只手突然脱离了他的手心，转而握住了胥日发颤的手。

气氛有了诡异的变化，所有人面面相觑，然后纷纷用无比期待的目光看着胥日，以及，突然握住了她的方洵。

“胥小姐，让你见笑了，我男朋友不善交际，更不喜欢和除我之外的人跳舞，如果你执意如此，我可以陪你跳，只要你不怕我会踩到你的脚。”

方洵的声音很好听，带着凉凉的笑意，两颊抿出浅浅的酒窝，就像冬日里的太阳花一样绚烂温暖。

那样的笑容，男人会动心，女人会忌妒！

胥日觉得心跳声怦怦怦，和着她的血液脉搏在身体里疯狂地跳动，很久没有过的感觉，这一刻在胤阳无声的抗拒下得到了新生。

即使她被所有人当作笑话一样看，他也要拒绝她。

是啊，他这样的人，喜欢就会一直喜欢，拒绝也会一直拒绝，一次、两次、无数次，直到你绝望。

这个男人的心太狠，她早就知道，只是她觉得自己是个例外，原来，她从来不曾是例外，在他冰冷的世界里，没有人是例外。

可是眼前这个叫方洵的小姑娘，好像成了他冰冷世界里的一抹亮色，让他想要保护。

这样普通到尘埃里的小姑娘，貌不出众，话不玲珑，长得瘦瘦的，却有着这样大的勇气，她的眼神很强韧，充满力量。

胥日将有些发麻的手从方洵温热的手心里缓缓抽出来，然后慢慢地放下。

围观的人见没了下文，渐渐散开，举着酒杯各自寻找新鲜事物去了。一直在一旁紧张看着这一幕的唐嘉也终于松了口气，那双大眼睛不满地瞟了瞟胥日，口气里带着一丝侥幸道："紧张死我了，看到胤阳也没跟她跳，我就放心了。"

秦朔向前走了两步，停在了胤阳面前。

他的目光还是那种凌厉的冷，透着刀锋一样的寒意，他抬眼看了看胤阳，口气很淡："胤先生也是生意场上的人，却不懂生意场的规矩。"

方洵十分反感秦朔刻意加重的"生意场"三个字，不就是没给他这个要强的未来老婆面子吗，说话至于这么尖酸刻薄、咄咄逼人吗？她抬头看了秦朔一眼，没说话，却握紧了胤阳的手。

胤阳直视着秦朔，微微挑起了嘴角，露出浅淡而隐含嘲讽的笑意，一字一顿道："我就是规矩。"

秦朔深深皱眉，眼前这个男人相貌堂堂，但言谈举止实在令人憎恶。

胥日快速平复了心绪，然后从侍应生的盘子里拿过两杯酒来，一杯递给胤阳，对着他嫣然一笑："既然胤先生不愿赏脸跳舞，就赏脸陪胥日喝杯酒吧，这点儿面子你不会也不给吧？"

方洵觉得她简直要被胥日打败了，这女人怎么这么固执呢？是有强迫症吗？自己的未婚夫好好地站在身边，还偏要自我挑战去倒贴另一个男人，有钱人家的小孩不但脆弱经不起一点儿打击，还任性得无法无天啊！

胤阳看着那杯酒没动，方洵突然伸出手接过酒杯，仰头一口就灌了下去。

然后她抹抹嘴，把杯子往胥日跟前一递，豪爽一笑："干了。"

胥日："……"

Her boyfriend
to come

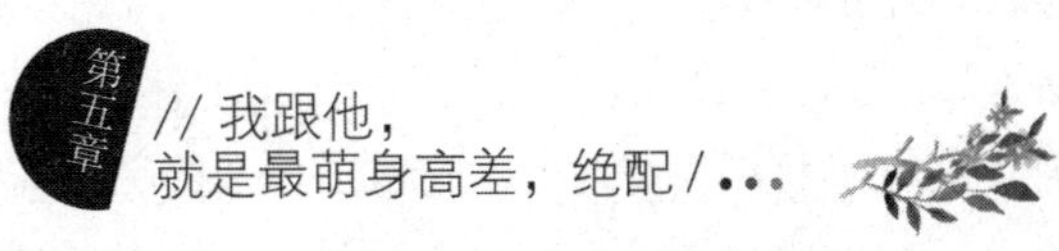

第五章 // 我跟他，就是最萌身高差，绝配 /…

两个人从宴会场走出来，已经下午两点。

很奇怪，下了“战场”，还是大获全胜，两人都没有表现得很兴奋，胤阳双手轻轻搭在方向盘上，神情专注地开着车，一贯淡漠的眼睛里有几丝虚无和缥缈。方洵歪着头靠在车窗上，看着外面的景色发呆，谁都没有说话。

气氛中有一丝诡异的沉默。

直到车子开到方洵所租的小区门口，胤阳靠着路边停车，然后回头看了方洵一眼，声音淡淡的：“到了。”

“哦。”方洵才回过神来，准备开车门才发觉安全带没解，通常胤阳十分乐于做这件事，今天却有点儿反常，眼睛直视着前方没动。

方洵也没说什么，自顾自解开安全带，开门下车的时候看了眼胤阳：“谢谢你送我回来。”

胤阳并没有像往常一样露出得意的调笑，他的表情很淡，眉宇间透着股浓浓的倦意，这是他极少会表现出的一种状态，不耐的、恹恹的，有些慵懒的疲惫。

他突然之间的态度转变让方洵有点儿不自在，猜想可能今天的事情让他不顺心，毕竟是来帮忙的，却被胥日跟秦朔两个人一起揪着不放。方洵低头想了下，有些歉意地说道：“那个，秦朔的话你不用放在心上，他不是故意要你难堪，他那个人挺笨的，不会说什么好听的话。”

胤阳没说话，手指轻轻敲着方向盘，似乎在等她关车门。

照他这种拽得二五八万的态度，换作以前方洵一定会一脚踢过去，但现在她想让他先冷静冷静，也就没再说什么，关上车门之前，胤阳突然说了句：“谢谢。”

方洵有点儿发蒙：“谢我干吗呀。”她露出个灿烂的笑，“你陪了我一天，应该是我谢谢你。”

他又不说话了。

方洵有些窘迫地沉下脸，你看这人，吃错了什么药啊，高兴的时候使劲撩拨你，不高兴的时候就不搭理人，到底有没有考虑过别人的感受啊。

方洵刚关上车门，胤阳就一脚油门开车走了，那速度起码有一百二十迈，好像早就迫不及待似的。方洵郁闷地在小区门口站了好一会儿，才抬步往大门里走。

这个时间小区里人很少，显得有些冷清，梧桐树和树下的长椅在午后阳光的照耀下暖意融融。方洵在椅子上坐下来，抬起头看着上空并不刺眼却苍白的太阳，慢慢张开五指挡住阳光。阳光在她有些发白的脸上投下一片阴影，在那片暗淡阴影下，她的表情有些模糊。

她不想对自己在刚刚那场宴会的表现做评价，她没有刻意去做什么，也没有想要去打谁的脸，她只想做个真实的自己，以最直接坦荡的心情，来面对那个人，面对那样一件让人难过到死的事。

她的想法很简单，就是想当面问一问秦朔，为什么要不告而别，为什么想分手就分手连个理由都没有。他走得干净，她却像个傻子，但是就是那一瞬，当胥日十分自然地挽住秦朔的胳膊，而秦朔举止亲昵地扣住胥日的手，附在胥日耳边与胥日低声耳语的时候，她突然就什么都不想问了，那个一心想要秦朔给出的理由，也变得不那么重要了，那个动作很简单，但那个动作太伤人。那个动作告诉她，秦朔不再属于她，当年那个站在海棠树下对着她静静笑着的人，已经不在了。

胥日这个女人气场很强大，她不需要刻意做些什么，她不说话也不动作，静静地站在那里都有一股自内而外自然而生的自信与优雅，任何人站在她面前，都会觉得自己变得卑微渺小。即使表面装得满不在乎，却有那么一瞬间，方洵觉得很无措，就像是暗夜里迷了路的孩子找不到回家的方向，他们才是活在同一个世界，而她就被拒绝在那个世界冰冷的大门之外。

是胤阳的突然出现让她摆脱了这种尴尬，她想她一辈子都不会忘记那个瞬间，明亮而带着暧昧暖意的灯光下，那个男人一身西装，眼里是自信和洒脱的味道，他在万众瞩目之下朝她走来，把她从那扇就要让人承受不住的门前拉开，他就那样站在她面前，握住她的手，笑着对她说：“不是让你等我吗？跑那么快干什么？”那个声音很温柔很暖，却充满了鼓励的力量。

方洵微微抬高眼睛，她感到眼里有些湿润的东西在涌动，赶紧抬手遮住双眼，过了会儿，手指缓缓移开，眼角处有了浅浅的泪痕。她用手使劲擦了擦，努力抿出一个笑来。不管在那些既陌生又冰冷的目光下她如何出尽风头，心里到底是难过的，就算努力不去表现出来让别人知道，但心里的难过，她自己最清楚。

这一场重逢是一次尖锐对峙，在那场对峙中，没有谁输谁赢。

她低头翻出手机，打开相册，手指来回划动，最后停在一张底色单调的照片上，背景是学校小操场的篮球架下，照片里的人穿着件白衬衫，牛仔裤，头发剪得很短，手里握着瓶矿泉水，正在看同班同学打篮球，阳光下他身材颀长，静静地站立，有些木然。

他的表情很淡，甚至是僵硬，他很少笑，虽然笑起来的样子好看到绚烂。

触动手机屏幕，想要删除那张照片，看着上面跳出的“确认”和“取消”，突然不忍心再按下去。

秦朔不喜欢拍照，唯一的合影被胤阳撕了，现在就只有留在手机里的这一张，删了就没了，连残存的唯一一点记忆都没了。

他让她难过，也给过她温暖。

曾经听谁说过，过去的记忆很重要，就算并不美好，想起来会伤会痛，也很重要。

最后长长叹了口气，轻轻按下了取消。

晚上十点，自由空间酒吧。

胤阳侧身坐在舞台中间的转椅上，丝质的黑色衬衫解开了两颗扣子，露出他修长的脖颈和性感的锁骨线条，头微微低着，暧昧的橘色灯光下黑色的短发柔软而服帖，略微冷硬的脸部轮廓在稍暗的光线下敛起锋芒，变得深沉柔软，袖子随意地挽起，一手扶着麦，一手自然地搭在腿上，嘴唇漫不经心地开合。

他的声音低沉中带着暧昧的沙哑，有些成熟的慵懒味道，酒吧里的人不多，很安静，大家一边喝着酒一边专注地听着他唱。

胥日跟着车宇走进来的时候，胤阳一眼就看到了她。

与她白天的精心打扮不同，她穿着简单的牛仔裤、丝质的深蓝衬衫，衬衫很宽大，下摆随意地收束在腰带里，看起来很简单自然。

她坐在正对着舞台的位置，车宇叫住一个服务员让他送杯冰水过来，胥日炙热的眼神毫不掩饰地看着舞台上那个身影，淡淡道："我喝酒。"

车宇先是一愣，笑了："你喝多了，可没人送你回去。"

胥日看着胤阳不说话，车宇也扭头看了眼胤阳，然后笑着摇头："别指望他，他从没送过女人回家。"停了下，好像想起什么似的，笑意更深了，"哈，不对，倒是送过一个。"

胥日目光一冷："方洵？"

车宇在她身边坐下，又是那副随性惬意的样子："胥日啊，如果我没记错，你今天刚刚订婚，就这么丢下未婚夫不管跑来找别的男人不太合适吧？而且，方洵的事跟你没关系，我劝你一句，别打她的主意。"

"嗬……"胥日笑了，"我能打她什么主意，其实我今天见到她，觉得她跟一般的女孩不太一样，说实话，我挺喜欢她的。”

车宇跟着点头：“胤阳也挺喜欢她的。”

胥日挂在嘴角的笑容一顿，用一种纳闷中带着些探寻的目光看了看车宇，很快，又恢复了之前的笑意：“酒呢？”

服务员送了一瓶伏特加过来，车宇接过酒瓶，有些不确定地看了看胥日：“真要这个？酒劲挺大的。”

胥日笑着接过：“就要这个。”

舞台中央，胤阳还在专注地唱着，灯光下他的眼神冷淡到透明，透着一股漠然和疏离之色，无论声音如何起伏，眼睛里的温度始终不变。脸上也没什么表情，这首《一生不变》七年前他唱给胥日听过，那时候他的声音还很清透，带着点儿少年的青涩和温软，不像现在这样沉厚沙哑，有着成熟男人的韧性和力量。

胥日轻轻晃动玻璃杯中的透明酒液，优雅地坐在弧形沙发里，凌厉的目光仔细捕捉着他脸上每一个不易察觉的细微表情。现在的她已经不急，胤阳还在唱这首歌，就说明他心里还有她，他没有完全忘记她，既然是这样，那就不急。

她举起酒杯来，一边看着胤阳一边浅浅地喝了一口，嘴角泛着淡淡的笑意，那是一张十分精致端庄的脸孔，是因掌控一切而满足微笑的脸孔。

胤阳唱到最后，她抬起手来想要鼓掌，就在这时，一个人影突然闯入，个子不高，却完完全全挡住了她的视线。

方洵没想到会在这儿碰见胤阳。

今天下午回去之后，方洵换下礼裙准备早早上床睡觉，可翻来覆去就是睡不着，数星星数月亮都不好用，索性又换了平时的衣服出来。

方洵走进来的时候胤阳已经快唱完，看到她的那一瞬，他眼神有了微妙的变化，他静静地看着她，眉梢眼角带着愉悦的笑意，灯光下那个笑容真是迷醉动人。

方洵之前觉得他光是靠脸或是靠嘴就能很好地活下去，现在看来，似乎靠嗓子也能混得不错。

方洵就站在正对着舞台的地方，专注地听着他唱，眼前这个男人，也倨傲，也嚣张，偶尔也透出深沉的味道，但剥除了表面这些，这个男人，跟她从前遇见的任何一个人都不同，他很矛盾，好像有着很多故事，又好像简单到透明，既泛着一股冷意，又是恬淡得如同冬日暖阳般的存在。

胤阳唱完这首《一生不变》，并没有急着站起，直到所有的音乐缓缓停止，酒吧里各个角落或相识或陌生的桌边响起一阵掌声，他才微笑着起身。

胤阳从舞台上走下来，高大的身影停在方洵面前，挡住她眼前的所有光线："你怎么来了？"

方洵保持着鼓掌的动作，笑着回答："睡不着，反正这里离我住的地方不远，就来坐一会儿。"

胤阳突然笑了，眼里有了之前那种戏谑的味道，有些倨傲地挑起了眉："你还敢来啊？"

听出胤阳话里的意思，方洵摸了摸鼻子，不以为然地哼了一声："怕什么，我都已经认识这儿的老板了，有车宇罩着我，我不怕。"

胤阳一米八七的个头，比方洵整整高出一个头，他锐利的目光绕过方洵耳侧，看了看坐在对面的车宇和胥日，然后拉过方洵的手往里面的一处空位走。

"你怎么肯定他会罩着你？"

"他要是敢不罩着我，我就去告密，说他这儿有非法经营。"

胤阳扑哧笑了："哦，那你快去吧，我早就想看他在里面蹲着了。"

方洵大吃一惊："你这么不讲义气！"

"他又不养我，我跟他讲什么义气？"

"……"

“方小姐。”

方洵正在跟胤阳说话，听到后面有人叫她，回头看了看，这不是胥日吗？上午刚刚订完婚，这会儿怎么没在家里休息？

胥日站了起来，一边举着酒杯一边热情地打着招呼：“没想到会在这儿碰见方小姐，真是太巧了。”

方洵礼貌地点头：“是呀，太巧了，哈哈。”再定睛一看，除了胥日，沙发里还坐着车宇呢，这下就明白了，胥日的婚礼也邀请了车宇，这样看来两人应该是旧识，原来这女人大半夜不睡觉是跑来叙旧了。

“相请不如偶遇，如果方小姐不介意，一起吧。”胥日说着对方洵做了个邀请的动作。

那动作很简单，却是从骨子里带出的优雅。

方洵下意识地看了胤阳一眼，他的表情很淡，没说好也没说不好。方洵有点儿犹豫，胥日这个女人气场很强，说话又太过于礼貌周到，总是让人觉得浑身不自在，她想了下，十分客气地拒绝：“那个，还是不耽误胥小姐了，其实我来找胤阳是有点儿事。”

“方洵，一起吧。”胤阳突然开口截断方洵的话，然后对着服务员比了个手势，“再拿两个杯子。”

方洵黑着脸瞪了胤阳一眼，又在心里狠狠骂了声，浑蛋，装大方，倒显得我小气了。

方洵和胤阳坐下后，胥日笑着问方洵：“方小姐是哪里人？”

“黑龙江，牡丹江。”方洵老实回答。

胥日优雅地笑着：“好地方。”

方洵眼睛一亮：“胥小姐去过吗？”

胥日笑着摇头：“没有。”

“那你怎么知道是个好地方？”

“……”

看出胥日的尴尬，车宇十分仗义地跳出来解围，先是干笑了几声，然后举着酒瓶给四个人的杯子全满上，不由分说自己先干了一杯。

胥日端起酒杯，意态从容地说：“我虽然没去过，但也知道在中国最北方，我听说北方的姑娘都长得高。”她轻轻笑了声，有些惋惜地说，“方小姐真不像。”

方洵被刚喝下去的酒水猛地呛了一口，连着咳嗽好几声，赶紧擦了擦嘴。

这是变着法地讽刺她矮吗？

虽然对于北方姑娘来说，一米六二确实不算高，但也确实有不少姑娘的身高就在这左右，没见谁因为这个苦恼或是觉得惋惜，高有高的气质，矮也有矮的气质，而且，随便穿个高跟鞋就一米七了好吗？配个一米八几的男生简直是绝配，是最萌身高差，胥小姐你这一眼望过去足有一米七五的个头是不会懂得这种萌萌的身高差所带来的快乐的。

但胥日的表情又很无辜、很从容，好像完全没有取笑的意思。

方洵决定向胤阳寻求一下心理安慰，好歹花钱养着他，这个时候应该跳出来给她长长脸吧？她眼巴巴地看着他，眼神里带着深深的渴望：“你也觉得我矮吗？”她摇了摇他的胳膊，努力将他往正确方向引导，“我自己觉得还好啊。”

胤阳微微皱了皱眉：“什么还好？”

胤阳话没说完，方洵的脸一下子黑了下来，这家伙是想当着刚刚讽刺她矮的胥日的面拆她的台吗，他是嫌一个月三百块的包养费太多了，小日子太滋润于是想寻求一下刺激，借机挑战她的底线是吗？

她伸过手一把掐住他的大腿，咬牙切齿地问：“你说什么？”

胤阳垂眼看了看她死死按在自己腿上的手，淡淡地说了句：“你又摸我。”

车宇一个没忍住，一口酒喷了出来。

见方洵涨红着脸一副吃瘪又拿他没办法的样子，胤阳突然觉得她这个表情很可爱，他装模作样地拍了拍她的手，笑着道：“我还没说完，你急什么？我想说的是，什么还好，简直是太好了。你不知道我一直希望自己的女朋友个子在一米六二左右，这样的高度我就可以把她完全抱在怀里，还可以微微俯身抵住她的额头，贴着她的鼻尖，这种感觉很好，我非常喜欢。所以你看，你是一米六二，这样的高度刚刚好，简直就是为我而生。”

方洵觉得自己被他说得五迷三道，不知道该不该信，但这家伙这么会说话，不去拜师说相声真是浪费人才。

胥日举着酒杯一口接一口地喝，直到胤阳说完，她突然笑了：“胤先生喜欢一个人的感觉还真特别，如果哪个女孩长得太高不符合你的标准，是不是要砍了自己的双脚才行呢？”

车宇递到嘴边的酒杯顿了顿，拿眼瞟了瞟胥日，她话说得轻描淡写，味儿可是有点儿不对了。

早就倒好的酒胤阳一口没动，他低头点着一支烟，冷着眉深吸了一口，没回答。

方洵用手扇了扇眼前的白色烟雾，上去接了话：“胥小姐你理解的重点又错了，如果这个女孩砍了自己的双脚，就没办法再站着了，胤阳就要蹲下来跟她额头抵着额头，鼻尖贴着鼻尖，那样就失去了美感，也不是他理想中的最萌身高差了。”

胥日看着方洵，突然沉默了。

这个女孩跟她从前认识的人不同，太过于单纯和太过于心机来形容她，都不对，她看起来很简单，有着温暖的笑容，像一杯冷却的白开水，捧在手心里没有热度，身上却有一股劲儿，很火热，很炽烈，越是压抑，越能爆发出潜在的巨大力量，就像手中的这杯伏特加，看似温醇，实则霸道，在不动声色中灼烧人心。

她略微发凉的手指摩挲着冰冷的杯口，慢慢垂下了双眸。

胤阳在烟灰缸里按灭了烟头，拉着方洵的手站起来：“晚了，我送你回去。”

车宇也站起来，先是看了看胥日，又看向胤阳。

胤阳明白车宇的意思，看了胥日一眼，然后对车宇说了句：“你也喝了酒，还是叫人送她回去吧。”

胥日仿佛没听见似的，靠在沙发里没动，不紧不慢地喝着杯子里的酒。她的头发全散了下来，没有染色，是乌黑的大波浪鬈发，脸色微醺，灯光下说不出的妩媚。

方洵好心上去劝了一句："胥小姐，这个酒后劲挺大的，我上回喝了半杯就不行了，你少喝点儿吧。"

胥日笑着点头，却没放下杯子。

胤阳拿起外套，拉着方洵往酒吧门口走，走到吧台的一个拐角，由于光线昏暗，一个喝多了的客人晃晃悠悠地撞上来，差点儿撞到方洵。胤阳伸手揽住方洵肩膀往怀里一带，避开了那人，那客人瞪着溜圆的眼睛看了看他们，迷迷糊糊地骂了一声。

胥日一手撑着头，一手有节奏地敲着玻璃杯，微微眯着眼睛看着眼前这幅画面，然后很优雅地笑了，从包里翻出手机，拨通了一个号。

或许是酒精的作用，她的声音稍显慵懒，还有淡淡的沙哑，却很笃信，很肯定。

"我要追回我爱的男人，所以，我要结束约定。"

胤阳将方洵送回住的地方，已经快十二点。

小区里静得吓人，偶尔能听到几声狗叫，方洵本来还很清醒，折腾到现在，已经困得快睡着了，再加上酒精的作用，觉得浑身轻飘飘的，有一种要得道成仙的缥缈感觉。她使劲揉了揉眼睛，懒懒地说："到了啊，我得赶紧上去睡觉，困死了。"说着推开车门就要下车。

可感到有人用力拽着她，方洵头也没回，伸手过去拍拍胤阳的大腿："别闹了，我真的困死了，有什么事明天再说。"说完就使劲往外挣。

还是没挣出去。

方洵有点儿生气，她今天本来就够郁闷的，喝了点儿酒更是把憋在心里的那点儿情绪发挥到最大，她猛地扭过头，恶狠狠地看着胤阳，一张嘴全是酒气，醉醺醺地冲他喊："大哥，你到底想怎么样啊，你有话就说，别老拽着我。"

胤阳没说话，用一种看疯子的眼神看着她，又低头看看她肋下。方洵愣了下，他的两只手都放在方向盘上，她赶紧低头看了看，安全带？

方洵觉得太丢脸，赶紧解开安全带跳下了车。

胤阳靠在椅背上，方洵的脚步有点儿摇摇晃晃，走到楼下的时候，没急着进去，她站在单元口借着一点儿月光在包里翻钥匙，翻了半天也没翻出来。胤阳看着那个低着头，距离他越远就越显得冷清而单薄的身影，按亮了车灯。

突然而来的强光让方洵下意识伸手挡住眼睛，待适应那道刺眼的光，她才慢慢放下手，回头看了看，胤阳就在那束光影中缓缓朝她走来。

"我送你上去吧。"他的语气很淡，听起来就跟夜里的空气一样凉。

她本来想说不用，可胤阳已经开始往楼梯口走，脚步踏进狭窄的楼道，感应灯亮了起来，方洵要出口的话就咽了回去。

两人进了门，方洵开了客厅的灯，不是很亮，却有一种暖暖的温馨感觉。她先换了拖鞋，然后扭头看着脱了鞋光脚站在地上的胤阳，皱着眉嘟哝："你这人怎么老是不穿袜子？"

胤阳看了看自己的脚，十分自然地说了一句："不习惯。"

方洵哼了一声，边往房间里走边说："你等我一下。"然后她趴在地板上从床底下的小柜子里摸出一双拖鞋来，浅蓝色的棉布面，上面有一只龇牙咧嘴的灰太郎，她把外面的那层透明塑料包装拿掉，随手丢给了胤阳，"给你。"

胤阳接过拖鞋后有些吃惊，拿在手里反复看了半天，那样简单的一样东西，他却像看一件不可思议的事物一样，然后用一种十分难以形容的眼神看着方洵。方洵赶紧解释："你别误会啊，我是给朋友准备的，正好今天你来了，就借给你穿吧。"

他突然笑了，薄唇抿成一条线，那笑跟从前都不同，不是那种倨傲中带着玩味的笑，也不是冷漠的、嘲讽的，说不出到底是一种什么感觉，但就是觉得很真实美好。

他把拖鞋穿在脚上，然后双脚并拢在一起来回看了好半天，最后撇撇嘴道："真丑。"

那模样像个孩子，有些天真可爱。

方洵正往杯子里倒水，见他这副样子不禁发笑："德行，你爱穿不穿。"说着拿起水杯咕噜咕噜地往下灌了好几口。

胤阳没理她，跟进了自己家似的，把外套丢在沙发上，然后像大爷一样往沙发里一躺："有吃的吗？我饿了。"

方洵放下杯子，盘着腿坐在他身边："你吃面吗？我昨天在楼下超市买的手擀面，家里还有鸡蛋，我给你做西红柿鸡蛋面吧，放点儿葱花和海鲜酱油提味，特别好吃。"

他闭着眼睛懒洋洋地吩咐："那就快去吧，十分钟做不完，我就不吃了。"

方洵心想你爱吃不吃，跟欠了你似的，不但花钱养着，还得跟伺候大爷一样忙前忙后，老娘这辈子都没这么窝囊过，现在居然沦落到对一个"少爷"奴颜婢膝，真是够了。

不过看在今天帮了她的分上，勉强忍了。

方洵从沙发上站起来，拿眼瞟了瞟闭着眼睛装死的胤阳，扭头捡起他的外套一把丢在他脸上，然后就进厨房忙去了。

胤阳拿下西装外套，露出漆黑的一双眼睛，微光下他微微偏头，双眸略低地垂下去，有些出神地看着脚上的灰太郎棉拖鞋。

等方洵端着面碗从厨房走出来，胤阳已经躺在沙发上睡着了。

方洵把面放在沙发旁的桌子上，蹲在胤阳面前犹豫着要不要叫醒他。他的呼吸声很轻，额心微微皱着，好像藏了很多心事，连睡觉都不安稳。平时倨傲又嚣张，偶尔也会透出疏离之色的一张脸，此时卸下了所有防备，变得恬静淡然。方洵蹲在他面前看了半天，最终还是没狠下心叫醒他。她轻叹了口气，把外套重新盖在他身上，然后去脱他的拖鞋，想让他好好睡一会儿。

就是那样简单的一个动作，胤阳突然醒了。

他看着方洵蹲在沙发边脱他的拖鞋，反射性地收回脚："你干吗？"

胤阳的突然醒来把方洵吓一跳，她保持着给他脱鞋的动作，微微张着嘴巴："面好了。"

胤阳坐起身来，眉宇间有些疲惫的样子，揉了两下太阳穴，然后拿起筷子准备吃面，一边吃还一边问了句："你没下毒吧？"

"下了，毒死你。"

他笑着看了她一眼，继续吃，等吃完了面，又是懒洋洋地往沙发上一躺："我今晚不回去了。"

方洵正在收拾桌子，听他这么一说手一抖直接把筷子掉地上了："不回去？我这儿没你住的地方。"

他突然用手按住了自己的胃，做出一副痛苦的表情。

方洵看着他的胃，小心地问："怎么了？"

他哈了口冷气："胃疼。"

方洵抱着面碗，感觉无比混乱，不知道他是真疼还是假疼，也不知道如果真疼，是因为一整天没好好吃东西，还是因为刚刚吃了她给做的东西。

所以混乱之余，她还有点儿内疚。

胤阳一直按着胃赖在沙发上不走，龇牙咧嘴地装可怜，方洵就站在情感与道德之间左右挣扎。情感上她想把胤阳赶回去，道德上她觉得应该把他留下来，最终情感活活地被道德打死了，她决定妥协："行吧，你就睡在沙发上吧，我给你拿一床被子，夜里还是挺冷的。"

胤阳继续闭着眼睛按着胃："不行，我怕冷，得睡床上。"

方洵觉得她的情感死得太不值了，但是看着龇牙咧嘴装虚弱的胤阳，又有些于心不忍，她自己也不明白，为什么对眼前这个男人，总是狠不下心。

或许是因为他充满霸道的企图又蛊惑人心的眼神，或许是因为他被剥夺尊严之后无声的反抗，又或许是他玩味一笑后随之而来的淡漠和冰冷。

这个倨傲的男人啊，其实他需要的温暖比谁都多。

方洵看着胤阳不说话，而胤阳仿佛察觉到什么，突然睁开了眼睛。

房间里的灯光并不刺眼，两个人却都微微眯起了眼睛，带着思索和探寻的目光看着对方，直到彼此脸上的表情变得紧绷僵硬。方洵捧着面碗的手微微颤抖，才终于反应过来似的，于是在这种一面觉得对方可爱，一面觉得这样的场景温馨中又带着点儿尴尬的陌生，她傻傻地笑了。

方洵把碗重新放回桌子上，蹲下来托着腮看他，眼睛弯成了一条缝：“好吧，你睡床上，我睡沙发。”

胤阳将双手枕在了脑后，若有所思地看了她一会儿，面露不忍道：“让你睡沙发，我不忍心啊，算了，我还是回去睡吧。”说着从沙发上坐起来，拿起外套往门口走。

“啊？”方洵赶紧站起来跟着他到门口，不知怎么张嘴就来了一句，“你不住了？”

胤阳扑哧笑了，一边笑一边打趣：“我不住，你好像很失望似的。”说着将换下的拖鞋塞到方洵手里，一脸严肃道，“不许给别人穿。”说完披上外套就往楼下走。

方洵傻呆呆地站在门口，听着他的脚步声越来越远，感应灯一层层地灭掉，心里突然就有了种空落感。

这人怎么这么能撩拨人呢！

一觉睡到大天亮，上午还有一节课，方洵洗漱完换好衣服，刚走出小区就看到了胤阳。他的心情似乎很好，穿了一身纯白的运动装，斜着戴了一顶FILA的帽子，脚上一双白底荧光绿的运动鞋，手腕上一款超大表盘的时尚运动表，倚着车门往那儿一站，真是要多晃眼就有多晃眼，要多嘚瑟就有多嘚瑟。

方洵扶着大门，觉得自己要养不起他了。

她无法形容自己是以一种什么样的心情上了胤阳的车，这一路她都在盘算自己在他身上到底花了多少钱，不算还好，一算下来，吃惊地发现花在他身上的钱每天还不足十块。撇开她这点儿可怜的包养费不说，这家伙每天优哉游哉地开着法拉利，一天十套八套地换着衣服，又是正装又是潮装，加上喝酒抽烟健身的钱，嗬，这家伙积蓄不少啊。

直到胤阳将车子停在学校的路口，方洵还没算完。

两人刚下车，就看见胤教授推着二八自行车从后面走了上来，方洵眼看躲不了了，赶紧热情地上去打招呼："老师。"

胤教授看着方洵点了点头，一不留神看到了她身后的胤阳，赶紧撑住了自行车头。

岁数大了，眼睛受不了这刺激啊。

胤阳十分欠抽地上去给胤教授捋了捋头发："爸，头发又掉了不少啊。"

胤教授心想，有你这浑蛋成天气我，我能长出头发来吗？

但他实在不想跟胤阳说话，于是又开始教育方洵，无非又是那一套说辞："方洵啊，老师看你挺老实一孩子，怎么又跟这种人混在一起了呢？你还想不想毕业啊？"

胤教授还没教育完，一辆白色宾利突然停在了学校门口的路边，然后从车上下来一个富贵女人，黑色风衣，西装长裤，手提着包，踩着高跟鞋十分优雅而肃穆地走了过来。方洵正歪着头听胤教授教育，时不时地"嗯哪"两声表示认同，一见这女人，顿时一个激灵，使劲戳了戳胤阳，压着嗓子道："完了，你老主顾来了，怎么办？"

女人停在胤阳跟前，看看他，看看胤教授，又扫了一眼方洵，冷哼一声："原本是来找你的，没想到你们都在，好，很好。"

方洵听得迷糊，这女人说的"是来找你的"，应该是指胤阳，至于她怎么知道胤阳会来S大学——他们还没断？

胤教授沉着脸看着女人没说话，女人拿眼瞟了瞟胤阳和方洵，十分严厉地吩咐："你们两个，跟我上车。"

方洵有点儿犹豫，又不能当着胤教授的面跟这女人撕，于是抬眼看看胤教授，询问他的意思，他对她点了点头，意思是"你去吧"。

方洵一脸绝望，因为她将这眼神理解成壮士赴死。

稀里糊涂跟着上了车，一路没说话，方洵偷偷打量胤阳的脸色，发现他一如往常，方洵又开始重新审视自己与他，以及他跟这女人的关系。车子没开出几百米，女人忽地将车一停："下车。"

嗬，这口气，像极了霸道总裁，还是个女总裁。

三个人就站在路边，谁都没说话。女人双臂环胸地打量方洵，那目光锐利且带着不明的敌意，然后她以一种居高临下的口气，生硬地问道："小姑娘，我想知道，你跟他是什么关系？"

这声音雄浑充满力量，方洵觉得自己的气势一下子矮了一截。

她看了眼胤阳，想用眼神询问下他的意思，他没说话，只是一脸肯定地看着她，一副"靠你了"的表情。方洵吞了吞唾沫，早晚都要摊牌，横竖躲不过，干脆把心一横，豁出去了，于是挺起胸脯大声道："您好，不确定您跟他是什么关系，但可以确定的是，他已经被我包养了，所以，请以后不要再来找他了。"

胤阳揉着额头不说话。

"被你包养？"女人的声音微微扬高，眼睛也瞪得浑圆，一脸不可思议，"小姑娘，你的口气太大了，我想问问，你用多少钱包养他？"

方洵抬高了头，心想就等着你这句话呢，你想用金钱压倒我，我就用尊严来羞辱你。她清了清嗓，冷冷一笑："我们之间的'感情'不是用钱衡量的，他没问我要钱。"停了一下，补充道，"他是自己送上门的。"

胤阳继续揉着额头不说话。

女人惊愕地看向胤阳，极力控制即将爆发的情绪，尽量用和缓的语气问道："胤阳，你确定要这样对我？你想气死我？我给的一切你都不稀罕，却愿意为一个没礼貌的小丫头跑前跑后，你……你这样你爸知道吗？”

胤阳没说话，方洵先点了头：“知道。”

女人感到肚子里的火噌噌地往上冒，她实在有必要发一发飙了。

但胤阳没给她这个机会。他似乎非常清楚女人的脾气秉性，在她要发飙的短暂一瞬，一把握住了她的手腕：“上车谈。”

之后胤阳和这女人在车里足足谈了一个小时，方洵就那样在外面站着、等着，风中凌乱地郁闷着。她看不到里面的情况，只是模模糊糊地看到有黑影在来回比画，不知道胤阳有没有再一次挨这女人的巴掌。她有点儿担心，有那么一瞬她想直接打开车门把胤阳从里面给拖出来，但想到要留给他身为一个男人起码的信任和尊严，硬是忍住了。

一个小时后，车门终于被推开，胤阳没事人似的走了出来，上前搂住她的肩膀，笑道：“对不起，等烦了吧，今天不上课了，我们去吃小笼包。”

方洵大为吃惊：“你们谈妥了？”

他伸手划过她的鼻尖：“当然谈崩了。”

“……”

她没好气地瞪他一眼，气呼呼道：“那还吃个屁小笼包，她到底想怎样？”

“想我听她的话，心甘情愿接受她给的一切，偶尔去看看她，陪她说说话……”胤阳漫不经心地说着。

“不行！”话一说出口，连方洵自己也吓了一跳。

“哦？”胤阳弯起眼睛笑着看她，“为什么不行？”

方洵看着胤阳，心头突然涌上一种莫名情绪，这情绪说不清道不明却在她身体里来回乱窜，让她感到压抑、焦躁而又难耐。她慢慢伸出手，突然大胆地握住他的手，抬眼对上他漆黑的双眸，一直看进他眼睛深处：“我不明白你为什么要执着这一行，其实你长得好看，有智商有情商修养也好，完全可以找一份体面的工作养活自己，那样，你能活得更轻松，老师也会比现在更开心。”

他平静无波的眼里突然多了一丝异样情绪，仿佛是期盼、渴望，以及难以言说的感动，这交织的情绪就那样静静地流淌在他漆黑的眼底。他心头一动，突然展臂抱住她，微有凉意的嘴唇贴在她微微泛红的脸颊上，他轻声问着："你为什么这么关心我？"

她身子僵了一下，却没有挣扎，任由他抱着，嘴唇却微微颤抖："这个世界的人，活着很容易，但快乐地活着很难，虽然我不能认同你做的一些事情，但你是个不错的人，也帮过我，我想你快乐地活着！"

他用力将她搂得更紧，下巴蹭了蹭她的颈窝，安心似的低语："方洵，我很快乐！"

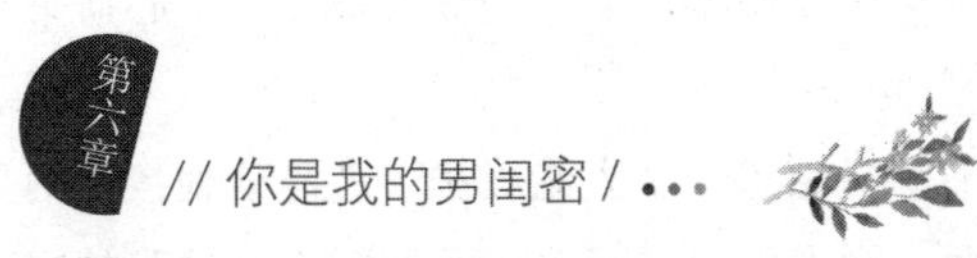

第六章 //你是我的男闺密/…

转眼到了五月，天气渐渐暖了起来，这几日下过几场小雨，屋檐、地面都是湿漉漉的。今天是周五，天气终于放晴，方洵心情也不错，下午的课结束得比较早，晚上约了胤阳吃饭，当然，还是她请。

约定执行了一个来月，这期间胤阳的表现她基本满意，上下学车接车送，吃饭爬山看电影随传随到，一天两个电话，一个打给她嘘寒问暖，一个打给胤教授威逼恐吓，于是方洵有好几次作业没完成，胤教授都默默地忍了。

唯独有一点不好，无论两个人做什么，他从来不掏钱。

这也不能怪他，毕竟两个人的关系十分明确，就是包养与被包养，一个负责貌美如花，一个负责花钱养他。所以他十分“厚道”地将这种被包养的精神贯彻到底，时间久了，难免叫方洵肉疼。

但肉疼归肉疼，跟他在一起的时候，心情却十分愉快。他虽然不像胤教授是个庄严学者，但懂的东西绝对不少，跟他聊天不用担心会有乏味或冷场的时候。他这人十分有职业素养，会很认真听她说话，听她讲学校里那些有趣的事，有时候说起自己的小说，方洵每次说到兴奋的时候唾沫横飞，他就静静地坐在一旁笑着看她。两人偶尔谈起电影、画展，然后到汽车、财经、金融，往往进行到这里，方洵意识到快跟不上他的脚步，果断打住：“哎，你不觉得跑题了吗？我们还是说说那谁出轨的事情吧，你们男人怎么那么靠不住啊？”

他回她一句：“靠得住还是男人吗？”

她一脸黑线，然后挑衅地笑：“我要告诉你爸。”

他慢悠悠地来了句：“你现在连老师都不叫了，一口一个你爸，我爸是你爸吗？”

那时她竟没有反驳，看着他冬日暖阳般的笑脸，突然有一瞬间的错觉，她以为他们是在谈恋爱，而非一场游戏，一个心血来潮的口头之约。

今天天气好，下了课她想一个人走过去，就没让他接，两人约好在吃饭的地方碰面。刚走出校门没多远，一辆十分抢眼的宝石蓝敞篷跑车突如其来地停在她身边，里面的人摇下车窗，摘下墨镜，对着人行道上惊诧驻足的方洵摆了摆手，嘴角一弯，以一种久别重逢后的微笑给了她一个虚空的拥抱：“Hey,How much I miss you baby! ”

方洵瞪大眼睛，下巴差点儿掉下来，俯身往前凑了凑：“周阔？”说完“啪——”一巴掌拍在他头上，“你舍得回来了？”

周阔“啊”的一声惨叫，捂着被打痛的头，恨恨道：“你下手太狠了吧，我刚从鬼门关逃出来，好几天没吃饭，浑身一点儿劲都没有，你一巴掌差点儿把我拍死。”

方洵顿感内疚，赶紧摸了摸他的头，安慰道：“对不起啊，我太兴奋了。”她趴在车门上，干巴巴地笑了两声，“不过，这些天你到底去哪儿了？该不会真的私奔了吧，对了，你的小学妹呢，怎么没跟你一起？”

“私奔个屁。”周阔扒拉开方洵搁在自己头上的爪子，“我这人交女朋友很有原则，你遵守规则，我才跟你玩，她答应得好好的，结果一个月之后我说分手，她死活不同意，哭得稀里哗啦。我心软啊，这事只能又拖了一个月，结果她还没有分的意思，我就开始躲她，出门全副武装只露两只眼睛，不敢开车，连学校都不敢来，好不容易甩掉她，MD 前女友又找来了，还带了一帮人，我又开始躲她啊我靠……”

方洵黑着脸听他说完，只给了他两个字：“活该。”

周阔认同地点点头：“我也这么觉得。”

方洵又道：“既然喜欢人家就好好交往，干吗两个月就分手啊。”

周阔深以为然：“你说得太有道理了，我就该坚持一个月分。”

方洵使劲戳了下他的额头：“不要脸。”

他往前凑了凑，笑着道：“对了，你最近怎么样？”说着伸手要去摸她的头，“我看是不是长高了点儿啊？”

她一把打开他的手：“滚，我的头是能随便摸的吗？”

他从上到下仔细地打量她一番，然后不怀好意地笑道：“你的意思是，除了头都可以……嘿嘿。”

她又是一巴掌拍过去：“你怎么没被砍死呢，这副德行，早晚死在女人手里！”

他摊手笑，不置可否。

她哼了声，又道：“既然回来了就好好上课去，老师因为你操碎了心，头发一把一把地掉。”

周阔懊恼地一捶头：“我对不起他老人家。”

“算你还有点儿良心。不过你带人私奔这事闹得这么大，怎么就没被处分，我听说胤教授本来要请你爸来学校喝茶，结果你二哥来了，在胤教授的办公室坐了十分钟，又在校长的办公室坐了十分钟，事情就摆平了。我说你们家到底什么背景啊，出了这么大个事，你还能优哉游哉地继续上课？”

周阔不满道：“什么意思，你巴不得我受处分啊。就算我二哥恐吓得了校长，也恐吓不了英明伟大的胤教授吧。”

方洵认同地点头：“有道理。”说完抚慰地拍了拍他的肩，“我还有事，不跟你说了，周一记得去上课。”

“方洵。”周阔急着叫住她，“陪我吃晚饭吧。”

方洵头也没回，摆了摆手：“去找你的小学妹，我晚上有约。”

后面远远地又传来一句，带着几分急切的气息：“约的谁？我靠你不是有男朋友了吧？”

方洵没回答。不知道该怎么说，总不能坦白从宽说是跟自己包养的小白脸吧。

她怕周阔一巴掌拍死她。

周阔回到学校这件事，引起不小轰动。

毕竟是带着学妹私奔，且这一奔就奔了两个来月，行为恶劣不说，还给一众学弟学妹带来十分严重的负面影响。可他不仅没受到任何处分，居然还大摇大摆走进S大校门，这在S大学绝对是史无前例。于是众校友纷纷猜测不是他爹背景硬，就是他干爹的背景硬，为了一睹这位背景硬的周公子的绝世风采，大家三五成群地跑来汉语言系的门口进行观瞻。

前来观瞻的校友大多是为了讨教，比如想带着学妹私奔又不敢的学长学弟们，比如想跟人私奔又没人带着的学姐学妹们，总之几十号人叽叽喳喳挤在门口扒开门缝往里瞧，讲台上的胤教授揪心地看着周阔，捧着本书连连叹气。

周阔耷拉着脑袋，心虚地避开胤教授愁云满布的脸，拿起笔在纸上哗哗写了几个字，趁胤教授叹息的工夫嗖地丢给了方洵。

方洵打开一瞧，一脸的“黑线”：你说得对，老师的头发果然更少了，我造孽啊。

“周阔。”胤教授气得胡子直颤，“在老师眼皮子底下丢字条，真以为我老眼昏花了？”

周阔浑身一抖，将脑袋埋得更深。

“方洵。”

方洵跟着一激灵：“啊？”

“把字条拿上来。”

周阔一拍脑门：“完了！”

今天是周一，课多，听课的人也多，方洵拿着字条，一脸愁容地站起来，瞟了周阔一眼，然后在大家“幸灾乐祸”的目光下慢吞吞地走上讲台，把字条往胤教授手里一递，心里想的也是，完了！

胤教授看着字条，脸都绿了，“啪”地往讲桌上一放，咬牙切齿道：“你们俩下课后留下。”

方洵耷拉着脑袋走回到座位上，郁闷地拿起手机，点开胤阳的头像发了条信息过去：“我完了，被老师知道我在背后议论他的头发，要我下课后留下，怎么办？【哭脸】”

胤阳仿佛时刻盯着手机似的，永远都能在第一时间回复：“我搞定。【亲亲】”

简短的三个字，她突然就觉得很安心，看着那个表情，“哧”的一声笑出来。

胤教授放下书看她：“方洵，大家都在听课，你突然笑什么？”

方洵不好意思地咳了一声，解释道：“老师，那不是笑来着，是嘴角抽筋。”

胤教授扶着额头无语地看着她，正要再说些什么，手机铃声突然响起，只见他眉头一皱，条件反射地敲了敲桌子，声音沉肃道：“跟你们说过多少次，上课时候手机调成静音，不要影响其他同学听课，是谁的手机？”

欧阳绿夏站起来：“老师……”

胤教授恨铁不成钢地看着她：“你下课后也留下。”

欧阳绿夏哭丧着脸，一脸委屈：“是您的手机……”

胤教授不稳地扶住了桌角：“啊？”顿了顿，“你给我坐下。”说罢从包里掏出手机。

方洵双手撑着下巴，偷偷打量胤教授脸上的神色，他拿起手机看了看，额前青筋忽地跳了一下，表情变得十分复杂，掩嘴咳了一声，扫了眼教室，然后走下讲台，推开门接起了电话。

“呼。”周阔长长一声叹息，“吓死我了。”

“呼。”欧阳绿夏捂着心口，“也吓死我了。”

大概半分钟的工夫，胤教授便挂掉手机，重新走上讲台，神色复杂地看了眼方洵，又看了眼周阔：“老师晚上有事，你们下课直接回去吧。”

“是。”两人异口同声，之后又十分默契地给对方投去一个眼色。

方洵重新划开手机屏幕，喜滋滋地发过去一个得意的表情：“我下课不用留下了，你跟老师说了什么？”

“不告诉你。【亲亲】”

方洵对着屏幕哼了一声：“这周五去看电影吧，听说《银河护卫队》很好看。”

“周五不行，我有事，改天。【亲亲】”

方洵微微皱眉，噼里啪啦迅速打上一大段话：“我是你客户，你敢推我的约？当心我不养你！到底什么事那么重要，非要周五？坦白从宽。”

“没那么重要，只是日期已定，不能陪你了，要想我。【亲亲】”

方洵突然想到什么：“你该不会是约了别人吧？是上回那个女人？她又找你了？”

“当然不是，放心。【亲亲】”

方洵一股火冒上来：“少给老子发那个破表情，你这属于无故旷工，推我的约，你到底要做什么？”

“我要从良。【亲亲】”

方洵：“你赢了……”

下午的课结束，方洵拎着书包走出校门，周阔从后面追上来，“啪”的一下拍在她肩膀上：“干什么去？”

她扭头瞪了他一眼：“回家，干吗？”

“一起吃饭吧。”

方洵摇头叹气，一脸纠结：“不行，我赶着回去码字，这周还差八千任务，哎哟我头好疼。”

“那也得吃饭啊，饿着肚子哪儿来的灵感，吃饱了再写，我给你万字长评。”周阔说着往前凑了凑，伸手要去摸她的脸，“哎，你这脸怎么了，怎么冒痘了。”

她一下打开他的手：“别碰我，还不是因为熬夜嘛，哎哟头疼脸也疼，脖子疼，屁股也疼，怎么浑身不舒服啊。”

他有些担心地看着她：“我说你年纪不大怎么把自己搞得一身病啊，你给我差不多就得了啊，你没听说有个写小说的长期趴在电脑跟前不停地写啊写的，结果把自己写死了吗？要学会放松啊小姐。”

方洵揉着太阳穴，小声嘟哝着：“又不是只有自己要养活了。”

周阔目光一寒：“你还要养谁？”

“没谁。”方洵拍拍他的肩膀，把书包往肩上提了提抬步要走。

“方洵。”周阔一把拉回她，“这周五陪我去参加个庆功会。”

方洵纳闷地看着他：“什么庆功会？我不去。”说完狠狠瞪了周阔一眼，眼神里带着深深的鄙视，“你还是学生呢，参加什么庆功会啊。”

“还不是我家老头逼的。”周阔一脸郁闷，“启天集团为新项目圆满收尾庆功，我说不去，老头说不去就没收我的车，我靠没车我跑着上学啊，那画面对得起我这张脸吗？没辙，只能听他的，但我没女伴，你陪我。”

方洵赶紧摆手：“我不喜欢那种场合，一个人都不认识，太尴尬了，还要举着酒杯不管认不认识的见人先碰一个，赔着笑脸，虚伪，不去不去。”说罢就要走。

“别呀。”周阔赶紧拦住她，那急切劲儿跟揪着救命稻草似的，“就当陪我吧，我也不喜欢那种地方，可老头说要我跟二哥学做生意，这次是露脸的机会，我没办法，不能违背老头子，也不敢违逆我二哥。方洵，咱俩快四年的交情了，就这么点儿小事你都不能舍命陪君子吗？”

方洵觉得再拒绝下去周阔就要翻脸了，想想这几年来他对自己也算十分仗义，陪吃陪聊，陪玩陪闹，有祸一起闯，有课一起逃，出事了他一力扛下，什么都为她担着，再加上那让人神清气爽的万字长评，她一咬牙一跺脚，应了：“好。”说完又一脸沮丧，唉声叹气道，“不过我可没钱买衣服。”

周阔立马讨好：“有我。”

“还有鞋子。”

“有我。”

“包包。”

“有我。”

“首饰什么的。”

“都有我呢，放心。”

“还有最后一个问题。”

“说！”

“这些东西用完之后，我能卖了吗，钱归我。”

“……”

这个周五，周阔的装扮很是不同。

平日里习惯于阳光帅气运动系列的周公子，今天突然改变风格，一身黑色西装，白衬衫，靛蓝色丝质领带，一双擦得锃亮的黑色尖头皮鞋，头发用胤教授口中的强力胶糊出帅气造型，走下车的那一刹，一手悠闲插兜，一手拽了下脖子上的领带。这一画面成功吸引无数眼球，路边排队买包子的学姐学妹纷纷张大嘴巴，目瞪口呆地看着他，然后凑在一起七嘴八舌展开讨论。如此不走寻常路，不是要勾引小学妹，就是要带着已经勾引到手的小学妹再次私奔？

方洵压根忘了要陪周阔参加庆功会这事，没刻意打扮，只穿着平时的衣服，优哉游哉地上课。直到周阔走到教室门口，她才一拍脑门：“完了，怎么把这事忘了。

胤教授总算是见过世面的人，因为他自问没有谁比他的儿子还逆天，所以看到周阔还好，完全没被刺激到，将他从上到下仔细打量一番，给出了以下评价：“胶水糊得太多了，跟三天没洗头似的。”

周阔郁闷地顶着一头“强力胶”走进教室，走到方洵身边的时候对她使了个眼色：“东西我都准备好了，下课咱们就走。”

方洵一脸纳闷，你该不是要我穿大开衩或露背装吧，大哥那不是我的风格啊。

教室里静悄悄的，胤教授手里捧着几篇论文唉声叹气，偶尔抬起手撑着后脑勺，看起来一副血压不稳的样子。方洵胆战心惊地看着他有些瘦削的面容，暗自揣摩老人家应该是气着了。

也难怪，周阔心不在焉地坐在教室里，不时地拿出小镜子摆弄一下头发，再低头看看腕表，偶尔抖两下腿，钢镚儿在他兜里哗啦啦响，一副火急火燎的样子。胤教授黑着脸看他，放下手中的教材，捏着粉笔头在黑板上写下“浮躁”两字，要大家对该命题做出深刻思考。方洵咬着笔头盯着那两个字，觉得胤教授一定是故意的，摆明是公报私仇。自己被周阔连累死了。

一整天方洵都没什么心情听课，也因为周阔，连累她要写个关于“浮躁”的论文周一交。反观周阔更惨，除了胤教授一看到他就唉声叹气，耳边还充斥着叽叽喳喳的声音和怪异眼光，上课的时候有人看他，中午吃饭的时候有人看他，连上趟厕所也有人看他。好不容易挨到下午课程结束，大家终于忍不住要围上来，他赶紧收拾东西二话不说拉起方洵就往校门口跑。

启天集团庆功晚会是七点开始，最后一堂课结束已经快六点，周阔眼前浮现自己的爱车忽地消失，从此每天要跑着上学，立马咬紧牙，拉着方洵的手气喘吁吁地一路狂奔出S大学校门，完全没听到后面响起一阵阵此起彼伏的唏嘘惊叹声：“妈呀，周公子果然又带人私奔了。”

一路狂飙，终于在六点二十五赶到启天大厦楼下，找车位，找电梯，一顿折腾，等两人迈进一楼大厅已经六点四十，周阔捂着心口长长呼出口气：“车终于保住了。”说着丢给方洵一个大纸袋，“去换衣服，快。”

方洵拎着纸袋找到洗手间，一进去就看到几个浓妆艳抹的年轻女孩有说有笑，穿露背装，踩着十厘米的高跟鞋，鞋上镶着水钻，其中一个还涂着大红唇。几个人看见她先是愣了一下，紧接着将她从上到下打量一番，脸上多少有些鄙夷之色，好在没说什么不堪入耳的话，在镜子前修饰了下妆容出去了。

不得不说启天大厦的整体设计以及内部装饰实在是，高调奢华，就连洗手间的天花板都悬着让人眼花缭乱的水晶罩花灯，四面的墙壁也都打着高光，刺得人眼睛生疼，可见这家公司的老板或老板娘有钱至极。

正准备换衣服，又走进来两个皮肤白皙、身材高挑的女孩，气质十分出众，没有高傲的姿态，说话的声音也不大，看到她只是微怔了下，继而礼貌地点了点头，对着镜子修整妆容。

方洵不由得一声叹息，同样是来参加晚会的，同样打扮得光鲜亮丽，这两位像是真正的大家闺秀，之前的那几个，怎么看都跟唱戏的似的。

方洵赶紧翻看大纸袋，才发现里面又有好几个小袋子，衣服、鞋子、包包、饰品，该有的一样不缺，方洵一面赞着周阔贴心，一面七手八脚地开始穿衣服。

整装完毕，踩着一双足有十厘米的高跟鞋从洗手间走出来，虽然鞋子做工不错，穿起来也很舒服，但还是不习惯啊。方洵用蜗牛的速度一拐一拐地蹭到大堂，周阔已经等得火急火燎，原地直打转，直到转身看到方洵的那一瞬，愣了一下。

“怎么样啊？”方洵走过来，有些担心地看着周阔，又看了看自己的脚。

周阔有一瞬间的恍惚，没有回答她，看着她的目光有些怪异，仿佛在看一个完完全全的陌生人，大堂里的灯光晃得人眼睛直疼，可他觉得眼前的方洵，比那缭乱的灯光还要晃眼。

方洵心想完了，果然男人和女人的眼光不同，她不好意思地咳了一声，纠结道：“我自己觉得还行，你要是觉得不行，我换回来吧，因为今天你要露脸，我不能给你丢脸啊。”

他终于反应过来，将手搭在她肩上，十分认真地看着她：“不用换了，方洵，你这样很好。”

她终于松了口气："那就好。"停了一下，又道，"你不知道，我刚刚看到几个女孩，都很漂亮，又很会打扮，我当时心想完了，这要被人比下去了。我知道今天对你来说很重要，你要在你二哥面前好好表现，于是我坚定信念，化失落为动力，也收拾了下自己，想着一定要给你长脸。你看我对你多好，咱们真是革命感情情比金坚。啊对了，你的万字长评什么时候写？"

周阔原本还很感动的脸突然沉了下来，抑郁道："哎我说你能不老惦记你的万字长评吗？看你今天表现吧。"

"那好吧，还有一件事。"方洵指了指自己，嘿嘿笑道，"说实话今天这身衣服我还挺喜欢的，就是鞋子不太习惯，但我勉强可以留着，而且你看这裙子和鞋子的尺码，简直就是为我量身打造的啊，你不会还要我还吧。就算不给我，你也送不出去了，哎，等等……"话没说完，方洵蓦地停住，难以置信地看着从电梯里走出来的一个女人，霎时瞪大眼睛，指向电梯口，"怎么是她？"

周阔看过去，找了半天也没明白方洵说的是谁："谁啊？"

她没敢接话。因为实在没勇气跟周阔解释说是跟胤阳有牵扯的富贵女人，现在是她的"情敌"。

方洵怔怔地站在那里，迅速展开联想。今天是启天集团的庆功会，这么大的活动，应该有很多圈里圈外的人前来参加，比如集团总裁啦，集团总裁儿子啦，集团总裁老婆啦，而这女人，气势这么猛，如果不是哪个总裁的老婆，就是个名正言顺的真总裁。

方洵往周阔跟前凑了凑，心想不管这女人是谁，千万别跟她碰个正着，根本说不清，于是在他跟前小声道："我们赶紧走吧，要来不及了。"

周阔却站着不动，看了看她的手，弓起了自己的胳膊，对她使了个眼色。

方洵也看了看自己的手，又看看他的胳膊，一脸茫然："干吗啊？"

周阔黑着脸："你怎么这么笨，挽着我。"

方洵扑哧笑出来，十分听话地伸手挽住他的胳膊，笑道："逗你的，唉，不过要是被老师看见咱俩这副德行，咱们就得双双滚蛋。"

方洵把脸往周阔胳膊上埋了埋，跟着他往电梯口走，准备坐电梯上二十二层。周阔却突然看到什么，哎了一声："那不是……"

方洵本来一面拉着他摇摇晃晃地往另一侧电梯走，生怕他认识之前那个女人，嘴里也不停地打断他："我们走吧。"可还没走出几步，她有些疑惑，眼风一扫，顿时傻在那里。

胤阳！

第七章 让我们大干一场吧

方洵绝对没有看错。

眼前的胤阳，一身黑色西装，里面一件黑衬衫，仍然开了两颗扣子，不打领带，冷淡中有些慵懒的味道，正在电梯口跟那个富贵女人说话，虽然没什么表情，更没有讨好神色，但看起来显然不是偶然碰见打个招呼那么简单。方洵皱起眉头，恨得咬牙切齿，好啊，跟我说有重要的事，推我的约，原来是来见老相好了，好啊你胤阳，好！

周阔原本被挽着的胳膊突然被方洵狠狠掐了一下，疼得眼泪差点儿掉下来，赶紧用力甩开她，捂着胳膊道："你掐我干吗？"

"啊，对不起对不起。"方洵赶紧给周阔揉了揉胳膊，然后恨恨地看着胤阳和那女人进了电梯，才拉着周阔往另一侧电梯那边走，将手里的纸袋丢给他，怒道，"拿着，我打个电话。"

电话拨通，却没人接，方洵火冒三丈，这是胤阳第一次不接她的电话。在她看来，这件事简直没有悬念，这富贵女人应该不是哪个总裁的老婆，她本身就是个总裁，还是个单身的女总裁，今晚也是作为受邀嘉宾参加庆功会，但是跟周阔一样没伴，于是提前约了胤阳来。她果然说到做到，绝不轻易放手，真是个任性的女人。

可让人愤怒的是胤阳，明明说好不再理这个女人，跟这个女人断绝一切关系，谁知一眨眼居然又见面了，还是背着她。虽然她知道自己的包养标准低得可怜，可他完全可以拒绝她，但他没有，还信誓旦旦地说钱不重要，只要不甩了他，一个月三百块他认了。他还很享受似的跟她说说笑笑，打情骂俏，这是什么，是欺骗！

这人到底有没有职业操守，知不知道什么叫包养啊，包养就是无论钱给多少，只要他接受，就不能再向别人伸手。

这点道理都不懂，怎么做行业翘楚，怎么当超级偶像啊。

方洵越想越窝火。

这边周阔跟着他二哥去见了几位前辈叔伯，方洵自己在一旁闷闷地吃东西，边吃边咬牙切齿地咒骂："说好了要转行，说好重新开始，你偏自甘堕落，无可救药，不要脸……"

本就生着气，再加上吃了点儿东西，喉咙里一阵阵噎得慌。方洵赶紧拿起摆在餐桌上的红酒杯，仰头喝了一大口。

电话突然响起，方洵拍拍胸口，拿起来看了一眼，犹豫了下，最后还是接了起来："喂。"

"给我打电话了？对不起，刚刚没听到。"

"我没给你打电话。"方洵的口气多少有些不快，努力控制着情绪不爆发，声音却是冷冰冰的，"我拨错号了。"

尽管方洵这么说，胤阳还是一下听出了不妥："生气了？"

方洵咬着嘴唇不说话。

她心里清楚，今天她是陪周阔来参加晚会的，无论如何要控制住情绪，不能闹出笑话来。并且，她虽然自认为花钱养了他，但那点儿微薄的钱根本不能帮到他什么，他还是随时会扑向可以给他更多的那个人……而她跟胤阳的关系仅仅是一个口头之约，他从来就不是她的什么人。尽管如此，但她心里就是堵得慌。

她的钱是不多，但心意是真的，她想帮他，用摒除金钱在外的所有真心和诚意。

可他不要那些。

或许在他心里，只有钱才最能让人动容，可她偏偏缺钱。

方洵不再说话，胤阳沉默了一下，突然道："十点半《银河护卫队》最后一场，我陪你看，等我一个小时，我去接你。”

方洵叹了口气，声音隐隐有些委屈：“你在哪儿？”

又是一阵沉默，半晌，他答：“我在参加一个活动。”

她心里终于好受了些，总算不是一骗到底，于是又问：“跟谁？”

那边的声音突然变得嘈杂，像是来了很多人，过了会儿又安静下来，他说：“人很多，方洵，晚一点儿我再打给你。”

听着电话那头响起的“嘟嘟”声，方洵皱着眉头撂下电话，重新拿了杯红酒，又拿了块蛋糕继续吃。

那个浑蛋说心情不好的时候吃甜点会叫人心情变好，除了满嘴的甜腻，心情根本就没好半分。

她举起红酒杯正要再喝一口，眼前突然晃过一个身影，那身影看上去有些熟悉，黑西装、黑衬衫、深色的丝质领带，灯光下从容而自信地游走在人群中，身形有点像胤阳，但是不好确定，她记得刚刚见到胤阳，他好像没有打领带。

方洵举着红酒杯往那头走。

眼看那人身影消失不见，方洵心里一急，加快了脚步，完全没注意到一个踩着高跟鞋的女人扭着腰肢在她身边晃过，紧接着就听“哎呀”一声，她还没反应过来，已经将那女人撞了个趔趄，手里的红酒洒了一半出去，直接泼在那女人身上。

“啊——”

“对不起对不起。”方洵赶紧上去道歉，七手八脚地要给她擦胳膊和衣服上的红酒渍。

那女人穿着红色的深V长裙，涂着大红嘴唇，指着方洵暴跳如雷地骂：“你没长眼睛啊，往哪里撞呀？”

方洵心里实在是歉疚，毕竟来参加这样的晚会，人家是花了时间精心打扮过的，被她这么一泼，别说要被人看笑话，这身衣服也糟蹋了。她连连道歉：“真的对不起，我不是故意的，我刚刚看到一个朋友想叫住他，不小心就撞到了你。”

“对不起就完了，你把我的衣服弄脏了怎么办，你知道我这件衣服多贵？它是世界顶级设计师Lacroix先生为我量身设计的，只此一件，有钱都买不到。”那女人气得胸口直颤，眼睛睁得大大的，气呼呼地瞪着方洵。

方洵也有些无奈，她确实不是故意的，但这女人说话真是太难听了，那股欠抽的劲儿真是让人忍不住想要上去狂扇大嘴巴。但今天这事怪她自己不小心，而且她不想把事情闹大，叫周阔为难，她往下压了压火，继续诚恳道：“这位小姐，我真的不是故意的，我不知道你的衣服到底多贵，也不知道‘拉扣’先生是谁，但咱俩在这里耗着真没意义，你不是还要参加晚会吗？这样吧，你把这件衣服换下来，穿我的，然后你的这件我帮你洗干净行吗？”

那女人像是被方洵的话惊住，瞪得溜圆的眼睛将她从上到下扫了一圈，鄙夷地笑了：“穿你的？”停了一下，像是发现什么一样，伸手指着她，一副恍然大悟的表情，“你不是刚刚在洗手间换衣服那人吗？嗬……”她冷笑一声，“真有意思，穿上漂亮衣服就以为自己是公主了，像今晚这样盛大的庆功晚会，你这种人是怎么进来的。”

方洵觉得实在没必要再给她好脸，她把剩下的那点儿红酒喝完，挑着眉毛咧嘴笑：“你怎么进来的，我就是怎么进来的。”她笑着看她，“难道小姐您是用爬的进来的？”

那女人愣了一下，抬手就照着方洵的脸打过来。

方洵下意识往后躲了下，那女人的手落空，却被另一个人紧紧握住。

一身淡紫色的裹身长裙，露出一只白皙修长的手臂，灯光下她的皮肤晶莹到透明，手指纤纤如玉，泛着股说不出的冷意。她握着那女人的手腕，微微弯起嘴角，礼貌而优雅地笑着：“厉小姐，几年不见，你的脾气还是丝毫不见收敛。”

方洵看着突然出现的这张脸孔，愣了愣，胥日？！

胥日身后不远站着两位身材高挑的端庄女子，一人举着杯酒，在礼貌而亲切地交谈，偶尔看过来两眼，看起来跟胥日是一起的。

被称作厉小姐的女人也愣住了，她几乎是用一种不可思议的眼神看了看胥日，半晌，扑哧笑了：“嗬，我当是谁，原来是胥大小姐啊，你不是出国了嘛，怎么，国外混不下去，又回来了？”

厉抒甯语气里明显的鄙夷和嘲讽并没有让胥日生气，胥日仍是礼貌一笑，松开了她的手：“厉小姐真会开玩笑，胥日确实到过许多国家，也在不同的地方生活过，那些地方虽有自己独特的文化底蕴和异域风采，可在我看来，还是留恋祖国更多一些，难道厉小姐认为我们中国比不上外面那些国家吗？”

胥日轻描淡写却意味深长的一句话立时叫厉抒甯闭了嘴，她气呼呼地瞪着胥日，不说话了，转而将目光重新望向方洵，愤愤道：“好，不说这些，不过她撞了我，弄脏了我的衣服，胥小姐出面拦着，是想要替她赔我一件新的吗？”

“你的衣服只是脏了一点儿，完全可以洗干净继续穿，为什么要赔给你新的？何况，厉小姐不是说这件衣服是Lacroix先生为你量身设计，只此一件。胥日自问请不动Lacroix先生再为厉小姐重新设计。”胥日仍是优雅地笑，口气却已经慢慢转冷，说出的话听着和风细雨，一字一句却是铿锵有力，“厉小姐，恕胥日说句不好听的。你身上这件衣服它有独一无二的设计也好，是顶级设计师的量身打造也罢，不过这世上没有任何一件衣服，可以贵过人的尊严。厉小姐出身名门世家，又有厉伯父亲身教导，熟读孔孟圣贤，定然也是知晓书中大义之人。现在，为了一件衣服对方小姐诸多为难，未免有失你大家闺秀的风范。”

厉抒甯被胥日说得有些脸红，旁边已经有几人投来异样眼光，她下意识地偏头躲了躲。今天这种场合，来的都是社会各界名流，有熟人，晚会现在没正式开始，这些人三五成群地聊着天，并没有太多人注意到这边的情况。启天正好有个专门为贵宾准备的化妆间，里面有一些高档服装专门提供给临时有需要的贵宾，她再纠缠下去，谁都不好收场。厉抒甯想着，从旁边餐桌上拿起几张纸巾擦了擦衣服，没再跟方洵和胥日多说，赶着去十九层换衣服了。

“方小姐。”胥日仍是那样优雅地笑，“没事吧。”

“没事。”方洵扭头看了眼匆匆往外走的厉抒甯，“其实我挺不好意思的，毕竟是我撞了她，而且我看她那衣服，确实挺贵的。”说着又转过头来看胥日，笑道，“胥小姐，刚刚谢谢你，虽然不是故意的，但如果一直闹下去，一定会很难看，到时就要连累我朋友了。”

胥日的目光有些疑惑：“你朋友？”顿了顿，“胤阳？”

“不是。”方洵笑着摆手，“是我的大学同学，他说今天有个重要的活动，但是没女伴，我们是几年的好朋友，就陪他一起来了。”

胥日更加疑惑，不禁重复着刚才的话，像是在疑问，更像是在进一步确定：“方小姐，你今晚来，胤阳他知道吗？”

方洵摇头笑：“当然不知道，那个，你能不能帮我个忙，今晚的事情别跟他说。”话刚说出去方洵就后悔了，胥日跟胤阳本就不熟，当然没必要特意去说这事，她这么一嘱咐，好像胥日很八卦似的。方洵有些不好意思地摸了摸鼻子，赶紧补充，“我不是说，你是多话的人，而是如果以后，咱们还有机会碰到的话。”

胥日的脸色变得十分复杂。

“啊对了，胥小姐怎么会在这儿呢？”晚会一直没开始，周阔也没找过来，方洵便继续跟胥日聊着天。

方洵刚问出口就拍了下自己的脑门：“你看我，居然问这么傻的问题，胥小姐是胥氏集团的千金，将来也是要纵横商界的，当然是受邀前来。”

胥日已经不知道该说什么，她所了解的，跟方洵所说的，好像不在同一个频道，她认真想了下，突然问道：“方小姐知不知道今晚的主人是谁？”

“啊？”方洵有些诧异，似乎没想过胥日会问这个问题，想了下，回道，“不是启天集团吗？我听说他们的董事长姓欧阳，临来的时候我朋友告诉我的。”

这下胥日确定了她们真不在同一个频道。

“方小姐，不看财经新闻吗？”

方洵被胥日突然的一句话打蒙了，完了，这是要聊经济啊，豪门世家的下一代们，怎么都这么爱往经济和金融上面凑呢，其实弹弹琴画个画，或者像我一样写小说不也挺好的吗？方洵掩嘴咳了一声："不……不怎么看。"

"跟胤阳在一起的时候，他也不说给你听吗？"

方洵更蒙了，怎么又把胤阳扯进来了，虽说他这个行业需要德智体美劳全面发展，也没有规定说一定要懂经济玩金融啊，他只是卖个脸就已经是行业翘楚，再跨行去搞经济，做个投资，那简直太可怕了，人类会无法阻止他的。她把弄着手里的酒杯，笑着回道："我们一起的时候，他从来不说这些。"

胥日显然来了兴致："那聊些什么呢？"

方洵也来了兴致，终于把话题从经济上成功转移了，她开始侃侃而谈："聊××出轨啊，××恋啊，偶尔他会讲冷笑话给我听啊。"

胥日一直端着的优雅笑容终于绷不住了。

方洵显然没察觉有什么不妥，她完全忽视掉了胥日那苍白而紧绷的脸，凑上去还要继续聊，就在那时，周阔终于结束跟一群叔伯大爷的交谈，走了过来。

"方洵。"

周阔边走边对着方洵招了招手，方洵知道这是要开始了，赶紧跟胥日又说了两句客套话，就往周阔那边走去。

等她走过去，她才发觉周阔身后站了个男人。

周阔笑呵呵地拉过方洵，兴冲冲地将身边的男人介绍给她："这是我二哥周翦。"

方洵顿时怔住，这不是刚刚被她误认作是胤阳的那个男人吗？这男人虽然身形跟胤阳相仿，气质却完全不同，她没见过他。刚刚看他的时候怎么会觉得眼熟？方洵认真想了下，最后得出的结论是，她估计太在意胤阳了。

这男人二十七八岁的样子，比起周阔身上的阳光和朝气，周翦要沉稳庄重许多，面容冷肃，眸色深沉，看她的时候，平静目光中隐约多了些别的东西，却看不出那是什么。

“你叫方洵？”方洵还在怔神，周翦已经礼貌地伸出手来。

方洵赶紧去握住他，郑重道：“你好，传说中的二哥，我是方洵。”

看着她一脸的谨慎认真，目光中还有些困惑，周翦突然意味不明地笑了下，虽然笑得有些隐忍，还是把周阔吓了一跳。在周阔的印象中，他二哥是个深沉到任何人都辨不出喜怒的人，二哥很少会在陌生人跟前这样笑，那样的笑容，虽然努力克制，但落在他眼里，分明凌厉刺眼，且危险。

方洵也有些莫名其妙，赶紧抽回自己的手，讪讪笑了笑，没再说话。

周阔将周翦拉到一边，脸色有些不好看：“二哥，你要是不满意我今天的女伴，回家再说，别把我朋友吓到，你那是什么表情。”

周翦笑得越发深沉：“我没有不满意。”他抬手拍了拍周阔的肩膀，赞许道，“你做得很好，我要有好戏看了。”

周阔：“……”

那一头人影攒动，原本有些热闹的会场突然间安静下来，灯光忽地转暗，追光打在会场的一角，几个衣着讲究、精神高涨的精英面孔拥着一个黑色西装的男人走了过来，几十双眼睛顺着光线望去，瞬间聚焦。

在那束强烈到刺眼的追光下，黑色西装男人微微抬着头，嘴角扬起的那道弧线恰是一个探寻和审视的意味，一双锐利眸子漫不经心地扫了扫四周，而后嘴角一扬，半开半合的薄唇下漾出一抹若有似无的笑意。

满员的会场仿佛空了似的完全安静下来，他接过话筒。

“感谢众位今晚莅临 FTI 项目的庆功会，说起来今晚的贵宾名单是金秘书照着欧阳董事长的意思拟订，我没看，所以你们当中有我认识的，也有我不认识的，但我相信各位的存在与到来都是与我息息相关，并且在不久后的某一天，我们还会有进一步的合作。FTI 结束了，但启天新项目的研发与启动将层出不穷，我期待看见更多的新面孔，也期待与众位在下一个路口更好地相遇。”

声音低沉中带着暧昧的嘶哑，致谢词简短利落，客气又十分不客气。

原本精神饱满、情绪高涨的精英们顿时一脸“黑线”。这是哪个无知的浑蛋助理写的感谢词，还敢叫他们的总裁大人当众念出来，要是被他们脾气火暴的欧阳董事长听到这番话，这助理就得直接卷铺盖回家。

周阔举着酒杯，鼻子里哼了一声：“真欠抽。”说着推了推方洵，“你觉得呢？”

方洵没说话，瞪大眼睛不可思议地看着聚光灯下那个被众人簇拥着的男人，愣怔了好一会儿，才压抑着颤抖的嗓音问他：“你知道他是谁吗？”

“当然，今天来到这儿的人，有谁不知道他啊！启天集团的执行总裁，商界巨擘欧阳叶卿的独生子，一上台就把反对他的那些老古董全部逼下台，雷霆铁腕，杀人不流血的商界第一贵少胤阳。我刚才在电梯口就看见他了，你偏不让我说话……”完全没注意到方洵已经发白的脸，周阔越说越兴奋，“哎，你知道他老爸是谁吗？”他“啪”的一下拍在她肩膀上，“就是汉语言文学大师，咱们英明伟大的胤教授，没想到吧，哈哈哈！”

方洵觉得浑身上下凉透了，嘴唇都微微颤抖：“是没想到。”

周阔又凑上来：“你看他那德行，够嚣张吧，他以前比现在还嚣张呢，经常把他老爸老妈气个半死。”周阔喋喋不休地说着，“他跟我二哥是大学同学，死党，现在是生意伙伴，我跟着二哥见过他几回，听他说话那样我都想揍他，最后忍了。”

方洵不知怎么突然冷笑了声：“为什么要忍呢？”

周阔叹了一声，很有几分沧桑的语气：“能不忍吗？跆拳道空手道泰拳，哪一样我行啊，我怕被打死。”他顿了顿，有些愤愤道，“听说从前跟他在一起练跆拳道的人，有几个不知死活的给他下过战书，结果都被他踢残了。”

方洵瞪了他一眼："你不会挠他吗？"

他碰了下她的杯子："那是你们女人才敢做的吧。"

两个人正说着，后面传来两个女人低低的对话。

"他是胤阳？"

"怎么？"

"很帅。"

"喃，气质也不错。"

"不知道有没有女朋友？"

"哦？你有什么想法？"

"你没有吗？"

"还是算了，看他的样子，太过于嚣张，太难驯服。"

"确实嚣张，不过，那张脸，对得起嚣张。"

伴着珠玉般悦耳的笑声，两人默契地碰了碰杯子。

方洵紧握手中的玻璃杯，感到浑身的血液不停叫嚣着往大脑涌去，头开始发晕发涨，身体却异常冰冷。她无法相信眼前这人是胤阳，她看着他的脸，还有那双会蛊惑人心的眼睛，冰冷的指尖敲打着杯身，就像一遍一遍地在心里仔细勾勒，直到灯光有些暗了，视线里有一些湿润的模糊，周围的一切声音慢慢消弭，唯有眼前那张脸，那个冷硬中带着几分热度的年轻轮廓，才越显清晰可辨。

这个男人，这个在万众瞩目之下微微笑着的男人，他曾一本正经地对她说"我从来不做无偿服务"，他说"两万块买到我，是不是很划算"，他说"方洵，你要养我一辈子"。

这个轻而易举说出谎话的男人，甚至连眉头也不皱一下，更没有半分羞愧，他就那样恣意傲慢，又理所当然地，把她所谓的"摒除金钱在外的所有真心和诚意"像泥土一样狠狠踩在了脚下。

胤阳，我的好心，就这么一文不值，活该被随意践踏吗？

曾以为他是冬日暖阳般的存在，谁知剥裂表面的那层温暖外壳，骨子里竟是淬了冰一样寒。

方洵看着胤阳微微仰起头，面无表情的脸，明明还是熟悉中倨傲又嚣张的模样，此刻却显得冷淡而陌生。

胤阳就站在那束高光之下，并没有看到方洵。会场中有不少人拥了上去，亲切而礼貌地与他攀谈。胥日独自站在一个光线稍暗的角落，没有一窝蜂地拥上前，而是优雅地举着杯子，偶尔浅浅地抿上一口。

此刻方洵脸上的表情，与她心中所想，别无二致。

惊诧、错愕、愤怒，还有一丝容华谢后转瞬残败的苍凉感。胥日突然有点儿同情方洵，这样的胤阳，连他自己都不曾看清自己，你又有什么本事，可以真正认识到他。

她自认不是个小人，但在爱情面前，也无谓去做什么君子。她不会拆穿胤阳，因为她确信，所有的谎言和骗局，都会在命运的操控下不攻自破。

我从来无意跟你争胤阳，他本就是我的，就算途中走远了，走散了，他终究会找到回来的路，而在那条路上等着他的人，是我不是你。

胥日看着手中的红酒杯，里面的红酒只剩下了一点儿，她晃了晃残存的酒液，看到厉抒甯换好衣服重新走进了会场。

胥日仰头将最后的一点儿红酒喝掉，然后往餐桌那边走，想要再拿一杯新的，从那个方向走过去，正好跟厉抒甯走了个擦肩。

“厉小姐。”胥日笑着叫住厉抒甯，那双带着慧黠笑意的眼睛扫了扫她，十分诚恳地夸赞，“这件Versace的裙子真不错，穿在厉小姐身上很合适。”

厉抒甯面露轻蔑地瞥了胥日一眼，然后傲慢地哼了一声，没说话。

胥日下意识偏头，视线从厉抒甯身上移开，看到会场那一头，周阔笑着跟方洵说了些什么，又亲昵地拍了拍她的肩，十分熟络的样子。胥日容色淡淡地看了会儿，然后晃了晃手中的空杯子，漫不经心道：“原来方小姐的朋友是周家三少爷。”

厉抒甯傲气的秀眉凌厉地皱起，顺着胥日的视线看了过去。方洵背对着她，看不见方洵的表情，周阔却是一脸眉飞色舞，她不禁将眉头皱得更深。厉家跟周家是世交，在生意上又是多年的合作伙伴，她对周阔一直有好感，但周阔就是不理她，每次见着都是一副“别烦我，老子很忙”的样子。前一阵双方父母商量着要给两人订婚，日子都挑好了，谁知周阔竟然不声不响地跑了，周家老爷子急得不行，最后还是周翦给找了回来。这事闹得挺尴尬，厉家也是要脸面的人，拍桌子让周家给说法，偏偏周老爷子气性大又爱面子，直接气得进医院了，事情闹到这个地步，订婚的事只能作罢。厉抒甯没想到今天会在这里碰着周阔，而且他身边还挽着一个女人，看到这儿她的火气简直不打一处来，于是扭着腰肢就走过去了。

胥日自顾自走到餐桌前，随手又拿起一杯酒，然后轻轻靠着餐桌的一角，一面优雅地品着酒，一面向高光下那个倨傲的男人望去。

胤阳的表情很淡，甚至是不屑一顾，嘴边却挂着公式化的笑容，正颇有兴味地与人交谈，不时低头看下腕表，似乎是约了人。

胥日轻轻晃动着手中的玻璃杯，仿佛正在静静地等着什么发生。

她距离所有人都很远，可以清楚地看到每一个人的表情。

方洵看着聚光灯下那张微微泛着笑意的脸，从前觉得温暖恬淡，此刻只觉得苍白刺眼，胸口有什么东西就要涌上来，喉咙仿佛被掐紧，连呼吸也困难。她轻轻戳了戳周阔的胳膊，闷闷地说了句：“我有些不舒服，想回去了。”

“哪儿不舒服，我送你去医院吧。”周阔担心地看着方洵已经明显发白的脸。

“周阔。”

还没等周阔拉着方洵往外走，厉抒甯已经走过去拦住了他。

厉抒甯先是一脸防备地看了看方洵，然后双臂环胸怒气冲冲地往周阔跟前一站，大声道：“为什么躲我？”

周阔一看是厉抒甯，顿时一个头两个大。按说两人认识七八年，怎么都该有些交情，偏偏周阔不爱搭理她，在他眼里，这女人就是家世好点儿，有个有钱又爱面子的老爸，所以把本来就爱张扬的厉大小姐惯得越发跋扈嚣张，目中无人。其实平心而论，这女孩心眼不坏，更没什么心机，但就是那股子蛮横任性劲儿，让周阔很不喜欢。

周阔下意识把方洵往身后拉了拉，微皱着眉看厉抒甯："我还真没故意躲你，大概是咱俩没有缘分，你没听过有一首诗这么写嘛，世界太大，就是碰不着你，世界太小，还是碰不着你。"

厉抒甯沉着脸瞪着周阔："你少唬我，我从来没听过这首诗。"

周阔装出一副深沉模样，撇了撇嘴："那只能怪你读书少了。"

厉抒甯气得直跳脚，又不知道怎么发作，于是一双带着怒气的眼睛直直地盯向了方洵，问周阔："她是你带来的？"

周阔挑了挑眉："她是我朋友。"

"你朋友？"厉抒甯盯着方洵，认真想了想，却在脑海中搜不出这号人，于是猜想她大概不是混这个圈子的，于是傲慢地"哼"了一声，厉声道，"好啊，你朋友刚刚把我的衣服弄脏了，害我当众出丑，说话还不干不净，衣服我不在乎，但这口气我咽不下，我要她当众给我道歉。"

厉抒甯这一嗓子可不低，周围已经有人饶有兴味地凑了上来。

周阔的脸当时就拉下来了，正要上前一步却被方洵按住了肩膀，然后把他往后带了一步，自己走上前，她看了眼厉抒甯，礼貌而友好地一笑，落落大方地道了个歉："厉小姐，弄脏了你的衣服，是我的疏忽，对不起。"

周阔脸色一沉，贴在方洵耳边小声道："不用怕她，有我在这儿，没人能逼你道歉。"

方洵伸手使劲戳了戳周阔的腰，小声道："闭嘴，你二哥在后面看着你，别惹事。"

眼瞅着周阔和方洵在她眼皮子底下推推搡搡，眉来眼去，一副熟稔又亲热的模样，厉抒甯更气了，抬手从身边走过的侍应生托起的盘子上拿了杯红酒，不由分说对着方洵泼了过去。

周阔手疾眼快，赶紧上前一挡，大半杯红酒全都泼在他身上，还好穿的是黑色西装，酒渍并不明显，但里面的衬衫已经全湿，紫红色的酒液顺着他前胸中线往下淌，连身后方洵的裙子都未能幸免地被溅上几滴。

厉抒甯当时就傻了，手里还拿着杯子，愣怔地看着突然挡在方洵前面的周阔，气得嘴唇直颤：“你……你什么意思？”

周阔面无表情地看着厉抒甯，然后开始动手解西装外套，又用力扯下了原本打得规整的领带，之后连着外套一起使劲往地上一摔，一副豁出去的架势：“我今天怎么把方洵带出来的，我就会怎么把她带回去，谁想欺负她，冲我来！”

周阔这架势一摆出来，厉抒甯不由自主地往后退了两步，一直被她留在会场外时刻留意她一举一动的两个保镖快步走了过来。

方洵一看这场面收不住了，担心周阔惹麻烦，使劲把他往后拉，不停地在他耳边重复：“你二哥在后面看着呢。”

周阔的心情有点儿复杂，他抿了抿有些发干的嘴唇，下意识地回头看了眼周翦，一脸歉意，那意思分明在说：哥，对不住了，我要大干一场了，你放心，砸了场，我一个人担着，绝不连累你。

一直冷眼旁观的周翦终于有了点儿动容之色，仿佛完全读懂了周阔传递给他的内容，他看了周阔一眼，淡淡地说了句：“砸了场，我担着。”

周阔眼睛一亮，于是更加坚定了要大干一场的决心。

围上来看热闹的人越来越多，厉抒甯的两个保镖足有一米九的个头，生龙活虎地往她身后一站，跟一堵墙似的，凶狠彪悍的样子看得周围的人都有些发怵。

方洵感到喉咙发紧，一颗心扑通扑通跳得厉害，完全不知道该怎么收场，就在那时，她的手机突然响了起来。

手机一振，她下意识抖了一下，赶紧拿起来一看，脸霎时就绿了。

周阔也挺紧张，一面想为方洵出头，一面又不想真的砸场，今晚是谁家主场大家都心知肚明，在这里闹事就是不给胤阳面子，不给胤阳面子的下场不是被他踢残，就是被他老妈“踢”残。但泼出去的水收不回，架势都摆出来了，他不想打也得打，所以听到方洵的电话响，他短暂地松了一口气，心想你赶紧接电话，我好趁机调整一下状态，做做战前准备。

但是方洵任由电话响个不停一直不接让他有些烦躁，他一把抢过来，嘴里还念叨着："怎么不接电话啊，谁啊。"

话刚说完定睛一看，立时怔在那里，难以置信地抬眼看了看方洵，又低头去看看手机。

宽大的屏幕上十分清晰地跳跃着一个名字，胤阳！

方洵不接电话，周阔抢过电话也不接，两个人的表情一个比一个古怪，周围好事的人就憋不住了，纷纷上前想要看一看究竟是什么情况，这不看还好，一看全都愣在那里。反应过来后赶紧抬眸四顾，却都没有发现胤阳的身影，于是脸上的表情更加莫测。

周阔把手机递回给方洵，一脸的不可思议："什么情况？"

方洵没理他，想了一下，最后还是接通了电话。

"喂。"

"你现在在哪儿，我去接你。"胤阳的声音一如既往，沙哑中带着些甜腻温醇的味道。

方洵有点儿恍惚，但很快反应过来，握着电话沉默了会儿，突然叫了声他的名字："胤阳。"

方洵的反应让胤阳有些诧异，下意识地应了一声："嗯？"

"你发誓，你从来没有骗过我。"

方洵的声音很清透但是很稳，口气是带着笃信和肯定，可这样的一句话，分明又透着质问和犹疑的味道。胤阳对着话筒沉默了只有短暂的三秒，之后他终于清楚地意识到，坏事了。

方洵这一句话问出来，在旁围观的人一颗心立马提到了嗓子眼，是想要确定什么，却不能马上得到答案的那种紧张，伴着小小的忐忑和莫名的兴奋，那感觉就像被猫爪子轻轻划过心尖，抓心挠肝地痒。

没等到胤阳的回答，方洵觉得她的心霎时凉了一半，突然就什么都不想问，也不想说了，她缓缓把手机拿下来，按下了结束键。

周围的目光变得既炙热又期待，伴着低低的私语声。方洵没有理会这些，弯腰把周阔摔在地上的衣服捡起来塞在他手里，然后抬起头，看到眼前苍白而微微刺眼的灯光之下，一身西装的胤阳正朝她走来，身后还跟着两个精英。

没有了倨傲的姿态，没有了调笑的意味，他的步子很慢，有些沉重。

所有人都在沉默，包括厉抒甯，也包括一直在一旁冷眼旁观的胥日，她的表情很淡，姿态很优雅，目光却凌厉似刀子，从容又耐心地等待着众目睽睽下即将上演的令所有人心潮澎湃的一幕好戏。

胤阳就在距离方洵几步的地方停住脚步，他已经知道发生了什么，甚至可以预料到接下来还将发生什么。方洵会打他一巴掌，然后怒气冲冲地质问他，会问他要一个理由，为什么要骗她，为什么要利用她，把她像傻瓜一样耍得团团转。以她的性格，一定会坚持得到一个真相，就像她曾经想要秦朔给出的答案一样。他清楚这些，甚至想好了如何解释，但是很奇怪，方洵什么都没说，没有发怒也没有质问，只是面无表情地看了他一眼，然后，侧过头去。

胤阳脸上的表情有一瞬间的变化，很快又恢复如常。他锐利又微带审视的目光看了看方洵，看了看周阔，最后淡淡地瞥过厉抒甯手中握着的红酒杯。

胤阳微微仰着头，往前走了几步，修长手指漫不经心地划过方洵衣服上的红酒渍，声音淡淡的："谁干的？"

他的声音似乎不以为意，但是又很沉厚，带着不容置疑的力量。

方洵没说话，厉抒甯不由自主地吞了吞口水，也没敢说话。

胤阳凌厉的目光若有似无地瞟过厉抒甯，然后对身后的两个精英打出手势授意："赶出去。"

厉抒甯吓了一跳，跟着胤阳的两个精英也吓了一跳，赶出去？把堂堂厉家的大小姐厉抒甯赶出去？没听错吧？这是在自己家门口砸自己的场啊，总裁疯了！

两个精英明显的迟疑使胤阳皱了皱眉，他偏头看看他们，声音仍是淡淡的："或者，你们从启天大楼滚出去。"

两个精英二话不说直奔厉抒甯就走了过去，精神饱满气势汹汹，没错，在自己家的地方，就是要勇猛彪悍，想赶谁就赶谁，谁不服气就连他一起赶，就是这么任性，就是这么霸道，嗯，总裁大人永远是对的！

两个精英刚走过去，还没等开口说话，就被厉抒甯身后的一个保镖一手一个揪着领子给摔回来了。另一个身形更加魁梧彪悍的，见自家的大小姐被人当众羞辱欺负，觉得不能忍，二话不说上来就要拽胤阳。一只大手刚刚按住胤阳的肩膀，只听“嘎嘣”一声，是骨头碎裂的声音，紧接着只听“嗷”的一声惨叫，大家还没反应过来，那人已经被胤阳拽着一只胳膊一个过肩摔掀翻在地，紧接着一个回旋踢，直接把另一个要扑上来的保镖踢到了餐桌下，滚到了胥日的脚边。那人疼得不行，在地上滚来滚去哼哼唧唧地装死。

胥日下意识退后一步，微有凉感的红酒杯还稳稳地握在她的手心。她垂下双眸，平静的目光在那人身上停留许久，像是在走神，更像是在认真思考，然后她慢慢地，慢慢地抬起头。

眼前的一切，仿佛与她最初设想的，不太一样。

一系列动作从发生到结束只有短暂的十几秒，所有人都被镇在当场，大气不敢出。方洵微微张开嘴，怔怔地看着胤阳。厉抒甯吓得直抖，哆哆嗦嗦地指着胤阳，底气不足地问：“胤阳，你……你什么意思，你这样给我难堪，叫我下不来台，是想跟我作对吗？”

胤阳掸了掸自己的袖口，扭头看了眼厉抒甯，啧啧两声，眼神里流露出讥诮的意味：“厉小姐，你长得这么漂亮，说话却不经脑子。”他凌厉的目光扫了扫她，极其轻蔑地一笑，却字字冰冷如刀子，“你有什么资格，让我胤阳跟你作对。”

厉抒甯气得说不出话来，仍然伸手指着他：“你……你……”

胤阳也不再跟她废话，对着身后的两个精英摆了摆手，口气已经不耐：“赶出去。”

“胤阳。”厉抒甯终于无法忍受一样大叫起来，“就算你不把我厉抒甯放在眼里，也要顾及我们厉家。我父亲是盛世集团的董事长，掌握盛世的最高权力，你们启天有不少项目也是依靠盛世完成，以我们厉家今时今日的地位，就连欧阳董事长见到我都要和颜悦色，你凭什么这样对我？”她气得浑身直颤，指向胤阳的手转而指向了方洵，“你，还有周阔，你们、你们都欺负我，就为了这么一个不知道从哪里冒出来的东西，她……她到底算个什么，值得你们这样维护，不惜跟我们厉家撕破脸皮？”

胤阳掩在眼底的眸光越来越冷。周阔气得火冒三丈，怒气冲冲地要上去辩驳，却突然被方洵按住了胳膊，他不解地看了她一眼，她笑着对他摇摇头，走了出来。

“厉小姐，你的问题，我可以回答你。”

方洵的声音十分冷静、诚恳，还带着丝温醇的笑意，看热闹的人越来越多，几乎满场嘉宾都围了上来，像是在看戏一样，热切又满怀期盼地等着她说。

“我叫方洵，二十二岁，水瓶座，家乡是中国牡丹江，我在老家上完了小学、初中、高中，现在在G市S大学读研，汉语言文学专业。我的父母是普通工人，我没有殷厚的家境，没有强悍的背景，也不像厉小姐一样出身豪门世家，受最高等的教育，穿最漂亮的衣服，时刻展现一个上流社会的文明人该有的自信和优雅。但我懂得做人的道理，我知道什么是礼貌，什么是涵养，什么是宽容，什么是分寸，我知道怎样尊重别人，也知道怎样捍卫自己的尊严。你问我是个什么东西，那我告诉你，站在你面前的这个‘东西’，是一个堂堂正正的人，不虚伪，不做作，俯首无愧天地，这个人叫方洵，记住了吗？”

厉抒甯怔怔地看着方洵，沉默了。

那些在一旁优雅地端着酒杯细细品酒看戏的文明人，也沉默了。

对待厉抒甯，方洵仍是礼貌一笑，然后坦然大方地转过头面向胤阳。天花板垂下巨大的水晶罩花灯，那灯光苍白凌厉微微刺眼，她迎着那道刺眼的光，毫不避讳地抬高了眼睛，笃定而真诚地看着他，一字一顿：“你也记住。”

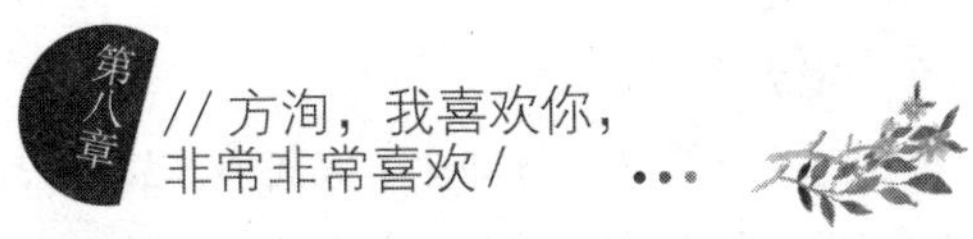

第八章 // 方洵，我喜欢你，非常非常喜欢 / …

方洵记不大清那天是怎么走出启天大楼的，她只记得当她说完那番话，全场静得出奇，气氛有着诡异的沉默和尴尬的陌生感。好像什么东西重重压在了心口让人呼吸都困难，她回头看了看周阔，给了他一个歉意的眼神，半玩笑半认真地对他说了一句：“怎么办，砸场了，你的万字长评不用写了。”之后就匆匆离开。

她知道身后有人在看着她，周阔、胤阳、厉抒甯，还有她叫不出名字的无数陌生脸孔，那一双双眼睛凌厉而充满探索味道，如同芒刺一样牢牢附在她的背上，看着她一步一步往外走，或许在等她回头，或许在等她出丑，但她就是抬高了头，自信、从容、坦坦荡荡地走了出去，没有片刻停留。

她原本以为胤阳会追出来，然后她就可以把憋在肚子里的话全说出来，问一问他为什么，再狠狠打他一巴掌，然后潇洒地对他说一句：胤阳，刚刚没有在所有人面前打你这一巴掌，是我对你最后的尊重。

他一定会感到内疚、羞愧，然后悔恨不已地抱住她的大腿求她原谅，说“事实不是这样的啊，我是不得已的啊，你听我解释啊”，运用他神一般的演技和寡廉鲜耻的厚脸皮精神。

那样她还可以说服自己，至少他还愿意解释，他还在乎她这个朋友。

可他没有，谎言被揭穿的那一刻，他无比镇定、无比从容，也没有想过要解释，可见他压根就不在乎什么谎言、欺骗，也不在乎这个傻傻地相信他，一心想要帮助他的人。

于是好好的一个周末，方洵就是在极度郁闷中度过。

没心没肺地活了二十来年，头一回觉得自己有心有肺，义薄云天，侠骨柔情，充满正能量，结果就这么被狗吃了，这要是还能吃得好睡得香，跟没事人似的，那得多大的心啊？

她自认还没达到那个境界。

手机调成静音，被远远丢在一边，方洵穿着家居服，靠在床边，闭着眼，在地板上盘腿坐着，想要静静思考下人生。为了营造意境，还特意泡了杯热茶放在面前，她已经不冷静了一个晚上，到现在还没缓过来。

终于睁开眼睛打算做点儿什么，是因为，太TMD饿了。

爬起来拿手机看看时间，18：10分，屏幕上显示十六个未接来电，刚刚淡定下来的心有那么一瞬间的恍惚，赶忙打开一看，一个是胤阳的，三个是周阔的，剩下十二个是欧阳绿夏的。

她在心里琢磨了会儿，胤阳打给她，应该是终于想明白，想要解释，周阔打给她，应该是想不明白，需要她来解释，至于欧阳绿夏打给她，还一下打了十二个，纯粹是因为周末不知道怎么过，闲的。

可不知怎的，看着未接来电显示的“胤阳（1）”，她心里莫名堵得慌。

就只打了一个？骗吃骗喝博取同情，把人耍得团团转，起早贪黑呕心沥血梗着脖子拼命码字养活他，结果就只打了一个电话来道歉？你的诚意就只是这么一点点儿？方洵气得把手机啪地丢在床上，不原谅你！

手机“叮”的一声，她没好气地再次捡起，上面显示一条信息，来自暴躁的欧阳大人：“你怎么不接电话？干吗呢！”

她触动屏幕，漫不经心地回过去两个字：“打坐。”

三秒后，手机又是“叮”的一声：“我去！”

一整天没吃饭，饿得抓心挠肝，冰箱里连方便面都没有。方洵坐在床上纠结了会儿，最后决定去附近的超市买些吃的，先填饱肚子再说。于是换衣服，梳头，拿起钱包和钥匙匆匆下楼。

虽然已是傍晚，天还亮着，只是没风，空气中有些沉闷。

她所在的小区是一个职工家属楼，已经建了几十年，统共十几栋楼，都是六层，没电梯。小区楼下正好有几个大爷大妈凑在一起聊天，不远处小卖部的老板娘一边看店一边嗑瓜子，偶尔大声插上两句，来往还有遛狗的。方洵刚走出楼口，就听见两个六十来岁的大妈一边遛狗一边闲聊天。

“哎，门口那个小伙都站了一天，也不知道等谁？”

“我先前出去买菜就看见他了，还以为他找不到人，我就好心问他找几号楼的，他说知道怎么走，结果我下午下了趟楼，他还在。”

“等女朋友的吧，估计两人闹别扭了。”

“等一天了，等不到也不走。这女孩也是，多大的气啊，现在的年轻人怎么这么爱较劲呢。”

“人家也没说等女朋友，看你急的。”

“那还能等男朋友啊？！”

“行了行了，不说了。”

眼看着方洵走过来，两个大妈突然噓声。方洵多少听到她们的话，心里有些想笑，但总算忍住，仿佛没看到也没听到似的，若无其事地从她们身边走过，直到走出小区大门，不经意地一抬头，她终于知道大妈口中的小伙是谁了。

黑色法拉利就停在小区门口的马路边上，而他倚着车门，双手插兜，脸上没什么表情，望着她的目光十分平静，穿着很随意，头发也不像从前一样刻意梳理，模样多少有些颓唐，而且看样子真的等了很久。

方洵只觉得心倏地一紧，不知道继续向前还是往回走，原地愣怔了片刻，突然转过头，快步往回走去。

出乎意料地，他并没有叫住她。

方洵只觉得一股火瞬间冒了上来，这算什么？要是诚心来道歉，就拿出道歉的姿态，偏跟以前一样拽得二五八万似的，让人恨得牙痒痒；要是不诚心，就干脆不要露面了，大家一拍两散，她的良心就当是喂狗了。可他偏偏只打了一个电话就没了动静，然后巴巴地跑来大门口干等着，终于等到她下楼又不说话，到底是什么意思？

方洵觉得自己要被气炸了，还没走回去几米，又蓦地转过头来，气冲冲地朝胤阳走过去。

“你到底什么意思？”方洵涨红着脸，连耳根都跟着泛红，“有话就说，你这样什么也不说什么也不做地戳在这里，到底想怎么样？”

他放在兜里的手突然拿出来，伸到她面前，递出两张电影票：“《银河护卫队》，去看吗？”

“看你妹。”方洵火冒三丈，“你来，就是为了跟我说这个？那你可以滚蛋了。”

他递出的手没收回，没说话，也没有要走的意思。

方洵被他气得说不出话，但偏偏有些话憋在心里不吐不快，她努力控制住暴躁情绪，尽量用平缓的口气与他道：“胤少爷，大总裁，好吧，我承认，是，是我自己误会在先，可你并没有否认啊，你还死皮赖脸地让我养你。我原本不想跟你有什么关系，可那天看你被打，我心里真的很不好受，我就想，如果我能帮帮你，哪怕只是一点儿微不足道的力量，都有可能让你重塑信心，有勇气走出那些泥泞和不堪，我希望你好，也希望老师开心一些。你知道吗，虽然我的那点儿包养标准在你看来少得可怜，可对我来说，就连那一点儿少得可怜的钱都要花费力气一点一点儿去积攒。为了养你，我原本一天写三千字就可以了现在要写六千，可我每天都要上课，我只能下了课回来再写，休息的时间都没有，手指头都抽筋了，我不抱怨这一切，因为我帮到你了，我觉得这是我这几年来做过最好的一件事。可你呢，除了欺骗，就什么都没有了，胤阳，你怎么好意思呢？”

这番话说得心平气和，没有责备也没有质问，可当方洵说完这一段话，一向能言善辩的胤阳沉默了，他脸色发白，那双总是对她殷殷笑着的眼睛，此时充满了一丝少有的焦虑和歉意。他看着她清澈如水的眼睛，突然间觉得自己已经无话可说了，如同百口莫辩绝望到只能等待审判的犯人。

胤阳递出的手终于慢慢放下，他清楚，从自由空间他带她回家开始，她误会他，完全是因为他一个无心且没有丝毫恶意的玩笑，所以那个误会很简单很透明，随时可以化解，但他没有。他还清楚记得那个夜晚，那个喧嚣嘈杂的巨大声潮中，她抱着他不肯放开的固执，她流着泪一遍遍重复着那个陌生的名字，他突然就觉得这个误会是好的，所以他任由这个误会一步步发展，直到造成今天这种解不开的局面。这个局面失控了，在他手中失控了，而失控的原因，不在于他对事情本身的把握出现偏差，而在于，他的心，出现了漏洞。

“方洵。”他突然轻轻叹了口气，“我想对你说的话其实很多，我甚至想好在什么地方，以一种什么样的方式来对你说，可是没想到，晚了一步。是，我骗了你，我知道你是好心，我却利用了你的好心，原本我想要自己打破这个谎言，没想到最后却是由你来戳穿。那天我看着你走，我就想，是我自找的，我活该。”

方洵愤懑的表情转为诧然，僵在那里看着他，没说话。

“可是……”他突然话锋一转，瞬间变了味道，“我错了，但不觉得后悔。”

方洵瞪大眼睛，心想你TMD是在逗我吗？

他突然扣住她的肩膀，将她瘦削的双肩紧紧握在掌心，以一种在他脸上极少会出现的认真神情，沉着嗓子问：“方洵，我们的那个约定，还作数吗？”

方洵瞪着他，皱着眉头说：“作数个屁，你答应的事没做到，钱还我。”

“没做到吗？”他突然笑了，眉宇间渐渐有些放松，“我以为，一个人一生中大概会喜欢很多人，但一次只能爱一个，因为心太窄，装不下，所以当你认真想着一个人的时候，一定会放下另一个。这些日子，如果你的所有情绪，因一个人而起的喜怒哀乐，全部是因为我，那么，你是不是就已经忘记他了？”

方洵感到自己的肩膀被握得生疼，却想不起来要去挣脱，她不由自主地吞了吞唾沫，没说话。

他将她的肩膀扣得更紧，一字一句都透着刀锋般的凌厉和紧迫：“方洵，你听好，无论两个月、两年，还是以后长长的一生，我不与你做什么口头之约，也不听那些乘虚而入非君子的废话，我会牢牢地守住你，让你再没有多余的心思去想着别人，爱着别人，没有期限地等着别人。我要你每天醒来的第一件事是想着我，睡前的最后一秒钟想着我，寂寞或是孤独、失落或是无助、开心或是不开心，你所想到的人，永远是我。”

方洵被胤阳的这一番话完全震住了，她瞪大眼睛不可思议地看着他，眼珠子骨碌碌地转。这话是什么意思？这家伙是在表白吗？她这辈子没听过有人对她说这样的话，秦朔也没有，可是这浑蛋应该是来道歉的啊，为什么变成表白？为什么在谎言被戳穿之后跑来表白啊？话题转变得这样快，她是应该继续上一话题，对他撒谎的事情要个说法，还是应该认真思考他突然表白的问题，到底应该怎么做啊？

胤阳没再说话，他目光灼灼，黑曜石一样的眸子里跳跃着不朽也不灭的火光，矛盾地充满着柔软情愫和最原始的征服欲望，用一种赤裸裸、想要侵略又想捧在手心好好呵护的眼光，那样狠狠地看着她。

在那样的目光下，方洵突然忘了自己为什么生气，只是觉得胸腔里那颗躁动的心已经不受控制似的越跳越快，就要从喉咙里跳出来。她有些无措和抗拒地推了推他，声音有些压抑嘶哑：“你说什么，我没听懂，我昨晚没睡好，现在脑袋里一团糨糊，我要回去了，回去了。”

落荒而逃，明明眼前的人才该羞愧，她却像个落败者一样落荒而逃。

因为她可怕地发现，自己竟然真像他说的那样，所有的情绪，一切喜怒哀乐，所有的起因都是他。短短两个月，满脑子想的都是他，他的脸、他的眼睛、他的暧昧笑容，甚至是他不经意的一个回眸，竟然占据着她整个身心，让她连秦朔的样子都快想不起来了。太可怕了，实在太可怕了，她捂着耳朵，无法承受似的快步跑回家，摸出钥匙，大力推开门，等不及脱掉鞋子，跑进卧室一头扎进了被子里。

在不冷静了一个晚上之后，她现在的心跳更是剧烈加速，怦怦地在身体里撞击。她抱着头在被子里闷了半个小时后感到有点儿缺氧，于是张开嘴巴用力地呼吸，之后艰难地发现在被子里呼吸实在不是一个明智之举，于是一把掀开被子，露出脑袋来。

胤阳的那些话还响在耳边，沉重又凶狠地撞击着她的大脑神经，赶都赶不走。方洵无力地趴在床上，拿起手机看了看，没有电话打来，也没有未读信息。她点开胤阳的头像，呆呆地看着他发过的最后一条信息：

“我要从良。【亲亲】”

她突然感到嗓子发干，浑身发热，百爪挠心般难受。她摸了摸自己滚烫的脸，觉得就要被身上这股奇异的热度烧死了。

胤阳这个王八蛋怎么这么会撩拨人啊？

表白之后不是该趁热打铁，乘胜追击的吗？怎么可以半途而废，不闻不问啊？

这个浑蛋到底有没有诚意啊？

方洵盯着手机屏幕，眼珠子都快掉出来了。

天色渐渐暗了下来，外面的路灯次第亮起，楼道里传来狗叫声，应该是哪家大爷或大妈刚刚遛狗回来，随着狗叫声越来越大，楼下的住户和对面住户养的狗十分呼应地跟着叫了起来，一声接着一声，阵容十分强大。方洵在此起彼伏的狗叫声中静静地思索了会儿，之后做出一个决定，她要去找胤阳这个浑蛋说清楚，他首先得把他撒谎骗人那件事说明白，然后再解释一下突然表白这件事，当然解释完他得把这些日子蹭吃蹭喝的钱还给她，最后他得郑重道歉，她再考虑原不原谅他。

想到这儿，方洵噌地从床上跳起来，为了给自己压压惊，顺便壮壮胆儿，还把晾在桌子上用来营造气氛的那杯凉茶一口气喝了，接着抓起沙发上的包就跑出了家门。

周末酒吧的人多，方洵刚走到自由空间的门口，就看见一个中年男人架着一个喝得醉醺醺的女人往外走，那表情、那眼神真是要多猥琐就有多猥琐，他从方洵身边走过的时候，从上到下扫了她一圈，然后露出嫌弃的表情。方洵心里那个凉呀，连长得这副尊容的猥琐大叔都嫌弃她，她到底有多差劲啊。

她在里面转了一圈，没看到胤阳，照理说每个周末他都会在这儿。音乐声有些吵，方洵伸手拦住一个服务员，在他耳边大声问了句："胤阳在吗？"

那个服务员年纪不大，看样子像个新来的，他对着方洵愣了一下，然后伸手往里面的一个角落指了指："在里边喝酒呢。"

方洵顺着他的手势往里面一个光线稍暗的角落走过去，一个紧靠着墙壁的弧形沙发里果然坐着一个男人，怀里还抱着一个女人，两个人正旁若无人地贴面热吻。其实方洵也不确定他们是不是在热吻，但那动作真是相当激烈，他的整张脸都覆在了那女人脸上，两人抱得紧紧的，由于光线太暗，根本看不清他的样子，但那身形与胤阳真是有几分相似。

方洵咬着嘴唇站在旁边看了会儿，心里真是说不出的滋味，一遍遍告诉自己这人不是胤阳，不是胤阳，胤阳不会这么没品，在这种地方公开跟女人亲吻，还动手动脚。但一想到胤阳平时的做派，那副目中无人的德行，觉得他还真就是这么没品的人。

但不管怎样，她不会没礼貌到直接扑上去把那人拽起来看个究竟，万一不是，岂不是影响人家美好的心情，影响酒吧特意营造出的温馨气氛，于是方洵从包里掏出手机，拨通了胤阳的号码。

然后她眼前那个黑色玻璃桌上的手机就响了起来，上面欢快地跳动着"方洵"两个字。

那男人还没放开那女人，只是百忙之中腾出一只手来，在桌子上来回摸了摸要拿起手机，但不确定是要接听还是要挂断。方洵看着手机火冒三丈，几乎可以肯定眼前这个不要脸的浑蛋就是胤阳。

“胤阳。”方洵一嗓子吼出来，沙发里的男人身体一顿，猛地一回头，方洵拿起桌子上的酒杯对着他那张脸就泼了过去。

“噗”的一下，那人一张无辜的俊脸上红色酒液缓缓流淌，灯光下真是迷醉又妖娆。

他抹了一把脸，抽搐着嘴角看向方洵，牙齿咬得咯咯响：“什么情况？”

方洵吓了一跳：“车宇？”

被车宇抱在怀里的女人急得跳起来，对着方洵就是一顿鬼哭狼嚎：“呀，你干什么？往哪里泼呢？”说着手忙脚乱地从包里拿纸巾给车宇擦脸。

方洵一看那女人，更加震惊，这这这……这不是强行要认胤阳当哥哥的那个大小姐唐嘉吗，这么快就被车宇勾搭到手了？

方洵无比尴尬，无比内疚，赶紧放下杯子，然后从自己的包里拿纸巾要上去给车宇擦脸，被唐嘉一把推开，一双大眼睛满是戒备：“你的手往哪儿碰呢？离我宇哥哥远一点儿。”

车宇挡住唐嘉的手，无奈地看了眼方洵，又掠过她往她身后看了看，突然笑了：“我说什么事情要搞成这样啊，害我在美女面前丢脸，你们的事你们自己解决，不要连累无辜啊。”

方洵本来耷拉着脑袋说是，转念一想觉得哪里不对，赶紧回头一看，胤阳不知什么时候站在了她身后，双臂抱胸，正颇有意味地盯着她看，嘴边还噙着一抹笑意，似调侃又似讥诮。

方洵觉得太丢脸了，这浑蛋怎么神出鬼没的，他到底看了多少？

他就站在那里，不说话，也不动，笑得阴森森的。

方洵觉得浑身的血液都要沸腾，那种奇怪的感觉又来了，她完全忘记了为什么来这里，在看到胤阳的那一瞬间她想到的不是要一个解释，也不是要回她的钱，她得到的仅仅是，太丢脸了，竟然以为他在跟别的女人亲吻就泼了人家一脸酒，还泼错了人，没有比这更丢脸的事了。

方洵顾不上再跟车宇道歉，也顾不上唐嘉还在瞪她，头也不回地跑出了自由空间。

外面漆黑一片，路上的人和车都很少，方洵抱着包往前跑，直到跑得没力气了，才渐渐放慢脚步。这一慢下来，就感到后面有人跟着她，她停下脚步认真感受了下，只觉得灯光晃眼，猛一回头，才发觉跟着她的不是人，是一辆黑色车子。

方洵赶紧转过头，继续往前走，她现在无法面对胤阳，她要赶紧跑回家去，泡上一杯热茶，她需要打坐，需要冷静。

缓了口气之后她又跑起来，后面的车子就跟着她慢慢往前开，她跑一路，他跟一路，那感觉像是在飙车，只不过人家是四轮，她是用两条腿，还是两条短腿。最后方洵觉得自己实在跑不动了，就靠着路边的树停了下来，大口大口地喘着气。

那辆车缓缓开到她跟前，车灯晃得她眼睛疼，她下意识地伸手挡了挡，再定睛一看，居然不是法拉利，跟她跑了一路的家伙不是胤阳？

大半夜的，跟着路边的小姑娘这么执着地跑，不是要追她，就是要载她，所以她估摸这人只能是黑车司机了。

黑车司机摇下车窗，对着方洵冷冰冰地说了两个字：“上车。”

方洵看着他的脸，愣住了，只觉得如果全天下的黑车司机都能长这么帅，估计所有的良家少男少女都乐意大半夜在路上狂奔。

是秦朔。

秦朔的脸很冷，似乎还带着点儿怒气。方洵站在路边想了一下，觉得自己作为一个被甩了的前女友，已经能够落落大方地去参加前男友的订婚礼并笑着祝福，现在就没有理由再小肚鸡肠地翻旧账，何况大半夜的，真的很难打到车。

方洵坐在了副驾驶的位置，秦朔等她系好安全带，一脚油门开了出去。

他一路没说话，只是专注地开着车，方洵也没话说。从前两个人在一起，都是她说秦朔听着，就算他不回应，她也说得很开心，分开了这么久，她已经不知道可以跟他说什么了。

方洵微微偏头看他，两年的时间，他的样子没什么变化，气质却有些不同。他似乎比从前更沉默了，这种沉默让他整个人看起来更沉郁，更冷，仿佛跟这个世界格格不入。她静静看了他很久，几乎忘记移开视线。在过去很长的一段时间，她习惯了去仰望他，在人群中寻找他，甚至在他身边时有意无意地偷瞄他，这是跟他在一起之后落下的后遗症，还没来得及改。

车子直接开进了住宅小区，停在了方洵的楼下，秦朔扭头看了她一眼，声音还是冷冰冰的："到了。"

方洵看了眼漆黑的楼口，纳闷地问他："你怎么知道我住这儿？"

他没回答，探身过去给她解开安全带，声音有些疲惫："下车吧，早点儿休息。"

方洵觉得他这股爱装深沉，动不动就撩拨别人的死德行跟胤阳一样一样的。

进了家门，洗了个澡，方洵刚钻进被子里，胤阳的信息就到了。

"到了吗？"

方洵看着手机深呼了口气，还好是信息，如果直接打来电话，她还真不知道该说什么，于是很快回复过去："到了，准备睡了。"

"怎么回去的？"

这话问得真是意味深长啊，方洵想了下，回他："打的黑车。"

"确定是黑车？"

"确定，怎么了？"方洵看着胤阳的信息，突然有一种说不上来的感觉。他头一回说话这样简洁又生硬，一连三个问句，像是在无声质问，而且这家伙怎么不发亲亲的表情了，到底吃错了什么药？

她盯着手机屏幕，等他回复。

"我把黑车司机截住了，他不承认开黑车，你来做个证。"

"……"

方洵被胤阳一句话吓蒙了，赶紧穿上衣服拿上钥匙就往楼下跑，由于跑得太快脚步声咚咚咚的，以至于她跑到楼口的时候，整个楼里的狗都叫了起来。

方洵也不知道自己为什么紧张，明明没做错什么，但就是有一种做贼心虚的感觉，就像是做了不该做的事被人当场捉了个现形，而这个人还刚刚对她表白过。

啧，这感觉真是奇妙。

天已经黑透，天边零落地挂着几颗星星，在岑寂的暗色下散发着幽幽的微光。方洵在小区里转了半天，终于借着天上那点儿微弱光亮找到胤阳的身影，他正倚着车门，嘴里叼着一支烟，凝着眉头略带思索地看着她。

方洵赶紧跑过去，一双漆黑的眼睛在他前后左右来回扫视了半天，然后气喘吁吁地问道："人呢？"

他把嘴里的烟拿下来，淡淡地问了句："谁？"

方洵"啊"了一声，他这副茫然又无辜的表情是什么意思，她刚才下楼的时候还狠狠担心了一把，生怕两人在外头因她打起来，大半夜的，多不好看啊，现在这一看，她还真是想多了。

"那个……"方洵摸摸鼻子，"你不是说……"

"哦，黑车司机啊。"胤阳终于反应过来似的，深吸了一口烟，然后把烟头丢在地上踩灭，淡淡道，"走了。"

"走了？"

"怎么，舍不得啊？"胤阳凌厉的眉头微微挑起，带着些狂傲和挑衅的意味，还没等方洵反应过来，他一把捞过她死死按在了怀里，一低头就抵在了她微微泛红的鼻尖上，那股温热的气息轻轻哈在她的脸颊上，嗓音有些沙哑，"早知道你这么迷恋黑车司机，我就去开黑车了。"

方洵感到耳根有点儿热，赶紧把他往外推，皮笑肉不笑道："呵呵，你要是开黑车，说不定能带动整个黑车行业的蓬勃发展，到时候就没有出租车再敢拒载。"

胤阳微微眯起眼睛看她，啧，给个竿就顺着往上爬，这家伙挺能装啊。

他的手臂越收越紧，将方洵整个人紧紧箍住，一张俊脸越凑越近，就附在她耳边笑嘻嘻道："哦，那我去试试看好了。"

方洵被他撩拨得没办法，红着脸使劲挣扎："哦，那你去试试看吧。"

胤阳抱着她的手臂又紧了紧，丝毫没有放开的意思，用下巴蹭着她的头，暧昧地笑出来："说说看，你今晚去酒吧干什么？"

方洵使劲缩了缩脖子，想要避开他的骚扰，又吞了口唾沫，故作镇定道："你没看见吗？我去酒吧泼车宇。"

"为什么泼车宇？"

"这是我跟他之间的恩怨，干吗告诉你。"

"啧……"胤阳笑了，一手握住她的腰，一手指指她的鼻尖，微微眯起眼睛带着审视意味看着她，啧啧道，"跟你有恩怨瓜葛的男人还真多。"

"对。"方洵一下来了气势，"跟我有瓜葛的男人是很多，但欠我钱的，就你一个。"她用力挣开他，然后在他面前摊开手，没好气道，"赶紧还钱。"

胤阳十分不客气地把脸贴在她手心里，懒洋洋道："要钱没有，要命一条。"

方洵赶紧收回手，黑着脸无语地瞪他，这人怎么这么无赖呢？

他还要贴上来，方洵赶紧往后退，又狠狠瞪过去一眼："以后别做这么无聊的事，这么喜欢截黑车司机，去马路上截个够吧，我要睡觉了。"说完不等他说话，头也不回地跑进楼梯口，咚咚咚地跑上楼，又引起一阵激烈的狗叫。

周日方洵特意起了大早，其实与其说起得早，不如说根本没有睡好。昨晚躺在床上翻来覆去睡不着，在被子里滚来滚去一直折腾到后半夜还是全无睡意，眼巴巴看着天际一点点泛出白色，才不得不挣扎着从床上爬起来，然后双眼迷离一脸颓废地坐在床边，进行了深刻的自我总结。

最终得出的结论是，之所以睡不着，一个是气的，一个是饿的。

翻出手机看了看，一个未接来电都没有，不由得叹了一声，仿佛松了口气，又仿佛有些落寞。

洗漱完毕，收拾好房间下楼，才发觉天色有些阴沉，看样子是要下雨，可她实在懒得回去取伞，抱着一丝侥幸心理，一咬牙一跺脚，头也不回地出了门。

虽然是周日，但赶上阴天，山上的人比往常少了很多，方洵也不着急，本就没打算看日出，只是出来透透气罢了，所以慢悠悠地往山顶爬。石道两侧云松耸立，岩石缝里冒出的草尖也比前一阵绿了许多，前面有一对情侣手拉着手往上走，男的走得快些，女的一边爬一边不停地抱怨："哎呀累死了，走不动了，你背我吧，真的走不动了。"

方洵停在原地歇了一会儿，暗骂了声"矫情"，便一鼓作气超过那对情侣走到前头去了。

山顶的风有些凉，方洵不禁拢紧了衣袖，目光定定望着远处那座灯塔，天色越来越阴，那微弱的一点儿光在这片阴沉中显得模糊而暗淡，在那片暗淡中，她突然想起胤阳那张隽秀的脸，还有他说的那些话。虽然想要极力否认，却不得不在心里认同，他说的是对的，这两个月来，无论他们之间以怎样的误会开始，他又是否恶意欺瞒，但她确实越来越少地想到秦朔，她甚至觉得，或许再过一段时间，她就会彻底忘记秦朔。其实她要求胤阳做的，他已经做到，只是她不愿意接受，不敢相信自己会在短短两个月的时间就忘记了从前长长的等待和思念，何况在这短暂过程中，还伴随着欺瞒和谎言。

她一个人在山顶站了许久，快到中午的时候，天上下起蒙蒙细雨，方洵从山上走下来，准备到山脚的面馆吃点儿东西。

面馆里坐满了人，相信有一半是真饿了，一半纯属是避雨来的。面馆老板看看方洵，用十分抱歉的口气道："姑娘，没空桌了，跟人拼下桌行吗？”说着就将她引到一张四人桌前。

对面坐了两个人，恰是上午爬山的时候在她前头腻歪的那一对情侣，女孩看了她一眼，没说话，也没动，倒是男孩主动往里面坐了坐，给方洵让出地方来，客气道：“可以，坐这儿吧。”

左右看了看也实在没别的地方能坐，而且外面还下着雨，她又没带伞，想想也只能凑合，放下背包坐好，要了一碗牛肉面。老板正准备去下单，她突然叫住他，想了一下，补充道：“不要香菜。”

老板扑哧笑了，打趣道：“姑娘，放不放香菜还用想这么久啊，行，一碗牛肉面不放香菜，马上好。”

同桌那女孩看了看她，然后开始对男孩抱怨：“哎呀，累死了，我都说了不来，你不听，结果还赶上下雨，倒霉。”

那男的一脸无奈：“不是你说要来的吗？”

女孩嘴一噘，理直气壮道：“是我说的吗，不是你说的吗？”说完瞪了他一眼。

男的不好意思地看了方洵一眼，只能点头平息：“行行，是我说的。”

女孩终于满意，伸手去揉了揉脚后跟，小声嘟哝道：“疼死了，不知道是不是磨破了。”

方洵瞟了瞟她那双足有十厘米的高跟鞋，实在没忍住：“肯定破了。”

女孩：“……”

胤阳推开面馆的门走进去的时候，方洵正拿着筷子准备吃，不经意地一抬头，刚递到嘴边的面顺着筷子滑了下去，直接掉进碗里，溅出几滴面汤来。

同桌的女孩嫌弃地看了她一眼，她赶紧拿过纸巾擦了擦嘴角，又检查了下自己的衣服，脸有些红，眼睛也不知道该往哪儿看，只能低着头，双手捧着碗沿，恨不得将脸埋进面汤里。

老板乐呵呵地迎上去，客气道：“先生，今天人多，没空桌了，拼个桌行吗，那边还有个空位。”说完就领着胤阳往这边来。

胤阳今天穿了身纯白色的休闲装，更衬出他棱角分明的精致五官和明朗气质，往那儿一站，即使外面阴云密布，都让人觉得那是穿透这漫天阴霾洒落大地的一束阳光。

他看了看那对情侣，又看看埋头不说话的方洵，问道："可以吗？"

又是那熟悉带着暧昧的嘶哑嗓音，直听得人浑身发麻。方洵慢吞吞地抬起头，还没说话，同桌的女孩抢先一步道："当然可以，你坐吧。"

男孩吃惊地看着自己的女朋友刚才还是一脸苦相，这会儿却眉飞色舞地对着胤阳比了个请坐的手势，顿时拉下脸来，没吭声。

方洵用筷子搅着碗里的面，也不说话。

那女孩看着胤阳，抿着嘴角露出好看的笑容："那个，外面现在还在下雨吗？"

胤阳瞟了她一眼："下着。"

"大吗？"

"还行。"

"不打伞行吗？"

"不怕湿就行。"

"……"

女孩尴尬地笑了一下，正要再说些什么，方洵"啪"地一撂筷子，皱着眉看了那女孩一眼，突然道："你脚不疼了？"

那女孩被方洵吓一跳："啊？"反应过来后狠狠瞪过来，"我脚疼不疼跟你有关系吗？"

方洵将眼睛瞪得更大："他湿不湿跟你有关系吗？"

女孩更加暴怒，尖声道："跟你有关系啊？"

方洵拍案而起："当然有关系，他是我男朋友。"

这一嗓子吼出来，那女孩顿时呆住，整个面馆的人连同胤阳，也一同呆住。

胸腔里那股莫名的情绪叫嚣着要涌出，浑身的抑郁难耐，怎么都不舒服。方洵将桌子上的面碗往前一推，狠狠瞪了对面的胤阳一眼，拎起背包头也不回地跑了出去。

呆住的老板瞬间醒过神来，赶紧去追："姑娘，面钱还没给呢。"

胤阳拦住老板，眼睛却是看着方洵的背影："我女朋友的钱，我付。"一边掏钱夹一边下意识地看了看那碗一口没动的面，突然愣住，迅速从钱夹里翻出零钱递到老板手里，便急忙追了出去。

在面馆里才坐了十几分钟，外面雨势却骤然转大，方洵一跑出来就后悔了，漫天的雨幕冲刷着大地，一时片刻停不了的阵势，但她实在没办法厚着脸皮跑回去。从这山脚到公交车站还有一段距离，她站在面馆门前踌躇了会儿，正在犹豫，胤阳突然推开门快步走出来。

方洵回头一看，突然心里一沉，这下更没退路了，这感觉就像过周三，前不着村后不着店的，所以只能咬着牙硬着头皮往前走。

"你还想去哪儿？"胤阳的声音在雨中低低传来，带着几分冷雨的冰凉气息落进她耳里，"这么大的雨，连把伞都不带。"

他的语气很平和，没有半分责备的意思，相反还透着几分担心，可她听着偏偏觉得不爽。胤教授对她说教因为是她的导师，父母对她说教因为生养了她，他们说的每一句话都是为她好，可他是她的谁？也跑来说教？

她捋了一把湿漉漉的头发，站在雨里大声道："忘了。"想了想又转过头来，用一种好笑的眼神看着他，"而且，我带不带伞，关你什么事？"

"当然关我的事。"他伸手将她拉过来一点儿，无奈地笑了一笑，"你是我女朋友，我能不管吗？"

他嘴角微微扬起的那丝笑意实在耀眼，方洵一时间竟有些恍惚，不由得在心里默默将自己骂了一遍，然后用力挣开他，努力想要撇清关系："你别误会，那女的实在太吵了，我只想堵住她的嘴巴，安静地吃点儿东西，所以就算不是你，换作别人也一样。"

"换作别人也一样？"他低声重复，然后将嘴唇凑到她耳边，贴着她容易泛红的耳垂，轻笑着问，"你是这样认为的？"

豆大的雨点噼啪砸落地面，胤阳的嗓音有些破碎，雨水顺着他的发梢流下，在他隽秀的脸上滑出一道细腻而流畅的美好弧度，顺着下颌钻进衣领。身上有微凉之感，他却全然不顾，而是莫名地哧笑一声，伸手将她被雨水打湿的一缕头发别在耳后，露出她清晰好看的眉眼，然后在雨幕中大声问道："如果是这样，你为什么还要来这里？"

为什么要来这里？这个问题真是问得好！

方洵抹了把脸上的雨水，下意识地往后退了步，故作镇定地偏开头，像是在回答他，又像是解释给自己听："没认识你的时候，我也是经常来这里，我来爬山，我来吃饭，都跟你没有关系。"

"是吗？"他却根本不信，深邃的目光带着灼热气息一点点儿逼过去，"那是从什么时候起，你来这里吃面开始不放香菜了？"他顿了顿，抬手攫住她的下巴，逼她看过来，"方洵，你别告诉我是因为不想浪费。"

方洵顺着他手上的力度微微抬起了头，无力地感受着被人居高临下看着的那种挫败感。雨越下越大，他却仿佛根本不在意，微微挑着眉，略有薄茧的拇指轻轻摩挲过她饱满的唇，带着几分留恋的味道。

胤阳这种近乎挑逗的动作让方洵气急败坏，她在他手背上狠狠掐了一下，在他吃痛地松手后一把推开他，仿佛要让所有人都听见那样声嘶力竭吼道："我就是怕浪费。"

嘴上虽然强硬，但其实方洵心里很清楚，秦朔离开整整两年，好像人间蒸发，彻底从她的生命中消失了。现在通讯设备这样发达，如果他愿意，随时可以找到她，何况她还一直等在原地没有走远，可他从来没想过要回来，也没尝试着联系她。两年后他突然出现，站在了另一个女人身边，扣着她的手，与她谈笑。其实胤阳说得对，这段感情里，自始至终想不开也放不下的，只有她自己。

可怜她用了整整两年时间，到现在才真正看明白。

胤阳揉了揉被掐痛的手，上前一步将手放在她肩上，认真看着她的眼睛，没有了戏谑和调笑的漆黑双眸如坚韧的黑曜石一样熠熠动人，他说：“你还想逃避到什么时候，我以为你是个勇敢的姑娘，会正视自己的感情，喜欢就是喜欢，不喜欢就是不喜欢。人最初的时候都会莽撞无知，无知的时候最勇敢，可是时间越长，我们经历越多，反而就越脆弱，越是不敢面对。因为害怕失去。勇敢这种东西，拥有的人总会更累些，但是不要紧，既然你不愿意，我来替你背。”

她看着他握着自己肩膀的手，没有说话，也没有挣扎，只是呆呆地站着不动。

他没有放开她，目光是少有的专注和认真：“我不是存心骗你，那晚我看你一个人，喝多了酒，我不放心，带你回家，你一连吐了好几次，抓着我的胳膊，不停地哭，我被你弄得没办法了，像哄小孩子那样哄你。方洵，我一生中从没做过这样的事，将陌生女孩带回家，听着她大哭大闹，大声叫着另一个陌生的名字，我自己都觉得不可思议。后来你醒了，看着你精神高涨张牙舞爪跟前晚完全不同的样子，我突然就想逗逗你，没想到你会误会，其实那是我一个无心的玩笑，我想过跟你解释清楚。还记得那天，我在路口被打了一巴掌，你站出来挡在我面前，握着我的手，对我说‘别担心，有我’，那一刻我的感觉很奇怪，好像不再是自己，而是附在了另一个完全陌生的身体里，所有的情绪都不受控制。你说你要养我，要我努力改变自己，希望我快乐地活着，那时我就对自己说，胤阳，站在你面前的这个人，你要好好珍惜她，你一定要像她希望的那样狠狠快乐，并且，给她快乐！”他放开她的肩，双手转而捧住她的脸颊，在雨声中抬高嗓音道，“我承认，骗了你是我不对，你骂也骂过了，气也气过了，就这一次，原谅我吧，方洵，没有下一次，永远不会有下一次。”

从来没见过他这样严肃认真的模样，方洵有些惊诧，而他的这一番话，就像这一场突如其来的倾盆大雨，携着凉风的劲力一点点狠狠砸向她灵魂深处。她抬眼看着他，声音比之前缓和很多：“其实，我一直在想，如果你做的不是那样的工作，如果你也跟我一样，愿意靠自己的双手自食其力，那该多好。不管你是不是骗了我，终究你不是个……我真替你开心。”她顿了顿，“也替老师开心。”

“所以你不生气了？”他笑着问她。

“生气还是有一点点儿的。”方洵的表情有些不情愿，“毕竟养你的时候，花了我不少钱。”

“我还。”

她推开他放在自己脸上的手：“那就快点儿吧，我马上就要交房租了。”

“交什么房租。”他又厚颜去握她的手腕，“搬来跟我住，这钱就省了，你一天至少可以少写三千字。”

方洵又用力挣开他握着自己手腕的手：“不用了，我住不起。”

“不要钱。”他认真地看着她，“方洵，那里会是你的家。”

她有些诧然，却没说话，半晌，小声问道：“你这算在表白吗？”

“是。”他语气肯定，“我在表白，方洵，我喜欢你，非常非常喜欢。”

很久以前，她就想着会有这样一个人，他有着冷冽的眉目、分明的棱角，笑起来的样子天地都动容。他会在她生命最好的年华里出现，会怀着所有的真心认真对她说一句“方洵，我喜欢你”，那时他会露出这世上最好看的笑容，那是比阳光还要绚烂温暖的存在。

她曾经以为那个人会是秦朔，所以她一等再等，可他没说过，从来没有。

所以她从来不知道，被喜欢的人表白是什么感觉。

心突然像吸满了水的海绵，丰盈着柔软滴了下来，眼里、心里，满满的都是眼前这个人，他的眉眼，他的笑容，他的一切。

雨一直在下，之前他们讲话时就偶尔有路人撑着伞从他们身边走过，投来好奇又古怪的眼光，走到他们身边时故意放慢脚步，竖着耳朵偷听一番，再若无其事地走开。这些来登山的，大多是情侣，男的撑伞，女的就小鸟依人，两个人紧紧贴着，总有一个人要淋湿半边肩。

方洵的目光追随着一对撑着深蓝色雨伞的情侣飘出很远，从前她跟秦朔一起来登山的时候，遇上下雨天，秦朔也会做淋湿半边肩的那个，那时她会故意把伞往他那边推，因为会心疼。

她沉默许久，那片深蓝色逐渐变小，最后完全消失在她模糊视线里的时候，她终于开口："如果你也可以那样做，为我淋湿半边肩，我就答应你。"

胤阳俯首狠狠吻住方洵，在她生涩而又冰冷的唇上反复辗转吮吸，带着他的霸道和烈焰般的汹涌热烈，毫不留情地侵犯着已经冷到有些僵硬的唇舌。方洵没有挣扎，在压迫感袭来的时候，她下意识地闭上了眼睛，嘴唇上是有点儿湿润又火热的触感，夹杂着冷雨的冰凉气息，一点点儿萦绕在鼻尖，沁入心骨。

她感到全身紧绷，却丝毫没有抗拒地任他抱着，吻着，原本有些苍白的脸烧得通红，眼里似乎弥漫出水雾，掺着雨水一起滑落脸颊，心里的快乐和愉悦快要溢出。眼前这个人，毫不避讳地对她说"我喜欢你"，这是一句情话，无关诺言，虽然不确定会不会听一辈子，但只在这一刻已经觉得很好，已经比从前任何时候都圆满。她抬起手臂环住他的腰，使他更加贴近自己，眼角仿佛有湿润的东西流下，心却被充满。

Her boyfriend
to come

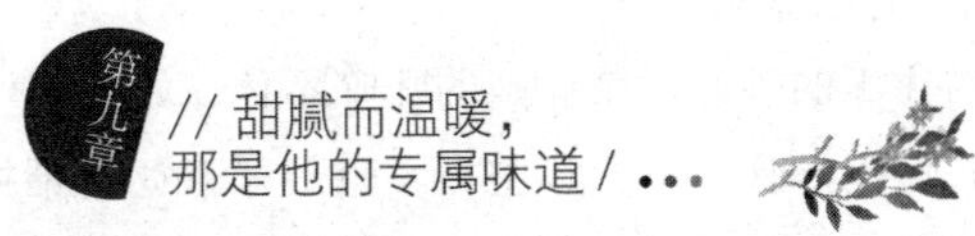

第九章 // 甜腻而温暖，那是他的专属味道 / …

两人回到市区雨还没停，胤阳将车熄了火，扭头看了看睡着的方洵，安心一笑，将身体小心探过去，凑近她的脸，在她微凉的唇上轻轻落下一吻。就在这时，她突然睁开眼睛。

两人一上一下，以一个交颈而卧的亲密姿势叠在一起，在这一方狭小空间尤显得暧昧旖旎。方洵窘迫地偏头躲了躲，尴尬道："到了吗？"

胤阳将身体靠得更近些，几乎跟她完全贴在一起，那样的距离可以清晰听见她胸腔里迫切而有力的心跳声。他突然轻笑了下，在她讶然无措却故作镇定的目光下解开安全带："下车吧。"

方洵急忙扭头避开他的暧昧目光，自己真是想太多。

但他这种动不动就亲上来，想亲就亲，不让他亲也亲，以为他要亲又不亲的混乱风格还真是……

胤阳撑着伞给方洵打开车门，方洵走下车的一瞬，仓皇地四下看了看，顿感惊诧："这不是我家啊。"

"我知道啊。"胤阳笑着将她揽过来，拥在怀里，"这是我家。"

看着胤阳一脸的笃信和春风得意，方洵心想完了，就算自己接受了表白，这进展也太快了吧。她往后缩了缩："那个，我还没准备好呢，我还是回自己那儿吧，而且，我这两天过得很蹉跎，没洗澡也没刷牙……"

“没事，上去洗吧。”胤阳倒是大方，拉着方洵就要上楼。

“等等。”方洵死死抵住胤阳宽阔的胸膛，让他停下脚步，“你让我先冷静一下，一会儿看见老师，我该说点儿什么啊？我上周的作业还没写完呢，都不知道怎么交代，而且被他老人家知道我色胆包天敢勾引他儿子，我就死定了！还有，你妈是什么性格啊，好不好相处啊，容不容易对付啊，婆媳矛盾你会站在哪边啊？怎么办，我还是头一回见家长，好紧张啊！”

胤阳直接上去吻住她的嘴唇，堵住她的喋喋不休。她丝毫没反应过来，还微微张着嘴巴，脑子里一片空白，也不知该如何推拒，双手紧紧抓着他的肩膀，急得眼圈都红了。胤阳放开她，伸手划过她的鼻尖：“放心，他们不住这儿，我一个人住。”

她瞪了他一眼：“不早说，吓死我了。”

刚说完就觉得哪里不对，她猛地伸手捂住嘴巴，犹豫地看着他：“所以就是说……”

他及时补充：“就是说我可以随心所欲。”

方洵只觉得脑子嗡的一声，无数颗星星在眼前转悠，还没反应过来，已经被胤阳连拖带拽地拉上楼。

她不是第一次来胤阳家，事实上她第一次见到他，就是在这里，只是那日的场面实在太震撼，让她足足反思了大半个月，所以根本没来得及好好看一眼他住的地方。

视线落在客厅的一面装饰墙上，上面一组油彩画排成层次分明的布局，将墙面分隔成黑白两半。画面上大多是风景少有人像，有些充满历史文艺感，有些显得浓烈厚重，不知道出自谁手，但可以看出画这几幅作品的人心思的细腻和沉厚。

方洵认真地看了会儿，突然指着其中一幅画问道：“这幅画好像跟我们上次在画展上看到的一样，你买回来了？”

胤阳微微抬高双眸看着那幅画，眼里有着难掩的认真，嘴上却漫不经心道：“不是买的，那本来就是我的。”说着走进卧室拿出干净衣服递给她，“去洗澡吧。”

“你画的？”方洵没接衣服，只是难以置信地看了看他，又扭头看向那些画，啧啧几声，不由自主地赞叹道，“看不出来，你画画这么好啊。虽然我不懂这些，但好的作品就是能让人心情愉悦，看着就舒服。”顿了顿，小声嘀咕道，“如果拿去卖的话，大概能卖不少钱。”

胤阳看着那些画：“我没想过要卖。”

方洵没理他，仍然自顾自看着，半晌，她道：“你就告诉我，如果真卖出去，大概能卖多少呗。”

胤阳瞅瞅她：“十个你吧。”

方洵：“你妹。”

他将衣服塞到她手里，贴在她耳边说了句：“去洗澡。”然后径自走去另一间浴室。

方洵意犹未尽地看了看那些画，才想起来看手中的衣服，不看还好，一看脸色唰地变了，扭头冲着那头大声质问：“你家里为什么会有女人的睡衣？”停了一下，似有不满道，“还是这种幼稚的带着兔耳和尾巴的。”

“给你准备的。”那头传来胤阳不咸不淡的声音。

方洵被他堵得无话可说，将手上的睡衣翻了翻，看了看标签上的S号，又皱皱眉头：“你怎么知道我的号？秦……那谁订婚那次我就奇怪，你给我准备的礼服怎么那么合身？你是不是偷瞄我了？”

那边沉默了下，突然推开门，胤阳已经脱了上衣，只留一条长裤，神情懒散地倚在门口，双手交叠在胸前：“上次给你换衣服，我就想，大概是这个号。”

看着胤阳突然暴露在眼前的结实胸膛和健硕腰身，方洵一瞬间涨红了脸，赶紧扭过头，垂死挣扎道：“你能别提给我换衣服的事吗？”

“不是你问的吗？”

方洵继续扭着头：“你能穿上衣服再跟我说话吗？”

“洗澡穿什么衣服。”

“……”

半个小时后，浴室的水声停了，方洵用毛巾擦着湿漉漉的头发走出来，湿着的深黑色发丝仿佛有着致命的吸引力，一缕一缕地滴着水，滑过她线条美好的脸颊，钻进领口里。

她将头发擦得半干，走到厨房门口叫了声："胤阳？"

胤阳从厨房里探出半个头："洗完了？"看到顶着两个兔耳朵，粉粉嫩嫩的方洵，扑哧一笑，"喃，还挺可爱的。"

方洵黑着脸，她为什么要穿成这样，通常小说里女主人公到了男主家里，不都是会因为没衣服换，被迫穿上男主的衣服吗，而且是那种宽大松垮的白衬衫，穿起来既小鸟依人，又可以展现出性感的锁骨线条和修长的双腿。虽然她没有性感的锁骨，也没有修长的双腿，可是好想体验一把在小说中才会有的白衬衫诱惑啊！

为什么不给她这个机会，胤阳你浑蛋！

她一副小动物无辜受虐的表情看着他，见他不为所动，她又叫了一声："胤阳。"

"嗯？"他在厨房里忙着，漫不经心地应了一声。

方洵慢吞吞地转过身体，指了指自己的屁股："为什么要穿这个啊，太幼稚了。"

胤阳拿着铲子强忍住笑："哦，你不喜欢啊，那脱了吧。"

"咳，难道就没有……"方洵清了清嗓，然后伸手在胸前来回比画了下，想要勾画出一个致命的衬衫诱惑。

胤阳一脸茫然："什么？比基尼啊？"说完两眼放光，果断道，"有！你穿吗！那我可没办法安心做饭了！要不要现在就给你找出来？"

方洵无语地看着他，咬着牙道："算了，你还是做饭吧，不然吃什么！"

他拿着铲子，坏坏地一笑："吃你！"

胤阳在厨房里忙了会儿，方洵走过去打算帮忙，可看着他有条不紊一样样熟练地做着，顿时觉得自己有些多余，所以就站在那里安静地看着他。他换了条黑色休闲长裤，白色紧身背心，露出修长的颈部线条和好看的锁骨，沐浴过后的潮湿水汽衬得那张贵气而有些距离感的脸少见的柔和温润，左耳的那枚黑色钻石耳钉被大雨冲刷过后，异常妖异闪亮，衬出他仿若神工雕刻的一张脸孔，无与伦比的契合。

即使不是外貌协会，也会忍不住给这张脸多打上几分，何况，她本来就是个外貌协会呢。

胤阳一共做了四个菜，白灼虾、糖醋排骨、香菇菜心、清炒四季豆，最后还炖了一锅汤。方洵看得目瞪口呆，堂堂一个集团总裁都能做出四菜一汤来，她却只会煮方便面，拌两个简单的凉菜，这是不是太羞辱人了？

方洵殷勤地将菜端上饭桌，然后对着一桌子菜流口水，抬头看看胤阳，一脸崇拜："你说你长得这样好，还会做饭，又有钱，怎么到现在都没人要呢？"

他将筷子递给她："不然怎么便宜你了？"

她接过筷子，看着满桌子的菜，没动，而是在心里酝酿了会儿，最后忍不住问道："那个，有一件事，就是之前我误会包养你的那个女人，她到底是谁啊？"

他夹了口菜到她碗里："先吃饭，吃完再说。"

可是等两人吃完饭，胤阳也没说要告诉她的意思，方洵心想这事或许另有隐情，深挖下去必定涉及个人隐私，他既然不想说，她也没必要非得知道个究竟。

不得不说胤阳的手艺实在是好，方洵的饭量不算大，却吃了整整两碗米饭，又把菜扫个精光，当然也有可能是她这两天没怎么正经吃饭，肚子已经快饿抽了。吃得心满意足后她拿过纸巾擦了擦嘴角，一抬头恰看到胤阳支着下巴看她，一脸思索的意味。见她抬头，他将身体慢慢探过来，凑近她的脸，将她从上到下从左到右仔细扫了一遍，笑得十分阴森且不怀好意："唔，秀色可餐。"

她使劲咽了口唾沫下去，下意识抓紧自己的领口："你想干什么？”

“没什么，不过吃得太腻了，想品些甜点，你呢？”说着还用舌尖舔了下嘴唇。

这样性感暧昧带有挑逗性的动作一出来，方洵立马觉得嗓子发干，一股难耐的燥热感顺着喉咙口噌噌地往上冒，整个人似要烧起来。她使劲咬了下嘴唇，强忍住要扑上去的冲动，猛地一甩头，咬牙拒绝：“我不，我吃饱了。”

他却不打算放弃，从座位上站起来，然后一把拉起方洵：“那陪我吧。”

方洵吓得挣开他就要跑，不行，虽然她现在确信自己也喜欢他，彼此心意互通，但那个毕竟是一件很严肃正经的事，需要慎重，需要谨慎，需要心理准备，怎么能这么草率呢！她是想过要“衬衫诱惑”，但她只是想过一把女主的瘾啊，不是真的想要勾引他啊，果然天下没有白吃的午餐吗？四菜一汤就把自己给卖了？

胤阳一把把方洵捞回来，然后搂在怀里笑着看她垂死挣扎：“吃个甜品也能有这么大反应，至于吗？”说着用胳膊紧紧箍住她走到厨房，示意她打开冰箱门，然后他伸手从里面拿出一小块抹茶慕斯放在盘子里。方洵立时瞪大眼睛，一偏头正好瞧见挂在他嘴角似笑非笑的一丝戏谑。

真的是吃甜点！

看着她一脸窘迫的认真劲儿，胤阳哧地笑了：“哎，你想到哪里去了？是不是小说写多了，这想象力丰富到泛滥啊。”

听出他话里的意思，方洵窘迫地别过头，妹的，我恨抹茶慕斯。

胤阳将手中的甜点放下，伸手敲敲她的额头：“唉，你还真是傻得可爱。”突然手指一顿，仔细看了看她的脸色，然后将手背贴在她的额头上，正色道，“你额头怎么这么烫，是不是发烧了？”

“啊？”方洵迷迷糊糊，伸手摸了摸自己的额头，逞强道，“没有啊。”其实两人被雨淋了一场，回来的路上她已经觉得不舒服，尽管洗了热水澡，换上干净舒爽的衣服，还是觉得身上有些冷。刚刚吃过饭，喝了碗热汤已经觉得好多了，没想到头还是这么烫。

“还说没有。”胤阳棱角分明的面孔上渐渐浮现出一丝恼意。他微微俯首，额头抵着她的额头，再次确认了她身体滚烫的温度，不由分说一把将她拦腰抱起，走进卧室放在那张宽大柔软的床上。

她挣扎着要起来：“真的没事。”却被他一把按住，盯着她的眼睛严肃道：“你再乱动一下试试。”

方洵本想说，试试就试试。她的这种固执和反叛是藏在骨子里的，表面顺从，内心却埋着不安分的躁动因子，越是不让她做什么，她越是好奇，越是非做不可。从前经常把秦朔惹得生气，却拿她一点儿办法也没有，可不知怎么，她没办法对胤阳说出这样的话。或许是有一种强烈的预感，她如果真的尝试挑战他，那么败下来的一定是她自己，因为胤阳一定不负她所望，做出叫她痛惜悔恨哭天抢地的事来。

她老实躺在床上，眼睛一闭，双手一摊，做出任君采撷的样子：“好吧，我不动，你随心所欲吧，咳咳，不用顾及我是个病人，放手来吧，咳咳咳。”

方洵的样子很得意很自信，一副要咳出老血的模样，他还能做出什么事情来？

不能老是屈服在他的淫威之下，得叫他知道厉害，得有所顾忌才行。不给点儿厉害瞧瞧，他就要凌驾在她身上了。

等了半天没动静，没有失落的叹息声，也没有隐忍不发的怨气，她有些纳闷地睁开眼睛，胤阳果然没有一句废话地凌驾在她身上，无限放大的一张俊脸眼看就要贴下来。

“……”

她还是个病号啊！他居然这么残忍？对一个病人也下得了手！上辈子是欲求不满死的吗！

“啊！”方洵赶紧伸手撑住胤阳要压下来的身体，惊恐地看着他，“你干什么？”

他薄薄的唇突然扬起一个微笑，轻巧地挪开她的手，居高临下地看着她漆黑如墨的头发下有些茫然和仓皇的眼神，不禁轻笑出声："你不是让我随心所欲吗？"

"我……"方洵苦着一张脸，瞬间败下阵来，"我开玩笑的。"

他拨了拨她额前的头发，伸手划过她的鼻尖，有些宠溺地笑了："看你还不老实。"

"老实，我老实。"方洵赶紧讨好地笑着。

胤阳敛起笑，修长的手指放在她清浅的眉上，从眉头到眉梢一遍一遍仔细勾勒，像是在认真描绘一场遇见的美好。他慢慢俯身，在她额头温柔地落下一个吻，然后埋首在她颈间，贴着她滚烫的锁骨，低低地喘息着，感到她身体不自觉地收紧，抓着他的手微微用力，他的呼吸乱了，心绪也乱了。

方洵滚烫的身体紧紧贴着胤阳，他的心跳急促而有力，一股温热的气息瞬间在她全身蔓延，酥酥痒痒，又充满甜腻温暖的味道，那是胤阳的专属味道，即使闭着眼睛，也能清楚感受到。许久，他才慢慢起身，看着她的眼睛没有汹涌的占有欲，满满的都是疼爱。

心里一股暖流淌过，她几乎要在那样的目光下弃械投降。

"胤阳，我……"

"别说话，我去找药。"他的嗓音有些沙哑，仿佛刚刚经历一场寂寞难耐的煎熬。

方洵眼巴巴地看着胤阳下了床，看着他从抽屉里翻出退烧药来，又去倒水，看着他为自己忙前忙后，觉得发烧这件事真是来得太没有公德心，太浑蛋王八蛋了。

胤阳看着方洵吃了药，然后扶着她重新躺好，又摸了摸她的额头，才发觉她眼圈有些泛红，眼底渐渐弥漫上一层水雾，虽然极力控制，却还是叫嚣着要流下来，这一刻的她仿佛卸下所有坚强，取而代之的就是浑然不加修饰的软弱。胤阳微微一怔，抬手拂过她的眼角，指尖移开处有淡淡的泪痕，一贯沉着的心猛地收紧，他急道："怎么哭了？"

她急忙摇头，咬着嘴唇不肯多说。其实自己心里清楚得很，这些年在外面求学，身边虽然有同学陪着，有志同道合的朋友一起嬉闹玩笑，但一个人在外面的日子永远是未曾经历的人无法想象的寂寥和辛酸。

那时她便懂得，孤独，并不是无所事事的夜晚一个人看着电影吃着泡面那种感觉，而是病了、痛了的时候没人知道，已经支撑不住将要倒塌的身体与灵魂，却找不到任何人来扶住那种冰冷的恐惧感。从前她有秦朔，她觉得那是出现在自己平淡生活里的一抹亮色，后来这抹亮色消失了，她又重新回到孤独的彼岸，辛苦等着岸上凋零的枯枝再开出新的花朵，却忘了瞧见，原来岸的那一头，太阳花早已成片地绚烂。

像这样病了的时候有人陪，有人照顾，摸着她的额头关切地问一句："怎么这么烫，是不是病了？"已经有多久，多久没听到这样的声音了？她的身体往下陷了陷，将脸深深地埋进被子。

胤阳将眉头皱得更深，却没有再问下去，无论方洵表面装得再坚强，其实心里比谁都脆弱，比谁都需要关心和呵护，她只是从不肯表现出来让别人知道，总是倔强地想要自己守住那一点儿坚持，让人心疼却又没有办法。他将被子往上拉了一点儿，将她盖得严实，然后在她额头上极轻地落下一个吻："睡一觉，明早醒来就好了。"

清晨的阳光透过落地玻璃窗毫不吝惜地洒进屋子，在床上酣畅睡着的人脸上笼上一道淡淡光影，在那道光影里，方洵睫毛微动，似乎有些不安稳，即使脸庞瘦削，极为白皙的肌肤仍然显得十分光滑润泽。她的眼睛不大但很漂亮，类似柳叶，是狭长的古典美，微微开启的唇瓣没有明显的棱线，而是略为丰满，透出秋日落英般宜人的恬淡和浅樱色。

此时的胤阳就是这样半跪在地板上，抵着下巴，安静地看着床上熟睡的人。

看看表，已经快八点，胤阳拿过手机，找到胤教授的号拨出。

"喂，爸，今天方洵有些不舒服，请一天假。"

那头沉默了一下，突然道："方洵不舒服，怎么是你来请假？"顿了顿，"你在哪儿？"

"在家。"

"方洵呢？"

"也在家。"

胤教授怔了下，有些不解地追问："在谁家？"刚问完突然意识到这话题一旦进行下去就没完没了了，于是赶紧打住，"好吧，下午下了课，我去你那儿看看，顺便给你带点儿东西。"

"不用了，晚上我们带东西去看你。"

胤教授突然血压不稳地撑住后脑勺，心想，好啊，这是要挑明态度，直接见家长了。你小子速度果然够快，糊着强力胶戴着大耳环都能追到姑娘，好，你狠。急忙挂掉电话。

胤阳这头刚刚结束和胤教授的通话，那头门铃突然响了起来，放下电话去开门，还没走到大门口，只听"咔嚓"一声，门自动开了。

胤阳微微皱眉，看着不请自来的人，不悦道："您怎么来了？"

"我不能来吗？"大清早就是焦躁到近乎暴跳如雷的声音。

"您当然可以来，但敲门是最起码的礼貌，就算是您也不该例外，欧阳董事长。"

不速之客眉头一挑，那自信到嚣张的姿态还真是与胤阳有几分相似："我敲过了。"语音未落见胤阳眉头皱得更深，她才略微不好意思地轻咳一声，"好吧，下次我会注意。"

"胤阳。"

方洵穿着睡衣迷迷糊糊地推开门走出来，揉了揉眼睛含混问道："几点了，怎么不叫我？"一抬头猛地顿住，"呃……这是？"

难得冷静片刻的欧阳董事长觉得必须要暴躁了，一双眼睛瞪得浑圆，指着方洵怒声呵斥："胤阳，你给我说说，大清早的这丫头怎么会在你房间？还穿成这个样子，想要干什么，啊？"

方洵瞪大双眼，终于看清眼前这女人，这不是之前她误会包养胤阳的富贵女人？那女人早就认出她，两人不约而同地凝起眉头细细打量彼此，眼神充满敌对和防备，就这样大眼瞪小眼对峙了好一会儿，胤阳突然走上前来。

他安抚地拍了拍欧阳董事长的肩膀，示意她冷静，然后把方洵拉过来，用一种十分认真的口气道："来，认识一下吧。"他指指方洵，"这是我女朋友，方洵。"又指指那女人，语气有些漫不经心，"这位欧阳叶卿女士，我妈。"

你妈？

你妈！

方洵发誓，她一辈子都不会忘记欧阳叶卿女士当时的表情和自己太复杂的心情，那心情实在无法细述，惊惧、错愕、愤怒、茫然、无措，最后只能化作一声苍白无力的怨念，狠狠掐住他的胳膊，极其压抑地吼一声："你妹啊。"

如果不是还穿着睡衣，她一定会头也不回地跑出去，可现在，只能耷拉着脑袋满面愁容地看着眼前的女人……胤阳他妈一脸凶狠地盯着自己，那目光恨不得把她撕成两半仔细分析一下她的内部构造。

到底是怎样逆天的一个女人，竟敢在男朋友老妈面前大言不惭地说自己包养了他啊。而且，她还不知天高地厚地说我们之间的感情不是用钱衡量的，他是主动送上门的，他不是她一个人的，他是属于大家的，这些话是多么恬不知耻厚颜至极。

方洵抓狂地揪着头发，无力地接受欧阳女士赤裸裸的敌意和鄙视。

胤阳拉过方洵的手，在欧阳董事长怒目圆睁下把她带回卧室，让她再睡一会儿。方洵很想说，睡你妹啊，发生这么大的事我还睡得着臣妾做不到啊，但看到胤阳有些歉意的目光和安慰的眼神，她什么都没说，乖乖躺回去了。

房门被轻轻掩上，她清晰地感到自己被隔绝在了他的世界之外，而她亦可悲地发觉，有什么东西，似乎又要离自己远去了。

他们说话的声音不大，方洵却听得很清楚。

“胤阳，你了解她是什么人？你怎么可以随随便便把人带回家来，我们家是随便让外人进来的吗？”

胤阳沉默，仿佛在思考，片刻后平静开口，语气疏离：“抱歉，我想您有些误会。首先，她不是外人，其次，这是我家。”

胤阳送走欧阳董事长是半个小时后，他们后来说了什么方洵不清楚，她将脸深深地埋进被子，告诉自己不要去听，不要去看。

当胤阳推开房门，她的心开始莫名紧张，双手抓紧了被角，仿佛害怕他一开口，说出什么让她难受的话。

可他什么也没说，只是静静走到床边，把她从被子里拉出来，又伸手摸了摸她的额头，然后露出干净的笑容：“退烧了，太好了，来，起来喝点儿粥吧。”

她有些无措地看着他，终究还是问出口：“那个，你们说什么了？”她咬了咬嘴唇，有些懊恼地捶了捶自己，“算了，你还是别说了，我知道她对我印象肯定不好，是不是要你……”嗓子一紧，突然就说不下去了。

要你跟我分手？她没有勇气问出这样的话。

胤阳点点头，诚恳道：“确实不好。”

方洵觉得眼前忽地一暗，心倏然收紧，她不确定胤阳怎样想，但她绝对不想分手。一个人的心一旦柔软下来就没法再硬回去，她刚刚找到这片漂亮又生机勃勃的太阳花，怎么就要被再次推开，真要滚到泥巴里去吗？

她不要！

“可是，我没打算分手。”仿佛知道她心里想什么，他突然握住她不知该放在哪里的手，捕捉到她躲闪的目光，从那双黑白分明的眼睛里，找到她企图藏在里面，想要努力掩饰住的凄惶无措。

“管她说什么，她对我不满的地方太多了，总不能全部按照她的要求去做，我喜欢谁，想跟谁在一起，是我自己的事，任何人无权干涉，包括她。”

心里有些东西在努力翻涌，仿佛要穿破厚重的束缚从泥土里开出花来，方洵微微抬眼看他，心里在渴望，眼神却有些犹豫。她知道得不到父母认同和祝福的感情，即使过程再美好，也是霜打过后的花，转瞬残败。他似乎看出她的顾虑，掌心微微用力，厚实的手掌将她微颤的手握得更紧，一字一顿说着："方洵，我不确定你如何定义爱情，但我要告诉你，也希望你牢牢记住，如果你真心爱一个人，那么没有任何人能将你们分开，除非是这个人自己。若你不想，我不想，那么，我握着你的手，就是一辈子了！"

他的表情很认真，专注着看她的时候眼睛尤其亮，她再也无法避开这样的目光，于是就那样定定地看着他，从来没有人对她说过这样的话，包括秦朔。"一辈子"这三个字，太沉重了，很多人不会轻易说出口，因为要仔细斟酌，反复比较，总想着留给更好的人。可胤阳留给了她，而秦朔，留给了别人。

看着他认真的样子，不知怎么，她突然就笑了出来。

胤阳见她笑，也跟着笑。

两个人就这么傻傻地对笑了一会儿，方洵的手机响了起来，她看了一眼是白桐，乐呵呵地接起来。与此同时，胤阳的手机也响了起来，他漫不经心地看了一眼，脸上的笑意蓦地僵住，短暂的犹豫后，起身走出卧室按下了接听键。

胤阳没有想到胥日会打电话给他。

自从那日在酒吧分开，两个人就没有再见面，没想到她离开七年，还在用原来的手机号。

电话接通，胥日的声音很愉悦，带着几分熟络，亲切得仿佛是昨天才见过面的老朋友。

"胤阳？"她顿了顿，"是我。"

没有报自己的名字，却自信他一定知道是她。

胤阳没有让她难堪，只是沉默了下，低声回道："胥小姐，有什么事吗？"

她的声音更加柔软，带着笑意，寥寥的四个字："我想见你。"

胤阳没回答，短暂地沉默后，挂断了电话。

再次走进卧室的时候，方洵已经满血复活地从床上跳了起来，见胤阳走进来二话不说就扑了上去，抱着他的脖子兴奋道："白桐来G市了，今天晚上我们有个同学聚会，你送我过去吧。"

胤阳把她从自己身上扒拉下来，握住她的手狠狠地看着她，故作生气道："不行，我跟老头子说好了晚上去看他，你敢临阵脱逃？"

"啊？"方洵蒙了，"要见家长呀？这么快？可是刚刚不是见过你妈了吗？"又低下头自言自语，"糟了，不知道我是不是有见家长恐惧症，刚刚被她看了一眼，我到现在都没缓过来。"

"她又不是怪物，怕她做什么？"胤阳将方洵重新放回床上，摸摸她的头，"你再躺一会儿，我去把粥热了，你吃点儿东西，晚上我送你过去。"

方洵抓着被角，弯着眼睛，一脸感动地看着胤阳推门走出去。关门之前他回了下头，对她眨了下眼，又投来一个飞吻。方洵伸手接住，噘起嘴回报他一个，然后脸一红，噌地钻进被子里。

哎哟，二十年来都没干过这种事，真是太不好意思了。

傍晚的时候正赶上下班高峰期，路上车很多，马路两旁霓虹闪烁，主行道上车水马龙，两人在这一个路口堵了大半个小时。

胤阳双手轻轻搭在方向盘上，听着周围不断响起的鸣笛声，以及车主们的哀怨咒骂声，没什么烦躁情绪，他微微偏头看了眼方洵，漫不经心地问道："下午答应我的事情，还记得吗？"

"呃？"方洵霎时瞪大眼睛看他，如小动物一般无辜可怜。

不让她喝酒，不让她招蜂引蝶，她是记住了，但她不想答应啊。

胤阳微微皱起眉头："很好，你果然不记得了。"

他伸手钩住她的脖子，想要拽过来好好欺负一番。方洵猛一激灵，立时没了底气。这种感觉真是奇怪，她跟胤阳之间，本来是他先追的她，照理说她才是掌握主动权，占据制高点的那一个，可事实刚好相反，她就像一只小兽，陷入胤阳为她量身织就的一张无形大网，被收拾得服服帖帖，永远没有可能说不。他那简洁明了，又饱含深意的"很好"两字，真是有一种魔性的力量，让她不由自主心虚忐忑。

方洵赶紧抓住胤阳的胳膊，干巴巴地笑了两声，看着他的眼睛大声道："不许无视你的存在，有电话要第一时间接起来，不许喝酒，傻了吧唧的样子不能叫别人看见。"

胤阳捏了捏她的脸，扬起嘴角笑了笑："good，继续。"

"不许……"方洵犹豫一下，一脸失落，"不许招蜂引蝶，给你添堵。"

"Perfect！"

"可是，怎么可能呢？"方洵的表情很不情愿，"你没听过花若盛开，蝴蝶自来吗？我现在开得这么茂盛，就算不去招惹别人，也有人来招惹我啊。"

胤阳目光一寒，透着股狠劲儿："叫他试试。"

"……"

宽敞明亮的酒店包间里，女同学们凑在一起说说笑笑，女人的话题永远是那一套，无非谁找到什么好工作了，谁交了什么样的男朋友，谁结婚了，谁连孩子都有了……白桐穿了件纯白色的过膝长裙，聊得正起劲，见到方洵走进来时眼睛一亮，提着裙子就奔过来，跌跌撞撞跑了两步差点儿被绊倒，上去就是一个熊抱："方洵！哎呀妈呀，你可终于来了，等你半天了，你不知道我在这儿等得啊，抓心挠肝啊，你说你要是不来，谁来衬托我呢？"

方洵一巴掌拍在她屁股上，哈哈大笑："你大老远都赶回来了，我怎么能不来呢？哈哈哈，怎么，还穿上裙子了，来来来快让我取笑一下先。"

白桐跟着她哈哈一阵大笑，接着想起什么似的，一把扯住她，贼眉鼠眼地问："对了，我说你什么时候有男朋友了啊？太突然了，把姐吓一跳。"一边说一边做沉思状，"我虽然没见着人吧，但小伙儿声音挺霸道啊，啪啪两句话就把我说没电了，有魄力，有前途。后来我一忙吧，就把这事忘了，你跟我说说，这件事后续如何？打脸成功没？不会是被秦朔给打了吧？"

方洵不想再提这事，敷衍地打着哈哈道："没有。"

"没有？没有打脸成功，还是没有被秦朔打？你说清楚点儿，你急死我了。"这一急，白桐突然想起什么，眼睛往包间外瞅了瞅，小声说了句，"对了，一说秦朔我还得提醒你一下，你一定要稳住。"说着咳了两声，一脸复杂地看着她，"秦朔也来了，刚刚出去，一会儿你们准能撞见。"

方洵突然笑不出来了。

这下白桐急了，拽着她的胳膊："别这样，来都来了，见见呗，他又是大老远从美国飞回来，咱们也不能赶他走啊。你出息点儿，有什么大不了的，是他欠你的，凭什么你得躲着他？都有了新欢的人了，过去那点儿破事还放不下。"

白桐话还没说完，直接被方洵捂住嘴巴："别说了，他回来了。"

秦朔一如既往地穿着深黑色西装，黑色领带，看起来很深沉，也很规整。他脸上的表情很淡，甚至是僵硬，脚步放得很慢，却眨眼走到方洵跟前。

气氛一瞬间凝固，两个人面对面，谁都没有说话。

还是白桐率先打破尴尬气氛，开口说了句："秦朔，那个，又高又帅了啊。"想了一下，突然觉得这话可能会让方洵堵得慌，于是连忙改口，"不过这一脸颓废，没有从前精神了。"

秦朔点头笑笑："回来之后，总是睡不好。"

"哦，可能在外面待久了，水土不服，那你什么时候走？"白桐直截了当地问出口。

秦朔愣了一下，看了看方洵，又看看白桐："还没打算。"

白桐咳了一声："没打算？"瞅了眼方洵，"还是尽早打算吧，那个，我怕火车票不好买。"

秦朔沉默了好一会儿，才回了一句："没事，我坐飞机。"

"……"

既然两人碰面了，方洵也觉得没必要刻意避开，偌大的酒店包间里，许久不见的老同学凑在一块儿，难免喝得有些疯。

白桐性格豪爽，又实在开心，一个挨着一个地敬酒，立志要把眼前这一群同学全喝趴下，两巡下来，方洵喝得有些晕晕乎乎，或许是开心，或许是不开心，她自己也不清楚，拎着酒瓶子与白桐砰砰撞了两下："再来。"

而秦朔坐在一边看着方洵不说话。

白桐抱住方洵，将她手里的酒瓶子抢下来，顺便把桌上响个不停的电话递给她："你的电话响了，是胤阳。"说着把电话强塞给她。

方洵喝高了，直接把手机一按，往桌上一丢："谁呀！"又举起瓶子大声喊，"继续。"

一桌子男男女女喝得都有些蒙，方才还装得礼貌客气，酒过三巡全露馅了，哭的闹的，背诗的，砸酒瓶子的，站在凳子上唱歌的，拦都拦不住，也不知谁嘴欠嚷了一句："秦朔，你真不够意思，当初一句话不说就走，把我们这群哥们当什么了？"

下面立马有人接话："秦朔走连方洵都不知道，你嚷嚷，嚷个屁啊。"

那人一拍方洵："方洵，你说，他是不是不够意思。"

有个清醒的一把扯住那人，劝道："哎哎，喝多了啊。"

"没多，我说他不够意思。哥们那时候跟方洵一个班，那阵子这丫头哭得死去活来，一上课就哭啊，哭得老师都没办法了，哥们我瞧着心疼。"

之前的人一拍桌子："老子也一上课就哭啊，看见数学老师更想哭。"

"秦朔你不是人。"有人打抱不平地嚷了一句。

方洵噌地跳起来，用酒瓶敲桌子，跟着大叫起来："秦朔你不是人。"

后面又有凑热闹的跟着喊起来，一时间，整个屋子陷入一种此起彼伏的"秦朔你不是人"的巨大声潮中。

"砰"的一声，也不知道是谁从洗手间回来不小心撞到门，原地转了两圈后指了指站在门口的一个人影，口齿不清道："谁啊，堵在门口干吗？”

白桐回头一看，也有点儿发蒙，门口那个小伙儿长得挺帅，就是脸色难看了点儿。她瞅了瞅他手里握着的手机，又扭头看看方洵摔在桌子上响个不停的手机，顿时吓傻了。

“胤……胤阳？”反应过来后，白桐赶紧去拉拎个酒瓶子鬼哭狼嚎的方洵，觉得一个头两个大，“你家胤阳来了，快给老娘醒醒，别连累无辜。”

方洵眨了眨眼睛，含混道：“谁？”

看着胤阳杀气腾腾的眼神，白桐简直要哭出来了，在方洵耳边大声重复：“胤阳，胤——阳——”

大家喝得晕晕乎乎，几个勉强保持清醒的人目瞪口呆地看着胤阳沉着脸走进来，上前一把拽过方洵，让她靠在自己怀里，声音冷得叫人心生寒栗：“你看看我是谁？”

方洵伸手摸着他的脸，傻乎乎地笑了笑：“白桐？”

胤阳目光一寒：“很好，这笔账，我们回家好好算算。”

白桐急忙上去拉住胤阳：“那个，今天我们同学聚会，方洵喝得有点儿高，不怪她，主要是因为……“

“因为秦朔这浑蛋来了。”之前喝蒙的哥们十分合时宜地又嚷了一句。

刚刚站在门口，胤阳就看到了秦朔，一屋子的人连喊带闹，就他一个无比清醒地坐在那里冷眼旁观，比起之前那次见面，他似乎放松许多。

胤阳扬起嘴角冷笑一声，没说话，拖着方洵就往外走。

白桐脸都绿了，急忙上前拦着：“胤阳，别生气啊，今天这事怪我，不该让方洵喝多的。那个，既然来了，你吃点儿东西再走吧。”

胤阳看了看她，又偏头看了看方洵，笑得有些危险：“不用了，我回去吃她。”

“……”

进了家门，方洵晕晕乎乎还没清醒，歪歪倒倒地摸进卧室，直接趴在了床上，呼呼大睡。

胤阳脱下外套，随手丢在沙发上，跟着进了卧室，看了眼已经睡死过去的方洵，觉得自己要气炸了，她居然还大大咧咧地直接睡了。一句废话没说，他直接上前一把将她拽起来拖到地上，掀开被子靠在床头看着她。

方洵下意识"嗯"了一声，翻了个身，迷迷糊糊地看了胤阳一眼，又看看自己，双手搭上床尾就要往床上爬。

胤阳瞬间从床头转移到床尾，一把打掉她的手，喝成这样还想上我的床？没门。

方洵痛呼一声，捂着自己被打疼的手，一脸迷茫地看着胤阳，见他没什么动作，再一次试探着伸出手，搭着床沿又要爬。

胤阳再次上去一把打掉。别以为用那种可怜兮兮的目光看着我就会心软，你去见老情人的时候想到我了吗？喝得烂醉如泥的时候想到我了吗？现在才知道错了，晚了！

方洵委屈地看着胤阳，又看了看自己的手，嘟哝一声，重新趴回地上，睡着了。

"……"

等了半天见她动也不动，没有再往上爬的意思，胤阳的火气更不打一处来，遇到这么点儿困难就放弃了，你到底有没有把我放在眼里？翻身下床，猛地拉起她的一只手搭在床尾，喝道："继续爬。"

方洵"嗯"了一声，将自己搭在床尾的手收了回去，垫在脖子下面当枕头，调了个舒服的姿势继续睡，完全没有再往上爬的意思。

胤阳简直要气爆，她却没事人似的呼呼大睡："很好，机会摆在你面前，你居然不珍惜，我就在这里，你居然敢不爬上来？你在地上睡吧。"

她迷迷蒙蒙中翻了个身，嘴里嘟哝一句："唔，好冷。"

胤阳纠结而又矛盾地看着她，三秒之后，无奈地掀开被子再次跳下床，将方洵从地上捞起，重新丢回床上。她毫无意识地嘻嘻笑了两声，抱紧他的胳膊，嘴里嘀咕了声："胤阳。"

胤阳看着她，觉得自己好好一棵大白菜，就这么被一头猪给拱了，还是拱过烂菜叶子的猪，真不甘心。

闭上眼睛，想抱着她安稳地睡一觉，她却开始不老实了。

迷迷糊糊地，他感到旁边的人更深地埋进了自己怀里，有些发烫的脸颊贴上他衬衫清凉的布料，似乎觉得不够舒服，于是不耐烦地动手去解他衬衫的扣子。

胤阳被方洵这一举动吓了一跳，下意识抓住她的手，不让她动作，她却模模糊糊地睁开眼睛，有些委屈地看着他，似无声抗议，噘嘴的样子真是无辜可怜。

她的脸微微泛红，醺醺然带了几分醉意，头发完全散了下来，凌乱地铺陈在雪白的床单上。墨色的头发下那双细长的眸子尤其亮，嘴巴微微张着，只要轻轻呼吸，就能嗅到她唇齿间淡淡的一缕酒香，那是独属于她的明明充满诱惑却总有些清纯羞涩的味道。

这幅画面很美，让人不自觉想要靠近，在她身上得到更多。

胤阳放开了她的手，看着她弯起眼睛带着几分狡黠地笑着，稍显笨拙地一颗颗解开他的扣子，然后满意地把自己的手伸了进去，贴着他的胸口发出极轻的一声赞叹："唔，手感好好。"

方洵的手很热，滚烫的掌心贴在他结实的胸膛上，那感觉细腻而丰盈，像是要揉进自己心里，泛着无声无息的甜蜜与美好。然后，她轻轻叫了一声他的名字："胤阳。"

听着她微微沙哑，却无比清晰地叫出自己的名字，胤阳本来沉着的心蓦地一动，全身上下像是被一把火顷刻点燃，浑身的血液叫嚣着沸腾，在他滚烫胸口混着一股热流蓬勃而出，那种感觉十分奇妙，却也十分清晰，他想要眼前这个人，她的身体，她的意识，她的一切。

他突然翻过身来，低头吻上她的唇，那动作有些难耐而迫切，甚至有点儿粗鲁。方洵这样被他吻着，没有推拒，反而微微笑了起来。

胤阳抬起头来，疼惜地抚摸着方洵有些凌乱的头发，看着她企图藏在眼底的小小忐忑，嘴角却带上了笑意。他不知道在什么时候爱上的她，但是这种爱的感觉十分清晰，就像是烙在了骨子里，这个女孩，有着自己的小小倔强，明明紧张却故作坦然的样子真是可爱。

他修长的手指顺着她的头发划过她的脸，灼热的鼻息扑在她敏感的耳垂上，声音沙哑道："怕吗？"

方洵摇头，眼里却渐渐弥漫上一层水雾，似紧张，又似喜悦。

他在她的额头上落下细碎的吻："知道我是谁吗？"

她静静地看着他，然后点头，眼里是无比的肯定。意识是模糊的，甚至不清楚自己刚刚说了什么、做了什么，但眼前这个人，他的脸，他的眼睛，他的每一次呼吸，她都可以清楚地感受。他是胤阳，是她喜欢的人。

她眼神炙热，眼波荡漾若秋水："那个，要是有孩子了怎么办？"

关键时刻还能想到这些，胤阳确定现在的她完全清醒。

强忍着疯狂涌上的欲火，他低头亲了亲她的头发，又亲了亲她嘴唇，似诱惑，更似鼓励："如果有了孩子，我们就结婚。"

方洵愣住了，已经失去思考能力的她，仅凭着最后一点儿意志力细细咀嚼着他的这句话，一瞬间有些失神，反应过来后是诧然，是感动，是充满欢喜的甜蜜。

曾听人说过，如果一个男人愿意娶你，他一定是真的爱你。

除了想要紧紧拥抱眼前的这个人，所有的一切，她都不愿意再去想了。橘色的灯光下，她看着胤阳那张倨傲的脸，他因感动而微微湿润的眼睛，明明已经发疯作狂却夹杂着疼惜和包容，就像冬日里冷冷的阳光，苍白却有着温暖味道，这样好看的人，这样风流的姿态，就是胤阳，她的胤阳。

夜很深，很沉，精疲力竭的两人相拥着深陷在柔软的大床中，胤阳枕着白色的枕头，方洵枕着他。

"胤阳。"方洵将脸埋在胤阳胸前，轻轻呓语。

"嗯？"

"胤阳。"

"嗯？"

“胤阳。”

一瞬的沉默，胤阳搂着她的胳膊紧了紧，用下巴蹭了蹭她毛茸茸的头发：“干吗？”

“去洗澡。”方洵推推他。

胤阳闭着眼睛：“不去，好困。”

方洵撇撇嘴，真不卫生。

半分钟后。

“胤阳。”

“嗯？”

“胤阳。”

胤阳扭头掐掐她的脸蛋：“你最好真的有事情叫我，不然看我怎么收拾你。”

“你给我讲个笑话吧。”

“讲什么笑话，困死了。”

“讲一个吧。”方洵用头发蹭了蹭他的胳膊。

胤阳被磨得没办法，伸手揉了揉她的头：“有一个人坐黑车，被交警拦下，交警怀疑是黑车，司机就说：我们俩是朋友，我知道他的号码，说着，便打他的手机。这个人呢因为常坐这司机的车，所以互相留下了号码。这时，这个人的手机响了，他拿出来，交警一看，只见手机屏幕上显示——黑车司机……”

方洵扑哧笑出来，然后无法控制似的捂着肚子哈哈笑个不停。

胤阳睁开眼，纳闷地看看方洵：“好笑吗？”

方洵点头，表情认真：“好笑。”

那一瞬，好像有什么东西从他心头涌上来，堵在他的喉咙口，紧紧的、涩涩的，直呛得他鼻尖发酸，轻轻拍了下她的头，声音沙哑道：“睡觉。”

这一觉睡到第二天中午，方洵醒来的时候，觉得浑身酸痛，头更是要裂开一般的疼，整个人要散架了，艰难地从床上爬起来，胤阳正推开门走进来。

“醒了？起来吃点儿东西。”

方洵一看到胤阳，猛地想起昨晚的事，脸唰地红了，赶紧缩进被子里，只露两只眼睛，警惕而戒备地看着他。

胤阳见她这副模样，若有所思地摸了摸下巴，鄙视道：“你现在这个样子好像我很无耻，但其实昨晚是谁先开始的？”

被说中心事，方洵羞恼地抓起被子，连最后两只眼睛也遮住，含含混混道：“我不知道，我……我喝多了。”

“又来这一套。”胤阳上去抢过她的被子，逼得她正视自己，“喝多了就可以为所欲为啊，喝多了就可以做过不认账啊？你想得美。”

方洵心虚地抓着被角，没底气道：“我也没说不认账啊。”

“认账就行，来，给我亲一下。”胤阳一把拽过方洵，对着她的嘴唇就是一口，“唉，你还是喝多的时候更可爱，又乖巧。”说着又亲了亲她的手指，暧昧地一笑，“还很性感。”

方洵一脚踢过去：“滚。”

胤阳做了一锅海鲜粥，又煎了两个溏心鸡蛋，两个人吃完饭胤阳换了衣服去公司，临走之前叮嘱方洵在家里休息。方洵挣扎了半天，已经休息好几天了啊，再休息下去胤教授就要发飙了啊，老人家对她已经很不满了，再不挽回的话要做他老人家的儿媳妇十分堪忧啊！不管怎样先把下午的课上了再说，于是也换了衣服，拿着钥匙出了门。

胤阳住的地方距离学校有些距离，方洵抬手叫了辆出租车，本来兴冲冲地想去上课，却在车子开到一半的时候，透过车窗望见马路一侧已经发旧褪色的“工人体育馆”五个大字，突然叫停。她付了车钱，鬼使神差地下了车。

她听过的第一场明星演唱会就是在这里，那时偌大的场馆里坐了浩浩荡荡上万人，此起彼伏的尖叫欢呼声震耳欲聋，满场明黄色的荧光棒交相辉映，打着各种“logo”的灯牌却只闪耀一个人的名字，那样绚烂的舞台，那些志同道合的朋友陌生又熟悉地拥抱，脑子里突然就浮现很多画面。那还是在大三的时候，那时听说他要举办第一场演唱会，她激动地跳起来高声欢呼，对秦朔软磨硬泡让他陪她一起去看，可秦朔不喜欢那些，怎么都不肯答应，后来她一个人去了。演唱会结束时已经夜里十一点，她从体育场走出来，外面下着雨，秦朔就坐在正门前的一张长椅上等她，浑身淋透了，不知道等了多久，回头望见她没有生气也没有抱怨，只是淡淡地问了句："结束了？"

她错愕地看着黑暗中那张有些苍白却故作若无其事的脸孔，只觉得喉咙一哽，眼泪就掉了下来。

他微微皱了皱眉，走过来摸摸她的头，漫不经心地说了句："给人补课回来路过这里，想到你之前说要来看演唱会，就等了几分钟。"

他说得那样轻描淡写，可后来她听白桐说那天秦朔特意问过她知不知道演唱会的场地，他一早就来了，只是方洵只顾着跟外地来的一些朋友说笑，没有看到他，而他也没有走上前。

他就是这样一个人，沉默不喜言语也不善表达，为人冷淡又严肃，用白桐的话来说，是个超级无趣的人，除了长得帅点儿真不知道还有什么可取之处。

不知道她怎么就看上了他，或许是那日的阳光特别好，或许是她的心情特别好，她在校园的林荫道上一眼就看到了那个绽放在阳光下的明朗笑容，他对她笑了，她以为这就是一见钟情，后来白桐十分仗义地提醒她："人家哪里是对你笑，人家是对着你身后的系主任笑啊，你是不是太自作多情了大姐。"

但她觉得，不管那个笑容是不是因为她，但她恰巧看到了，这就是缘分。

她开始注意他，打听他的名字、专业、兴趣爱好、有没有女朋友，总是刻意制造一些偶遇，借机搭讪，最后靠着几个要好的同学关系顺利打听到了他的寝室，知道就是学校小操场正对着的302寝室。

于是她开始了没羞没臊的偷窥生涯。

她还记得那天天气特别好，她像往常一样趴在篮球架上偷窥，本该像往常一样在寝室啃书本的秦朔突然出现在篮球架下，他穿了件白色的T恤，衬得他那张冷淡到发白的脸孔十分明朗干净。他就那样站在篮球架下，眉头微皱，一脸思索地看着她。

她无措地看着突然出现在眼前的俊脸，完全不知该做出什么反应，趴在那里愣怔了好半天，最后还是秦朔先说话："爬那么高干什么，我住一楼，102……"

方洵手一抖，直接从篮球架上掉了下来。

所幸秦朔接住了她，没伤没残，但她受惊不小。

看着没心没肺傻笑着，一直说没事没事的她，他突然就有些生气，扶着她去学校的医务室检查了下，确认没什么问题才稍稍放心，脸色却十分不好看："以后别爬那么高了，不知道危险吗？"

她终于止住笑，抬头直视着他的眼睛，试探地问道："我以为我这样偷看你，你会很生气，根本不想理我。"

"是很生气。"他恨铁不成钢地看着她，"但实在忍不了了。"

"忍不了什么？"方洵激动地看着他，心想不会是要对我表白吧。

他一脸从容："你太笨了。"

一盆冷水泼下来，她有些不好意思地摸摸鼻子，失落道："唉，是吧，我也这么觉得，不过傻人有傻福，这次谢谢你了，如果不是你接住我，我可能就摔瘸了，那样的话……"

他生硬地打断她："那我只能抱你过来了。"

她惊愕地张大嘴巴，第一反应就是，老天再让我摔一次吧！

后来秦朔走了，她站在医务室门口，呆呆地望着那个英挺俊拔的身影，不舍得移开视线，那日阳光正好，海棠树上不知什么时候悄然开出粉色花苞，她的笑容很是明媚耀眼。

那天之后方洵再没有爬篮球架，她实在想把放假消息存心想看她出糗的浑蛋找出来，后来想想还是算了。如果没有那人的恶作剧，秦朔就不会出现，她也不会掉下来，秦朔不会接住她，他们就不会开始……

算来算去，她貌似该好好谢谢人家哎。

两人在一起后，她会陪他上课，他认真听课的时候，她就在一边偷偷吃零食，翻看娱乐杂志，或者支头看他专注的模样，下了课两人一起吃饭，一起去图书馆，周末一起爬山看日出，那些日子很简单，但是很快乐。

她从不怀疑秦朔是否真心喜欢过她，他的关心，他的拥抱，他只对她展露的笑，都是真的，而那些回不去的时光，是属于她和他的独家记忆，连胤阳都给不了。

如果不是他的离开，他们本来会很好地走下去。

可惜，没有如果。

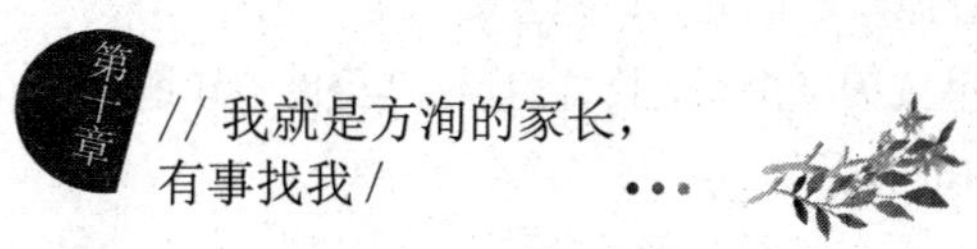

第十章 我就是方洵的家长，有事找我

市中心一家咖啡厅里，静静坐着两个人，一样优雅，也一样沉默。

胥日端起桌上已经开启的红酒，给胤阳倒了半杯，将杯子递给他，眼睛一弯，眉梢眼角都带着愉悦的笑意："你还记得这里吗？我们第一次正式约会就是在这儿，就是现在这个位置，这里的一切都没变，你看……"她往一侧的墙壁优雅地一指，"那几幅画还在，那时你还说，这些画画得不好，说要我画一幅挂在这里，嗬，真怀念那时候。"

胤阳接过酒杯，没喝，只是不深不浅地笑了一下："物是人非，没什么好怀念的。"

胥日愣了一下，才缓缓开口："你没变。"

胤阳放下杯子，拿出一支烟点着，冷着眉头深吸了一口后，姿态随意地笑了笑："是吗？"他的声音有些沙哑，轻笑中带着几分调侃，"七年前，我不抽烟，不喝酒，怀里也不会抱着别的女人。现在，我吸烟，喝酒，怀里不抱着这个女人会睡不着觉，你还敢说我没变吗？"

胥日挂在脸上的笑容一瞬间凝固，若有所思地看了他半晌，然后凝住的表情蓦地松动，她慢慢地、慢慢地将脸靠近胤阳，固执地盯着他的眼睛，坚定地重复："没变。胤阳，你看我时的眼神，没有变。"

胤阳微微皱眉，带着几分思索打量着她，没说话。

胥日抿起嘴角笑，低头喝了口咖啡，又笑着看向胤阳：“听说你会讲笑话，给我讲一个吧。”

胤阳在烟灰缸边缘磕了磕烟灰，然后姿态慵懒地往沙发里一靠：“好啊。”

胥日听得很认真，也没有打断，却在胤阳讲完后很长一段时间没有回应。直到她看着胤阳扬起嘴角笑，那笑意似讥诮又似嘲讽，她才一脸不解地看着他：“讲完了？哪里好笑？”

胤阳在烟灰缸里按灭了烟头，耸耸肩道：“我也不知道哪里好笑，但方洵就会笑得停不下来。”

“……”

“叮”的一声，胤阳放在桌子上的手机突然振动了下。

他拿起一看，“老头子”三个字格外显眼地映入眼帘。

“方洵今天没来上课，你看着办吧。”

告状这件事胤教授这一阵子绝对没少做，管不住胤阳就留给方洵来头疼，管不住方洵就丢给胤阳来教训，一天二十四小时八万六千四百秒，实实在在省了不少心。自从两人在一起，胤教授觉得自己腰也不疼了，腿也不酸了，头发也不掉了，从前动不动就血压不稳现在全好了，教学楼里爬六层，林荫小道飙二八自行车，逆行、超速什么的完全无压力，日子别提多惬意了。

胤阳利落回复：“她没上课，因为忙着在家里造人，为了能早点儿跟你孙子见面，你这个做爷爷的应该多通融。”

正在房间整理论文材料的胤教授看了一眼胤阳的回复，差点儿直接从凳子上厥过去。

而此刻坐在公交车上，看着窗外迅速掠过各色风景的方洵，悄悄用袖子擦去了眼角的一滴泪。

旧地无故人。她曾真心喜欢过秦朔，现在却要逼自己承认他不爱她，天知道她心里有多堵得慌。

手机“叮”地响了声，屏幕上显示出一条信息。

“在哪儿？赶紧回家，晚上给你做排骨汤。【亲亲】”

方洵看着那个熟悉的表情，一颗绷到极点的心突然就松动了。

刚推开家门，就闻见厨房里飘出来的香味，方洵使劲吸了吸鼻子：“做了什么？”

胤阳系着围裙拿着铲子探出头来：“回来了？洗手，马上就好。”

方洵看着胤阳那灿烂到近乎刺眼的笑容，不由得怔了怔，难以想象，一个男人穿着围裙拿着锅铲围着厨房打转都可以这么帅气，除了天生丽质，真是没什么好说的了。

而这个天生丽质的男人是她的。

饭桌上方洵几乎没怎么说话，一顿饭吃得出奇安静，胤阳本来就吃得不多，只顾给她夹菜，偶尔对她笑笑，可越是这样她就越是难过，匆匆吃了几口便撂下筷子赶紧回屋去了，留下胤阳收拾饭桌。

方洵打开电脑，呆呆地盯着屏幕半天，然后打开文档，接着之前的故事准备写下一章。

过了一会儿，胤阳推门走了进来，然后将下巴轻轻搁在她的肩窝，眼睛盯着屏幕，嘴里还念念有词：“他的嘴唇轻轻移向……”他摸着下巴，“脖子以下不能描写的地方？”

方洵吓了一跳，赶紧推开他：“你怎么能偷看呢。”

他不以为意地“哎”了一声，拖出长长的声调：“这是光明正大地看。”说着箍住她的双手，低头就亲了上来。

方洵是在床上被电话叫醒的。

一脚把压在她身上的胤阳踢开，方洵胡乱地抓起电话，扒着头发按下接听键：“喂。”

“快给老娘过来，我跟人干起来了。”大清早欧阳绿夏就扯着粗犷的嗓子号叫起来。

方洵立马清醒，噌地坐起来：“什么情况？”

“别问了，赶紧来，学校最近的公交站。”紧接着“嗷”的一声惨叫，也不知道是谁发出来的，她已经啪地撂了电话。

方洵一激灵，赶紧翻身下床。胤阳被她吵醒，在床上翻了个身，模糊问道："怎么了？"

"欧阳跟她男朋友打起来了，我去救急。"方洵连眼睛都不眨一下地扯着谎，倒不是存心骗他，只不过怕他担心。

胤阳将头埋进被子里，打算继续睡，半天才反应过来，闭着眼睛问："她什么时候有男朋友的？"

"刚有的。"方洵换好衣服，抓起背包，摔上大门跑下了楼。

距离公交车站大老远的地方，方洵就看见公交车站牌下三个女人拿着包互抡。

其中两个女人足有一米七五的样子，还踩着高跟鞋，看起来比一米七的欧阳绿夏足足高出大半个头，但这并不能压倒欧阳大人的气势，只见她扬起双肩包用力朝那两个女人抡过去，正打在其中一个的鼻子上，那女人痛呼一声捂住鼻子，扬起手里的牛皮手提包毫不客气地抡回来。

方洵见状，二话不说，直接飞奔过去加入了抡包的队伍。

于是整个公交车站的人目瞪口呆地看着四个女人互抡。

总归是欧阳绿夏的力气大，而且很会用巧劲，对面两个女人被抡得脖子都红了，鞋子也掉了，欧阳绿夏还不肯罢休，上去一把揪住一个的头发，就要往她圆润的屁股上踹。剩下的那个张牙舞爪地要上来帮忙，被方洵手里的包直接甩到了脑门上，疼得直哼唧，最后好不容易帮着同伴从欧阳绿夏手里挣脱，两人连鞋子都来不及捡就往马路对面跑。

欧阳绿夏下意识地摸了把脸，怒道："贱人把我的脸抓花了，我去追她。"

方洵刚松了口气，一把将她拉回："占了上风就行了，你不看你揪掉她多少头发，够本了。"

两人刚整理了下衣服，却见三个男的气势汹汹地跑向这边，而先前那两个女的紧随其后也跟了过来。

方洵抓起欧阳绿夏的手就猛往学校的方向跑。

欧阳绿夏边跑边回头看：“什么情况？”

方洵上气不接下气：“我怎么知道。不是你招来的吗？”

“不是啊……”

眼看两人快被追上，欧阳绿夏要挣开方洵的手，道：“不行，你先跑，我挡一阵儿，要是我被打死。”她咬咬牙，“帮我带句话给周阔。”

方洵死死抓紧她的手，头也不回地往前跑：“少废话，有什么话你自己对他说。”

欧阳绿夏还要说什么，身后一个男的猛地抓住她的包，她正要甩开，身边突然闪过一个人影，将方洵和欧阳绿夏使劲往前一推，挣开那人的钳制，然后直奔那三个男的冲了过去。

方洵猛一回头，定睛一看：“周公子？”

“一对三，死定了。”

欧阳绿夏重新抡起背包，大叫一声：“拼了。”

于是原本清净的马路边，四个男的四个女的再次打成一团。

胤教授此刻满面愁容地看着顶着一个鸡窝头、衣服领子都被扯歪的方洵和欧阳绿夏，又看了看鼻青脸肿、嘴角还带着血痕的周阔，血压不稳地撑着桌子，恨铁不成钢地说了句：“明天你们全部叫家长来。”

方洵苦着脸求情：“老师，我爸妈不在G市，来不了。”

胤教授黑着脸：“必须来。”

方洵上去拽拽他的袖子，央求道：“公公大人。”

胤教授抖了一抖，果断道：“来定了。”

方洵耷拉着头，没敢再吱声。

欧阳绿夏想了一下，壮着胆子道：“老师，我爸妈也……”

胤教授毫不客气地打断：“你家不是G市的吗？”

欧阳绿夏硬着头皮：“确实是G市的。”

“那还有什么好说的？”

欧阳绿夏硬着头皮：一握拳：“好！”

周阔：“老师，我……”

胤教授仿佛猜到他心中所想，直接将他的想法拍死在肚子里：“叫你爸来，别叫你二哥。”顿了顿，又补充一句，“完全没法交流。”

周阔咬着牙齿，生硬地吐出两个字：“遵命。”

待胤教授走出门，方洵才松了口气，然后扭头看看周阔：“你没事吧，脸疼不疼？嘴疼不疼？”

他深吸一口气：“先别管我疼不疼，我就问你我刚刚摔倒的样子帅不帅？”

方洵竖起拇指点赞：“帅，一对三，他们都没占到便宜，我这辈子都没见你那么帅过。”

周阔抬手扒拉了下头发：“我一直很帅，只是你眼神不好。”

“得了，还拽上了，啊对了。”方洵瞅瞅欧阳绿夏，“你有什么话对周阔说啊，趁还活着，赶紧说吧。”

欧阳绿夏看看周阔，漫不经心地说了句：“昨天借我的笔记，别忘了还。”

方洵不确定地看着她：“就这个？我还以为你要表白。”

“上面有我银行卡密码。”

方洵：“你赢了。”

课堂上一片肃静，方洵支着下巴，觉得脑子里一团糨糊，看见胤教授嘴唇一开一合，完全不知道他讲了些什么，低头翻出手机，打开相册，手指来回划动，最后停在那张底色单调的照片上。

那是秦朔。

冷淡，木然，偶尔也会开怀笑的秦朔。

她轻轻触动手机屏幕，想要删除那张照片，看着上面跳出的“确认”和“取消”，又有些犹豫。

有些东西总是无法轻易放下，任凭岁月在指间的缝隙里流动，流转，却仍流不过陌上的繁华三千。

“方洵。”

一手拿着书卷，一手捏着粉笔头的胤教授看着一直走神的方洵，终于忍不住点名。

方洵啊了一声，猛地抬头，手一滑，直接按在了“确认”按钮上，“叮”的一声响，删除成功。

方洵：“靠！”

胤教授吹着胡子：“什么？”

方洵一脸悲苦地看着胤教授，无力摇头，内心深深觉得胤家父子一定是上天看不惯她在人间撒欢作孽，于是派来收拾她的。

一上午都心不在焉，直到欧阳绿夏“啪”地推开教室门，一脸复杂地走到方洵身边说了句：“秦朔来了。”

方洵猛地抬头：“啊？”

方洵刚出教室门就看到周阔脸红脖子粗地要跟秦朔动手，一只手拽着秦朔的衣领，一只手要抡拳头，幸好被几个同学拦了下来，却气势汹汹嚷着：“你来干什么，还嫌害人不够啊，老子警告你赶紧走，不然废了你信不信。”

秦朔面无表情：“我有话要跟她说。”

“说什么说，没人听，赶紧滚。”

秦朔看了周阔一眼，没理他，自顾自往教室门口走。

周阔急了，一把甩开拦着他的同学，上去扳过秦朔的肩膀，二话不说抡起拳头用力打过去，直接打在秦朔的嘴角上。

方洵被周阔的暴怒吓了一跳，赶紧跑过去拦下他还要挥上去的拳头，急道：“还没被罚够啊。”又扭头看看秦朔，没好气道，“你来干什么？”

秦朔擦擦嘴角，仍没什么表情：“方洵，跟我出去，我有话说。”

方洵无力地撑着头：“你走吧，我没什么跟你说。”

秦朔沉默了下，上去握住她的手，坚持道："有些话，我一定要说清楚，不管你恨我也好，怪我也好，有些事情，我想让你知道。"

周阔立马急了，冲上来扯住秦朔的领子："那你从前怎么不说，现在装什么孙子，给老子松手。"

周围已经围了一群看热闹的，在一边比比画画说什么的都有。方洵赶紧按住周阔揪着秦朔领子的手，一脸认真道："周阔，你别管，先放开他。"

"不放。"周阔红着眼睛吼，"你的事我就得管。"

"放手。"

"不放。"

"你放手。"

"你先放。"

"我不放。"

"我也不放。"

刚刚从厕所回来的胤教授看到的就是这样一幅画面。

方洵按着周阔，周阔揪着秦朔，秦朔拉着方洵。三个人围成一小圈，看热闹的围成一大圈，你看我，我看他，他看他，大眼对小眼，谁都不让步。

胤教授感到好不容易稳下去的血压噌噌地往上蹿，赶紧颤颤巍巍走过来："你们俩，才刚说过你们，又不长记性，还想动手？"扭头看到秦朔，突然怔了下，惊讶道，"秦朔？你不是出国了吗，怎么在这儿啊？"

"胤教授。"秦朔歉意地看着他，"对不起，给您添麻烦了。"

"哎呀，都松手松手，像什么样子。"胤教授上前分开三人，然后对方洵和周阔比画了下，"你们俩，家长来定了。"

"老师，是他先找麻烦。"周阔不服气道，"他家长来不来？"

"人家已经毕业了。"胤教授无语地看着周阔。

"毕业就有特权了？老师您没看到他刚才要强行把方洵带走吗，好歹也是您未来儿媳妇，这事您老人家管不管啊？您要不管，我打电话给胤阳。”说着就要掏手机。

胤教授血压不稳地晃了晃：“别。”

方洵赶紧把周阔的手机抢下来，急道：“你疯啦，你把胤阳叫来，我们大家都死定了。”

周阔看看方洵，又看看胤教授，胤教授十分赞同地点了点头：“确实死定了。”

看着眼前无比混乱的局面，胤教授拍拍秦朔的肩膀：“秦朔啊，我虽然不是你的导师，但以前也带过你几堂课，老师对你一直印象不错，有什么事情好好解决，别冲动。”然后又看看方洵，摆摆手道，“跟他去吧。”

方洵难以置信地看着胤教授。

周阔也急了：“老师，这浑蛋是您儿子的情敌啊，他要拐您儿媳妇。”

胤教授一脸严肃：“有什么事说明白，不要在学校拉拉扯扯的，我看着头晕，年轻人，要给自己选择的机会。”

方洵苦着脸，心想胤教授肯定生气了，赶紧拽了拽他的袖子：“老师。”

胤教授没理。

“公公大人。”

胤教授抖了一抖，然后咳了一声郑重道：“去吧，说清楚，晚上来家里吃饭。”

午后阳光正好，两个人坐在学校小操场的台阶上，看着篮球架下几个男生你追我赶大汗淋漓地打着篮球，偶尔发出爽朗的笑声，就像曾经的他们，青春充满阳光的味道。

“学校门前卖凉皮的摊子还在吗？”秦朔率先开口。

“在，还是一样的味道。”

“那个篮球架换了啊，你从前经常爬的那个。”

“嗯，坏了，就换了新的。”

然后开始沉默。

过了好一会儿，方洵终于看向秦朔："你不是有话要说吗，那就说吧，别再说一些无关紧要的事了，这里的东西很多都跟从前不一样了，你还记得那个体育馆吗。前两天我去了那儿，那个'馆'字上面的灯，晚上的时候不亮了，也一直没人去修理。其实你以为没变，只是因为你自己看不见。终究没有什么，是一成不变的。"

秦朔脸色有些发白，半晌，才默默念了一句："是啊。"

"你还是不能原谅我吗？"

方洵嗤笑一声，还是漫不经心的模样，偏头躲开他的目光："你太高估自己了吧，而且……"她顿了顿，自嗓子里发出极低的一声冷笑，"你有什么资格对我说这样的话。"

一瞬间的沉默。

她知道这样的话很伤人，尤其是对秦朔这种不善言辞又内心敏感的人，她从前不会对他说这样的话。

"是啊。"似乎想到什么，他突兀地笑了一声，那笑声有些冰冷，"可方洵，你一点儿都没变。"他伸手扣住她的肩膀，"喜欢说谎，但说谎的时候从来不看人。"

篮球赛结束了上半场，几个女生跑上来送水送毛巾，一脸崇拜地看着喜欢的男生在面前侃侃而谈，一双双眼睛里跳跃着热烈的火花。喜欢一个人，就是毫无保留地倾心付出，想陪他哭陪他笑，想跟他一直到老。她曾真心喜欢过秦朔，只是曾经。

方洵感到自己的身体紧绷得近乎僵硬，压抑住心底那些躁乱得就要按捺不住的情绪，她拧开纯净水的瓶盖喝了口，这一下就挣脱他的桎梏，和他坐远了些，漫不经心地问了句："对了，你母亲的身体还好吧？"

她知道秦朔母亲的身体一直不太好，从前两人在一起的时候，他经常带着她去医院探望，后来他母亲去了美国医治，就没再见了。老人家是很和善的一个人，话不多，对她称不上喜欢，也称不上不喜欢。

“她不在了。”他的目光出奇平静，声音很轻，有些疲惫的低哑，仿佛不愿提起。

方洵觉得心头像是被什么东西重重一击，她抬起矿泉水瓶的手猛地一顿，讶然看他：“怎么会？”那双曾含笑望过她的眼睛就那样永远阖上了？

“是两年前的事。”他微微抬起眼睛，往更远的地方望去，“已经过去很久，但我清楚记得她对我说的话。秦朔，跟胥日结婚，接手家业，照顾好你父亲，我就能走得放心。”

方洵蓦地瞪大眼睛。

太阳很大，秦朔觉得有些刺眼，赶紧低头揉了揉眼睛，还是有些干涩地疼：“那时她的身体状况已经很糟糕，我不知道做些什么能让事情变得更好，和胥日结婚是双方父母的决定，连我们自己都无法反驳。那天我牵着胥日的手到母亲病床前，她笑得很开心，我很少见她那样放松地笑了，那一刻，我突然觉得我那么做其实是对的。每个人的人生轨迹注定不同，方洵，我终究不能只为自己而活，就那样丢下你，对不起。”

他一直揉着眼睛，没抬头，方洵看不见他的表情，但阳光下他的轮廓是那样寂寞冷淡充满悲伤的一个剪影，她突然就有些不忍。

她将瓶盖拧紧，再拧开，拧紧，再拧开，反反复复，然后低低问了句：“不管你那时多么为难，怎么能连一声再见也不对我说，你不知道你走了之后，我一个人强撑着快要崩溃的自己，不分白天黑夜等你的日子多难熬吗？”

他终于抬起头，眼睛有些红，嗓音哑得分不出声调了：“我不敢，不敢对你说分手，我怕你会哭，怕你会挽留，我没有办法对你说出那样狠心的话，那样，不管之前下了多大决心，我都没办法真的丢下你走。”

方洵平静地听着，突然咧着嘴角冷笑出来：“自以为是。秦朔，你知不知道，有多少人固执等待不是因为确定了自己还有多爱，只是因为不甘心，所以三年五年甚至十年地等下去，宁愿错过更好的，也要守住最初的坚持。如果当初你肯把这些事情告诉我，我不会留你，更不会一直以来像个傻子一样无谓地等待，等你回来给我一个说法。秦朔，你根本从来没有了解过我，也不懂得什么叫喜欢，就如你在我对你动心之前喜欢上我，却迟迟不肯开口承认一样。”

秦朔垂下眼睛：“是啊，是我先喜欢上你，却先听到你的表白。”

方洵知道秦朔不善言辞，从前两个人在一起的时候，总是她叽叽喳喳说个不停，秦朔就在一边听着，偶尔应两句，她说什么他都说好，从来不会拒绝，也不会反驳，不知道他是真的觉得她什么都对，还是根本不去跟她计较。

方洵拧开矿泉水瓶咕噜咕噜灌下去半瓶水，然后擦擦嘴角的水：“既然走了，为什么又回来？你从前送我的东西，我都扔了，别指望我还能还给你。”

“我不会跟胥日结婚。”他偏头看向她，语气很肯定，“过去的人生，我为母亲而活，现在她不在了，我想为自己。”

方洵惊讶地看着他，觉得好笑，就真的笑出来：“你还真是很任性，想爱就爱，想不爱就不爱，秦朔，你凭什么认为我还会跟你一起？”

篮球场上又开始了下半场，围观的人越来越多，大多是女生，随着篮球被扣进篮筐发出一浪高过一浪的欢呼尖叫声。秦朔看着那画面，一字一句地道：“凭我有信心，还可以让你像从前那样笑。”

方洵站起身来，一步步走下台阶，没有回头，声音却无比清晰地传入秦朔耳里：“能让我像从前那样笑的，早已经不是你。”

这话很伤人，她当然知道。

但这也是事实，她希望他知道。

“方洵。”似乎有些犹豫，他还是叫住了她。

方洵回过头。

他的目光很平静，脸上也没什么表情：“你不想知道，胥日为什么要跟我解除约定吗？”

方洵静静地看着他，不说话。

“你知不知道胥日是谁?

“你知不知道胤阳是谁？”

秦朔顿住，突然就说不下去了，其实多想不顾一切地告诉她，告诉她他们两个的过往，告诉她胤阳所有的隐瞒和欺骗，却怕看见她因惊措而受伤失望的眼神，于是不忍说出口。他终究不是咄咄逼人的人，何况此时面对的是方洵。

一瞬的沉默，方洵微微抬高眼睛，毫不避讳地对上他有些锐利的目光：“我不在乎胥日是谁，我只在乎胤阳，我知道他是我男朋友，是我最喜欢的人。假如，我以后有一个孩子，我希望我的孩子叫他爸爸，他们会是我在这世上最爱的人，别的，我都不在乎。”

她语气平静，没有喜悦也没有悲伤，反而有些骄傲的样子。

走出学校大门，方洵一眼就看到了胤阳。不知道他是什么时候到的，却好像等了很久的样子。他穿着黑色长裤，纯白衬衫，臂弯里搭了件西装外套，阳光在他棱角分明的脸上划出一道清晰弧度，那张俊脸在光影里呈现两面，一面明朗，一面晦暗，高大的剪影静默在阳光里，不言不语，不动声。见方洵投来目光，他嘴角一弯，不深不浅地笑了一笑。

方洵扑了过去，在他怀里使劲蹭了蹭，然后笑嘻嘻地仰头去看他的脸：“你怎么来了？”

“来接你放学。”他抱住她，又用手揉了揉她的头发，“怎么这么晚？”

方洵止住笑，苦着脸埋进他怀里，装出可怜的哭腔：“我完了，我闯了大祸，你爸要我爸妈明天来学校。”

胤阳把方洵从怀里拉出来，一脸诧然：“我爸要见你爸妈？嗬，老头子动作挺快啊，这么快就要见你家长了？怎么也不跟我商量一下……”

方洵黑着脸瞪了胤阳一眼，怒道："你理解错了，你爸要我家长来学校，是为了告我的状，什么跟你商量一下，你想到哪里去了？"

胤阳安抚地拍了拍方洵的头，露出玩味的笑："最近不知怎么，脑子不够用，听说有采阳补阴这回事，你是不是把我榨得太干了？"

方洵一脚踹过去："滚。"之后就是一顿拳打脚踢，累得满头大汗气喘吁吁，"你给我正经点儿，我问你怎么办，我爸妈又不在G市，难道真的叫他们过来啊？"

胤阳顺了顺被方洵抓得乱七八糟的头发，底气十足："不用来，我搞定。"

"你能搞定？你爸今天差点儿被我气死。"

胤阳拉开车门把她塞进车里，笑着安慰："我爸身体好着呢，我都没把他气死，你那点儿道行，还差得远，放心，有我。"

方洵刚想说点儿什么，就听胤阳啪地关上车门，没出口的话直接被拍了回去。

晚上胤阳在厨房忙着做饭，方洵趴在床上玩了一会儿手机，觉得没意思就打开电脑写小说，写累了就起来在卧室跟厨房之间来回转两圈，偶尔给胤阳捏捏肩膀，表达一下不成敬意的慰问。

胤阳把菜倒进锅里，用屁股顶了顶在他后面打转的方洵："有烟，你出去玩。"

方洵一把钩住他的脖子，在他脸上响亮地亲了一口，夸赞道："嗯，真贤惠。"一扭头瞧见胤阳没穿拖鞋，光着脚在地上走来走去，于是嘟哝一声，"你怎么又不穿拖鞋。"说着走出去拿了拖鞋进来递给他，"地上凉，把鞋穿上。"

胤阳看了她一眼，没接："不穿，不习惯。"

方洵抬脚踢了他一下，然后弯腰蹲在他跟前，抬起他的脚把鞋给他穿上，又狠狠地威胁一句："不许脱下来，不然晚上睡觉掀你被子。"

胤阳有一瞬间的愣神，似乎没想到她会这么做，他拿着锅铲看着蹲在地上，一边嘟哝一边给他穿鞋的方洵，心里突然有点儿泛酸。他放下锅铲去摸她的头，轻轻地笑："知道了。"顿了顿，又故作调笑，"你还真是可爱，这么关心我的脚。"

方洵呸了一声："我不是关心你的脚，我是关心你的肾。"说着一甩头，回屋继续写小说去了。

吃过饭，天色将晚，空气里布满阴沉，似乎有雨将至，天边堆积的铅云像一面墨色的缎，扯开夜幕的一角，一点点压了下来。

胤阳往床上一躺，然后对着在电脑前奋斗的方洵招了招手，又拍了拍身边的地方："过来。"

方洵头也没回："干吗？"

"你这么关心我的肾，现在让它来回报你一下。"

方洵扭头瞪了他一眼："没空。"接着埋头苦写。

那头沉默了一下，慢悠悠道："看来我爸确实该跟你爸妈见见面了。"

方洵不禁抖了一抖，赶紧把写好的段落保存好，然后对着胤阳十分殷勤地一笑："哎哟，不要这样嘛，我来了。"说着扑过去直接压在了胤阳身上。

胤阳一把抱住方洵，得意地笑了笑，正要亲上去，突然被方洵捂住嘴巴强行推了回来，然后她侧躺在床上支着头看他，一脸正经地问道："你认识胥日吗？"顿了顿，补充道，"在她跟秦朔订婚之前。"

胤阳突然沉默下来，跟刚刚的玩味不同，这一刻他的表情很淡，眸色深沉，平静得看不出真实心意。他就那样沉默看了方洵半晌，然后淡漠地一笑，摇了摇头。

方洵没再问下去，她有一种奇怪的感觉，总觉得胤阳跟胥日两个人是认识的，或许是他们看着彼此的眼神，或许是他们一见面就有些剑拔弩张的意味，但他们面对彼此时的那种疏远和客气，又好像根本不认识。今天秦朔的话好像意有所指，可他偏偏也没有说明白，但这些都不重要，只要胤阳说不是，她就信他。

欧阳绿夏看着自己的老爸黑着脸从胤教授的办公室走出来，顿时一哆嗦，老人家果然二话不说，一出来就拽着她的胳膊把她拎走了。方洵胆战心惊地看着，然后对她比了个手势，挺住，姐很快就来陪你。

方洵在办公室门口哆嗦了一会儿，周阔也跟着哆嗦了一会儿，两人正在哆嗦，只见一个西装革履的男人提着大包小包就走了过来。

方洵定睛一看，嗬，这不是周阔的精英二哥吗？胤教授不是点名不要见他吗？这可好，不但来了，还大包小包地要上门送礼，啧啧，二哥果然不走寻常路，敢给胤教授送礼，这是活腻歪了在找死啊！

方洵给周阔投过去一个他看不懂的眼神，然后满心欢喜地期盼着见到二哥被骂得狗血淋头的样子，于是用一种既敬佩又同情的目光目送二哥进了办公室。

胤教授的办公室很宽敞，只摆了两张办公桌，另一张桌子前还没人，周翦一进门，就热情地跟胤教授打了声招呼："嘿，伯父，一阵子没见，您老精神依旧啊。"

胤教授赶紧抬头往门口望了眼，不看还好，一看赶紧撑住桌角："周翦啊，你怎么又来了。"

胤阳和周翦，两个人是高中同学，十几岁就认识，上学那会儿成天混在一起。胤阳不爱学习成天闯祸，动不动就跟人打架，周翦成绩好，每回写完作业都大方地让胤阳抄，但胤阳从来不抄，他压根就不写，连抄的工夫都省了，于是他的班主任天天找胤教授去训话，胤教授觉得自己的老脸都快被训没了。所以那时候胤教授很喜欢周翦来着，这孩子爱学习又懂礼貌，说话办事跟小大人似的成熟稳重，不像胤阳，没礼貌又爱嘚瑟，简直是个不良少年，他简直怀疑胤阳不是自己亲生而是从石头里蹦出来的。后来两人毕了业，胤阳开始跟母亲学做生意，周翦也接手父亲的公司，并打理得井井有条，两人在商场亦敌亦友，私下里却是密不可分的朋友。

后来周翦或许是在商界摸爬滚打太久，说话办事越来越圆滑世故，经常把人说得五迷三道，不分南北，但越是这样，胤教授越是怀念从前那个单纯又稳重的阳光少年。

周翦把手里的东西往胤教授手里一递，笑呵呵道："伯父，这些东西您拿着。"

胤教授吓一跳，这小子，什么时候跟胤阳学得这么浑蛋，以为花钱送点儿东西他就没脾气了？想得美！

胤教授把东西往外推了推，一脸正气："周翦啊，你既然知道我的脾气，就该知道这些东西对我没有用，你什么时候学会搞这些小动作了？快拿回去。"

周翦把东西往办公桌上一放，仍是笑呵呵的："伯父，这里面是一些补品，有血燕、红参、蜂王浆，还有两瓶壮骨酒。"

胤教授脸一黑，啪地拍了下桌子："拿回去！我们说说周阔的事。"

周翦没理这茬，从袋子里拿出一盒红参来，开始一一介绍："伯父您看，这是红参，补元气，固本培元，可以提高人体免疫力、抗疲劳、治虚脱，很适合老人家用。"说着又从袋子里拿出几个瓶罐，"伯父您再看，这是蜂王浆，这东西营养价值极高，您血脂高，喝了这个，可以降血脂、血糖，还可增强记忆力，强化大脑，对付胤阳，绝对不费劲儿！您再看……"

胤教授无语地看着周翦："你的第二职业是卖假药的吧？"说着把一堆东西都重新塞回袋子，义正词严，"行了，我们开始说周阔。"

周翦把东西又往胤教授跟前推了推："您拿着。"

"我不要。"

"拿着。"

"不要。"

周翦凝着眉头看着胤教授，一脸不解："为什么不要，我刚从胤阳的公司过来，他听说我要来，让我捎给您的。"

胤教授被自己的一口唾沫呛在了嗓子眼，回过神后赶紧把东西抢过来塞在了办公桌下："你不早说。"

“对了。”周翦见胤教授收下东西，立马止住笑，换上了一副高深莫测的表情，“我来，其实是想跟您说说胤阳的，他最近，不太消停。”

胤教授一拍桌子，火气就上来了：“这浑蛋又干什么事了？”

于是周翦十分卖力地把胤阳从头到尾告了一状，什么他在办公室把新来的小姑娘骂哭了，在庆功宴上把别人带来的保镖揍扁了，因为这事还差点儿被告了，等等，听得胤教授头发都竖起来了。

结果最后周翦走出来的时候，胤教授只顾生气，愣是把他为什么会来这件事给忘了。

周翦前脚刚走没五分钟，胤阳就进来了。

胤教授一见他气不打一处来，气呼呼地问他：“你来干什么？”

胤阳往办公桌前的椅子上一坐，理所当然道：“您不是要叫家长吗，我就是方洵的家长，您有什么赶紧说吧，晚上我约了方洵吃饭，不能迟到。”

“你个浑蛋！”胤教授拿起桌上的笔记本要打他，没等打着，又觉得这样不好，太暴躁，太不斯文，于是叹了一口气，想给自己找个台阶下。

他瞅瞅胤阳，咳了一声道：“正好家里没菜了，我晚上也不想做了，能不能……”

胤阳果断回绝：“不能！我们想二人世界。”

台阶没下去，还摔了个趔趄，顾教授一脸绝望，抄起笔记本就抡过去：“你个浑小子。”

胤阳跟胤教授聊了一会儿，出门直接把方洵带走了。

两人在外面的餐厅吃了饭，方洵说要回租的房子拿换洗衣服和一些生活用品，于是胤阳开车载她过去。

刚进门，胤阳就喊着要拖鞋，方洵就纳闷了，怎么他在自己家从来不穿拖鞋，一来这儿就盯着那双灰太郎的拖鞋不放，她只得给他找出来，没好气地丢给他。

方洵在房间里找东西，胤阳躺在沙发上看电视，不一会儿胤教授的电话就来了。

“儿子，那个红参怎么吃啊，是炖汤还是跟枸杞一起煮啊。”胤教授的声音格外慈祥，一接通电话就迫不接待地笑眯眯地问。

胤阳被胤教授这一声儿子吓了一跳，赶紧拿下电话看了看，确定是胤教授打来的没错，顿时迷糊了，这老头从前只会叫他浑小子，今天竟然破天荒地叫他儿子，到底吃错了什么药？

胤阳不适应地咳了一声，问道：“什么红参？”

“红参呀，就是你今天让周翦拿来给我的，补元气，固本培元，对老人家最好了。”胤教授振振有词。

胤阳微一皱眉：“我没让他送过。”顿了顿又道，“要送的话我直接拿过去了，叫他费事干吗？”

胤教授看着已经被自己丢进锅里的红参，惊愕地张大嘴巴：“啊？”

周翦！你敢诓老人家！

Her boyfriend
to come

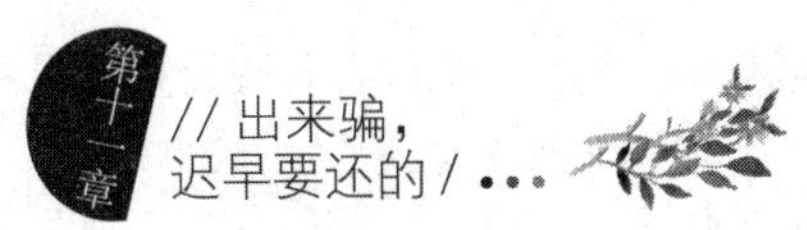

第十一章 出来骗，迟早要还的

市中心一家有着超强设计感的欧式餐厅里，胥日坐在靠窗的一个僻静角落，正静静地欣赏着这家餐厅的独特设计，古式复兴风格，色彩华丽浓烈，且有着厚重的历史文艺感，装饰精美的墙壁上，挂满了名家的大小画作，虽不知出处，但一看就知价值不菲。

她正出神地看着，就见胤阳走了进来。

“叫我出来，有什么事？”胤阳面无表情地往胥日面前一坐，开门见山地问。

胥日略显尴尬地端起杯子浅浅地抿了一口，嘴角仍保持着她一贯优雅的笑：“胤阳，我想去看日出了，你能陪我吗？”

胤阳修长的手指漫不经心地摩挲着冰冷的杯口，听着胥日的话，突然笑了：“对不起，我答应过别人，这辈子只陪她看日出！”

胥日端着的酒杯一顿，仿佛终于意识到什么，她止住了嘴角的笑，若有所思地看了胤阳半晌，突然换了个话题：“对了，下周欧阳董事长亲自筹办的慈善晚会，带你女朋友一起来吧！”

胤阳端起杯子品了口酒，仿佛对酒的味道有所不满，微微皱了下眉：“她不喜欢那些场合！”

“见识一下也挺好的！”

胤阳笑了：“没什么好见识的，她根本不需要参加那些她不喜欢，又伤神费力的什么晚会。每个人都有自己的一方天地，她只要在她的那一方世界，快乐地活着，我就已经满足。”

胥日微微愣神。

这几日天气闷热，餐厅里的空调开得很足，胥日方才还觉得这种温度很舒服，这会儿却觉得冷，她下意识抱了抱肩膀，勉强地笑了下：“你真的很疼她！”

胤阳回她一笑：“谁家的女人，谁不疼呢？”

然后两个人之间开始了长时间的沉默。

胥日重新给自己倒了满满的一杯酒，然后看着透明杯子里的深红色酒液，静静地问：“胤阳，你爱她吗？”

胤阳不再喝酒，而是把玩着酒杯，颇有兴味地问：“想听真话假话？”

胥日垂下眼睛，似乎有着对自己的不确定：“假话。”

“爱。”

她猛地抬头，心里有什么东西就要涌上来，端着杯子的手颤了颤，她满心欢喜地问：“真话呢？”

“也爱。”

刚刚绽出的笑容一瞬间凝固，尴尬地僵在嘴角，她手一抖，杯子里的酒洒了几滴出来。

胤阳的脸色很平静，没有调侃，也没有讥讽，而是很严肃、很诚恳，他定定地看着她的眼睛，一字一句认真地说出来：“我没有想要戏弄你，就算是假话，我也不想说出我不爱她这种话。”

胥日觉得胤阳今天的这番话让她无法承受了。

她无法继续泰然自若下去，装作无所谓、不在意，装作只要你幸福就好，我可以大方地微笑祝福。

是她离开在先，是她辜负他在先，既然当初她选择了放弃，就没有资格再管他爱谁不爱谁。

可是，她的心不是这样想的，她可以跟胤阳分手，甚至可以跟别的男人结婚，但她接受不了胤阳不爱她！

她慢慢地放下杯子，收起之前努力做出来的公式化笑容，声音凉凉的，流出一股悲伤的味道：“那我呢？”

一瞬的沉默，胤阳也放下了杯子，眼睛一眨不眨地看着胥日，看着她终于抑制不住自己，那双总是平静无波的眼里终于流露出一丝异样情绪，他从来没有见过的情绪。

是的，他没有见过，在他眼里，胥日不会悲伤，只会平静地笑，优雅地笑，公式化地笑，然后笑着看别人哭。

胤阳轻轻叹了一声，然后端起杯子将里面的红酒一饮而尽：“你还记得上次给你讲的笑话吗？”

胤阳摊手一笑：“没错，这个笑话根本不好笑，而你想到的也仅仅是不好笑，方洵却笑得很开心，因为她很容易快乐，也很容易满足。一个故事，我愿意讲，有人喜欢听，这故事本身才有意义。同样的一件事，就算我想要讲，听的人不喜欢，我便没有兴趣再坚持下去。我跟你就是如此，胥日，我对你已经没有爱的感觉，所以，我不会回头。”

胥日没再说话，静静地看着他，她跟胤阳只隔着一张桌子的距离，却仿佛隔了天长地久，想要伸手去够，却怎么也够不到。

从餐厅出来，胤阳去了公司，下午四点的时候，开车去S大学接方洵下课，两人还跟胤教授一起吃了顿饭，之后回家。

晚上两个人相拥躺在床上，胤阳随意地翻看财经杂志，方洵就趴在他身上玩手机看一些花边新闻，一点儿小事都能看得有滋有味，偶尔傻笑两声。

胤阳放下杂志，伸手拨了拨方洵有些乱了的头发，有些漫不经心地问：“下周有一个慈善晚宴，我想带你一起出席，你愿不愿意去？”

方洵放下手机，眨着眼睛问：“如果我不去，你是不是要带其他女伴？”

胤阳摇头笑：“不带。”

“这样啊。”方洵认真想了一下，“那我还是去吧，反正我一个人也没意思，万一你不老实在外面招蜂引蝶呢？”

胤阳拍了拍她的头：“到时，欧阳董事长也会在，你没问题吗？”

“啊？”方洵立马缩了一下，“那我要好好想想。”

胤阳一看方洵的紧张劲儿，又道：“如果你不想去，也没关系，我可以……”

话音刚落，方洵噌地从床上跳起来：“我决定了。”

胤阳纳闷地看着她：“怎么？”

方洵上去抱住他的脖子，在他脸上使劲亲了一口：“我决定，我要陪你一起去。”

胤阳的表情有些不确定：“你确定？”

“我确定。我想好了，早晚也是要见面的，早死早超生，而且我相信你妈也是有分寸的人，应该不会为难我。”接着又想到什么，往胤阳跟前凑了凑，不解地问，“有一件事我不明白，她是你妈妈啊，为什么我很少听你这么叫她，你都是叫她欧阳董事长，你们之间，要这么生疏吗？”

胤阳突然沉默下来，像是在认真思考，是啊，他们之间，要这么生疏吗？可又是谁，让他们变得这样生疏？

他重新躺了下来，然后伸手揽过方洵，让她靠在了自己怀里。

长时间的沉默之后，胤阳才缓缓开口：“我父母在很早以前，就离婚了。”

他的声音很平静，没有起伏，像是在讲述别人的故事，可他眼里的意味，分明不是如此。

方洵感到自己弯起的嘴角不由自主地僵了一下，扭头看了胤阳一眼，他没有看过来，漆黑的眼睛只专注地看着一个地方。方洵把自己往他身边凑了凑，没有打断，只是静静地听着。

“那一年我大概十三岁，或者十二岁？记不得了，我只记得那天他们吵得很厉害，其实我爸是一个很稳重、话不多的人，可他那天气得全身发抖，几乎把家里的东西都摔了，最终也没能拦下我妈，她就那么走了，走的时候看了我一眼，好像对我说了什么，我不记得了，也不想记得。

“她不在乎我们，她只在乎她的事业，只在乎是否成功，为了成功可以抛下我们，可以抛下一切，可是，又有什么意义呢？”胤阳调整了个姿势，有些不屑地笑了，“为了事业，把自己的身体累垮了，到头来还是我爸心疼她，帮她一起劝我接手她的事业，接手她打下来的江山。呵呵，什么狗屁江山，毁了我们一家，却妄想要我来守住？可笑！”

怎么会这样？！

方洵突然觉得自己的心像是破了洞灌了风，一抽一抽地疼。胤阳的口气很平静，很冷淡，可是也很伤人，在刀锋一样冰冷尖锐的话语里，他伤的不是别人，是他自己。

方洵把头又挪过去一些，完完全全枕在他起伏的胸口，双手紧紧抱着他的腰，力气大得像要把他揉进自己的身体里，想给他所有的温暖，想他不要那么难过。这个男人啊，总是得意又充满讥讽地笑着，企图用表面的强硬来掩饰他内心的孤独和脆弱，从前以为他对一切都不屑一顾，其实不过是不希望那些伤，被人看见。

想要的东西得不到，他就逼迫自己全部丢掉，争来抢来的他不要，施舍来的也不要！

方洵悄悄用手擦了擦眼角的湿润，后从胤阳身上爬起来，看着他黑白分明却半丝情绪也无的眼睛，低头轻轻吻了一下，然后埋头在他的耳侧，贴着他一碰就容易泛红的耳垂，温柔地笑笑：“别难过，有我呢。”

欧阳叶卿亲自筹办的慈善晚会就在启天大厦顶层举行，因为这一次的慈善活动投资庞大，参与者众多，各家媒体和新闻频道争相报道，所以引来了社会各界热切关注，今晚应邀前来的人几乎坐满了整个会场。

主席台上的欧阳叶卿持着话筒侃侃而谈，不同于之前的雷厉暴躁，这一刻她十分持重从容，一言一语、一举一动皆是大气规整、气势磅礴，即使停顿下来不说话的时候，周身也缠绕着一种不怒而威的摄人气魄。

胤阳就坐在她左手边第一个位置，她偶尔转过头拍拍他的肩膀，说几句夸赞的话，寥寥几句，却掩饰不住眼底的骄傲。胤阳静静地听着，脸上的表情淡漠到透明。

坐在嘉宾席的方洵悄悄抬手，对着正对面的胤阳比了个心形的手势，才逗得他忍不住弯了弯嘴角。

他笑，方洵也跟着笑，却突然感到一道冷飕飕的目光从一个方向投了过来，定睛一看，是胥日，她的旁边，坐着秦朔。

没想到会在这里再次见面，方洵觉得有点儿尴尬，礼貌性地点了点头，收回视线。

几场象征性的发言结束，接下来是自由交流的时间，胤阳迫不及待离开了他的座位，过来嘉宾席这边找方洵。

两人刚聊了没几句，就见胥日端着酒杯走了过来。虽然面对她的时候总觉得不舒服，方洵还是很快克服这种心理，率先打了招呼："胥小姐。"

"方小姐，没想到你会来。"胥日用一种意味深长的眼光看了看胤阳，又看向方洵，笑着打趣道，"我还以为方小姐不喜欢这种场合，所以不会来。"

胤阳微微皱了下眉，没说话，方洵却有点儿惊讶："我也没想到胥小姐会特意研究我喜欢什么、今天会不会来，哈哈，真是太不好意思了，不过我的兴趣本来就很广泛，没什么好奇怪的。"

胥日抿唇笑笑，拿起酒杯喝了一小口，然后不经意一瞥，恰看到欧阳叶卿一脸阴沉地走过来。

方洵顿时紧张起来，又不能装作没看见，深呼出一口气后赶紧上前打招呼："阿姨您好，我……我是方洵。"

欧阳叶卿淡淡扫了方洵一眼，自鼻腔里哼了一声："不用跟我打招呼，你是谁跟我没关系。"顿了顿，眼里的意味更加沉肃，"你怎么会在这儿？"

胤阳拉起方洵的手，平静回道："我带她过来的，有什么问题？"

"没什么问题，既然是你带来的，你就看好，别给我惹麻烦。"

胤阳瞬间变了脸色，正要再说什么，方洵突然握紧了他的手，然后点头笑着答应："阿姨，您放心，我肯定不惹麻烦，我……"

"闭嘴。"欧阳叶卿不耐烦地打断，"阿姨也是你叫的？少沾亲带故的。"

方洵顿时脸色苍白，尴尬地僵在当场，眼里的眸光微微暗淡，下意识垂下头，没再说话。

胤阳脸色一沉，拉着方洵就要走，却被方洵死死按住，略显苍白的脸抬起来，笑着给了他一个安慰的眼神。

一旁的胥日也觉得场面尴尬，赶紧上前打圆场："伯母，您别生气，方小姐她只是……"

"你也闭嘴。"胥日话说到一半，也被冷硬打断，欧阳叶卿用一种自带审视的目光看着胥日那张殷殷笑着的脸，觉得心里堵得厉害，于是拧起了眉，言语里充斥着愤怒的质问和不屑的嘲讽，冷冰冰地砸落下来，"一个丢下我儿子跑了的女人，有什么资格在这里指手画脚。"

气氛突然沉寂下来，仿佛连空气都死了。

什么意思？这句话是什么意思？

方洵感到手足无措，不可思议地看着欧阳叶卿那张鄙夷又冰冷的脸，又扭头去看胤阳，他的表情很生硬，局促不安，好像她一样慌乱又无措，仿佛是埋在心里的秘密被人狠狠拆穿的那种恐惧。她突然觉得被他握着的那只手再也感受不到任何温度，冷意一点点蔓延过来。

欧阳叶卿似乎没想到场面会这么僵，也有些诧异，她看了眼方洵，冷着脸问："怎么，你不知道？"

是啊，她不知道，仿佛全世界都知道的事情，唯独她不知道，还天真地以为他对她再没有秘密，再没有隐瞒，于是就那样傻傻地相信傻傻地想要维护。

欧阳叶卿突然笑了，指了指胤阳，眼里流露出不甘：“喃，看你身边这两个人，一个比猴还精，一个笨得要死，你脑子坏了才会喜欢她们。”说着冷淡又轻蔑地扫了胥日一眼，迈着大步走开。

方洵觉得自己在这段冰冷的话里做了一个梦，很长的一段时间都没有醒过来，眼前胤阳的样子依旧，望着她的眼神依旧，也有疼惜，也有包容，可为什么，就好像不认识他一样，那样陌生，那样遥不可及呢？

明明前一秒他们还有说有笑，想当着所有人的面不顾一切地狠狠拥抱。

那样亲密的爱人，为什么连最基本的真诚都给不了，连最起码的信任都做不到？

一点点挣脱他的手，方洵抿了抿嘴唇，不知怎么就做出了一个笑的表情，声音压得低低的：“不是说不认识吗？不是说从来不认识吗？”

或许觉得因为自己才捅破了这件事有所歉意，胥日准备上前解释。方洵瞟了她一眼，毫不客气地打断：“胥小姐，我在跟我男朋友说话，请你不要插嘴。”

方洵看着胥日，眼睛泛红，眼神里带着透骨的寒意，甚至是凶狠。

胥日望着方洵的那双眼睛，突然觉得无话可说，只能偏开了头。她的脸色平静中透着一点儿苍白，仿佛剥裂了那层从容自信的外表，露出来的就是她浑然不加修饰的本真。

胥日觉得歉意，方洵看得出来，但是无法原谅。他们两个人明明有着一段过去，却装作不认识，在她面前拘谨又客气地充当熟悉的陌生人，玩什么你不属于我我不属于你的把戏，她却什么都不知道像个傻子一样无知地笑，无知地成全，从来没觉得这样委屈、这样尊严扫地。

三个人僵持了好半天，一旁的秦朔走了过来。

秦朔似乎想要拉走胥日，却突然被方洵按住胳膊，她探寻的目光落在他身上好久，仿佛发现什么一样，松开了秦朔，丢下僵持的场面，头也不回地跑了出去。

秦朔微一怔神，急忙追了出去。

胥日抬眼看看胤阳，眼里带着歉意："对不起，怪我。"

胤阳抬手打断她的话，脸上没什么表情。他望着方洵决然而去的背影，眼底流过悲伤的味道："不怪你，不怪任何人，是我的错，我不应该隐瞒，在她开口问的时候还要欺骗，是我的错，是我一个人的错。"说着就要追出去。

会场里一个眼尖的精英急忙上前拦下："胤总，董事长交代，今天这个场合您不能离开。"

胤阳冷冰冰地看他："董事长也交代，我前行的路上，谁敢拦着，都可以一脚踢开。"

精英："……"

方洵跑出启天集团的大楼，到路边截了一辆出租车，给了司机师傅自由空间的地址，就催他赶紧开车。

因为是晚上，又赶上周末，自由空间的人很多，连酒吧门口都堆满了人。方洵拨开人群急匆匆闯了进去，不顾旁人异样的眼光，在走廊那面贴满了相片的琉璃装饰墙上来回翻找，从上到下，从左到右，仔仔细细找了大半天，却没看到那张照片。

方洵感到肚子里的火噌噌地往上冒，一种被人耍得团团转的羞耻感瞬间涌上来，正要进去找车宇问个清楚，就见一个女人从里面哭着跑了出来，看见方洵也没让一下，猝不及防地撞过来，两个人都被对方撞得一个趔趄。方洵正在气头上，正要开口骂，那女人抬起哭花的一张脸狠狠瞪过来，方洵一看那张脸，愣了，是唐嘉。

唐嘉见是方洵也愣了一下，没说话，也没骂人，抽泣了几声，捂着脸跑出了酒吧。

哭成这个德行，连骂人的力气都没有，八成是失恋了。

方洵长舒了一口气，强迫自己把火气压下去，然后在一片嘈杂的音乐声中走到吧台，看到车宇一边捂着脸一边唉声叹气。

方洵直接把手往车宇跟前一递，语气平静道："相片呢？"

车宇揉着肿胀的脸看了方洵一眼，不解道："什么相片？"

"那面墙上的相片呢？"

"不是都在那儿吗？"

"你跟胤阳一起的那张，中间有一个女人的。"

车宇揉着脸的手顿了一下，似乎想到什么，却没说话，过了会儿，又换上一副若无其事的样子继续揉。

方洵一下子就火了，伸出手"啪"的一下用力拍在吧台上，似乎用尽全身力气大声喊道："拿出来。"

方洵这一吼把车宇吓了一跳，围在吧台的几个客人也被吓了一跳，大家面面相觑后小声嘀咕起来。方洵完全不顾，一双眼睛红红的，狠狠瞪着车宇不放，等着他回应。

车宇觉得自己也无奈了，相片确实在他手里，还是胤阳上回来的时候让他收了起来，方洵现在来要，说明她已经知道怎么回事，已经知道相片里的人是谁，瞒是瞒不下去了。况且这件事胤阳早就该说明白，那样也不会发展到现在这一步，被人牵着鼻子走，连解释都无能为力。车宇叹了口气，从吧台最下面的一个抽屉里翻出相片，递给了方洵。

方洵接过来仔细地看，确实是她之前见过的那张三人合影，两个男人拥着一个女人，相片虽然泛黄，有些模糊的痕迹，上面的人她却看得很清楚。

方洵把相片递给车宇让他看，然后平静地问："她是胥日吗？"

车宇看着相片上那个笑容灿烂的女人，仿佛看破了眼前所有虚浮的光影，重新回到了那一年太阳花开的火热夏天，记忆里的画面模模糊糊，那个人的笑颜他永远记得清楚。

方洵猛地加重语气："她是不是胥日？"

车宇捂着脸的手终于放下来，露出清晰而微微泛红的巴掌印：“是！”

方洵静静地看了车宇好久，他的表情似乎有些无奈，有些歉意，眼神带着几分同情和怜悯，那样的眼神可以说是慈悲的，同时也是耻辱的。方洵几乎用尽所有力气才没有让那张相片掉下去，她不能让它掉下去，不能那样软弱，连接受现实的勇气都没有。她看着上面的那个女人，声音突然低了下去：“我听说胥日是个画家？她擅长画什么？”

车宇沉默了一下：“西方油彩。”

走出自由空间，方洵拿出手机看了看上面的十几个未接电话，轻轻一按，拨了回去。

“方洵，你在哪儿？”胤阳的声音很急，就像丢了很重要的东西，想要迫不及待找回来的那种急切和忙乱，一点儿都不像平时的他，“告诉我你在哪儿，我过去找你。”

“胤阳。”出乎意料的是，方洵并没有暴躁地大喊大叫，也没有哭闹，她的声音很小，不仔细听都捕捉不到。

“我在，我在。”胤阳赶紧把手机拿得更近些，不敢打断，只能忐忑又充满期待地等着她接下来的话。

“你不用过来，你先回答我一个问题。”方洵握着手机，边漫无目的地在街上游走，边心平气和地问道，“你家里的那幅画，是你画的，还是胥日画的？”

云淡风轻的一句话，落在湖面甚至不起波澜，落在胤阳心头却仿佛重重一击。一瞬的沉默，不知是忘记了回答，还是不知该怎样回答。

方洵觉得她的心都凉了，脚步停在了十字路口，她抬头看了看马路对面的交通信号灯，把手机换到了另一边，继续道：“你不用回答了，回答我下一个问题。那天你陪我参加秦朔的订婚礼，你对我说的话，你当着所有人的面亲我，是为了帮我做给秦朔看，还是做给胥日看的？”

不等胤阳说话，方洵冷笑着继续：“你也不用回答了，我还有最后一个问题，你抱着我的时候，心里想着的人是谁？”

“你都不用回答了。”方洵看着对面的绿灯亮起，缓缓抬起了脚步，声音不大不小，不深不浅，冷冰冰的，没有一丝温度，“胤阳，我们结束了。”

电话那头传来冰冷的嘟嘟声，胤阳只觉得心一沉，拿着电话的手无力地垂落下来。

撂下电话没多久，车宇的电话就过来了，他的语气很平静，带着点儿无奈：“方洵刚才来了，问了胥日的事，我都招了，你要是真的喜欢她，赶紧去追回来吧。”

胤阳的脸色越来越白，挂掉电话就赶紧往方洵住的地方赶去。

天色已经很晚，小区里没有照明灯，黑漆漆的一片，方洵任由手机在手里响个不停，就是不接，这一刻无论是谁都好，要说什么都好，她谁也不想见，什么都不想听。

她自己也不知道为什么她会这么平静，明明心里已经凉透了，牙齿都在打战，全身上下也止不住地跟着颤抖，想哭却哭不出来，想不明白很多事。胤阳为什么要骗她，他究竟有没有喜欢过她？哪怕只是一瞬间。

走到单元楼口，她下意识去摸大门钥匙，在包里翻来覆去找了半天也没找到，猛然想起早上整理东西的时候好像拿出来放在胤阳家的床头柜上了。这下好了，连她自己的地方都回不去了。

方洵茫然地抬头四顾，小区里空荡荡的，没有一个人，连平时熟悉的狗叫声也没有，什么动静都没有，仿佛连她的呼吸声也听不见了。

这样安静，安静得不寻常，安静得让人害怕。

方洵长长吹出一口气，又缓缓挪动脚步往回走，其实她自己也不知道要去哪里，所以还没走到大门口，就在梧桐树下的那张长椅上坐了下来。

心很乱，脑子里浮现的全是刚刚的画面，欧阳叶卿鄙夷又冰冷的目光，胥日充满歉意的目光，车宇同情又怜悯的目光，还有胤阳那慌乱又无措的目光。突然想到那日秦朔的欲言又止和那两句模棱两可的话，原来连他都知道，只有她一个人被蒙在鼓里，如果不是今晚欧阳叶卿无意之中说出来，或许胤阳一辈子都不打算告诉她。还记得她曾在胥日面前无比骄傲地说“他是我男朋友，他叫胤阳”，那时胥日的表情，虽不说什么，心里仿佛在嘲笑，她还傻傻地跟胤阳在胥日面前天真地装甜蜜，秀恩爱，不知道胥日觉得她多可怜，不知道胤阳心里又是怎么想她。她觉得自己真是可悲又可笑，就像一个天大的笑话，是给所有人取笑和嘲弄的，想到这儿心里一酸，再也抑制不住地失声痛哭出来。

夜很沉很静，只有树叶在夜风的吹拂下发出沙沙的轻响。方洵的哭声凌厉地割破了夜里死一般的沉寂，听起来悲戚又怆然，撕心裂肺得不成样子。她深深地埋下头，把脸贴在她不住颤抖的膝盖上，双手紧紧抓着下面的木质长椅，仿佛要用尽所有力气，骨节凌厉地突起，那样苍白和尖锐，仿佛在嘲笑人心的莫测和她的天真愚蠢。

秦朔在方洵跑出会场的时候就大概猜到发生了什么事，于是赶紧跟了出来，看着她上了出租车，也截了一辆车紧紧跟着。过路口的时候跟丢了，然后他就直接来她住的地方，没找到她，又去 S 大学找，也没找到人，急得满头大汗，打电话她又不接，于是无功而返再次回来这里，一进小区门口就看到方洵一个人孤零零地坐在那里放声大哭，胤阳不在她身边，没人在她身边，四周那么静，她的哭声听得人心都跟着颤抖。

他从来没见方洵哭过，在他的记忆里，方洵不会哭，只会笑，她的笑容是明亮的、纯粹的，比九月的秋海棠还要绚烂温暖，还要光芒四射。或许在他离开的那两年，她也曾失声痛哭，也曾努力寻找，就像现在一样，也曾因为找不到他而失魂落魄，痛得无边无际。

可是现在他更清楚，今天的方洵会哭，不是因为他，尽管如此，他还是忍不住想要紧紧抱住她，即使他的怀抱再也不能让她温暖。

他在她跟前蹲了下来，一只手轻轻覆在了她的头上，声音很轻，带着凉凉的叹息："方洵。"

方洵因为痛哭而抽动的肩膀一顿，猛地抬眼看他，她的眼睛已经哭肿了，脸上全是泪水，妆也已经哭花了，头发被抓得乱糟糟的，形象全无，可她的样子一点儿也不好笑，相反透着几分脆弱和无辜，让人忍不住想要抱在怀里好好心疼。

"你来干什么？"

他没回答，只固执地看着她。

"我不想看见你。"方洵突然从椅子上站起来，目光凶狠地盯着秦朔。他不告而别两年，回来后给出的理由那样冠冕堂皇，让人连反驳都难。可他是救世主吗，凭什么他自己高高在上，却把别人当傻子。

压抑许久的情绪终于控制不住地爆发出来，方洵双手紧紧攥成拳头，力气越来越大，恨不得把自己的手一点点握碎。秦朔也站了起来，一动不动地看着方洵，眼角微微湿润。

"我说不想看见你。"方洵大声喊出来，泪水噼里啪啦地往下落，"你走……"

方洵的话在她凄厉的声调中显得支离破碎，最后一个字还没说出口就被用力拉进了一个怀抱，嘴唇也毫无防备地被压住，唇上冰凉的触感一点点蔓延过来，是秦朔吻住了她。

她蓦地睁大眼睛，脑子里昏昏然，出现一瞬间的错乱，仿佛分不清发生了什么事，眼前的人是谁。直到他抑制不住内心的火热，想要更深地吻下去，方洵才终于反应过来，猛地抓住他的肩膀，将他使劲往外推。

秦朔的力气很大，她根本挣不开，从前他不会用这么大的力气，也不会强迫她做什么。这一刻好像疯了一样，仿佛谁都不能破坏不能阻止，他就是要狠狠抱住她，再也不想看见她为另一个人难过落泪。

方洵觉得就要喘不过气了，她的脸色发白，挣扎的力气越来越小，似乎就要瘫软在秦朔坚硬的怀里，不是还有留恋，不是舍不得，而是因为难过，因为伤痛之后更深的失望。

感到怀里的人渐渐变得温软顺从，秦朔抽痛的心也跟着软了下来，刚刚想要放松，下一秒就被一股强大的力量强硬拽开，他还来不及反应，就见眼前一个拳头挥过，直接打在他的左脸上。

他下意识地偏过头，怀里的方洵就被抢了过去。

胤阳气得脸色发白，把方洵拉进自己怀里，仿佛要对全世界宣告主权一样霸道地牢牢抱住。

秦朔一看也急了，他敌视胤阳，这件事毫无悬念。如果不是胤阳，方洵不会这样难过，更不会哭，是胤阳给了方洵这样大的伤害，凭什么还要来霸占她，还要不知羞耻地妄图抢走她？他知道自己曾经错过，现在只想努力挽回，他要和方洵回到从前，他还会慢慢解释，让她重新接受他，但是这个过程中，不允许任何一个人出来搅局，不许任何人再来扰乱方洵的心，尤其是胤阳。

秦朔二话不说，直接冲过去要拽方洵，胤阳一急，猛地打开他的手，再一次挥出了拳头。

方洵被胤阳放在了一边，她面无表情地站在那里，看着两个人为了她打得热火朝天，觉得既可悲，又可笑。

明明是他们自己伤害了她，现在却仿佛觉得是对方的错。

“不要打了。”方洵低低说了句。

他们谁都没听见，两个人已经打红眼了，秦朔连着挨了胤阳好几拳，嘴角都被打破了，可越是这样越是不甘，越是紧紧抓着胤阳不放。方洵很清楚这样打下去秦朔必然要吃亏，胤阳气极的时候根本就不管不顾，甚至会把秦朔的骨头都打断，最重要的是他们这样根本没有任何意义，两个人理解的重点都错了，今天这种难堪的局面根本就不是站在他们面前的人造成的，而是因为他们自己。

方洵提高了声调：“不要打了。”

还是没停下来。

方洵觉得难过，从来没有这样难过，就像有什么东西堵在胸口发泄不出，憋得她就要疯了，就要崩溃了。她到底做错了什么，要被曾经那样珍惜的两个人这样对待。她紧紧按着抽痛的心口，终于无法自抑地大声哭喊出来：“住手，给我住手，你们两个浑蛋！”

胤阳挥出去的拳头终于顿住，他是气极了，所以才无法控制自己，心里的怒火和想要发泄的欲望在方洵撕心裂肺的哭喊声中被叫醒。他猛地回头，一片漆黑下，方洵单薄的身影仿佛要被夜色吞没，孤零零地靠着树干站着，因为心痛而难过地再次大哭出来，边哭边伸手指着他和秦朔，连身体都在颤抖。

“你们有什么了不起，凭什么这样对我，一个说走就走连个招呼都不打，一个口口声声说喜欢却每一天都在骗我，你们两个浑蛋，自以为是，我不想再看见你们，你们俩都给我滚，给我滚！”

胤阳觉得他的心都跟着方洵颤抖的嗓音在抽搐，他不安地上前一步，想要去握住她。

“别过来。”方洵一双通红的眼睛死死盯着胤阳，嗓音嘶哑得不成调，“谁允许你过来了，谁让你跟来了，你这个浑蛋，你不用解释，我不听，我什么都不听。”

胤阳的脚步定在那里，不敢上前，也不走，他看着方洵在他面前撕心裂肺地哭，心里跟着疼，眼圈一瞬间红了。

秦朔的嘴角流出血来，他顾不上去擦，慢慢地挪动着脚步，也想要过去拉住方洵。方洵眼睛一寒，狠狠指着他：“你敢过来，我就敢出去撞车给你看。”

秦朔吓得腿都软了，赶紧止住了脚步。

方洵看看秦朔，又看看胤阳，觉得又可恨又可笑，她无力地仰起头，用手捂住脸，想要用力吞下不停流出的眼泪，好让自己看起来不那么凄惨懦弱，又可悲地发现自欺欺人的自己比他们更可笑。于是自嘲地冷笑了一声，她扭头看了胤阳一眼，缓缓抬起了脚步，无力地往小区门口走。

那个眼神很冷漠，遥远得像要把他冰封在她的世界之外，从此再不相干。

胤阳第一次感到这样不安，这样害怕，仿佛什么东西从他的指缝间悄悄地溜走，他看得见，却抓不回来。

胤阳抬起脚步要追，方洵猛地回头：“不许跟来。”她的眼神很凶狠，带着无可名状的凌厉和痛意。

胤阳不敢再动。

秦朔也不敢动。

方洵精神恍惚地走出了小区门口，在马路边傻傻地站了会儿，然后抬手截住一辆出租车。

司机大哥四十来岁，面容慈和，说话也很客气：“姑娘，去哪儿？”

方洵将头靠在车窗上，有气无力道：“随便吧，开到哪儿是哪儿。”一边说一边觉得心里堵得慌，眼泪又掉了下来。

司机大哥有点儿蒙，通常说出这句话的人潜在危险性都挺大，指不定就要出大事。司机大哥从后视镜里瞄了方洵一眼，试探着问：“失恋了？姑娘，别想不开呀。”

方洵没说话，还在继续哭。

司机大哥叹了一声，启动了车子，边开边劝：“不就是个男人嘛，到哪儿还找不着一个？怎么非得一棵树上吊死啊，我告诉你男人就没有一个好东西，啊呸，男人也有好东西，姑娘你运气不好，这回碰着王八蛋，被甩就被甩了，下回保准有好的。”

方洵边哭边反驳：“男人是没好东西，但不是他甩我，是我甩他。”

司机大哥：“你狠。”

方洵哭着摸出手机，拨通了欧阳绿夏的号码。

“我无家可归了，你收留我吧。”

欧阳绿夏二话不说报上了家门，又说：“你先别哭，你一哭我就急，有话见面再说。”

欧阳绿夏下楼接到方洵，已经夜里十一点多了。

方洵一见到欧阳绿夏就抱着她哭，在她半搀半扶下艰难地爬上了楼，一进门就瘫倒在沙发上，抽动着肩膀哭得上气不接下气，感觉整个人都垮掉了。欧阳绿夏被她哭得心慌意乱，赶紧把她从沙发上扶起来，一边递纸巾给她一边急着追问："到底怎么回事啊？怎么就哭成这样了啊？"

方洵接过纸巾擦了擦眼睛，又擦擦鼻涕，把这件事从头到尾跟欧阳绿夏说了一遍。

欧阳绿夏听完就沉默了。

方洵靠在沙发上继续哭："我……我是不是太傻了，我简直就是个白痴，被骗了一次又一次，就连我问他的时候，他也不说实话。你说他是不是根本就不在乎我，所以想骗就骗，觉得骗了我也没什么，也不会内疚，更不会心疼，是不是？"

欧阳绿夏思考了好一会儿，拍着她的肩膀安慰："我觉得，不是。"

"那是什么？"方洵边抽泣边问。

"可能、可能他真的太在乎你了，所以怕坦白之后你会多想，所以、所以不敢说。大姐你别哭了，你一抽我都跟着结巴了。"

"那为什么，他不跟过来，眼睁睁地看着我走，大晚上的，他不怕我出事吗？"

"不是你说他要敢跟过来你就出门撞车吗？"

"我那是跟秦朔说的，不是对他说的，他不追我，他不在乎我！"

"……"

欧阳绿夏也无奈了，又抽出两张纸巾递给方洵，一边吃苹果一边听她断断续续地哭，痛诉胤阳的各种罪状。

"你别吃了，我该怎么办啊？"见欧阳绿夏只顾吃不发表意见，方洵上去要抢她的苹果。

欧阳绿夏嫌弃地一躲："你别用你那擦了鼻涕的纸碰我的苹果。"三两下啃完之后，调整了个坐姿，准备给方洵好好分析一下目前的形势。

“我觉得，胤阳还是在乎你的，不然也不会跟着你跑出来，他这么着急地想要解释，就是怕你生气。他骗你肯定是他不对，他现在来找你说明他还想挽回，所以现在你的态度是关键，你是真心想要分手？”

方洵抿着嘴唇看着欧阳绿夏，不说话。

“你看啊，虽说那个旭日东升是胤阳的前女友吧，现在毕竟没有关系了，他们俩就像你跟秦朔，已经一刀两段很彻底了，至少你没看到他们私下里有什么亲密接触吧，对不对？从这一点来看，胤阳对待前女友的态度，是不是还挺果断的？”

方洵沉默了一下，纠正道：“她叫胥日。”

“行，胥日。还有，我觉得吧，这个胥日刚回来的时候，胤阳可能是有一点儿迷茫，就是站在十字路口不知道往哪边走，完全可以理解嘛，对待前任，换谁都狠不下心啊，秦朔回来你不也乱了吗？所以你不能只许自己放火，不许别人点灯吧？更何况胤阳很快就找到了方向，他真正喜欢的人是你，所以他根本就没管这个前女友回来是干什么的，他已经把她摆在过去式了，现在你还纠结，说什么分手，硬要把他往外推，他真跑到旭日东升那边你就该哭了。”

“是胥日。”

“行行行，爱什么日什么日，我的话，你听进去没有啊？”

“那你的意思，是要我原谅他？”

“我的意思是要你静下心来，好好地想一想这件事你怎么处理。他有所隐瞒是不对，但是每个人都有犯错的时候，如果连一个解释的机会都不给，就一巴掌拍死了，你这样是不是太不值得了？”

方洵不说话了，似乎在认真思考，过了好半天，她才咬了咬唇，一脸不解地问道：“你又没谈过恋爱，这些道理从哪儿听来的？”

欧阳绿夏顿时气得想摔桌子，瞪着眼睛冲她喊：“没谈过恋爱怎么的，老娘看的书多。”

方洵又擦了擦鼻涕，平静道：“好吧，我读书少，我要好好想想，不过我有点儿饿了，你去给我洗个苹果。”

“大爷的。”

胤阳一连给方洵打了十几个电话，一直关机。

时针指到十二点零五分，家家户户都熄了灯，胤阳站在落地窗前往外看，外面一片漆黑，连个人影都没有。明明是夏夜，却觉得凭空生出一股阴森诡异的冷。

房间里静得要死，那把钥匙还静静地躺在他的床头柜上，方洵回不去她租的地方，学校的寝室也关门了，这么晚，她还能去哪儿？

唯一想到的人就是欧阳绿夏，可他没有她的手机号，于是拨通胤教授的电话求助。

胤教授就把周阔的号码给了胤阳，让他问周阔。

胤阳也顾不上是半夜还是凌晨，急忙拨了号出去，周阔很快接了电话：“喂？”

“我是胤阳。”

周阔有点儿蒙，不理解胤阳怎么会打他的电话，还是大半夜，他看了看外面的天，心里隐隐有些不安。

“知道欧阳绿夏的电话吗？”

“你要欧阳的电话干吗？”

“方洵不见了。”

周阔停顿了大概只有短短一秒钟，然后噌地从床上跳了起来：“不见了，怎么会不见了？胤阳你个浑蛋是不是欺负方洵了？你把她气跑了？”

“不是。”

“你大爷。”周阔急了，肚子里的火噌噌地往上顶，压都压不住，“老子告诉你，你要是敢欺负她，或者做出什么对不起她的事，让她伤心难过的话，老子就算拼着书不念了，被学校开除，也先废了你。”

胤阳觉得自己的头疼得厉害，就像随时要裂开一样，他心里惦记方洵，于是不想多跟周阔废话，只是平静道：“在你废了我之前，告诉我欧阳绿夏的电话。”

周阔顿了一下，怒道："老子不知道。"接着只听"嘟"的一声，他挂了电话。

周阔挂掉电话就赶紧给方洵打，大半夜的，她到底去哪儿了？刚才胤阳的声音都变调了，一定发生了什么事，他的担心一点儿都不比胤阳少。周阔不敢再想下去，打了几遍都是关机，于是又赶紧给欧阳绿夏打，彩铃响起来，总算打通。

欧阳绿夏见周阔的名字在闪先是愣了一下，下意识接了起来。她瞟了瞟方洵，慢悠悠道："她在我家。"

从胤阳的反应他大致猜到是什么事，但他现在很担心方询的情况。欧阳绿夏也懂，顺势把电话递给了方询。

方洵接过电话，尽管十分努力地强忍，声音还是有些变调的哭腔："喂。"

"哭了？"

"没有，我刚刚吃苹果，噎着了。"

"你要跟胤阳分手，是真的吗？"

方洵没想到周阔猜到了，缓缓点了下头："嗯。"

"可他现在到处找你，我觉得他挺担心你的。"

方洵沉默，久久不语。

周阔长长叹了一口气，又是恨铁不成钢，又是暗自心疼。他不了解事情原委，也不管谁对谁错，他只清楚无论发生什么事，他都会站在方洵这边，无论任何时候。

"方洵，我不管你们是因为什么闹到这个地步，你就告诉我，你还喜不喜欢他，想不想跟他在一起？"

方洵还是不说话，却不自觉地抽噎了一声。

她什么都没说，周阔却心领神会，他轻轻拍了下话筒，就像拍在她肩膀上，是一种最体贴的安慰："行了，我知道了。你把电话给欧阳。"

欧阳绿夏接过电话，没等说话，周阔率先开口："一会儿挂掉电话后，就关机。"

“啊？”欧阳绿夏迷糊了，“为什么？”

“如果只是找不到，他当然难受，如果知道在哪儿还找不到，他就更难受，我就是要让他难受，让他知道心疼，还有……”周阔的声音顿了顿，有些沙哑道，“发生这么大的事，她还有什么心情吃苹果，哭得一塌糊涂了吧？”

欧阳绿夏一声苦笑：“你真了解她。”

“你看好她，别让她做傻事，她这个人，看着没心没肺，什么事都不往心里去，但其实特敏感。”

欧阳绿夏觉得心里一酸，低低道：“我知道了。”

周阔结束通话，盯着时间等了一会儿，才找到胤阳的号拨了过去。

他的声音很急很躁，毫不客气：“欧阳的电话，老子只说一遍，记不住你就去死。”

胤阳不理周阔的口气，只是觉得自己这辈子的耐心都被今晚消耗尽了，在屏幕上输入一串数字后，迫不及待又怀揣忐忑地拨了出去。

他已经要急疯了，觉得脑子一片混沌，心跳声怦怦怦，号一拨出去，就紧张地等待着，期望可以听到方洵的声音，哭也好笑也好，破口大骂也好，但是要让他听到，知道她还好好的。

“您拨打的电话已关机，请稍后再拨。”

“……”

欧阳绿夏关了手机就给方洵拿了床薄被，又给她找睡衣。方洵哭得稀里哗啦后去洗澡，在里面待了半个多小时一直没出来，欧阳绿夏心里咯噔一下，赶紧过去敲门，催命似的终于把方洵催了出来。看了眼浴室里氤氲的水汽，又看了看头发上还滴着水的方洵，欧阳绿夏忍不住吼了一声：“小姐你怎么用冷水洗澡啊，会感冒的。”

方洵用毛巾擦着头发，漫不经心回了句：“天热，降降温。”

欧阳绿夏没好气地瞪了她一眼，想到周阔的话还真是准，这就开始为情所伤折磨自己了，然后抢过毛巾给她擦头发，边擦边嘟哝：“降个屁温，手都冰凉了，一会儿你睡我的屋，别胡思乱想，闭上眼睛赶紧睡。”

方洵从鼻子里哼了一声，磨磨蹭蹭地进屋了。

欧阳绿夏一晚上没睡好。夜里接连起了几次，每回都是蹑手蹑脚进方洵的屋，掀开她蒙着头的被子，检查她的脑袋有没有撞过墙，她的手腕有没有被割破，检查完一面觉得安心一面觉得自己真是有病。

方洵睡得也不安稳，她脸色泛红，整个人蜷成一团缩进被子里，想把自己小心藏起，秀气的眉头紧紧拧起，双手用力抓着被角，嘴里不停地呓语，嘴唇半开半合，含含混混地念着胤阳的名字，就像在梦里见到他，迫不及待地想要留住他一样。

表情很迫切，又有些纠结的痛苦。

欧阳绿夏下意识地伸手到她的额头探了探，啧，烧得厉害，难怪啊。叹了一声，欧阳绿夏走出房间去找药，倒水，回来叫醒方洵吃了退烧药，又拿了条冷毛巾给她敷在额头上，然后就坐在地板上迷迷糊糊地睡了一会儿，等方洵也睡着，她又爬起来给她换了两回毛巾，来来回回这么一折腾，天都快亮了。

欧阳绿夏困得要死，却怎么也睡不着了，睁着熬红的一双眼睛，坐在地上眼巴巴地看着外面的天，一种深深的悲哀感油然而生。

这哪里是在折磨胤阳，分明是在折磨她，她也知道，除了她，还有另一个人，周阔，在黑暗空间的另一头，也在忍受着、惦记着，跟她一样红着眼睛煎熬着。

这是什么道理？失恋的那个人睡得好好的，身边的人被折磨得半死。

天渐渐亮了起来，天边已经呈现鱼肚白，空气中弥漫着一丝破晓的微凉。看了眼时间，五点五十九分，欧阳绿夏拿起手机，按动了启动键。

胤阳的电话在开机的一瞬分秒不差地打了进来，出人意料的是，他的声音并不十分焦急狂躁，而是有一些沮丧和疲惫的沙哑，看来也是一夜未眠。

欧阳绿夏响亮地报出了自己家的住址，又附了句：“方洵现在在我这里没错，但我不保证一会儿你来的时候一定能见着她，她已经在收拾东西准备走了。”顿了顿，又补充道，“还有，她发烧了，三十九度八。”

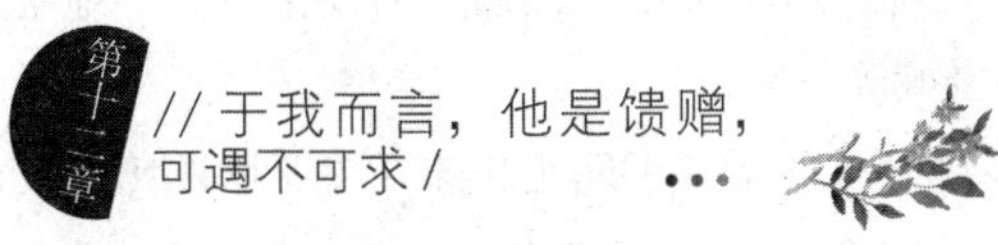

第十二章 于我而言，他是馈赠，可遇不可求

胤阳一晚没睡，欧阳绿夏的电话关机，他已经失去所有耐心，不顾一切地冲下楼启动车子到处去找，在午夜寂静的街头极速奔驰，连着闯了几个红灯，一边开车一边尝试着给方洵打了两个电话，还是关机，打给欧阳绿夏，关机，奇怪的是连周阔也十分默契地一同关机。他把马力加足，车窗敞开，一阵冷风猛地灌入他的大脑，他突然就清醒了，他们是在整他，是在替方洵打抱不平。

想通这件事后，急速奔驰的车子慢慢减速，就像他的心一点点缓了过来，提到嗓子眼的一口气终于松了下来。这样就好，在整他就好，至少这样说明方洵没有失踪，她现在好好的，没有孤单一个人，没有无家可归，而是有人陪着，拍着她的肩膀给予安慰，即使在他看不到的地方，那样也好。

胤阳敲开眼前冰冷的防盗门，原本以为看到的会是方洵那张或嗔或怒的脸，他甚至想好了怎么解释，没想到探出头的是欧阳绿夏。她的表情有些不自然，略显尴尬地咳了一声，生硬道："胤阳？你来晚了，方洵走了。"

胤阳挺拔的身躯顿住，一双锐利眸子微带审视地盯着欧阳绿夏看了会儿，没说话，直接拽开门走了进去。

欧阳绿夏吓了一跳，赶紧跟在胤阳后面拼命拦着："喂喂喂，方洵真的不在，她一听你要来就走了，你还是去别的地方看看吧。

胤阳，你这是私闯民宅，我告诉你我脾气不好，趁我发火之前你赶紧给我出去。”

在欧阳绿夏的拼命拉扯下胤阳在整间屋子来回扫视了一圈，没找到方洵半个影子，当即觉得心里一凉，平静地说了声：“抱歉，打扰了。”便走出了门。

那个背影很落寞，仿佛阳光被阴云遮住般忧伤。

欧阳绿夏把大门啪的一下关上，然后对着屋子没好气地吼了一声：“别藏了，给老娘滚出来！”

方洵拿着牙刷慢吞吞地从洗手间走出来，看了眼欧阳绿夏，小声问：“他刚刚什么表情，有没有很生气？或者，很伤心？”

“伤心个屁。那副样子要杀人了，眼睛红得跟炭烤过似的，都冒火了。”

方洵低下头，无力地刷着牙，不说话了。

“行了，你还是看看你自己吧。”欧阳绿夏把方洵拉到沙发上坐下，自己也挨着她坐下，“眼睛红得厉害，一看就是一晚上没睡，生生熬红的，你再看看我。”欧阳绿夏边说边往方洵跟前又凑了凑，拨了拨自己的眼皮，愤愤道，“你看我熬的，你看我什么德行，他就什么德行，不对，他比我还颓废点儿，头发没理胡子没刮，啧，那个沧桑。”

方洵还是不说话，眼泪啪啦啪啦地掉了下来。

“你怎么又哭了？不舍得就去追呀，躲在我这儿掉眼泪算什么本事，行了，别哭了，我下楼去给你买药。”说着站起来，拿了钱包要出门，在门口一边换鞋一边扭头看了眼，“你给我去洗手间刷牙，别把老娘家的沙发弄脏。”

方洵站起来往洗手间走，边走边嘟哝：“不是你拉我坐下来的吗？”

欧阳绿夏直接把拖鞋丢过去，一边开门一边大声怒喝：“还顶嘴，三十九度八，烧死你。”

“烧死谁？”

“烧死你。”

欧阳绿夏咬牙切齿地回了一句，然后突然一个激灵，这不是方洵的声音，这这这……这是谁的声音？猛地抬头一看，顿时傻在那里。

胤阳！

他怎么没走？

妈呀！什么情况？无间道啊！太阴险了！

欧阳绿夏一脸窘迫，她刚刚换好鞋，一只脚在门里一只脚在门外，手里把着大门的门把手还没来得及关门，而胤阳靠着走廊的墙壁偏头看着她，脸色淡淡的，没有怒气也没有嘲讽，但她就是莫名觉得尴尬。她该怎么办？谁来告诉她该怎么办？这个时候她应该若无其事地下楼，还是赶紧滚进屋啊？

“怎么了？”方洵牙刷了一半，见欧阳一直把着大门不关还以为她忘了东西，于是走出来问。她这一探头，胤阳漆黑的眸子就在那时转了过来。

方洵手里的牙刷连着装满水的杯子啪地全摔在了地上，欧阳绿夏懊恼地一拍脑门，完了，被逮个正着。

欧阳绿夏觉得自己的大脑飞速运转，拼命在想该怎么解围，还没想出来，就见一个黑影迅速从眼前掠过，紧接着她感到一股巨大的力量带动了握在自己手里的把手，她一个趔趄被远远甩出了门外，耳边一声巨响，大门被人从里面用力关死。

欧阳绿夏当即傻眼，什么情况？刚刚是胤阳强行闯进了她家？她没带钥匙，进不去门，里面是要发生怎样惊天动地的巨变呀！于是砰砰地敲着大门，急匆匆道：“放我出去，不是，放我进去，大哥，这是我家，你要干吗呀？开门！”

方洵呆呆地看着被关死的大门，听着欧阳绿夏发狂暴躁的吼叫声，不由得吞了口唾沫：“你干吗呀，你把她放进来。”

胤阳一双眼睛牢牢地盯着方洵，不说话。

方洵又吞了口唾沫：“你不要发疯，这是别人家，人家家里有人的，你快把欧阳放进来，然后你走。”

“有人。”胤阳一步步走近方洵，声音沙哑道，“对，你和我，只有我们两个。”

胤阳的眼睛通红，脸色却发白，并且透着一股阴沉的青灰色，就像在黑暗中经历了长时间的等待和煎熬，看起来压抑而疲惫。方洵见胤阳一步步逼过来，有些着急，下意识地往后退了退：“你干吗，你站在那里，不许过来，你给我站住。”

胤阳却根本不听她的，走到她身边将她一把捞进怀里，一手紧紧抱着她，一手贴在她的额头上，感受到她身体传递来的滚烫温度，低低叹了一声：“怎么这么烫，吃药了吗？”

“你放开我。”方洵没理他，用力地来回挣扎，见他紧紧箍着自己不放，她一生气，低头在他的手背上狠狠咬了一口。

胤阳微微皱了下眉，没松手，只是重复问她：“吃药了吗？”

“没吃，不吃，不喜欢吃，我的事不用你管，是死是活也跟你没有关系，你放开，放开我。”方洵拼了命地用力挣扎，急得脸都红了，连着咳嗽了几声，胤阳还是不放。

急出一头汗的除了方洵，还有被关在自家大门外的欧阳绿夏，胤阳和方洵在屋子里抱得火热，欧阳绿夏砸门也砸得火热：“开门，胤阳，方洵，你们两个干什么呢，给老娘开门啊。胤阳，方洵病了，你不能强来啊，你不能对一个三十九度八的病人霸王硬上弓，还是在别人家，你会给别人留下心理阴影的，老娘真的不能忍了，快开门。”

胤阳无奈地看着就要被欧阳绿夏砸破的大门，又低头看了看方洵，她身体滚烫，脸上泛起不正常的潮红，哈在他颈窝的气息急促而灼热，胸膛也在剧烈起伏着，眼神里充斥着愤怒和不甘，手上的力气越来越大，眼看就要挣开他的桎梏逃出去。

胤阳紧抿着的唇动了动，沉沉地叹了一声，突然握紧她的手，一个用力把她抱起来扛在肩上，直接走到大门前开了门。

欧阳绿夏砸门砸得气喘吁吁，红着眼睛瞪着胤阳，有气无力道：“胤阳，你真够可以的，本来我是站在你这头的，现在，老娘要倒戈了，你……你现在彻底被孤立了，不要怪我，no zuo no die。”

方洵一边咳嗽一边蹬着腿挣扎：“放我下来，欧阳，让他把我放下来。”

欧阳绿夏气得捂着心口，无力道：“你们自己的事情，你们自己解决。方洵，你好好想想我昨天说的话，生气解决不了问题，有什么话，你们还是说开的好，就算是要分手，也要明白清楚，坦坦荡荡的，别纠缠不清，折磨别人也折磨自己。胤阳，把她带走吧，不过我得提醒你，三十九度八，可不是开玩笑，回去赶紧喂药，千万别烧死。”

胤阳对欧阳绿夏道了声谢，就扛着方洵下了楼，刚走出楼口，就见秦朔从一辆车后走了出来。

方洵觉得自己的脑袋一下就大了。

她整个人被胤阳扛着，眼中的秦朔是完全倒过来的，尽管如此，她还是在他眼中看到了一丝焦虑和不安。

那是他很少会出现的一种情绪，近来，她却越来越多地看到。

可能是发烧的关系，她感到浑身难受，脑袋昏昏沉沉的，嗓子干得厉害，眼前有一种白花花的眩晕感，于是伸手掐住了胤阳的大腿：“放我下来。”

胤阳看了方洵一眼，终于意识到这个动作会让她晕得更厉害，于是大步走到车前，打开车门，将她塞了进去，又给她系好安全带，然后就要关车门。方洵一急，直接用胳膊卡住了门不让他关，不放心地看了看他，又看看秦朔，嘴上没说什么，眼里的不安却很浓烈。

“不许打架。”两人僵持了一会儿，方洵终于开口，口气很强硬，根本不是商量，而像是在下一道命令。

胤阳摸了摸她的额头，点头道：“你不出来，就不打。”说完轻轻关上车门，把自己和秦朔留在了外面。

方洵透过车窗看到胤阳和秦朔走远，面对面站着，初升的太阳透过繁茂的枝叶洒下斑驳光影，落在同样挺拔的两人身上，仿佛镀上一层淡淡的金色，看起来渺远而又暖意融融。胤阳低头点着一支烟，而秦朔皱了皱眉，离他远了点儿。

方洵很熟悉那个表情，是毫不掩饰的鄙夷和反感，秦朔讨厌烟的味道，所以他从来不吸烟。以前两人在一起，如果身边走过哪个男生身上带了烟味，他都会下意识地避开。那时方洵笑着问他，你们男生不都喜欢吸烟吗，觉得那样很有男人味，他却说，他从来不觉得烟的味道可以代表一个男人。慢慢地，方洵也开始习惯性地讨厌别人吸烟，讨厌烟的味道，她会靠着秦朔的肩膀对着一群吐着烟圈的自大男生指指点点，撇撇嘴说：你看他们真的很没品，以为自己很帅，其实一点儿都不帅。跟胤阳在一起之后，她再也没有讨厌过烟的味道，更不反感他吸烟，相反她还会觉得胤阳身上的那股冷香融合着淡淡香草味，很独特，也很好闻。

这是所谓的爱屋及乌吗？方洵靠着车窗苦笑，她真是个没主见的人。

胤阳和秦朔在外面谈了很久，不知道说了些什么，但是并没有要动手的迹象，方洵一面觉得安心一面又想不明白秦朔为什么会来，正在纳闷，胤教授的电话突然打了进来。

“方洵啊。”

方洵自知理亏，赶紧解释：“老师，我知道我今天没去上课，因为……”

“因为碰到一些个人的问题要处理，可以理解。”胤教授的声音格外和蔼可亲，“但老师想说的不是这个问题。”

方洵觉得自己感动得要哭了，虽说胤教授平日对她严厉了些，对她的感情问题更是格外关注，让她的精神总是因此高度紧张，但不可否认，他一直对她很好，无论是作为他悉心教导的学生，还是作为他或许并不合格的未来儿媳妇。

方洵吸了吸鼻子：“那是什么问题啊，老师，您说。”

“老师想问你，看见秦朔了吗？他今天一大早就来找我，说找不到你，问我你可能去哪儿，我想你最好的朋友就是欧阳啊，不过老师没想告诉他，后来看他一脸诚恳，眼睛都急红了，我就心软了，现在他应该已经过去了，你见着他了吗？老师给你打电话就是想提醒你一下，做好心理准备，如果见着了好好说话，千万别冲动啊。”

方洵刚刚的感动被胤教授一番话直接拍死在肚子里，她现在恨不得用脑袋去撞车门，电话那头胤教授还在絮絮叨叨地说着。

“唉，这个秦朔啊，成绩好人品好，我一直看好他，虽然比起我儿子还差那么一小截，不过也算可以了。”

胤教授这句话抑扬顿挫得恰到好处，方洵一下就听出重点了，虽然他的话很含蓄很委婉，但意思已经很明白，就是秦朔无论怎么好，相比胤阳始终还是差了一截，这一点连他这个平时专挑胤阳毛病的人都看出来了，没道理方洵看不出来。

“老师，您这个电话来得太晚，我们已经碰着了。”方洵看着车窗外一直僵持着的胤阳和秦朔，无力道，“秦朔来了，胤阳也来了，他们两个把我丢在一边不知道在说些什么，搞不好一会儿就动手了。”

“啊？”胤教授顿时紧张起来，“千万拦住，别叫他们动手。”顿了一下，又补充道，“如果真的动手打起来，你拦也拦不住的话，一定要告诉老师谁输谁赢啊。”

“……”

胤阳和秦朔终究没打起来，大约又过了一支烟的工夫，胤阳熄灭了烟头就往回走。秦朔被留在原地动也不动，在胤阳关上车门启动车子的一瞬，他才远远地望了过来，一贯漠然的脸上没有多出的表情，阳光温热，他的眼神很冷，也很伤。

方洵很安静，没有喊着闹着要下车，而是跟着胤阳去了他家，但这并不意味着她就此原谅了他，只是她得过去取钥匙。

一路无话。

方洵的头越来越沉，迷迷糊糊地跟着胤阳上了楼进了家门，刚刚走到卧室就觉得浑身发软，四肢无力，她想着拿了钥匙马上走，眼睛一扫，床头柜上的钥匙却不翼而飞。

方洵回头瞪着胤阳：“我的钥匙呢？”

胤阳从抽屉里翻出感冒药来，又出去倒了杯水，声音淡淡地飘了过来："吃了药，在这里睡一觉，退烧了，钥匙就给你。"

方洵气呼呼地往床上一坐，看着胤阳拿着水杯走进来。

"吃药。"他把杯子递给她，摊开的手心里静静躺着两片白色药片。

方洵赌气地一偏头："不吃。"

胤阳低低地叹了一声，挨着她坐在床边，手里的药又往她嘴边递了递，耐心道："先吃药，吃了药再跟我生气，如果你不吃，我只好抱你去医院了。"

方洵用力咬了咬下嘴唇，心里又是生气又是堵得慌，扭头看了胤阳一眼。他眉头微皱，眉宇间拧起一道浅浅的褶痕，双眼通红，眼底布满血丝，俊朗的脸庞透出几分苍白，无奈中带着深深的倦意，仿佛一夜间憔悴许多，再不是之前那个倨傲嚣张，总是玩味笑着的胤阳了。突然就觉得不忍心，她抓起他手里的药片，没喝水，直接咽了下去。

然后她在他面前摊开手，不耐烦道："钥匙。"

他没说话，而是把杯子送到她嘴边，碰了碰她发干的唇，强迫她喝了两口水下去，然后站起身来，慢慢地走了出去。

胤阳刚出门，他放在床边的手机就响了起来。

方洵下意识地瞟了一眼，刚压下去的火一下子冒了上来，是胥日。

他就不能把她的号删了吗，就不可以拉进黑名单吗，不可以永远不要理她，再也不见她不接她的电话吗！已经分手的人为什么还这样阴魂不散、藕断丝连呢，看了别人的笑话还要继续耀武扬威，前任前任，真是受够了他的王八蛋前任！

方洵气得一把抓起床上响个不停的电话，朝着卧室虚掩的门用力地摔了过去。

而听到电话铃响来接电话的胤阳恰好推开门，直接被手机狠狠砸在了脑门上。

他猛地捂住头，发出极低的一声闷哼。方洵被胤阳的突然出现吓了一跳，赶紧从床上站起来，想要去看看他的头。他却低下头，看到了屏幕上的来电显示。

“不许接。”方洵的脚步顿住，狠狠地盯着他。

铃声忽地停止，胤阳似乎松了口气，正要走过来，手里的电话却再一次响起，明明是轻快的铃声，这一刻听起来却觉得烦躁而急促。他停住脚步，皱了皱眉，低头看了下。

“不许接。”方洵气得浑身发抖，眼睛红红的，她几乎是用一种看待仇人的眼光看着胤阳，充满了愤怒和敌意，而怒火未消的眼底还有一丝仓皇和小小的委屈。

“喂。”似乎并没有注意到她眼里的那些情绪，胤阳还是接起了电话。

方洵觉得自己的心一下子凉了半截。

这算什么？谎言被戳穿，他就可以当着自己的面肆无忌惮地接前女友的电话了？就可以堂而皇之地跟别人说说笑笑，目中无人了？明知道她会委屈，会生气，他也可以全然不顾，那个抛下他一个人走了的狠心女人真的那么重要吗？比她还重要吗？他现在还把她放在眼里吗？他真的还在乎她的感受吗？

她不知道电话那头的人说了什么，胤阳却轻描淡写地说了句：“她没事，你放心。”

方洵觉得自己太悲哀了，居然沦落到要自己男朋友的前女友来好心问候的地步，然后他的男朋友还要为她的无理取闹解释，为她安抚别人。这个前女友这样大方，这样从容识大体，相比之下，她显得这样小气，忌妒心强，上不去台面，她真的好给他这个男朋友丢脸啊！

方洵觉得自己要窝囊死了，再也无法控制自己，她按着剧烈颤抖的胸口对着胤阳大声喊出来：“我有没有事，关她什么事？你要跟她联系是你的事，但你们之间不要提我。”

胤阳愣住了，几乎是用一种不可思议的眼神看着方洵，电话那头的人似乎听到了什么，连着叫了胤阳几声，胤阳才回过神：“哦，没事，是方洵，病了，在发脾气，嗯，我会哄她。”

“谁要你哄。”方洵快步跑过去，一把抢过胤阳手里的电话，对着话筒一顿狂轰滥炸，“胥大小姐，如果你还喜欢他，请你光明正大，不要三天两头打电话来假装是普通朋友一样约来约去，有什么话尽管说出来，就算你不能放手也请你说出来。如果胤阳选择你，我无话可说，否则，请不要再自讨没趣，总是询问着关心我们之间到底好不好，真的，如果你知道我们好得不得了，你以后的日子还怎么过？”

“……”电话那头一阵沉默。

方洵顿了顿，对着话筒继续：“怎么不说话？你不出声我怎么知道你是不是明白我的意思？还是你只愿意跟胤阳说，胥小姐，你到底是什么做的？”

一瞬的沉默，电话那头响起两声尴尬的咳嗽声，低低的，有些沙哑：“那个方询，老师我是山羊座的。”

方洵猛地顿住，胤教授！完了，骂了公公！

电话那头胤教授的声音很客气很慈祥，笑呵呵地又说了几句。方洵却觉得那样温暖的笑也没能缓解她全身的僵硬，她感到鼻尖发酸，嗓子涩涩的，努力了半天，却再也说不出一个字。

胤阳把电话接了过去，又跟胤教授说了几句，便匆匆挂了电话。

方洵紧紧盯着胤阳手里的电话，紧抿着唇，半晌，低低道：“帮我跟老师说一声，对不起。”

胤阳把电话随意丢在床头，声音淡淡的：“然后呢？”

方洵抬头看了看胤阳，他的额头被坚硬的手机外壳砸出一个清晰的红印，额角边肿得老高，那个红印在他傲气的眉毛上方凌厉地凸起，衬着他苍白的脸色越发憔悴而凝重。

方洵往他跟前走了两步，不自觉地伸手去摸他的额头，眼睛泛红，声音也哑得不成调了：“疼吗？”

他忽地握住她冰凉的手，然后缓缓贴在自己的胸口，漆黑的眼睛专注地看着她泛红的眼眶，嗓音跟着他起伏的胸口微微颤抖：“这里疼。”

他的声音很沉，带着深不见底的悲伤，像一块大石牢牢压在了方洵的胸口，一种就要窒息的压迫感瞬间蔓延全身，紧紧抵在了肿胀干涩的喉咙口，再不能说出什么狠心的话。方洵的眼泪不受控制地掉了下来，她咬了咬唇，用力抽回了手。

从那天晚上她对胤阳说，我们结束了，她就一直在问自己，她真的想要分手吗？胤阳是真的不能够被原谅，她所做的一切究竟值不值得，就这样草率分手，以后想起来，会不会后悔呢？

最重要的，是她究竟爱不爱他，她的爱到底有多少，是否足够到愿意为他妥协，对他的欺瞒和谎言，可以当一次无心的失误，然后不顾一切地原谅和承受。那他呢？他爱的是谁，是她？还是那个抛下他一走了之，现在迷途知返一心想要全力挽回他的女人呢？

她记得，胤阳从来没有说过爱她，他只是很喜欢她，他的喜欢或许很温暖很难得，但也许就像对待一只可爱的小猫小狗，就像对待一件美好的事物一个美好的人，抑或他家墙壁上的那些油画，都没什么不同。

脑袋里一片混沌，头疼得厉害，心也疼得厉害，现在的她似乎不能想得太多也不能够承受太多，她希望她只是在做一个梦，一个很深很沉带点儿苦涩的梦，梦醒之后，梦中的故事，全忘干净。

胤阳看着自己突然被挣脱而显得空落落的手，一阵恍惚和惘然，刚刚燃起的期待和盼望一点点跌落下去。他慢慢地抬起手，指了指客厅那面装饰墙上的一幅油画，语气很平静：“那幅画，是我画的。”

方洵只觉得心神一荡，猛地抬头。胤阳的手指着那幅画，眼睛却看着她，他的眼神很深邃很沉静，像月光下荡漾着的湖水，温柔缱绻中带出一丝微澜。

“参加订婚礼那天，我说的那些话都是真的，我眼里看到的人是你，我想吻的人也是你，我做的一切都是我内心的想法，不是为了做给任何人看。”他指着油画的手放了下来，眼睛仍是看着她，“方洵，我亲你，不是为了帮你做给秦朔看，也不是为了给胥日看，只是我想那么做，就那么做了。”

“还有什么？”胤阳的脸往前靠了靠，额头贴着她滚烫的额头，垂眸看着她诧然又无措的眼睛，微微弯了眼睛，笑意未至眼底，却在嘴角绽开，“我抱着你的时候，心里想的人是谁？”

他的身体紧紧贴着她，灼热的气息一阵阵扑过来，擦在她的耳侧，酥酥痒痒，就跟从前一样，甜蜜得叫人全身发麻。然后他的声音无奈地响起，有些涩然：“那天你问我，我没有回答你，不是因为我觉得亏心或者歉疚，不是无从解释，我只是不明白。记得我对你说过，我喜欢你，非常非常喜欢，从那时起，我心里，就只装了你一个人。可是，我让你有了这样的误会，我让你觉得其实我所做的一切都是私心，都是做给别人看的，这不怪你，是我做得不好，我以为你明白，但其实，我从未做得叫你足够明白，足够安心。”

方洵低下头来，不知道自己是不是还能相信他，心里很乱，耳边响起无数个声音，却没有一个可以告诉她准确答案。

“我很乱，你让我好好想想。”

胤阳按住她的肩膀，又伸手摸了摸她的额头，微微皱眉：“还是烫。你先睡一觉，什么都不要想，睡醒了，烧退了，我们再说！”说着扫了一眼床头，轻声道，“钥匙在抽屉里，如果你还是想走，我不拦你。”

胤阳走出卧室，从外面轻轻带上了门，然后一个人在客厅里坐了很久，四周很静，只能听到他的呼吸声微微起伏，他就那样静静坐着，目光定定地看着卧室的门。

方洵一直没有走出来。

墙上的钟嘀嗒嘀嗒，时间一点点过去，胤阳的眼睛一直牢牢盯着那扇门不敢移开，仿佛害怕下一秒方洵就会推开门走出来，甚至看也不看他一眼，就像个陌生人一样无动于衷地走出去，冷漠又决绝。

他害怕那样的离开，那是他这一生都无力承受的重量。

他缓缓站起身来，轻轻推开门，房间里很静，只有匀称的呼吸声，方洵蜷曲着身体缩在床的一角，睡着了。

胤阳压抑了很久的眼泪一下子掉了下来。

他放轻脚步走到床边，俯下身半跪在地上，眼睛一眨不眨，就那样平静而又近乎贪婪地看着眼前这个人。她睡得并不安稳，整个人蜷成一团，眉头微皱，眼睫一颤一颤，巴掌大的小脸深深埋进被子，侧脸被披散下来的头发完全遮住，仿佛不愿被人看到现在的样子。胤阳伸出手，小心翼翼地拨开了她挡在脸上的头发，修长的手指疼惜地抚过她的鬓发，然后贴在她微微发烫的脸颊上。

这张脸，并不如何惊艳，也不是倾国倾城，在他见过的众多明艳绝伦的女人之中，这张脸甚至很普通，不会让人轻易记住，但她的那双眼睛，总觉得比任何人都更灵动，更明亮，就像亮在暗夜里的一颗寒星，黑白分明总是带着浅浅的笑意，一眨眼一回眸，明媚又动人，让你忍不住要在那样的目光里深陷，想给予，又想要得到更多。

于是想要紧紧抱住，于是不舍得放开。

从来没有那样渴望一个人，也没有那样想要留住一个人。这种感觉就像是很多年前，生命中最重要的那个人把他从怀里推开，他不顾一切地扑上去抱住她不放一样，那是一种最深最彻骨的挽留，一种来自本能的不舍，一生中只那样哭过一次，声嘶力竭，苦苦哀求，最终却没能留住她。后来他就不会哭了，他知道哭不能解决问题，眼泪留不下他想要留住的人，那时他就知道，这世上没有什么是永恒，也没有人可以永远留在你身边，所以胥日走了，他看着她走，没有哭，也没有留。

如果真的爱他，她就不会走，如果不爱，又有什么值得留下？

同情和怜悯，是用来施舍给可怜人，他从来不需要。

可是这一次不同，方洵和胥日不同，说不出来哪里不同，可他就是不能让她走，他就是想要不顾一切地留下她，即使，她最终没有推开那扇门走出去，仅仅是给他最后一点儿怜悯。

爱情，真的会让人变得非常敏感，非常卑微，变得不像自己。

可那，又有什么关系呢？

爱一个人，本来就是自己再也不能够独自圆满，要完全包容一个人，怎么可能不变？

这样的改变很卑微，也很骄傲。

胤阳觉得一直紧绷的自己在这一刻完全放松，他轻轻爬上床，小心揽过方洵，让她蜷着的身体渐渐打开，一点点融入自己怀里，看着她皱着的眉头开始舒展，手也伸了过来，下意识地抱住他。

什么是圆满？

当你抱着你爱的人，那个人恰好也愿意抱住你。

阳光很好，刺眼的光芒透过落地玻璃窗投在静静相拥的两人身上，胤阳搂着方洵，却不敢抱得太紧，而方洵一直保持着一个动作，虽然被抱着，却一直埋着脸。

胤阳有一瞬间的错觉，他怀里的这具身体很紧绷，并不是完全放松下来的顺从柔软，他觉得方洵或许根本没睡着。

他抱着她的手臂又紧了紧，把她完全纳入怀中，一整夜没睡，他现在困得厉害，眼睛也是涩涩地疼，微微偏了偏脸避开阳光，他闭上了眼。

再醒来已经是下午两点，胤阳缓缓睁开眼睛，下意识地看了看自己身边，原本被抱在怀里的人不知什么时候突然离开，一种信念倒塌的空虚感瞬间席卷而来。

卧室的门是敞开的，可以一眼就看到空空荡荡的客厅，整间屋子静寂如死，没有一丝鲜活的气息，也寻不着半点儿那个人的痕迹。胤阳颤抖着双手打开了床头最下面的抽屉，里面的钥匙果然不见了。

方洵走了，她真的走了，没有打一声招呼，就这样悄无声息地在他冰冷的世界消失。以后不会再有人没日没夜地熬在电脑前打字，不会有人在他把菜一道道端上饭桌的时候，抻长了脖子使劲闻着饭菜的香味，露出赞赏的表情，也不会有人时时刻刻提着拖鞋追在他身后，一边抱怨着他不知道爱惜自己，一边弯下身来抬他的脚。

心里空落落的，伴着隐隐的痛，这种感觉胤阳并不熟悉，现在却不得不逼着自己努力承受。

方洵回到了租的地方，之前胤阳总是劝她把这地方退掉，然后搬去跟他一起住。不是不想时时刻刻见到，也不是有所保留，只是想在这一场感情之外，还可以有一点真正属于自己的东西，哪怕是租来的，哪怕是借来的，也是她不小心遭遇风雨时的一处避风港，如果哪一天她累了想要回来，不至于没有地方栖身。

现在想想，不知是她懂得未雨绸缪，还是命运注定这段感情从一开始就无终无果。

方洵把屋子从头到尾仔细收拾了一遍，又把堆积起来的衣服全部洗了，然后搬了个小凳子到阳台，随意翻了本书来看。午后三四点的阳光正好，不刺眼又很舒服，照在身上暖融融的，她看了一会儿觉得犯困，于是闭上眼睛，把书摊开遮住脸，仰着头沐浴在温热的阳光下，整个人看起来既慵懒又疲惫。

过了会儿觉得眼睛有些疼，她眨了眨眼，眼角渐渐涌上湿润，转瞬，泪水顺着她微颤的睫毛啪嗒滑落，一点点浸湿遮在她脸上的那页纸。她把书拿下来，重新翻了一页，若无其事地继续往脸上一遮。

第二天天气依旧晴朗，方洵起得很早，在厨房做了双份早餐，自己吃了一份，另一份被留在餐桌上，从头到尾没有动过。

刚从楼口走出来，就看到了胤阳。

他穿着很随意，头发也没有用发蜡精心打理，甚至左耳的那枚黑色钻石耳钉也不像从前那样在阳光下大放异彩，而是显得落寞至极，眼前的这张脸隽秀依旧，但模样多少有几分颓唐。

方洵在楼口只是短暂地停顿，然后把背包往肩上提了提，没有理他，自顾自往小区门口走。

不是看不到他的颓废和眼里的心疼，但现在的她，确实说不出什么贴心体己安慰人的话。

“你去上课？我送你。”方洵与胤阳走了个擦肩，脚步没有片刻停留，胤阳感到心一沉，在她从身边走过的那一瞬急忙叫住她。

“不用了。”方洵没有回头，声音很冷淡，“我习惯走路。”

“方洵。”胤阳看着她纸片一样单薄的背影，沙哑的声音中带着低低的叹息。

方洵仍旧没回头，边走边说：“从这儿去学校的路就一条，你想跟就跟吧，但我跟你没什么话说。”

胤阳不再说话，于是两人一前一后往S大学的方向走。

方洵从前觉得这条路并不长，只是路口很多，运气不好的时候赶上几个红灯，那样就要等很久，走路去学校，二十分钟刚刚好，坐车，十分钟也到了。今天她却觉得这条路很长，好像没尽头，一直延伸到她想象不到的地方。这一路，她在前面走，胤阳在后面跟着，中间隔着不远不近的距离，两个人谁都不说话，即使一个人开口，另一个人一定可以听到。

等待的过程太漫长，太难熬。她仿佛可以清晰听到心里有什么正在一点点坍塌碎裂，她几乎就要控制不住停下脚步，等他走上来与她并肩，或者，回过头不顾一切地抱住他。

风有些闷热，太阳恹恹地挂在天上，将大地蒸腾出腾腾热气，路旁的柳树叶子被晒得卷起来，浓荫后的夏虫偶尔发出几声鸣叫，听起来既疲乏又无力。

一辆十分亮眼的敞篷跑车停在十字路口，里面的人缓缓摇下车窗，对着站在路边愣怔着看他的方洵摆了摆手：“磨蹭什么，上车。”

方洵下意识地扭头看了看后面的胤阳，有一瞬间的犹豫。随后将背包随手往车座上一扔，拉开车门坐在了副驾上，车门被关上的一瞬，她清楚地看到后面那人身影顿了一顿。

“不舍得啊，要不要我倒回去拉上他？”周阔一边开车，一边皮笑肉不笑地说。

方洵没吭声，微微偏头，透过后视镜看着那个高大挺拔的身影就那样沉静又落寞地站在那里，微微抬眸注视着她离开的方向。车子越开越快，而他越来越远，越来越模糊，记忆中那张清晰的轮廓一点点在她的视线里磨灭消失。他身边车辆人潮川流不息，他却定格在那里，一动不动，仿佛整个繁芜世界最终只剩下他一个人，像尊雕塑一样默默地张望，方洵觉得一辈子也没见过这样悲伤的画面。

“看这阵势，你俩还没和好？”

方洵收回目光，点了点头。

“还在生气？”

方洵点点头，想了想，又摇头：“没有。”

周阔突然笑了，手搭在方向盘上，心不在焉地轻轻叩着，脸上却写满认真：“方洵，你知道吗，现在的你，比过去两年里失魂落魄好太多，把你从那段沼泽中救出来的人，是胤阳。其实你跟他在一起之后，真的快乐多了，甚至比从前跟秦朔在一起更快乐。你经常笑得很开心，很满足，我记不得有多久没见你那样笑过了，胤阳真有本事，可以让你这样开心。”

方洵有些茫然地扭头去看周阔，她没有想过一向吊儿郎当的他会说出这样一番话来，今天的他，似乎有些不同寻常。

“你这是在帮他说话？可你不是不喜欢他吗，干吗这么挺他？”

周阔手中的方向盘打了个漂亮的转弯，车子驶进S大学的小道，他偏头看了她一眼，眉梢眼角都带着满足的笑：“兄弟嘛，谁对你好，我就挺谁。”

上午上了两节课，下课的时候，方洵正在收拾东西，胤教授笑眯眯地走了过来。

方洵有点儿犯糊涂，不知道该以一种什么样的立场来面对，心里有些打鼓。胤教授笑呵呵地看着方洵收拾书包，十分慈爱地问了一句：“方洵啊，感冒好点儿了吗？”

“好……好点儿了。”

“哦，最近天热，要多注意身体啊，老师给你拿了些感冒药来，一会儿你带回去。”

“呃，谢谢老师。”方洵低着头，咬着嘴唇小声回了句。

“那个，晚上来家里吃饭吧。”胤教授依旧笑眯眯的，“我今早逛早市买了很多菜，有排骨、鱼、海虾，还有一只乌骨鸡，已经洗干净斩成块就等下锅了，人参枸杞都备好了，就等你来，我给你炖个大补汤好好补补。”

方洵倒吸一口冷气，胤教授今天的画风跟往常太不一样，太盛情，一时间真是难以接受，又是拿药又是炖补汤，怎么感觉跟她刚生完孩子要坐月子似的。方洵使劲吞了口唾沫，赶紧拒绝：“老师，不用了，不麻烦了，我晚上还有事，还是改天再喝汤吧。”

“这样啊。”胤教授一脸的失望，“那你说改到哪天，我好提前去买乌骨鸡。”

方洵哭笑不得，其实就算不看胤阳的关系，单纯跟她尊敬的导师坐下来吃个饭也很正常，可为什么一定要喝补汤啊，还是乌鸡汤啊，瞬间有一种升华到为人妈的感觉。

胤教授硬是逼着方洵定了个日子，然后才一脸心满意足地放她下课。

进了家门，方洵把背包往沙发里一扔，整个人也陷了进去。

闭着眼睛躺了很久，似乎想了很多事，被丢在一旁的手机突然振动了下，她猛地睁开眼睛，赶紧拿过来看。

拿起手机的一瞬，心里是有着期待的，她甚至想着如果是胤阳的电话，她或许不会再按掉不接，如果是他的信息，她或许会认认真真地看完，然后心平气和地回复他，不说出伤人的话，可划开屏幕一看，竟然是一条垃圾短信！

心里莫名失落，脑海中突然浮现早上的一幕，周阔载着她走远，只留给胤阳一个冰冷的背影和扬起的沙尘，他一个人被远远地留在后面，不说话也不动作，只是静静地看着，直到轮廓一点点模糊，深邃的眉眼也渐渐远去。

她打开手机相册，手指在屏幕上来回翻动，可翻到最后，恍然发觉连胤阳的一张相片也没有。

思念，是当你突然想起一个人，却找不到丝毫痕迹追寻跟他的记忆。伤的痛的都没有，连微笑也没有。

没心情吃晚餐，方洵很早就睡下了，第二天天刚亮的时候，就从床上爬了起来，简单地收拾了下，背起书包出了家门。

天色有些阴沉，看样子要下雨，方洵走到小区门口的时候，下意识摸了摸书包，犹豫了下，还是没回去取伞。

因为不是周末，又阴天，所以山上的人不多，方洵也没打算一定要看日出，于是慢悠悠地往山顶爬，每走几步都不自觉地回头看看，像是在等什么人，后面跟上来的只有几对情侣，还有几个学生模样的小姑娘，一边大口喘着气，一边打打闹闹地从她身边走过。

已经是八月暑中，空气中带着焦灼的热气，山顶的风也是闷闷的，薄雾笼罩下的那座灯塔，隐约透出一点儿微弱光亮，像是要在沉寂的黑夜尽头，微不足道，却顽强地亮在那里给人指路。

手里握着的手机突然响起，方洵心里咯噔一下，她有一种直觉，胤阳就站在她身后。只要一回头，就可以看见他的笑。

还记得那次，他就是这样毫无预兆地出现在她身后，黑色的风衣，双手随意插兜，眉梢眼角都带着暖暖的笑意，没说话也没动作，只是微抿着唇静静地望着她，阳光下，那个笑容真是耀眼到过分。

不知道花了多大的力气才按捺住心里的迫不及待，一个转身的时间她用了很久很久。

站在她身后的那人，笔挺的西装，深沉的面孔，眉眼间有几分难掩的焦虑和疲惫，看到方洵转身的那一刹，动了动嘴唇，却没说话。

是啊，他不说话，也没笑，他没有那人那样耀眼到过分的笑容，也就不会笑得肆无忌惮。

方洵眼里燃起的火光瞬间暗淡，她不自觉地垂下眸子，声音淡淡的："怎么是你？"

秦朔在捕捉到方洵眼里的失落后，心猛地沉了下去，脸上却强自镇定："你很失望？"

方洵摇头，为什么要失望。

"突然想来看日出，没想到在这儿看到你。"秦朔往前走了几步，与方洵面对面。

方洵有些无奈地笑了：“今天阴天，看不到的。秦朔，你为什么老是要在阴天的时候出来看日出，以前是，现在还是。”

秦朔目光沉沉地望着山的那一头，语气平静，却很痴念地说：“就算是阴天，也有可能看到。”

方洵蓦地笑了：“阴天看到日出的概率是百分之几，而这百分之几，不因是你而特别眷顾。”

秦朔慢慢地垂下眸子，声音也低了下去：“同样的话，我母亲也说过。”

方洵诧然地看着秦朔，突然说不出话，他却自顾自说下去：“我跟你，活在不同的世界，你想要的快乐很简单，我要承担的责任却很重，我一直拼命想要把我们拉进同一个世界。那时我固执地以为只要阴天可以看到日出，她就会答应我们在一起。所以我想要证明给她看，可惜……”

方洵低下头：“那你为什么不早说？如果当时我知道，我一定每个阴天都跟你来，那样或许她能看到……”

或许？

是啊，那时候的她，仅仅为了一个或许，也一定愿意为他这样做，但是，已经回不到那时候。

心里突然有点儿泛酸，秦朔却笑了，那个笑很轻松很坦然，就像凋谢的秋花重新绽放枝头：“饿了，去吃饭吧，山下的那家面馆还在，我请你吃面。”

方洵也笑了，努力把涌上喉咙口的那股酸涩吞了回去，然后抿出一个浅浅的笑来：“还是我请你吧。”

面馆里人很多，老板一边笑着迎客一边将他们引到了里面的一张桌子，殷勤地拿着本子请两人点餐。两人都只要了一碗面，方洵想了下，又补充：“我的不要香菜。”

秦朔正在拿筷子的手顿住，抬头看了她一眼，没说话。

老板很快去下单，方洵跟秦朔面对面坐着，一时间找不到什么话题，有点儿尴尬。

沉默了好一会儿，秦朔终于决定说些什么，方洵的目光却绕过他直直地盯着门口。

面馆老板又是十分殷勤地迎到门口去，嗓门贼亮：“先生，吃面呀？现在没空桌，您看等五分钟可以吗，保准有空位。”

秦朔顺着方洵愣怔的视线望过去，一身白色运动装的胤阳就站在面馆门口，冷着脸盯着他们。

见胤阳不说话，脸色又难看得厉害，面馆老板赶紧解释：“先生，每天来南山的人都很多，来这里吃面就没有不排队的，您看现在吃着的客人，那都是之前等了一会儿的，要不，您也等会儿？”

“不用了。”胤阳冷声打断，“您家的面，也未见得好吃，值得我等。”说完一转身，还不等面馆老板反应过来，直接推门走了出去。

方洵觉得心里有什么东西就像那扇门一样，被冷冷地拍死，双手下意识地紧紧抓着桌角，看着两碗面被端上来。

“两位慢用。”

方洵看着摆在眼前的那碗面，皱了皱眉：“我说了不要香菜。”

端面上来的小哥有点儿诧异，搓着手一时间不知道怎么回答。

秦朔拿起筷子，淡淡道：“我给你挑出来。”

方洵没理，仍是盯着那碗面，重复说道：“我说了不要香菜。”

秦朔刚要放进她面里的筷子顿住，不能理解地抬头看了看她。

方洵把面碗往小哥面前一推：“换一碗。”

小哥为难地看了看方洵：“呃，小姐，如果您不吃香菜，挑出来就好了啊。”

方洵抬起头，十分认真地看着因为窘迫而满脸通红的年轻脸孔，客气道：“对不起，麻烦给我重新再来一碗吧。”

小哥叹了一声，十分无奈地拿起面碗，转身进厨房了。

外面的雨似乎更大了，越来越多的人挤进来躲雨，大家七嘴八舌地说着话，抱怨着突变的天气。方洵定定地看着门口，不知在想些什么，直到刚才那个小哥重新端了碗面走出来，往方洵面前一放："小姐，面好了，没有香菜。"

她终于回过神来，看着眼前那碗清汤面，像是终于想明白了一些事，整个人突然变得豁然开朗。她扭头对着秦朔歉意地一笑："对不起，我不吃了，我有更重要的事，谢谢你的面。"说完抓起书包就跑了出去。

她这一跑，把刚刚送面过来的小哥吓了一跳，赶紧要去追。秦朔从钱夹里拿出钱来，往桌子上一放，说了声抱歉，就跟了出去。

山脚下人不少，可是没有胤阳的身影，方洵来来回回找了好几圈，也没看到。以她对胤阳的了解，他不是那么小气的人，不至于看到她跟秦朔一起吃个饭就发这么大脾气，但像现在这样一声不吭就走，是怎么回事？

秦朔跟在方洵身后，看着她一副失魂落魄的样子，终于忍不住叫了她一声："方洵。"

他的声音很无奈，带着点儿心疼。

方洵猛然回头，有些恍惚，黑亮的眸子转瞬暗淡，是深深的失望。

她心里的感觉很清晰，从来没有一刻像现在这样清晰。

秦朔对她来说是平静的湖面，喜欢他再深也能认清自己；胤阳却是一个漩涡，深不见底，用尽所有力量疯狂地吞噬着她，迷乱她的心智，明明知道是错，却宁愿一错再错。这也许就是爱吧。

"他已经走了。"秦朔平静地说。

方洵沉默很久，才缓缓开口："这些天，我一直在想，我到底在气他什么，说谎骗我，还是跟胥日暗暗联系，但其实我没有资格怪他，我也一样，我跟他在一起的时候，偶尔也会想到从前，想到你，其实我也没有全心全意对他，我对他很刻薄，却很纵容自己。"

秦朔没说话，方洵就自顾自说着："我很清楚，我喜欢他，我不可能过没有他的生活，我一直在纠结的，不是我们是否彼此相爱，而是他究竟对我隐瞒多少，以后还会不会骗我。这个问题困扰我很久，但是未来的事情还没发生，我又怎么知道他会不会继续骗我，我该怎么判断这次可不可以原谅他？"

方洵默默地说了一会儿，却突然笑了：“但今天我突然想明白了，我确实不知道未来的他会怎样，我会怎样，我们是否可以完全以诚相待，再没有谎言和欺骗。但是，我想去相信他，相信他再也不会骗我，相信他说的每一句话、做的每一件事。秦朔，就像今天我来到这里，在我的手机振动的那一瞬，我想到的人也是他，不是你。这就是我的答案，那是我心里的意愿，而我选择遵从……”

秦朔微微皱了皱眉，用一种难以置信的眼光看着方洵，摇头苦笑：“方洵，我尊重你的选择。可你有没有想过，你跟胤阳走到一起，只是一个机缘巧合，他未必爱你，而你只是很感激他，填补了你两年的不快乐，仅此而已。”

“是吗？”方洵想了一下，然后点头，“可秦朔，我曾活在寂寞冬日的冰冷路口，是他带给我一米阳光！那时，我还没有爱上他，我只是爱上了他带来的温暖，我曾以为那是上天对我的另一种补偿或是施舍，许久之后我才明白，那不是施舍，而是馈赠，生命中无比珍贵、可遇不可求的馈赠。而当我习惯这种馈赠之后，我爱上了他！”

从没见过这样坚定的方洵，是他无法掌控的，她真的变了，秦朔看着方洵，微微愣怔。

自由空间，最角落位置里，胤阳开了瓶龙舌兰。

会去南山，只是突然想去走走，并没有想过会遇到她，更没有想到会遇见他们。

他应该冲过去把方洵带走，或者将她狠狠拥入怀里，而不是那样转身就走，像个落败者一样，心怀愤懑地离开，毫无风度地离开。

可就是突然想到那日秦朔对他说的一番话，让他再没有勇气走上前，那样理直气壮地做自己想做的事。

“你真的觉得方洵爱你？她只是很感激你，就像我也曾感激胥日。”

他记得他回了秦朔一句狠话：“即使是感激，现在她也是在我怀里。”

那时秦朔的脸色都白了，目光冰冷又凶狠地盯着他，像要杀了他一样，而他只是漫不经心地吸着烟，表面装作不以为意，心里却早已惊涛骇浪。

看到今日她心平气和地跟秦朔坐下来吃饭，他无法理解。秦朔曾伤她那样深，她都可以原谅他，他只是太在乎她，害怕她沉浸在他跟别人的过往里胡思乱想，就是这样一个好心的、善意的欺骗，却无法得到原谅。

终究还是因为，她对秦朔是刻骨铭心的爱，对他只是感激？

所以他们之间的信任才这样脆弱，经不起一点打击。

恍然想起那日，她站在雨中说过：“如果你也可以那样做，你也可以为我淋湿半个肩，我就答应。”

终究是拿他跟别人相比，不是因为喜欢。

嗬！胤阳在玻璃杯中倒了满满的一杯酒，仰头就灌了下去。

胥日走进来的时候，一瓶龙舌兰几乎只剩了个瓶底。

胤阳抬眼看看她，对她晃了晃杯子，声音淡淡的：“来一杯吗？”

胥日没说话，自顾自坐了下来。

胤阳对着服务员比了个手势：“再拿个杯子来。”

胥日看着胤阳继续往杯子里倒酒，上去拦住他：“你喝多了。”

胤阳抬眼看了看她，她眉头微皱，脸色有些苍白，看着他的目光既歉疚又无奈。胤阳突然笑了声，然后拨开她的手：“晚了，你还是回去吧。”

“胤阳。”

“回去！”胤阳冷冷地重复。

胥日没说话，抿着嘴唇固执地盯着他。

这样落寞，这样憔悴，这样大的愤懑情绪，真不像他！

邻桌坐了几个男人，一边砰砰地碰着杯子一边扯着嗓子叫闹，尽管酒吧的音乐声足够嘈杂震耳，但显然不能跟那几个男人粗犷又难听的叫骂声比。胤阳抬手叫住一个服务员：“叫隔壁小声点儿。”

服务员刚走过去说了两句就被骂了回来，唯唯诺诺地退回到胤阳跟前不敢说话。那里面有一个五大三粗的男人，一手拎着个酒瓶子，一手拍着桌子叫嚣，瞪着溜圆的眼睛吼得很大声："老子花钱来玩，就是来找舒坦的，还没听过到哪儿要顾客闭嘴不许说话，怎么，你们这儿是什么地方，待着天王老子还是供着哪尊佛，敢叫老子小点声儿，老子不依怎么着？你们能把老子怎么样？"

那个服务员见他理解偏了赶紧解释："先生您误会了，不是叫您闭嘴……"

"没误会。"胤阳突然站起来，冷飕飕地盯着那男人，鄙夷地哼了一声，"就是叫你闭嘴。"

那男人被胤阳一句话激怒，拎着个酒瓶子就抡了过来。

胤阳一闪身，上去就抓住了那人的手腕，猛地一攥，那人"嗷"的一声，疼得赶紧把酒瓶子扔在地上，龇牙咧嘴地嗷嗷直叫。

跟他一起的几个同伴见打起来，一时间砸瓶子的砸瓶子，摔桌子的摔桌子，几个人围了个圈，把胤阳围在了最中间。

照理说胥日一个女人，见到这种场面难免会紧张害怕，但她显然不是一般女人，见此情形只是微微拧起眉头，有些担心地看着胤阳，并没有手忙脚乱。她拉过刚刚的服务员，把他往里头一推："去叫车宇。"然后站在了胤阳身后。

场面很快乱成一团，胤阳力气大，身手好，再加上心里憋屈正想找人撒火，于是三两下就把眼前的几个男人撂倒，几个人被打得鼻青脸肿，躺在地上直哼唧。

可胤阳终究是猛灌了一瓶白酒，脑袋多少有点儿晕，于是当趴在桌角的那个男人悄悄爬起来，举着凳子朝他使劲砸过来的时候，他完全没留意到。

"砰"的一声巨响，胤阳身上却没有多大的痛感，只是压在身上的力量很重，他扭头看了眼，胥日紧紧贴在他身上，脸色越发惨白，额头也冒出汗来。那把凳子在她身上狠狠砸下，凳子腿瞬间断了。

胥日痛得吸冷气，胤阳赶紧把她扶了起来，她却一动不动，不知道是不是被打断了哪根骨头，那个发狠的男人还想拿东西继续往下砸，胤阳拎起一个酒瓶子，照着他的脑门就砸了下去。

然后他抱起胥日，急匆匆地往门口跑。

方洵刚走进自由空间的大门，就看到胤阳抱着胥日从里面走出来，胥日靠在胤阳怀里，脸色惨白，双手紧紧抱着他的脖子。方洵的心猛地一沉，刚喊了一声胤阳，他却看也没看她，到她身边跟她走了个擦肩，就连一丝丝温度也没留下。

方洵愣怔地看着跑出门口的胤阳，脑子里昏昏然，还没来得及弄明白怎么回事，一回头，就见一个面目狰狞的男人拎着一个酒瓶子骂骂咧咧地走过来，看见她二话不说，猛地一挥酒瓶，还盛着半瓶子透明液体的容器就朝她的脑袋狠狠砸过来，“砰”的一声，瓶子四分五裂。

她感到头好像一瞬间裂成无数碎片，再也无法思考，无法呼吸，有温热的液体汩汩冒出，成片地滑过她的额头，顺着她的眼睛和脸颊一直往下流。一片血色模糊中，她看到胤阳抱着胥日上了车，他根本没有回过头看她一眼，而酒吧的另一头，车宇那张惊得惨白的脸慌慌张张地朝自己靠近，他伸过来的手都是血色的，模糊不清。她想自己的样子一定很可怕，居然会把他吓成那个样子。

最后一点儿意识也渐渐消失，方洵只觉得浑身一软，整个人倒了下去。

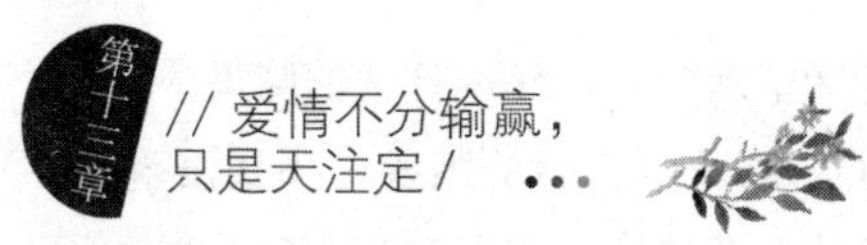

第十三章 // 爱情不分输赢，只是天注定 /

宽敞明亮的病房里，微风轻轻拂动窗前的轻纱，百合花在雪白的瓷瓶中盛放，八月的暑气弥漫着整间屋子，病床上的人已经昏睡了很久，她的头被纱布左一层右一层地紧紧绷住，眼睛紧闭，嘴唇紧抿，脸色几乎比头上的纱布还要惨白。

周阔和欧阳绿夏站在床边熬红眼睛看着她，又是焦躁，又是担心。

“虽然头部受到重创，流血过多，但幸运的是，头骨没有受到损伤，只是脑组织轻微震荡，属于脑外伤，没有大碍，只要加强休息，过了今晚就会醒的。”

这是昨天给方洵诊断的医生说的话，但是从诊断完到现在，一整天了，还没有要醒的迹象。

周阔跟欧阳绿夏在屋子里急得直打转。

直到下午快三点的时候，病床上的方洵才终于有了一丝反应，她动了动眼皮，然后艰难地睁开双眼，似乎感到光线刺眼，下意识地闭上眼睛，顿了片刻，重新睁开。

一旁的周阔和欧阳绿夏等她醒来等得都快把自己的头发抓掉，见她终于睁开眼，赶紧围上来。

“方洵，醒了？怎么样？头还疼吗？”欧阳绿夏紧紧抓着她冰冷的手，将她扶着坐起来，然后压抑着自己颤抖的嗓音问道。

周阔双手撑着病床的一角，也一脸紧张地盯着她。

方洵漆黑的眼珠来回转了转，先是看看欧阳绿夏，又看看周阔，嗓音又哑又无力："你们怎么了？"

"你伤到头，已经睡了一天。"欧阳绿夏眼睛都红了，"你吓死我了。"

方洵又眨了眨眼，仔细想了好一会儿，缓缓道："我记得，当时有一个男的，我不认识，他好像在骂谁，然后酒瓶就砸过来了，可能喝多了吧。"

周阔气得直抖："让老子逮到他，保准把他的脑瓜子砸烂。"

方洵偏过头去，给了周阔一个安慰的眼神："我没事，你别担心。"说着收回目光，眼睛下意识地往房间的各个角落瞧。

周阔微微皱眉，低声问："你在找胤阳？"

方洵飘忽的视线转投在周阔脸上，眼睛里满是期待，仿佛要在他脸上得到答案。

周阔有些不忍地偏过头去，声音愤愤："他在陪胥日。"

方洵低头想了下，是了，她记得她去自由空间的时候，胥日确实受伤了，脸色白得吓人，虽然不清楚情况，但那时胤阳正抱着她往外走，原来也来了这家医院。

"那他知道我在这儿吗？"方洵没抬头，低低地问，"谁送我过来的？"

"不知道。我们接到医院的电话就过来了，听说是个男的，我不知道是不是胤阳，我没看见他进来，刚才出去买东西，看见他在另一个病房，我就问了下护士，受伤的那个女人是胥日，听说断了两根肋骨，但是还好，没什么大碍。"

"那我呢？"方洵抬头去看周阔，"胤阳知不知道我受伤？如果他知道我的骨头也断了，会过来看我的。"

周阔静静地看着她的脸："你的骨头没断。方洵，你希望他来看你？你原谅他了？"

方洵语塞，接着红着眼睛道："你就告诉我，他知不知道我在这儿。"

一瞬的沉默。周阔将目光望向窗外，仿佛在故意避开不愿回答，过了好一会儿，才重新回过头来看着方洵，握住了她紧紧抓着自己的手，点了点头："他知道。"

方洵的表情一动不动，仿佛没听懂。

周阔只能加重口气，重复道："他知道你受伤了，但他没过来看你。"

方洵感到她的心一下子凉了。她几乎用尽所有力气才撑着自己的身体没有倒下去，天气那么热，空气中充斥着灼热的气息，闷得让人喘不过气，心却是冷的，寸寸结冰。

良久，她才低低地说了一句："我知道了。"

傍晚的时候，欧阳绿夏出去给方洵买晚饭，周阔也被打发出去买水，方洵就轻手轻脚地从病床上爬了起来，走出房门。

她的头还是有些晕，脚步也有些虚浮，一边贴着墙边慢慢走，一边伸手拦住一个护士问了句："你好，我想问一下，有一个叫胥日的病人，她在哪间病房？"

同楼层转角处的一间独立病房里，胥日静静地靠在床头，而胤阳坐在床前用水果刀削苹果。

削好一个，他就递给胥日，然后又拿起一个继续削。

胥日静静地看着他，眼睛里带着点儿无奈的笑意："你削这么多，我又吃不了。"

胤阳头也没抬，淡淡道："慢慢吃。"

方洵看到的就是这样一幅温馨又暖人的画面。

心里仿佛有什么东西一瞬间毁坏崩塌，痛得就要承受不住，她的身体顺着冰冷的墙慢慢滑了下去。

胤阳真的就在这里，寸步不离地陪着胥日，自己和他仅仅隔着几间病房，不足百尺的距离，却一眼都不肯去看她。他们之间怎么会变成这样？从前无比亲密无比依赖的恋人，一夜间就形同陌路，甚至连个熟悉的陌生人都做不成。

是不是她真的做得太过，让他寒心，还是他自始至终都没有忘记过胥日，所以当她们两个同时倒在他面前，他遵从了自己的真实心意，紧紧抱在怀里的，才是他真正爱的那一个？

早就该想到，那天当她选择坐上周阔的车，将他一个人远远丢在后面的时候，他的心就凉了，他再也不会原谅她，再也不会继续爱她了！

虽然她努力回头，想告诉他她的答案，终究还是晚了一步，他不再需要她了！

心从来没有这样痛过，就像是一丝一丝被生硬地从身体里强行拔出。当初秦朔一声不吭一走了之的时候，她找了他那么久，哭得那样可怜，她的心也没有这么痛过。

原来投入太深，能够承受的力量就不够了！

她撑着已经快站不起来的自己，沿着刚才的路，一步一步慢慢往回走，才发现这条路真漫长。

病房里，胥日已经吃不下去了，无力地看着一直低着头，一句话也不说的胤阳，实在忍不住问道："既然这么担心，为什么不去看看？为什么这样折磨自己？你给我削这么多苹果，却没有一丝一毫的心思在我这里，胤阳，你什么时候变成这样，这样软弱，这样畏首畏尾了？"

胤阳没抬头，手里的动作也没停："医生说她没事，不用去看。"

刚说完他眉头一皱，手里的水果刀在他的食指上尖锐地划过，留下一道长长的口子，血霎时就流了出来。

胥日赶紧把他手里的刀抢下来，抓着他的手，胡乱地抽出纸巾给他擦血，又是生气，又是心疼。

胤阳由着她握着自己的手，一双漆黑的眼睛定定地看着她，眼神里有几分无奈，几分思索，又有着几分莫名的遗憾。

胥日看着胤阳的手，有一瞬间的恍惚，这双手她也曾紧紧握着，与他十指紧扣。他也曾温柔抚过她的脸颊，摸过她的嘴角。想到从前，她有些满足，又带着些自嘲的口气："从没想过会有这一天，两根肋骨换你坐在这里削苹果，很值得。”

“要换我整个人，你的两根肋骨，远远不够。”

胥日诧然地抬起头，不明白他的话。

“胥日，你我做不成情人，难道不能做朋友吗？你为什么要这么做？”

胥日给胤阳擦伤口的手猛地顿住，眼光变得阴鸷且不能理解。

半晌，她抿了抿略显苍白的唇：“你说什么？”

胤阳平静的目光变得凌厉且森冷，他将身体微微探上前，几乎是贴着她的脸，一字一顿沉沉道：“我说，以后不要这样做。否则，下一回被打断的，就不只是几根肋骨。”

胥日抓着胤阳的手终于忍不住微微颤抖，却努力使自己的声音保持平静：“你都知道了？”

胤阳将身体收回，也抽出了被胥日紧紧握着的手，随即拿起桌子上的苹果咬了一口，嗓音淡淡的：“昨天晚上那些人，是你找来的吧？你找他们来干什么？闹事？想教训我，还是教训方洵？”

“胤阳。”胥日的声音带着惊慌，眼睛也瞪得大大的，“我从没想过。”

“从没想过？那现在这样是谁造成的？胥日，你一向爱惜自己，什么时候对自己的骨头这样不在意了？”胤阳顿了顿，声音越发淡漠疏远，“还是你对自己的骨头不在意，是因为对方洵的命不在意？”

胥日狠狠地盯着胤阳，连胸口都随着她急促的呼吸微微起伏，她双手用力抓着被角，咬着牙齿道：“我在不在意不重要，你如果在意，为什么不去看她？现在对我摆出这副恼人的表情又是什么意思？”

胥日说着冷笑出来，从前的那份优雅和自信一下子消失无踪，反倒有些哀怨的样子：“胤阳，你就是个自欺欺人的人，你明知道这一切，却陪我在这里演这场戏，你做给谁看？”

胤阳缓缓站起身来，居高临下地看着她，他的眼神很平静，脸上也没什么表情，可他的话就是有一种震慑人心的力量：“我跟她之间的事情，没有必要跟你解释。就算这次真的是个意外，你因为我受伤，我留下来照顾你，这不是因为我对你还有所留恋，因为就算是你自作自受，但你的骨头断了是真，你的疼痛也是真，但我的爱，已经没有了。还有，方洵是无辜的，你该庆幸现在的她还完好无损，否则，我不管是你，还是其他任何人，我一定……”他顿了顿，似乎咬紧了牙齿，既果断又残忍地说出来，“要你们所有人都不好过。”

胥日看着胤阳漠然离去的背影，紧紧抓着被角的手蓦地松动。

“无辜？在一场爱情里，如果有一个人受伤，那么另一个，就一定不会无辜。”

刚刚走出病房，胤教授的短信就一条接一条地发了过来。

“方洵今天又没来上课。”

“这是第几次了，你们到底想干什么？”

“她到底有没有把我这个公公放在眼里？”

“你们在一起吗？还在冷战？”

“什么时候回家？我今天买了乌骨鸡。”

胤阳无奈地看着那些短信，直到手机停止振动，才迅速打上几个字，回复过去。

“她一直把你这个公公放在眼里，只是没把我这个老公放在眼里。”

三秒钟，短信再次响起：“那还好。”

住院部来往的人很多，方洵坐在楼前柳树下的长椅上，看着人进人出，一个个脸上都是焦虑的神情。

天气炎热，身上却冷得厉害。方洵微微抬头，看着苍白到刺眼的太阳，张开五指挡住阳光，闭上了眼。

说不出是什么时候爱上胤阳的，或许是那日订婚礼上，他一身黑色西装，嘴角带着张扬的笑意，在万众瞩目之下朝她走来的时候；或许是那日南山山顶，阳光下他站得笔直，眉梢眼角都是融融的温暖，抿着唇对她勾勾手指的时候；又或许是那日暴雨倾盆，他站在漫天雨幕下，紧紧扣着她的肩膀，大声地对她说“方洵我喜欢你，非常非常喜欢你”的时候。

那时候的胤阳，多么倨傲，多么嚣张，全身充满了迷人的味道，她却让他的眼里布满阴霾，让他连笑容，都那样疏远陌生。

方洵低下头，头顶的阳光太刺眼，刺眼到她已经冰冷的心完全承受不住。

直到她闻到一股熟悉的味道，一股冷香，混合着淡淡的烟草味，那个人慢慢地、慢慢地，朝她走来。

她猛地抬起头，逆光下，看清了胤阳沉静中有几分苍白的脸。

方洵怔怔地看着他，没有说话。更怕她一开口，就说出什么伤人的话。

胤阳在她跟前蹲下来，看着她焦急的脸，还有那双因为迫切和委屈就要掉下眼泪的眼睛，缓缓伸出手来，握住她的手。

天气这样热，她的手却凉得厉害。

手上的力度又紧了紧，他嗓音淡淡的，带着压抑的沙哑：“我们回家吧。”

方洵的心蓦地一酸，被胤阳握着的手止不住微微颤抖，她固执地望着他黑亮的眼睛，一字一字认真地问：“是谁送我到医院的？你，还是车宇？”

胤阳一手握着她，一手抬起来去抚摸她的头，眼神里带着温醇宠溺的笑：“你说呢？”

她本就脆弱不堪的心理防线一瞬间决堤，再也无法忍受地扑进了胤阳怀里，双手紧紧抓着他的背，嘴唇都被咬破了，伴着低低的呜咽声：“我以为你不要我了。”

胤阳紧紧抱住她，像要把她揉进身体里一样，双手拍着她不住颤抖的背，嘴唇贴着她的脸，没有再说什么，却将她越抱越紧。

这一道风景，很温馨很美，在色彩单调又沉闷的医院里，更显得暖意融融。

不远处的周阔和欧阳绿夏，站在那里看了很久，谁都没有说话，就那么静静地看着，过了好久，欧阳绿夏才拍了拍周阔的肩："别看了，走吧。"

周阔没动。

他脸上的表情既安心又落寞，欧阳绿夏看着他，觉得心里堵得慌，不由得狠狠拍了下他的后背，不解恨地骂道："舍不得就说啊，在这里看着算什么，看了那么多年，一步也不敢靠近。周阔，这世上谁会像你一样，傻到这个地步，喜欢一个人又不说，还眼巴巴地把她往别人怀里推？"

周阔摇着头苦笑，有些自嘲的意味："她曾经那样难过，我用两年的时间都没能让她忘记，可胤阳只用两个月就成功了，是我没本事，既然别人做到了，我就应该笑着成全。什么是注定，这就是注定。"

说完他慢慢转过身，往回走。

胤阳带着方洵回了家。

这房子这样大，却空旷得很，从前一个人住不觉得什么，可当有一天，猝不及防地闯进另一个人，就觉得突然多了很多味道，而这个人来了又走，就连这屋子都脆弱到无法承受。

房间依然干净整洁，方洵留在这里的东西都在，胤阳早把这些东西洗好收拾好，放在柜子里，等她回来用。

方洵拿了睡衣去洗澡，胤阳就在厨房做饭。

做好饭，胤阳把菜一道道端上饭桌，方洵还没出来。

方洵的头上有伤，还绷着纱布，不能淋浴，所以躺在大大的浴缸里泡澡，热水氤氲出腾腾热气，全身的毛孔都打开，四肢完全放松下来，很暖很舒服。方洵泡了将近半个小时，身体干净了，但是头发就没办法，正想着该怎么解决，结果胤阳推开门就走了进来。

方洵吓一跳，下意识地往浴缸里一缩，一双眼睛紧紧盯着胤阳："你进来干吗？我……我没穿衣服。"

"我知道。"胤阳伸手拿下喷头，又把洗发露拿过来，接着对着方洵眨了眨眼，极其温醇地一笑，“你身上还有哪儿，是我没看过的？”

方洵使劲咽了口唾沫，红着脸不说话了，脸更深地埋下去，只露两只眼睛。

胤阳笑着走过来，在浴缸前蹲下，上去揽过方洵往后缩的脑袋：“别动。”

“别，别。”方洵一阵紧张，赶紧到处找东西试图遮挡自己，徒劳无功后，就只能拼命往水里缩。虽然两个人曾裸裎相对，但这毕竟不是在床上，总觉得有点儿尴尬，何况自己虽然不着寸缕，胤阳还穿着衣服，不甘心！不公平！

胤阳一把将她捞起来，身体探过去，在她脸上轻轻吻了一下，然后贴着她的耳朵说：“你都是我的了，何况我只给你洗头发，不会做禽兽不如的事。”

方洵抿着嘴唇，老老实实地趴在了浴缸边沿，胤阳一手撑着她的头，一手提着喷头给她洗头。

“嘿嘿。”洗了一会儿，方洵用手撑着下巴，不自觉地笑出来。

“笑什么？”

“我想起我爸，小时候，他也这么给我洗头。”

胤阳也笑了：“我可没这待遇，我小时候不爱洗头，老头子就追着我跑，把我的头往盆里按。”

“老师哪有那么暴躁，他很温柔好不好。”

胤阳哼了一声：“他那是装的，你没看见他追在我屁股后面打的样子。”

“那也是因为你太皮了。”

胤阳撑着方洵头的手突然滑下去掐了下她的脸蛋，然后又去挠她的下巴：“你长本事了，这么快就跟老头子统一战线对付我了？嗯？”

方洵被胤阳挠得直痒，连连缩脖：“头、头疼。”

胤阳一听头疼，吓得立马松手，方洵低着头咯咯笑了两声，得逞似的抬头瞅着他，眼里露出顽皮的笑：“唉，你真好糊弄啊。”

嗬，这是在挑衅他！

胤阳意味深长地点点头，眉毛扬起来：“你等着。”说完竟然不再折腾她，而是耐心专注地给她洗好头，然后把喷头放回去，拿起准备好的干毛巾给她擦头发。

他的动作很温柔，方洵窝在他的怀里舒服得快要睡着。

正闭着眼睛惬意地享受，胤阳突然将吸了水的毛巾丢在一旁，方洵睁开眼看他，他也在望着她，伸出泛着凉意的手指，小心地划过她有些清淡的眉眼、高挺的鼻梁与噙着笑意的饱满嘴唇，就像对待一件珍贵的艺术品般珍惜爱护，带着完全拥有她的欢喜和满足，低下头，轻轻地吻了她一下。

那个吻很温柔，带着小心翼翼的呵护。因为担心她头上的伤，所以不敢有太大的动作，只是蜻蜓点水。方洵也不说话，乌黑的双眸深深望向眼前这个将她拥在怀里小心对待的男人，眼角有了一点儿湿润。

胤阳皱眉，用指尖抹去了她眼角的泪：“怎么了？”

她咬着嘴唇摇头，眼里带着小小的委屈，嘴角却含笑：“就是想你了，好久没有看到你，我想好好地看看你。”

一阵阵刺痛，一阵阵抽搐的心，在胤阳起伏的胸膛里疯狂跳动。

他涩涩地笑，双手轻轻地环住她，将她更紧地拥进怀里，声音低低的：“我再也不会离开了。”

“真的？”

“嗯，打我也不走，骂我也不走，我就赖在这里，就赖在你身边。我不会再说谎，不会再骗你，无论发生什么事，好的坏的，对的错的，我对你都不会再有隐瞒，我都会是最诚实的那个胤阳，我会……”胤阳话音未落，方洵直接上去堵住了他的唇。

心里有一点儿泛酸，感觉却是最真实的，这个男人她相信，他的一切她都信。

医院的病房里，胥日靠着床头静静地看书。

胤阳带着方洵回家后，再没有来看过她。秦朔来过一次，两个人大半时间是在沉默。

天气很好，虽然炎热却微风拂面，胥日放下手里的书，偏头往窗外看去，她的脸色有些苍白，眼睛里也少了往日的神采，不再自信笃定，有些落寞悲凉的味道。

因为爱一个人而变得卑微，连胥日这样的女人都不能幸免。

车宇推开病房的门走进来的时候，胥日看窗外已很久，在听到脚步响起的那一瞬惊喜地回头，然后，整个人微微愣怔，乌眸里那丝喜悦的光又暗淡下去。

看到这样的表情，车宇多少有点儿受伤，却还是扯动了嘴角，打趣地问："怎么，不是胤阳，你很失望？"

胥日笑了："现在的我，已经没有什么值得失望了。"她指了指房间的一张椅子，"坐吧。"

车宇没坐，直接走到她面前，用一种沉沉又意味不明的眼光看着她，不是同情，也不是怜悯，更不是看见她苍白着脸躺在这里却无人问津的鄙夷和嘲讽，那种眼光很特别，很绵长，像是一种深入骨髓的惋惜和遗憾。

然后，他开口。

"我记得第一次见到你，那时你十七岁，明媚端庄、知书达理，是一个真正的名门闺秀，不媚俗，不浮夸，你的优雅是与生俱来的，你身上所散发出的光彩，无人可比，我相信胤阳喜欢的，也是这样的你。"

胥日目光平静地看着车宇，并不说话。

"我见你第一眼就喜欢，却一直不敢说出口，我心里的胥日，是这个世上最美丽的女人，没有一个男人配得上，包括我自己。那时的我，胆小、自卑，就连看你一眼也会脸红，所以我只能拼命低着头，怕你看见。你当然不会喜欢这样的我，你喜欢的是胤阳，他就跟你一样，哪面有阳光，就喜欢朝着哪面，自信、骄傲，或许在你心里，只有这样的男人才配得上你，才可以拥有你。

“没有率先一步牵住你的手，我承认，这是我这辈子最大的遗憾，但胤阳是我的兄弟，看到你们在一起，我愿意收起对你的所有感觉，只笑着祝福。其实比起胤阳，我喜欢你要早得多，甚至在你离开之后，我比他等得更久。”

胥日紧紧抿着唇，眼圈微微泛红。

“所以七年后当你回来，我真的很开心，我一直在等这天。”车宇傻傻地笑了，又有些惋惜，“可是胥日，你为什么变成这样，让我认不出来了呢？”

胥日淡淡地笑了笑，声音隐隐哽咽：“我也没有想到，现在的我变得连自己都厌弃。”

“胤阳是什么性格，我们都清楚，他不会被任何人牵绊，也不会为任何人改变。胥日，从你狠心离开的那一刻你就该知道，你走了他绝不会等你回来。”

“那方洵呢？”胥日忍不住问出来，“为什么对她就不同，我们在一起那么多年，竟然比不上他们短短几个月的相处，他究竟有没有真心爱过我？”

车宇微微皱眉，往前走了几步，握住了她冰冷发颤的手：“胥日，当初执意离开的是你，既然走了，就没有资格再要求他什么。如果他还在意你，你今天不会躺在这里，如果他已经不爱你，那么你为他伤心他不会知道。”

胥日定定地看着车宇，眼睛通红，仿佛彻底绝望般没了光彩，声音也哽咽得不成调：“那你呢？”她将他的手猛地攥紧，一字一句地问他，“你爱我，就像爱你身边那些女人一样？”

车宇愣住，他几乎难以置信地看着胥日，看着她苍白的脸色和眼角不断落下的泪，觉得自己的心一下下抽搐地疼。

他从来没看过胥日哭，原来看心爱的女人哭起来是这个样子，他的心会痛成这个样子。

她怎么会绝望到这个地步？

车宇一点点抽回自己的手，脸上是受伤的表情：“胥日，你跟她们不同，别作践自己。你只看见你离开别人之后的痛苦，却不愿意放下他去跟另一个人幸福！自始至终，你爱的人永远是你自己！如果说七年前你输了胤阳，那么今天，你输掉了我！”

Her boyfriend
to come

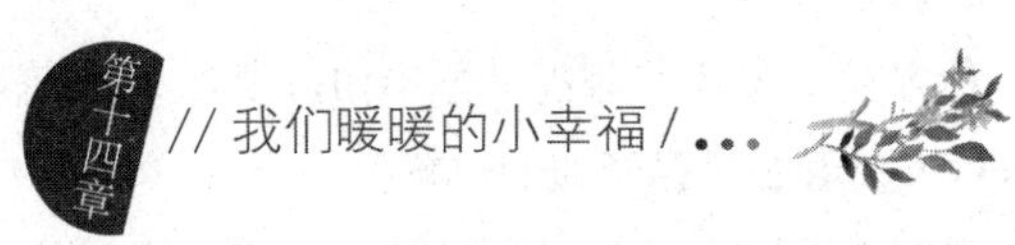

第十四章 我们暖暖的小幸福

从医院回来已经两个星期，方洵头上的伤已养得差不多，可以拆纱布了。这一阵子胤阳的表现令她十分满意，一日三餐好吃好喝地供着，洗衣服，收拾屋子，每天晚上两个小时的全方位按摩，日子过得甜甜蜜蜜。

只是每次给她按摩的时候，总要上下其手，借机占占便宜，这一点让方洵很是不齿。

这会儿他去公司，方洵一个人在家里趴在床上看看书，外面的阳光好极了，透过落地窗照进来，将她整个人都镀上一层淡淡的光圈。

手机突然响起来，她漫不经心地拿起来看了看，是一个陌生的号。

“喂。”

“方洵，我是胥日。”胥日的声音很稳，听不出情绪，直呼她的名字，没有了从前那样刻意的客套。

“你现在有时间吗？我想见见你。”

“好……”

方洵伤在头上，虽然流了不少血，但没有大碍，所以很快就出院了，可胥日断了两根肋骨，遵照医生的建议至少要休息两个月，所以仍然留院观察。

阳光明媚，病房里出来晒太阳的人不少，胥日就在一张长椅上静静地坐着，她的头微微抬起，看着头顶绚烂到耀眼的光圈，虽然觉得刺眼，却没有闭上眼睛。

方洵慢慢地走到她跟前，没有说话。

她不太明白胥日为什么想见她，胥日要对她说些什么话，和气的还是伤人的？她并不想来，也害怕听她谈跟胤阳的过往。但不知怎么，想起胥日也曾友好地对着她笑，在她尴尬的时候替她解围，看着她的时候，偶尔也会露出真诚的歉意目光，于是她想，这个女人或许并不那么令人讨厌。

胥日抬眼看了看方洵，淡淡笑着："方小姐，要你来这里看我这个病人，真是抱歉。"说着在自己旁边的位置拍了一下，"请坐吧。"

虽然笑着，也难掩饰她脸上的苍白和憔悴，仿佛一下子就垮了下来，跟初见她时的那份自信和优雅完全不同，可这样的她，比从前任何时候都坦然、平静。

方洵走过去坐下，下意识地看了看她的胸口："你的伤，好些了吗？"

"好多了。"胥日笑着答，"本来也没什么，自作自受而已。"

方洵心里也不好受，低下头不知道该说什么。

胥日静静看着她，突然就笑了："从我第一眼看见你，我就知道你不是个普通的女孩，至少在胤阳心里，你不是。"

想起第一次相见，方洵也不好意思地笑了："那时候，你大概觉得我很傻、很自以为是吧，居然拉着胤阳的手说他是我男朋友，那个时候，你一定在心里笑我。"

"当然没有。我只是很吃惊，可是后来想想，也就清楚了，如果不是因为胤阳喜欢你，他是不会容许你说出那样的话，做那样的动作的，其实我早就看出来了，只是不愿意相信罢了。"

方洵抿着唇笑了笑，不说话。

"其实回来之后我找过胤阳，我想知道他心里怎么想，他把我、把你，放在什么样的位置，是否还像从前一样。可是他对我说，他爱你，无论真话还是假话，他都说爱你，他还说，同样一个笑话，你听了会笑得停不下来，我听了却没有丝毫感觉。"胥日眼角带笑地看着方洵，有些挑衅地扬了扬眉，“方洵，你告诉我，那个笑话真的好笑吗？”

方洵忍不住笑了，之后诚恳地摇头：“一点儿都不好笑。”

“那为什么会笑得停不下来，仅仅是想要逗他开心吗？”胥日不解。

“啊，不是啊。”方洵认真想了下，“我笑并不是因为这个笑话本身多好笑，但你不觉得他这样嚣张又爱嘚瑟的人，一本正经地给人讲笑话逗人开心，这个画面光是想想都很好笑吗，所以我笑，是在笑他，而他笑的是我，我们两个互相逗来逗去而已。”

方洵说完自己也感觉有点儿绕，果然，胥日略显苍白的脸上挂着微微的愣怔，仿佛没听懂，半晌，终于理解似的轻轻地笑了。

“原来是这样啊，原来他的爱，已经没有了。”

看着胥日自顾自说着伤心的话，却仍努力保持着一张笑脸，方洵觉得自己的心，也跟着酸了一下。

“我还天真地以为无论我走了多远多久，他都还会在原地等我。”胥日低低地叹了声，带着几分自嘲，“人人都说我聪明，我也那样认为，可到最后才发现，其实我是最傻的那个。

方洵越听越酸，一个女人千方百计地爱着一个男人，无论因为什么失去，都是一件叫人悲伤到死的事。就跟她当初一样，以为自己被狠心放弃，那时仿佛天塌了下来，她整个人一下子被击垮，可是到头来，是秦朔被迫放弃，而她成了伤人的那一个。

这个世界，并不是所有的相遇都是久别重逢，所有的爱情都会破镜重圆。庆幸的是，她遇到了更好的那个人。

胥日平复了下心绪，好像想起什么似的，仔细看了看方洵的额头：“你的头没事吧，那日我见你流了好多血，当时胤阳都吓疯了。”

“胤阳？”方洵低喃，“我之前还以为是车宇送我到医院的。”

胥日顿了一下：“车宇？”接着又了然地笑了，“怎么可能，胤阳怎么可能把你交给别人，那天很乱，我们准备上车的时候，车宇突然抱着你从酒吧跑了出来，直接挡在了车前。当时你的额头一直在流血，整个人完全晕了过去，胤阳当时就把我放下了，几乎是颤抖着双手把你从车宇怀里接过来，我看见他眼圈都红了，脸白得吓人，他是着急，又是害怕，我从来没有见过他露出那样的表情，我简直不敢相信。后来是车宇把我扶上了车，他开车，胤阳就抱着你坐在后面，不停地用袖子擦你脸上的血，用力亲你的脸，叫你的名字，发疯一样对车宇吼着让他快点儿开。真的，看着那样的他，我突然不疼了，真的，没有感觉了，就像完全死掉了一样。原来胤阳，还可以因为一个人变成这样，从来没有人告诉我他可以变成这样。当年我离开他的时候，他连一滴泪都没掉，一句挽留的话都没有，可是面对你，他就会完全不同，那时我才知道，那就是爱吧。”

方洵突然想哭，心一抽一抽地疼，那天的事胤阳没对她说起，她也没有去问，原来他是那样的，担心害怕失去她，不顾一切地为她疯狂，可她竟然会怀疑他的感情，那样好的胤阳，一直珍惜和在乎她这样蠢蠢的人，蠢蠢的爱。

胥日沉沉地叹了口气，似乎难以启齿，却还是努力笑着说出来：“我应该对你说一声对不起，如果不是我，你也不会受伤，但你原不原谅我都不重要，我所做的一切，终究都要自食恶果。”

“不不，跟你没关系。”方洵往胥日身边挪了挪，一双漆黑的眼睛认真地看着她，“是那些人喝多了闹事，又赶上胤阳心情不好就打了起来，结果连累你受伤。”

胥日偏过头看着方洵，脸上的表情有些困惑，又转瞬释然：“胤阳没告诉你吗？”

“什么？”方洵笑着摇头，有些不好意思道，“哦，他的确说过怪他，害你受伤。”

看着方洵是真的什么都不知道的样子，胥日觉得心头泛酸，是一种浓浓的悲伤在心里泛滥，收都收不住。

即使她做了那样的事，他终究还是珍惜他们曾经的感情，所以在方洵面前，才给她留下了最后的颜面。

胥日抬起头来，努力不让眼泪掉下来，终究是失败了。她伸手擦了擦眼角，声音也有些哑了："我好像真的错了。"

方洵从长椅上站起来，低着头静静地看着胥日，然后，嘴角微微弯起，露出一个比阳光还温暖灿烂的微笑："我能明白，我曾经也像你一样，觉得自己因为一份爱再也站不起来，但其实都已经过去了，每个人都会有自己的一米阳光，不是胤阳，也会是别人，只是在那个冰冷的路口，他遇到的恰巧是我，我遇到的恰巧是他。所以你应该重新开始呀，你是胥日啊，自信优雅，时时刻刻保持着文明人的礼貌微笑的胥日。一定要相信现在的一切就是最好的安排。"

方洵说到最后，竟然歪着头对她俏皮地眨了下眼睛，灵动而活泼，就像头顶的那束阳光，绚烂多彩，生机勃勃。

从医院走出来，竟然下起了雨。

胤阳的车停在马路一侧，他撑了把黑色的雨伞，慢慢地，朝这边走来。

两个人回到家，胤阳做饭，方洵拿了换洗的衣服准备洗澡，刚走到浴室门口，就听见胤阳的电话响了起来。

胤阳心不在焉地接起，方洵进了浴间，衣服还没换下来，就听外面"啪"的一声，她赶紧打开浴室门探出头来。胤阳握在手里的电话不知怎么突然掉在了地上，他却没有低头去捡，只是怔怔地站在那儿。

方洵赶紧过去捡起电话，电话还没挂断，上面晃动着"老头子"三个字。

胤教授的声音断断续续地传来："在重症病房，你来看看她吧。"

去医院的路上，胤阳一直没说话，方洵也不知道该安慰些什么，于是只能紧紧握着他的手。胤阳的手一直很温暖很有力，这一回却是冰冷的，连指尖都在颤抖。

医院很静，来往的人寥寥，胤阳走在那条通往重症病房既灰暗又死气沉沉的走廊上，觉得这条路太长太长，似乎花尽一生的力气也走不完。

胤教授独自坐在病房门前的一张椅子上，双手无力地搭着膝盖上，身体有些疲惫地靠着冰冷的墙面，仰着头，微微合着眼睛，不知道是不是睡着了。

胤阳轻轻地走到他身边，在他跟前蹲下去，握住他瘦削而苍白的手，嗓子里有着淡淡的沙哑："爸……"

胤教授缓缓睁开眼睛，看了看胤阳，又看看站在他身后，一脸紧张的方洵，勉强地笑了笑："来了？"说着用手撑着胤阳的胳膊，将他扶了起来，"来，起来。"

方洵走上前去，也拉住了胤教授的手，看着他微微泛红的眼眶，眼睛也跟着红了："老师，阿姨她？"

胤教授拉着方洵坐下，又指了指胤阳："你也坐下。"接着他那张端严沉着，永远稳如泰山的枯瘦面容定定地朝着病房，声音压得很低、很慢，"已经没事了，我得到消息的时候，已经做完手术，其实是老毛病了，医生早就嘱咐她多休息，少操劳，她就是不听。"说着低低地叹了一声，"她就是这样，太倔强，谁的话都不听，可是你们看，现在真的熬不住了，病倒了，真正关心她、害怕失去她的，还不是只有她的家人吗？这个道理，她怎么就不明白呢？"

方洵紧紧握着胤教授的手，不知道该说些什么，于是下意识地去看胤阳。

胤阳就静静地坐在那里，脸色也是淡淡的，眼里却早已掩饰不住惊涛翻涌，可他偏偏什么也不说，就是那样沉默，那样固执。

良久，胤教授缓缓开口："你还在生她的气？还是不愿意原谅她吗？她是你妈，看到她这样躺在你面前，难道你能无动于衷吗？

"胤阳，亲人之间，没有谁对谁错，这些年来，你就是在赌一口气，可你怎么不想想，如果今天她真的没了，这口气，你还要继续赌下去吗？到时候就算你想后悔，这世上也再没有一个人让你叫她一声妈了。"

说到最后，胤教授的嗓音突然哽住，再想说点儿什么，却怎么也说不出了。

胤阳突然站起来，将胤教授也扶了起来，给他捋了捋有些蓬乱的头发，又拍了拍他肩膀上的灰：“爸，你回去休息吧，这里有我就行了。”

胤教授似乎有些愣怔：“可是……”

“回去吧，你今天累坏了，回家好好睡一觉，明天再来。”顿了顿，“我……我在这里守着，妈醒了，我告诉你。”

胤教授没反应过来，半晌一怔：“啊？”接着眼角爬上一丝欣喜的笑，然后，他说，“好。”

方洵也反应过来，跟着站起来，给了胤教授一个安心的眼色：“还有我呢，我也在这里守着，您放心吧。”

胤教授走后，胤阳拉着方洵重新坐下来。

方洵握着他的手，靠着他的肩膀，觉得有点儿困，使劲揉了揉眼睛。胤阳偏头看了看她：“我叫车送你回去吧。”

方洵摇头：“不，我要在这里陪你，胤阳，你跟我说话吧，我就不困了。”

胤阳摸了摸她的头：“好啊，说些什么呢？”

“就说说你小时候吧，是什么样子？”

胤阳微微停顿了下，下意识地看着病房，仿佛要透过那道冰冷的门看到静静躺在病床上的那个人。良久，他低低道：“我小时候很淘，经常跟人打架，我爸管不了我，经常被我气得说不出话，我妈……我妈是一个很严厉，也很急躁的人，但她从来没有打过我，在我爸责骂我的时候，她经常护着我。或许是觉得亏欠吧，在我很小的时候，她就因为要忙自己的工作经常不回家了，晚上也是睡在公司，她很拼命，想要不顾一切地取得成功，后来她越来越忙，更没时间管我了，我的一切都是我爸照顾。后来，大概是我爸觉得太累了，他们开始无休止地争吵，我爸认为无论他如何退让，再小心翼翼也无法将这个家继续维系下去，于是我妈就走了……我那时觉得是她让这个家散了，所以我恨她，不想提起她也不想见到她，就这么过了好多年，她又回来找我爸，说要把公司交给我，把她的一切都给我，我爸答应了。那时，她的身体已经很不好了，但她还在硬撑，她就是一个争强好胜的人，一辈子不会认输……”

胤阳默默地说着，方洵没有打断，他停下来看了方洵一眼：“睡着了？”

方洵摇头：“没有，我在听。”

胤阳沉沉叹了一声，揽住方洵的肩膀，让她舒服些，然后，继续道：“我爸说我的性格像我妈，可我从来不这样认为，现在却不得不承认，我真的很像她。我恨她自私，因为她放弃了我，可是现在想来，我为了自己有一个完整的家，要她放弃她的事业，放弃她一直拼命追求的东西，何尝不自私？”

方洵睁开眼睛，动了动身子，离他又近了些。

“或许是病了的原因，她的脾气越来越不好，那一天在咖啡厅门口，是她第一次打我，被你看见了……我知道她身体的问题，却还是经常惹她生气，好像那样就很痛快似的。可是今天，我接到我爸的电话，整个人都蒙了，我看到她这个样子，毫无生气地躺在病床上，那样苍白憔悴，好像连呼吸声都没有，仿佛随时会离我而去，我突然觉得一座山倒了。”说到最后，胤阳的声音越来越沙哑，他埋下头，紧紧地闭上眼睛，眼角的泪啪地掉了下来。

方洵赶紧伸出双臂紧紧抱住他：“没事了，已经没事了。”

“我爸说得对，如果她真的有什么事，我一定会后悔，其实我心里早就原谅她了，只是我不愿意承认，她是我最亲的人，我这样自私怯懦，连一声妈都不敢叫。”

方洵紧紧抱着胤阳，抱着他因为痛恨和悔意而剧烈抽动的双肩，下巴抵在他的肩膀上，一遍又一遍地说着：“不是你的错，胤阳，阿姨不会怪你的，只要等她醒过来，你把你的心里话跟她说说，那样就好了啊，真的。”

夜越来越沉，方洵和胤阳就这样坐在走廊的椅子上守了一整晚。

欧阳叶卿第二天中午的时候醒了，医生检查了下已经没有大碍，只是要她多休息，再不能劳累，在她的坚持下，转到了普通病房。

胤教授几乎天天来送汤，但大多是在欧阳叶卿睡着的时候，每回见她要醒，都是赶紧放下了汤扭头就跑，如此反复，胤教授的反应速度快得惊人，跑起来跟脚下生风似的，一溜烟就没影了。

来医院探望的人不少，但都被胤阳以病人要好好休息为由，一个个打发了。这几天他倒是陪着欧阳叶卿说了不少话，但那晚他在方洵面前哭着讲出的那些话，却一直说不出口。

方洵知道欧阳叶卿不喜欢她，但她要努力得到欧阳叶卿的喜欢，她是认定了她这辈子都要跟胤阳在一起，所以必须得到看她不大顺眼的婆婆的支持。

方洵推开病房的门走进来时，胤阳正在跟欧阳叶卿说话，见她走进来，胤阳对她招了招手，欧阳叶卿冷着脸看了她一眼，方洵立马被这冰冷的眼神唬住，不知道过去还是不过去。

想了想还是先尊重老人家的意思，万一人家要跟儿子说心里话，她不识趣地站在那里，岂不尴尬。

转身要走，欧阳叶卿的声音却在背后冷冷地响起，十分有震慑力的两个字："站住。"

方洵立马呆住，不敢动了。

欧阳叶卿微一皱眉："傻愣着干什么，过来。"

嗓门好亮，好威风霸道。方洵看了胤阳一眼，慢慢挪了过去。

她有些茫然，欧阳叶卿口气不善，不知道是不是会像上回一样，又说一些刻薄又伤人的话，让她难堪，知难而退。

她是不会退的，就算死缠烂打，也要收服他难搞的老妈。

欧阳叶卿一双凌厉的眼睛上下左右来回打量着方洵，目光里闪过困顿："你叫方……"

"方洵。"胤阳忍不住提醒。

"啊，你这个丫头，到底有什么本事，能让我儿子对你死心塌地的，我真是想不明白，我欧阳叶卿的儿子这么优秀，他到底是看上你哪儿了？我横看竖看，看不出你有什么特别。丫头，你能告诉我，你有什么可取之处，值得胤阳这样对你吗？”

胤阳还要插话：“妈……”

欧阳叶卿抬手打断：“我想听她说。”

方洵微微垂头，很长的时间都没有说话，像是在认真思考，欧阳叶卿的话问到她心里了，她有什么本事、可取之处，她自己也说不出来。

气氛一时沉默到尴尬，胤阳不忍心看到方洵为难的样子，硬着头皮准备继续接话。

“我……我很诚实。”沉默良久，方洵突然开口。

胤阳和欧阳叶卿都有些愣怔，方洵却很坦然，抬起头来，嘴唇轻抿，一双漆黑的眼睛笃定地回视着欧阳叶卿，没有难堪，也没有挑衅，眼里满是坚定。

胤阳看着她，安心又满足地笑了。

“诚实？”欧阳叶卿狐疑地看着她，似乎并不觉得如何。

“对啊，她很诚实。”胤阳笑着接话，“不但诚实，不会说谎，还听话，让做什么就做什么，从来没有怨言，最重要的，是她厨艺好，做的饭好吃，我一顿能吃两大碗，还有……”胤阳笑了笑，“她能帮我摆平老头子……”

欧阳叶卿疑惑地看着胤阳，不知他说的是真是假，半晌生硬地笑了一下，有些无奈：“原来你喜欢这样的。”

胤阳深切点头，表情很认真，有些循循善诱的意味：“我这辈子需要两个女人，可以一起帮我摆平老头子，一个是她。”说着视线转向欧阳叶卿，目光变得莫测，“现在还差一个。”

欧阳叶卿不自然地咳了两声，赶紧岔开话题：“说了这么多话，都饿了，今天没有排骨汤吗？”

“有，有。”方洵赶紧去拿餐盒递过去，“还是热的，老师刚刚送来的。”

欧阳叶卿一听是胤教授送来的，突然不知道该不该接了，手顿在半空，有点儿尴尬。胤阳手疾眼快，立马接了过来，一边打开餐盒一边啧啧赞叹：“啧，老头子炖汤的手艺越来越好了，果然是用心做的。”

欧阳叶卿脸色一沉，重重咳了一声，更不好意思接了，十分傲气地往胤阳手里一推：“不饿了，拿走。”

欧阳叶卿在医院住了大半个月，实在住不下去，三番五次闹着要出院，都被胤阳拦住了。胤教授三天两头地往医院跑，不敢进病房，每回都把餐盒交给方洵，再嘱咐两句，接着就闪人了，以至于欧阳叶卿住院这十来天，两人硬是一面都没见上。

眼看着欧阳叶卿这几天脾气越来越大，脸色就要绷不住了，方洵就拿着手机在病房门口，偷偷摸摸地给胤教授打电话。

“喂，公公大人……”

胤教授被这一声公公大人叫得浑身直抖，赶紧撑住了桌角，神色紧张：“方洵，什么事啊？是不是胤阳他妈病情反复了？”

“不是，医生说恢复得很好，不用担心，就是……就是这一阵，我未来婆婆有事没事就念叨你，虽然她嘴上不说，但心里真的很希望你能来看看她。”

胤教授咳了一声：“我不是去了吗？”

“您那不叫探望啊，您每回来都只在门口转两圈，忒没诚意。”

胤教授又咳了一声：“反正也没什么事了，我看不看都一样。”

“当然不一样了，她希望您来看她啊，昨天还说呢，叫你炖好汤亲手端到她跟前，不然她就不吃。”

“这样啊。”胤教授的语气听起来有几分为难，“这话是她的风格，好吧，那我就勉强去看看吧。”

方洵赶紧附和：“对啊，您就勉强来看看吧。”

放下电话，方洵推门进了病房，看了正在病床休息的欧阳叶卿一眼，有些为难道：“阿姨，刚刚老师打电话来，问您的身体好些了吗？其实他心里一直放不下您，这回您病了，他更急得不得了，一直想来看您，但怕您不高兴，就没敢露面。”

欧阳叶卿哼了一声：“想来就来啊，谁也没拦着他。”

方洵赶紧应承："好嘞，我这就去回话……"

方洵出了病房正要给胤教授打电话报喜，一抬头正看到胤阳不知什么时候站在门口接电话，脸上没什么表情，看到她时笑了一笑。

然后，他挂了电话，朝着方洵走过来："是胥日。"顿了顿又道，"她要回美国了。"

方洵一时间有点儿恍惚："是吗？"

"明天的航班，她想见我一面。"

方洵沉默了下："那就去吧。"

"认真的？"胤阳的目光带着些探寻。

"认真的！像个老朋友那样，好好地送一送她吧，下回再见，都不知道什么时候。"

胤阳张开手臂给了她一个拥抱，不是要把她融进身体那样的用力与霸道，却莫名让人安心。

还是那家西餐厅，胥日就静静地坐在靠窗的一个僻静角落，已经等了很久。

胥日微微抬高双眸，看着胤阳走进来。

她对他笑了一笑："喝点儿什么？"

胤阳摇摇头。

胥日沉默了下，低低道："我要走了。"

胤阳"嗯"了一声。

"其实这次回来，只是想看你过得好不好。"

胤阳嘴角一弯，露出轻松惬意的笑："你看到了，挺好的。"

心里突然涌上酸涩之感，胥日垂下双眸，定定地看着餐桌上铺得平整的雪白桌布，低低地说："我一直觉得，自己欠你很多，其实我早该跟你说一声对不起……"

胤阳看着胥日，极轻地叹了一口气，然后扭头看向墙面上的几幅画，突然笑了。

"其实，你走的那几年，我偶尔会来这里，看着这些画发呆，也会想起我们在一起的时候，登山看日出，出海垂钓，互相点评彼此的画作。那些年其实挺开心的，虽然过去了，但是你在我的回忆里，不全是悲伤的，也有美好的，所以你不用抱歉。”

胥日抬眸，有些难以置信地看着胤阳，她曾伤了他，他却可以不计前嫌，笑着说出原谅的话，比起他的豁达和包容，自己那些微不足道的痛，是多么的渺小至极，不值一提。

胥日低低地笑了，眼里再没有了多余的意味，而是平静又从容，转瞬又是从前那个优雅自信的端庄女子。

“七年前我选择放弃这段感情，七年后就没有资格后悔，这条路是我自己选的，对与不对，我都会走下去。”

胤阳低低地笑了：“这才是你的性格。”

两个人突然间沉默下来。

胤阳的手机“叮”的一声，在桌上跳动了下。

“你爸来了，现在跟你妈说话呢，完了，一会儿穿帮了怎么办？我还说我很诚实，你妈会不会杀了我……”

胤阳忍住笑，快速回过去几个字：“等着，很快回去救你！【亲亲】”

胥日静静地看着他，他狭长的双眼微垂，表情掩映在阴影里，肩膀微微抽动，明明想笑却努力忍着，可隽秀眉宇间的笑容，仿佛从沉寂的内心深处发出的巨大愉悦和满足，那样的表情，她从没见过。

不是爱就能得到，这个道理七年前她不懂，七年后，一种陌生的痛清晰地叫她醒悟。

胥日拿起杯子喝了口水：“是方洵？”

“嗯。”回完了信息，胤阳抬头看了看胥日，“明天的航班是吗？我就不送了，保重！”

胥日只是微笑，笑着看他大步地往门外走，暗淡的灯光吞没不了他那张帅得无法无天的脸，他一点儿没变，还是从前那个潇洒俊朗的胤阳，可惜，已经是别人的胤阳。

“保重！”胤阳走了很久，胥日才望着他离开的那个方向，低低地说。

又是一周过去，欧阳叶卿已经可以出院，医生叮嘱了几句，又开了些药，胤阳拎着收拾好的行李准备接她出院。

还没走到医院门口，方洵的手机就响了起来。

胤阳将行李装进后备厢，看着胤教授他们上了车，回头看了看方洵，她放下电话，慢慢地走过来。

“怎么了？”

方洵想了下，有些犹豫道：“是秦朔，他也要回美国了，约我看一场演唱会。”

胤阳没说话。他看得出方洵有些为难，不知道该不该去，他也看得出，方洵并没有直接拒绝。

他走过来抱了方洵一下，轻轻拍了拍她的背：“去吧。”

“可是……”

“去吧。”胤阳重复道，“或许今天之后，他可以彻底放下了。”

工人体育馆外面满满当当的人，粉丝们早早到场，有围在一起聊天的，有坐在地上卖周边的，有撑着易拉宝、举着灯牌拍团体照的，还有黄牛在门前来回晃悠，随便拉住一个人就问要不要票……十月的天已经微凉，眼前的场面却十分火热。

方洵走到场馆外挂在横栏上的一个巨型条幅前，看着上面熟悉的人影，有些怅然，条幅上烫印着她从来没有见过的组织“logo”，从来没有听过的应援口号，有那么一瞬，突然就觉得自己老了。

她买了一个应援用的黄色小旗子，上面印着很简单的“logo”，是秦朔付的钱。

体育馆里人山人海，欢呼声鼎沸，似乎要把棚顶整个掀翻，坐在他们身边的粉丝激动地大哭大笑，有一个一边哭着一边扭过头来看方洵，抽噎着说：“我喜欢GG两年了，你呢？”

我啊？

方洵想了下，有些感慨地回道：“六年了吧！”真的很久了。

那个粉丝立马激动地拉住方洵的胳膊，鼻涕一把泪一把，抽噎得不成样子：“我是从Y市过来，坐了一晚上火车，来看演唱会，本来买了明天的票回家，但是突然不想走了，听说后天还有活动，我想参加完再走。”

心里突然有点儿泛酸，是藏在心底很深很熟悉的一种感觉，沉寂了那么久，终于被哭声唤醒，密密麻麻地爬了上来。

方洵弯着嘴角点头：“那就参加完再走吧，过来一趟挺不容易的。”一个人一生也没多少这样疯狂的岁月，也没有可以一直疯狂下去的勇气和力量，她当年也曾疯狂，她能理解她。

那粉丝又是一声抽泣，然后卖力地挥舞着手中的灯牌，又开始疯狂呼喊：“GG，我们永远支持你！”

秦朔看了她一眼，忍不住笑了下：“你以前也这样？”

“嗯。”方洵有些不好意思地笑，“还好没让你看到，不然就太丢脸了。”

“那天我该陪你来的。”秦朔突然低喃，眼底闪过酸涩和失落，“那样就可以看到你丢脸了。”

他的话带着玩笑的意味，听在方洵耳朵里，却不由得一酸。

整个场馆像要炸裂一样欢呼沸腾，舞台上的那个人哭过笑过，撕心裂肺地叫喊过，这会儿收敛了情绪，坐在舞台上的矮阶上静静地唱。而方洵和秦朔静静地坐在那里，什么都不说，但两个人知道彼此都没有听进去。

演唱会结束已是夜里十一点半，外面不知什么时候下起了雨，秦朔静静地看着她：“我送你回去吧。”

方洵不经意一瞥，看到停在路边的一辆黑色车子，摇了摇头：“不用了，胤阳来了。”

秦朔没再说什么，慢慢地抬起手，指着“工人体育馆”五个字给她看：“看到了吗。”

“看什么？”

秦朔的手有些颤抖，不知是紧张还是激动，抑或更深的失落，他静静看着那几个字，缓缓开口：“你看，‘馆’字上面的灯，亮了，跟别的字也没什么不同。”

这个体育馆上面的灯是晚上才亮的，白天亮起来不明显，方洵也没有留意，听秦朔这样一说，整个人都愣住了。

“时间真的是很好的东西，再伤再痛都可以慢慢恢复，只要时间够久，只要我有足够的勇气耐心等待，那些伤终归会好……”

大雨没有一刻缓势，方洵的目光下意识地瞥向体育馆的大门，秦朔也顺着她的视线望去，“工人体育馆”五个大字上面的灯晃了几晃，灭掉了。

在那排灯灭掉的一瞬，两个人都有些愣怔，那只是一个简单的画面，却是一个最残忍最无情的宣告和提醒。

他们之间走到了尽头，无论如何都回不去，就算再怎么努力修补，小心呵护，也是回不去。

秦朔感到自己的心就像那一排灭掉的灯，彻底没入黑暗，再也亮不起来了。

方洵看着秦朔，他还是一身剪裁得体的黑色西装，透出成熟与威严的深沉味道，只是那张脸略显疲惫，带着微微的疼痛之色。她觉得心一下子酸得厉害，什么话也说不出口。

他似乎已经很满足，这个结局很圆满。

他回过头，望着从场馆里不断涌出的粉丝，一群小年轻一边兴奋着一边因为没有带伞而略显懊恼，在门口左顾右盼来回张望，就像那时候的方洵，她就是那样看着外面的天，然后双手遮着头，一副认命的架势跑了出来，一边跑一边大叫：“啊啊啊，怎么会下雨啊，我好倒霉啊，死秦朔，不陪我来！”

眼里不知什么时候有了湿润，心里有些抽搐地疼，秦朔慢慢地转过头来，低低地说：“我想抱一抱你，可以吗？”

没有很大的力气，没有霸道地想要禁锢和束缚的企图，他的手臂甚至是有些空虚地环着她，随即慢慢收紧。靠近了他的胸腔，她才感到他的心在剧烈地跳动，身体也微微颤抖。

“我不知道还会不会回来，也不知道能不能忘了你，但我会努力，努力做到你希望看到的那样。”秦朔的嗓音有些低哑，带着涩涩的紧绷，就那样默默地抱了她好久。

方洵，原谅我，让我这样静静地抱你一会儿，因为即使只能多留你一分一秒，那也是失去你后，会陪伴我长长一生的回忆！

天地静寂，只有雨声淅沥，良久，方洵听见凄凉的四个字。

“我要走了！”

身体突然变得空虚，那个结实的怀抱不知道什么时候离开，冷意一点点灌了进来。

方洵木然地站在那里，有些失神，下意识地，目光转向从前他等她时坐过的那张长凳。那夜细雨蒙蒙，他的背影寂寥而沉默，昏黄街灯下他转过头来，对她笑了一笑：“结束了？”

那时，她心里闪过狂喜和小小的诧然，忘记了下雨，飞奔过去抱住他！那时她想，这个人，我要对他很好很好，我要喜欢他一辈子！其实没有谁可以轻松地说出一辈子，可她想做到。

雨又下得大了些，方洵伸手在脸上抹了一把，连同雨水和泪水一并擦掉。已经看不到秦朔，他高大的背影完全淹没在沉寂的夜色里，连个模糊的轮廓也没留下。眼角的泪水越来越多，但她知道，那不是难过，更不是难舍，而是感动，因她曾经认真喜欢过这个人而感动；因他们回不到从前却还是没有后悔，没有怨恨，可以理解和尊重彼此而感动；更因为她现在有了更好、更值得她全心对待的一个人而感动！

胤阳推开车门，撑了把黑色的伞，慢慢走过来。

刚刚的一幕他看得清楚，却没有打断，这会儿却有些懊恼地将她抱在怀里，嗔怪道：“不撑伞这个毛病，你什么时候改？”

方洵不说话，紧紧箍住他的腰，尖尖的下巴抵着他的肩膀，生怕他跑了似的，用力往他怀里钻：“有你在，我一辈子都不想改。”

起了风，雨越来越大，一把伞不足以遮蔽风雨，两个人都淋湿了不少。

方洵觉得有点儿冷，又往胤阳怀里缩了缩，而她那件针织衫外套的口袋里不知什么时候被塞进了一张字条，只是淋了雨，字迹一点点被水浸透模糊，看不出本来的面目。而她大概永远不会知道，曾有人在她的口袋里留下了那样一张纸，虽不起眼，却写着他毕生所愿。

愿无岁月可回头，但有良人可白首。

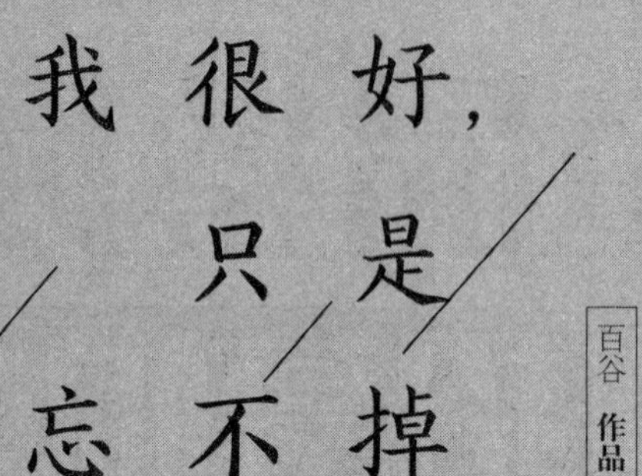

一生一爱作家 **百谷**

继《凉生子夜后》后再写葬心虐恋

我以为遇到你，就遇到了命中注定

而你 / 亲自教会我笑着拒绝

拒绝你的笑、你的眉眼、你的嘴角

/ 我很好，只是忘不掉……/

/ 现已上市

定价：26.80

金朵青春里最美的时光，在那一年的天台上戛然而止。

她深深喜欢着少年蒋小康，他却挑衅叫嚣着让她从楼上跳下去，只要跳下去，他就会做她的男朋友

金朵纵身一跃，成了全校的焦点，甚至摔断了手臂，也摔碎了她对蒋小康的所有喜欢。

蒋小康开始关注金朵，可是李致硕的出现，　道地制止了她所有的喜欢。

她那时候觉得，李致硕是这个世界上最讨厌的人，却没想到，当她身陷废墟里，即将坍塌的那一刻竟然是李致硕奋不顾身救她。

他说，只要你不喜欢蒋小康，喜欢谁都可以。

那我，可以喜欢你吗？

可以吗？

我终于变成了你喜欢的样子，可是你再也不会喜欢我这样的女孩。——金朵

中国致公出版社

目录

Contents

7月 Jul.

SUN	MON	TUE	WED	THU	FRI	SAT
						1
						建党节
2	3	4	5	6	7	8
十五	十六	十七	十八	十九	小暑	廿一
9	10	11	12	13	14	15
廿二	廿三	廿四	廿五	廿六	廿七	廿八
16	17	18	19	20	21	22
廿九	三十	初一	初二	初三	初四	初五

SUN	MON	TUE	WED	THU	FRI	SAT
30	31					
十三	十四					

8月 Aug.

SUN	MON	TUE	WED	THU	FRI	SAT

SUN	MON	TUE	WED	THU	FRI	SAT
6	7	8	9	10	11	12
二十	廿一	立秋	廿三	廿四	廿五	廿六
13	14	15	16	17	18	19
廿七	廿八	廿九	初一	初二	初三	初四
20	21	22	23	24	25	26
初五	初六	七夕节	处暑	初九	初十	十一
27	28	29	30	31		
十二	十三	十四	十五	十六		

11月 Nov.

SUN	MON	TUE	WED	THU	FRI	SAT
			1 万圣节	2 十九	3 二十	4 廿一

SUN	MON	TUE	WED	THU	FRI	SAT
12 廿九	13 初一	14 初二	15 初三	16 初四	17 初五	18 初六
19 初七	20 初八	21 初九	22 小雪	23 感恩节	24 十二	25 十三
26 十四	27 十五	28 十六	29 十七	30 十八		

12月 Dec.

SUN	MON	TUE	WED	THU	FRI	SAT
					1 十九	2 二十

SUN	MON	TUE	WED	THU	FRI	SAT
24 平安夜	25 圣诞节	26 十四	27 十五	28 十六	29 十七	30 十八

Fake love

Chapter 8

孕二十一周

雨后蝉鸣愈加聒噪，秦甦牵着石墨的手，踏上潮湿的砖石小径。

他说这里以前就是花坛，被他踩出了一条路，后来这片地重整，都是按他踩出的路铺的石板砖。

秦甦笑了，第一次见到有人素质低得这么骄傲。

石墨皱眉："我也很奇怪，我小时候不肯走大路，喜欢往偏僻的地方走。"什么草丛、水管、小树之类的。

"你现在还会爬树吗？"

两个人手边恰是一棵树干粗壮、直径少说有半米的参天大树。

"这种不行。"他指了指旁边移栽的脆弱小树，可怜一场雨就把它淋弯了腰，"这种可以。"

她说："你都跟人家树一样高了！"他欺负弱小。

"小时候。"他还摇了摇那棵树，抖落一树水珠，"我喜欢爬小树。"

"为什么？大树不是爬得更高吗？"

他说："也是。"然后笑了笑，"但我怕爬高了，我爸回来会看不到我。"

风拂过脸颊，如同披上一层湿漉漉的纱，舒服是舒服，解了三伏天暑气，只是这校园的绿色铺天盖地，雨停了，水珠仍意犹未尽。风一吹，叶一动，叶片上的水兜头淋下，阵势一点儿也不比刚才的倾盆大雨小。

石墨摊开两只手掌，也没能替秦甦挡到多少雨水。

秦甦的黑发长出十厘米，后面一长绺的栗色法式卷沾了雨水，像一只毛发贴着头皮的泰迪。

即便如此，两人的脚步依然慢吞吞。

秦甦的肩膀一缩一缩的，一边避雨水一边兴奋地向他形容胎动："那感觉就像未来电影里，一种寄生于体内的生物在蠕动。"她形容像被电到了，又像有个人在肚皮里敲门，为了让"袋鼠爸爸"有更直观的感受，她使劲用贫乏的语言描绘，"像你饥饿时胃里那串'咕噜'，或者蹿稀前那阵炸裂般的肠蠕动，"说着，秦甦还要强调胎动不痛，"但要去掉疼痛。"

家的灯火近在三五步开外。

夕阳被树叶分割得粉碎，烘着湿透的发丝，石墨心念一起，刚要掏出兜里的硬币，就听她说到蹿稀。

"哦。"他的腕部敛起动势，换成两指在口袋里翻转硬币。

"我看书上说，宝宝在肚子里吞羊水，再吐出来，或者动动手动动脚，再或者捏拳头，小脚趾伸展成扇形，这些都是胎动。"

"两个宝宝会在里面打架吗？"

"听说会。"秦甦担忧，"我问孕妇群里的孕妈们，有个生了双胞胎儿子的妈妈说孕中晚期肚子里打得很凶，肚皮上可以看到小脚在动。"她又甜蜜又苦恼地感叹，"我更像养着两只'寄生兽'

的宿主了。”

她看到家门了，脚下加快两步，被他一把拉住。

“等等。”

“嗯？”

“给你变个魔术。”他掏出硬币，食指刚放上去，莫蔓菁一把推开门，说道：“石墨！都等你呢！”看两个人面对面站着一动不动，她朝他们招手，“赶紧进来啊，有蚊子！”

秦甦的衣服湿了，被莫蔓菁领去换裙子。她使劲给秦甦比对衣服，花花绿绿，各种冷僻的颜色都有。秦甦挑了件香芋紫的奶调A字裙，抽掉腰带，露一截小腿，倒是看不出大肚子。

大概是因为莫蔓菁提前打过招呼，饭桌上没有人提起结婚这桩二人心坎上的大事，只有“袋鼠妈妈”一边吃一边等人催婚。

都不用石墨回答，只要有人催婚，她就毫不犹豫地点头说她愿意！

石墨的爷爷问莫蔓菁石峰什么时候回来，说：“他儿媳……”又赶紧改口，“这姑娘都要生了。”

莫蔓菁说：“他争取十一月做完课题回来，那边有两个项目没结束。他本来六月要跟我一起回来的，但R国那边有个四年一度的全球最大气象交流会议。”说到这里，莫蔓菁看了一眼秦甦，朝她笑了笑。

秦甦含着口菜，也赶紧傻笑回去。她读明白了莫蔓菁的潜台词，就是石峰心系这两崽，无奈工作太过繁忙。

秦甦吃了一碗饭、半碗佳肴，喝了一碗汤，没有饱，但还是放下了筷子。她实在对上回腹胀有了阴影，不敢多吃，尤其胎儿位置上升，逐渐会挤压胃，最近吃完什么都要走两圈，否则感觉胃里的东西消化不了。

她按着孕妇群里教的穴位按摩消化法，胡乱地揉虎口的穴位。

大家热烈地聊着石墨小时候调皮捣蛋的事，只有别人想不到，没有他做不到，这个臭小子当年甚至炸了外公家的仓库。

秦甦疑惑："怎么炸的，爆炸吗？"

"我第一次带他去他外公家时，农村很无聊，地广人稀，没有人陪他玩。他看到仓库堆满面粉，想到在父亲的书上看到的实验，撒了两袋面粉，找村头小卖部里抽烟的老头儿要了还燃着的烟屁股。"

莫蔓菁讲故事大喘气，说到这里慢条斯理地吃了口糖醋排骨。

秦甦吓得人都站了起来，就等莫蔓菁赶紧把那口骨头吐掉，把话说完。

"他还挺聪明的，从窗户里把烟头往里一丢。"莫蔓菁挤出意味深长的笑，要不是公婆在旁边，她都要说出恶毒的话了：他怎么没把自己给炸死呢！

那几年莫蔓菁还挺艰难的，如果碰到良心剧组，写的剧本可以收到现钱，一集也就两三千元，而大部分时候她都在漫长的追讨尾款的路上。

石墨炸的是她大哥和父母赖以为生的工厂，镇上的领导都赶来了，还上了本市的新闻，镇政府因舆论压力，把他们厂的事当典型安全事故处理，让他们赔了一笔当时算得上天文数字的钱款。

一家人捧着这个小祖宗，打也不是，骂也不是，只能往肚里咽苦水。莫蔓菁那几年一直在存钱，准备离婚，结果把钱全掏出来补给父母了。她给冷战一年的石峰主动打了通电话，破口大骂这辈子欠他家的。

结果当父亲的跟儿子一样不靠谱儿，听到这事还在那儿笑。

秦甦看了一眼石墨，这厮仿佛自己是个局外人，安静地一口肉一口饭吃着，表情纹丝未变，气得她都想动手打他了。

“那他……学理化还挺有天赋的。”秦甦只能想出这么一句能在饭桌上调节气氛的话了。

难怪莫蔓菁每天都说不要生儿子，这种事情，可爱的女孩儿怎么会干呢？！

莫蔓菁咬牙切齿地直摇头：“石峰后来也不建议他看那些书了，说他属于先天破坏分子，不适合学习先进的人类知识，容易搞破坏。”

石墨的爷爷赶紧找补，生怕破坏了石墨在秦甦心里的形象：“没有，没有，小石头后来还是挺好的。”

“是，是，是，”老太太说，“现在是社会精英了。”

秦甦笑得直拍石墨的大腿，直到被领出门散步，她仍沉浸在对养儿子的强烈抗拒感里，仿佛天下的儿子都是石墨样的。

“哇，我要是生了你这么个儿子，我肯定会忍不住揍他。”她听得都牙痒痒，他把父母的老本都赔光了。

石墨对此不以为意，拉过她的左手，替她捏虎口消食：“你不能听她的一面之词。”

“啊？还有别的隐情？难不成你炸面粉厂是被唆使的？”

石墨欲言又止，被秦甦一双好奇的眼睛追问着，沉吟片刻，语气冰冷地说：“我故意的。”

“我的天哪！”

“但我不知道会有这么严重的后果。”

以石墨当时看百科书籍和理化小实验的知识储备，他只知道会爆炸，但小学三年级的他不知道爆炸具体会产生什么后果。

他很清楚自己的父母关系不好，也常听母亲表达离婚的意愿，问他“跟爸爸还是跟妈妈”。

那年暑假，他被莫蔓菁送去外公、外婆家，说要培养他和娘家人的感情。石墨处于极大的不安感里，他不擅长哭闹，只会自己憋屈。他想父亲，但乡下没有电话。

走到小店打电话，他看到本市通话一分钟两毛，就问打到内蒙古要多少钱。老板想了想，说十块钱一分钟。

石墨掏出两张一百元的纸币，递给老板。

老板不让，心想小孩子哪儿来这么多钱？肯定是偷的。他让石墨叫父母来，还问他是谁家的，怎么没见过他。

石墨的世界塌了，他连电话都不能打。有钱也不能打，那钱有个什么用？

他想起石峰跟他说过，父亲和儿子之间有心灵感应，只要儿子给父亲发信号，父亲就能收到。

秦甦问："你信了？"然后他就把面粉厂炸了？

石墨想了想，说："我当时应该意识到了这句是骗小孩儿的，但我还是炸了。我想让自己受伤，那爸爸肯定会回来。"

秦甦攥紧他的手，紧张起来："那你那次受伤了吗？"

"屁股上被炸了个洞，你上次没看到吗？"他一本正经地侧过身。

秦甦一巴掌拍上去："骗子，根本没有！"

"你才看了几回？"他逗她。

她得意地说道："我第一次看你就记住了！"

石墨意外地问："记住什么？"

"我当时……"她回味地舔了舔嘴唇，"借着月光，先用眼睛验货，然后用手验货，呵呵，我想的就是这家伙皮肤挺好的。"他的身上没有痘印或者胸毛，是光溜溜的、雕塑般的身材，用手心抚过，还有一种石灰粉才有的滑腻触感。

她抱住他，眨了眨眼睛，发出邀请。

石墨都不知道这时候该拒绝还是同意，压低声音：“这是在外面。”

她“嘻嘻”一笑：“我知道。”

一排自行车、电动车停了月余，带了灰尘。

百年校园里灯火稀疏，三四米一盏路灯，瓦数不够，照了个半亮。

像二十世纪初的老电影，昏黄闷热，裙摆在腿肚摇晃，情人的手有一搭没一搭地随步伐碰上再分开。氛围好得让人直想手舞足蹈，高呼人间美好。

秦甦与石墨嬉闹，边走边逗，伸手拉住他、松开，又很快被他捉住，再鱼一样滑掉。

她仗着自己是个孕妇，石墨奈何她不得，戏弄到一半，猛地收回手。

由于惯性，秦甦抽手时力气太大，抽出来后又失误地撞了一下。

在秦甦的调情史上，有过无数个失误，有对方的，有她的，但只要气氛好，一个暧昧的眼神或者续上更为猛烈的动作，便可随意地过关。

但秦甦不小心伸进了石墨的口袋，手指碰到那枚薄薄的金属制品，她触电般吓了一跳，一退三步远，两只手拘谨地揣进裙兜。

昏暗的灯光把石墨的身影拉成寥落的柱状，秦甦仿佛撞破天机，话音轻颤：“那个……”

石墨将手抄进了口袋，笑着说：“是硬币。”

说罢，他掏出那枚一元硬币，感受着它温热的温度，像魔法一样，单指转起硬币。

坚硬的一元硬币沿着他的指关节波浪似的来回翻转滚动，他越弄越快，修长的五指灵活极了。

“哦，这就是你说要给我变的魔术？”

“嗯。”石墨的左手示范完，右手接龙，硬币就这样来来回回，自如地于他十指间转动。

“好厉害啊！”秦甦松了口气，惊喜地靠近两步，“我可以学吗？”

石墨没停，近距离地放慢动作展示：“这样，硬币在食指上，用中指压，再由大拇指接过硬币，这样……”他慢速地转了一圈硬币，“转到食指上，接着循环，中指压、无名指压、小指压……”

秦甦目不转睛，盯着他手指的魔法般的活动：“看起来很容易啊，哈哈……刚刚我还以为……”

石墨忽然收起硬币，正色指了指右边的裤兜：“戒指在这个口袋里。”

这是一场心知肚明的求婚。

两个人默许此事发生，结果不言自明。这种求婚难有惊喜，除非再炸一次面粉厂，不然没可能在这一晚超越那个故事。

从秦甦摸到硬币惊退的那刻起，石墨基本在心理上放弃了关于“惊喜求婚”的挣扎。

早上起床，石墨想偷偷把那枚三合一的戒指给秦甦戴上去，可秦甦的两只手攥成拳头，似乎在做精彩的打斗梦。

昨晚他应该趁着酒劲把戒指套到她手指上的，他试图扒开，然后，脑门儿上被她捶了一拳。

行吧……

石墨问同事，求婚都是怎么弄的。大家的口径倒是统一，都说顺其自然，那些仪式感都是电影为戏剧效果演的，生活里谁会搞这种没营养的事情啊？

确实，要是石墨租一辆游艇，或者开一间总统套房，叫齐一群人，以秦甦的“身经百战”，都不用他下跪，她看见玫瑰就知道即将要发生什么，接下来的都是演，那有什么意思？

而且，石墨在社交媒体上见过秦甦在法国被求婚的照片，看过香槟、玫瑰和宾朋满座，抗拒去复制这些别人玩过的东西。

他想串联电路，点一排灯，最后一束光在戒指处点亮。

同事说，这还用他自己串？这不是网上批发的求婚道具吗？

石墨头疼地转笔，转着转着，像抓壮丁似的，看到了钥匙，拆下了一个钥匙扣。

他开了一天的会，十指便同这钥匙扣一块儿，练了一整天。石墨计划展示自己灵活的十指功力，通过移动硬币，神不知鬼不觉地换上戒指，如此也算一个惊喜。

比起鲜花、红酒、玫瑰这种别人用过的套路，他更能说服自己用这种方式。

二维码时代，人人兜里都缺那两个“铜子儿”，石墨下班堵车，没来得及找商店兑换到硬币。

石墨原本是想找爷爷、奶奶拿的，老人肯定不缺硬币，结果在咖啡店，天时地利人和都有了，就这么急缺那枚硬币了。

他拿着字条走到收银台，语气颇为冷淡地对那个奶油小生说：“结账。”

没想到他的冷脸碰着个热屁股。对方腼腆地笑了笑，郑重地深鞠一躬，说道：“师兄好，这单免了，本来也就只有一瓶矿泉水。”

石墨捏着字条的手掩住唇，清了清嗓子，问：“你是哪个系的？国际金融的还是……”

“是大气科学的。”

石墨沉吟，哦，是石峰他们系的。

两个人随便聊了几句，石墨扫二维码换了两枚硬币。

石墨想借咖啡店就地求婚，没想到一回头，秦甦已经走出了咖啡店，正隔着玻璃找角度拍他。

走出咖啡店，秦甦一把挽住石墨：“啊，石黑土，你好帅！还是我的眼光好！你更帅！”她紧紧地抱着他的手臂，使得他完全不能动弹，“你的成熟气质秒杀校园男生好吗？！奶油小生果然只能看看脸，和你站在一起，身材、气度完全比不上！”

石墨不知道是该苦笑还是该羞涩，总之这么好的求婚时机就这么溜走了。

夏夜的校园，微风阵阵。

硬币傍晚被掏出过一回，这次又掏出来，秦甦明显察觉到了。

石墨耍帅转动硬币时，她目光了然地盯着，两只手死死地插在裙兜里，只等他变出下一步，就连说想学的时候，她的手都没抬一下。这让石墨彻底放弃了挣扎，自觉就是个杂耍，跟高中时在她面前上蹿下跳的那帮猴子没有区别。

石墨强撑着搞完几十圈硬币旋转，等到秦甦走近，终于还是没能绷住，指了指右边的口袋，直截了当，放弃挣扎：“要不要看看什么款式？”

她什么都知道，也什么都经历过，他完全没有办法制造惊喜。

秦甦噘起嘴，并不是很满意：“你让我自己拿？”

石墨没动。

秦甦没好气，自嘲道：“到底是怀了孩子，地位降低，知道是自己的盘中餐，连单膝跪地为我戴戒指的工夫都不想费。”

石墨听话地走出一步，从口袋里掏出戒指。

那是简单的卡地亚对戒，他从公司附近的商业中心直接买了，大小也是估计的，听说孕妇的手指会肿，现在合适将来也不一定合适。

“不喜欢也不能退了，刚刚我把盒子扔了。”

“知道啦。”

“我的意思是，你再看看其他的，这个就当订婚戒指，随便戴戴。”

“知道啦！”

蛙声和蝉鸣应景地响起。

春风吹又生的青草挣扎着冒出头，散发出清香，争相看当年“灭门仇人”的好戏。

石墨像一个机器人，左膝一软，跪在她裙下。

风恰拂过，鼓起裙摆，在他脸上扫过。

石墨没收着力，“咚”的一声，膝盖骨与水泥地撞出让秦甦皱眉、让路灯闪烁、让青蛙住嘴的响声。

世界有一刻安静了。

秦甦吓了一跳，倒抽一口凉气，双手扶住他：“疼吗？”

石墨咬紧牙关，抬起头，小心翼翼地拿起戒指，拉过她的手：“嫁给我？”

秦甦皱着眉头看着他，又看了看他的膝盖：“是不是很疼……”

他认真地看着她，努力控制住表情：“嗯？嫁给我？”

“天哪！”看清他的西裤破了，秦甦忙半蹲下身，心急火燎地欲要查看，“肯定撞得很严重！”

“你起来呀！”她眨眨眼，见他紧咬牙关一动不动，嫌弃地伸出手，“知道了，知道了，嫁给你，嫁给你。快起来！”

石墨沉默地单膝跪着，忍痛拉过她的右手，将戒指戴上中指，又停住了。

见他不动，秦甦产生了更坏的联想：天哪！不会是骨折了吧！那声音太大了，此刻回忆，秦甦脑子里出现了骨头脆裂的幻听。

石墨知道自己搞砸了，戒指推到一半，无奈地收回手："没有香槟、红酒和玫瑰，好像是没有什么意思。"

"孩子都有了，要这些干吗？"秦甦挺着个肚子，行动渐渐不便，内心隐有放弃浪漫、草草结束之意，"如果宝宝生下来，咱们还这么要好，那你再补我一个求婚吧。"她拉过石墨的手，准备自己拿戒指戴上，没想到他攥紧了戒指收进口袋，说道："我下次再求。"

"啊？"

"我不喜欢这样。"他咬牙起身，手朝远处一甩，"今天算了。"

秦甦眼睁睁地看着一道亮光从眼前划过，呈抛物线消失在几米外的草丛里。

她目瞪口呆，一时忘了反应。须臾，怒气从心头蹿起，她说道："石黑土！你在演偶像剧吗？！卡地亚不是钱吗？！"

秦甦暴跳如雷，踏着碎步灵活地往草丛走去。借着暗淡的灯光，她茫然地粗略扫了一圈，气得眼泪都流出来了，气死她了！

一箩筐脏话要脱口而出……她青筋暴起，猛一回头，好大一口闷气被咽回嘴里。

石墨立在草丛边，左右手各执一枚戒指，朝她晃了晃。

待看清她的眼泪，他脸上的笑意来不及收回，僵在了唇边。

他有点儿尴尬，咽了口唾沫，局促地说："所以……现在也不适合求婚了是吗？"他本想要个小把戏的……

"求，求，求，求个屁！"秦甦甩脸，说不嫁了。

石墨跟在后面，问她："生气了？"

她眼角余光瞥见他那破了的西裤，又是好气又是好笑："神经病！"

"要不要试试戒指？"他试探地问。

"我跟你讲！石墨！你不去两层皮，我是不会主动戴戒指的！"都怪传字条的往事让她上头，她差点儿轻易放过他。

"我怎么能随随便便地嫁人呢？！我这种万人迷，生了宝宝也有人追，就算是孩子他爹，也要排队。"她气得刹不住车，什么话都往外说，等到身后没了声音，又自己尴尬起来，"干吗不说话？被吓跑了？"

他像高中一样，见她有很多亲密的伙伴，就躲到门背后装夜礼服假面，是吗？

"没。"他牵上她的手，附到她耳边，压低声音问，"有特权可以不用排队吗？"

秦甦耳朵一热，本能地往旁边缩："你有什么特权？"

"你说呢？"他深深地看了她一眼，直到把她理直气壮的眼神盯得往一旁移去。

他亲了亲她的脸颊："好了，我错了，只是扔个硬币撒撒气，没想到你会当真。"

秦甦说："我很容易当真的。"她知道世界上大部分东西都很假，但把它当真时，它就是她的真。

"知道了，我下次会搞个比这个浪漫的。"

"这还浪漫？"

"这还不浪漫？我想了好几个小时。"

"几个小时？你好歹也是差点儿订过婚的人，怎么这点儿经验都没有呢？你那个翻硬币的技术还不如你把膝盖跪破皮来得浪漫呢！”

“不浪漫？你没有看完整版！”他的计划原本是完美的。

然后，三伏天的夏夜，站在四层小楼对面的八角亭里，秦甦看石墨转了半小时硬币。

他中了邪，像魔术师被道出了玄机，之后如何捡起都免不了狼狈，熟练到顺时针、逆时针都可信手拈来的技术，此刻再做，笨拙得可笑。

他咬着牙，做了一遍又一遍。直到秦甦的笑声比蛙鸣还响，他终于勉强做完了一遍硬币与戒指的转换，额角渗汗地看向她。

秦甦：“台词呢？”

石墨：“嫁给我……”

秦甦：“不嫁！”

整个过程一点儿都不浪漫，害她被喂蚊子。

“因为你经历过很多浪漫，所以不稀罕我这个了，是吗？”

好歹是英俊潇洒的青年，他却做了一晚的喜剧演员，还被拒婚，就像表演时被喝倒彩，心情多少有些差。

“是啊！我这辈子经历过最大的浪漫，就是上高中时被匿名字条鼓舞。”她瞥向他，“你得超过他，不然我就去找我的‘路易基’小兄弟。”

“‘路易基’是谁？”她说的不是他吗？

“哦……我是‘马里奥’。”她踮起脚，凑近石墨，与他心知肚明地打起马虎眼儿，“‘路易基’是我给他起的昵称。”

石墨：“……”他没听过。

秦甦知道石墨没玩过，当时他们传字条，她就问过他。

这个连伏地魔都不知道的家伙，外星生物真的不懂人类的乐趣，居然还炸工厂，果然具有侵略地球的破坏性。

她故意问："你说，你会拥有超越他的浪漫吗？"

"不会。"石墨低下声，"但我会比他陪你久。"

深夜，石墨的膝盖被秦甦笨手笨脚地上完药，比原来肿得更高了。他一边打电话，一边擦额角疼出的汗。

秦甦笑眯眯地亲了亲他，主动承担起把破了的西裤丢掉的任务。

走到垃圾桶旁，她摸了摸裤子口袋，把戒指取了出来，往中指套了套，居然刚刚好。

她胡乱地摸过裤子，有字条被捻过的声音。

钢笔力透纸背的"漂亮"二字撞进眼睛，又在身后的开门声里飞快地消失。

"啊？"她心虚，先叫了一声。

石墨还在通话，他压低声音说："等等，别扔，我有东西没拿。"

秦甦慌里慌张："哦，哦，我知道了，我放在沙发上了，你自己拿，我去洗澡了。"

石墨和秦甦在睡觉的时间上有一个显而易见的分歧，这一点，秦甦没好意思跟石墨说。待到潘羽织来家里，她用一种苦恼的秀恩爱的方式道出，被对方送了好几个卫生球。

"秦甦，你完了，你之前可是因为男人睡相差而把对方踹出去的女侠！"秦甦此番居然能够忍耐，还不舍得叫醒对方，自己往床边挪，迁就得都不像她了。

秦甦从屏幕那端探出一双炯炯有神的眼睛，替情夫辩解："但他很克制自己的睡姿了。"

刚入睡时，石墨只占床左边的三分之一，睡着睡着就往中间来了，还爱架腿，压制秦甦。

刚同床时，秦甦曾有过对身体触碰的担忧，如果他对她这个身怀六甲的孕妇产生非分之想怎么办？事实是她多虑了，他忙得沾床就睡。

“你不是说他睡三分之二的床吗？”

“嗯……”秦甦苦着脸，以前很烦睡相差的男人，但碰到真心喜欢的人，连睡姿都有滤镜。她竟然觉得，睡相霸道还挺帅的。

人来家里，秦甦的工作表演欲望迅速攀升。潘羽织进门，她开始翻译合同，效率奇高。

“你以前不是最烦那些帮男人找借口的女人吗？”

“他真的很好！”秦甦捂住脸，“还很帅！”

说到帅，潘羽织理解她：“帅倒是真的，要我半夜醒过来，看见这么个帅哥躺在床中央，我可能也舍不得踹下床。”

“半夜看更帅。”凑过去在脸上亲两口，什么都算了。秦甦生出了新的忧愁：“但我怕他迈入三十大关，婚后发福，颜值骤跌，那我的爱意可能就要消减了。”

潘羽织坐在客厅中央，用泡沫卷认真地包裹货物：“你想得也太远了吧？”

“但我觉得，就凭他的‘特权’，我可以多喜欢他十年。”秦甦用双手捧起杯子，笑得像个花痴。

“什么特权？孩子他爸？”潘羽织撕开胶布，封完第二个名品包，“你堕落了，秦更生，你以前说过你就算生了孩子也不会交付信任给对方的。”

“这个不一样！”秦甦郑重其事地站起身，还没运好气热烈地宣布，就被潘羽织拉了一下裙摆：“你好了没？把文件弄好了跟我一起打包！把我叫到你的豪宅里就是让我当包装工的？”

秦甦没弄好，两份文件拖拖拉拉，眼见就到最后期限了。她歇得似乎有点儿久，斗志都躺没了。人果然不能做咸鱼，做两天就发现也太舒服了，立刻进入享受状态。

“你弄得比较快啊，我笨手笨脚的。”

潘羽织大学毕业后的第一份公务员工作很闲，感情稳定，便帮远在异乡的好姐妹秦甦做代购打下手，挣点儿零钱，后来不小心碰上了代购高峰，微商横行，钱包小爆一笔，首付的两房也变成了三房。

秦甦回国后，帮她找了几个在法国生活的上家，联系品牌柜姐签协议合作，生意一路红红火火，租了间大仓库，铁饭碗也在产后辞掉了。

潘羽织在打包方面炉火纯青，闭着眼睛都能准确无误地完成。

她迅速地打包完三个：“这么多，多少钱卖掉的？”

“如果一切顺利，不遇到什么刁难的客户，收全款，那六个包两万二千元。”

潘羽织翻了翻：“差不多，估计也就两万出头，王美丽这个网站还挺有良心的。二手包市场就是这样，你要是卖香奈儿包，一个就能顶这么多钱。”

“那不行，那是我在法国省吃俭用买的，把人生第一个香奈儿包卖掉和卖女儿一样心疼。”

潘羽织也没让她搭手，等秦甦坐到身边，神神秘秘地倾身过来：“哎，你猜猜，那个谁移民到哪里了？”

“谁？”秦甦愣了一下，一时没反应过来。

泡沫纸和纸箱子的声音响起，秦甦安逸太久，差点儿忘了那些往事。

她愣怔半晌，反应过来：“哦……哪里啊？”她轻笑，“话说，我前几天还梦到她了。”

“你有病啊，梦到她干吗？”潘羽织问，“梦到什么了？”

“梦到她准备第二次栽赃我，被我抓包了！”秦甦说到这里就恨得牙痒痒，“但是好可惜，没把我打她的后续梦完，不然能爽两回。”

“反正后来你也不亏。”潘羽织哈哈大笑，想到这事都爽，将剩下的三个小包飞快地打包。

秦甦把聊岔开的话题拉回来：“你还没说呢，她移民到哪儿了？”

“哈哈，新西兰。”潘羽织一拍大腿，真是大快人心，“她估计也被你吓得不轻。”

“哼。”秦甦得意地挑眉，一副街巷大姐的语气，“整我，她还嫩了点儿。”

秦甦把柏树姗逼得走投无路，还痛踩一脚。鉴于没有家教管制，对方上门道歉，她也丝毫没有得饶人处且饶人的自觉。

陆玉霞阻拦，把她箍在怀里，秦甦还扯着嗓门骂。陆玉霞吓坏了，莫不是家里变故太大，秦甦精神都不好了？怎么对着一个文静娇小的姑娘喊打喊杀？

秦甦跟“菩萨心肠”的陆玉霞说不清楚，也只有好朋友可以一诉苦衷，她和潘羽织一起扎小人、说小话。

“后来那个谁……”潘羽织记不起名字了，“她喜欢的那个男的……不是也被你搅黄了吗？”

秦甦也记不起那男人的名字了：“我哪儿搅黄了！我不过是招招手。”她就是浅浅地去了解对方一阵，作作秀罢了。

说到这里，她将双手搭在小腹，捂住小朋友的耳朵，用慈母般的语气说道：“我没有坏心眼儿，我是跟她‘商量’过的……”她不能带坏小孩子。以前在成年人的场合，什么话都可以没有顾忌地说，但现在不行，她时刻要注意保持母亲的形象。

潘羽织看她这副“篡改历史”的假模样，嫌弃地撇撇嘴，秦甦这厮当了母亲也是奇奇怪怪的。

“我当时拎着她的耳朵，‘友善’地要求她去老师面前坦白，还我清白，结果她不肯，说我没有证据。她强调，自己只是路过那间教室。”

“你就每天吓她。”潘羽织知道秦甦每天都会“等”柏树姗放学回家，“跟她一起‘回家’。”

秦甦得给自己的行为强调正义性：“她以为我好欺负，高一让我蒙在鼓里，我还能容她捶两拳，后来大家都站在太阳底下，”她低头对宝宝胎教，“我跟你们说，就怕玩阴的，如果双方都来明的，别怕！”

“她哪儿知道，天底下最不好欺负的美女就是你了。”

秦甦很执拗，那段时间格外执拗。

柏树姗在教室被秦甦抓到，自然不承认，但秦甦认定自己抓到了害她的“元凶”，穷追不舍。

擅长使阴招的人根本打不过气势汹汹的秦甦。

秦甦每天在柏树姗必经的公交站台等她放学。要是周末，秦甦就在柏树姗家楼下叫她。柏树姗在楼上装死，秦甦就在楼下娇滴滴地装晕，惹得左邻右舍看不过眼去，主动喊柏树姗下来。

柏树姗喜欢憋话，憋急了就对秦甦说：“你再缠着我，我告诉老师。”

秦甦说：“正好，那咱们一起去见老师。”

柏树姗说：“我告的是你影响我学习，你说的那些事情，我一概不知。”

这个死丫头矢口否认。

秦甦怒火中烧，再度上手拉她辫子。柏树姗娇小，身高不足一米六，加之纤瘦，跟匀称型的秦甦完全打不过。秦甦当然是不敢打得多凶，她也是接受素质教育长大的人，上手也就是扯扯头发、拉拉手臂，再配上大呼小叫的凶模样，最狠的不过是在柏树姗的脑门儿上拍几巴掌。

每次扯完皮，两个姑娘都坐在地上哭。

秦甦哭着问她，是不是嫉妒她才要害她的。

柏树姗头发散乱，目光凛然。尽管是在台阶上，她都坐得笔直，从头至尾都没有松过口。

这样纠缠了半月，秦甦气到夜不能寐。她把此事告诉了班主任，班主任看她也没有证据，何况处分也撤销了，劝她算了，好好学习，高考加油。她又把此事告诉了教导主任、校长，他们也像班主任那样劝她。

没有人相信她，因为柏树姗比她优秀、正经，讨老师和同学喜欢。

秦甦过不去心里这道坎。她和潘羽织二人四处打听，实际上也没费什么工夫，柏树姗的八卦新闻三分钟就能听完——她和九班的某男生关系极好，还约好一起上同一所大学。

好！秦甦记住了“某男生”。

消失两天的秦甦再度出现时，柏树姗已经做好了“打持久战”的心理准备。见她没怕，秦甦威胁她，如不老实还她清白，她就去跟“某男生”说话。

面对这种完全没有杀伤力的威胁，柏树姗连一个眼神都没给她。

高中的女孩子太容易轻信别人了，但人的感情太假了……

哪个男孩子吃得消秦甦这种风风火火的攻势？柏树姗是个露脚踝会红脸、说话很含蓄、晚上十点后绝不回复消息、过着修女般生活的青春的高中女生。

秦甦每天手机在线，可爱、主动到了极点，初秋穿短裙，看得人流鼻血。《我的野蛮女友》刮来一股“辣妹”风潮，秦甦借着韩流的东风，不到一周便和“某男生”成为约定要一起上大学的好朋友，完全取代了柏树姗。

高三的潘羽织一半替秦甦爽，一半替自己感到危机，直言要和秦甦做一辈子的好朋友，她和胖仔的幸福就靠她的“忍辱负重”了。

可惜，真正的“反派”非常沉得住气，直到高中结束，秦甦也没能“翻案”。

这件事情对同学们来说都不重要，但对秦甦异常重要。因此，“抢夺幸福”的计划持续到了柏树姗上门道歉。

柏树姗的大学和秦甦的不在一个城市，但秦甦还是找去了G城。

她像鬼魅一样缠着柏树姗，对方躲，她就当着柏树姗同学的面倒苦水：缘何老远过来，她不理自己？

她也算装可怜套话的能手了。

走时，秦甦告诉柏树姗，自己拿到了她的新暧昧对象的电话，并威胁道：“我做鬼都不会放过你的！你恋爱，我就挖墙脚；你结婚，我就抢你老公。只要你在中国，就别想枕边人过得踏实！”

到底会不会这般做，秦甦自己也不知道。

但那段时间，她和柏树姗的关系比她经历的任何一段关系都要抓心挠肝，搞得后来柏树姗受不了内心的煎熬，真诚地上门道歉后，秦甦还有点儿失落。

“人生真的有得有失，你知道我那段时间错过了什么吗？”回忆完那段经历，秦甦热血沸腾，赶紧跑到空调下吹风。

“我觉得你经历过那件事后，比你上初中时勇敢多了。”

初中的秦甦刚经历家庭变故，凤凰变麻雀，像个没走出城堡的公主。高中时期，为自己披荆斩棘的秦甦倒有点儿骑士的样子了。

每次潘羽织给莱莱读到童话故事中对付恶人的片段，脑海中总会浮现秦甦那张漂亮张扬的脸蛋儿。

“那我要告诉你一件事，我因为这颗西瓜，丢了另一颗哈密瓜……”秦甦说，“原来音乐教室门后的人是石墨。”

潘羽织把那六个包裹堆到墙角，双手撑在纸盒上，愣了一下：“那他知道吗？”

“知道。”

“他没找你？”

秦甦想了想，把自己的假设搬出来：“他应该找了，但我当时……高调地刺激柏树姗，又牵扯到了别的男生，可能给他留了很坏的印象。”她可能给他留下了不守信用、人际关系混乱、会作弊、记性差的坏印象。

再见面时，石墨说她从没正眼看过他，想来这男人心里有成见。

“他说的？”

“他没说。”

“那就是你猜的？”

“他画了好多画，都是我，但他没有给我看。”一个非美术生费了那么多工夫画一个姑娘，只为自己收藏，除了变态，也就是情根深种了吧？秦甦继续说道，“好像也没准备给我看……”

“啊？”

“唉。”

潘羽织去接莱莱下课，秦甦强撑着一口气，把文件翻译完了。她扒拉了一碗营养餐，连消食的力气都没有，就失去了意识。

梦很乱，像把高中的经历剪成了碎片……

秦甦醒过来后，又迷糊了好久。

石墨回来时已经挺晚了，身上有酒气，见屋子没开灯，以为她睡了，蹑手蹑脚地取了睡衣。秦甦在黑暗里无声无息地看着，直到他转身看见床上点漆般亮着的眸子。

四目对视，二人“扑哧”一笑。

“我吵醒你了吗？”

秦甦听他的声音就知道他喝了不少。

“没有，之前就醒了，但不想动。”她托着肚子，钻进他的怀里，“我约了明天去做产检，你有空吗？都二十一周了。”

“好。”他说，“客厅角落堆着几个快递盒，你把包卖掉了吗？”

“嗯，有几个背不上的包。”

“其实……咱们现在不是在一起了吗？那些包……”

“我现在审美变了，二十岁出头买些花花绿绿的包搭配衣服，现在喜欢经典款。把用不上的包卖掉很正常，你瞎想什么呢？”

“哦……”

秦甦听他呼吸沉重，酒气很浓，问他喝了多少。

他照旧说：“不多，还清醒。”

她笑了笑，问：“那你要不要听故事啊？”

他一只手按了按太阳穴，另一只手抚着她卷曲的长发：“什么故事？”

“下午潘羽织来家里帮我打包，说起了高中，还挺有感触的，”她扣上他的手，转动他自行戴上的戒指，憋住笑，“你要不要听我说说我跟‘路易基’的事情啊？”

她仰起脸，笑眯眯地看着他。

石墨的动作僵了僵：“说什么？”

“你不用说什么呀，我说，你听就行啦……”

石墨被秦甦支使着去洗澡，大脑一片混沌，冰凉的水流也没能把他浇清醒。

等他冲完凉出来，二十二摄氏度的空调仿佛要一秒把他送到北极。他看了一眼衣橱，哆嗦着想，不知秋冬的睡袍在不在里面。

秦甦拿了支笔，正坐在化妆桌前列提纲。

石墨往纸上一瞟，被她逮了个正着。

秦甦羞涩地说：“原来真的有‘孕傻’。我最近脑子不太好，下午要跟潘羽织说好几个事，结果她来了后，我只跟她说了一件事。”

石墨垂首，双手抓着毛巾，胡乱地擦拭湿发。他看看被子，冻得有些吃不消：“你要说多久啊？”

“什么？”她列了七条大纲，暂时还没列完。她的表述掩耳盗铃，以陈述故事而非审问的角度拟下问题，将戏做了全套。

石墨想了想她那串大纲的长度，放弃挣扎，看向空调：“我有点儿冷。”

往年夏天，秦甦不过是个吹二十六摄氏度冷气的凡人，这一年倒是不一样。她白天总要避开陆玉霞吹，等晚上对方也存着旁的心思，偷偷走了，秦甦便飞快地调低空调，赤脚快活，导致陆玉霞每回问她要不要自己陪，秦甦都果断地摆手，甚至抛下诱饵：你走得越快，我和石墨的感情就升温得越快。

她倒是没想到男人会这么怕冷，她问他：“你一般都吹几摄氏度？”

“二十四五吧。”

“那没差多少啊。”她说着，用遥控器调到了二十四摄氏度。

差多了好吗？！石墨缩进被窝，冻得连反驳的话都说不出。

秦甦拟完大纲，见他钻进被子里，认为这也是个好的对话情境，于是在他斜角的床尾垫了个枕头，将头垫高，与他对望。

“可惜孕期不便闻香，不然点上香薰蜡烛，氛围超好。”

石墨问：“那要关灯吗？”

秦甦随口说：“好啊。”

灯一关，窗外的月光照得两张面庞清晰无比，空气中隐有酒精的气味。

秦甦舔了舔唇，没想好怎么说。

石墨盯着雪白的墙，等她按照提纲开始说话，等了一会儿却没听见声音，主动打破沉默：“我有个星空仪，不知道还能不能用。”

秦甦惊喜地说：“好啊！”

漆黑的储藏室里堆着无数个箱子。石墨一直没能得空，白日上班，晚上应酬，还要装醉早退回来同秦甦调情，一天二十四小时完全不够用。除了日常衣物、剃须用品，大部分杂物他都没有整理。

秦甦看到了几个靠墙安放的相框，故意挨个掰开框子，做作地看了几眼。

石墨扫见，转了个身，假装没看见。

秦甦看他翻东西，便半蹲到他旁边：“要我帮你找吗？多大？你告诉我。”这里有十几个箱子，一个一个地翻过去，少说也要十分钟。

“不用，王姐应该贴了清单。”他拉过箱子，只浏览箱子上的清单，拉过七八箱却都没有星空仪。

有四个没贴清单，倒是贴着张A4纸，留有莫蔓菁的字：“废品。”

石墨的拳头握紧了。

秦甦："王姐是谁？"

石墨："我妈……的助理。"

他找准那四个箱子，粗暴地拆箱。秦甦找了个稳当的箱子坐了下来，兴致勃勃地盯着，问他这个是什么、那个是什么……

"这是机械手臂，不过是很次的那种，大学时候跟他们实验室的人瞎做的。"他试图摆弄，但年代太久了，而秦甦看起来并不感兴趣，都没看它第二眼。

她边搓手指，边看自己的大纲："你还是很喜欢这些的，是吗？"

"也没有很喜欢吧，我只是无聊。"

"那你大学的那个女朋友是哪个系的呀？"秦甦问。

话题突然一转、毫无征兆。

他加快了手上的动作，迅速地翻完两个箱子，往箱堆里一推。

"我看看照片，她很漂亮吗？"秦甦问。

又一个箱子被飞快地翻完。

"是校花吗？"

"找不到！"石墨猛地起身，酒意使人不稳，他扶住墙的瞬间，秦甦拉住了他的手臂："我只是问问而已，看你心虚的。"

"没心虚……"石墨避开眼。

她围追堵截，直勾勾地看着他的脸："她比我漂亮吗？"

开关声响起。

一束电筒光自二人下巴处射出。

他眼里写着求饶，转移话题说："找不到星空仪，我弄个兔子灯吧。"考虑到兔子灯有点儿幼稚，石墨补充道，"给宝宝……"

他拿出一张A4纸，对折后，左右比对回忆步骤。

秦甦没来得及上网搜索折法，石墨便自行折出了一个扁平的兔子形状，熟练地捏着兔屁股，用力地吹了口气，末了还朝秦甦展示小兔子。

他拿了块半透光板支在床头，动作干净利落。根据物理光学原理，灯一关，一个漂亮的橙色光圈投射在墙上。他前后左右一番挪动，小兔子恰好落在中央。

雪白墙壁上，一轮大圆月高悬当中。

明亮的光将房间映得亮如白昼，兔子经过放大，柔和得几乎看不见折痕，就像活的似的。

秦甦站在一旁，看石墨认真地摆弄着拍了几张照片。

“好浪漫，宝宝一定很喜欢。”她感动地看向石墨，夸奖他，“你以后会是个好爸爸的，石墨。”

他扬起嘴角，欣赏了一眼，勉强满意：“尽量。”他会努力比他的父母尽职，除了提供物质，也会尽可能多地陪伴孩子。

秦甦温柔地扑进他预留给自己的怀抱：“我好幸福啊。”她幸福到开始怀疑这才是梦。她从没想过怀孕会是幸福的事，也从没想过和喜欢的人憧憬生命、创造生活会这么幸福。

“我也是。”他很幸福。

她吸了吸鼻子，额头使劲蹭他的颈窝：“你抱得再用力一点儿好吗？”

石墨的双臂箍紧，腰部则避开她的小腹，鼻子下面是清淡的发香。

“我要跟你说我的小兄弟啦。”

石墨没说话，秦甦将他有力的心跳当作回应。

“我找过‘路易基’。”秦甦一开口，两行眼泪就流了下来，她明明找过他的，“但他应该不知道……甚至还认为我是个反面角色、是个坏女生。”

秦甦之前不知石墨是门背后的人，以致忽略了莫蔓菁嘻嘻哈哈说的话。

在医院时，莫蔓菁抬起她的下巴，开玩笑似的说：“这么灵动的姑娘怎么会是坏女生？”秦甦笑问：“谁说我是坏女人？”莫蔓菁说：“还不是那傻小子，青春期脑子不好。”

眼下仔细回味，秦甦明白了，莫蔓菁说的应该是当年。

石墨腾出一只手给她擦眼泪，低声回应她：“他没有。”

秦甦为他说话：“说实话啊，我要是看到了他和别的姑娘的名字绑定在一块儿，也会失望的。”

“他知道我作弊的事情，这么多年过去了，他还牢牢地记得。”按理说，就算知道她作过弊，牢记这么多年的又有几个人呢？

连和她共患难、一起吐槽的潘羽织，都很少会想起那桩破事。

作为经历噩梦的本人，秦甦自己都很少想起了。

一定是作弊给他留下了她是差生的印象。

“我很差劲吧？”说到这里，秦甦自己都失控了。

她这两天想了很多。高中时期的她真的除了漂亮一无是处，在重点高中里，成绩拿不出手，名声一塌糊涂，还厚脸皮地、高调地跟老师唱反调。她回看自己糟糕的青春期，都想质问自己当时到底在干吗。

在她的猛烈追问下，柏树姗讲过一次，也仅此一次。秦甦问她为什么要整自己，柏树姗说：“你不是要所有人都看你吗？不好吗？这样不是所有人都认识你了吗？”

秦甦当时先是生气，然后恐惧，女生太可怕了。但事后她想，如果人的关注是平均的，那么她确实分走了太多，多到身边人也会有压力。

秦甦：“规规矩矩的好学生应该不会想跟我有交集的，对吗？”

石墨："不是的。"

秦甦："试图突破自己的心理关时，他很难接受吧？"

石墨："没有。"

"骗人！"她赌气，仰起头瞪他，"骗子会生两个儿子的。"

石墨没有配合她的玩笑，低头亲了亲她的眼睛："他确实难受过，但和你没关系。"

"那和什么有关？"

"是他自己无能。"

下一秒，石墨的嘴巴就被捂住了。

秦甦不爽："不许说我初恋的坏话！"

石墨的眼里闪过微妙的光。

初恋，好突然哪，有点儿不要脸。

秦甦看着他的眼睛，一阵头晕，缺氧似的对着他的胸膛撞："我得去看一眼大纲，忘了我要说什么了。"

石墨按捺住心跳，扶她坐在床上，面朝兔子灯影。

他则单膝跪在她的身边，抽纸给她擦眼泪："你要问他为什么没去音乐教室；问他后来为什么不找你说清楚；问他是不是生气了；问他过去这么久，有这么多途径可以找到你，却为什么没找你聊起过这个事。"他眼神复杂地看向她，"你还要说……你为什么没等他。"

秦甦反应过来了："哦，对……但你说的顺序不对，没按我的逻辑说。我先说我自己的，"她换了好大一口气，从喉咙里艰难地挤出声音，"我出了一些别的事，必须要解决……但和那个人没有谈恋爱……"她只是招摇了一阵子，刺激柏树姗。完了，她在说什么，他肯定不能理解。好可笑。

石墨点头，帮她顺气："好的，他知道了，他原谅你。"

“你胡说八道！”她打他。

石墨捏住她的拳头，摇晃着逗她：“真的。”

“骗我。”

“真的。”

“骗子。”

“没骗你，骗子会生两个儿子的。”他复述了一遍她的话。

秦甦的泪珠像断线的珠子似的往下掉：“哇，你咒我！”

她又倒打一耙了。他与她一起笑，又连抽好几张纸给她擦眼泪：“秦更生，你为别的男人哭得太厉害了，收着点儿。”

“你会吃醋吗？”

“会。”

“那你是该吃，在我心里，你没有他浪漫。”

“兔子灯都不浪漫？”他认为现在倒是很适合求婚。

秦甦想否认，但那抹墙影太美了，她湿着眼眶都挪不开眼。

“浪漫，但那得在十一年后回忆才浪漫。”

递字条的浪漫有时间的滤镜。

如果石墨不是“路易基”，秦甦会觉得那是一桩极美好的故事。

有开始，没结局，最“青春”不过了。

但他还那么认真过，保留了那么多东西，搞得她那些短暂的失落显得特别薄情。不带感情地说，对高中的秦甦来说，报复柏树姗比寻找“路易基”重要。她一贯在男女感情上的需求不大。

“你再提醒我一下，我又忘了要说什么了。”她是金鱼。

石墨失笑，刮了刮她湿漉漉的鼻尖：“又忘了，忘了就由我来说吧。”

兔子墙影像广寒宫的精致绿幕，两个人在影子下你一言我一语，将错过的、支离破碎的往事断断续续地拼凑起来。

石墨说得轻描淡写，秦甦在他的清冷声调里抽噎得不成人形，搞得她怀疑自己“主角病”太重。

只是一段阴差阳错的青春往事而已，她有点儿小题大做，演得有点儿过了，整成生离死别的架势了。

在她的想象里，画过她、找过她，甚至还“恨”过她，再说起这件事，两个人应该抱头痛哭才对，怎么只有她一个人在流眼泪？

秦甦隔着泪帘在心里感叹，这才是成大事的人，毕竟小小年纪就炸过面粉厂，这种小场面确实不值得哭泣。

石墨将两臂往脑后一枕，神态慵懒地告诉秦甦：“那个人……就是你兄弟，高三开学去参加了物理比赛，去了一个月。期末考前他给你塞了张字条说下学期会晚点儿来，你是不是没收到？”

“是吗？我不太记得了。”秦甦隐隐地想起，那阵子理科牛人确实都出“远门”了，“那他得奖了吗？”

“没有。”他继续说，“你那个兄弟比完赛去找你，你正跟一个男生笑眯眯地说话，神态暧昧。”都不用打听，坐在教室里，秦甦的新鲜八卦传闻自然汹涌而来，他捂住耳朵都堵不住八卦的声音。

教室里，如果还有一个可怜人，那就是柏树姗吧，但她高高昂起的脑袋让人不敢近前安慰。这可能也是他们后来能说上两句话的原因吧，他和她在秦甦的话题上习惯地保持沉默，像热火朝天里的局外人。

秦甦说：“我是有原因的。”她在做自己的骑士。

石墨后来知道了：“他知道。”

秦甦急得掐他，都这个时候了，还在说“你那个兄弟”“他”，这厮到底是哪里在别扭啊！

石墨一边躲一边开玩笑：“你那兄弟寻思，下一个被女神青睐的不是他吗？怎么有人插队？”

他看了一眼秦甦，揉了揉她的脸，顿了顿：“然后他就想算了，继续很有素质地排队了。”

“啊！”秦甦正认真地听呢，他怎么开玩笑呢？！

她抓起枕头压他、弄他，被石墨捞进怀里使劲安抚，他亲了亲她：“逗你呢！”

“然后他难过了是吗？”

“还好吧，记得不是很清楚。”

秦甦和他的距离一向很远，虽然愿望落空了会失落、闷在房间里抓狂，但这才多大点儿事啊，他走出房间揉揉脸，又是一条男子汉，如此，大半年也就好了。

是吗？秦甦想了想觉得也是，又问：“那你后来又去过音乐教室吗？”

“去了。”

“我也去了，但太远了，我去得少。”

“我知道。”石墨点头。

“那咱们后来遇上，你为什么不跟我说？”

“说什么？你身边的异性就没断过，我一直在被插队。怎么，我去找你投诉吗？”他冷脸，终于遏制不住那股不爽了。

她对男人从来热情有加又不屑一顾。他说什么都会像只上蹿下跳求女神关注的猴子，他有些骄傲，不想沦为一个渺小的“之一”。

秦甦心虚地攀上他的肩，一点儿一点儿地往上挪，嘴唇求饶似的亲他。

石墨故意偏开头。秦甦娇哼，捧住他的脸，连盖好几个戳，石墨左右躲避，唇周仍是染了一片温热的凉。

她使劲拱他，好不容易把他拱得面色缓和，压低声音给他报信："喂，石黑土，你露馅儿了！"

"嗯？"

秦甦悄悄地说："你说了……'我'！"

他低笑，全然不在意："哦。"

"为什么不承认啊？"

"我只是顺着你的语气说，你跟我兜圈子，我就也跟你兜圈子。"她一直绕着蚊子包挠痒，他也乐得同她一块儿忍着痒。

原来是这样！秦甦还以为他失望，不想承认，害她不断拔高那段故事在她高中的重要性。

"那是阿姨让我帮她保密，我……"哎呀……她出卖了莫蔓菁。秦甦僵硬着脖子看向石墨，只见这厮一脸了然，嘲讽地撇了撇嘴。

她破罐子破摔，没素质到底："还不是你不让我看你的东西，害得我被拉住了，还被堵住了嘴。那……我只能跟你兜圈子。"

石墨无语："能指望她干点儿什么？"

"哈哈！"石墨说莫蔓菁的表情实在太好笑了。只是，她笑到一半想到自己要是生了个儿子，估计也是这副样子，不由得心凉，又停住了笑："阿姨挺好的，又漂亮又可爱。"好像还很有钱，一点儿都不像电视剧里惹人厌烦的婆婆。

石墨冷笑。

"哈哈，你也太阴阳怪气了！"

果然生儿子就是生冤家。

秦甦说自己的信息量很少，门背后的人走丢了就走丢了，于她，捏着那幅可笑的自画像对着那帮男生的脸比照一圈，已经是羞耻的极限。

石墨说："我知道，不用解释。"

“这事怪你。”眼泪不知不觉止住，在眼角干结，绷得难受，秦甦揉了揉眼睛。

石墨察觉到怀里的动静，以为她又在哭，偏头关切地去看，与她精灵一样的眼睛撞个正着。他伸手帮她揉：“别哭了，听说妈妈哭多了，小孩儿也会爱哭。”

“嗯，我不哭。”她推推石墨，“你不在意我为什么不信守诺言？”

“不在意。”

秦甦盯住他，这厮面无表情，眼神躲闪，一看就知道——他很在意。

骗子！

秦甦犹豫道：“我当时……”

石墨打断她：“不用说了。”

不让她说？秦甦本来还不是很想说，显得她歹毒又执拗，破坏形象，但他一副懒得听的样子，使得她起了胜负欲，偏要说！

“我找到了陷害我作弊的元凶，说来，还多亏了你呢。”

秦甦去过柏家好几回，虽然没什么机会进门，但看得出，她家很大很空，状况与大家传的“有钱又漂亮”不符。她讽刺过柏树姗无数回，嘲笑她、打击她、欺负她，结果这个死丫头颇能忍。

秦甦发现柏树姗很在意别人的评价，便通过跟她周围人对话的方式吓她，到底还是没有落井下石。

秦甦倒也不是善良。她的大舅年轻时在Y省当兵，后来腿脚不好，回当地转了后勤。他给秦甦讲过罪犯的心理，这帮刀尖舔血的坏蛋在逃亡时永远睡不踏实，心里绷着一根弦，可一旦被逮住丢进牢里，他们不再抱任何侥幸心理时，睡眠质量反而变好了。对他们来说，彻底暴露反而是解脱。

秦甦于粗枝大叶里精心筹谋，像遛狗一样，拽着一端，不同柏树姗撕破脸皮，还帮她维护同学间的体面，但私下威胁时，从不嘴软，把对方的两面三刀学了个全套。

秦甦回回都能在柏树姗铁青的脸上读到惊恐。

是以，她很少与非挚友提及柏树姗。眼下这姑娘已经彻底在她的生命里退场，高中时期的烂事也没人在意了，而说出这件事有利于挽回她的形象。

秦甦犹豫了一会儿后，第一次对一个外人说了。

很奇怪的是，她没有在石墨脸上看到什么惊讶的神色。她问他，她是不是很坏？石墨摇头。她又问，那她是不是很勇猛？石墨想了想，点头。

“那……你不给我鼓个掌？”

他愣了一下，真的抬起手，给她鼓了掌。

他冷淡过头了。

秦甦问：“因为她跟你是一个班的，所以你不方便附和，是吗？”石墨和柏树姗到底是三年的同班同学，说实话，如果他此刻附和说着女生的坏话，秦甦也会尴尬或者不齿。她并不习惯在人前贬低柏树姗，尤其是在打压柏树姗的过程中，她生出了异样的、令人抗拒的情感。人果然是变态的动物。

“不是。”

石墨早就知道，从柏树姗到他的房间送月饼礼盒、局促地参观至二楼、看见他没来得及收起的“艺术品”、恶心得扇了他一巴掌那一刻起，他对秦甦的又爱又恨就变成纯粹的愧疚。

他在流言里认识秦甦，隔着门板与她做“朋友”，却从来没有真正地了解过她。

他甚至都没柏树姗了解她。柏树姗从看到秦甦的画像开始，就显得极其不正常，拼命地抓头发，像是全身发痒，彻底没了端庄冷静，这个在她看起来和秦甦毫无瓜葛且对秦甦不屑一顾的男人居然这么恶心。

石墨经此一事，一直不敢告诉秦甦这件事，是怕她也如柏树姗一样，听见对方的名字会激动。

好在，她说起这事散漫自在，还隐隐带点儿得意。

“跟你商量个事。”

“什么？”

“咱们达成一个共识好吗？”

“什么共识？”

“不知者无罪。”

“哦。”这算什么共识啊？

秦甦看了一眼时间，指挥他给自己抹油。

他起身，从床头柜取了妊娠油：“那我现在好到什么程度？你会不愿意离开我吗？”

“不会！”秦甦超酷，“我可以离开任何人！”

他开盖子的动作一顿：“那算了……”

石墨天生有一种魔力，就是他的心情会影响周围人的心情。比如现在，秦甦跟着他情绪低落了。

她懒洋洋地躺在床上，戳了戳他：“怎么啦？你要跟我说什么？”

“我要跟你说，虽然我从高中时期就喜欢你，但我觉得那次错过挺好的，我当时确实配不上你。”

秦甦意外地说：“这样啊……”其实他们当时都很年轻，见到面也不一定能发生什么故事，当时她也挺浮躁的。

“现在我觉得刚刚好。”

“哦，这么想想也是，一切都刚刚好。”她笑。

肚皮的酥麻感蹿起，她说好舒服、好幸福。

石墨的指尖来回打转，妊娠油被皮肤迅速吸收，但悬而未决的事情还卡在喉咙口，他说道：“我有个事没跟你说。”

啊！她就知道！秦甦撑起身体，凑到他眼前：“你前女友比我漂亮是不是？！”

石墨忍俊不禁，笑得手都抖了。

“不然你干吗不回答？！”不然为什么他高中时期还喜欢她，大学就恋爱了，肯定找到了更漂亮的人。

“你要我回答什么？你能回答‘我比你的前男友们都帅吗’这个问题吗？”

“能啊！”她又不要脸了，“你就是比他们都帅！”

石墨咬牙，从牙缝里挤出求生答案：“好，那你漂亮。”

“那我比那个未婚妻也漂亮吗？”为难升级。

石墨安静地换了妊娠霜，往手心挤了一坨，过了好一会儿才动作：“她不是我的未婚妻。”

“嘁。”

石墨低声说：“还记得你在法国被求婚吗？”

秦甦：“啊？”怎么突然跳到这个话题了？

石墨：“我是在那次之后决定找个人结婚的。”

秦甦皱起眉头，盯着电筒光圈逐渐暗淡的外圈，用力地消化。

“所以，等我求婚成功了，我跟你说那件事。”

秦甦立刻换了嘴脸，挽住他的手：“你成功了，我离不开你，你现在跟我说好不好？”

“早点儿睡。”

一圈一圈，好勤奋、好温柔的男人啊，为什么不偷懒呢？

温馨的浴室灯为夜色接力，电筒光逐渐变淡，直到全暗。

清晨，石墨的电话从早上七点开始响，秦甦迷糊地醒来，见石墨凑近，她把脸埋进枕头："不要，我好肿。"

怀孕使她晨起时脸特别肿，而她昨晚哭了好久，肯定像金鱼一样了。

"不肿。"

"骗子。"

"好，那生两个儿子。"

"不许胡说！"

秦甦用去水肿的按摩棒消了肿才出门。

产检走廊里，秦甦看见了一位眼熟的孕妇。上回秦甦留意她是因为她也是个漂亮女生，只是这次她胖了好多，正在跟丈夫抱怨妊娠纹很重。秦甦斜着眼睛，实在控制不住那份好奇心和逐渐变得焦虑的心情。

测体重和腹围时，她赶紧问医生："有怀双胞胎还不长妊娠纹的孕妈吗？"

医生说很少，但也有，看个人体质，还夸她体重控制得好。秦甦就像得了老师夸奖一样，手臂摇摆着出来的。

做大排畸 B 超，医生第一句就是问她要不要"拆盲盒"。她愣了一下，问是什么盲盒。医生告诉她，双胞胎要准备的东西很多，很多双胞胎孕妇比单胞胎孕妇"拆盲盒"的意愿更为强烈，基本二十周就知道其中至少一个的性别了。

石墨问："这个可以说吗？"

医生说："要看地区和医院，本地私立医院并不避讳这个。"

秦甦对此有所听闻，但上回在公立医院，人家一点儿都没有告诉她性别的意思。她赶紧躺好，医生也极其耐心。秦甦盯着画面，看见有一个宝宝一直在里面转圈，医生说宝宝在翻跟斗，另一个则安安静静，在四维影像下，看得比较清楚。

“这个怎么不动啊？”

“哈哈，这个宝宝可能比较文静。”医生笑。

石墨眯起眼睛，指着一个点问：“这个是……”

医生点头：“嗯，对的。”

石墨恍然大悟：“哦……”

“什么？”秦甦囿于视角，看得不如他们清晰，着急地看他们打哑谜，“你们在说什么？”

医生说：“别急，可以拷贝回家，在电脑上认真看。”

她急得冒汗：“啊？是不是看见了？是儿子还是女儿啊？”

Chapter 9

孕二十二周

Fake love

秦甦坐进车里的第一件事情，就是搜索为人父母如何维护社会治安。

她沮丧，一张俏脸拉得老长。

如果她的儿子炸了面粉厂，她没有钱赔。

石墨去了趟麦当劳，给她买了加冰可乐、安格斯芝士堡、麦乐鸡……拎了满满两袋子，左手还举着一杯草莓味麦旋风。

陆玉霞对秦甦的饮食极为控制，蔬菜水果汁没少强喂。秦甦也严格按照孕妇群里一位营养师的食谱控制饮食，各项指标都不错，体重没有骤增，除了胎盘低置这个有转圜余地的问题，总体上可以称为一个健康漂亮的孕妇。

但现在，她破罐子破摔地要放纵自己，一出医院门就要求吃垃圾食品。

莫蔓菁应该是得了消息，给她发来了六千六百六十六元的转账，并发消息说：“作为婆婆，我很高兴家里的‘皇位’有人继承。但作为女人，我只有一条建议：有空烧香。”

石墨拎着吃的，全身都在抗拒，他受不了车上有食品的味道，准备和秦甦商量可否去那间门店进餐。

一开门，就听她说："我这辈子完了，可以退货吗？"

石墨把塑料袋往她腿上一放，揉了揉她的脸，也没空管车了："赶紧吃点儿东西，早上空腹抽血饿坏了吧？"

秦甦接过麦旋风，问他有没有存款。

石墨以为她想买包，就说有。他说着要给她掏卡，没料到她的下一句是"现在面粉厂多少钱啊"。

石墨手指一顿，陷入无语："想什么呢……"

秦甦吃进几口半融的甜味冰激凌，被腻得眉毛跳舞，塞回石墨手里："我可能控糖久了，突然满口甜腻，有点儿恶心。"喝了点儿带气泡的可乐，她重重地叹了口气，"我知道现在炸面粉厂有点儿难，但他万一比你还不规矩怎么办？"

"我哪里不规矩了？"他连在感情里插队都不会！

"嗯……"秦甦吃了个汉堡缓了一会儿，对石墨说，现在有点儿接受肚子里只有百分之二十五的概率是女儿了。刚刚产检，她满脑子都是女儿！好似在赌大小。他和医生宣布有一个是儿子，她便绝望地认为自己赌输了，现在想想，自己还有机会，暂时还没到绝望的程度。

"也有可能看错了。我听同事说，有姑娘竖起手指脚趾，会看错。"石墨看了她一眼，"而且，一个女儿的概率还是百分之五十，两个女儿的概率是零。"

她思忖了一会儿："哦……完了，要是儿子和我一样成绩不好怎么办？"

"你成绩怎么会不好，上的是重点高中、一本大学，学的又是小语种专业，有生存技能，而且你的理科还不错。"石墨认真地安慰她。

她一点儿小小的优点他都记得。理科不错？这种早在秦式江湖失传十余年的优点，他居然记得这么清楚。世上最爱她的人一定是石墨，他看她滤镜好重！

秦甦笑眯眯地收下石墨理科男式的奉承，亲自蘸了甜辣酱，喂炸鸡块给他吃。石墨不喜油炸食品，但还是吃了两块。

石墨舔了舔嘴唇，说道："你不是说……只要继承你的美貌就行了吗？"

"不行。"她有点儿贪心，认为美貌不实用，"对于男孩子，我希望他拥有自己的事业。男孩子还是要有才华的，如果没有才华，那继承你那些花里胡哨的逗妹技能也行。"

"什么技能？"

"比如转硬币、做兔子灯。"说罢，她眼波流转，朝他觑了一眼，"或者三餐四季地等一个姑娘。"

"他要学我那些，可有得学呢，我会的还挺多。"

"真的？"

人有满腹心事时，吃东西就容易过量。

秦甦闷头解决完另一个汉堡，惊觉自己吃多了。

石墨专注于回消息，还拿过她的手机传了一份文件看，同时看两个小屏幕办公，要是她的微信上没有一直弹消息，大概效率会更高。

秦甦准备收垃圾，一转身，食道像一根钢管，把她定住了。她叫了一声，说道："哎呀，我吃多了，不能动了。"

石墨清掉她膝上的塑料袋，随手翻了翻里面的包装，问："你把我的汉堡也吃了？"

"我觉得没吃饱……"她好久没吃汉堡了，一个不够吃。

她把怀孕想得太简单了，当自己还能一顿解决全家桶呢。她现在是三个人，胃的空间被挤压成一点儿，还要供给三个人的营养，好难。

石墨拉过她的手，说道："那咱们下去散步吧。"

孕妇吃撑了，也只有散步这么一个消食的办法了。

"外面好热。"三伏天正午，出去散步是疯了吧？

石墨指了指商场："去逛逛街？"

"嗯……那行。"胃里填满了肉和面粉，秦甦用小指轻轻地戳了戳肚皮，告诉自己的身体，容她缓缓，别撑得那么厉害。

看着商场外扎眼的奢侈品标志，两人心照不宣地生出为对方买礼物的想法。

秦甦心里是这样想的：

上回她送的三合一项链石墨没戴，想想也是，他并不是戴项链的潮男类型。考虑到他在经济和未来发展上非常配合她，秦甦作为"群众"派出的代表，虽然平时没少说虚头巴脑的话，但奖励还是要实际一点儿才行！鉴于对方严防死守，她暂时还找不到机会，只能进行物质补偿。金融男以商务为主，鉴于石墨的小心眼儿，他记得她给前任买过钱包，所以也不适合买钱包了。秦甦想给他买条领带或者皮带，这类东西他经常能用上，且用时会随时想到她和"群众"的小礼物。

石墨心里是这样想的：

除了孕期必需品，秦甦没有要过情人间的礼物。他只送出过一条项链，就算比不上那些为她一掷千金的人，也要在物质上用些心思。他想给她卡，但秦甦似乎并不喜欢这种东西，她更喜欢每次巴巴地递来购物清单，然后甜甜地说一堆宝宝对父亲讲的话。石墨认为，在经济上，他们还是泾渭分明的男女关系，并没有靠近，也许再乱一些，分不清楚彼此的东西，更像随意的、自在的男女关系。或许，他可以在她的生活里多留一些“精致的礼物”。

从车上下来，行至对面马路只走了几十步路程，秦甦就有点儿吃不消了，又是怕晒，又是胃胀。石墨看她脸色铁青，帮她捏了捏手臂、揉了揉虎口，看她喘气的费劲模样，他都想掐她的人中了。

没料到缓了口气，购物的欲望迅速抵消了胃部的不适。秦甦一吹上空调，目光就锁定在了二楼的母婴用品店，进了门店，看见货架上的东西，她的眼眶都湿了。

巴掌大的小衣服，拇指大的小鞋子，太可爱了！

“粉红色好漂亮！”她不能想象自己没有女儿。

孕期里，她脑子里都有个画面——她抱着粉嫩嫩的“团子”，使劲亲那张小脸蛋儿。她给“小团子”蓄长发，小心翼翼地替她捋齐软毛，戴上百变的头饰，抱着她拍可爱的照片。

石墨还没来得及安慰，她自己先叹了口气，扭头看向男孩儿的小衣服：“能怎么办，还能扔掉怎么的？凑合养吧。”

说凑合，一点儿也不凑合，半个小时里，二人在母婴店消费了五位数。小衣服、小鞋子、婴儿口水巾、纯棉纱布之类的不值什么钱，秦甦也只买了一两个，回去试试材质的体感，消费大头还在后面呢。

她看中一辆宝蓝色的婴儿推车，还向石墨介绍这是遛娃神器，石墨说买。

接着她的步子顺着价格往右移，看了一个品牌接着一个品牌，价格直接飙升到一万两千元一辆，然后就没法儿往左边挪了。

二人站在车前不肯动。

买两辆的话，价格上相当于成年人低廉的代步工具了。如果只买一辆，那另一个宝宝怎么办？

秦甦心动了，试着推了推，和同类型比感觉有点儿重。销售说因为重所以稳定性高，宝宝在里面的感觉更好，而且推车高，宝宝的视野也好。

销售姐姐一看这对精英长相的准父母，热情地进行了详细的介绍，最后一句是“这是奶爸的最爱款”。

婴儿懂什么体感，看见花花草草又能记住什么？奶爸？有几个遛娃的奶爸？但这些词偏偏就能糊弄新生代宠娃的父母。

秦甦和石墨在一旁捣蒜似的点头。

秦甦没想到石墨消费时比自己还疯，他准备直接刷卡。

秦甦抬手按住石墨，问了颜色，故意挑了个店里没有现货的颜色为难，挽上石墨使了点儿力把他拉走了。出了店，她上微信找朋友从国外代购。

“国外便宜，又不着急，现在买回家也用不到。”秦甦指责石墨。

见代购一辆要便宜四千多，石墨也冷静了。从看过那个牌子的婴儿推车起，他们再也没法儿给其他便宜的推车眼神。他苦笑：“被凡勃伦效应洗脑了。”

“你要多逛逛孕妇群，我们群里什么都有。我之前就知道这款推车，不过没看到实物。”她边走边给潘羽织发消息，借一下她的物流线，“哎？为什么只有孕妇群，没有孩子爸爸的群？”她忽然意识到这该死的劳力付出，“为什么我每天需要做那么多功课？”

难怪她老觉得脑子不够用，害她翻译都比以往迟缓。她的脑容量本来就不大，现在好了，塞太多东西了。

她朝他上下审视。

石墨哑然，问她要不要买包。

秦甦没好气，现在买什么？她出门必须背大包，里面要装好多东西，以后有了宝宝更加没有选择，只能背巨大的包。

两人绕过香奈儿的店，跑去男装区，石墨说自己东西太多了，出差随便买的和莫蔓菁给添的多到都来不及拆标。他对秦甦说："不买包，要么买鞋？"

秦甦拒绝："我这几天整理东西，之前的高跟鞋都不能穿了。"她看起来没有胖，四肢纤细，骨节仍有时髦的纤细感，但脚塞不进瘦高跟鞋。挤脚的痛苦告诉她，她的脚面肿了很多。

说罢，她朝他又是一觑，更加不爽了，他都不用承担身材变形的痛苦。

石墨没办法，平白得罪了她。准父母最后业务不太熟练地拎着一堆宝宝用品回家了，自己的东西一个都没买。

产检完，石墨又去了港市四天，秦甦和陆玉霞腾出了两间房，和房东确认床配件的完整性，将之全数堆进了储物室。

石墨和秦甦两个人都不容易，但秦甦显然心态陷入了不平衡，尤其知道会有一个小子后，心情愈加沉重。石墨每天早上醒来时，再也没有"女儿"打招呼的消息了，直接是"我起来啦"，下一条就是"你那个'面粉厂拆二代'也起来了。"

石墨当然想要女儿，但他比秦甦要随遇而安一些，情绪没那么大。在港市经过母婴用品店时，他会进去转一圈，看看这个，翻翻那个，关于宝宝的信息也逐渐建立。

和每天蹲守各种新鲜母婴资讯、比对各品牌产品功能的秦甦比起来，他作为孩子的父亲，确实在捡便宜。

知道性别后，除了秦甦产生了些许暴躁，其他人的情绪都很稳定，只有陆玉霞情绪高涨。

秦甦是她的第二个孩子，前面有个男孩儿一岁多发烧去世了。陆玉霞生了秦甦后百般宠爱，但她心里总揣着没能把儿子好好养大的遗憾，知道有个外孙时，她比谁都开心。秦甦对着肚子唉声叹气，陆玉霞则走过、路过都要喜滋滋地多看一眼。

如果说陆玉霞还有一个遗憾，那就是秦甦还没结婚。陆玉霞与石墨多了几句话的交情，也敢熟络地催促了。石墨很踏实，向她保证，此事一直在计划，其间不会让秦甦委屈，要让秦甦开开心心地嫁人生孩子。

陆玉霞心想，老天有眼，让她们母女遇见了个好人家。

秦甦怀孕满二十二周的下午，石墨终于抽出周末两日的空闲时间，端坐在大餐桌前，开始了家属学习。

秦甦把准备的孕妈书籍、自己事先做的购物笔记以及孕期检查列表摆在桌上，搬出一摞花花绿绿的笔记。

但失策的是，他们先从影像资料开始学习，这事费了大工夫了，一看就看到了傍晚。

宝宝的4D影像拷在了U盘里，秦甦产检结束的当天粗略地看过一回，确实看到了男孩儿的标志性玩意儿，另一个一直在翻跟斗，她看不清，心里把那个皮猴也默认为儿子。这两天，在孕妇群友们的一致怂恿下，她决定拉着石墨再仔细看看，万一能看清呢?

两个人坐在笔记本电脑前，对着那团东西目不转睛。

过了一会儿，秦甦就没法儿对着另一个转动的宝宝集中注意力了，石墨则放大缩小、拉近拉远地来回确认。

“他好安静啊。”在被人窥视的整个过程中，那小子非常坦然地打了个哈欠。他坦然得连秦甦都厚起脸皮，不得不多看几眼，每回重复到那个小哈欠，秦甦都被他萌得捂嘴直乐。

“所以，儿子也可能是很文静的。”石墨指了指那个安静的小家伙说。他小时候其实也很文静，不怎么说话，只是动作比较多，他不是只会炸面粉厂。

秦甦白了他一眼，指了指那只不停乱动、看不清性别的“小猴子”：“说的不就是这个小家伙吗？不停乱动，但是不说话。”

一分钟的混沌影像，他们看了十几分钟，最后还是没能把另一个宝宝的性别看出来。

秦甦告诉潘羽织：“你知道吗？莱莱被帅哥双胞胎争抢的‘玛丽苏’剧情已经铺垫得差不多了，就等呱呱落地后培养三人的感情了。”

潘羽织无奈，没想到“玛丽苏”男女主角会相遇在屎尿不能自理的年纪，也不知道能发展出什么剧情。

秦甦通过将宝宝的爷爷、奶奶、外公、外婆、父亲、母亲所有照片集合，拼出一张宝宝的五官构成，发给潘羽织。对方说：“换个软件吧，这个不太符合你和石墨的颜值。”

秦甦也很迷惑，孕妇群把这个软件的可信度说得极其玄乎，一位母亲拿出铁证，证明自己的一胎养到两三岁时，孩子真就和软件显示的模样差不多。她说得神乎其神，秦甦信了，惊喜地等着图片加载，却在图片上的人五官亮相时表情呆滞了。

合成出来的结果显示，她的孩子模样十分平庸。

这种哄人开心的软件一旦出现不符合期待的结果，实在有点儿打击人。

秦甦恹恹地把照片发给专心做功课的石墨。他愣了一下，含笑将那张图片放大、缩小，问：“这是咱们的宝宝吗？”声音自胸腔发出，像大提琴的尾调，砸在了秦甦的心尖上。

秦甦一直在接受和一个男人产生深入的联结，但内心深处没有完成其中的关系颠覆。她自己经常放嘴炮——咱们的宝宝如何，咱们的“妹妹”如何，咱们的“面粉厂拆二代”如何。可石墨平静自然地说出“咱们”二字时，秦甦被自己放惯的糖衣炮弹反戈一击。

她一时没忍住，激素上头，喉头哽咽了一下。

石墨的注意力全在照片上，没注意她：“很可爱。”他左右拉图看了一会儿，耳边响起熟悉的抽噎声，他意外地抬头，秦甦已经流完十几行泪了。

石墨失笑，边替她揩泪边笑话她：“怎么了？不可爱吗？哭什么？”

“可爱”是个好适合小孩儿的词，全天下的小孩儿都可以用“可爱”来形容。

秦甦面对如此庸常的五官，竟然生出朴素的满足感。这太怪异了，于是，她张嘴就是违心的嫌弃：“好丑……”

“怎么会丑，这不挺像我的吗？”这和莫蔓菁的头像简直一模一样。

秦甦皱眉，又瞥了一眼，发现照片上的人还真是像石墨。她一直喜欢“浓颜系”的小朋友，这不是她偏好的长相，说：“可能他长大了就好看了吧。”

石墨嘴上说“也不一定就长这样”，但上扬的嘴角表示他挺满意的。他倒是记得安慰秦甦：“没事，我妈说小孩儿一天一个样。”

“那是因为你爸妈陪你比较少，几个月看你一回，那自然是回回变样。”她又看了一眼合成照，这样的长相很难发生什么大的变化吧？她自我安慰道，“如果他长这样，也只能指望他幽默了。除了帅的，我也喜欢幽默的男人。”

石墨放下手机：“那也行，随我。”

秦甦疑惑：“什么随你？幽默？”

“怎么？”

“我听错了吗？”

“我不幽默吗？”

“你幽默？”

“我不幽默吗？”

秦甦不说话了，给了他一个眼神，让他自己体会。

自信会传染，秦甦怀疑石墨近朱者赤，着了盲目自信的道儿了。当然，她也不好意思说，长相和家世如石墨，再添上幽默，成为花花公子的概率极高，就因为是有点儿老实的性格，他才能落到她手上。

石墨再次确认：“在你眼里，我不幽默？”

石墨肯定不能跟活泼无赖的秦甦比。

他在刻板传统的书香门第长大，在这样的家里，石墨认为，全家最幽默的就是他自己了。石峰忧郁，不喜言辞；莫蔓菁早年跟剧组写剧本，加之情感波动较大，看似活泼灵动，实际上凡事爱往坏处想，患有创作者常见的“文艺病”。

只有他，跌倒就爬起，喜欢放下，从头再来，素有开朗幽默的稳定心态。

秦甦随手翻开本子，一笔画成个长方形，给他画了个幼儿园版的面粉厂：“这种幽默吗？”小小年纪上社会新闻，确实幽默。

石墨合上育婴书，回应她的“幽默”之说，告诉她幽默不是只有语言幽默一种。

“还有什么幽默？”她再次朝他晃了晃那个丑丑的面粉厂图，“肢体幽默？”

“不是这个，别的幽默。”

“哈哈！”秦甦见他表情认真，笑得得意忘形，“你幽默？那男人幽默的门槛太低了。”她和潘羽织简直是幽默大师，而且是可以出书的那种。

石墨：“你是要给我讲讲其他人的幽默吗？”

秦甦逗他，眼带挑衅：“你要听吗？”

他冷笑。

彼此的目光刚一对上，恰是辩论机锋的时刻，石墨的手机响了，屏幕上“法务顾兰亭”几个大字一闪一闪的。

秦甦许久没见着风雨了，每日都在安静的岛屿与世隔绝，躲在金屋回忆过去的血雨腥风，这小型龙卷风惹起了她躁动的小爪。

石墨清了清嗓子，避开秦甦接电话。顾兰亭这几天申请了休假，项目进度全卡在她这一环。

他往房间指了指，示意自己需要接电话。很显然，这通电话并不是一两分钟就能说完的。

石墨一旦进入工作状态，极其性感。

秦甦很喜欢看他一本正经地讲电话，尤其是他皱眉时，手指会条件反射地弹虚无的烟灰，一看就是老烟枪才有的习惯。顺此动作联想到他是为她和宝宝才戒的烟，秦甦内心的满足感爆棚。

就算他讲的都是她听不懂的东西，她也能当帅哥默剧欣赏。

石墨讲电话时有一点最为致命——他不理她。

救命！他太迷人了！石黑土不理她的时候是他最有男性魅力的高光时刻。

她知道他办公很专注，也没打扰，默默地坐在书桌前翻了两页奶粉笔记，看着看着，心不在焉起来。

冷酷男神在里面跟情敌打电话，秦甦禁不住心头那股想要搅起暴风雨的冲动。

即使怀孕了，她也对花花世界充满了好奇。

她起初只是想观赏石墨打电话，走进房间，石墨飞快地一个转身惹得她好奇心暴涨。她很没有素质地往他身边挤，用眼神捕捉他的心虚。

她低头在自己带的小本上写下："干吗心虚？你们有猫儿腻？"

电话那头，顾兰亭正在讲公事，语速很快。

石墨用口型对她说："别胡说。"

秦甦恨恨地噘嘴，扒在石墨肩头心不在焉地听着，正想写小字条撩拨他，忽然电话那头的顾兰亭支支吾吾起来……

秦甦眯起眼睛，趴在他身上，像猫一样弓起了身子。

石墨也对她的反应有所警惕，一只手托住了她的腰。秦甦此人不按常理出牌，现在凑在身边有点儿危险。

顾兰亭停顿了许久，时长够秦甦写下："啊？你们没鬼？""若是有鬼，那你死定了！我现在就拿刀！"

石墨拿开手机，附到她耳边，压低声音："别胡说！"

她咬耳朵，恨恨地说道："你跟我保证！我会去求证的！"

石墨亲了亲她的额角，看似亲昵，实际上控住了她的双手，防止她乱动。

他将手机重新拿回耳边，那边顾兰亭已经组织好语言，心虚地问起那回聚会对部门的影响，称自己请了几天假，私人事情都处理好了。

石墨让顾兰亭放心，言简意赅。

他的话突然少了，一定有鬼，秦甦潦草地写下："言出必行！我一定会问的！要是你们之间有问题，你就死定了！"

电话那边的顾兰亭还在絮叨，称自己那天情绪失控，加班、酒精及私人感情导致崩溃，她很抱歉。可说完抱歉，她又重新添加了点儿细节，又说了一遍自己之前的状态，再一次道歉。

秦甦翻白眼吐舌头，酸她不合时宜地装柔弱。

石墨安慰她："没事，大家也喝多了，没人在意。"本来他们聚会经常很随意，换一场戏看看没有什么不好。

对石墨来说，如果没有和秦甦的那点儿恩怨，他都不会注意到顾兰亭的个人感情。

石墨自然地移到了窗边，秦甦紧紧追随，迅速地揭掉写满了的纸页，在新的一页上写："你心虚了，要续旧情了？！"

她的战斗欲颇为强烈，石墨只能把本子拽过来，潦草地写下："没有，我和她就是同事。"

秦甦轻哼一声表示不屑。

石墨轻描淡写，一语中的："她没你漂亮。"

这一剂镇静剂很到位。秦甦的嘴角颤了颤，忍不住上扬，一半为夸奖，一半为石墨对她的了解。哎，她不应该笑，笑了就破功了。但，这厮真的是扮猪吃老虎的种子选手，摸准了她的脾气了。

顾兰亭显然为失态的事情颇为担忧，病急乱投医，絮叨个没完。换个姑娘，秦甦也能理解对方的尴尬，但顾兰亭撞枪口上了。想连续招惹她两个男人，天底下没这号女人。

秦甦笑眯眯的，手开始乱动。石墨的眉头皱起，重重地连清了两次嗓子，抛出职场结束对话的暗示。

顾兰亭问："你现在忙吗？"她和石墨年纪相当，对他又有绅士滤镜，空虚时找个异性垃圾桶抱怨两句，也不为过。

"有点儿事。"

"那等你有空，咱们边喝咖啡边说吧。"

秦甦瞪住他，用眼神示意：你敢！你敢！你敢！

石墨握住她越发放肆的手，还没来得及开口，一个顾兰亭熟悉的声音不合时宜地飘了出来。

电话那边的顾兰亭显然没料到，惊呼一声，连"抱歉"和"再见"都没来得及说，慌乱地挂断了。

暧昧与严肃交织的卧室迅速安静下来。

秦甦的手边是石墨丢在床上的手机。

内卧浴室安静到了极点，秦甦心头惴惴的，毕竟是自己打扰人家，还破坏了人家的形象。她只好巴巴地跑到门边敲了敲，问：“生气了？”

里面的人没说话。

她靠着门，局促地抱着肚子。说来也巧，可能因为刚干了激动的事，右边那个爱转圈的宝宝蹬了她一脚，秦甦明显感觉到肚皮被顶起了一块。

“宝宝踢我了。”她补充，“是那只‘小猴子’。”石墨平时很忙，没碰到过几回她胎动，他说他在家的时候，胎动了要告诉他。但很明显，这时候他没什么心思。

秦甦听到浴室的动静，主动问：“要我帮你吗？”

浴室里依旧没有声音。

秦甦找补着解释：“刚刚我是在用实际行动展示我的幽默。”她干巴巴地“哈哈”一笑，“但我发现，我确实不够幽默，还有很大的进步空间。”幽默也要讲究素质，她确实有点儿缺德。

一阵水声响起，死寂的卧室里终于有声音了！

果不其然，出来的人顶着一张面无表情的帅脸。他洗了把脸，发尖和额角还挂着水珠。

那张严肃的脸像一只利爪抓住了秦甦的心脏。

秦甦眨了眨眼，像变态似的默念：快凶我！快点儿生气！性感起来！一定要怒目圆睁，把我逼得连连后退、委屈得眼泪“哗哗”地流！

夏天日落时间特别久，像在天边焚了场烈火。

随着石墨的离开，秦甦的笑容也马上消失了。她讨厌镜子了——这个以前百看不腻、不随身携带都没有安全感的神器，眼下突然变得恐怖起来。

在秦甦疯狂施展可爱的魅力时，居家服、素颜、硕大的圆肚皮撞进眼里，封住她的自信，给她注射了一针自知之明。

后面石墨说了什么也开始变得模糊，她隐隐约约地记得他说顾兰亭发消息给他道歉，还问那是不是秦甦的声音。他还调侃道："这么轻的一声她都能听出是你，你们是有多大仇？"

秦甦对着镜子，尴尬地收起了属于"辣妹"而不属于大肚孕妇的得意与张狂，回了一句："夺夫之仇。"

这该死的幽默，她说时无心，在石墨听来却无异于捅刀。

他脸色铁青，她心惊肉跳，迟来的一股求生欲，巴巴地睇去一眼，真就得偿所愿，迎来他彻底的冷脸。

这年是她的心想事成年吧？她借机许愿：那就给她个女儿吧。

秦甦在镜子前站了一会儿，然后转身。她挺着大肚子，摇摇晃晃，将卧室里的全身镜丢在门口就开始哭，哭的时候肚子里的宝宝也没消停，动势像是要破肚而出，踢得她一阵恶心。

她绝望地歪靠在墙角，气了好一会儿，也不知在气什么。

她打电话给潘羽织，对方正在开车，话也说得敷衍："他能生多大气？你是孕妇，你最大。"

"我……"她含混地把话咽下去，又给大洋彼岸的王美丽打了视频电话。

潘羽织在爱情上占山为王，先发制人，讲起感情来就像个土匪，不懂他们这种升斗小民在感情中计较的乐趣与别扭。

而王美丽错过秦甦太多信息了，秦甦给她捋了一遍，先带她快速回顾青葱岁月的"友达以上"，再带她乘坐成人恋爱的快车，添了点儿关于优质深情绅士的稀罕作料，一首曼妙的都市恋歌就此唱响。

王美丽说："照你这么说，这个男人肯定是不会生气的，不就一句玩笑吗？就你那臭德行，他要是在意，当初就不可能喜欢你，你以前也不是规矩的人。"

秦甦问："是吗？可是我现在没有那么漂亮了。"

"他爱你不就行了？"王美丽补上一句，"国产剧女主角都有这层光环，就这么离谱儿，你且试一试，说不定他就是你命中注定的伴侣，不离不弃。"

"可我总觉得不踏实。"她说。人在眼前的时候她想挑逗、挑衅，人跑了她又开始患得患失，这是大病啊！

"你不踏实是因为你说错话了，还是因为你觉得自己担不起这份爱？"

王美丽说到了重点。

秦甦突然有点儿恍惚，如果她不漂亮，这男的还喜欢她吗？她猛然看到镜子里的人，都快不爱自己了。

她对男人不拧巴，但对爱挺拧巴。

视频里，两张漂亮的大脸傻对着。

半晌，王美丽翻了个白眼："好久没听爱情故事了，听得怪恶心的，我去喝口酒顺顺气。"

她们确实很少为感情问题为难，腻了就跑，成年人不困于两难境地，尤其年纪大了，注意力更不会投在这种低回报率的事上。

见她倒酒，秦甦也口渴了，倒了杯牛奶。自小腿抽筋后，她勤奋地补钙，每天给自己灌牛奶。

二人隔空干杯，王美丽说："你怀孕后脸倒是没胖，我有个朋友胖得我都怀疑她变种了。"

"那她产后瘦回来了吗？"每个产后复原得好的个案都是秦甦

的动力。

“超‘辣’。”她大口咂酒，发出诱惑秦甦的声音。

秦甦笑了笑：“可能是你的朋友都是‘辣妹’吧。”

“你也是啊……”王美丽鼓励她，“妞，干吗呢？怎么哭丧着脸？”

现在该是开香槟庆祝的时候，她们过去都坚信自己找不到真爱，专注于捕捉心动瞬间，现在有这么个现成的优秀男性，怎么不开心呢？

“间歇性地丧，唉……你不懂的。”她想了想，“来月经的丧你懂吧？这玩意儿一来来一年，你试试看。”她正跟石墨逗趣呢，就看见挺着大肚子的自己，真不知道石墨每回被一个臃肿的孕妇吸引是什么心情。她平静的时候照照镜子倒还好，调情的时候看到自己，画面太具有冲击性了。

王美丽愣了一会儿，笑个半死，大骂一声：“秦更生，这是爱！你不是在怀疑他的爱，是你的爱出土了！”

石墨的爱板上钉钉了，但秦甦作为爱情的上帝视角玩家，于激素迷雾一头栽了进去，有点儿恍惚，患得患失。

“好恶心哪。”秦甦自嘲。

王美丽又咂了一口酒：“对，我就是这个感觉，有点儿恶心，晕爱情。”

秦甦也晕，晕得心跳加速。

她蹲在躺椅边找了半天空调开关，在脑后垫了枕头舒服地躺倒，融进渐暗的天色。

石墨发来消息：“临时补两份材料，在上回的橡胶厂，要吃汉堡吗？”

秦甦：“你生气了是吗？”

石墨："想听真话还是假话？"

秦甦："先听假的吧。"

石墨："没有生气。"

秦甦："那真话呢？"

石墨："也没有。"他在后面还加了个倒着的微笑表情。

秦甦盯着那个古早的笑脸，笑得不能自已，搁下手机，又一副超然表情，望向遥远的天空。

黯淡霾般迫近，逐渐浓重。她观赏完一场落日光影秀，躁动的两个宝宝终于消停。她怀疑他们很爱自己的父亲，所以石墨在的时候他们从来不闹，不在的时候就使劲整她。

秦甦走了会儿神，夕阳画卷被一把大画刷一笔刷上了夜色。

她的腹部柔软，乳味渐浓，只是色素沉着得她都不忍多看。想到要将这些袒露在新欢爱人面前，她跨不过去内心这道坎。

她将双手覆上肚皮，揉了揉，还挺舒服的，又近距离审视自己的"阿尔卑斯山"。

她随手拍了一张照片，成像漂亮饱满。

石墨："干吗？"

秦甦："性感吗？"

石墨："嗯……"

她不再胡思乱想，发消息问潘羽织："你怀孕的时候胖成那样，难过吗？"她没好意思说出"介意"这个词。

潘羽织："你是怕石墨被吓到？"她那回看到秦甦的肚子也吓了一跳，比她五六个月的时候大好多，"放心，男人就好这口。你居然在意这个，你的自信呢？"

秦甦："被小孩儿吃掉了！"

这两个孩子喝她的血，吸她的钙，还吞掉了她的自信。

石墨从学校实验室带了两个气球出来，开车路过家门口，进去跟阿姨打了声招呼，看了看有什么好吃的，结果什么都没有。

莫蔓菁一个五十多岁的人，很注重节食养生，家里就跟素菜馆似的。她为了控制自己，把家里的东西都清了个干净。

石墨戒烟，一直想咬东西，在冰箱里左看右看，只得拎了两根烤笋尖送进嘴里。

微信的提示音响了一声，图来了。

石墨靠在冰箱前，对着那张图一动不动，嘴里的笋尖也忘了咽。

莫蔓菁问他："回来干吗？你老婆呢？"

他收起轻佻上扬的嘴角，清了清嗓子说道："这就去娶。"

她说："明天秦甦要来家里，你也一起。"

"她没跟我说啊。"石墨就休息两天，明天说好要继续学习的。秦甦不准备哺乳，需要做不少关于奶粉的功课。

"我们刚约好的，可能还没来得及告诉你吧。"

"你们约了干吗？吃饭吗？"

"我约了她妈一起打麻将，中式家庭社交不可少，你们小孩子不懂。"她们已经约了两回了，而石墨全然不知。莫蔓菁翻白眼："你也就脸能看看，更生这么机灵的丫头看上你什么啊？"

要不是有买彩票中奖的运气，他确实也没什么胜算。

秦甦过去的男朋友都比他爱玩、会玩，如果不是老天把秦甦送上门、让馅儿饼掉在他的头上，他估计还被动地站在原地。

秦甦给陆玉霞准备好了明天打牌穿的衣服，素色纯棉宽裙搭配了一个简单的手掌包，应付完明天，赶紧上淘宝给她买。

以前陆玉霞不缺衣服，二十年前的衣服也都能穿，但上回去了趟莫蔓菁家，她的衣服一件都用不上了。

莫蔓菁太精致了，在同一个社交场合，就算只是搓五毛一块的麻将，陆玉霞也显得寒酸。

陆玉霞连着打来了三通电话。秦甦保证有衣服穿，没得穿也没事，才算勉强安抚了她。

每每陆玉霞急得跳脚时，秦甦都有一种婚姻和恋爱果然不同的疲惫感。谈恋爱时她想怎么样就怎么样，婚姻则要全家都在准备状态，硬着头皮也要准备。

石墨回来时，她抱着吉他弹《小星星》。

“怎么哭了？被自己的琴技感动哭了？”垃圾桶里满满的纸巾。

“我本来在忧伤，然后被自己的琴技治愈了。”她说，“你要不要再听一遍？我现在熟练了好多。”

“好。”他放下打包回来的火锅配料和那两个气球，盘腿坐在地上。

上回他看她弹吉他时，她还没什么肚子，此番兜着日渐大了的“小袋鼠”，抱吉他都显得吃力。

她弹得确实熟练了很多，要是不流眼泪，还是挺可爱的一首歌。

石墨笑着说：“好听哭了？”

“因为一般弹完琴就要说‘嫁给我’，”她苦恼地吸了吸鼻子，“可是我没准备戒指。”

石墨：“我准备了，要借给你吗？”

“不用了。”秦甦被他突如其来的幽默搞得迟钝了。

“那我要求婚了。”他说。

“现在？”

“是。”

“你告诉我？”她惊诧得眼泪都干了。

“是啊，还挺‘幽默’的求婚。”

他是跟“幽默”杠上了。

秦甦“扑哧”一笑：“我这辈子第一次见人求婚还提前通知的。”这事不应该偷偷摸摸的吗？

石墨指着火锅料，问她：“你饿吗，要不要先吃点儿？”

秦甦说：“你的求婚会很久吗？”

“那倒不会，你很快就会答应的。”

嘿！秦甦来劲了：“你是看我肚子大了，欺负我？”他这是在敷衍她吗？

石墨的手指在茶几上敲出节拍，只笑不语。

她咂嘴：“调起高了容易扯裆。”

在秦甦眼里，石墨再怎么幽默都不会赶上她，但她低估了知识的力量。

无怪乎聪明的男人招人疼，也许下一刻，一个秃头大肚子的男人用这种方式求婚，她也会又感动又好笑。

他用蛊惑的声音说：“闭上眼睛。”

秦甦憋住笑：“是要点蜡烛吗？那你当心点儿，不要碰到窗帘，如果有香氛，我忍一会儿吧，一会儿对宝宝应该还好。”她左右扫视，他准备了气球，那玫瑰估计还没拿出来。

石墨看她两眼调皮地眨动，他在茶几上找了一圈，拿出宝宝的口水巾，勉强遮住她的眼。

秦甦提醒：“我能看见光。”那样烛光提前透过来就没意思了。

“没事。”

“你也太敷衍了！”秦甦不爽了。

石墨清了清嗓子：“我想想我要说什么……”他这老烟枪总有讲话前清嗓的习惯。

“啊！太草率了！你应该写一份发言稿！”

石墨：“开始了？”

秦甦：“开始吧。”

“地球……”他想了想，“应该是四十五亿年前，最早的大气层顶层只有氢和氦，没有氧气。”

“我知道。”秦甦在口水巾底下翻白眼。

“好，你知道就好。”他似乎只是在确认这个前提。

“后来几十亿年，地球经历无数风暴，地球上的所有生命都是在风暴岩浆、高频紫外线、惊雷闪电的摧残下，重新自我进化、组合形成的新序列。”

石墨天然的领导力发挥奇效，在他平静的语调里，秦甦戏谑的神态渐渐变得平静。

“我本来是想说，我以前有多喜欢你。但现在想想，说了也没意思，以前的喜欢和现在比差了很多。”十六七岁时，喜欢的是人的 A 面、完美的一面，在知道她经历委屈还依旧热辣鲜活的 B 面后，他认识到了自己当初的肤浅。

秦甦低声打破氛围：“有意思啊……”她很喜欢听。

他说他高中过得也不太好，可能是青春期吧，好像地磁倒转。

“地球因为有磁场，所以有了南北两极，磁场很重要，火星和月球上就没有磁场。而很少有人知道的是，地球约五十万年会逆转一次。如果逆转让咱们碰上，设想局面，可能会是人造卫星受重大影响，然后造成全球范围的停电，城市失序，文明休止。”

好像很严重啊。秦甦一听，担忧起地球安危，背都直了直。

“我的高中就像地球倒磁，倒转中磁场会变弱，成绩下滑所以人也萎靡。当然了，生活就像地球，很快完成了反转，只是留下一段永远载入史册的痕迹。那些画我一直留着，其实画的时候我挺病态的，每天都在想为什么，比如这个女生怎么这么坏，比如以前随时可以集中的注意力为何如此难以集中，甚至一场考试都坚持不了。但走出倒磁的状态，我又能理性地看待这些留下的痕迹。我承认我肯定很喜欢过你，但我更喜欢完成倒磁之后的我，可以很简单地把自己当成局外人去看待你的生活、看待高考结果。所以啊，我觉得我是个很幽默的人。我可以看淡成与败、得与失。我没有找你，但一直关注你，就是抱着看看那个害我倒磁的人又在她顺风顺水的磁场里干了些什么的心态。”

秦甦躲在口水巾后，咧开了嘴角。

石墨拿起气球，解开口子，说道：“重新见到你，我才爱上你的，在我恢复正常的磁场里。”

秦甦的眼眶湿润了。她想，他如果下一句说嫁给他，如此，不用鲜花和蜡烛，她也会说愿意。

“你知道为什么咱们看到的极光常带有弧度吗？”

秦甦摇头，她没看过极光。

“因为地球磁场周围有一个范艾伦带。”

“哦。”

他说：“那你知道这个范艾伦带看起来像什么吗？”

秦甦摇头。

“像……”下一秒，石墨清朗的声音消失了，空气里传来搞笑的卡通音：“像一个大大的甜甜圈！”

秦甦一把拽掉口水巾，惊讶地看向石墨。

他又吸了一口氦气，眼神带着挑逗的得意：“范艾伦带可爱吗？”

秦甦都不知道要说声音可爱，还是地球边上那圈甜甜圈可爱了，便手舞足蹈地要抢气球：“啊！这是哪来的？救命！太可爱了！”

她的“路易基”复活了！

石墨抬起手指，做了个“暂停”的手势，又吸了一口氦气，半郑重半玩笑地说道：“秦甦，咱们结婚吧！”

秦甦抿着嘴巴，指了指气球，又指了指自己，示意他拿过来。

石墨紧张地提醒：“一小口，不要吸进肺。”

秦甦忙不迭地点头。

她接过气球兴冲冲地一吸，眼睛亮晶晶地看向石墨，一脸期待地张开嘴巴：“啊！我愿意！”

太可爱了！

秦甦睁大眼睛，张牙舞爪地扭动：“怎么会这么可爱？！”

石墨不让她再吸，拿过气球自己吸了一口，拉着她的手说：“磁场消失会影响人类生存，有研究人员发现，非洲与南美洲间的某个区域，地磁已经开始崩塌了。所以……”

秦甦伸出手臂，超级振奋：“我愿意！地球磁场消失咱们也要在一起。”

石墨和秦甦笑得差点儿不能继续，简直像在听儿童频道，两个人的笑声都是调子超高的卡通音。

秦甦事先毫无心理准备，比石墨夸张太多了。她笑得喘不过气来，笑得肺疼，抱着肚子不停地跺脚。

石墨笑了好一会儿，还记得继续：“那你知道，其实咱们的城市一年不是四季，而是六季吗？”

秦甦带着笑意摇头。

“分别为冬天、早春、春天、夏天、夏末以及秋天。”发出卡通高音的石墨像个喜剧演员，又帅又可爱。

“为了公众的接受力和记忆力，它们才被缩略为四季。所以什么三餐四季是不对的，咱们是六季。”四季是世界上最古老的季节，而六季才能使人们细致地感受生活里的微妙变化。

“所以你愿意……”

秦甦尖叫着抓过气球，又吸了一口氦气，赶紧抢答：“我愿意！我愿意！我愿意！我愿意和你一起过三餐六季！”

石墨抄起手，往沙发上一靠，挑眉问：“我幽默吗？”

光影横斜，电视不知随手换到了哪个频道，正播放《加菲猫2》。别看它是只又懒又肥的猫，动起来极快，秦甦躺在石墨的大腿上，连正眼都没看它，可在余光里，那橘色屁股一点儿也没少扭。

石墨在野猫遍地的校园长大，莫蔓菁称他“散粮童子”，所以他看“猫片”颇为亲切，还拉她入伙：“你看看，可以当胎教。”

“今天宝宝的卡通含量足够了。”

她脑子里还窜出一句广告台词：“父母真人卡通教学，宝宝再也不愁没有动画片看了。”

闻着石墨手中飘散的酒香，秦甦的嘴唇肿得像香肠。她不住地吸气，舌尖不带任何暧昧暗示地伸缩：“嗞！辣死我了，我好久没吃得这么辣了。”

刚才吃火锅，她没管住自己，底料加得极辣，边哭边吃，画面感人。石墨一开始还着急地给她递水，后面看她那副嗜辣的模样，放弃了劝她。

“让你别加这么多。”石墨平时局多，运动时间并不充足，一般通过控制饮食来维持健康的体态。

“可是我有点儿忍不住，就是到极限了，还想再来一点儿。你懂吗？上瘾！上头！”手边的矿泉水喝完了，她伸出舌尖探了探，偷舔了一口他的杯壁。好久没尝到酒的味道了，舌尖沾一点儿酒都要醉了。

石墨的眼神一凛："不可以！"

就舔了一下而已！秦甦撇嘴："你好凶啊。"说是这么说，手还跃跃欲试，故意逗他。

石墨仰头一口喝完，清晰的吞咽声，眉峰朝她一挑，扬扬圆肚皮的威士忌杯："喝完了，不喝了。"

秦甦"嘁"了一声，拽过他的T恤衫领口。

T恤衫宽松，没有衬衫的挺括感，她一使力，只有衣料被拉拽。但手上的男人太实在了，她一拽，他就笑着配合倾身。

"嘁，我还是能喝到！"

他们捧着彼此的脸，抢夺齿缝里的割喉辣味，指腹陷入年轻的肌肤，触感丝滑。

秦甦在温柔的、断续的湿吻里，神游着缓解辣意。

石墨飞快地撤离，根本没有留恋，唇周如被挑开细小的豁口："好辣！"他看了看秦甦肿胀的嘴唇，"我再给你拿瓶水吧。"看起来她辣得很厉害。

"你帮我分担点儿。"她拽着他居家衫松垮的领口撒娇求吻。咦，这个动作她自己都恶心了。

石墨舔了舔辣得发麻的嘴，满意地亲了上去。

秦甦边亲边想，男人果然都是变态。她问他："好吃吗？"

"辣……"他倒也不是不吃辣，只是最近饮食清淡，对辣的感受阈值下降。

见他苦着脸，秦甦笑得又喷了股辣气，跟红孩儿喷火似的，烫得石墨的鼻尖偏离接吻航线。

"你知道吗？人的舌头只能感受出酸甜苦咸。"

"那我是从哪里尝出的辣味？"

"辣是通过口腔和咽喉的痛觉受体传输的……应该是到中枢神

经。”石墨顿了顿，“所以，辣在五味里其实属于痛觉，越辣越像一种痛。”

“那川渝人是有自虐倾向？”

“哈哈，你可以把它理解成一种良性的自虐机制。”

“那我有点儿喜欢受虐。”难怪她喜欢挑战辣，原来是做不成男人的“舔狗”，转做了痛觉的“舔狗”。

人只有口腔能感受到酸甜苦咸，但是全身都能感觉到辣。

求婚不能饮酒，秦甦便吃辣，兜里两只“袋鼠”自然也感受到母亲的放纵了，在肚里一阵击鼓，像是在庆祝，又像是在抗议。

秦甦本来忍着那通乱蹬，准备等享受完了口舌之欲再告诉石墨的，但肚子里忽然有了动静。

她屏息掀起裙子，推了推呼吸逐渐急促的石墨：“你看！”

肚皮上突出两个点，像一双小手、一对小脚，正隔着肚皮疯狂击打。

隔着肚皮，石墨愣了一下，迟疑地伸出手指，对着右边的突起点了点，像外星人与人类的第一次交流。

橘色的大胖猫占满屏幕，将暗淡的室内烘托成柔软的暖色调。

石墨感受到生命的神奇，笑得像个少年。

看着高高隆起的肚皮上那一点儿凸起，秦甦的幸福感爆棚，又追问：“我像不像一个怪物？”

他抱着她，唇意犹未尽地沿着她的额头、太阳穴、鼻尖、唇周啄米似的吻：“漂亮的怪物？”

“像一个胚胎移植的生化人。”她受孕后像打了母爱针剂，现在针剂逐渐起效，脑热地自愿将一生奉献。

石墨安抚地摸了摸她的肚皮，那个小家伙很快消停。

“宝宝真的理你，下午蹬死我了。”小家伙踹得她想吐，结果晚上被石墨一摸，这么快就消停了。

“这个宝宝真的皮。”他听秦甦说了好几回。

“哼……”她娇俏地哼了一声，哼完又叹了口气。

听到她的声音忽而变得低沉，他问：“不开心了吗？”

“爸爸永远不会知道妈妈的心情。”她每天都像在海浪间漂浮。

“那也把它看作一场倒磁吧。”

“那女人人生中的倒磁可真多。”

“但这场有我陪你。”

“哟，这小嘴可真会说。”辣味过后，嘴巴也没闲，他们轻轻地说话，细细地亲吻。

她脸上细密的汗珠渗出。石墨看了一眼空调温度，问她：“今天怎么没调到二十二摄氏度？”秦甦没好气地说：“这不是怕你冷吗？”

空调发出“嘀嘀”两声。

他喝了酒，将脸埋在她肩头，沙哑着声音说：“我今天好热……”

冰箱、彩电、沙发、茶几，都被二十二摄氏度的风吹得通体冰凉，像入了秋。

木地板上的男女却热得像被盛夏正当午的太阳炙烤着。

一小时后，内卧阳台的小玻璃门外，石墨席地而坐，身上湿得像从海里打捞出来似的，黑色的短发被汗水打湿贴在头皮上。

他的右手自在地夹着半截烟，左手捏着个秦甦给他做的临时烟灰缸——可乐罐剪成的半截铝罐，现在沾了点儿火星和烟灰。

夏夜的热风像外婆的手，一下一下地拂去汗水。

秦甦坐在南瓜蒲团上，靠在玻璃门旁，吹着凉风：“我很快乐。”

“现在？”

“最近。”

方才，两人做着荒唐事，嘴上倒是说着正经话。秦甦说她突然发现很久没有清理自己青草地一样茂盛的腿毛了。

石墨问：“以前都会弄？”

秦甦用小腿蹭他，问他扎不扎。

石墨说：“我的比较扎吧，你跟我比？”

秦甦笑得直颤：“我皮肤白，腿毛有点儿多。我跟你说，我简直是除毛专家，比那些拥有花园的中产老美家的园丁还要勤快。”

“现在呢？”

“如你所见。”

他以行动赞许：“很漂亮，这是咱们的基因密码，剃了就乱码了。”

秦甦第一次听说。

“那我现在这个也漂亮？”她问的是正在快速变大的孕肚。

“漂亮啊……”

石墨的声音哑得不成样子，以前是细沙石一样的小颗粒，现在听来像爆珠，每一个字都伴随着一声爆破的脆响。

“以前呢？”

“说实话？”

“嗯。”

他犹豫了：“算了……”

“说啦！”她轻轻地拎住他的耳朵，暧昧地摸了摸他的耳垂。

“我喜欢现在的……唑……”话音一落，他的耳朵受虐了。

秦甦在心里啐道：呵，男人果然是变态。

他的呼吸在垭口凝成一条沟渠，往下淌水。

生育是另一个维度的人生。

站在欲望的出口，秦甦接受了自己的“白兔山”和“青草地”。

玻璃内外。

秦甦转动手上稍显宽松的戒圈，准备明天让陆玉霞给她绕一圈线。她说：“你看过《请回答 1988》吗？”

他吐出一口白色的烟，在漆黑的夜幕里散开成薄薄的云丝，说道：“听说过。”

她刚刚太忘我，腿都抽筋了。

秦甦捏着小腿肚：“我之前抽筋都是我妈帮我捏小腿。”

石墨偏头，掐熄了烟，拉开玻璃门，想给她捏。

秦甦拒绝了，继续说：“那部剧里面有个懂事强势的大女儿和漂亮笨拙的二女儿。我一直以为自己是大女儿那种人，肩扛家庭责任，独立自主。但怀孕后，我发现我是二女儿那种人，有事就喊妈，咋咋呼呼，笨手笨脚。”

秦甦是和陆玉霞一起看的这部韩剧，一起哭成泪人，在角色的代入上产生分歧。秦甦认为自己是成宝拉，陆玉霞宠溺地说：“你就是德善啊。”

石墨默默地听着。

秦甦自顾自地消沉：“我跟你说，我家其实挺简单的，家徒四壁，人丁单薄，除了我爸是颗老鼠屎，其他人都勤恳善良，是良好公民。当然啦，也没有一个大人物。”除了她，她家里没有一个大学生，和石墨的书香门第都不在一个层面，“所以啊，我得跟你说，以后在社交场合遇上了问题，别人问起你的岳父、岳母，需要攀扯人情关系时，你要记得坚强。”

石墨亲了亲她的戒指：“知道。”

他们相向而坐，安静地对视了好一会儿。

"烟味好香。"她凑近他细嗅，被他捉住一吻。

"真的香……"她继续诱惑，"啊呀，今天烟酒都想沾，做个辣妈。"

焦油的烟，泥煤的酒，好酣畅的夜。

他如啄木鸟般点一点、啄一啄，吻戏又上场了。秦甦将两手攀上他的肩头："亲得狠一点儿，亲到我犯恶心。"她迎来的却是温柔如水。

她嘴巴堵着，只能问："嗯？"

他皱眉："我有我的亲法。"

正在享受淙淙清泉时，她舌上的力道猛然一重……

行吧。

周日下午，石墨给同事打电话说第二天上午的会他到不了，那边的人应了一声，也没问他要干吗。石墨主动说："那个……我去领个证，明天的饭我请。"他像个少年一样，打电话还在那儿抖腿。

莫蔓菁去厨房倒水，忍不住踹了他一脚："不许抖腿！"

她这才知道，原来那张画上画的就是秦甦。刚刚她们打麻将，两个人在二楼房间的欢笑声一直往下传，连搓麻将的声音都盖不住。

莫蔓菁忍不住了，提高音量问："你们在笑什么？"秦甦"噔噔"下楼，给他们展示石墨暗恋她的证据。

画得很好，虽然笔触与主题雷同，看起来幼稚，但"真挚的少年情感"打动了在座的牌友们。

观战的隔壁教授"哎哟，哎哟"一阵惊叹，像见到稀罕事了一样，直叹："石教授有福。"

大家跟着附和："有福，有福。"没人具体事情具体分析，反正大伙儿高兴地拍马屁、沾喜气就得了。

莫蔓菁奇怪了："我怎么生了你这么个儿子？偷偷画人家，猥琐不猥琐呀。"要她才不嫁呢，她要报警把这个色狼抓起来。

石墨皱眉："我让你别把我的东西给她看，你怎么不听呢？"

"我……"她语塞，"你这不是给她看了吗？合着我就不行？"

"能指望你干点儿什么？"石墨收起手机，抬腿就走。

莫蔓菁摆出电视剧里母亲的姿态："你好样的！别指望我带孩子。"

石墨谢谢她："求你，别带。"

秦甦听见了，急得跳脚。

石墨淡定，他的爷爷、奶奶八十多岁了，带孩子估计都比莫蔓菁靠谱儿。他还生怕不够狠，补了一刀："孩子给外人带，都不能给我妈带。"

莫蔓菁一看就是十指不沾阳春水的婆婆，但秦甦毕竟有两个孩子呢，这时候绝对不会得罪将来得倚靠的人，哪家不是两三个大人围着一个孩子都不够转？

"看看宝宝摇椅，防止掉下来，或者泡泡奶粉，这种总归可以帮帮忙的。"她一说就说到点子上了。

石墨低声说道："她不会。"

莫蔓菁哺乳了不久就去了海市，一去就是一年，基本没带过孩子。

幼儿园时期，莫蔓菁给石墨穿的衣服都是反的，要么把上衣穿反，勒他脖子，要么把裤子穿反，卡裆，害他不会尿尿，诸如此类令人窒息的操作不胜枚举。为此他还被同班女生笑话过，她说她还以为他是班里最整洁的男孩子呢，结果他不是。石墨抓狂，他是，但他的母亲不是。

石墨上小学时，如果莫蔓菁说“明天妈妈有空，送你去上学”，那他基本这晚就会失眠，因为莫蔓菁的时间观念很差，每次送他上学都能给他送迟到。他急得跺脚，这女人还要抹口红、穿风衣、撸袖口。

秦甦听得捧腹大笑，完全没意识到问题严重性。

石墨继续吐槽，说他的睡相遗传自莫蔓菁。他本来不知道，初中毕业跟石峰去西藏，住的招待所，第二天早起对方脸色铁青，说：“你怎么跟你妈一样，睡觉打人。”

石墨这才知道，哦，原来妈妈也这样。

他没少听爷爷、奶奶和周围的邻居笑话他，说在他婴幼儿时期，他妈带他睡，睡着睡着就会在床底下发现他。小时候他还憨憨地点头，以为是夸奖呢，现在想想，简直恐怖。

秦甦缩缩头：“你知道你……睡相差呀。”她还强忍住不满，准备改天兜个圈子提醒他。

石墨小心翼翼地问：“现在应该好一点儿了吧？”

秦甦抬起脸：“那以前得是什么样啊？”

果然万物守恒，人总会有奇怪的出口。石墨含蓄，秦甦外露。

秦甦告诉石墨，最近她观察胎动，右边转圈圈的宝宝比左边的那个要凶很多。但从四维彩超看，右边那个比左边那个的体形要小一点儿。

“你就像左边那个，我就像右边那个。”左边那个安静地憋大招，右边那个每天闹天宫。

他不解：“他们的体形大小和我有什么关系？”

秦甦说：“你没发现，你在哪里都喜欢在最中间吗？”

这厮睡觉时睡着睡着就往床中间挤，有一回抬起胳膊往她背上一打，把她吓蒙了，从梦中惊醒。

还有，秦甦惊奇地发现，石墨每次外出选择公共座位都会坐在最中间。他不会选落地窗或者靠边的位子。她去产检，在私密的检查间门口，他们会分开，商量好在某区域碰头，等她出来，总能一眼看见石墨。一开始她以为是他帅得醒目，或是他怕她找不着，所以坐中间。后来，在偌大一个咖啡厅，周围一圈空位，他也往中间一坐，她便联想到他的睡相，认定他是个隐藏的强势之人。

“别看我看起来有点儿凶，但是我睡相还可以，而且我在公共场合都会往边角坐。”她也不是低调，是觉得靠边坐有安全感。

“有吗？”石墨自己都没发现。

秦甦没事便掰着手指头算日子，巴巴地等着下一次产检。

领了证，秦甦将要结婚的事在朋友圈公开，热闹了两天就回归了平静，没有她过去预想的女神嫁人、全城恸哭的盛景。

秦甦以为徐路阳至少要来一通电话，好歹得比认爹那会儿要激动一点儿吧，毕竟这回知道孩子的父亲是谁了。

但她真是高估了自己的魅力，也许他只是怕丢了孩子，老婆被人捡去就捡去了。

秦甦恨得咬牙，结果过了一周，发现自己被删了！徐路阳真是好样儿的，秦甦又心情复杂地松了口气。

秦甦得知徐路阳即将结婚，是从徐露丝的嘴里听到的。

她轻轻一笑，说了一句“恭喜”，结果徐露丝说：“对方是咱们翻译圈子的，你可能认识。”秦甦蒙了一下，对象不是顾兰亭吗？她作为券商法务，不应该是法律或金融圈的吗？

她把这事给潘羽织讲了，后怕地拍拍心口：“这才多久啊，徐路阳就换了三个结婚对象！男人真是随便找谁结婚都行啊，这个不行就那个。最可怕的是，每个女人对他都还挺认真，都想嫁他。”她为恋爱期间没发觉对方有这个特点感到后怕。

潘羽织没精打采地回应她：“我觉得婚后偷腥和婚后老实都一样，一个惊心动魄，一个死气沉沉，看你喜欢哪一种吧。”

她凑近秦甦：“如果有一天，你告诉我胖仔偷腥了，我可能兴奋大于生气。”

秦甦想了想，“扑哧”一声笑出来，竟然生出相识十年的老友式宽慰：“一想还真是，胖仔长大了，会偷腥了！”

潘羽织说，她就想在生活里占领道德高地，以后抓胖仔蹲厕所就直接说“为什么在厕所这么久，是不是在跟哪个小娘们儿聊天？赶紧给老娘去擦地”，而不是现在，他去蹲厕所，她只能在外头骂骂咧咧，一点儿拿得出手的理由都没有。

两个姑娘坐在桌前哈哈大笑，完全忘了面前还摆着一张奶粉清单。

这是石墨和秦甦一起筛选出来的品牌，为防止宝宝蛋白质过敏，他们连水解蛋白奶粉都考虑带两罐。秦甦和潘羽织本来是说买奶粉的事，但说起八卦新闻，根本停不下来。

秦甦太渴望血雨腥风了，没想到现在只能打打嘴仗。

而潘羽织比她还惨，高中就被套牢了。

“你真不考虑母乳？”

“不了，母乳的优点一搜满网都是，我已经做出了取舍。与其浪费这个时间对比母乳和奶粉的区别，不如多钻研哪一种奶粉价值更高或者更安全。”

这件事上，除了陆玉霞反对，其他人都不敢吱声，也只有亲生母亲敢说一句。

莱莱被扔在客厅，困了，爬进秦甦给两个孩子准备的婴儿床——一张是白色的，另一张是实木色的，她挑了挑，选了白色的，自己睡上去了。

潘羽织跑过去看莱莱，没了桌前的张扬无下限，反而笑得特别慈爱："小孩儿可爱是可爱的，但带起来真的会掉层皮。你要是实在害怕、嫌烦，你就跑，别把自己的灵气掩没了。"

潘羽织评估她现在这个家庭的结构："你撂挑子看看，一定会有人接手的。"

她说："我的一个合作客户以前一直找我代购，说人生理想就是'买、买、买''美、美、美'，后来生了娃，爸妈帮不上，老公没有空，她就一个人在家带了三年的娃，再回社会时又笨拙又局促。这还不是主要的，这些尚可以重新适应，最主要是她跟宝宝的感情太好，宝宝的所有事情都是由她控制的，她再回到社会根本割舍不下，什么事都要忙着交代、监督，事无巨细，还要亲力亲为。"

说到这里，她想了想，又觉得秦甦不是那种人，说："总之，这种妈妈不胜枚举。但本仙左看右看，你都不像个好妈妈！我还是担心那两只'小猴子'吧。"

秦甦舔了舔嘴巴，心头惴惴不安——儿孙自有儿孙福，她倒真为自己担心起来了。

等潘羽织带莱莱撤退，她赶紧坐到电脑前，找到徐露丝介绍的那个朋友，问："贵平台最近没有什么合同需要翻译吗？"

对方说："徐老师说你怀孕累，可能没什么空，跟我们打了招呼。"

秦甦那张下午还在说徐露丝弟弟坏话的嘴巴张大了："有空的，有空的！麻烦您给安排一下！"

她不能再当咸鱼了！

怀孕二十四周时，秦甦和石墨听了胎心，只有一个宝宝的父母很难有双胞胎父母的体验。

两种心跳虽然都是嘈杂的“怦怦”声，但听起来就是能脑补出两种不同的性格。

她说：“我觉得从弟弟的胎心可以听出他是个小绅士，不急不躁，非常清晰。”

他说：“那只‘小猴子’的心跳居然比弟弟快了十几次，确实挺闹的。”

她说：“以后就算弟弟长成照片那样，我也不担心了，稳重的男人不愁没姑娘爱。”

他说：“‘小猴子’应该是个姑娘，我越来越觉得，她是你的复制品。”

她说：“不行！我现在接受生两个儿子了。她要是个女儿，我都十分担心能不能给她穿上裤子。”

这两条腿太能蹬了！

秦甦有几回被踢哭了，坐在床上一边哭一边擦眼泪，心想等“小猴子”出来了一定要打“她”的屁股。

秦甦和石墨度过了他们婚后第一个“六季”中的夏末和秋天。

她拼命地上网搜索，也没查出来这两者之间的区别。

石墨说，夏末和秋天被很多人视作同一个季节，即秋。动植物有很多明显的差别，夏末帝王蝶迁徙，秋天果实成熟。如果从城市人快节奏的感知上分辨出细微之差，那就是夏末的湖水、微风尚带温热，而秋天的湖水、微风让人瑟缩。有时候，两季之差只是几天的事。

秦甦缺乏细致的浪漫，没当回事。

有一天饭后散步，出门前，陆玉霞匆忙给她强行套了件外套，说：“天凉了，小心冻着。”秦甦迈着孕妇的步伐，兜着两只“小袋鼠”，迎接所有人的礼让，像女皇巡街一样快乐地走在小区的小径上。

凉风吹上皮肤的瞬间，秦甦瑟缩了一下。她眼睛一亮，给石墨发去消息。

“啊！入秋了。

“真正的秋天。”

Fake love

Chapter 10

拆盲盒

秋天美得像童话。

秦甦也过上了童话般的日子。

她做了一个梦，梦到了自己的婚礼。婚礼上秦甦身着收腰婚纱，蒙着民国风的头纱，美得不可方物。

她的前男友们都来了，就像电影里演的一样，她为他们准备了一张圆桌，结果坐不下，还发生了抢凳子的戏码。秦甦又是发愁又是暗喜，心脏怦怦跳，悠悠地转醒，石墨在床头用手机刷新闻。

秦甦有了片刻的不真实感，恍惚中拉了拉石墨的手臂：“咱们结婚了吗？”

见她右边眼睛半睁不睁，被分泌物糊住，石墨抽出拇指替她揩了一下：“你猜。”

她迷迷糊糊：“应该……没有吧……”

石墨在她的额头上轻轻地落下一个吻，扬起嘴角：“做梦！”

秦甦的童话梦被蹬醒了。

王美丽打电话告诉秦甦，包顺利卖掉了，后台显示钱到账了，让她注意查收。

秦甦想想，两万多能够干什么啊？从她最近的花销来看，孩子是“四脚吞金兽”无疑。尤其是她什么都需要买双份，眼光还这么好，净买贵的，再把购物车里的东西价格乘二，不恐怖的总价都变得恐怖了。

她只要想到一个要买的东西，就能牵连出一串别的要买的。她现在恐惧购物，用陆玉霞的话说就是，再买别墅都不够放了。

现在针对宝妈的营销真让人难以抗拒，买东西的人一看作用，都能用上。如果能有个人清醒一点儿，反问秦甦一句“不买可以吗”，她仔细想想，很多也可有可无，但偏偏没有人拦着她。

王美丽说：“没事，你老公有钱就好了。”她还很现实地告诉秦甦，婚姻概率论，第一次嫁得好，后面一般不会低走。

秦甦偷笑道：“可是我想跟他过一辈子呢。”

电话那边的人久久不语，好一会儿才说：“不好意思，是我庸俗了。”又很快改口，“不对不对，是我太脱俗了，俗的还是你们。”

秦甦化身恋爱中的讨厌鬼，每天琢磨无聊的二三事。

每次有一笔大额开销时，秦甦都会在石墨给钱的瞬间理解缘何有“以身相许”这个词，那一刻不能把“袋鼠”掏出来献宝，她心里的感动只能用身体回报。

王美丽说：“那些都是他该出的钱，毕竟每天运货的是你。”

秦甦夸张地说：“可是我爱他，爱他的时候他干什么我都想把自己掏空。”

王美丽板着脸：“我这边有点儿事，你先恶心你自个儿吧。”

秦甦不想独自美丽，就使劲恶心王美丽，对方刚分享了一桩新鲜事，秦甦就把自己的甜蜜婚姻搬出来恶心她。

“心动太容易了，暧昧随处可见，甚至和陌生人对视一眼都可称之为心动，但是，漫长的心动是很难得的。”

王美丽的表情缓缓僵住，她陷入思考：“有点儿道理……”

秦甦捧腹大笑：“哈哈！你信了！”

王美丽咬牙切齿：“你以后不会还要对我说‘女人一定要生一个孩子，人生才算完整’这种话吧？”

秦甦摆出邪恶的表情：“Bingo!（你说对了！）”

怀孕三十周左右，秦甦的激素波动让她难以平静，一定要在很高的情绪上。

石墨不在家，她会跟朋友打嘴仗，石墨回来后，她必须要很激烈地“交锋”才能舒服。

那几天，她的大脑时刻高速运转，不用喝咖啡也可异常精神抖擞。但遇上便秘，她的那些心思又都没了。没有人在便秘的时候还有工夫想情情爱爱，生理与心理只能顾上一样。

门一响，陆玉霞就赶紧迎接。秦甦看着母亲殷勤的背影，内心已经从无语转向平静。有些人把其他人当年的思想印在了行事中，五十多岁的人了，你拽着她强行改也不成。

做子女的不能“既要，又要，还要”——既要母亲的身体围着自己做保姆，又要母亲的精神为自己操心，还要母亲的思想跟上时代的节奏。

没有那么好的事，比如莫蔓菁，第一条她完全做不到，保姆的工作她帮不上手；第二条她勉强能做到，给儿子帮忙，也帮倒忙；第三条她则非常优秀地跟上了时代的节奏。

陆玉霞有过担忧，以后秦甦的婆婆什么事情都帮不上忙怎么办？秦甦说：“你们是互补的妈妈，都做得很好了。”

石墨在门口放下电脑包，张开双臂向她走去。秦甦迈着小碎步，慢慢儿地钻进他的怀里。

只是他问出口的话有点儿不美好：“你拉出来了吗？”

“我不要听这个……”这是让她头疼了两天的事。

“好，那换一个。”

秦甦踮起脚：“石墨，我偷偷跟你说一句情话。”

石墨抿唇，低下声音配合她：“那我需要保密吗？”

“你自己看着办吧。”她附到他的耳边，“你知道我为什么越来越喜欢你吗？”

石墨认真地在她的眼睛里找答案：“因为我……帅？”

秦甦准备了很正经的话，结果被他这么一说，脸都变难堪了。

他想了想：“还是别的？”

她没精打采，照本宣科地念出精心准备了一天的答案：“我喜欢跟你在一起时，对自己的人生仍可以百分百地持股。”

“哦……”石墨等了一会儿，摸了摸她的下腹，还是问了出来，“那你拉出来了吗？”

秦甦的内心顿时烦躁起来。

四点，秦甦开始跑厕所，先是尿频，再是便秘。他怕她跌跌撞撞地摔到了，在门口陪着她，问要不要他陪她说会儿话。秦甦说：“不行，说话就拉不出来了。”

后来，石墨倒在洗手间门口睡了一觉，秦甦也没出来。他一睁眼，天都亮了，吓得出了一身冷汗，赶紧破门而入，秦甦正安静地坐在马桶上专心地玩手机。

自怀孕的第二十六周开始，子宫增大，压迫肠道，秦甦断断续续地出现便秘的情况。她一开始还不肯说，偷偷增加运动，报了孕妇瑜伽班，还破天荒地开始吃蔬菜。石墨感动，秦甦竟为孩子吃蔬菜了，结果陆玉霞一眼就识破了，在饭桌上直白地问她几天没拉了。

到底是亲生母亲，女儿撅个屁股陆玉霞都知道是便秘还是蹿稀。

秦甦嘴硬，被陆玉霞灌了点儿芝麻油，终于通畅了。

所以早上她爽快地说“没事，等会儿我去喝油”后，石墨就一直在等她排泄的消息。

秦甦拒绝跟他说这些，她认为他们属于热恋期，讲屎尿屁太倒胃口。

石墨说：“可是咱们做功课的时候尿频和便秘都看到了，这是生理现象，后面你生产了，排乳、恶露咱们都要面对的。”

她捂住他的嘴：“这个事情咱们到时候再说。”陆玉霞会帮忙的。

晚上，买的石蜡油终于发挥作用，又有孕妇瑜伽加持，秦甦的“晦气”被排了个干净。

她打开广播，播放小学生版的《中国国家地理》，在地上垫了一块毛巾，坐在淋浴间，双手扒着玻璃门。

石墨给她洗头。

“你说我要去剪短发吗？”秦甦举起双手洗头，开始觉得费劲，她理解妈妈为什么常剪短发了，那些决定生孩子时没考虑到的问题一个一个地砸过来，以前她想都不会想的事眼下变得紧迫起来。

“可以不剪。”石墨说他来洗。洗头发加吹头发也就是每天花上四十分钟的事。

“可是你很累。”她说，“上了一天班，又要应酬，回家还要帮老婆洗头，很累吧？”她以前自己洗头都会觉得累。

“我最近都用帮老婆洗头的借口逃酒局。”调皮的泡沫滑落，石墨替她抹开差点儿进眼睛的泡沫，“女神，给小弟个机会。”

温水推动着泡沫徐徐下滑，舒缓秦甦绷了一天的神经。

石墨说：“你洗澡的时候总让我想到高中的你。”

“素面朝天吗？”高中时期大家都不怎么化妆。

浴室雾气腾腾，雪白肌肤上的一颗痣格外亮眼，他说：“嗯，特别清纯。”

“不是笨重？”她像驮着货、兜着麻袋，行动起来笨笨的。

“没有啊，你慢慢儿地走路、慢慢儿地转腰的时候特可爱。”

“真的吗？”她不信。

“像背反了龟壳的乌龟。”

“可是我不喜欢乌龟。”

“我喜欢。”

感受着石墨笨拙的抓痒技巧，秦甦闭上眼睛，扬起了嘴唇。

他们会认真地爱抚彼此、温柔地接吻，他们也会聊好多，中间再穿插场外观众的强行连线，广播停了，她给宝宝点开，石墨则会跟宝宝说会儿话分分神。

秦甦说：“咱们像小学生。”

“那倒不至于，小学生不会接吻。”

“也是，小学生也没那么……嗯……”石墨又把她的嘴“捂”上了。

从第三十周到第三十二周只有短短半个月，以前的秦甦都不一定能感受到日子的流逝，但这半个月里，她眼看着自己膨胀了。

秦甦每天晨起会跟宝宝讲话。到了这个月份，她每天需要关心太多的事情。

后期双胞胎孕妇的肚子猛长，秦甦很精确地控制饮食，一是为了宝宝的健康，二则是为自己的美丽负责。

但到第三十二周，秦甦没什么力气管美丽的事了。

以前潘羽织常开她的玩笑："秦更生你膨胀了。"今番遇见秦甦，潘羽织吓得这句话都不敢提了。

她和石墨把四箱奶粉抱到家里，一路上，她都在说："秦甦怎么肿成这样了？好像一夜之前胖了二十斤。你们不能让她这么吃，不然她生的时候很累的。"

石墨说这两天右边的胎动少了，她紧张，一紧张就哭得厉害，脸就肿了，体重增幅还是正常的。

秦甦这几天情绪波动得吓人，吃着饭眼泪就流下来了。

石墨告假在家陪秦甦，跟那只突然不闹腾的"小猴子"说话，贴着它的位置给它放广播胎教。之前抹妊娠油时，"小猴子"是最常跟他互动的宝宝，这几天就连他也感觉没了互动。

他安慰秦甦说，宝宝学会文静了。秦甦上网搜索胎动减少的原因，查出一堆令人绝望的信息，跑去医院，医生让她观察几天。然后，这几天她就开始陷入"等死"的状态。

胎动多少不重要，主要是规律。之前右边的宝宝闹腾，左边的宝宝安静，两个宝宝作息规律，疯动的时间也有规律可循。

对此，秦甦都大概地数了数。这几天她数得很认真，买了两把瓜子，西瓜子是左边的儿子，南瓜子是右边的"小猴子"，动一下就往盘子里搁一颗，早晚各数一小时，数的时候给他们播放同一期节目，《中国国家地理》"天安门"那期听了一周。

潘羽织送奶粉的这天早上，两个宝宝打了一架，石墨隔着肚皮观摩了一整场左右互搏。秦甦抱着肚子不堪忍受，自称像在弹棉花。

两个宝宝打完架，右边那个一上午都没什么动静了。她一边吃一边等，左边那个还动动，右边那个安静得就像睡着了。

潘羽织记性好，爱八卦，石墨班上谁的感情史都能八卦上两句，她嘻嘻哈哈地问石墨："你知道你们班那个柏树姗移民了吗？"

石墨"嗯"了一声，一边看奶粉罐上的英文，一边用纸条写下食用方法和用量，贴在罐子上，防止陆玉霞看不懂。

他们两个人还在说话，可秦甦一点儿都听不进去。

血雨腥风与她无关，她只想肚子里的"小猴子"给她一点儿回应。

潘羽织确认秦甦的情绪是她无法平复的，于是拍了拍石墨的肩，赶紧撤退了。

双胞胎妈妈属于高危妊娠人群，新生儿一出生便是高危儿，经过两次并不严谨的家庭会议，大家决定在三甲医院生产。

结果当晚秦甦就住院了。

本来她后天要做孕晚期的超声复查，可以再试着偷偷琢磨"小猴子"的性别，但秦甦完全撑不到后天，她死死地抓着石墨的手臂："'小猴子'不动了！我确定！"

这一晚，秦甦关于孕期潦草、不够精致的担忧全没了，她压根儿顾不上漂亮这事。

凌晨两点，秦甦慌慌张张、浮肿着一张哭脸去了医院。她身着睡衣，碎发凌乱，头发歪束在颈侧，与任何一部电视剧里护犊子的母亲的形象别无二致。

可能是因为子宫增大，压迫到了动脉，致使血流不畅，她做了检查，结果显示右边胎儿缺氧。医生让石墨去办理住院，陆玉霞陪着秦甦进病房。

三甲医院里，深更半夜有个加床都谢天谢地了。秦甦在加床上吸氧，病房的工作人员也费劲，还给她拖来了氧气罐。她睡了一会儿，感觉到有一双手在给她捋头发，自额角捋至耳后，一下又一下，好舒服。

她疲惫地笑着，喃喃说道："妈……别弄了……丑就丑……"她摸上那只尤带凉意的手，才意识到陆玉霞的手哪有这么光滑修长。她半睁开眼，问："办好了吗？"

他声音沙哑地说："办好了，晚上人少。"

"医生下病危、病重通知书了吗？"她觉得自己很危险。

石墨忍住笑，抓着她的手捏了捏："想什么呢？"

"嗯……怎么办呢？缺氧很严重吧？缺氧会死的！"她努力让自己平静，可之前网上的人告诉她挺危险的。她虽然知道网上的人说得不准，有时还荒唐，但有问题时除了上网查找也没别的办法了。

那医生说得轻描淡写的，她要不是哭得很虚弱，应该会很没素质地追问："然后呢？""缺氧了就住院？""喂，喂，喂，为什么喊下一个？"她还有很多问题。

石墨跑累了，简单地复述了一遍住院值班医生的话："每天早晚吸一小时氧，吸三天看看情况。"

"三天要是还不行呢？"

"那就剖宫产。"

"现在剖呢？"

"宝宝太小了，如果缺氧的情况有所缓解，那就养养。"

氧气管有股不好闻的塑料味，她问护士有没有高级一点儿的管子，护士说这是最高级的了。深更半夜，人家的语气也比较硬。

秦甦默默地扶了扶氧气管，塑料味谁都能忍，但她怀着两个宝宝，不由得娇气起来。

她看护士很累的样子，不敢继续问，怕得罪她。

潘羽织先前告诉她，生育住院不能得罪护士，不然她们给你做护理、听胎心都能感受出区别，你长得这么漂亮，只要保持语气良好，人家不会对你态度差的。

有了潘羽织打的“预防针”，秦甦沉住气，又拿出手机上网搜索：孕妇吸氧的氧气管有塑料味会怎么样？

凌晨四点，陆玉霞打车回家，石墨陪着秦甦。

深秋的朝阳升起，正好照在走廊的加床上。

她睡睡醒醒，等“小猴子”也吸上氧。石墨趴在床边，困了就揉揉眼睛。

阳光在他脸上蒙了层薄雾，秦甦摸了摸他的脸说：“你知道吗？我和我妈经常深夜跑医院。”

“是吗？生病吗？”

“嗯。”她眼眶红了红，“这是第一次有一个男人陪我们，好神奇。”

走廊嘈杂，声音持续往耳朵里灌，推车的滚轮声、说话咳嗽声、盆罐磕打声，甚至翻纸张的细微声响都清晰得像放大的白噪声。

秦甦尽管闭着眼，到太阳升起后也没能睡着。

莫蔓菁来了，小高跟踩出她高效利落的步伐，把石墨拉走，找医生去了。

陆玉霞拎着温好的粥，摆在窄小的床头柜，她一夜没睡，到家就收拾东西，将温粥、煮蛋打包好，跑到医院又在搬东西。

秦甦伤感地流泪，心疼起母亲来。陆玉霞听见哭声，停住动作，用粗糙的指腹揉了揉她的脸蛋儿：“又怎么了，闹你了吗？”陆玉霞在说孩子。

秦甦没睁眼，摇了摇头，紧抿着嘴巴跟自己别扭。

“饿了吗？起来吃点儿东西吧，别睡了……估计你也睡不着，这里吵。”陆玉霞附到她耳边，“你婆婆在帮你转病房，马上就能住进去了。”

秦甦并不担心没有病房住，石墨说他有办法的，她只是……“你早上去给他送早饭了吗？”

陆玉霞没听明白，愣了愣才反应过来她说的是秦栋梁，手上继续忙碌：“赶紧的！起来！”

“他不能自己买早饭吗？为什么要你送？”她的母亲太辛苦了。

“哎哟，我哪儿有那工夫？到家就忙你的事，我哪儿有空管他？我都好一阵没管他了，你见我什么时候闲过？”陆玉霞每天忙眼前这位“祖宗”都来不及，“我自己的妈都没空去看望，哪儿有空管那老头？”秦甦的外婆高龄，手碰到墙，轻轻一下就骨折了，她年纪大了，医生不建议做手术，所以只能养着。

秦甦噘着嘴，不说话。

陆玉霞说：“年初知道你要嫁人，我帮他补交社保，忙了一阵，后来遇事没主意，就跟他聊聊天。”她叹了口气，四两拨千斤地说，“还不是怕人家觉得你爸没有养老金，给你添压力……现在的人都很现实的。”

秦甦知道陆玉霞就是个软骨头。

陆玉霞说完，扭头去打水，过了一会儿端来脸盆，把一次性洗脸巾沾上水，往秦甦脸上一盖，揉了一把：“哎哟，你自己还是个孩子呢，就要当妈了。”她开着玩笑，麻利地递上刷牙杯，把盆搁在秦甦的腿上。

秦甦迅速地刷完牙，借洗脸巾的温热熏眼睛，学石墨用力醒了把脸，从毛巾里发出声音：“你……你要是没钱记得告诉我。”

陆玉霞顿了顿：“知道了……”

石墨逆着光自走廊尽头踽踽走来。

秦甦在心里感叹：好长的腿！

他估计是累了，肩头不似往日平正，偏是这点儿颓味，帅得秦甦找不着北，泪正往下滴落呢，口水也添乱，直往外淌。

石墨到了她近前，见她的眼眶红着，一边抽纸一边说："还难受吗？"

屋漏偏逢连夜雨。生育一点儿也不安生，早上秦甦的肚皮一阵一阵地发紧，生出疼痛感，她吓得半死。另一个医生过来看了她一眼，见怪不怪，问了周目数，淡淡地说："没事，假性宫缩，再观察观察。"

秦甦一直听"观察观察"这四个字，便觉得很不吉利，又不敢多问，抿着嘴生闷气。石墨给她解释，"观察"就是说这个情况暂时是正常的，让她别紧张、别瞎想。秦甦怀着孩子，没法儿不乱想。她呜咽，拉着他的手说："我还疼……"

他们窝在床头，查了假性宫缩的含义，意思就是子宫在为真正的生育"演练"宫缩。秦甦看了一会儿，勉强放下心来。

石墨见她睡着才稍微放心，这会儿见她醒了又在哭，还以为她又疼了，没想到她下一句就是："天哪，石黑土，你好帅呀……"

石墨失笑。

"你以后要是不帅了怎么办？"她担忧起来，"你可不能变胖啊。"她在走廊看到好多进进出出的"老公们"，身材都堪忧。

石墨："我要是……不帅了，你不会就有别的想法了吧？"

"说不定的……"她还是很在意男人的颜值的。每天睁眼就看见的人如果变丑了，那结局她没法儿想象。

石墨的脸色肉眼可见地难看起来。

秦甦的脸上浮起笑意，两指掐上他的嘴角，故作不爽："你居然对承受生育痛苦的孕妇摆臭脸。”

“你不就喜欢这套吗？”他给了她个懒洋洋的眼神。

秦甦痴笑：“居然开始了解我了！”

石墨俯身，在她额上印了个早安吻：“看破不说破。”

陆玉霞提着热水瓶朝这儿来，石墨有眼力见儿地接过。

调情的两人立刻变得正经，眼神飘忽。秦甦住院，护肤步骤一步到位，涂完宝宝霜，喊了声“饿”，保温罐立刻被递到了肚子上。

加床没有床上桌，她就直接抱着大饭盒吃，吃剩下的陆玉霞吃。石墨右手拿着豆浆吸，左手端着辅菜碟，给秦甦做人工支架。

秦甦边吃边念叨：“我觉得我的身体就是机器……我告诉它，我不顺产，两个宝宝我生不下来，你不用练习宫缩，但它不听，还拿我子宫练习。我怀疑，我们女人就是被输入代码的机器人，到了怀孕这一步，系统所有机能强行调至母爱频率。”

不管原来多飒、多招人喜欢，有了宝宝，她就自动变成一个“嘤嘤怪”——经常说“嘤嘤嘤，我的宝宝……”

不知是她太漂亮了，还是动静太大了，走廊上人人都往这里瞟一眼。

石墨浑然不在意，倒是秦甦感觉到别人的眼神，潦草地吃了两口，问陆玉霞要梳子，认真地梳了一下头发，才拿勺继续吃。

她见石墨偷笑，哼了一声：“干吗？”

石墨清了清嗓子：“我明白了，下次我帮你梳。”

“当然，你是要学着点儿，以后要帮女儿梳头。”

“如果是两个儿子呢？”

秦甦摇头，舀了一口粥咽下，叹了口气：“我觉得是女儿。”

“为什么？”

“嗯……”她摸了摸右边的崽，“我们女孩儿总是命运多舛的。”

下午三点，秦甦终于搬进病房。

护士知道秦甦会搬进病房，中午把碍手碍脚的氧气罐撤走了。秦甦巴巴地跑去问为什么，护士表示，她搬到病房直接吸供氧中心供的氧。

从医学层面看，早一点儿和晚一点儿是一样的。但对“小群众”的家属来讲，真的不一样。

秦甦算着时间，搬进病房时，跑得比两位收拾东西的老母亲都快，那床的病人一走，她就站在床边：“给我吸氧吧。”

石墨中午回车里眯了一会儿，下午回来时，秦甦已经换了病员服，盘起长发，安静地躺在床上吸氧，手上捧着本法语的童话故事书。

国外的书轻薄便携，就这巴掌大、一厘米厚度的书，从第四回产检开始石墨就见她揣着，直到这一刻也没读完。

“还认识吗？”

“说实话，有点儿不认识了。”在家翻译合同时，她一个劲儿地翻词典。

“那别看了，下午睡了吗？你昨晚都没睡。”

“睡了，我妈说我还打呼噜。哈哈，我居然打呼噜。”她的手指捏住鼻尖，用力地吸了一口气，发出怪声，“就是这种，猪鼾。”

石墨欲言又止，偏过脸。

秦甦眯起眼睛：“你是什么意思？”

“没……”石墨笑着往后缩。

“嗯？”秦甦目露凶光，拿书欲要拍他，“什么意思！我平时也打呼噜是吗？”

石墨手臂抬起，等她拍下，病房安静，他却始终没等到她的手落下。他看向秦甦，发现她弯着眼睛笑得正甜，没了要凶他的意思。

秦甦哼着推他一把，嘴硬心软地说道："不要觉得自己帮不上忙啦，你已经很好了。"

石墨没明白："什么？"

中午莫蔓菁确认好床位，把陆玉霞和石墨赶走，边给秦甦削苹果边打"预防针"，她这个婆婆除了经济支援和人脉，其他真的帮不上什么忙，儿媳妇要多担待……

秦甦摇头，补上客套的奉承，能遇上她这样的婆婆很满足了。

接着，画风突变，莫蔓菁拉着秦甦笑得像大仇得报。

莫蔓菁告诉秦甦，石墨这小子早上胡子拉碴地连抽了好几支烟，因帮不上忙、只能看着孕妇难受而暴躁。她当时眼泪都要掉下来了，既心疼又有点儿爽，石墨终于知道她们当妈的不容易了……

莫蔓菁的笑模糊在秦甦的眼泪中，秦甦哭了，她只有心疼。

怀孕中晚期，石墨给她捏水肿的腿、擦突如其来的呕吐物、抱着牙痛不能吃药的她。孩子乱蹬的时候，他总是拉着她的手，也不说话，也不看她，只是低着头。她以为他累了，也跟着沉默。

她讽刺地调侃："你们男人呢，要做的就是承认自己是孩子的父亲，安安静静地捡便宜就行了。"

石墨动了动嘴唇，避开了秦甦深情款款的目光。

"哎呀。"

"知道了，"他咬紧牙关，无语，"以后不跟莫蔓菁说事了。"

"哈哈！"笑到一半，秦甦反应过来，"你每次都害我，搞得我像个两面传话的坏蛋。你……你给我憋着！"

氧气"咕噜咕噜"地响，秦甦拉过石墨的手，告诉他，下午打了促进胎儿肺成熟的针，是激素针。

"疼吗？"石墨能说、能问的只有这些，每次开口，只能说这种无用的话。

“不疼，我不怕打针，后面疼的时候多着呢，我有心理准备。”秦甦继续说，“打完我查了查这个针，看到一个妈妈分享自己的怀孕经历，她为了宝宝打了上百针，把这当成荣耀分享，却被一堆网友要么嘲笑，要么说她真可怜。”她下午看得泪眼婆娑，过去一眼扫过的信息碎片，这一刻抓着她的心肺可劲儿地捏。

“我站在妈妈的角度，想说，成年人做每一个决定都要明白后果与责任，这都是心甘情愿的。你们作为我身边的人，不用愧疚、心疼，这会给我带来负担。你们呢，只要说一句‘好棒、加油’就好了。”她挂着泪，像摸宝宝一样，慈爱地抚摸石墨的头，“嗯？”

石墨拉过她的手，送到嘴边亲了亲，认真地看着她的眼睛：“秦更生，你真棒！”

生育这件事，男人哪，愿意做个安静不扰人的背景板就很难得了。

临近分身乏术的孕晚期，秦甦的精力被生理压力分散，兜着肥硕的两只“小袋鼠”热恋太难了。

石墨能提供的，不过是体谅和金钱。

秦甦鼓励式教育孩子的父亲：“你很好啦，按照这个水准继续努力，我也会努力的。”

是以，石墨担起外事责任，买了两箱水果，送到护士站。

秦甦跟在后头，笑得奉承极了：“今天凌晨来，辛苦你们了！”

一个护士摆手：“都是应该的。”

石墨把两箱水果往护士的值班房送去，秦甦抱着肚子跟另一个值班的护士套近乎：“你们科夜班有两个护士？”

“我们夜里经常有手术，宝宝说出生就出生，不管是白天还是晚上。”

“哦！太辛苦了！”

护士年轻，见着漂亮姑娘话也多：“我们虽然辛苦，但这算是医院最幸福的科室了。”

“为什么？”秦甦以为护士是说这个科室的收入高，听八卦似的两眼亮晶晶。

人家很伟大，甜甜地说：“因为有待产孕妇和新生儿啊，我们是医院最有生机的地方！”

隔壁十六号床的孕妇下午三点被送进产房，到秦甦他们临睡前也没回来。

秦甦看着那张空床十分担心。

睡前，石墨一边拉躺椅一边说，生不生就这几周了，问她：“妈妈，紧张吗？”

“不紧张，反正我生完就归你们忙。”她只要站好最后一班岗。

“好，加油！”

石墨朝她伸出拳头，秦甦慢吞吞地捏起拳头，两个人对碰了一下。

关节轻轻挨碰的感觉，倒真像他们是并肩的队友，他不愧是她的“路易基”！

“加油！”

说完睡前小话，她在迷迷糊糊中猛然想起下午莫蔓菁说石峰明天回来，猛地拽醒石墨：“喂，你爸要回来了？”

他揉了揉眼睛：“嗯，机票改到了明天下午。”

“为什么？”

“你要生了。”

“也没那么重要吧。”秦甦有点儿紧张，感觉要面对什么大人物。

石墨对家人的态度很随意："管他呢，回来就回来，你别管了。"

"我怕耽误人类环境大事业。"

"我妈告状说他这一阵被我气坏了，找我算账来了。"

"啊？"

"不过我不怕，我从小就干这个事。"

"什么事？"

他的语气颇为轻松自豪："做这两个别扭人的信使，惹毛了一方找另一方骂架，以我为代价维持岌岌可危的婚姻。"

十一月初，天亮得晚。

早上五点，天还黑着，十六号床的产妇回来了。护士提前来准备病床，灯一开，把秦甦吓醒了。

石墨听见动静，摸上她的两只耳朵，给她戴上眼罩："睡吧，你别管了。"

她歪头继续睡了一会儿，直到他们回来，响起菜市场般的动静。

秦甦推了推眼罩，开了条缝，看十六床的产妇和她的丈夫忙活。生了一夜，产妇像从池子里打捞上来的一样，头发湿得滴汗，眼睛和嘴唇无比浮肿。

秦甦心里刚叹完"好辛苦"，宝宝就被抱进来了。

那产妇的丈夫对石墨说了句"不好意思，影响你们了"，然后将帘子一拉就开始喂奶了。

秦甦心疼："累成这样还要喂奶吗？不休息一下吗？"产妇的鼻尖还有汗水，他们擦了擦，就赶紧给孩子喂奶了。

帘子那头人影晃动，长辈正指挥产妇怎么抱娃，产妇的丈夫安抚，让她别急，一伙人全忙乱地盯着新生儿，完全没听到场外观众秦甦的提问。

石墨知道她睡不着，坐起身，拉着她的腿推捏消肿，问她：“下腹还坠涨吗？”

秦甦摇头。子宫增大，压迫膀胱，害得她晚上总起夜，跑去尿又尿不出几滴，有些烦躁。

她带来的拖鞋是上次住院穿的，不料脚背高高肿起，完全塞不进去，只有大脚趾能塞进去。

各种细节，没亲自生过孩子的人真的只有挠头的份。

石墨把他的拖鞋给她穿了，心疼她笨拙地来回跑了好多趟。

秦甦挤了挤眼：“自从你形容我像把龟壳背反了，我就觉得真的是这样。”她每次看不见脚，在那里盲目地踩鞋，都觉得“龟壳”碍眼。

石墨给她打气：“快‘卸货’了！咱们再坚持坚持！”

秦甦揉了揉手指，之前她嫌戒指大，做梦也没料到，这几天它就勒手了。

她看着手指上那圈勒痕苦笑：“天哪，当妈到底要经历些什么呀？”说罢抬起脚，“谁看着这双‘猪蹄’能想到，它们过去踩着十厘米的高跟鞋健步如飞。”

带点儿力道碰到脚，就会留下凹陷的指痕，石墨垂眼，心疼地说道：“看你这么辛苦，我决定这几天不凶我妈了。”

“就几天不凶？”这觉悟不太深啊！秦甦开玩笑地说：“不过，我觉得你妈有受虐倾向，她还挺享受被你怄的。”

又生气又要往上贴，莫不是和她一样？

石墨扬了扬眉：“你说对了。她追我爸那会儿被气得天天哭，还非他不可。”

早上五六点，秦甦正迷糊着，一听到这儿却彻底清醒了：“是你妈追的你爸？”

“你看不出来吗？”所有人都能看得出莫蔓菁就是高傲又娇气的“舔狗”。

“我从哪里看出来？”秦甦没有看过他们互动，只听到过一声嗲得令人汗毛竖起的“老公”。

“明天……不对，今天你看着。”

十六号床的产妇就像个麻布袋，睡过去又被摇醒喂奶。房间不大，孩子又哭闹，人来人往，有点儿挤。

石墨端着牙杯到床边，她已经飞快地适应了噪声，昏睡过去。

他拉了拉她的手：“来，刷个牙再睡。”

她不要，她困了：“嗯……”

他拧了拧洗脸巾，给她擦了擦脸：“乖，刷个牙，别又牙疼了。”

秦甦握着牙刷，闭着眼机械地刷了几下。石墨迟疑，还是让她睡了。

莫蔓菁进门，眉头一紧，小孩儿有力的哭闹声像是对人间的一串咒骂，符咒一样在头顶环绕。

莫蔓菁对十六号床的家属招呼：“儿子？女儿？哦，哦，儿子好，儿子好……恭喜，恭喜！”

她撇了撇嘴，既然是男娃就不看了，说完往秦甦床边走去。

护士早上给秦甦吸氧，秦甦连眼睛都没睁开。怀双胞胎到了三十二周，她的状态就跟单胎孕妇临产差不多，心慌、气短、胃胀、肠道被挤压。五脏六腑出于女性机体的母爱设定，皆在给她的孩子们让路。

还是做梦吧，做梦舒服，梦里她没有龟壳。

秦甦这回梦到自己变成一只蚕宝宝，白花花的身躯吐着丝预备结茧。可痛苦的是，她不吃素，蚕宝宝又只吃素。她有好多腿，一动就像一节列车，在一片绿油油的桑叶里蠕动。

醒来时，她差点儿饿死了。

她蓦地睁眼，头都不动一下，像个废物一样大喊道："妈，我饿了。"

莫蔓菁闻言，拦住陆玉霞，走到床边："哎哟，没想到没给改口费就得了句'妈'，我捡便宜了。"

秦甦见是莫蔓菁，害羞了一下："阿姨……"

"还叫什么阿姨啊？等会儿石墨他爸来了，你也一块儿把'爸'喊了吧。"

秦甦不知她是说真话还是开玩笑，眼珠转动，思索起来。

石墨眉眼一横，对着莫蔓菁不客气地瞪了两眼，像机枪扫射，这厮完全忘了夜里说要对母亲好一点儿的话。

莫蔓菁被儿子瞪，也不恼，心甘情愿地缩起脖子，像受气包一样哼了一声。

秦甦内心叹气，她也即将有个儿子。虽说现在考虑受儿媳的气有点儿早，但万物守恒，不是不报，只是她的时候未到啊……

生孩子把秦甦由"娇滴滴"变成"丑兮兮"。陆玉霞见她醒了赶紧热饭，想着等会儿吃完饭把秦甦拾掇拾掇，三四点石峰就要到了。

石墨主动接手，扶起秦甦，准备给她梳头，还问她怎么扎。可他生疏得连辫绳都抓不住。

陆玉霞的脸上闪过不自在，低低地说："两个人这么要好。"

莫蔓菁站在床尾拍照，眼花使得她看东西非常古怪，聚焦时像在翻白眼，还指挥石墨不许动，等她拍好了再动。

石墨哪里听她的？他飞快地扎好，对她说："你不戴眼镜别出事了。"

“我能出什么事？”她嫌戴眼镜丑，那些老花镜没有时髦的，每副都显老。

“最好是！”

几年前，石墨坐莫蔓菁的车，她开车连码数都看不清，还问“那个红灯的秒数还有多少？我看不清”“那个限速牌写的是多少，六十还是八十？我忘了看了”。石墨吓得想立即下车。此后，只要石墨见到她那副看东西的姿势，就忍不住要凶她。

下午两点，石墨牵着秦甦的手做彩超。三甲医院的人真多，等候时，石墨教她转硬币，秦甦嘻嘻哈哈的，石墨不停地弯腰给她捡硬币。

“好吧，我收回上次说不浪漫的话。”转硬币好难。

那次是耻辱，石墨都不想提：“确实不浪漫。”

“浪漫！”她抱住他的手臂，“石黑土，你的幽默和浪漫都是慢热的那种。”起初看到他时，她心想这是干吗呀，说什么都是“好”，他是个机器吗？但她后知后觉地品出了趣味来。

石墨的脸上闪过别扭：“是吗？”

“是的，是的。”她笑眯眯地夸他，“所以你要再接再厉，不可以因为我生了宝宝就懈怠，不然我取消你的‘浪漫执照’！”

石墨五指熟练地转动硬币，一次次成功地把戒指和硬币衔接，递到了秦甦的眼皮子底下。没有心理负担的他越来越熟练，还引来了其他人围观。

秦甦享受他人的目光，开心极了，一个多小时的等候时间她也不觉得久。

彩超结果显示，宝宝一大一小的情况越来越明显，秦甦拿到报告马不停蹄地打开搜索引擎，网上的人说这是胎儿在子宫内争夺营养供应导致的。

“哇，‘面粉厂拆二代’好凶！”秦甦不满意，别看他安安静静的，真就憋了大招。

石墨说：“他这么小，又不懂。”

这话一听就是孩子的父母说的：他还只是个孩子。

她继续刷信息：“天哪，还说强悍的那个胎儿会吸收另一个胎儿的营养和血液，较弱的胎儿甚至会死亡。”秦甦猛抽一口凉气，哭丧着脸蛋儿，一副要哭的样子，“不会吧……”

弱肉强食的起跑线——亲兄弟在宫腔内就开始你死我活的争斗了。

“你知道吗？古代双生子是不吉利的，如果生了两个男孩儿，要掐死一个。”

石墨叹气：“你不写剧本真可惜。”

是吗？她主动问：“我现在出道还来得及吗？”

“来不及了，你说的那些情节现在的观众都不爱看了。”他搂着她，宽慰道，“别担心，现代医学发达。”

石墨拿着报告往医生办公室走，秦甦要跟进去，被他劝出去了。

秦甦对待医生给出的信息有夸张解读的嫌疑，而且，现在的医生为以防万一会往严重的情况说，石墨想自己消化一下，再给秦甦讲比较保险。

上回他看到术前通知书上的并发症说明，几乎以为是死亡通知书。

他在医生办公室待的半个多小时里，石峰从机场赶到了医院。

莫蔓菁工作室的小王给秦甦发消息说，石峰来了，在电梯了。

秦甦赶紧掏出梳子，整理仪容。石墨给她梳得服服帖帖，但她喜欢自然的凌乱蓬松感。她不忍拂他的意，就这么将就了小半天。眼下要见公公了，她还是要拿出她的颜值水平。

秦甦涂上带水光红的有机唇釉，站在镜子前比照后，对气色还不满意，又沾了点儿唇釉染在颊上。

在嘹亮的婴儿啼哭里，大人的声音骤然响起。秦甦怀着孩子，心跳加速，感觉要见明星了。

石墨在医生办公室，表情认真严肃，全然没有病房里那一伙人的雀跃。主治医生查询秦甦的产检记录，表示他们没在本院做检查，电脑上没有记录，问石墨："做过双胎输血综合征的检测吗？"

石墨手机上有所有检查结果的备份，他翻了翻，显示是正常的。

医生点点头："那就行了，虽说存在体型差异，但按照B超大小估计，两个胎儿的体重应该没有相差超过一公斤，还算正常。目前主要还是要解决另一个胎儿的缺氧问题。如果能坚持到三十三到三十四周，等胎儿的肺成熟些，就可以考虑剖宫产了。"

双胞胎孕妇是很难足月产的，她们承受的各项风险和身体不适都是单胞胎妈妈的好几倍。

秦甦早期孕吐时还很有精神，行事风风火火，但到了孕晚期，就肉眼可见地萎靡起来，开玩笑时，嘴角都扯得勉强。

石墨心事重重地往病房走，隔着三四间病房就听见了笑声，不知道的人还以为她生了呢。他推开门，石峰正站在床尾，问秦甦最近睡得如何。

就这么个问题，秦甦听到后眉开眼笑，忙不迭地点头，调子起得老高："睡得很好。"

石墨心想：好个鬼，她前天一夜没睡，早上五点就被隔壁床的产妇闹醒了。还有，就这么一句话有什么好笑的？

他回病房的路上，心疼秦甦还要熬一两周，脸色这么不好，像被孩子吸了血似的，回到病房，却看到秦甦的脸颊和嘴唇红扑扑的，肚子被小桌一挡，漂亮得完全没有孕妇的憔悴模样。他感觉自己像是点错了电影进度条。

从石峰进病房开始，秦甦的心脏就开始狂跳。莫蔓菁模样精致，儿子天人之姿，她的丈夫肯定不会差的。可即便她事先知道石峰一定很帅，他依然超出了她的预期。她没想到，老男人这么有味道。

肚子里的“小猴子”也活跃了几下，秦甦高兴地说了出来，莫蔓菁谢天谢地，抓着石峰让他多说话：“快！孙子喜欢你。”

中年人往爷爷辈跨，显然也是抗拒的，加之这是第一次见面，能说出什么花来？但秦甦的笑容当真感染人，石峰问候的每一句话都能得到热情的回应，于是他们一句接一句地聊着，互动感良好。

见石墨回来，他冲儿子点了点头：“医生怎么说？”

“你有时差吧，困吗？”一把年纪了。

“还好。”石峰说。

男人的招呼很简单，就这么结束了。

石墨进来后，房间更加拥挤了。

看见石墨和石峰站在一起，秦甦仿佛要缺氧晕厥了。她迅速抓起枕头抱进怀里，双手紧紧地箍着，半张脸埋进枕头，咬住一角，招架无力控制的喜悦，不然她要尖叫了。

这绝对是这个月秦甦最开心的一天。

石墨和石峰两个人站在一起就像男模后台——一个黑色短发、黑色毛衣，配上一张臭脸，衬得气质慵懒；一个黑色风衣，配上半黑半白的时髦发色，笑得温润如玉。

石墨拉过凳子坐到秦甦旁边，莫蔓菁也着急地上前两步，想知道医生说了什么。只有秦甦忘记了自己的分内事，继续跟石峰进行无聊的社交对话。

“您累了吧？坐吧。”

没位子了。石峰说：“没事，我站着。”

“您有时差吧？”

“还好，在飞机上补觉了。”

“飞机上睡得应该不太好吧？”

“我睡眠质量后天培养得还可以。”石峰斜睨了莫蔓菁一眼，眼尾漾起温柔的鱼尾纹。

莫蔓菁假装没听见，问石墨医生怎么说。

“还是等吸氧看看，医生说两个胎儿的体重相差不到一公斤。”

“哦……”莫蔓菁松了口气，“据说那个医生在业界是很厉害的。”

“是吗？”听莫蔓菁说给秦甦找了个很厉害的主治医生，石墨刚去找他时以为名牌错了，“太年轻了吧。”

莫蔓菁白他一眼：“你嫉妒人家年轻有为啊！”

秦甦这才把注意力投向石墨：“很年轻吗？”

他冷声问：“你听见我说的话了吗？”

“我听见了！”她为了证明自己，还复述了一遍，“两个宝宝差异大但还不算异常，医生让我继续吸氧。”

她眼波流转，咬唇娇横地瞪他一眼。

石墨马后炮地提醒：“那个男医生挺帅的。”

“是吗……”秦甦根本没心思管医生。

秦甦眼里的笑意根本藏不住，她用力地掐住石墨的手，越掐越紧，石墨冷眼看着她闹。

她压低脑袋，附到他耳边：“啊——我爱死你了。”

她一眼就看到了二十年后的石墨，入股不亏。

莫蔓菁松了口气，冲石峰挑眉："媳妇儿漂亮吧？"

石峰怎么好夸秦甦漂亮？这太唐突了，他只能点点头。

莫蔓菁较劲了："我眼光比你的好。"

这明明是儿子的眼光，他又点点头。

"更生比那个姓柏的好一百倍！"

他压低声音说："你提人家干吗？"

莫蔓菁见小两口嘻嘻哈哈的感情特别好，隔着床跟许久没见的丈夫说事："你知道柏树姗和她妈移民了吗？"

"知道。"

"我就知道你知道！"莫蔓菁提高了声调，眸里燃起愠怒，"这里面不会还有你什么事吧？！"

石峰："人家移民关我什么事？我只是知道而已。"

莫蔓菁不依不饶地问："你怎么知道的？"

"我……"

"不会是柏树姗那个小妮子还给你发消息说什么'石叔叔，我要去新西兰了，下次你们来旅游可以找我们'吧……"她夹着嗓子，学柏树姗虚伪讨好的语气。

"没有，她就打了个电话。"

"哼！"

"也算是个交代，人家懂事。"

秦甦一动不动，指尖在石墨的手心打圈，迷惑地听着，过了一会儿小声问："哎？他们在说……我认识的那个柏树姗吗？"她没听错啊……他们还提到了新西兰呢……

石墨咬牙偏过头，一阵无语。

在公婆对话的空隙，秦甦问："你们在说柏树姗吗？"

下一秒，手被反握，很牢很紧，让秦甦感觉有鬼。

她狐疑地朝石墨看去："干吗？"

莫蔓菁反应快："对的，你们高中时期应该是一届的。"她很通透，才不会跟儿媳妇说儿子差点儿和柏树姗在一起的事。

秦甦："哦，叔叔和阿姨也认识？"

掌心又被他一捏，秦甦恶狠狠地反捏回去，瞪向他，用目光威胁：要怎样？不能问？

石峰微笑："是的，她是我同事的女儿。"

秦甦"呵呵"一笑："是吗？我从没听石墨提起过。"

"没提起就是不重要啦，剧本路人甲。"莫蔓菁终于做了一回人，但她不知道已经来不及了。

秦甦转头，笑眯眯地问石墨："是吗？不重要吗？"

他小心翼翼地抬起眼："不重要。"

"不重要，那你为什么要捏我？"她不爽地指向右手的手指印。

"石墨，你干吗？！"莫蔓菁看清秦甦手腕上的指痕，赶紧把石墨拽走。

她知道女人最受不得这种事。

莫蔓菁抓着秦甦的手给她揉了揉："哎哟，男人力气大，但是你放心，石墨没有暴力倾向的。"

石峰皱眉："怎么回事？"

秦甦目不转睛地盯着石墨，内心疯狂咆哮：有鬼！这家人有鬼！

石墨躲闪半晌，给了秦甦一个安抚的眼神，用口型说：等等。

石峰撤得很快，他还有很多事情需要处理。

莫蔓菁不肯走。她意识到自己在带孩子的事上帮不上忙，准备前期多晃晃，刷足存在感，后期再遁走。

石墨臭着张脸让她回去，莫蔓菁还怕儿子情商低，走到门口悄悄地对石墨耳语："在秦甦跟前不要提你跟柏树姗的事。记着啊……就算你觉得没什么，也别提，都是坑。"

石墨面无表情，单手一推，把她的聒噪关进了走廊。

没等说上话，陆玉霞怕秦甦累，见隔壁床的妈妈睡了，给她掖被子催她赶紧补觉，等会儿隔壁床的宝宝醒了又要闹了。

秦甦用眼风使劲地扫射，对石墨皮笑肉不笑："老公，你是不是有话跟我说？"

"有什么话说呀？天天在一起，别秀恩爱了，赶紧睡吧。"陆玉霞当她人来疯，抬手就给她兜上了眼罩。

母爱有时候就是带点儿强迫性质，就像方才莫蔓菁的叮嘱一样。

秦甦闭着眼睛，静静地等。

被陆玉霞强行按下睡觉后，她感到手被另一双温热的手握住。

现实与梦境的边缘，她内心长叹一口气，突然顿悟了。

那是心好慌的一场梦。炽热的太阳下，她在操场跑圈，热不是重点，跑圈也不是重点，重点是——为什么她身体这么沉，好像个二百斤的胖子，每挪一下都这么累？

她疯狂地想找一处阴凉地喘口气，急得原地打转。

系统突然砸下提示箱，秦甦如逢救兵，笨重地一顶，眼前弹出个窗口。她都没看清是字还是图，就瞬间移到了音乐教室。这个梦太敷衍了，完全在赶进度，玩家的体验感很差！

她正迷茫地适应骤暗的光线，耳后响起一串敲门声，一张字条由门缝塞了进来。

"石墨！"她惊喜地喊出声。

那边的人没有回应。她哼了一声："干吗呀！我都知道是你了，装什么！"

对方依旧没有声息，和以前的他一样。

她吐了吐舌头，准备捡起字条，一弯腰惊觉身前堵了一个大龟壳。

秦甦拼命地下蹲，画面却像系统错误，只做出了拼命点头的动作。她咬牙切齿地说："我弯不下腰，看不见字条。"

那边的人还在装死。

她好气，但作为手机党她不怕。她掏出手机，一边拍照一边对他说："我马上就能看到字条了，可我没法儿回你字条，这边系统出问题了，我直接跟你说话吧。"

说话间，秦甦用两指放大照片，终于看清字样——我的未婚妻是柏树姗。

秦甦发出一串静音，词汇由于过于敏感、含暴力倾向、对胎儿有害，被系统自动屏蔽了。

她全身像爆裂了似的，心脏里仿佛钻进了一个疯狂敲鼓的小人。

梦醒时，她牙关咬得腮帮子都疼了，累死她了……

由于气愤，秦甦起身非常迅速，像一根从床上竖起的白萝卜，动完才意识到还没"卸货"，肚皮绷得特别紧。

想来，刚才那一串爆血管的疼痛感，也有这两个孩子的助力。

她喊："妈……"

"我在。"石墨从门口进来，手上拿着热好的营养餐。本来她就算不醒，他也要叫她了。

秦甦消化不好，少食多餐，吃饭得算着时间。

她冷眼看着他："我妈呢？"

"她太累了，我让她回去了。"陆玉霞累得靠墙打盹儿。石墨让她回去睡个好觉，后面宝宝出来有得累呢。

秦甦曲解："你是故意的！你要让我孤立无援！"等会儿如果吵起来，她作为一个孕妇完全是弱势群体。

石墨盯着她的眼睛确认："你猜到了？"

秦甦又不傻。他的前任未婚妻本就成谜，每次提起时他都躲闪，她不是没有怀疑过。可石墨人很不错，前任什么的也并不重要，她就没追问，只是打趣一下。

直到石墨刚才躲闪、莫蔓菁帮腔，她才有了答案。哇！太离谱儿了！

"我现在坦白还能从宽吗？"石墨端着餐盒站在床尾，眼窝下面的淡青痕迹掐住了秦甦的心脏。

她无语："你早干吗去了？"

"我……"他叹了口气，"太复杂了……"

"订婚有什么复杂？！"

"没订婚！"石墨强调。

"管你有没有，我只想知道……"

他压低声音："也没有！"

"骗子！"她抓起枕头要丢向他，又偏头看了一眼隔壁床的帘子，做了个吓他的动作，悄声严肃提醒，"你先把我的饭给放好！"她的母亲给她做饭很辛苦呢。

石墨刚把饭放在小凳上，一转身，敏捷地接住了飞来的大枕头。

秦甦怕打扰到隔壁床，只能用气音发飙："你是吃定了我死无对证，是吗？"

他是觉得她不会找到柏树姗问她"你跟石墨有过没"？不！她会的！她这个人什么事做不出来？！

她咬牙瞪他，手里没有辅助工具，难受，伸手冲他招呼：“你把枕头给我。”

石墨递给她，她又狠狠地丢了过去。

他接住，送到她跟前：“还要吗？”

她抓住，又用尽全力地一丢。

“气死我了。”她气得都不会哭了，眨了眨眼，两眼干巴巴的。

“我真没有！”这大概也是他唯一值得庆幸的事。

“你骗我！”会了会了，眼泪来了。

她嘴巴一撅，两眼扑簌簌地开始“下雨”。

“听我说——”石墨拉过凳子坐到床边。

嘿！他还敢靠近！秦甦抓起枕头往他身上砸，一下一下地疯捶，捶得肚皮都紧了。

“早不说，晚不说，现在说。”她喘气，“哼，你想说，我还不想听了。”

看她这么大动静，石墨紧张地倾身，头枕在她的腿上，拉住她的手往脖子上送，拜托她：“小心扯到肚皮，等会儿如果难受，你直接打吧。”

她是文明人，上过学的：“我又没有暴力倾向，为什么要打你？”

秦甦说是这么说，掐他的力道一点儿也没收。虽然她是文明人，但她的祖先是野蛮人。

石墨面无表情，挑衅似的说：“不够用力吧？就这么点儿劲儿？”

啊？秦甦使了吃奶的力，揪着皮肉，拧螺母似的绕了三百六十度。

石墨不说话，让她继续掐：“再来。”

秦甦嫌弃：“你在演偶像剧吗？”

石墨失笑：“那我要说台词吗？”

“什么台词？”

“打得这么敷衍？说明你不爱我。”

“呕！”恶心。

秦甦翻了个大白眼，倒真是顺了气，顿时觉得饥肠辘辘。

声音不小，石墨很自然地伸手拿过饭盒：“边吃边听我解释？”

她两只手抓过饭盒，搁在小桌子上：“听完我会生气吗？”

石墨摊手，无奈地说：“我不知道……看我准备了一小时的狡辩之词能发挥多大作用吧。”

哼，他还挺老实。

“我要还生气，可以把结婚证撕了吗？我觉得你属于骗婚！”

她就知道天上不会掉馅儿饼，只会掉陷阱，真的应了那句话，知道再多的道理也过不好这一生。

“可以。”石墨点头。

这下换秦甦不知所措了。结婚证撕了……要不等小孩儿上了户口再撕吧，非婚生子比婚生子上户口多很多手续。

“傻瓜！”石墨刮了刮她的鼻子，“结婚证撕了更办不成离婚了。”

“你查过吧？这么懂？”秦甦越来越怀疑他处心积虑，抓起他的手用力咬了一口。

“这事我七八岁就懂了。”

“嗯？”

“石峰撕过，然后我妈疯了。”

“真的？！”哇，秦甦两眼冒光，“为什么撕？”

“你到底要听哪个？”

秦甦抓起他的手，又咬了一口：“戴罪之身，不许顶嘴！”

石墨说，柏树姗这个人就是他人生的配角、故事的背景板。

秦甦冷笑，心想：这时候柏树姗是配角还是主角还不都是你说了算？使劲减低前任的存在感，哼，男人的套路。

石墨板着脸看向她。

秦甦恨恨地夹菜：“继续！”

石墨说，柏树姗对他而言还没有她对秦甦来得重要。莫蔓菁视柏树姗为搅屎棍并非没有理由，柏树姗不讨喜，又误打误撞地在太多人的人生里当了反派。

至于她有多少恶意？在把她跟秦甦关联起来之前，石墨没把莫蔓菁的“挑拨”当真，只当是个温顺又优秀的女孩儿罢了。

莫蔓菁特别爱吃醋，在石墨断断续续的童年记忆里，她因为各种稀奇古怪的事吃醋，也就石峰能忍，还窃喜。他们的关系走向一度是上升的，直到有一次石峰出事，那个搅和了石墨大半个童年的女人再度出现，家里又天崩地裂了。

石墨知道石峰出事时，事情已经结束了，事故判定结果也下来了。

他作为高中生，被家人以学习重要，因此没及时告诉他为由搪塞，实际上大家默认他知道了也没用。

石峰为国字头的项目做实地考察、记录数据，携校内考察队去了新疆北部的某个山区，遭遇了持续强降雨天气，队伍一行七人，两人在泥石流中罹难。石峰外出寻找遇难同事与学生时又逢山体滑坡，受了几处外伤，躺在新疆半个月，莫蔓菁赶了过去。

石墨听闻了柏老师去世的事，但没把此事和石峰的事联系在一起，直到他某天回家，在客厅看见廖敏带着柏树姗披麻戴孝，哭得像奔丧。

石墨看到廖敏的第一反应是找母亲，心想不能让莫蔓菁看见她，否则莫蔓菁要闹了。结果他一扭头，就看到莫蔓菁红着眼睛，端了茶水递给她们母女俩，还冲他扬了扬下巴：“石墨，怎么这么没礼貌？快叫人啊。”

石墨认为，这桩意外和石峰并没有什么关系。柏老师作为一位大学老师，多年没有学术建树，教学职称难升，快四十岁了还只是讲师。石峰作为学院的二把手，为了平衡，课题挂了他的名字，考察时也带他一起，结果他错误地评估了气象，准备不够充分，一意孤行地带学生去采集数据。

这是重大事故，但廖敏认为这份事故判定结果把清白人的一生都毁了，就像人死了还要吐口唾沫一样无耻。

大人的视角和小孩儿的不一样，石峰眼见同仁遇难，认为自己作为组织者有责任，也存在不好驳对方颜面而没阻拦的过失，于是想尽办法给柏树姗母女争取校内、政府的抚恤金。

此后，石墨每年都能看到她们母女二人。

莫蔓菁在头几年没什么情绪，也认为自己一家人有义务照顾她们，就算过年看她们表演流泪也无妨，孤儿寡母的很可怜。

廖敏刚开始的意思只是将来柏树姗考大学、找工作需要打点的时候麻烦他们。

石峰和莫蔓菁表示“一定”。

结果到了后来，小到在社区违章建花圃，打招呼让人睁一只眼闭一只眼，大到村里土地动迁，想把户口迁进舅舅家、多领一个户头的份额这样的事，母女俩都来找他们。

最后演变到柏树姗找对象的事也来找他们帮忙，廖敏说，孩子大了，不知道院里有没有好的小伙子。

石峰提了句“石墨还不错”，早就因被人赖上而不耐烦了的莫蔓菁顿时暴躁了，心想是不是以后还要负责她们的子子孙孙啊？

莫蔓菁有利可图的时候可以很世故，但她懒得理人的时候就非常耿直了。她直接甩脸色给柏树姗，骂她不知好歹。

石墨尴尬，毕竟他和柏树姗是高中同学，对方被赶出门后，他赶紧替母亲道歉。

男人生来就吃这套。柏树姗打电话给石峰说是她的错，是她麻烦石家了，又跟石墨道歉，也说是她的错，是她惹阿姨生气了。

石墨把前因讲完，秦甦还傻着，她问："柏树姗家里什么时候出事的？"

石墨说："高一。"

她想起来了，她高一把自己家的事告诉了身边人，包括她父亲是个"渣男"……

秦甦一直认为事出必有因，折磨柏树姗的时候，秦甦不断地逼她，求她告诉自己为什么要整她。

她太好奇了！难道真是因为她漂亮？

石墨说："我想过，可能是因为你当时的行为刺激了她。"

柏树姗父亲的事故很低调地处理了，柏树姗对外绝口不提，甚至当别人问起她的父亲时，她连父亲去世了都不敢说，只是笑笑敷衍。她没有为别人的追问做好准备，所以努力扮演幸福。

这种心理石墨这回算是经历了。他不敢破开柏树姗这道关，所以对秦甦打马虎眼。并非真相难堪，而是说来话太长，而错过了说的契机，后面就要一直演。

"哼！"秦甦倒要看看他说出个什么花来。

他摸了摸秦甦的额头，说："你太过张扬，几乎活成柏树姗绝对不可能做到的样子。你这样的人，在一个沉默的十六岁姑娘眼里，就是错误的。"

孤傲的人不承认自己嫉妒，会给自己找个"替天行道"的理由——她是错的。

石墨说，他和柏树姗即便认识，也没有以同学之外的身份私下讲过话。

秦甦疑惑："为什么？"

"她避开我。"石墨说，"我也不知道为什么，后来也没有问过。我觉得，她可能不想让人知道我们认识，不想让别人知道她爸的事。"

他摊开手："所以，本质上我们没有交过心。"

"那你们订婚是怎么回事？"

"我相过亲。"

石墨一年半读完硕士，回国时，秦甦空当的一年结束，刚去法国没多久。

他们完美地错过了彼此。当然，就他们那比头发丝还纤弱的关系而言，本来也不存在错过这么一说。

她在法国的两年，石墨平静地过着自己的日子。这时候，他和柏树姗的交集开始多了起来，他们是同事。

"顾兰亭的这个岗位，之前是柏树姗在做。"

秦甦瞪大眼睛："你们搞办公室恋情！"哇，狗血！

因为是同事，加上双方的家里人都认识，他们对待男女之事很慎重，不可能随便发生关系。

一开始他们是朋友，组内大家一起聚会、加班、通话。一次过年，她第一次在电话里讲起私人的事，问年初二他家里有人吗，她和她母亲要去拜访。以前这种事，她都是直接联系石峰的。自此，他们稍微多了些私人交集。

"她是怎样的人？"秦甦好奇，她和柏树姗纠缠太久了。

"她是个很保守、很乖巧、很安静的人，好像没有什么特别的爱好。"他坦言，"我和她经常没有话说。"石墨本就不是话多之人，对于铜墙铁壁一样的姑娘，他更是无从下手。

“哼！”秦甦撇嘴。

“我当时更深的感觉是，她在观察我。”

“观察你什么？”

“比如，当一个美女经过，我能感觉到她很明显地变得紧张。”

“紧张什么？”

“我当时不清楚，以为她在比美……”

石墨代入了秦甦的“肤浅”，以为柏树姗看到漂亮的女人经过时是一种对比的心态。所以，他会绅士地目不斜视。

“我当时挺喜欢气我妈的，她一贯看不上柏树姗，你知道那种很俗的心理吗？过年，柏树姗和她妈过来拜访，我妈真的是……她很聪明，她不会当着我爸的面损她们。她像个电视剧里的女配角，在背后戳着柏树姗的肩，冷嘲她竟然还敢再来。”

秦甦舔了舔唇，心里喊“救命”，她之前对柏树姗也是这副凶巴巴的样子。

“我看到她被损得一声不吭，瘦小又可怜。”

一次酒局，她照例缩在角落里，可怜巴巴的，石墨酒精上头，上前鼓励柏树姗要勇敢地表达自我。

她咬着杯口：“我说了，有人听吗？”

石墨说：“我听。”

柏树姗看着石墨，无比认真地说她想找个稳定的人，稳定地一起生活。

石墨说：“我很俗的，当时在社交网络上看到女神被求婚的照片，读到关于她的铺天盖地的祝福，心情挺差。仔细算算，我也到年纪了。”

柏树姗这个名字是当年秦甦用来骗他的，他很难不在和她接触时，想起秦甦的怪招来，怎么会有这么奇怪的女孩子，假冒校花？

为此，他对柏树姗也萌生出亲切感。

“哇！男人！”秦甦冷嘲，“我的锅？”

石墨说：“我们在一起不知道算不算是因为你，但最后没有在一起应该是你的锅。”

石墨以为，柏树姗说的“稳定的人”指的是事业、收入稳定，没有想到是“稳定地不对秦甦动心的人”。

他们都认为，家里人互相认识，应该要尊重长辈，经长辈同意才能在一起，尤其是莫蔓菁看到廖敏就暴躁，看到柏树姗就尖酸。柏树姗非常有女主角气质地坚定表示，希望先得到石墨母亲的认可，真是可怜的讨好型人格。

她不知道，像莫蔓菁这样直来直去的人，演不来虚与委蛇。她一开始不喜欢，就没可能再喜欢了。

“我觉得，她和你还有我妈这种人犯冲。”

明明就是两个世界的人，还拼命想要靠近。

“她才没有讨好我！”秦甦气愤地说。

“十六岁，对一个人感兴趣的方法很多，害她也是一种。”

秦甦咀嚼到一半，高中那种脊背爬上蛇的感觉又上来了，好恐怖。

石墨说，莫蔓菁非常愤怒，连两家人准备一起吃顿饭，沟通一下感情的邀请都拒绝。

他找莫蔓菁聊过两次，终于把她说动，试着接受柏树姗。

“因为这个，我妈觉得我对她死心塌地、非她不可。”他本质上更想缓和大家的关系。当然，这确实是一顿以交往为前提，把大家聚到一起的饭。

她翻白眼：“然后呢？你们的订婚不欢而散了？”

石墨抓狂地说："不是订婚！"

"嘁。"

吃饭前两天，柏树姗购买了一份精品月饼，说要送给莫蔓菁。她以前都只有过年才拜访石家，也从没单独约过莫蔓菁，所以让石墨转交。

这是个很不错的手段，他送，莫蔓菁不会拒绝，而莫蔓菁也无法当面损她。多几次，估计莫蔓菁也能减少一点儿偏见。

"我告诉她地址、密码，让她直接送到我家。"

"然后呢？"

石墨深深地看了她一眼："她看到了墙上的画。"那张画只是巴掌大小，悬在了一颗小钉子上，没有后来他特意挂上去的那么大。不是很熟的人都不一定看得出画上画的是秦甦，而且是右侧脸，他连秦甦最具代表性的鼻尖的痣都没画。

"她认出是我了？"

"她的反应非常吓人。"当时柏树姗打电话给石墨，让他立刻回来。石墨形容，柏树姗当时就像见到鬼一样。

"我看到她疯狂地抓自己，皮肤上有大块大块的风团，说着说着就要呕吐。坦白说，我当时被吓到了。"石墨不理解，有必要吗？

柏树姗质问他："为什么墙上会挂秦甦的画像？你不会是喜欢她吧？"

石墨认为，他们没有发生亲密关系，而且他更多是以纪念形式挂在墙上的，所以说："是，我喜欢秦甦，如果你介意的话，我可以把画拿掉。"

她说秦甦作过弊，这么恶心的人，他喜欢她什么？

听到这里，秦甦无比愤怒，一勺子杵进碗里："这个女的有毛病！我跟她拼了！”她要飞去新西兰找她吵架。

石墨摸了摸她的头，让她别气：“我们当时产生了争执，我不知道哪句话激怒了她，还挨了一巴掌，然后那顿饭不了了之。”他当时莫名其妙，为什么喜欢秦甦要挨柏树姗一巴掌？他的父母都没打过他。

那年也是柏树姗高一之后第一次没来石墨家过年，只有廖敏认真地拜访，为所有的帮助来送礼、道谢。

秦甦想了想：“我知道了，她以为你是那个‘稳定的人’。”

“是，她被你那些话吓到了，不敢恋爱，怕谈了男朋友就被抢，不敢交友，怕被你威胁。”

秦甦无语：“谁有空围着她转啦！”

她十八岁对柏树姗围追堵截，大学进行“追杀”威胁，称会抢她新的暧昧对象，还扬言生生世世不放过她。二十五六岁，柏树姗好不容易遇到了一个知根知底且在同学聚会上对关于秦甦的话题不加以附和的男生，以为自己看到了希望。

而仔细想想，石墨刚好符合一些女性对配偶的一系列社会要求。

但是呢，天上哪会掉馅儿饼？天上只会掉陷阱。

“她可能是抱着这种期望吧，”石墨也没想到最后会这么曲折，“最终被我恶心到了。”

秦甦和柏树姗到底有什么过节儿，百思不得其解的石墨回学校向自己班的班主任求证。

老师没说秦甦追着校长撤销处分的事，可能考虑到这种行为的影响不好，只是说秦甦个人坚称被人栽赃，为学生的清誉和前途考虑，学校撤销了处分。

他问：“秦甦怀疑的是柏树姗吗？”

老师惊讶："你怎么知道的？"

事情过去太久，秦甦听到迟来的报应，心里没有丝毫快感。她吃到一半就推开碗说吃不下了。

两个孩子似乎感受到她的心绪不宁，天生冤家一样，生怕她舒服，开始打架了。

石墨将两只手搭在床边，问她："对这个解释满意吗？"

"你没有说，为什么不在一开始就告诉我？"秦甦抱着枕头，由着那两个孩子闹腾。

照这么看，石墨在这件事里竟然有点儿无辜？

"我只是个喜欢你的局外人。而我能把这些事串起来，包括她第二次准备栽赃你，以及你对柏树姗的威胁和报复，全是你告诉我的。"

他并不清楚事情的发展脉络和细节，只知道她们因为"作弊"的事而不对付。

秦甦第一次打听到"未婚妻"，兴冲冲地来逗他时，石墨怕她听到柏树姗的名字就讨厌他，也怕她会像柏树姗看到她的画像时那样失控。

所以他只能插科打诨，然后一次一次错过了解释的机会。

秦甦打听到未婚妻一事是因为顾兰亭的失言，她知道她师妹柏树姗和石墨两家准备中秋吃一顿饭，走到这一步，不知其渊源，确实容易误解。

石墨说："柏树姗怕你怕到移民。"

秦甦"嘁"了一声："那是因为她嫁了个移民新西兰的男人。"

"你信这里有多少你的'功劳'？"

"你说得好吓人。"难道她对柏树姗的影响这么大？

"她对你的影响也很大。"石墨消沉地扯了扯嘴角，"你高中时期为了报复她，失约了。”他看着秦甦对别人眉开眼笑，如嚼黄连，死活想不明白，陷入了一整年的纠结。

暗里斗狠的心思太过复杂，每次说起，秦甦心里都堵。冤冤相报，永远没有“算了”，好像陷入了不停斗狠的死循环。

她甚至产生过认输的念头：是不是自己一开始低调、寡言，就可以平安地避开这一劫？

但是想想，那秦甦可能也避开了自己这一生。

青春期对人的影响太大了，她糊里糊涂又风风火火地蹚了浑水。

秦甦咬牙：“你本来准备什么时候告诉我？你上次说求婚成功说的。”

“我有病？求婚那么开心，我为什么要提她？”石峰和莫蔓菁两个人就一天到晚为这事吵来吵去，他没想到，他和秦甦之间也能因为这事吵起来。

她不爽了：“那你准备什么时候告诉我？”

他准备什么时候告诉她？

石墨苦笑：“等你生完孩子？”他想了想，“或者……”

门外，孕妇的羊水破了，家属正慌张地大喊医生。

“我可能想等你……真的……”石墨低下头，用力地揉了揉脸，“我去抽支烟。”

秦甦木着脸，伸手拉住他：“你说完再走，差这一会儿吗？”

“我怕说出的话太像偶像剧台词，恶心到你。”石墨疲惫地笑了。

隔壁床的人进进出出，二人在各种嘈杂的声音里对视。

秦甦看着他说：“我是爱你的。”

可能刚刚的话题太过扰乱心神，使得她眼神不够真诚，呼吸节奏也很乱。

石墨点头："我知道，我也爱你。"

"那你刚才迟疑什么？"

"但我只爱你。"

在和柏树姗的交锋中，秦甦不是没有同情过她。柏树姗那么娇小的一个人，在她的不依不饶下死死地咬住发白的嘴唇，眼神坚毅。她牢牢地守住自己的秘密，似乎只要不说出口，就永远只是个受委屈的女主角。

所以秦甦完全能想象石墨所描述的——柏树姗被莫蔓菁指着鼻子骂的那幅画面。她也无数次为她的楚楚可怜自问过：自己是不是太凶了？

记忆回溯，秦甦在二十八岁"高龄"时陷入了青春期迷魂阵一般说不清、道不明的忧伤里。

她对肚子里的孩子说："妈妈的漂亮和勇敢就摆在这儿了，按什么比例使用就各凭造化了，你们加油。人啊，就是很复杂的。"

小孩儿最绝望的时候，多少责问过父母"你们为什么要把我带到这个世界"。

秦甦也问过，但她后来有了答案，美剧里有一句台词，"Welcome to the real world. It sucks, but you are gonna like it.（欢迎来到现实世界。它很糟糕，但你会喜欢上它。）"

秦甦难得地文艺，想了好多。

三十二周多的宝宝听觉发育已经完善，她抱着肚子，跟宝宝说了好久的话，各种奇奇怪怪的话。

按这个时长算，石墨应该是去上香，而不是抽烟，这个时间都够抽一包了。

她拿起手机："怎样？你老婆不爱你，所以离家出走了？"

三十秒后，石墨就回来了。

成年人很难专注于过了时效的人情小事，这是少年人才容易陷入的反刍。

石墨遇到一位和秦甦同样是双胎缺氧综合征的孕妇家属，他们在吸烟亭吸烟，上电梯时发现是同病房的，聊了两句。

秦甦问："那个孕妇怀了几个月了？"

"三十四周。"

"那她比我月份大。"她知道宝宝在肚子里越久，发育得越好。她在内心默默地羡慕……

"嗯，他们准备这两天剖宫产。"石墨说。

"他们'开盲盒'了吗？"秦甦好奇。

"好像是一对儿子……"

秦甦的脸迅速往下一沉，这是这天第二个痛心的提醒。

隔壁床顺产的产妇晚上请假回家，第二天一早办理出院。秦甦又开始羡慕，顺产出院真快，她之前扒在病房门口，看见剖宫产第二天的产妇还在按镇痛泵。

洗手间终于空了出来。

秦甦坐在凳子上，双手攀在水池边缘，感受水流从冰冷到温热，滑过头皮，眼前的镜子上起了水雾。

"把水雾擦掉。"她指挥石墨，"我要照镜子。"

镜面上映着模糊的白炽灯光，湿漉漉、雾蒙蒙的，留下几道清晰的指痕。

好美的滤镜。秦甦在镜子里只能看到自己胸部以上的部分，这么静静地看着，五官标致，眼神灵动，没有失去灵气。

石墨抽完烟一直沉默，静静地低着头，在雾气中伫立成一座雕塑。秦甦的眼睛微微有些肿，消减了整张脸的锋利感，看起来奶里奶气。

她也不知道要说什么，目光在他脸上和自己的肩头间来回扫视。太美了，她湿着一只手拿起手机，抓拍了几张。

石墨扫了她一眼，没有做出评价。

“干吗不说话？心虚？有什么逻辑漏洞吗？”她哼了一声，“我虽然孕傻，但我会慢慢反应过来的。”

“随你。”石墨没了刚被质问时的窘迫。

他像个小偷小摸的逃犯，以为会被判死刑，怀揣这份紧张一路逃亡，真正被逮捕后供认罪行，才发现不过是个拘留。

“该说的我都说了。”

他现在觉得，他交代得连裤衩儿都不剩了。

秦甦抿唇，眼眸中笑意波动，这臭小子居然臭脸？

“你知道我为什么不喜欢射手座吗？”秦甦先前把预产期算在了第三十六周，宝宝会是射手座。

石墨摇摇头，心想，那是巴纳姆效应。

“柏树姗是射手座。”她见石墨没反应，“咱们的宝宝如果在两周内被剖出来，会跟咱们同星座。”

一家四口，四只天蝎，百毒不侵，感觉每年能被颁个“五毒家庭”的锦旗镇宅。

“天蝎座是什么性格？”

秦甦将下巴搁在洗手台上，想了想：“精力旺盛，占有欲强，不达目的不罢休？”她从脑子里随意抓取了几个关键词。星座的门道可多了，分男分女，分太阳星座、月亮星座、上升星座等等，跟他一时也说不清。

石墨冷笑了一声。莫蔓菁是六月份出生的，也是这个性格。星座果然是骗人的。

“笑了吗？”

石墨不语。

她“咯咯”地笑：“不笑？那我再逗你一下。”她指着发丝间的泡沫，“像不像新娘的头纱？”

石墨无奈地扯了扯嘴角：“像。”

“哎呀，不要苦着脸，戴了头纱就是婚礼了，新郎要笑。”

她直直地盯着镜子里的他，直到把石墨看得嘴角上扬，才如愿地收回目光。

石墨加了水，又打了圈泡沫，在她的头顶堆了个“皇冠”：“可爱吗？”

她平静地说：“咱们会有个女儿吧？”

“就算是两个儿子，也就这么养吧。”石墨在孩子的性别上已是随缘心态。

“如果是两个儿子，你会想再要一个女儿吗？”

“不会了。”不管生了什么，他都不想再让她生了。

“不遗憾？”

“不遗憾。”他捞起淋浴喷头，水花打进手心，再次试温，“我这不正帮我没心没肺的女儿洗头吗？”

秦甦咬住他的手臂：“变态！”

有些人的名字就是鬼见愁，天生磁场不合。

秦甦倒完豆子，和石墨都高兴不起来，倒在床上像一对婚龄过久的夫妻，目光呆滞，嘴角下撇。

秦甦在闭目一分钟后突然开口：“我爱你。”

石墨懒洋洋地应：“嗯。”

她把脚探出被子外，跷到陪护小床上：“给我捏捏吧。”

他用指尖一点儿一点儿地揉过她的小腿：“这两天抽筋了吗？”

“好像没有。”她记得不是很清楚。

听他又不说话，秦甦叹了口气："柏树姗以后回国，会来你家拜访吗？"

"应该不会了。"

"这么确定吗？"她跟石峰应该保持着联系的。

石墨说："我发了结婚证在朋友圈。"

"扑哧。"秦甦捂着肚子，笑得肚皮颤动，"天哪，那你没被拉黑吧？"

"懒得管这些事。"他把右腿放回去，起身给她揉左腿。秦甦说不用了，石墨还是坐在床尾，给她一块儿揉了。

"亲肚皮，揉四肢水肿部位，还有帮忙洗澡，这些以前都是情侣调情的动作。咱们现在天天进行，不会以后没感觉了吧？"

他们开始得太迅速，每一步都像赶场一样，赶紧相认，赶紧相爱，赶紧生娃，之后不会赶紧地对彼此失去兴趣吧？

"不会的。"

秋夜的月光朦胧，在他们的身上笼上薄如蝉翼的轻纱。

她说："心里有爱人，处处都是婚礼。"

过了一会儿，石墨想了想："等宝宝过了百日再办？"

"好。"希望他们都健健康康的。

"还生气吗？"他问的是柏树姗的事。

"那你呢，还生气吗？"她问高中和后来的种种。

他说："没有。"

她狐疑地问："真的？"

石墨说："多大了？我都娶到你了。"

秦甦拉过他的手，在他的手心画了个笑脸："我也没有。"

夜安静极了，只有衣料和关节在响动。

秦甦睡前抱住他，说："我爱你呢。"

他低笑："好，说一百遍就成真了。"

秦甦问石墨："你最喜欢我什么呀？"

石墨说："很多，你的很多特点都无人可取代。"

她假装恼怒，说："不要搞这些，你就说实话。"

石墨淡淡地说："那行，我喜欢你漂亮。"

行吧，男人。

秦甦对石墨来说，就像一颗很亮的星星，硬挑缺点能挑出很多，暴躁、健忘，又傲又"舔"，还反复横跳。

漂亮优势实在单薄，漂亮姑娘数不胜数，但秦甦能让人不自觉地把目光投在她身上，一颦一笑都惹人注目，这就是天赋。

拿掉"漂亮"这个特质，她依然很"漂亮"。

石墨眼看着怀孕摧残了她的精神意志，逐渐膨胀也逐渐萎靡，就像肚子里的胎儿真在吸食她的气血。

虽然她依然有说有笑，但是住院后她的睡眠时间越来越长，睡觉不被叫醒会忘了吃饭，跟她说下一句她就忘了上一句，嘻嘻哈哈完一闭眼就"断电"。石墨怀疑缺氧的不是宝宝，而是她。

石墨上周抹油时，抹到一半，手顿住了。

他没敢告诉她，她的下腹出现了一圈淡淡的"蕾丝"痕。

一整个孕期都在紧张的事情，最后还是发生了。秦甦担心"小猴子"体形小被抢营养，住院后加大了餐量，尽管医生说这没什么用，但她不吃就心里难受。

他去港市的前一晚要收拾东西，来病房晚了，她自己在抹油，低头看着肚子发呆，见他来了还笑，假装没事。石墨帮她拉好裙子，低声说："不多，就那一小片。"

秦甦没什么反应，拖着沉沉的"龟壳"，最后一点儿爱美之心也消失殆尽了。她说："算了，快'卸货'了，宝宝们健康就好了。"

这点儿皮肉之苦算什么？

孕初，她还想要美丽，拒绝哺乳，甚至期盼着孕妇的春天，后来一切都“算了”，开始围着宝宝转。

前几天，她看隔壁床哺乳，内心竟然妥协了，喃喃道：“初乳对宝宝很好呢。”

到了孕晚期，她的脑子里只有“卸货”和健康，什么都不想争了。

石墨说：“别想了，宝宝一出生就要离开咱们，去新生儿室。”

秦甦说：“我看其他妈妈会挤了奶送过去的。”

从决定生育开始，所有的计划被不断地更改，如果生命如此有力且神奇，那它也一定有它的计划。

石墨蒙住秦甦的眼睛：“别想了，咱们按照原计划行动。”

石墨十一月九日上午去港市，十一日的下午两点在北市落地，直奔市区。

他一人在医院潇洒，实际上部门的人忙得几乎要吐血了。

跟眼下青黑得像中了毒的同事道别，石墨厚着脸皮自嘲：“你们多担待，我是为国家人口做贡献去了。”

十一月十一日的零点，秦甦付完钱，又刷了会儿手机，嗅着打折的“尾气”，心甘情愿地又做了一次冤大头。

待产包被丢在床底，奶粉被摞在床头，陆玉霞睡得打呼，秦甦激动得毫无睡意。

她像跑了一场马拉松，兴冲冲地启程，穿过人山人海，后半程要死要活，气喘吁吁，眼看就要到终点了，突然起死回生般精神抖擞了起来。

她发了条朋友圈——啊！马上就要拆盲盒了！不知年度最佳

神算子是哪位！

石墨将车停在了医院后门，陪护床只有一张，所有人都储备精力，要求他落地回家后赶紧睡，别黏糊了。他正犹豫着要不要上去，就刷到了她的朋友圈动态。

石墨点击回复："睡觉！"

"时差买手潘羽织"评论："哈哈，我的天！被抓包了！"

秦甦偷笑，赶紧把手机扔到窗台上，闭目数女儿：一个女儿、两个女儿、三个女儿、四个女儿……

石墨轻手轻脚，穿过未及关门的哺乳产妇房门口，飞快地偏过脸，脚下慌乱。

这里一切母性的裸露都带着紧迫的温柔，生命的源头是如此原始的奉献。

而十五号床的秦甦正被兜在粉色的床帘里，看起来甜甜的。

她上回躺在病床上说："我们好像在摇篮里，"还指着头顶的日光灯叫石墨看，"这是以后宝宝的视角。"

午夜三点，距离宝宝出生的第一个清晨还有三四个小时。

石墨走到床边，模仿大人看宝宝的俯视视角，注视秦甦紧闭的双目。睡着的秦甦像个小孩子，毫无攻击性。

最后一个平静的夜晚缓缓地度过。

石墨盯了好一会儿，指尖抚过她额角的碎发。他徐徐俯身，唇未及覆上，就听见清醒的声音："采花贼。"

气息交织，石墨贴上她的额头，与她鼻尖相抵，也不意外："还不睡？"

"我知道你会来。"黑亮的眸子撞进他的眼里。

"也猜到我会亲你？"

"嗯，这点儿豆腐你每次都会吃。"他总是能用很绅士的动作占她不少小便宜。秦甦将之形容为，以前的小心思利滚利，这一刻随手在她身上揩利息。

一擦一摸，二人的呼吸都加重了。

难怪孕事常安排在男女对彼此深刻了解的婚后。

“还不睡？天亮要做手术了。”

“这是我最后一个自由的夜了吧。”

“不会的，我保证。”

她偷笑，拉了拉他的袖子，开心地表白：“你上次问我喜欢你什么，我这两天想到答案了。”

“你喜欢我只喜欢你？”

她眨了眨眼。

“你前天发消息给我了。”

秦甦心想：孕妇真是完蛋……这脑子……

清晨，石墨来得很早，还带了早饭。秦甦怀疑他睡在了车里。

莫蔓菁带了两个月嫂，赶在手术当天抓过来给秦甦面试，她和陆玉霞应付地点了点头，都没什么心思。

所有人一边绷着一根弦，一边又假装这是一桩轻松的小事，表情和动作都很僵硬地打着哈哈。

刚过七点半，手术床就来接秦甦了，秦甦抱着肚子躺到了移动病床上。

天旋地转，日光灯、电梯光顺着一行行格状天花板，如水母丝线斑斓漫散。秦甦就像只海底动物，抱着大肚子，用新奇的角度，以躺姿观赏着陆上世界。

下面轮子滚动，耳边热热闹闹。

陆玉霞和莫蔓菁开始猜宝宝的性别，石峰认真地听着，投出了关键的一票，女儿以高票获胜，但结果并没有什么用。

石墨一直走在车头旁边，这个位置好巧不巧，秦甦的目光就对着他的腰部。她也不是故意的，但没办法，就这么目不转睛了。

他们已经到了手术室长长的入口，还有几步路就要进去了。

石墨交代她，等会儿如果知道是两个儿子也别哭，分泌物多会影响麻醉效果。

秦甦咽了口唾沫："你的裤子拉链开了。"

石墨一动不动，像没听到一样："知道了吗？别哭。"

她点了点头。

她眼角余光看见移门开了，又紧张地胡扯一句："你都不低头看看吗？"

石墨刮了刮她的鼻子，勾起嘴角："真开了，你早上手了。"

移门合上，她的眼睛黏着石墨，看到他对她做的最后一个口型："加油！"

手术室的灯好刺眼，空调好冷，一切都冷冰冰的。

秦甦躺上手术台就没什么尊严了。尿管一插，腰麻一上，粗针一打，她接受了第一步拉筋羞耻和皮肉之苦。

主刀医生进来时，秦甦很热情地打招呼。

他走到旁边，交代她别紧张，她的情绪受激素影响很严重，很容易哭。

"可以帮我缝得漂亮一些吗？"几十年带在身上的伤口呢，她趁还有最后一点儿话语权，赶紧举手发言。

另一个医生嫌病人要求多，用官方说辞回应她："都一样的。"

秦甦才不听呢，孕妇群里的人都说有差别，她依旧紧紧地盯着主刀医生。

他笑着说："好，我尽量。"

她郑重地强调："麻烦了，谢谢！"

术前准备有些漫长，腰麻让秦甦和孩子们在分离前，于身体感觉上先行分离。那一刻，沉重的麻袋感消失，秦甦开心了一下，“卸货”后穿掐腰小裙子的想法油然而生。

“海底动物”的身上遮了块绿布，头顶一簇灯光射向肚皮，像照歪了的手电筒。她什么也看不清，但被解剖时又是清醒的。

她能感觉到刀划过肚皮，闻见烧焦的皮肉味道，听见“刀枪剑戟”的声响。

不熟悉她的医生问：“知道孩子是男是女吗？”

秦甦的眼球骨碌碌地转动，不知对方是否在问她。

主刀医生替秦甦回答了：“不知道。”

秦甦皱眉，她知道其中有个儿子，又没敢说话。

她生出奇怪的恐惧，她是不是应该晕过去，还是麻醉上错了？不然为什么大家都不问她？

“那先拿小的吧。”

秦甦一瞬间有些恍惚，还可以挑？正在思考先拿大的还是小的，那一瞬间，她感觉自己的肚皮被拽开了，几个人闹了番大动静：“好了，好了！”

旁边等候的新生儿护士立刻忙碌起来，秦甦抓着床单，刚吊起一口气，肚皮又被一扯，声音混乱不堪。

她竖起耳朵细听：“怎么没哭？”

为什么没有孩子的声音？！

“在清理口鼻分泌物，别急。”

她松了口气。失去意识前，她看了眼宝宝。

其实她没看得很清楚，那一刻，就算是一块菜市场的猪肉在面前，她也认不出来。

她咬着嘴唇不停地流泪，麻醉师很凶，让她别哭。

主刀医生冲麻醉师摆了摆手，走到她旁边："不是想要女儿吗，这不有了吗？"

"好小。"她只有一只成人的手大。

"三点五斤，确实小，不过是双胞胎，这个体重还好……"

秦甦还想继续问时，就仿佛被拔掉了电插头，失去了意识。

再清醒时，她已经被挪到了苏醒室。

石墨站在她边上叫她："秦更生……秦更生……"

秦甦迷迷糊糊地睁眼，感觉周围忽明忽暗，她用力地抓住石墨的手，心跳得飞快："出来了吗？"

"嗯，生完了。"

就这么结束了啊。

石墨拍了拍她的脸，叫来医生确认状态。

医生说已经醒了。

石墨揉了揉她的眉心，问怎么不说话："'袋鼠妈妈'醒了吗？"

她虚弱地吸着氧气："'袋鼠'呢？"

"在暖箱，去新生儿室了，我妈他们去看了。"

秦甦心里一凉："那没人看我了？"刚刚还一行人送她呢。

石墨说他在，想了想又忍不住开心，亲了亲她的手心："老婆，咱们有女儿了。"

他站在手术室门口，听到消息时，兴奋得就像秦甦拉着他去宾馆那晚似的，带劲。

"可是好小……"她想到女儿这么点儿小，仿佛手一用力就要没了，心难受得就像被掐住了。为什么她养了这么久，女儿还是这么脆弱，小得像块菜场的猪肉？

"没事，咱们慢慢地养大她。"

至于那个"小路易基"，由于二十周时大家就知道了他的性别，于是在大家眼里，他似乎自二十周就落地了，加之充分吸收营养，没有收获新生儿应有的、来自父母的关注。

“拆盲盒”的后劲在秦甦连按三下镇痛泵后，徐徐发挥作用。

秦甦闲得不像个产妇，孩子不在身边，也不喂奶，等到不疼了，她竟然开始玩手机，不停地刷莫蔓菁最新传来的视频。

她的心头肉被包上了温柔的包布，看起来超级小。这么迷你的暖箱，竟有容她翻跟斗的空间。

潘羽织曾因为莱莱出生不好看而难过，说实话，当时她的女儿就像一块猪肉一样，模模糊糊的，但她依然觉得那是世界上最美的小孩儿。

莫蔓菁发来的视频里，有一段石墨正隔着暖箱看孩子，双手撑在膝盖上，眼神专注，像在欣赏无价之宝。

她哈哈大笑，慢吞吞地翻了个身，一是痛，二是不适应突然卸了“龟壳”，好像被人偷了东西，像空麻袋一样松松垮垮的。

秦甦：“你当爹的样子好傻啊。”

微信发出，提示音在身后响起。

“哎？这么快就回来了？”病房空荡荡的，大家都去排队穿防护衣看宝宝了。

她难得清静，躺着，笑着，失神着，慢吞吞地消化“小袋鼠”已经离开了她的身体，以及她兜着个松垮布袋、身体有待修复的事实。

他怕她失落，毕竟她本来是众星捧月的：“你就一个人。”

“我还好啦。”她都多大了。

医生说秦甦通气后才能进食，中午回病房陆玉霞就在等她通气，左右转圈给她示范，那活动的架势，自己肠蠕动得都够放好几个屁了。

莫蔓菁说：“急什么，她这才出来呢。”

陆玉霞说：“你不懂，她……”

秦甦尖叫了一声，制止母亲暴露她的隐私。

石墨看了一眼隔壁病床，怕秦甦害羞，压低声音问她：“现在通气了吗？”

秦甦咬牙切齿地掐他，不许问了，通了她会说的，再问就绝食。

石墨半靠在床头，搂住她亲了亲，笑道：“生完床都宽敞了。”

之前他挨着床，只能搭一点儿边，现在整个人躺上来都没问题。

真的宽敞了好多。

秦甦不适应地抚过平坦的被面：“好突然哪……”

“‘袋鼠妈妈’有什么交接感言要说吗？”

“我刚才上网查了一下，发现雌性哺乳动物天生要付出生育代价，就连袋鼠也只有雌性有口袋，雄性竟然没有口袋！”她还准备发朋友圈说把“袋鼠”交接给“袋鼠爸爸”了，幸好搜索了一下，不然闹笑话了。

“所以人类是高级动物，现在不是有人设计了爸爸背孩子的背袋吗？”

“嘁，大多数爸爸都是为了摆拍吧。”

“我不会的。”

“你最好说到做到……”她还是不那么相信男人。

“那你记得监工。”

收男人的空头支票竟也挺开心的，就算不知能不能兑现，收到支票和收到草纸的心情也是不一样的。

秦甦埋在他的颈窝轻笑，伤口被牵扯出隐隐的痛感。

石墨问："痛吗？"

她摇了摇头，预防针剂量足够，所以她感觉还好，不知道等会儿痛不痛……

夕阳西下，天的尽头染上奇异的暮色。

他们躺在床上，琐碎地聊天。

"你知道吗？我麻醉后做了一个梦。"

石墨蜷起一条腿，侧搂着她："梦到什么了？"

"你猜！"

他笑而不语，等她说。

秦甦才忍不住呢，没呼吸两口就缴械了："我梦到我很爱你。"她笑嘻嘻地出其不意，撩拨了他一下，"我生孩子时还记得爱你，好敬业！"

"梦都是反的。"

"喊……"她正要泼他冷水说"才没梦到呢"，就被石墨托起脸蛋儿嘬了一口，"所以，还是我很爱你。"

秦甦看了看石墨，又看了看夕阳，像被麻醉了，幸福得不真实。

这才是在做梦吧？

她问他有没有硬币。

石墨问："要硬币干吗？"

"我觉得现在像做梦，为了验证是梦还是现实，我决定学《盗梦空间》里转陀螺的验证方法，看硬币会不会停。"

石墨蹙眉："是那部电影吗？"

她点头："嗯，你看过吗？"

"没有。"石墨起身，要去给她找硬币。

秦甦想到了那个连《哈利·波特》都没看过的男孩儿，笑着拉住他："好啦，我知道了，这是现实。"

Fake love

Special 1

命名记

秦甦太幸福了，幸福得不真实。

她突然掉秤二十余斤，既单薄又轻便，走路都仿佛在腾云驾雾。

她先去了新生儿重症室。“面粉厂拆二代”重四点七斤，秦甦把这些非常没规律的数字认真地写在了备忘录里：“女儿三点五斤，儿子四点七斤。”

护理人员说，“小石头”非常乖，喜欢吃手指，医生表示观察几天就可以出暖箱试试。

秦甦问：“为什么叫小石头？”石墨说，孩子被抱过来的时候他没跟着，是莫蔓菁取的。

大编剧取名，想象力竟然这么有限，沿用了石墨的小名。

隔着观察窗，看着陌生的小孩儿，秦甦感到非常不真实。

孩子离开身体，残留的母性如一根遥远的风筝线，捏不实，攥不紧，秦甦有一种实习期业务还不太熟练的迷茫感。

电视剧里常有抱错小孩儿的情节，不奇怪，每个小团子真的都差不多，红彤彤、软乎乎的，走过路过，眼睛就能嗅到奶香。

秦甦第一次在一个全是小孩儿的地方感觉到了生命的温柔与新鲜，没有丝毫不耐烦。

秦甦问石墨，莫蔓菁给宝宝起名字了没有。

她没什么文化，说是翻译，成语也不会多少，取名字这个活儿就不跟戏文专业的婆婆争了。

石墨拒绝："为什么要她起？又不是她的小孩儿。"

实际上莫蔓菁取过了，孩子出生当晚她就去了趟寺庙，奉上笔香火钱，求来"修文""粤文"一对名字，还跟石墨说，这是大师起的。

影视行业变数多，红不红、赚不赚多少有运气成分在，从业者不免迷信爱烧香，莫蔓菁这习性沾染得挺严重。

石墨听到这对名字不满意，觉得老气，拒绝了。

秦甦感觉这两个名字虽然不适合自己的儿子和女儿，但乍一听还挺有文化的。

秦甦说："你说，就咱们两个人的名字，一个叫秦甦，有生僻字，一个叫石墨，遍地是，能起出什么好名字？"她一提他们的名字就想翻白眼。

石墨道："那是因为，咱们的名字都不是自己取的。"

秦甦恍然，眼睛一亮，觉得颇为有理。

"所以，咱们不能把起名字的重任交在长辈们的手上。"他又说，"看我妈剧本里的那些主角名字就知道，她起名风格很复杂，现在小孩儿作业挺多，写名字会不耐烦。"

秦甦弯起眼睛："那咱们自己起吗？要不要开个家庭会议什么的？"

她"卸货"的前两天，石墨出差了，莫蔓菁和石峰每天都会来陪她，加上陆玉霞，四个人有说有笑。当然，都是她们三个人说话，石峰的话很少。但他和莫蔓菁不经意间的默契让秦甦疯狂心动。他们太恩爱了，坐在两张方凳上，竟会不自觉地牵手。连陆玉霞都说，这对夫妻也太要好了，以后石墨和秦甦估计也是。

秦甦遗憾，她和石墨都没有黏糊到坐着还要拉手的程度。

四人就这么在这股黏糊的氛围里，一个名字都没想出来。

"不用，咱们自己起。"石墨听他们昨晚报的那串名字，不耐烦地蹙起眉，坚定地把这事掌握在自己手里。

从那天起，秦甦和石墨每天的课外读物就是《新华字典》，纸上满是字，就像什么咒符似的凌乱，密密麻麻。

起名字的时候纸笔乱走，他们会涂涂画画。

石墨给她重新画了素描，几笔简单的勾勒看得秦甦不停地乱叫。她按捺不住兴奋，拍了照片发朋友圈，配文："我老公好棒！"

王美丽回复："你堕落了……我要屏蔽你。"

王美丽和秦甦以前最烦这种朋友圈配文，一刷到就想吐，还要互发"错例示范大赏"。

恩爱要看似不经意地秀、高级地秀，比如一束玫瑰、一只高脚杯、一角"不经意"暴露的车内饰，以前秦甦发文都是这种"不经意"的内容。所以当石墨说，他知道她换的那些男朋友时，秦甦大为震惊，这男人的心思太细密了。

秦甦知道这是大忌讳，但她控制不住要犯忌讳，没办法，家有闷声吃大醋的汉子。

秦甦是剖宫产，比顺产的母亲多了按压宫底挤恶露这一步。每天两回，每次她都痛得死去活来，泪水狂流。

她给石墨形容，那感觉比在伤口上撒盐还疼，更像是她的伤口被撕开了。她每天痛完就去看儿子，算是给自己个小奖励。

石墨心疼她，回回满头大汗，护士一来他眉头皱得比她还厉害，手还没按下去，他的呼吸先屏住了。

秦甦痛完，擦干眼泪，还要轻描淡写地安慰石墨："没事，这种痛是有尽头的、计划内的痛，还好啦。"

莫蔓菁赶巧碰上，对着石墨清了清嗓子，提醒他，当年为他吃这份苦的，是她。

她真是羡慕陆玉霞。秦甦痛得哭，还记得呜呜咽咽地感恩陆玉霞当年受苦了，倒是陆玉霞淡淡地回应："当年我是顺产，没这道流程，恶露会自己排出来。"

女儿知道疼母亲，儿子却只知道心疼老婆，眼里全是秦甦，莫蔓菁只能找石峰出气。当年月子里她跟他们怄气，堵上添堵，这仇得每年报一回，报到一起进棺材。

秦甦排气、进补，转到月子中心通乳、排干残奶，住了小半个月。回家那天他们接了"拆二代"回来，"小猴子"没出院。她不仅没出院，甚至都没转到新生儿普通病区。

她一直在新生儿重症室，由于体形小、免疫力差，家属探视可能携带致病病原体，所以秦甦和石墨每天只能看半小时视频。她在新生儿室，大家都叫她"妹妹"。

说是双胞胎，名字叫的也够没默契，一个叫"小石头"，一个叫"妹妹"，听着就不像一家人。

石峰说，赖名好养活。

小石头不再如出生时皱巴巴的，鼻尖上的粟粒疹没了，斜视也在秦甦的担惊受怕里恢复了正常，确定是生理性的。

一切都完美，秦甦看到奶香奶香的省心儿子，发痴般地问陆玉霞："我是不是就生了一个？我是不是其实没有女儿？"

"卸货"小半个月，她连女儿的小手指都没摸到一下。

陆玉霞诚实地告诉她："重症监护头几天每天的花费都要五位数，你儿子出院才便宜点儿，孩子最近长胖了些，也要日均两三千元。你放心，每天都在烧人民币，一个子儿都少不了。"

生双胞胎，出版社产假多十五天，生育津贴翻倍，即便如此，其生育时的花费也是单胎的十余倍。步子跨大了，真不是谁都承受得了的。

生孩子除了烧钱还烧计划，什么计划都能给你打破，秦甦回想自己所有的计划，似乎除了母乳喂养，没有什么真的拒绝得了，甚至连爱孩子的父亲都是必须的。孕妇生理、心理依赖孩子的父亲，要抱抱、要帮忙，如果对方是"渣男"，那真是绝望。

这个时候，她总要搂紧石墨，他也会紧紧地回抱她。

"小猴子"经历了作为低体重儿、疑似到排除患有先心病，再到治疗相关并发症，终于被转至普通病房，一共经历了十七天。这十七天里，石墨前前后后签了几十份危重并发症等知情同意书，缴费缴到六位数的活期归零，找石峰垫的钱。

这一系列事情都是"小猴子"的情况有所转好后，石墨才告诉秦甦的。他把医生冰冷的谈话带上温度，加了一些生动的形容词再作转达，可即便这样，她都受不了。

他说下午去看"小猴子"了，小小的人儿身上有好多针眼，脸上也没有儿子那么干净，一看就没那么壮实。

秦甦哭了个半死，怪不得孩子会住这么久。她强烈要求去看宝宝。可月子里，所有人都不让她出门，她只有石墨这一个人指望了。

"我总是在视频里看她，我感觉不真实，而且那个视频还总有干扰的雪花，像那种全家都在骗我的悬疑片。"她的思维发散得非常严重，要求石墨一定要带她去。

ICU 的监控视频就像鬼片一样，她看得更加难受。

陆玉霞保守，重视坐月子，甚至连秦甦出来吃饭都不怎么赞同，要她在温暖的空调间吃，还时不时地要掀开被子抽查，看她有没有偷偷脱袜子。

每天只有石墨回家的晚上，她才有机会逃出母亲军事化的坐月子管理，打开窗户，深吸两口清新冷风，拽掉袜子，活动脚趾。

快十二月了，冬天到了。

“我终于知道为什么电视剧里女性总是处于一种弱势地位了，原来生孩子真的很难洒脱。”秦甦忧心忡忡，还被生理所限制，以前的想当然，眼下通通破碎。

她想去看女儿，想得嘴里发苦。

石墨看她忧郁地吹着风的背影，只能依她：“那走吧，我带你洒脱一回。”

他把小石头交给月嫂，将裹得严严实实、只露出一双眼睛的秦甦偷运出门。路上，秦甦像出了笼子的鸟儿，脸贴着车窗，激动地看着外面的花花世界。

途经商场，她说想逛；途经夜店，她说想蹦；途经麻辣烫，她说想吃。

麻辣烫店门口，石墨等了个红灯，这给了她流口水的机会。

她又嘟囔：“好想吃啊。”

石墨看了一眼时间，晚上八点之后“小猴子”的病房会不让家属进，只能反问：“你是出来看女儿的吗？”

秦甦赶紧让他开车，她先去看女儿再来吃。

“我想来想去，还是不喜欢‘石泽’这个名字。”

“为什么？”

“你昨天说的时候我就觉得怪怪的，今天一想，原来这是一个外国品牌的名字，不行。”

石墨就连给儿子起个名字也是品牌名，她服了。

石墨强调：“‘泽’是个好字。”起名要踏实。

“我终于知道，人家说自己的父母翻遍了《新华字典》，给他起名‘李强’的故事真实存在了。”他们就差把《新华字典》背下来了，结果他给儿子起了个品牌名，那还不如在注册公司里选呢。

“石森？”

“不要……”

“石磊？”

“你疯了？”这……满大街的名字还用想？

石墨只能问她：“那叫什么？”

“石弈。”

石墨说好听是好听，但他不想孩子的名字里带太多思考和筹谋，想让他踏实、自然、简单一点儿。

“哦，那再想想。”

“当时咱们列的、你筛选通过的还有哪些？”

“不懂，你自己想，反正儿子跟你姓，女儿跟我姓，咱们各想各的。”

石墨说：“那儿子就叫石泽。”

秦甦摇头：“不行。”

“那妹妹呢？”

“秦颂。”

石墨问：“什么 sòng？”

秦甦说：“‘歌颂’的‘颂’。”

他想了一下，觉得那是个很不错的名字，但他说：“不行。”

“为什么？”

“你先说，‘石泽’为什么不行？”

“太普通了。”这是个品牌！秦甦咬牙切齿，尽管石墨不在乎，但她在乎。

视线变得昏暗，他握着方向盘，熟门熟路地拐进医院地下车库。

“普通不好吗？名字普通，人却很优秀，这不更好？起一个‘石破天惊’的名字，结果人极其普通，这才比较有落差吧？”

秦甦沉吟着，确实有点儿道理，但她说：“还是不行。”她不能让她儿子叫一个品牌名。

“小猴子”进入新生儿快速生长期，秦甦险些没认出来，印象还停留在一块烫红的“猪肉”上，再往后都是影像资料。

秦甦兴冲冲地满怀母爱来到她身边，却在走近床边时产生一些生疏感，那不是离开她时的“小猪肉”了。

宝宝出了暖箱，躺在粉嫩嫩的小床上手脚乱动，床头粉嫩的信息卡上还写着“妹妹”。

石墨眼睛一亮，脸上浮起笑意。他下午来时她还在睡，没什么精神，这一刻醒了，看起来状态不错。

莫蔓菁发愁，怕有后遗症，怕她长不大。

秦甦与女儿大眼瞪小眼，像两个陌生人。

女儿的额头上有好几个针眼，还有一圈没撕掉的胶布，秦甦刚想伸手帮她揭掉，护士经过，宝宝的视线离开秦甦，跟着那身手术衣水平移动。

护士对石墨他们说，妹妹很聪明，才两周多已经会辨认重复出现的东西了。护士们经过时，她眼睛都会跟着转，是个小八卦选手。

秦甦和石墨对视，露出属于父母的会心的笑容——是那只互动强烈的“小猴子”呢！

秦甦之前接到儿子时，把他里里外外地看了一遍，头颈、躯干，每一处皮肤查看过去，确认长得好不好。这天，她照样掀开了女儿的小衣服，眼圈立刻红了，女儿真的比儿子小好多，身上还有没被揭掉的电极片。

秦甦下电梯时，一直怔怔地盯着自己的食指，石墨将它捏在手心，还被她推开：“这是女儿摸过的。”女儿有力的五根小短指，一根也不少，手刚刚够握住秦甦的食指。秦甦又想哭，又想笑。

潘羽织说，莱莱小时候的手指甲、脚指甲都是她用嘴啃的，秦甦当时被“母爱”恶心到了，不理解地皱了皱眉。昨天儿子的指甲长长了，伸手抓人，月嫂要剪，陆玉霞怕伤了，拿起他的手啃，秦甦竟觉得这是很有爱的一幕，不再感到恶心或者别扭。她刚刚检视女儿的手脚，如果有尖角，也会给她啃了。

人类对自己孩子就是这样毫无保留。

爱是没有洁癖的。

“那我摸这只。”石墨握住她的另一只手，晃了晃，给她力量，“看了女儿没有开心吗？医生说，一切正常的话，咱们下周就可以接她回去了。”

“小猴子”的情况比下午看到的要好，石墨松了口气。但显然，秦甦看完女儿比没见到女儿时要消沉不少。

石墨见她不语，将她的手牢牢地握在手心，给她打气，鼓励她：“开心点儿，咱们能把她养大的。”

ICU的电话接连打来的那两天，石墨站在那扇令人绝望的门前，有种不知如何面对秦甦的愧疚。尤其是回去还要对她说宝宝一切都很好的时候，他第一次体会到父亲的难。

生孩子真的不容易戒烟，一语成谶。

秦甦扯了扯嘴角，感受他一点儿一点儿地给自己打气，徐徐地直起脊背："我有时候在想，是不是我多扛一阵，她就能更健康？"

石墨亲了亲她的额头，让她别瞎想："她已经缺氧了，双胞胎本来就很难足月。"

"孩子还是一个一个生的好……"生下来只有普通娃娃的一半，最关键的脏腑成型时期被挤压，他们怎么能健康？

"已经生了，咱们想以后的事。"

秦甦点头，结束这个沉重的话题，又开启了另一个。

"我刚刚找了找，没看到双眼皮的痕迹。"她抬起头，重新上上下下、仔仔细细地打量起石墨来，"不会跟你似的吧？"

石墨是冷峻的单眼皮，凝神或皱眉时，会有一条很浅的凹陷。对于成熟的男人，他这样的眼睛非常加分，但如果"小猴子"遗传了他的眼睛……秦甦有点儿揪心。她的审美还挺单一的。

儿子出生，秦甦很及时地看见了清晰的双眼皮褶皱，还装模作样遗憾地说她喜欢单眼皮的男孩子。这天她看"小猴子"，在担忧完最重要的健康后，无缝衔接上了其次的颜值担忧。

"你都在想些什么……"石墨无语地摸了摸眼皮。

"想她健康。"秦甦撇了撇嘴，"双眼皮什么的，再说吧。"说不定后面会长出来呢，小孩儿一天一个样子。

街区的路况在晚上八点之后好转。

离开医院，驱车经过麻辣烫店，石墨倒还记着问秦甦要不要下来吃。

秦甦自己都忘了，忙不迭地点头，她想吃垃圾食品、刺激性食品。

秦甦不需哺乳，让潘羽织十分羡慕。潘羽织表示当初喂奶时可想吃辣了，想得一觉醒来口水流得枕头都湿了。

聊这段时是半夜，秦甦窝在被窝里一直咽口水，也想吃辣。陆玉霞那套不知变通的坐月子大法束缚了她的口舌和散步欲望，她的饮食和喂奶其实也没什么差别。

石墨刚停稳车，秦甦戴了顶帽子飞快地往麻辣烫店里奔跑。

迎面浓浓的辣味呛鼻，秦甦连打两个喷嚏。

石墨最近都吃得清淡，加之耐辣体质也不如她，直接被呛得倒退两步。秦甦兴奋地回头，反拽他一把："好正宗！来，来，来！"

渝味麻辣烫，三香三椒三料，七滋八味九杂俱全，鱼丸、蟹棒、牛肉丸、玉米肠、虾饺、平菇……

拿食材这会儿，秦甦就咽了好几口口水。

"啊，我都想吃呢。"她的眼神来回在粉丝、方便面、粉条、面条之间打转、纠结，只能挑一样，"你也选一样，这样我就能吃两个了。"

"我不想吃。"石墨被她天天喂剩饭，最近连燕窝都是他帮着喝的，拒绝出来再加餐。

陆玉霞不让她减食量，秦甦在饭桌上搪塞长辈，高谈阔论地表示自己知道月子期间不能减肥，一定不会伤害自己，身体一定是第一位，生孩子多伤人啊，一定得补回来。实际上，她却阳奉阴违，过了几天就开始断补品、减主食。

石墨算是见识到她嘴巴上的能耐了。他劝也不是，不劝也不是，还得帮她打掩护，从在月子中心开始就被她支使着光盘。

秦甦亲切地调侃他为"夹心饼干"，意为夹在两方势力里的中间人，还装委屈："可是老公的作用就是这个啊。你也不生孩子，作用不就是辅助孩子的母亲吗？"

石墨嘴唇紧抿着，拿起个盘子，夹起粉丝放在自己的盘子里，看盘子空空荡荡的，又捡了两份金针菇和生菜："这样行吗？"

她嘻嘻一笑："那我吃方便面。"

石墨不要辣，端上来的麻辣烫仍飘着层淡淡的辣油花，他问老板怎么回事。

老板看了一眼，说汤底就是辣的，语气狂傲，连个"对不起"都没有。

秦甦十分高兴，安抚石墨，强调道："这很地道，我去重庆时，那边的老板都是这样的，特别狂，客人反倒像孙子。"

她掰开一次性筷子，从红油汤面里捞了一筷子蟹肉棒，送进嘴里。

辣油咸香泛滥在口腔内，跳起了味觉的霹雳舞。

秦甦的舌头来回地躲着烫，鼓着腮帮冲石墨比了个大拇指，十分夸张："好吃！正宗！老板正宗地凶，麻辣烫地道地辣！"

她点的是中辣，浓郁的辛香呛得石墨捏住了鼻子。

石墨对调味极重、遮盖本味、食材廉价的东西不感兴趣。

他问她："你是不是真的喜欢被凶？"老板的服务态度这么差，她居然还夸？

"有点儿。"秦甦说自己父母都是有点儿软弱的性格，她就想找个人能制住她。显然，石墨不是那个人，他完全是指东不敢打西的"二十四孝"老公。

"不过，换个思路，他这么凶，店还没倒闭，说明有点儿东西。"现在是晚上九点，看不出生意好坏，但在闹市里还支着个破门店，想来是有口碑和客源在维持买卖的。

石墨坐在对面，发出了一声阴阳怪气的"哼"。

这声"哼"逗笑了秦甦，辣意呛进了她的嗓子眼儿。

她咳得憋红了脸，石墨忙抽了张纸给她，提醒她："慢点儿吃。"

秦甦对辛辣的滋味太过渴望，眼下咳得止不住，嗓子里像有只小爪子在使坏挠痒。她指着冰箱："我要喝冰可乐。"

她刚看见时就嘴馋了，想了想算了，心底还是爱惜自己的。这下咳上了，立刻毫不犹豫，一定要喝。喝冷受伤害是慢症，呛咳窒息是急症。陆玉霞每日叨叨坐月子经：忌冷、忌辛、忌劳累。石墨虽与秦甦"狼狈为奸"，实际牢记在心。他抬头往柜台扫了一眼，想问有没有常温的饮料。

听姑娘咳个不停，角落里的老板看不下去了，径自走来，帮秦甦拿了一瓶，还替她撬开，语气很差地对着空气冷嗤，看也不看石墨："婆娘都咳成这样了，还犹犹豫豫的。"后面还嘀咕了句什么，没听清。

秦甦大灌一口冰可乐，乐个不停，也不管石墨臭着脸，脆着声音大喊："谢谢老板！老板好男人！"

大胡子的壮汉老板一本正经："不客气。"

秦甦边吃边笑，石墨提醒她："别再呛着了。"她这一口气，已经把一瓶的冰可乐喝光了。

秦甦压低声音，偷笑道："再呛，我就叫老板给我开。"

"故意的？"石墨眯起眼睛。

"是啊，是啊，我就是喜欢能压制住我的、凶巴巴的男人。"她坏笑，诱导石墨。

石墨冷眼看着她，也不说话，也不吃。

秦甦夹了一筷子他的金针菇，蘸了蘸自己的辣汤，吃得鼻涕直流，额头冒出密密的汗珠，一张脸红得像被沸水烫过。

石墨抽了两张纸巾递到她手边，秦甦仰起脸："不帮我擦了？"

"自己擦。"

她睨他："这就凶上了。"

“我要是用你对我那套对你，你肯定早把我甩了。”

按秦甦那套——记不住人也记不住事，石墨一旦照搬，铁定迎来冷脸和拉黑，接着一切结束。她说得轻巧，说喜欢凶巴巴的男人，但是他让她少吹风时，劝阻的话刚说出口，她锋利的眼刀就杀了过来。

秦甦看石墨那幽怨的样子，哈哈大笑。

她不大笑还好，一大笑又呛到了。她的嗓子都辣麻了，脑子都辣蒙了，没想到还有侥幸逃过、尚未麻痹的咽喉壁最终没能躲过一劫。

她中毒似的捂住嗓子眼儿，憋红了脸，瞪着石墨。

石墨无奈地往冰箱那边走，朝老板扬了扬可乐，面无表情地说：“再拿瓶可乐。”

开瓶器在收银台，石墨懒得走过去，抽了根塑料筷子，抵住瓶口，一撬，将玻璃瓶递到秦甦嘴边：“赶紧。”

隐藏技能？

秦甦的眼睛都呛充血了，抱住可乐瓶一直灌。喝时，她一直盯着石墨，爱意泛滥：“老公，你好帅呀。”

她不要凶巴巴了，“温水”突然沸腾，有冲击心脏的效果。

她辣得耳鸣，吃两口就要歇几分钟。石墨劝她别吃了，她摇头，说下次得是十天之后了，她要珍惜。陆玉霞一定要她坐满一个月，比潘羽织母亲的二十一天理论还狠。

石墨看她这副委屈的小家子模样，说道：“这两天你不来看妹妹吗？”

秦甦眼睛一亮：“谢谢老公。”

她早就吃不下了，就为了装这一下，她快辣晕过去了。

她兜住帽子赶紧往外冲：“啊，啊，啊，不能吹冷风，我要快点儿进车里去。”

石墨的车子没锁，为她开着暖气。

她刚刚还是个忧心女儿的母亲，这一刻又乐得像个小孩儿。

冷热温差使得车内窗户上浮起一层水蒸气。霓虹灯的光照在窗户上，秦甦画了个爱心，拍了张照片。查看照片时，她看见了刚刚拍的女儿，怔怔地愣神。

石墨上车，捏捏她发呆的脸，问：“怎么了？”

“我想起我有个女儿了。”秦甦刚刚吃麻辣烫，快乐得都忘记了，只记得自己在坐月子，偷吃好吃的，“生孩子真是太不真实了。”

“没事，你女儿现在也不记得你。”“小猴子”对她的感情还没有对医护人员深。

石墨说着便要开车，只是启动车子时被她按住了。

秦甦说：“咱们把宝宝们的名字定下来吧。”

“你这句话怕是说了有半个月了吧？”从宝宝出生到现在，他们就没停止过商量孩子的名字，就是一直没定下来，想到以后孩子要用七八十年，父母多费几日工夫也很正常。

但，哪儿有最好的名字？

照这么下去，他们怕是要改一辈子。父母想把最好的祝福都加在孩子的名字里，让他们随身携带，搞得他们现在起名困难。

“别开车。”

“你是要现在定吗？”

“嗯。”秦甦点头，“其实商量得差不多啦，”她指了指玻璃，“咱们把名字写在上面，好不好？”

石墨偏头，看了一眼车窗上的雾，激起了灵感：“你说，叫石雾好不好？”

秦甦严肃地板起脸：“不要把那么多大自然的元素加在名字

里，说好了要起笔画简单、好听的。”

“行。”雾字的笔画是有点儿多。

“咱们写下心里的儿子、女儿的名字。”

想想也是，每天一个人一个名，“弟弟”“妹妹”都没叫明白。石墨点头：“行。”

“一、二……”秦甦准备数“三”后他们转身写，又怕石墨写的自己不满意，拽住石墨交代道，“咱们不要起让别的小朋友嘲笑的名字，比如某些耳熟的品牌名。”见石墨黑脸，秦甦憋住笑地转过头，竖起手指，“一、二、三！”

指尖划开雾气，外面光线透入，赋予了名字生机。

石墨将指尖按上车窗，顿住了。

他认真地想了想儿子和女儿，确实如秦甦所说，感觉不太真实。他和儿子真正的相处很短暂，笨拙地换过一次尿不湿，还没学会。

他问过石峰，为什么给他起“石墨”这个名字。

父亲很不靠谱儿，说满月酒那天和莫蔓菁吵架，弄洒了爷爷桌上的笔墨，把莫蔓菁的白裙子染成黑裙子。她哭着说那条裙子是裁缝特意给她做的，做完这条就退休不干了，结果被这墨水给毁了。于是他们给他起了“石墨”这个名字，纪念那条裙子。

石墨听完转身就走，咬牙绝不让父母接手取名的活儿。

孩子的名字总寄托着父母亲零零碎碎的心思、稀奇古怪的故事，但孩子具体想要什么呢？

石墨垂首思考，试问自己要什么？

身后的人已经开始躁动了。

“好了没？”

“嗯？”

“咳咳！”

“你不会在偷看吧？”

石墨深吸一口气，飞快地写完，说道：“好了。”

秦甦弯眼，说：“三、二、一！”

她一转头，石墨抄着手，早就皱眉把她写的的名字看光了。他问：“你没按照咱们说好的起？”

她写的是“石笑”“秦好”，看起来都像女孩儿的名字。

“石笑是儿子？”他又问。

“嗯。”

石墨严严实实地挡住窗户，秦甦来回摆头，也没能看清：“你干吗不给我看？”

石墨无奈地撇嘴，头一偏，露出了“秦颂”“石弈”两个名字。

秦甦捂住嘴，不知道为什么，突然想哭，眼睛热热的：“你真按照我刚起的写了？”

石墨深深地看了她一眼，像是心里很不痛快，又像甘之如饴：“我不这么写，你也会这么起的。”

秦甦吐了吐舌头：“我哪儿有这么霸道？”

“我很喜欢这对名字。”他冲窗户努了努嘴。

秦甦担心：“儿子的名字会不会太女气？”

“很好啊。”谁会不喜欢笑呢？石墨看着随着水珠下滑模糊了的字，笑着问，“怎么想到的？”

“一男一女凑一个好，‘好’，什么都好，开开心心就是好。”她越说越喜欢这个简单的字，“‘笑’嘛，开开心心就是笑。”

“好！就这样。”石墨捧住她的脸，在她额头上用力地印了个戳，“这两个名字比咱们之前想的都要好。”

好，笑，好笑！

“真的吗？”这是从麻辣烫店里跑出来的这几秒临时想到的，秦甦不敢相信，“不是因为我霸道？”

石墨“扑哧”一笑：“如果是，那也是我主动臣服于霸道。”

回去的路上，秦甦怕他被剥夺命名权不满，生孩子也没体验，取名也没他的份，他这个父亲的体验感太差了，于是胡说八道地找补道：“其实呢，‘石泽’当然很好听啊，但要为孩子的事业着想。你想，万一他以后特别红，用自己的名字注册品牌就不容易了。”

石墨失笑道：“知道了，都听你的。“

半夜两点，石笑哭了，月嫂抱着他在客厅晃荡，哄他。石墨接过儿子，抱了一会儿，跟他说了一会儿人类的语言，直到房间里的秦甦叫他。

“好了吗？拉得厉害吗？”石墨快步进房间，观察秦甦的脸色。

她两小时跑了六趟厕所了。

“嗯……”她痛得动都不能动，虚弱地歪在床尾，“好痛。”

“让你吃这么辣。”他说着要揉，被秦甦打开手：“不要，我要给它一点儿时间呼吸不辣的空气。”

他只能跟着躺下，抱着她，下巴搁在她的肩上。

她问：“睡着了吗？”

石墨摇头：“没，等会儿你好点儿了，我再去看一眼石笑。”

“哈哈，”秦甦笑道，“你这就叫上了？还没通过家庭会议呢。”

“家里就咱们四个人，你我同意。孩子未成年时，父母是监护人，咱们替他们投赞成票，所以，”石墨亲了亲她的额头，“全票通过。”

秦甦无语：“你这才是霸道。”

石墨的手有一搭没一搭地给秦甦揉着肚子，月嫂跑调的儿歌隔着门传来，也哄着了孩子的父母。

秦甡犯困，肚子却还在咕噜咕噜地叫，估计等会儿少说还要跑一趟厕所。

石墨的手搭着，能感觉肠道蠕动，问她："要不要吃药？"

秦甡摇头："再看看吧，刚刚拉空了，感觉没什么了。"她按住石墨的手，揉了揉肚子，"我的肚子不紧致了。"

"你这不还没产后修复吗？"

"万一修复后也松松垮垮的呢？"她有些不敢照镜子，陆玉霞也不让她束腰，说有伤，害得她每回提裤子或是洗澡时，心里都要难受一下。

"那我也喜欢。"

"骗人。"

"真的。"

"会喜欢一辈子？"

"会。"

"啊！"秦甡夸张地摇头，"男人果然是骗子。"

石墨懒洋洋地说："男人是骗子，女人也是骗子。"

"我怀疑你在阴阳怪气。"

"不敢。"他低笑，"我的意思是，谎言和爱是邻居。"

十二月上旬，莫蔓菁带来两盆绿萝，绿油油的，说是挂在家里给小孩儿养眼睛。

她来时带着对生命初生的欣喜，坐下却感受到生活的糟心。

在听到夫妻二人一锤定音的名字后，莫蔓菁半天没说出话来，对着一杯白开水发了仿佛有一个世纪的呆。

给石墨起名字时，她带了点儿怄气的心理，后来想改，名字已经定下了，来不及了，这成为她心头的一桩憾事。此番孙儿的名字她是想好好表现表现的，石墨不让她做主力，她也理解，她相信这夫妻二人的品位只会更好。

谁能想到，受过高等教育的两个人翻烂《新华字典》，找出这两个字。

石墨居然还有脸反问她："不好听吗？"

莫蔓菁很难得地被儿子气得连脾气都没了："太好笑了。"但不好听。

石墨看了一眼儿子就往门口走，莫蔓菁快步走到门口问他去哪儿，他说去看秦好，中午回来。莫蔓菁愣了一下，想了想秦好是谁，等反应过来，石墨已经走了。

她找陆玉霞问："孩子们的名字你听说了吗？"

陆玉霞说："嗯，听说了，有点儿普通，但寓意很好，小孩子一出生就遭罪，取个普通的名字好。"

莫蔓菁信名字和风水，娱乐圈红不起来的小明星改个名爆红的事例不胜枚举。什么"石笑""秦好"一听就是配角的名字，要么就是编剧偷懒不走心随便取的，要么就是麻雀变凤凰的戏，在名字上下功夫会弄巧成拙。

她的孙子、孙女是人中龙凤，怎么起这么普通的名字？她越想越来气。

她走到秦甦的房门口，听见动静，轻轻地敲门后就给推开了。

在床上晾脚丫的秦甦飞快地把腿塞进被窝里，露出认错的目光。看清是莫蔓菁，她松了口气："嗯……妈……怎么了？"之前在莫蔓菁的强行要求下，秦甦别扭害羞地改了口。

由于动作太快，她的刀口又痛了起来。她终于明白为什么要忌刺激了，辣真是个依靠中枢神经传导的味道，她以为只有肠胃能品尝，没想到刀口也尝了把辛辣。

好家伙，肠内敲了一宿的战鼓、燃了一宿的烽火，腹部的刀口也狂敲小鼓，她这一刻有点儿虚弱。

莫蔓菁问她："是不是真的起这个名字？"

秦甦比石墨婉转多了："暂时是这么定的，当然要与大家商量。"

莫蔓菁松了口气，说："这两个名字还要商量一下，"见秦甦紧着眉头，生怕语气还不够直白，便强硬地道，"名字一定得改。"

秦甦忍过一阵痛，缓了口气，问："哪里不好吗？"她觉得寓意简单美好，她和石墨都很满意。

莫蔓菁看秦甦和石墨就像看两个傻瓜，心想，恋爱真的让人犯傻，好好的、上过学的人，就这么傻了。

她好声好气地说："父母的意思我都能理解，你们给小孩儿起小名，叫'狗蛋儿''小猴儿'，我都没意见。但现在竞争很激烈，孩子要出去、要上学、要进社会，他们需要自我介绍，得让人记住。"

孩子以后需要无数次自我介绍，不求惊天动地，但也不能这么潦草。

秦甦和石墨此刻处于父母盲目的爱的阶段，只看到了孩子五岁前的可可爱爱、平平安安，没预见他们五岁以后见人的尴尬。

秦甦被说动了，"哎呀"了一声："说得也是。"

莫蔓菁眼见起名字的事有了转机，松了口气。谁料一小时后，石墨雷厉风行，把石笑和秦好的出生证明发在了群里。

最近待办事项多，东西他全部带在车上，听闻一周只有一天可以办出生证，于是他把两个小孩儿的出生证顺道给办了。

莫蔓菁都没等他吃午饭，气得脚下打颤，头也不回地走了。

养儿子还不如放个屁！

秦甦和月嫂学完换尿布，拎起儿子的两只脚丫逗他。石笑的上肢呈“W”形，下肢呈“M”形，蜷曲着，像是一出生就跟世界服软投降。

她亲了亲儿子的左脸：“世界坏得很。”

她又亲了亲儿子的右脸：“但我保护你。”

香喷喷的宝宝霜轻轻地涂在小脸蛋儿上，揉一揉，拍一拍，豆腐般的手感让新手母亲流连忘返。

秦甦逗他，叫他：“石笑，‘拆二代’，看中哪个面粉厂了？妈妈带你打车去。”

孩子比母亲稳重，除了排便和饿肚子时，基本上不哭闹。秦甦说个不停，逗得月嫂笑得不行，结果把他给哄睡了。

石墨开门看了一眼，换下外套洗了个手，轻手轻脚地进门捏了捏儿子的手：“吃饭吧，饭好了。”

秦甦一边往外走，一边自责，孩子回来也好几天了，她这会儿泡奶粉还笨笨的，一点儿也不像个母亲。

石墨说：“不是买了温奶的东西吗？昨天按照比例冲了两奶瓶，喝完了吗？”

秦甦心想：大哥，你只是泡了两奶瓶，不是两热水瓶。

“两瓶奶估计都没挨到早上。”秦甦说，儿子真的很厉害，两三个小时就要喝一次奶，月嫂都说他消化好，咬住奶嘴就吸，难怪他能在肚子里抢走“小猴子”那么多养分。

父母喜欢能吃的小孩儿，心理上感觉好养活。

坐到桌前，石墨把出生证明拿了出来，父亲、母亲的名字贴在一起，充满使命感。

陆玉霞和秦甦面面相觑，不敢说话。石墨问：“怎么了？前几天就说要办的呢。”

秦甦问："这个名字能改吗？"

石墨想了想，问："可以，好像比较麻烦。怎么了？"

陆玉霞犹豫地说道："小石，你妈好像生气了。"

早上莫蔓菁来问陆玉霞两个孩子的名字好不好听，还没觉出怒气。等一通游说，把她和秦甦都说通了，莫蔓菁兴高采烈地哼着歌，像打胜了一场仗。结果微信提示音一响，她整张脸都垮了。

石墨笑："没事，她就是河豚。"河豚经常爱生气。

秦好出院，阔别十日的莫蔓菁终于出现了。

其间，石墨和石峰见了两次面，并且天天通话。石峰的言辞从婉转到直白，透露了"你妈气得不肯吃饭"这一信息。石墨说："不想吃就别吃，饿了自然会吃的。"

想来是编剧犯了强迫症，想要原创权在她手上，这强迫症犯得她难受。

秦甦害怕，拉着石墨强调："你一定要说是你起的，我不想婚姻刚开始，就因为名字闹得婆媳间不愉快。"

她想，母子总归是没有隔夜仇的，别最后都怪到她头上，那可真是冤枉。

但秦甦显然想多了。

莫蔓菁一早就认定是石墨跟她较劲。听闻可以改名，她让他去改，重新列了对名字：石书沐，秦书沁。

两个名字取自"木铎有心"，"书"和"甦"乃平翘舌音的区别，把孩子母亲的名字融入进去了，没有再合适的，即便再差，也比那"好""笑"要好听。

石墨一直拒绝，不给任何转圜的空间，犟得秦甦都急了，说这两个名字挺好的，比"好笑"有文化，看得出家人用心了，"好笑”是有点儿敷衍，做小名差不多。

石墨竟意外地没有应允，像心中持了杆秤，慢条斯理地安抚她：“别急。”

秦甦怎么能不急？眼看莫蔓菁在群里不说话，人也不出现。她心头蹿火，跟个碰瓷大爷似的跌坐在床上，帮莫蔓菁敲边鼓，夸张地说如果不改名，这刀口老呲火，她疼。

石墨看穿她的把戏，给她揉了揉，还是高深莫测地让她别急，再等等。

她无语，等什么？等孩子长大自己拿着身份证去改？

秦书沁出院，秦甦和新的月嫂在家里准备了粉色的小气球。就算她不会记得，但秦甦还是想给她一个郑重的公主欢迎仪式。

她捏着手机看群里女儿回家路线的直播，巴巴地站在门口等。门铃一响，迎面而来的却是久未见面的莫蔓菁。

她笑得毫无芥蒂，完全没有为名字不快的意思，搂着秦甦咬耳朵，样子颇为亲昵：“是不是瞒着你妈偷偷少吃了？瘦了不少。”

陆玉霞每天见秦甦，看不出变化，莫蔓菁十日没见她，目光一扫便知秦甦瘦了一大圈。

秦甦做了个手势：“嘘，别让我妈知道。”

若是让陆玉霞知道，以后秦甦但凡有个头疼脑热，陆玉霞都要念叨她月子没坐好。

每次她在马桶上坐得久一点儿，陆玉霞都要怪她蔬菜吃得少了。秦甦生气，严格追溯起来，马桶的使用时间长得怪乔布斯搞出了苹果手机。

秦甦挽着莫蔓菁赶紧拍马屁，夸她这日的藕色皮草太显嫩了。

莫蔓菁摆了摆手，说：“人造的，不贵，你要喜欢给你也弄一件。”

秦甦笑眯眯地应承下，试穿起来。有个身材好的婆婆真好，她披上厚重的皮草，于镜前做作地摆造型，门口传来热闹的声音时，她如梦方醒，赶紧脱下来。

盼星星盼月亮，她终于把女儿盼回来了。

但兴奋很快被石墨的脸色冲淡。他拎着秦书沁，看见莫蔓菁，率先避开了眼睛。秦甦屏住呼吸，生怕他们吵起来。

莫蔓菁冷笑道："怎么的，有了女儿忘了娘？"他看见她都不叫她了。

石墨将女儿递给使眼色使得眉毛跳舞的秦甦，对莫蔓菁笑了笑："好久不见，年轻了几岁，没认出来。"他走近莫蔓菁，垂首在她脸上扫视，压低声音，"针眼消得真快。"

莫蔓菁低骂，这臭小子拆穿了消失的这几天她去打针的事情。

"咱们欢迎秦书沁小朋友回家！"莫蔓菁轻轻地鼓掌，笑得得意扬扬。

秦甦一愣。

车夫石峰收起车钥匙，关照地拍了拍秦甦的肩："进去吧，也挺沉的。"

秦甦平日虽然凶巴巴的，家里突然来了两个狠角色，她也只能噤声，低眉顺眼地避开战火主力地带。到底是做了母亲，心态都如佛了。

她把女儿放在沙发上，细细地查看。

这几日她去看了她两三回，女儿不是哭就是睡，眼下难得安静。秦甦叹了口气，那双鬼精灵的小眼睛还是滴溜溜转，不知道会不会长大。

大人们排队更衣洗手，月嫂与秦甦将秦书沁带进房间换衣服。按照长辈的话，出院后，旧衣服带晦气，要脱掉、丢掉，换新衣。

这是双胞胎由母体分离后第一次见面，显然不对盘。安安静静的男孩儿在见到“外敌入侵”的瞬间，没长毛的眉一皱，发出啼哭的信号。

照顾他的月嫂逗他：“怎么了，是不喜欢妹妹吗？”

秦甦纠正道：“是姐姐。”

说完，他闹得更厉害了，给奶、抱抱都不好使，小眼睛使劲往“新鲜物体”这儿瞄。

“小猴子”的额上有着星星点点的针眼，还有隐隐的胶布痕迹，秦甦说要擦擦。月嫂去打水的间隙，她被弟弟的哭声感染，也开始哭，短脖子、圆肚子扭来扭去，瘪着嘴攥起小圆手。

秦甦的脑袋“嗡”的一下，头都大了。她除了扶住躁动的女儿，满脑子都是：怎么办？怎么办？怎么办？

石墨闻声进来，扶着脑袋，抱起女儿，让她的头搭在肩上，轻轻地拍背。他去新生儿病房的次数比秦甦多，抱过好几回女儿，比秦甦有经验：“没事，她喜欢哭。”

秦甦看到来了帮手，松了口气，摸了摸“小猴子”额角的茸毛：“到底是女孩子，头发比儿子多好多。”

那边男孩儿一哭，上气不接下气地开始吐奶，一口白色的奶由月嫂的肩上淌下。秦甦手忙脚乱地抽纸：“哎哟，怎么姐姐来了这么闹？”

这十天他们当心得很，儿子吃得多，每回吃完都要帮他拍好一会儿的嗝，他很少吐奶的。

莫蔓菁洗了手进来，笑得像个得意的老妖婆：“来，让我看看秦书沁和石书沐小朋友。”

秦甦一边给儿子擦奶，一边提防那边打起来，不可谓不忙碌。

但石墨完全没了前几天反抗母亲的劲头。他笑着偏过身，非常顺从地把闹腾的女儿转交到莫蔓菁手上："喏，你孙女。"

莫蔓菁一口一个"书沁"叫得特别欢，特意强调给石墨听似的。

石墨面无表情，甚至嘴角有隐隐的笑。

秦甦置身哭声环绕的"交响乐现场"，陷入育娃哲学三连问：她是谁？她在哪儿？她要干什么？

石峰走到她身边，问她："忙得过来吗？"

秦甦跟石峰交流得比较少，不好意思地点头："还好，还好。"

吐完奶了儿子还在哭，她不由得怀疑他要排泄了，于是把儿子放在床上，抓着他的脚，略显粗暴地查看他的屁股。

石峰提醒她："不急，慢点儿。"

秦甦急躁的动作赶紧放慢，看尿不湿都轻手轻脚起来。

结果是没有。石峰顺理成章地抱起孙子，莫蔓菁开心地隔着两张婴儿床说道："石书沐，看奶奶。"

秦甦心里"咯噔"一下，皱起眉头小心翼翼地瞥向石墨，他似乎已经默认了这个名字，没有反驳。

有些古怪，但秦甦说不上来，她理解为：可能是石墨一夜之间生出了对母亲的尊重吧。

孩子的视觉还没发育好，对声音倒是强烈敏感，隔空声音响亮地对着哭，秦甦一个没准备，被儿子震得捂住了耳朵。

月嫂到底见过大场面，没当回事："宝宝都好奇，适应一下就好了，很快就知道这是妹妹了。"

月嫂还是没搞清楚。秦甦想纠正，话到嘴边又咽了回去。女儿看起来确实比较小，比儿子小了一个月的样子，就体形而言，她确实像个妹妹。

莫蔓菁没等吃饭就匆匆走了，说要开剧本会议。石峰留下吃饭。

莫蔓菁走前，一家人站在玄关处开了个临时会议。三人脑袋压低，像接头似的，很严肃。

石墨提高声音说了句什么，秦甦支着耳朵听了半天也没听清楚，但大概意思她捋出来了——莫蔓菁催石墨快点儿去给孩子们改名。石墨没有反对，说“知道了”，石峰欣慰地扬起嘴角，会议开得很顺利。

秦甦惊得眼珠差点儿弹出眼眶，脑瓜儿“嗡嗡”地响，好像被儿子哭得有了后遗症。

前几天紧咬牙关说不改名的男人居然改口了？

待莫蔓菁一走，秦甦用力地咳了一嗓子，叫来石墨。石墨含笑走来，眼里俱是奸计得逞的得意。

秦甦与他组建二人小会。她压低声音：“怎么回事？”

“改名。”他摸了下女儿的下巴。“小猴子”哭得一喘一喘的，他心疼地拍了拍她的背：“宝贝，你以后就叫秦书沁。”

秦甦不解：“为什么？”

石墨用指尖揉了揉女儿的软发，淡淡地开口：“我妈包了个大红包。”

秦甦两眼放光，忍不住提高音量：“多少？”

“本来说五十万，我说太少了，刚刚她在门口加到了六十万。”

听到这里，秦甦已经完全不想说书沁听起来像淑琴了，这一刻她心里想的是，女儿叫秦淑琴都行。

他朝秦甦眨了眨眼：“我准备拖两天，估计她那个急性子还得催。”可能还有得谈。

秦甦惊呆了，她完全没想到石墨会把生意谈判那套用在莫蔓菁身上。而石墨显然学坏了，在对高额支出的震惊和大笔收入的诱惑下学坏了。

他在公司问："小孩儿这么烧钱，你们都养得起？"

同事说："这年头不啃老，谁养得起孩子？这就是养下来用打火机烧人民币、推动国民经济发展的机器。"

这年适逢 IPO"堰塞湖现象"，手上几个千万级别的 IPO 最后关头撤销材料放弃申请，致使前面的努力打水漂，是白费工夫的一年。石墨万万没想到，当年学金融的初衷是挣钱让父亲回家，结果变成学套路坑父母。钱果然是个坏东西。

莫蔓菁差使不动石峰，亲自打了电话来。石墨说不想改，名字是老婆取的，他听老婆的。

莫蔓菁开始给他洗脑，强调改名多好，以前她叫莫春娇，写什么都不对，投杂志都投不中，取笔名后才有所好转，最后直接把身份证改了。后来她人都不用出面，名字拿出去人家就觉得她有文化，投资方都信任她。

石墨迟疑地"嗞"了一声："那你孙子、孙女的名字就等于是你取的，秦甦辛辛苦苦地原创产品，你轻而易举地获得冠名权？娇娇……没有什么表示吗？"

石峰经常叫莫蔓菁"娇娇"，这名字除了她的父母，只有石峰在叫。他一喊，莫蔓菁的语气立刻变了："干吗？"

石墨直接投降，对母亲也没什么隐瞒的："我缺钱。"

莫蔓菁当然知道在医院开销大："给，给，给！我和你爸什么不是你的，求你改。"

他问："都给我？"

她"呸"了一声："想得美！"

都给了，日后还有她说话的份儿？

秦甦坐在虚拟的钱堆里，笑眯眯地抓起女儿的小手逗她："秦淑琴，秦淑琴！咱们可爱的淑琴！”

这名字啊，可真值钱！

生孩子挺好的。小孩子多好啊，明媚天真，软糯可塑，但，就是有点儿费妈……

按照目前育儿的时间与情绪投入，以及对孩子母亲的绑架程度，一个宝宝应该要有一点五个母亲，比例是秦甦瞎想的，反正她觉得一个人照顾“小猴子”不够，她得多个帮手。

“小猴子”没回来，秦甦和一个安静不多话的月嫂一起，搭搭手，给省心的儿子换两块尿布，抱着大眼崽，过上了理想中岁月静好的育娃日子。她既不用半夜支眼皮起来喂奶，也不用担惊受怕地换床单，每天在英俊老公的怀里自然醒，洗把脸，贵太太般穿着清爽的睡衣，给儿子送上早安吻。如此，再来一个儿子她都不怕。

但万物守恒真的太可怕了。

照顾“小猴子”的月嫂因为“小猴子”住院，这一个月没活儿，接了另一个舒服人家的活儿。由于合约问题，在“小猴子”出院后守信而来。

可能见过秦甦和家人，觉得这家也不错，没想到一来，碰上个大魔王，换个尿布跟泥鳅似的，又是吃吃停停，又是吵吵闹闹，又是溢奶，又是拉稀，给奶哭，不给奶也哭，安静哭，逗逗还哭。

这个月嫂手上的动作是麻利，但嘴上抱怨的碎话也极多。本来两个孩子隔空飙高音就够吵闹的了，再加上个絮絮叨叨的月嫂，秦甦更加心烦意乱……

她皱眉想让她干活儿，少说点儿话，忍了半天，内心组织了语言，也没找到合适的插话机会。

这个月嫂也不过在说拉稀要如何处理，就是没有重点，说了一堆有的没的。陆玉霞偏还爱听，与她有问有答，两个人说得津津有味，没完没了。

秦甦脊背一直，小脸一拉，陆玉霞就知道她的脾气到哪儿了。她按住秦甦，压低声音说："这个月嫂有经验，你控制着点儿脾气。"

秦甦在"小猴子"回来的第三周就失去了做母亲的耐心，凌乱着头发，一边洗手上的稀便，一边心疼地叹气。

秦甦着急出院后的奶粉配比，医生说配稀一点儿，少量喂着再试试看，"小猴子"住院时喝的就是他们带去的奶粉，应该没什么问题。

秦甦不像那两个经验老到的母亲，能在哭闹声里照旧淡定地聊天。她急着安抚孩子，但完全没用，孩子的脸都哭紫了。她怕孩子窒息，吓得六神无主，两腿打战，心想：怎么办！怎么办！怎么办？！

这时候石墨在上班挣钱，她第一次感到做母亲的绝望。

一通忙乱后，"小猴子"被喂了顿白水般的奶，换了身干净的"和尚服"，掩襟虚虚地系上，勉强歇了会儿哭。秦甦眼睛都不敢眨，看她在再次爆发和歇火收工间一抽一噎，心跳加速地祈祷。

女儿惧热，秦甦用手指挑起她的衣服，偷偷给她散热。终于，秦书沁小朋友勉强在月嫂的拍打下睡过去。

秦甦轻轻地擦拭她脸上的泪痕，心疼这个大头女儿身体这么小，儿子的肚子比她肉实好多。她偷偷地凑到女儿的耳边，小声说："秦好……你要乖乖长大，多吃点儿，超过你弟……超不过也没事，健健康康就好……"

还没说完，秦甦的鼻头像被拳头重击，酸得天灵盖打战。

她莫名其妙地又流了一串眼泪。

她在婴儿房傻坐了一会儿，很快振作起来，起身查看温度和湿度，拿湿纸巾擦了擦摄像头。出来时，俨然整理好了心情。她拉上陆玉霞，将那间本无用处的书房整理出来，把儿子的婴儿床挪了过去。

“拆二代”堂堂“五好婴儿”，遵守各项婴儿吃喝拉撒睡纪律，不料被同胞连累，为“猴”作伥，帮忙拆天花板。为挽救石笑，不对，为挽救石书沐的名誉，秦甦及时开启了拯救“五好婴儿”的计划。

这张漂亮的婴儿床，她花了一天的时间装好，装完搬进房间，发现超过了门宽，又笨手笨脚地拆掉一半，搬进去，再装好。

一回生二回熟，这下她长记性了，拆掉一半，搬进书房，再装上。

以后再生，她绝对知道该怎么办了。

不对，不对，她不生了……

石墨回来，秦甦正在和月嫂拆大人床，陆玉霞马不停蹄地买菜做饭，一点儿也没闲下来。一天过得飞快，秦甦这天甚至连手机都没空摸一下。她看到石墨，眼眶就红了。

石墨携一身冷风，未及抖落风尘，怀里撞进来个灰头土脸的秦甦。他问道：“怎么了？”他给她发消息都没收到回音。

秦甦也不知道，就是觉得累：“她今天还是拉稀。”

他一边洗手一边问：“什么样子的？还是稀便吗？”

“有点儿绿绿的，还有点儿黏黏的……”她这天认真观察了五六次，手机最近的二三十张图全是各种角度下的屎。

“辣妹”和母亲的生活，差距真的太大了。

石墨问：“稀释奶了吗？”

秦甦点头。她本来还想从石墨这里汲取温暖，提到宝宝拉稀，又没了风花雪月的心思，沮丧地说："喂了两小时了，现在还在睡，不知道拉没拉。"

新生儿每天睡眠十六至二十小时，可"小猴子"太闹了，秦甦粗略估计，感觉她每天都睡不够。

石墨往房间走，在门口他还用正常音量问秦甦这天是不是累了，秦甦正想诉苦，门一开，二人立刻噤声，化身《猫和老鼠》里贼头贼脑的汤姆和杰瑞。

小婴儿在憨梦中，仍是"投降"的睡姿。

石墨摸了摸尿不湿，小声说："尿了。"

秦甦惊奇于她居然没闹："估计是累了。"又问，"拉稀呢？"

石墨轻手轻脚地撕开尿不湿，偏头确认了一下："还好，有一点儿。"

他撤出尿不湿，垫了张尿垫，正要给她换尿不湿呢，"小猴子"幽幽地睁开眼，小圆手晃呀晃地醒了……

秦甦和石墨登时屏住呼吸，动都不敢动了……这丫头实在太爱哭了。

三人面面相觑，大眼瞪小眼，等了一会儿，她也没哭。

石墨留心地又看了一眼，说："屁股有点儿红。"

秦甦说："要么吹吹吧，是被屎、尿、屁刺激的。"

于是，两人趴在婴儿床旁，盯着这个小婴儿。

当然，内心隐隐都在等她哭，这丫头醒着的时候，少有不哭的……

石墨温柔地轻声问她："今天是不是很累？"

秦甦扁着嘴，委屈巴巴："你怎么知道……"

石墨抬手给她拨了拨头发，顺势捋至耳后："你头发乱了。"睡衣扣子扯开两颗，就这模样，陆玉霞早来敲警钟了。照平时，她时不时都要整理一下，生孩子那会儿都没乱成这样。

秦甦的苦水蓄了一肚子，话还没出口，石墨的指尖就挨上了她的额角。温热的指尖将她的碎发一绺一绺地拨弄，像撩开了心头沉郁的窗帘。

她委屈的泪扑簌簌地掉下，感动于他的体贴，劳累担心了一日，这一下就够了。

可戏剧化的是，石墨的手掌迅速一兜，接住了她的眼泪，皱着眉头哑声提醒："别吓到她。"大家都被"小猴子"哭出了心理阴影。夜半婴啼，绕梁一日，日复一日，神经衰弱。

秦甦愣得眼泪都忘了流，嘴巴张张合合，无语地转身就走。

做母亲太惨了！

石墨给宝宝晾了会儿屁股，将其轻轻地托起，一只手塞进尿不湿，一只手给她的屁股扇扇风。小孩儿真是小，小得他贴近时，呼吸都要屏住一半，徐徐的，静静的，生怕吹惊了她。

秦甦坐在饭桌前，陆玉霞问："还拉吗？"

秦甦说："没拉。"她也不等石墨，拿起饭碗扒拉了两口。

等石墨逗完女儿出来，秦甦已经进房间对着视频做凯格尔修复运动了。

她这两天都没去健身房报到，太忙了，也不知道在忙什么，抱完这个抱那个，在两张婴儿床之间兜走两个来回，大半天就没了。时间进度条就像被偷偷开了倍速播放似的。

难怪潘羽织说月嫂也不可能让秦甦逃离"母爱捆绑"，"上帝之手"几乎把她们按在了小孩儿的床旁，贴上了"心甘情愿符"。

门开时，她隔着张床，躺在地板的瑜伽垫上，故意没看他，用力地哼了一声，说要再找个月嫂。

石墨说："好，我跟我妈说一下。"

她做运动累得喘气：“哼！”他居然也不问她为什么。

石墨发出了一声笑。

秦甦当他是在回应她：“我记住了！”她预备数落他见女忘妻的罪状，又听到他的笑声，支起脑袋一看，这厮正抱着“拆二代”在玩。

秦甦的脸瞬间鼓成河豚，她大喊：“石墨！”

石墨朝她做了个“嘘”的口型，看了一眼儿子，用温和的口吻说：“小孩子这个时候能听出大人说话时的语气。”秦甦带着怒叫他，儿子那缺眉毛的两条小肉峰立刻皱了起来。

“你的眼里只有宝宝。”她都累了一天了。

“有你呢，”他朝她眨眼，“儿子睡得早，等会儿咱们帮他洗完澡，我都是你的。”

“谁稀罕你呀！”秦甦嫌弃地翻了个白眼，躺下去准备继续做运动，小腹一使力，又支起了脑袋，换了个语气，“那……咱们今天再试试？”

“嗯。”石墨背过身去，将仿生睡床搁在床上，抱着儿子小心翼翼的，“我试试他肯不肯睡这个。”自从秦甦买了这个床中床，他还没见她用过。

秦甦运动得气喘吁吁：“他肯，前几天试过。”儿子很糙，睡什么地方都行。

“秦好呢？”

“她不肯。”秦书沁醒着的时候，基本都要别人抱着她才行，好像是医院住怕了，一点儿都离不得人。旁人都说她爱哭，秦甦非常有母亲觉悟地联想，孩子是没有安全感。

等石墨在月嫂的帮助下给儿子洗完澡，房间的灯已经熄了，点了香薰蜡烛。

他在房间转了一圈，没找到秦甦，凝神细查，拉开衣柜，抓住了坐在衣柜角落生闷气的秦甦。

石墨问："怎么了？"

秦甦刚洗完澡，头发吹得半干，她忍了一个孕期这半黄不黄的发色，一直念叨要重新染个颜色、整个发型，终于迎来"用毒自由"的日子，她却好久没出门了。

他蹲下身，与她平视："我逗女儿，你吃醋了？"

秦甦翻了个白眼，还是没说话。

石墨与她一道坐在地板上，指了指她手上的衣服："今晚要穿这件吗？圆点很漂亮。"那是一条白丝绸墨绿波点裙。他那天搂着她，看着她下的单。

秦甦怀孕中晚期，除了宝宝的东西，最大的购物嗜好便是"辣妹"装备，各种高跟鞋、掐腰裙、露脐装以及性感热裤，兜着"袋鼠"做夏日"辣妹"梦，勉强支撑过艰难臃肿的孕期。

但她产后试高跟鞋时，发现脚面宽得完全挤不进去，即便没有孕期的水肿，依然不行。她接受了自己脚大了一码的事实，默默地在备忘录上写下了鞋子买三十八码，不料运动节食了半月有余，哪里都缩水了，裙子还是穿不进去，胸下被勒得死死的。

她怔怔地坐在地上，失落得一句话也不想说。

石墨说儿子挨床就睡了，女儿在吃奶，他还是稀释了。睡前他让月嫂再看看拉稀没有。见她没反应，他把缩在身下的长腿伸直，圈她在腿当中，摇了摇她的肩："怎么了？"

还不说话？

石墨逗小孩儿似的挠了挠她的下巴："我来猜猜？"

他们这两天忙碌，夫妻生活尚没恢复。石墨说慢慢来，秦甦又难免心急，没说几句话，孩子又哭了，月嫂抱着"小猴子"在客厅哼歌漫步。二人立刻中止活动，屏息休战。

秦甦听“小猴子”不哭了，确认月嫂带她回房了，兴冲冲地碾脚跟，一个跨坐，却发现枕边人已经睡着了。石墨上班累，站着也能睡过去。

夜无波无澜，耳边轻鼾回响。

她望着石墨合眸深睡的英俊脸庞，悲伤地想：这就是婚姻吧。

她憋着气入睡，早上还是会在他离开前雷打不动的亲吻里觉得幸福。秦甦甜甜地睡回笼觉，又雀跃地想：这就是婚姻呢。

石墨推演细节：“生气我昨天睡着了？”

秦甦眼皮一耷，默认了。因由复杂，勉强归结在这一桩吧。

“今晚我保证清醒一夜。”他亲了亲她，“慢慢来，这很正常。”

秦甦知道很正常，产后激素波动，恢复某生活需要一段适应期。他们早先便就此讨论过。

秦甦把裙子丢到他腿间：“我穿不进去裙子了。”

“是吗？”他拎起裙子，“这不是宽松款吗？”

“胸口有一条松紧带勒住了。”她有些沮丧，早上就想好了晚上要拿出香薰、小酒、低胸裙，还搜了部电影，准备度过一个浪漫的夫妻夜。结果第一步就卡住了，她连裙子都穿不进去。

鼓了一个大气球的期待，被一根针一样的小沮丧戳爆了。

他把裙子拿开，指了指她一衣橱的裙子：“那就换一条。”

“不要！”她连试也不想试了，自暴自弃道，“我都穿不进去了。”

“怎么会？你还是很瘦，很漂亮。”他哄她。

“别骗我了，”她赌气地为难他，“我连小婴儿都比不上。”

秦甦说她这一刻在家排第三名，儿子、女儿、她。

石墨装傻地问：“那你知道谁垫底吗？”

秦甦同他一起装傻："我妈。"

"哈哈。"他笑着将她搂进怀里，一点儿一点儿地收紧臂弯，逗她，"这是'很爱很爱你'的抱。"

"咱们已经老夫老妻到需要反刍这些老梗了吗？"这是他们还没交心时的对话，孕期他常常紧紧地抱着她，说这是她要的"很爱很爱你"的拥抱。

"这是经典梗。"有些情话会过时，但拥抱不会。

秦甦差点儿被他忽悠："你承认我排第三名了。"

她自暴自弃丢出去的皇冠，他拍拍灰给她戴上："别人我不知道，我这里你排第一名。"

"你骗人，我连流眼泪都要谨慎着掉，不能惊着女儿。"他反射性的动作合理又离谱儿，气死她了，她继续说，"我就知道，做了妈妈就做了背景板，我以后也是谁谁的妈妈了。"群里，莫蔓菁叫她"书沐妈妈"时，她都没反应过来。

"我这两束聚光灯永远给你亮着。"石墨认真地说。

"把书交出来吧。"

"什么？"

"你肯定买了什么《情话三百句》那种书，不然最近说的话怎么这么中听？"

"发自肺腑。"

"好了，我知道了，是《情话五百句》。"

石墨抱了她好一会儿。

女儿的哭声传来时，他们都支起了耳朵，又都没动。

"你去吧。"秦甦叹气。

石墨摇头："有月嫂呢。"

呼吸在耳畔吹着，越来越烫。

他们迅速地对视一眼，默契地分开身体。

“我洗好了。”秦甦说。

石墨说：“好，我速度很快的。”

他冲了把凉，动作迅速，反正等会儿还得洗。

携着氤氲的水汽出来时，秦甦搁下针线包，迎着热气兴冲冲地跑进去：“我想了想，还是得冲一把，刚才哭出了身汗。”

烛火摇曳，石墨回完一条消息，双手枕在脑后，幸福地笑，视线无意中扫到床尾的针线与裙子。

秦甦拆到一半的松紧带搁下了。他起身研究了一下，顺着那条白线一点儿一点儿细致地拆。两片薄薄的布料什么也挡不住，光拆这会儿都够他心旌摇荡了。

秦甦擦干水珠，喷了香水，太兴奋了，食指发抖，手重喷浓了。她怕扰了兴致，边扇风边往外走。

一开门，石墨围着一条浴巾，正盘腿帮她拆裙子。她的脸一下就红了，完了，完了。

长发如海藻般，几乎将两个人捆住。

婴啼断断续续，绵绵杂杂。

书房离他们的房间很近，秦甦听出是儿子，问他：“你猜他是饿了还是尿了？”

他也不知道答什么，老婆问了，得说话，于是出于本能地压低声音，哼哼着应付了一声。

完事，秦甦倒了杯酒，小酌一口后舒服地歪倒在床尾：“这是我生完宝宝后最舒服的一天。”

约莫白天情绪不能再低落了，“哇哇”的娃哭闹声不绝于耳，加上没有经验，秦甦无休止地担忧。晚上并肩作战的队友回来了，支起把伞为她遮会儿风雨，此刻的她真是舒服极了。

于是乎，交欢就像苦里偷来的一点儿甜，以前的浪漫日常在这一刻太迷人了。

他们歪七扭八，望着天花板烛火的影子静默。

又是男女之爱，又是子女之爱，忽然的放空给了疲惫潮生漫涨的空间，从脚心至眼窝，无不泛酸。

他们好长时间没说话，方才运动的肌肉此刻也蔓延出一阵又一阵的酸胀感。

秦甦攀至石墨肩上，指尖拂过他眼窝下的淡青痕迹，心疼地说："最近累了吧？"

他逞能地说："还好。"

他们说着风花雪月，却完全没有暧昧。她的爱情神经好像被抽掉了，石墨更像是个从生理到心理与她并肩作战的亲密伙伴。

无怪乎大家在婚姻里以"兄弟""队友""室友"等中性称谓唤彼此，夫妻在育儿上的关系确实更像战壕里持双枪厮杀、为彼此挡子弹的战友。

她用指尖划过石墨的睫毛，根根撩过，失望地歪倒在床。

石墨有一瞬间差点儿坠入睡眠，颈侧沉沉的一口呼吸鱼钩似的把他拽回了清醒边缘，他哑声问："怎么了？"

"我睡不着。"

"嗯……"他早被周公诱惑得神魂颠倒。

她问："你觉得结婚有意思吗？"

"有啊。"这是高于梦想的结局，他怎么可能说没意思？要不是不迷信，他得还愿。

"可我觉得结婚没意思。"她很幸福，也有麻痹之感，不免沮丧。

这不是她以前经历的刺激心动。虽然漫长的心动让人难以抗拒，但白开水般的感情、洪水猛兽般的婴儿，还有时刻丰沛倒灌的情绪，让她无所适从。

远处“小猴子”的哭声响了起来，由远及近，哭得震天价响。

每天这个时候，她都要来两嗓子。幸好，这天他们的夫妻生活顺利完成了。

石墨眉心“川”字隐动，表情与儿子极为相似，只是多了两道眉毛：“哪里没意思？”

秦甦含糊其词：“我也不知道。”

“是想要工作了吗？”

“没……我休完产假再开工。”

“是我在家少？”他说明天是周末，他都在家，宝宝由他来照顾。

难怪他这日这么疯狂，秦甦还以为这天是产后第一回两个人状态均在线、憋久了，没想到明天是周末……她故意怄气：“咱们已经是需要掐着时间运动的夫妻了……”

指节划过半敞的衣衫，气愤地一掐。石墨牙关一咬，清醒地坐起身来：“看来今晚是真的不能睡了。”

“小猴子”嗷嗷的哭声被奶瓶堵上了。

秦甦和石墨隔着一团被子翻来滚去。她压低声音大叫，拼命地蹬他：“我累了。”疯了吧，九点洗完澡，马上都要一点了。

“运动不够的人才容易伤春悲秋。”

“啊！我作为一个产后妈妈，我都不能伤春悲秋了吗？”她居然被他倒打一耙？秦甦于是一口咬死了：“我就是觉得结婚没意思！”

实心床被撞出了闷响。

石墨双手撑在她耳侧，叹了口气：“哪里没意思？”

"没有二人世界，感情不刺激，像温开水。"这话有点儿绝对，也有有意思的地方，但眼前的石墨明显动气，让秦甦起了调戏的心思，一副委屈状，补刀说，"我怀念单身时期了。"

石墨看着她，问她："真的吗？"

秦甦细嗅其中是怒气还是试探，于是反问："你说呢？"

"你说呢"这三个字进退有度，把选择权和解释权牢牢地攥在手中。

不料话音一落，石墨迅速起身。

秦甦见他往衣橱走，问道："怎么了？"他为什么不臭脸、不生气、不吃醋？婚姻这么没意思？他都不在意她的无理取闹、兴风作浪了？

"我找一下结婚证。"他记得把它放进衣橱中间的抽屉了。

秦甦由堆起的被子里支起脑袋："干吗？"

他拉开抽屉："撕了！"

"啊！"秦甦大笑着跑下床，拦腰抱住石墨，制止他的行为，"石黑土！你有病！"

"遗传病！"这病遗传自石峰。

秦甦索性挂在他肩上，箍住他："你不许撕，撕了也可以补办！我都查过了！"她没查，是胡说的，不过按照社会经验，应该是可以补办的。

"你真想过？"石墨本是作弄她，话及此处，真有点儿来气了。

"我……"狠话也要留余地，她以前和男朋友吵架也多是如此，可见这是男女讲难听话的高发时刻。她憋了憋气，脸颊枕在他的肩上，给"大爷"服起软来："当然没有。"她就算有二心，怎么也要等到孩子会走路。她吐了吐舌头，都是乱想的，美女无忌，美女无忌。

石墨收回手，叹着气问她：“你是累了，还是婚后生活确实无聊？”

他不会让自己陷在情绪波动里，习惯出现问题就解决问题，所以，可能无论怎样设身处地，他都没法儿体会到秦甦一半的情绪。她几乎被困在家里，来来去去都是琐事，按照她的喜好和注意力，确实是极其无聊且如同被绑架。

刚刚动静太大，闹得太厉害，她有点儿乏了，没精打采地问他：“你爸妈无聊吗？他们为什么能这么恩爱？”为什么都五十多岁了，他们还手拉手，喊着对方“娇娇”“老公”？

石峰那个人半天打不出个屁，比石墨还要寡言，完全脱离了秦甦的想象。可他拉过莫蔓菁的手，喊一声“娇娇”时，秦甦又觉得话少的男人真有魅力，她怎么没有这么可爱的小名呢？

“他们？他们三十岁的时候还没有咱们要好。”他们像两个情感触角发育迟钝的怪物，石墨都受不了。

她用牙齿叼住他的耳垂：“不许胡说，咱们还没有三十岁！”过了年……过了年也就二十九岁罢了……

“好。”石墨低笑，“咱们现在冷战十年，等到四十岁，不对，等到三十九岁，关系也和他们一样好。”

石峰和莫蔓菁两个人把小孩儿最需要呵护和关注的年纪闹过了，现在老了来疼他这个儿子，晚了。秦甦老说他坑妈，也不看看当年莫蔓菁是怎么坑儿子的。

“你爸妈怎么认识的？”

“不知道。”他顺口这么回答，被秦甦打了一下，他又认真地想了想，“哦……他们是高中同学。当时有十六家国营电影制片厂，我妈被分配到湘城，她觉得自己成分不好，才会被分到这么远，她想去海市电影制片厂，看上了我爸家里的条件，把我爸从一个女的身边抢过来的。”这段话是他奶奶跟他说的，他照搬复述。

难怪说是莫蔓菁追的石峰，这么惊世骇俗的追法放在现在也很野性啊。

“怎么抢的？”她好奇。

“不知道。”石墨哪儿有心思说他父母？他背着秦甦在房间里遛弯，问她有没有开心一点儿。

秦甦的两只脚像船桨似的，疯狂地摆荡：“你给我讲讲啦，没有无忧无虑的婚姻，你让我听听有意思的故事。”人生的乐趣不就是八卦吗？她现在远离风暴中心，听听婆婆的八卦不行吗？

“小猴子”吃完奶，月嫂正在哄着她拍嗝，脚步声和他们实时同步。

房内，石墨问她：“你真想听？”

“我听听你爸妈的故事有没有超过咱们。”

石墨明知故问，套话道：“咱们是什么故事？”

“就是‘你爱死我了’的故事。”

“那估计差不多吧。”男男女女，就那点儿事。

“是吗？”

“他们是八点档狗血国产剧的剧情。”

“咱们呢？”

“咱们……算青春网剧吧。”

爹妈房中笑，“小猴子”不满足的哭声一浪更比一浪高。

Fake love

Special 2

父母爱情

石墨背着秦甦在房内踱步，听到哭声走到门口，耳朵贴门不放心地听了一会儿。秦甦还挂在他身上，好笑又无奈：“咱们这算青春网剧无缝衔接家庭伦理剧。”

走进婚姻，多少要点儿爱情催化，秦甦属于被爱情麻醉得进入了婚姻，莫蔓菁属于逃离婚姻时被爱情麻醉。

石墨问秦甦：“你觉得我现在傻吗？”

秦甦不解：“你哪里傻了？”

石墨说：“我是‘酒后产物’。”

秦甦抱头无声地尖叫，表情极其丰富，立即想象了一通婆婆的神奇操作：“是你妈故意的吗？”她在大脑中首先排除了石峰搞事的可能，毕竟莫蔓菁太泼辣了，没人能占到她的便宜。

“这个我不知道，估计大家都默认她是故意的，但我长大后想了想，男人如果真的被灌得神志不清，是没可能……”石墨说到这里，点到即止地打住了。

秦甦了然地咬住他的肩头，内心狂叫：啊……

是的，随着互联网的蓬勃发展，这一知识点现在逐渐被大众认知。可在当年，这是个十足的冷知识，即便是后来成为编剧的莫蔓菁也不太清楚，还经常会在剧情难以推进时写下这种烂剧情。

二十二岁的莫蔓菁当年真是个飒姐。分配通知下来，她急得六神无主。那天在歌厅里，同学凑局拉来几个优质学究男，其中恰好有石峰，他显然是被拉来凑局的。莫蔓菁看见熟人，像看到救命稻草似的飞去眼神，她心情很差，一杯一杯地灌酒，跟他聊上了。

说到分配单位和理想单位的差距，石峰说，家里有人在海影厂，还挺巧的。莫蔓菁支支吾吾，表示她有个事想跟他私聊。

孤男寡女，彼此还都不熟，喝酒壮胆，一壮胆就出了事。

在当时，这算是姑娘家的大事，她酒醒后找到石峰，让他负责。

负责？太突然了。

石峰愣住了，没及时回应。

石峰有心仪的姑娘，思来想去，他提着礼物，书生气地往莫蔓菁宿舍楼底下一站，真诚地道歉。

莫蔓菁扇了他一巴掌："你跟我未来老公道歉去吧。"

莫蔓菁年轻时多少有些激进，认为自己课业好，不甘心去湘城，做出了很多激进的举动，又是找辅导员，又是写信，对此纠缠不休。辅导员做出各种搪塞后也没了好言相劝的耐心，直接明示她找找人。

石峰算是撞在她走投无路的枪口上了。

按照当时的那个情形，石峰对她未来老公道歉可能会比对她本人道歉要容易些。

围观群众"吃瓜"全程，把石峰负她的事情散播，有石峰职工子女的身份加持，不到一日，石峰和莫春娇的名字算是绑死了。彼时莫蔓菁刚改名，事情传得乱七八糟的，不少人以为石峰和电影学院两个姓莫的女生搞三角恋。

那边没捅破窗户纸的廖慧泪眼婆娑，毕业合影时一句话也不跟石峰说。

他在女生宿舍楼底下苦守一夜，终于等到不愿与他讲话的廖慧。他解释完，廖慧很容易就信了。她说，石峰不是那种会喜欢电影学院那帮姑娘的人。

石峰虽长了一张俊脸，但笨嘴笨舌，跟女孩儿说话还会红脸，怎么会勾搭那些女生？

别扭了四年都没拉过小手的暧昧男女在女生宿舍楼底下因着绯闻事件抱上了。莫蔓菁捏着一沓纸，从男生宿舍问出了石峰的去向，在一片嘲笑声和看好戏的眼神里找了过来。

也是巧了，若非月事没来，她也有闲情看俊男靓女拥抱，多大胆、多热烈。但……她抄手杵在了那儿，排队等着探视石峰，解决问题。

宿舍外，昏暗的灯光下，从廖慧的角度，正好能看见她。

莫蔓菁没见过廖慧，对方却显然认出了她。石峰怀里的美人没搂暖，便被推了个踉跄，美人梨花带雨地跑了。

莫蔓菁在石峰开口前，掐住他的怒意，直言月事没来，让他赶紧带她去医院。他竟然还有闲工夫跟女同学搂搂抱抱，再耗下去，她感觉一小时后肚子就要大了。

校门口聚满了离校的同学，他们打不到出租车，招了辆三轮车。路上她问："你居然有相好？"她岂不是破坏了人家的好事？

石峰沉默，脑子里像糨糊似的，不管她说什么。到了医院，他跟头赌气的牛似的，一言未发。

尿检出了结果，显示莫蔓菁怀孕了。天塌了。

莫蔓菁早在宿舍团团转过，有点儿心理准备，对石峰说，事情由她来处理，他只要想想办法就行。他在海影厂不是认识人吗？只要他把她调去海影厂，就算两清了。

上回她来说破身的事时就强调过了，石峰留心了，回去问过，说这年分配过了，要调可能得等明年。

莫蔓菁说："好。"

他问："那孩子呢？"

"关你什么事？管好你自己。"他都有相好了还说个鬼。

这事过了没两天，莫蔓菁一直在忙毕业的事，拍那些个现在还是小屁孩儿、未来可能是大导演的人的马屁。莫蔓菁参加完导演系的聚会，醉醺醺地回去，看到两个中年人和一个年轻人站在人走楼空的宿舍楼底下，似乎在等人，仔细一看，他们手上还提了水果……

她没见过这么老实的"渣男"，让姑娘怀孕后居然回去跟父母商量去了，也不知道是该夸他还是骂他。

石峰的父母一定要让她留孩子。她拒绝了，说自己要去海影厂，没有精力生孩子。

石峰的母亲说："那孩子怎么办？"

莫蔓菁说她会打掉的，已经找好私人诊所了。

大学生打孩子是大事，被学校知道了是要被处分的，但莫蔓菁要毕业了，学校管不到她了，所以她也没什么忌讳。

石峰的母亲拉住莫蔓菁的手，让她再考虑考虑，打孩子毕竟伤身体。只要孩子生下来他们就是一家人了，家里一定会帮她想办法去海影厂的。

莫蔓菁骄横的态度迅速转变，语气多少还带点儿天真："真的吗？"

她太想成功了，为了成功她可以放弃很多东西。

于是，莫蔓菁被带回了石峰家。

她年轻不懂事，好歹不分，心里只有编剧梦，立志在中国影视史上青史留名，不达目的不罢休，对于这种奇奇怪怪的关系一点儿也不追问。他们搞文艺创作的，可能就在期盼一些奇怪的素材降临在自己的剧本上。

石峰的父母说："之前石峰来问海影厂的事，我们以为只是个认识的普通朋友，现在知道是你，那关系自然不同，我们肯定全心全力地帮你想办法。"

莫蔓菁立刻两眼放光。

石峰的母亲犹豫地说："就是别喝酒了，怀孩子喝酒不好。"

她忙不迭地装乖，说自己就抿了一小口。

事情就这么定了，莫蔓菁也就这么入住石家了。

莫蔓菁和石峰分房睡。他读研，十分闲，在家和莫蔓菁抬头不见低头见，两个人压根儿不熟，他一见到她就害羞，没两天就躲到实验室了。

石峰还只是个半大小伙子，晕晕乎乎，还没尝到男女爱情的滋味就背上了责任。他在一墙之隔的卧室努力听那头的呼吸，迷迷糊糊地入睡。无数个梦里，他勉强地拼凑了一出和莫蔓菁的深度交流。这让清晨的他又颇为懊恼。

莫蔓菁怀着孕总往外跑，说要观察生活，一双竹竿一样的腿走过老街陋巷，穿过人来人往，丝毫没有孕妇的自觉。

在那个通信不便的年代，石峰经常深夜打着电筒，在父母的敦促下出门，四处寻找她。莫蔓菁绝对是他见过的双腿使用率最高的人。

有一天外出采集数据，路上有人喊"孕妇倒地了"，石峰吓了一跳，拨开人群，看清不是莫蔓菁才松了口气。也是，脚下的地方距离学校两百多千米，她再能跑也跑不了这么远，但他回去还是斥巨资给她买了传呼机。这钱来得也不是那么容易，他攒了十多年，但把传呼机给她的时候，他还是没好意思说这话。

莫蔓菁正写着稿，书桌上砸下来个纸盒，石峰一言不发放下就走了，也不说是什么。

她慢吞吞地打开，掏出个黑色的塑料袋，傻笑了一会儿。她本就准备攒攒稿费买一个呢。

石峰在门口踱步半天，再度推开门，看她拿着纸盒在笑，脸上闪过羞赧："以后我打这个，你记得回我，我好去接你。"

莫蔓菁工作得很不是时候，国家即将取消分配的说法甚嚣尘上，有关系的早使了劲，石峰家之后给她托关系，全说要等，等上头来个准信，分配制度一改，以后也不知会出什么政策，动起来怕不是那么容易了。

过了一段时间，有人说八月电影制片厂缺编剧，石家的人问莫蔓菁愿不愿意去。

莫蔓菁想也没想就拒绝了。她想，石峰家神通广大到在八月电影制片厂都能说上话，如此等下去，去海市电影制片厂肯定有希望。她心里的算盘打得响。

她借口大肚耽搁了去湘城报到，同学劝她尽量别这样，不然会给人留下坏印象的，以后去了会坐冷板凳的。莫蔓菁咬牙，称自己只认海影厂。

石峰问："湘城不好吗？"

她说："不好。"

在莫蔓菁眼里，海市是时髦的大城市，湘城不是。

"大城市？首都不是大城市吗？"石峰奇怪，"你怎么不去八月厂，为什么非要去海市？别是你的相好在那里……"

她心里想的是，北市的天气太干了，而且不洋气，胡同有什么好看的？她嘴上却说：“是啊，就是有相好，就许你有，我还不能有了？”

廖慧得知莫蔓菁母凭子贵入住了石峰家，悲痛欲绝地北上了，石峰那几天天天往外跑，做着毫无立场的补救。莫蔓菁揣着明白装糊涂，懒得理他。

她也搞不清楚他们是什么关系，也没立场鼓励他或者劝阻他。

等廖慧走了，学校开学了，他也老实了。

不抽烟、不喝酒的男人消化感情的能力也不差，一滴泪也没有，就是人更傻了，每天吃饭、看书、睡觉，要么就在房间捣鼓他那些稀奇古怪的东西，笨得像驴，愣得像桩。

九月下旬来了消息，说年底有批名单，可以把莫蔓菁塞进去，在海影厂做编剧助手。莫蔓菁有点儿不情愿，老编剧有很多都是野路子，没怎么读过书，不喜欢她这种学院派的人，不过好歹还是应了下来。分配是国家的名额，临时塞进去的人只能做助手。不过，莫蔓菁相信自己机灵，一定可以混得开。那时候她真是初生牛犊不怕虎。

等石峰家里的人觉得了了一桩大事，总算有脸提结婚了，莫蔓菁反倒犹豫了，她还没想过结婚。

她的胆子像天一样大，怀孕小半年，一点儿也没告诉家里人。她跟石峰的父母说，家里重男轻女，考大学是她在风雪里跪出来的钱，没人信拍电影是正经事，将来她飞黄腾达或者沿街乞讨都是自己的事。她上大学的四年里，只在奶奶去世时回去过一趟。

石峰家的人可不这么想，心想小孩子不懂事，一找就找了过去。

不愧是一家人，莫蔓菁的父母当场逼她嫁人，一锤定音，狮子大开口地要了一大笔彩礼。不管莫蔓菁如何不在乎，未婚先孕都是败名声的事。结婚证的那张照片上，莫蔓菁的眼睛还肿着，像蒙着雾似的，梨花带雨，惹人心疼。

这也成为她最不愿回看的关于她的影像资料之一。

结了婚，夫妻俩自然要睡一张床。

家里一片“喜”字，喜糖堆了满屋，红彤彤地映在两张印堂发黑的脸上。

莫蔓菁挺着大肚子，问石峰：“心在滴血是吗？”

他在房间里打转，不知要干些什么，听她这么说，不解地问：“为什么？”

她说：“结了婚，你就娶不了廖慧了。”

石峰沉默了好久，嗓子眼像堵了块石头似的，消沉地开口：“我本来就没什么机会了，她要出国了。”

他本来想过的——和莫蔓菁结婚后，等她生下孩子就离婚，或者硬撑着不结婚。只是人家廖慧不理他，决意要出国，所以他才凑合着结婚的。

莫蔓菁曲解人心很有一招，当下眉眼一横，死了那条自欺欺人的心。

她知道，这不是她的剧情，她才是个觍着脸、讨好男人的女配角。筹备酒席时，她安慰自己——好歹石峰正直、善良、优秀、英俊、家世好，除了不爱她，这桩婚事是值得的。可原来，明明白白知道对方不爱自己，那张不错的脸也会可憎，好好一个正直乖顺的人也会可恶，那些优点与缺点也无异。

“随你，反正我生下孩子就去电影制片厂了，到时候你要离婚、要出国、要去找廖慧……或者找别人，都随便你。”

石峰多少也了解她的脾气，知道她不按常理出牌：“你就这么急着去电影制片厂？”生下孩子就去？

她破罐子破摔，随口就是杜撰的剧情："是啊，当初勾引你，就是为了去电影制片厂！"

石峰是个耿直理工男，没见过这么横的艺术生，哑口半天挤出一句"那你为艺术牺牲真大"。

莫蔓菁为人生镶金的话张口就来："我们搞电影搞创作的，生来就要有殉道精神。"

"是为艺术还是为男人？"他冷笑着问她。

她完全忘了自己开过的玩笑："我去了海影厂，看到帅哥，也不会委屈自己的。"她不是那种委屈自己的人。

石峰被噎得说不出话来。

不结婚还好，为了生活他们可以互相帮扶。石峰深夜打着电筒去找她，炎炎夏日跑出去给她买冰棍，夜里给她扇风赶蚊子，灯泡坏了给她换灯泡，帮她一趟趟地跑邮局拿信、拿书、拿报纸，心甘情愿。可一结婚，两个名字紧贴在一起，她的占有欲直线上升，这脸说翻就翻。

之前的琴瑟和鸣都是假象，现在是横眉冷对一场空。

秦甦听得来气，鼻息喷在石墨颈间，自己也脊背生汗。

她怎么感觉婆婆好委屈？她说："我觉得你爸好过分。"

"是吗？"石墨作为男人丝毫没有察觉，"哪里过分？我觉得还挺负责的。"

男人的"好"太廉价，"负责"即可。

秦甦给他举了个例子："换作是你，你心里记挂柏树姗，惦念她、不舍她，这不过分？"这还不过分？光是嘴上说说，她的血压都上去了。

石墨立刻清嗓："确实过分！幸好我没有遗传我爸。"基因的进步是相当地明显。

秦甦咬住他的耳朵："我听得不高兴了。"

"那你还听吗？"他指了指她腕上的表，"快三点了。"讲那两个半截身子入土的人，他提不起兴致。

男人怎么一点儿也听不出女人的话里话呢？她说："我的意思是快点儿讲，讲到让我高兴的地方才准停！"

秦甦义愤填膺，咬牙切齿，但隐隐地，因为这些奇怪的不完美，她脑海里忧郁男人的形象生动地带着波澜展开了。

男人是婚姻动物，可以把伴侣和情人分得很开，这一点在互联网蓬勃发展后，随着女性意识的觉醒而逐渐有退化趋势。不过趋势也只是趋势，只是些微末的改变，千百年来一夫多妻制遗留下来的问题非一朝一夕可翻覆。

以前的男人只要负责就行，现在得有百般花样，至少从石墨、石峰的身上就可看出，在爱情这方面，男人在飞速进步。

石峰不忧郁，内心戏很多，只是不动声色。用莫蔓菁的话来说，他的心思能拐一百圈，生活里的磕磕绊绊、弯弯绕绕他都考虑过、考虑到、考虑完，话出口时就跟台计算器似的，简单机械地化作"哦""好""可以""我来"，要不然就是那句"我愿意"。

她看不出他心细，看不出他哪里稀罕她，要不是很多年后婆婆拉着她的手说了句"当年是石峰要娶你，不好意思说，让我们来提"，莫蔓菁都不知道结婚是他主动的。当时他那副脖子僵硬的模样，好像谁把他强行掳到婚礼酒席现场似的。

怀孕的五到七个月是她最煎熬的孕期。

莫蔓菁以前听说过村里人生孩子，从没听过有难伺候的，经常是上着厕所、下着农田，孩子就这么掉了出来。莫蔓菁以为生孩子很容易，可她忘了，她天生没有农民吃苦耐劳的精神。

她连普普通通的一个夏天都熬不过……

正午时分，她像一只摊开的青蛙，手脚一蹬，肚皮一鼓一鼓的。头顶的吊扇、身侧的铁丝蓝叶电扇昼夜不歇，不停地吹，她还是觉得不够。

石峰见她张着嘴巴呼吸，颇为难受，每天午饭前骑车去冰场，拿厚棉被盖着保冷。到家后他把冰搁在风扇前，这样吹出的风制冷效果好。一块体积五十乘以五十厘米的大冰，配上两根盐水冰棍，莫蔓菁能熬四五个小时。

她体重猛增的时候，石峰的体重急速下降，原本斯文白净的白面书生晒成黑黢黢的泥瓦工模样。

她凉快了、舒服了，嘴上就说几句好听的。她热了、燥了，那股对婚姻和生育的不满就像车轱辘一样往外跑。

女性生育的时候只有好话，没有坏话，好像生孩子就像上厕所一样，容易得很。莫蔓菁属于体验派，亲自体会后发现生孩子糟透了，尤其是婚姻生活，石峰老在眼前晃荡，看得她躁上加躁。

她刚搬进来时，他老跑路，见到她像个陌生人，头低着，半夜骑车载她回家也不说话。

她絮絮叨叨地说些这天的趣闻，他很木地接“是吗”“哦”“哈哈”，多的音节都没有，而她只是缺个舞台，掌声什么的无所谓，于是嘴巴唠叨不休。后来他声称重视胎教，每天跟她硬聊，接话变成“然后呢”“有意思”“哈哈哈”“刚刚那个事说完了吗？怎么不继续”。

莫蔓菁不由得怀念起话题主动性掌握在自己手上的日子。

男女之间还是不要太熟的好，熟了后说不到一块儿还挺尴尬。

莫蔓菁在新婚后便把他赶下了床，说热，要自己睡一张床。她的意思是他去隔壁睡，或者她去隔壁，他却搬了一床褥子铺在床边，垫了张竹席，晚上就这么睡，早上再收起来。

那是十年来最热的一个夏天，她婆婆整理他们的床铺时还嘀咕：“石峰晚上多热啊，你们一个风扇不够吗？这竹席怎么硬邦邦的？还有一片人形盐渍。”

莫蔓菁惊讶，这汗水得淌成河了吧？他居然一句热都没喊。

晚上莫蔓菁问他：“你热吗？”

他用很自然的语气说道：“不热啊。”

她暗笑他逞能：“风扇我刚按了转头，你干吗按回来对着我吹？你不吹吗？”

他说：“我不热，你肚子大，你吹。”

莫蔓菁嘲笑他：“你知道月光下，你的汗水在发光吗？”

那时候，莫蔓菁的嘴巴就像装了枪弹，一点儿也不给男人留面子，偏偏那年代的男人最要面子。石峰被她拆穿，噎得翻了个身，还嘴硬呢：“我不热，你看错了。”

莫蔓菁不信邪，脚探下床，脚趾在他汗湿的身上划弄，带出一道浅浅的水印，皮肤与汗水擦出一道湿漉漉的声响。

她大大咧咧地说：“你这不是汗是什么？是什么？是什么？”

“你干吗？！”石峰气得坐起身。

天热，人容易动气。他那一嗓子，语气也不是很好。

莫蔓菁吹着风扇、担着身子，也热，尤其他还发了有史以来最大的火，这让她不知所措。

石峰居然对她提高了音量。要知道，石峰一个不吭声的人突然提高音量是很有威慑力的。

“你这不是汗是什么？你别告诉我是水！”莫蔓菁为了掩饰尴尬，坐起身来，跟他犟嘴。她不就是戳破了他热的事实吗？有什么好逞能的？大家一起吹风扇好了，她不需要这么多特权。

石峰咬住牙，从脚下勾起被子往自己身上一盖，坚称自己不热，表示不用她管，让她自己吹自己的。

莫蔓菁来气了，脚胡乱地蹬："你有病啊！还盖被子，你故意气我是不是？"她也不管这一刻是半夜三更，情绪上头就开始发飙，"你是娶了我不满意了是吗？"

哟，这居然是她的台词。她被自己气到了。

她的脚一个劲儿地乱蹬，蹬到异物时，动静显然吵到了睡觉的老人，趿拉着鞋出来。她愣了一下，在石峰猛然坐起的怒视里，害羞地往床的另一边缩。

她捂住嘴巴，缩在墙角不敢再出声，门外的脚步声往这边来了，石峰赤着脚也站了起来，正仰头喘气。

门口的脚步声停住了，老人在听他们是不是吵架了。

石峰的黑影一点儿一点儿地罩下来，在夜色里放大，他的身影壮硕不少，呼吸粗重得像一头喷气的狗熊。

莫蔓菁吓得半死，拉过被子把自己裹住，咬住下唇使劲推他，用口型问他：你干吗？你爸在外头！

他明知门口有人，还扑上来，莫不是疯了？

莫蔓菁吓得蹬腿踹他，他膝下一软，把她整个人拥在怀里。他的唇烫得吓人，莫蔓菁有一刻感觉自己掉进了水里，有一刻感觉自己掉进了炭火，而唇上的痛感生生地告诉她，她还活在陆上，只是皮肤在水里。

石峰失控没多久，胸口就被捶得一阵疼痛，"咚咚咚"像打拳似的。

他的父亲在门口听了一会儿，估计只听见了扇叶转动的声音，转身回房了。

随着关门声轻轻地响起，石峰的脸上也迎来了火辣辣的一巴掌。

莫蔓菁的眼里攒着火，他知道肯定会挨这一巴掌，所以扇完他鼻息重重地出了口气，顿了一顿，又不要脸地亲了上去。

风扇卡了个螺丝，吹一会儿就要颤几下，他利用每一段间隙的这个声响，咂摸响动。

风扇的声音一过，呼吸声又安静了，如此往复……

莫蔓菁也不是小孩儿，只能推他："你别……"

他像是得到赦令："我知道……我知道……我不那个……"

他一顿亲，她一顿打。

莫蔓菁第二天起来时手都疼了。石峰的身上也青一块紫一块的，但明显爽大于痛，吃早饭时一直在傻笑。莫蔓菁来气，在桌下蹬他，一下又一下地用力，又是羞，又是恼。

吃完早饭，石峰被父亲拉去谈心，父亲让他不要欺负莫蔓菁，她大着肚子呢。石峰以为昨晚的事被听见了，没承想父亲下一句说："不要吵架，嘴上能让一句就让一句。"

石峰肯定让着莫蔓菁。他哪儿也不想去了，莫蔓菁却哪里都想去，就是不乐意待在屋里。于是大热天的马路边，刚漆的石子地都冒烟了，他们穿着单薄的凉鞋，一瘸一拐地走。她走到哪儿，他就跟到哪儿。走过有空调的地方，他就要拉她的手，被她狠狠地甩掉。她随便试一件衣服他就要买，价也不还，气得她差点儿冒烟，最后只能回家。

晚上熄了灯，亲着亲着也习惯了，他们什么都不懂，他要是弄疼了她，她就打他个巴掌，大骂："臭流氓！"

她也搞不清楚自己，关键是除了石峰有课有实验，两人几乎二十四小时相处，那时候课少，他整天待在家里，她想要认真地思考他们的关系都没有时间和空间。

可是，除了梗着脖子继续别扭，她完全没有梳理的空间，气死她了。

本来好好的，他们再亲下去怕是要产生感情了，但事情发生了转折。

莫蔓菁在家接到了廖慧的电话，对方说找石峰，她还傻乎乎地叫他：“石峰，你的电话。”

他接起时的自然与下一秒的躲避形成鲜明的对比，她一下就猜到了电话那边的人是谁。

石峰没想到廖慧会打来电话，怕莫蔓菁生气，就撒谎说对方不是廖慧。

他这么笨居然还试图撒谎，也是可笑。莫蔓菁多聪明啊，她去打印了话单，一串北市来电就这么摊在了他眼皮子底下。

“你别告诉我这些都是八月厂的电话。”

石峰懊悔，不知道自己是怎么想的，居然会下意识地对莫蔓菁撒谎，而莫蔓菁刚萌生的那点儿好感全没了。她开始憋气，不说话。

石峰追着她道歉，说廖慧只是来找他帮个忙。

“我不听。”她捂住耳朵，什么脏东西？不要灌进她的耳朵。

“她妹妹在纺织厂，手指被绞断了，正在市医院接手指，单位让她们先垫钱，后面才能走流程报销，她来找我借钱的。”

“我不听！”她听见了，但她不想原谅他。廖慧借钱为什么要找他借？说明他们还有联系。

“真没有，这是急事，我得给她送钱去。”

她到底还是放下了手，指着他说：“你去了我就不理你了！”

“我回来再跟你道歉好不好？我得去银行取钱，要关门了。”

“石峰！”

她一生气，气成早产，羊水混着血在地上漫。这事家里都捂着，一是她早产的月份太小，说出去不吉利，孩子可能活不久；二是莫蔓菁吵着要离婚，说不管孩子死活一定要离婚。

她的羊水都破了，以为能顺产，最终还是过了道鬼门关，顺产转为剖宫产。她痛得死去活来，把这痛全赖在石峰身上，更加坚定了离婚的决心。

全家人都看得出这夫妻俩是没得救了，连话也不肯说。

莫蔓菁的母亲过来带孩子，打地铺睡在她床边。莫蔓菁问母亲，自己生的要是个女孩儿，她是不是就不来了。

人就是口是心非，莫蔓菁心里早就有答案了，可母亲否认的时候，她还是很失望，大方地承认喜欢男孩儿又怎么了？

不过也是，她委屈的时候、意识到自己喜欢石峰的时候，也口是心非地说不喜欢他呢。

她一个这么有趣的人，身边有这么多有趣的文艺青年，居然喜欢这么无聊的男人，真是糟糕的爱情运途。最糟糕的是，这人还不怎么喜欢她。

别看他每天鞍前马后、低眉顺眼的，实际是心虚，他心虚！

小石头出生后一直叫小石头，家里人不给他起名字，怕起得太正式活不久，叫个硬一点儿的名字。小生命熬过脐炎，也熬过了满月，真结实得像块石头，壮实了。莫蔓菁也不是没有母爱，孩子早产她有责任，所以抱着孩子认真地喂奶，他不想吃了她还强行喂，求他多吃点儿，给她的愧疚一点儿出口。

至于和石峰，她咬死了要离婚。

她整个孕期都乖乖的，不吵架也不野蛮，所以石峰家的人不了解她。可她的母亲看她咬牙切齿地提了两次离婚，便知道完了，这婚姻估计是长不了了。她了解莫蔓菁，偏执、倔强等一系列文化人的形容词加在她身上都不过分。用村里的话简而言之，她就是小时候喂羊的时候被后蹄子蹬傻了，脑子不会拐弯，越是小事越是门儿清，越是大事越是糊涂。

莫蔓菁坐月子时是秋冬。她为难石峰，知道他把积蓄都借给廖慧了，跟他说要买衣服。他给了钱，她又说要吃冰棍，他在冷风里跑了一家又一家店找来了冰棍，她又说要吃冰西瓜。

他唯唯诺诺，怕得罪她，又怕她伤了身子，于是说："听说月子里吃冷不好。"

莫蔓菁说："那行，我去海市吃冷东西，海市人时髦得很，才没乡下的穷讲究呢。"

要是石峰的父母听见她每天损他的话，怕是要心疼死儿子了。石峰却觉得，她肯与他说话便好，先前她沉默不语时，他才真是不知如何下手呢。

莫蔓菁出月子前的一周，她的母亲要回去了，惦记地里的大白菜还没除虫，惦记着那父子俩搞面粉厂房上头，别真把女儿的嫁妆折腾出去了。这姑娘的婚姻怕是长不了了，她得帮着存着点儿。

送往汽车站的路上，她的母亲一个劲儿地交代石峰事情，娇娇东、娇娇西，劝他能忍就忍，忍不了……她讲到半截愣了一下，想半天没想出来——忍不了她那个暴脾气的女儿怎么办？于是她傻站在那儿。

石峰好脾气地笑笑："没事，妈，我都忍得……我都忍得……"

说完话，回到家，石峰一进门就挨了一枕头。

莫蔓菁暴躁，乳头被咬痛了，火收都收不住，不能冲弱小无助的儿子发泄，就只能冲着石峰撒气。

他坐在旁边问她："哭什么？"

莫蔓菁支支吾吾好半天，这事又不能跟公公、婆婆说，母亲走了，她真的就无依无靠了。于是她认栽地拉着石峰说："我那儿破了。"

石峰本能地做出反应："儿子还没长牙呢。"

莫蔓菁皱眉："换他一天吸你那儿十来回，你的不破？"

石峰想了想也是，小孩儿的吸吮力大。他小声说："我看看破成什么样了。"言毕，他的肩膀上挨了一拳头。

口子应该很小，肉眼看不见，石峰却看得头晕目眩，脑海里一片空白，嘴上倒还是很理性地处理问题："应该是小裂口，不明显，我去给你买个药膏。那边呢？"

"还行。"

"哦，我去买……"他说着去买，却一动没动。

莫蔓菁也没说话，过了一会儿问："你怎么还不走？"

"就走。"他看着她说。

又等了一会儿，她咬牙："不是说走吗？"

他很淳朴地点点头："这就走。"

她瞪住他，几秒后，唇上晃过一道热气，那张英俊的脸迅速放大，吻没有章法密密地撞过来。

"你说要给我……给我买药膏的。"莫蔓菁不停地推他，"你……说要……去买的……"

"马上去。"他亲她，先是很疯狂，尝到咸味后立刻放缓了动作，手也撤了出来。

"就去。"石峰说，"你别哭了，我不亲了。"

她一脸泪痕还强撑，说自己没哭。

石峰叹了口气，没立刻走，等到莫蔓菁睡下，才出门去买药膏。

莫蔓菁自然不知道他是如何羞得不能开口，背过身跟药店的人形容症状，呼吸困难地跑回家，反正她见到石峰时他的语气、神色都很正常。他把药膏给她，说一直没把它揣兜里，露在风里一路吹过来，很凉快，她这一刻抹估计会很舒服。

莫蔓菁喂完奶，抹完药膏，看石峰一脸想要和好的殷切模样，抓心挠肝地酸，她说，婚还是要离的，不能拖，等办完满月酒，她就要去海市了。

良好的氛围一下没了。

腊月的寒风像是吹进了石峰眼里。

出月子那天，莫蔓菁去取满月酒席上穿的裙子。

裙子是她月子里偷偷溜出来特意定制的。她把石峰打发出去买冷饮，把她母亲打发去菜场买豆腐，结果跑出来时裁缝正准备关店，说年纪大了要退休。

莫蔓菁坐在裁缝铺里哭了一次又一次，她说她没有办婚礼就要离婚了，儿子的满月酒她想穿白色，当婚纱一样穿。她做姑娘的时候做梦都想穿他做的裙子，求他给她做一条。

楚楚可怜，谁人不疼？主要是她当时赖在门口，人家出不得、进不得，她还一口一个“我是不是打扰您了”“您忙别理我，让我一个人哭一会儿”，假装规矩礼貌，让人都不好下嘴骂她。

裁缝被她缠得没办法，给她量了量尺寸，按照她的要求把腰身再做小一点儿。

裙子的制作周期是半个月，莫蔓菁出月子取完裙子，开心得像个小姑娘，只是第一次穿上就吵了场架。

石峰准备了素戒，大清早向她求婚，她不肯，坚持要走、要离，他想起了她母亲说的“忍”，可那一刻他忍不住了。

按照她说做就做的个性，说走肯定走。她最近已经开始给小石头试着喝奶粉了，计划严格执行，对于离婚计划咬死不变。

她不发脾气了，有时候还对他笑，石峰知道，真的完了。

他做出挽救的时候，还特意找了个宽敞的地方——父亲的书房，还学了新技术——单膝跪地。

几乎在他跪下的瞬间，莫蔓菁就明白了。她说：“不可能的，别想了，你就算跪在天安门广场上，也没可能。”对于眼下的离婚，就像一年前想去海市电影制片厂一样，她势在必行。

石峰抓着她的手指一定要套上戒指，她则拼命地甩手，说：“不可能，王八蛋，臭流氓。”

一番推搡，砚台打翻，碎了一地。石峰急忙揽住她：“你没伤到吧？”

莫蔓菁难以置信地徐徐低下头，那一刻，她只想时光倒流，回到他求婚前，不对，回到在歌厅的那一晚。

满月酒，莫蔓菁全程红着眼睛。

大人多会找补？他们说，一定是庆幸早产儿茁壮，孩子的母亲都感动得哭了。

然而石峰知道，莫蔓菁其实是绝望了。她说：“这条裙子是我的婚纱，婚纱脏了，你知道什么意思吗？戒指和钱都不好使了，你们家帮的忙，我已经用生孩子报答了，功大于过。”

石峰把所有的思想动向都写了下来，准备给她汇报一遍。

他上高中时在校报中缝找笔友，写了两年信。考上大学后，他和笔友失联，高中传达室再也没有新的属于“智明”的信。

他落寞地在班里找到了一个气质与谈吐符合笔友形象的女生，一路偷偷地欣赏，想象那就是笔友。那个女生就是廖慧。

廖慧发现他在关注她，害羞地不许他上课看她，石峰才惊觉自己像个色狼。

他们眉来眼去了整整四年，有一段时间，他都错觉廖慧就是那个笔友。

但他知道她不是，他的那个笔友和廖慧的字迹不同。

他预备大学毕业就和廖慧在一起，笔友的踪迹确实虚无缥缈，找到笔友如大海捞针。

但谁能想到，半路杀出了只“漂亮麻雀”，嚷嚷着要做凤凰，还把他给啄了。他这头觉得负了廖慧，那头又觉得负了莫蔓菁，乱七八糟，一团糨糊，没等理顺，孩子有了，莫蔓菁也住进了家里。

他给过廖慧承诺，男人不能失信。可莫蔓菁怀了孕，他得负责。

他和他的父母一辈子在校园，不通人情，书上没讲的，他就不懂。

他第一次给莫蔓菁寄信时，随意地拨了拨那沓厚厚的信，瞥见信封上的字迹，心跳停了。

他想，告诉她这些，她应该不会计较借钱的事了吧？他帮廖慧只是出于“买卖不成仁义在”的同学情谊。他确实对人家打扰太多，还耽误了人家找对象。

这封信石峰写了好几天。

他看到莫蔓菁就紧张，说不出完整的话，便只能写。他想，写了照着念，总能念出来吧？可莫蔓菁将信一把撕碎，直言这辈子最后悔的事情就是嫁给他。

莫蔓菁瞪着他说，嫁给他比没去成海影厂还后悔。她就应该去湘城……现在她有了拖油瓶，以后嫁人也不好嫁。现在离婚，她去了海市还可以重新开始，找个好人家。

过去她最烦的那套老人言、社会论被她一字一句地高度利用，刺激石峰。

石峰问：“我不好吗？咱们现在有了孩子，都挺顺利的。”他说着，声音低了下来。

“不好，你很笨，你读书好也没用，说的话、做的事没意思得紧，又不浪漫。你这辈子看过电影吗？你读过小说吗？”她说出了冷漠得像冰一样的话。

她嫌恶地掀着染墨的裙摆，见他掏纸，想也没想就撕了，也撕碎了石峰最后的希望。

“你是这么想的？”

“是。”

他问：“你真要离婚？”

“你以为我在开玩笑吗？”

“知道了。”

石峰很冷静地在满月酒当晚给她抱来了一个西瓜。莫蔓菁一只手抱着孩子，一只手收拾东西，话说得那么绝，只能把行李箱拉出来了。

他指着西瓜的青蒂给她看，说：“新鲜的，没能在月子里给你吃上，有点儿可惜。”

那时候没有进口超市，处处卖的都是时令水果，一般人家都得挑烂的买，这大冷天的，他从哪儿找的西瓜啊？

莫蔓菁好奇，石峰臭着脸不说话，沉默着给她切开了，结果瓜是半生的。

他一咬牙关，将菜刀一搁便作势要扔。

莫蔓菁拼命地捶他，好歹拦了下来：“我要吃！不许扔！”

她去找了个瓷勺，还没插上勺，人迅速清醒过来，懂事地拉来石峰的父母。

他们也是稀奇，哪儿来的瓜？在一家人灼热的注视与好奇的目光下，石峰终于没招架住，低下头说，有个学农的同学在村里租了块地，买了农用 PVC 薄膜做了两个小拱棚，一溜西瓜藤上就这一个大瓜，他没想到没熟。

莫蔓菁吃着生瓜，还挺开心的。

倒是石峰的父亲想得多，问他那块地租在哪里。

石峰说了个厂区的名字。

“他怎么给你的？方便吗？”石峰的父亲说，“要是种得好，以后就找他买，咱们蔓菁不是冬天要吃西瓜吗？”他很认真地把莫蔓菁当成长期相处的家人，生怕亏待了她。

石峰缩了缩颠痛了的屁股：“哦……我骑车去拿的。”

“这得好几十公里吧。”他的母亲感叹了一句。

莫蔓菁吃着瓜，嘴里生出一股苦味。她往石峰那里看了看，他拿着瓜，没吃，也没抬头。

莫蔓菁体会到牵挂的滋味时，人已经住到了厂里的宿舍。她想小石头了，想得夜夜哭，想得只有拼命写剧本才能消解这种思念。

她怕频繁打电话回去会让石峰误会，好不容易把他骂得死心了，可别再缠上她了。想是这么想，每回故意挑他上课的时间打电话去家里，又期盼带孩子的阿姨会在交代完孩子的近况后说一句“孩子他爸今天在家呢，要不要让他听电话”。

她内心总带着这样的期待，每每都装作无所谓地打去电话，挂断时都要失落地失神片刻。

阿姨说孩子叫石墨。

她问：“是‘沉默’的‘默’吗？”

“不是，是‘墨水’的‘墨’。”

“啊？哦……说是什么意思了吗？”

阿姨：“据说是因为他满月那天打翻了墨水？是抓阄抓到的名字吗？”

莫蔓菁气死了，怎么这样取名？

气着气着，她熄了灯又笑了，心想：臭石峰！

石墨——好难听的名字。

这名字像个中年男人的名字，和她乖巧漂亮的儿子一点儿也不搭，生硬、刻板，跟他的父亲似的。

但在白纸上多写几遍后，标上拼音，莫蔓菁趴在书桌上哭得一塌糊涂。

石峰真是……

当时他们商量过给儿子起名，她说反正要离婚，儿子谁带跟谁姓，不然再婚人家要问的。

他又是半天没说话，憋到下午对她说："那就取你我的姓吧。"

石墨……"shí mò"……石莫……

她当是玩笑，没想到……

莫蔓菁哭了一会儿，很快清醒，擤鼻涕，啐他，谁知道他取名的时候想到的是什么？别是她自作多情。

石峰那个人，泼了墨水才更像他的风格。

海市电影制片厂的创作氛围极好，对大学生礼遇，还有好几个莫蔓菁的同学，她像回到了大学。由于信息闭塞，没人知道她结了婚，也没人知道她待业这一年还生了个孩子，所以大家拉她出去玩一点儿都没忌讳，当她还是个小姑娘。

石峰突然过来，倒是吓了她一跳，事先也没打个招呼。

这天她负责的剧本项目交第二遍稿，被老师夸了，她兴高采烈地拉着狐朋狗友出去喝酒。学艺术的人在那个年代太大胆了，荤素不忌，长发飘飘，还爱搞行为艺术，聚在马路边跟路人吵架，寻求刺激，怎么离经叛道怎么来，在好学生眼里，他们就是二流子。

这天也是，莫蔓菁的嗓子都吼哑了。

石峰听见动静迎了出来。他站在莫蔓菁的宿舍门口，看她歪歪扭扭地被两个男人架了回来，与当年他领着父母在宿舍楼下找她的情景无异。

石峰沉着张脸，看莫蔓菁与男人肌肤相贴、勾肩搭背，张嘴第一句就是："你们是从中国近代史的剧组出来的？"

一个男人特无赖，小眼睛一瞪，还冲石峰吹口哨。莫蔓菁赶紧打发他俩走，转头问石峰："啊？什么？"

"他们在演清末第一拨剪辫子的人吧。"石峰冷言冷语。

莫蔓菁捧腹大笑，心想：神经病，他居然笑人家留中长发，这是时髦。

她勉强站稳，进屋倒了杯水，大着舌头问他："你怎么进来的？"她的房门居然是开的。

"门口穿制服的大爷领我进来的。"

"啊？"

"我说找你，他就领着我进来了。"

这里的人就是很热心，莫蔓菁也只能说："哦。"

他板着脸不说话，她还没清醒，二人傻傻地相向而坐了好一会儿。

半晌，她问："你吃饭了吗？"

石峰摇头，其实他也不饿，看见她跟两个男的回来，他一股气堵在胸口，饿不饿的，早没了感觉。

夜里十一二点，食堂都关了。她打开柜子，找出一个橘子和一根烂香蕉："只有这个。"

看到黄绿色的橘子和黄黑相间的香蕉，石峰皱起眉头："你就吃这些？"大城市的人就吃这些？

"我在厂里吃食堂，出去就下馆子，不在宿舍吃。"

她虽然这么说了，石峰的脸色仍未见好转。

她问他吃不吃，不吃她就吃了。他还是没说话，她便剥了橘子，那股酸味散到空气里，熏得人眼睛酸。

她问："儿子吃奶粉适应吗？"

石峰不回答，在心里讽刺：你不是在电话里都问了吗？不适应还能怎么样？不肯吃也得吃，去哪里找别的母乳？

莫蔓菁一口一瓣橘子，闻得他倒牙，他伸手从她手上拿过最后一瓣，牙齿咬破橘络就吐了。难吃死了，跟馊汤似的。

莫蔓菁"哎呀"了一声，赶紧拿笤帚："你吐怎么不跟我说一声？你们城里的少爷真是娇贵，还吃不得酸了。"

清理完，她转头看向这大爷，又问他吃香蕉吗，不吃就没了，她这儿连生大米都没有。

他看那香蕉上都不剩什么黄色的部分了，怕她吃了拉稀，掰开香蕉忍着恶心吃了。就这烂的程度，进嘴就化了，她都吃的什么呀？石峰一边吃一边皱眉头，感觉莫蔓菁来的不是海市，而是北大荒。

莫蔓菁当他嫌不够，说："招待所里估计有点儿吃的，等会儿我去问问。"

"招待所？"

哟，他终于出声了？她故意说："不去招待所你住哪儿？"

石峰盯着她，直到把她盯得发毛、朝他目露凶光，才慢吞吞地开口："我不去。"

"那……"

石峰往厕所走："我去洗漱。"

"哎，你怎么可以住这里？我有室友的。"

"隔壁的人说你室友这两个月跟剧组出去了，都不在。"

莫蔓菁一噎，他居然打听过了。

“我带了洗漱的东西。”

“你……”她也不挣扎了，心想都这么晚了，只好晕晕乎乎地指挥他拿出条褥子，“我就这么一条，室友的东西我也不好意思动，她是海市本地人，还挺计较的，不喜欢我们乡下人动她的东西。”

“这你都忍了？”

“在什么地盘做什么人，在海市人的地盘，我就是外地人。”

“那在我家你……”

她瞪他：“什么！”

“没……”他住嘴。

石峰本来真没打算做什么，正好来海市交流一周，看看她。谁知道她稍微清醒点儿就开始说离婚的事，让他过年前问问民政局几号放假，她回去一趟，跟他把证扯了。

石峰窝在她对面的床铺上，就像块石头，纹丝不动。

她说得心头泛酸，见他不语，继续“叽叽喳喳”地说小石头的事，让他以后对儿子好一点儿，再娶也不要亏待儿子。

她对他说挣到钱就回去，别让她看见儿子穿得不好，那她会生气的。

薄情寡义！石峰翻了个身，不再看她。

“其实……”她认真地考虑过，“你爸妈挺好的，你以后的对象要是不喜欢孩子，就把小石头给你爸妈养……”

他猛地坐起身，呛声打断她：“还说？”

莫蔓菁是谁？她在二十多岁的年纪里，根本就不知道暂停为何物，倔强地盯着一个点死钻。

老师对她说：“主角刚挨了一颗子弹，牺牲了。下一幕的镜头为了普通观众的接受心理，要写美好生活的一角，写他的牺牲换得的美好生活，这样观众才会舒服。你还写他泥泞的鞋尖、破皮的嘴唇、浮肿的双眼，那太残忍了，导演也不会这么拍的。”

所以石峰让她停时，她当然没停，淌着泪沉浸在自己的残忍剧本里。到石峰扑上来，她才终于回神：“你干吗呀？”

褂子穿久了，扣很松，雪白的皮肤敞在眼下，比月光还亮。她骂他流氓：“臭石峰！你有病是不是？！”

她越骂，他越来劲；她越打，他的火越旺。

石峰不说话，像一头闷不吭声犁地的牛。

她的背被抵在冰凉的墙上，墙灰蹭上发汗的肌肤，光滑得不像话。

莫蔓菁摸着他的臂膀：“你壮了不少呢。”

“我最近在种瓜。”

“瓜？西瓜吗？”

“嗯……夏天挺甜的，不知道冬天甜不甜。”说到这里，石峰就停了，也不邀请她吃瓜。

她等了等：“哦，还挺新的思路，以后冬天卖西瓜估计能发财。”

他冷笑了一声：“哼……你以为有几个人冬天要吃西瓜？”

他们都比以前懂得多了，知道捅破了对方最坚韧的伪装，彼此都柔软了下来。莫蔓菁问他：“小石头乖吗？”

他：“嗯。”

“多乖？”

“比你乖。”

“胡说什么呀！”她看着他高高肿起的脸，无奈地掐住他的肩膀，“烦死了。”

他问她：“你说你乖吗，半夜和男的出去喝酒？”他这辈子都没见过这么野的姑娘，大学的女孩儿天黑了就要往回赶，她那架势看起来恨不得玩到天亮。

“那都是同事！都是厂里的副导演。”

他瓮声瓮气地说：“是你那个学导演的相好吗？”

“我什么相好啊？”她没听懂。

不说实话？“我问了……他们都知道你有个要好的男同学在这里。”而且宿舍这边的人都不知道她结过婚、生过孩子。确实，她漂亮、机灵得好像还是个小姑娘。他硬是拧巴地想：她肯定是故意隐瞒的。

莫蔓菁想了想，他说的那个人是她的好朋友：“哦……那个啊……”

还真有？

石峰气血上涌：“莫春娇，你当我是死人吗？！咱们还没离呢！”

“你不许叫我这个名字！”说完这句，她再也没有力气说别的。

事后，莫蔓菁发现他根本没按规矩来，彻底蒙了：“你怎么这么无赖？”现在严禁生二胎，他有病吧？

“我告诉你单位的人了，说你结婚了、有孩子了。”他只是吓她的，没想到右脸迎来了一巴掌，她眼神绝望，被吓得半死：“你真说了？”

他看了她一眼，咬牙说道：“说了。”又是一巴掌，莫蔓菁的眼泪扑簌簌地掉，她还没让他们知道呢。

“真的？”

“说了。”

又是一记脆响的巴掌，她说：“我这辈子都不要再理你了！”

“那你告诉我，隔壁那人说这屋可以住人的时候，提到你上次带同学来住过，是男同学还是女同学？”他只说自己是朋友，怕问多了让她单位的人误会，咬着牙安慰了自己一天，那人肯定是女的，她看着又野又“辣”，实际还没处过对象，他得信她。

婚还没离呢……她不会的……

结果，她仰起头，狠狠地说道：“男的！”

他涨红了脸：“真的？”

“是！”她没脸没皮，目光还很凛然。

但凡有第三个明白人，都能看得出来她在激他。

但石峰看不出来。他的目光在她身上游移：“那个了？”

“当然哪，不然来干吗？”

这么明显的玩笑，石峰一点儿都禁不起。他套上衣服摔门就出去了，莫蔓菁洗到一半听到门声，还在想大家都知道她已婚了，她该怎么办。

她本想简单点儿，懒得跟别人大段大段地解释，便躲避这种话题，一来二去，别人认为她未婚也很正常。她不是有心隐瞒，可要是被他在人前戳穿，就有点儿尴尬了。

她急了一晚，这一晚石峰也没回来。

隔天莫蔓菁上班去了，回来时发现东西都没动，她去问门口的保安大爷：“那个男的今天来找我了吗？”

电影制片厂的俊男美女特多，即便如此，大爷对石峰还是很有印象，说：“哦，来找你的那个男演员是吧？他今天没来，怎么，你等他啊？”他打趣道，“你们是要处对象吗？我跟你说，这种长相的男人都挺花心的……你当心点儿……”

莫蔓菁等了一个傍晚，天黑前跑去人家办公室打了通电话，石峰母亲接的，她问完小石头，笑着听他咿咿呀呀地说话，等电话回到石峰的母亲手上，她才慢吞吞地问：“石峰在吗？”

对方听她问石峰，松了口气，说：“你们可不要吵架。他最近搞课题，常出门，这两天不在家，我让他给你打电话？”

莫蔓菁忙不迭地拒绝："不用不用。"

等她一通电话打完，再回到宿舍时，堂屋当中多了一袋红星苹果和一袋贴着标签的香蕉。

她帮他收拾好的包已经被拿走了。

床上摆着一捆信。

莫蔓菁皱眉头。他有病吧，怎么会写这么厚的信？信被红麻线捆成一摞，得有六七本书那么厚吧。他们总共都没说过这么多话。

莫蔓菁人生第一次跟组就在自己的城市。

编剧跟组都是急活儿，现写现拍，可能会被演员呛声、被导演改剧本，还可能因为剧组缺人被当丫鬟使。但她是海影厂的，不是外头的野路子，别人多少能卖她一点儿面子。前半部分是别人告诉她的，后半部分是她自我安慰的。

她一听拍摄地点，就吵着要去，她想儿子了。

她回家第一件事就是去看小石头，家里只有阿姨在。她这才知道石峰的父亲评了职称，双职工分了套新房，正在装修。

那时候房屋装修都是业主自己买材料找熟人，莫蔓菁兴冲冲地跑过去，以为石峰会在，但他不在，还跑得老远。

石峰母亲说市里要建个天文台观测站，石峰所在系里的学生都去了。

莫蔓菁问："在哪里？"

石峰妈说："不知道，说是机密。"

石峰去了个鬼地方，谁都联系不上，一去一个月。等他回来，石墨已经会叫妈妈了。他惊奇地问父母："小石头怎么不会叫爸爸？"

石峰的父母哈哈大笑，说莫蔓菁常匆匆忙忙地从剧组坐便车来，逮着小石头就教，还真让她见缝插针地给小石头教会了。

他听说莫蔓菁回来了，反常地没有任何欣喜，脸色戏剧般地冷了下来。

他的父母说："既然你回来了，正好叫她来吃饭，一家人聚聚。"

石峰说："不用了，我们准备离婚了，保持距离吧。"

莫蔓菁后来来了两三回，也一直没碰上他，就在莫蔓菁以为石峰故意躲着她时，他用实际行动告诉她他不屑。

傍晚，夕阳自由地悬挂在瓦片矮楼里。

莫蔓菁好不容易偷闲溜出剧组，抱着石墨在学校晃荡。累了的时候，她也不管有没有鸟屎，就把他放在树下的长凳上，手都差点儿被这胖小子压断。

她正甩着手，迎面走来一个学究中的"大败类"——天天不张嘴说话就知道纠缠女人的男人。

石峰这天戴了眼镜，刚给本科生开完开学动员大会。他怕自己长得不够成熟，压不住学生，每次给导师代课或者开本科班的会议都会架副眼镜，戴久了就忘了拿下来，这不，看见莫蔓菁就忘了。

石墨认识他，"咿咿呀呀"地远远张开手臂要抱他。石峰把名册搁在草地上，双手抱起小家伙，一把往天上甩。莫蔓菁吓得尖叫，好在他只是借惯性抛接。

她生气："你都是这么对儿子的？"

他抱着儿子，弯腰拾起名册就往回走。莫蔓菁见他没理自己，顿了顿，跟上去："你不准备跟我说话？"

石峰不语，倒是石墨趴在父亲的肩头扭头看她。莫蔓菁想：小家伙真有良心，没白惦记。

她握住儿子的小手摇摇，追上问："不说说那些信的事吗？"她真没想过那个通过写信练字的"智明"会是石峰。这段经历离谱儿又动人，她还把这个写成了剧本，厂里有个副导演看上了，说将来要拍，准备叫《情书》。不过筹拍到底晚了，等他们几个人有能力，外国那部《情书》早已经成为经典了。

他气性真大，提信都不说话。

莫蔓菁说："你干吗不早说啊？"他们居然有这段渊源。

走到楼底下，他问："你不回去吗？天要黑了。"

"我今天住下……"

"住哪儿？你买房了？"他问，"还是招待所？"

莫蔓菁"扑哧"一笑，这家伙居然生气了。她说："我虽然没房子，但我有儿子，我跟我儿子挤一张床。"

石峰撇撇嘴，就这么上了楼。那边装修，这边也乱，家里没处下脚。大家凑合凑合勉强吃了碗面，石峰的父母拼命找话题，问海影厂怎么样、导演凶不凶、编剧老师怎么样，还问剧组里男女关系乱不乱。

莫蔓菁一一回答，回答到最后一个问题，很乖地说自己第一次跟组，不知道。

石峰不语，整顿饭他连哼都没哼一声。倒是石墨看家里人多，闹了一会儿。

莫蔓菁没想到石峰吃了饭便进屋，一直都没露面。她和石墨玩到八点多，玩到小家伙都睡着了。

石峰的父母问她怎么不回房，她尴尬地说："锁了。"

石峰的父母立刻对着石峰的房间骂骂咧咧。莫蔓菁到底还是走了，晚上八点半她非要走，怕石峰听不见，她还故意说下周这边的景就拍完了，她要走了，屋内还是没有动静。

她的手腕差点儿被石峰的母亲拽紫，人还是跑了。

莫蔓菁踏上秋天的街道，居然也没多忧伤。她找了学校门口的招待所住下。刚上二楼就听见响动，她头伸出窗外往下瞅了瞅，看见小跑来的石峰正在前台登记本上找她的名字。

她脸上泛起笑容，没想到他的指尖沿着名单往下滑，看到最新登记的名字是她后转身就走了。

他没上来找她？他就这么走了？莫蔓菁翻着白眼，又是好气，又是好笑。

石峰研究生毕业后，家里的人的意思是希望他留校。他想了想，决定跑远点儿。

他打电话给莫蔓菁，问她什么时候回来办离婚，他要去天文台，之后可能不方便。莫蔓菁开始拖拉，说自己在闭关写剧本，没空。

“办个离婚证能用你多大工夫？照片都不用拍。”

“没空就是没空！你有什么急的？”

以前他理亏，她喊他离婚，一棍子打不出个屁，现在他自以为站在道德制高点了，话真多。

石峰说：“我遵守社会道德，婚姻关系内不与他人发生关系。”

莫蔓菁也不解释：“那你告我去吧。”

她没心思搞那些情情爱爱，天生就是待不住的人。

莫蔓菁参与制作的影片被上头一句话“枪毙”，她都来不及心碎，才知道这一年制片厂十五部影片有十部都没戏，需要修改，而拍电影的都知道，“修改”就是“枪毙”。这让她搞艺术的心受到了重创。

她很快振作，另谋出路。她先是了解到一线作家的小说在影视改编上有首选权，成交额有好几万元，想着以后小说翻拍会是个大市场，偷偷写起了小说。再然后室内剧这个新类型横空出世，多机切换，现场录音，投资小、见效快，正大量招编剧，她本在观望中，恰逢一部室内剧火遍全国。自此，她嗅到了电视剧红火的商机，与几个制作人、编剧、导演夜夜把酒言谈，一个局接一个局地畅聊艺术变现。贪财的她最终在利益的蛊惑下放弃了电影艺术梦，离开了海影厂。

离开铁饭碗在当时需要很大的勇气，莫蔓菁都没敢告诉家里，尤其是这份工作在当时是花了大功夫托人才得到的。她在海市和朋友租了套房，闷头写，两耳不闻窗外事地写，写了一年。直到那个剧本顺利变成五千元人民币，她才敢告诉石峰。

当时海影厂一个月工资就两百多元。石峰还不错，在那通电话里没说什么，只说他会跟父母讲的，让她小心，别被人骗了。

莫蔓菁意识到写电视剧的行动自由，火速回到了石墨的身边。

石峰在偏僻的天文台工作，方圆几十里都没什么建筑，常年不着家，打电话倒是方便，单位就有电话，但他不打。莫蔓菁先惺惺作态，租了套房子，在石峰的母亲无数次登门拜访后，才退掉了房子，搬进了新居。

家里有一个很小的房间，一扇小窗、一张书桌、一盏台灯，太适合编剧了。

石峰此人板着脸不过几回，石墨三四岁时，他的表情已经松动。莫蔓菁嘻嘻哈哈，一副爽朗的模样，又来回在家里转悠，他从三个月回来一趟变成一个月回来一趟，到最后的两周一趟！

两个人在阳台碰到，先别别扭扭地避开眼，再哼哼唧唧地正色攀谈。莫蔓菁着了他的道儿，也跟着他别扭。

有一回半夜在客厅喝水碰上，他问她："怎么没睡？"

她说："写剧本呢。"

他说："你昨晚这个点也在写剧本，你都这么晚睡？"

他推她去睡觉，她不肯。二人聊着聊着，举着杯水喝着回了同一个房间。

手抖得太厉害，水泼得一塌糊涂。

石峰要给她找衣服，她说她的衣服在房间里，说着就往门口走。踮着脚尖走到门口，她意识到这是个和好的好机会，顿了一步，恰好迎上了石峰的臂弯。

他很规矩地只是抱着她，努力组织语言。他在荒野憋了一年多，好不容易人在眼前，可"以后咱们好好过日子"这句话像瓶塞堵死在热水瓶里，怎么也拔不出来。

莫蔓菁感受到他的怀抱，眼泪立刻就下来了。她最近本子写得不顺，上一个本子的制作人卷钱跑了，怎么也联系不上，她压力很大。进了社会，挨了打，到底学会识时务了，她反身就往他怀里一钻，柔弱得像一只受伤的小鸟："石峰……"

莫蔓菁死活没找到机会解释这事，后来再跟他说话，要么说不上话，要么在说重要的事，信号这才慢慢地接上。

"你是哪种人？"

"我是老实人！"

石峰被她的认知震惊了："你老实？"

"我不老实吗？"她气呼呼地白他一眼，"我不老实？难道你老实？"

"我不老实？"他从小就被夸老实。

"你老实？那你在干吗？！"她损他。

石峰这劲儿又闷住了，但很快学会了精明："那我以后都不老实了！"

完事后，她夸他这次懂事了。

石峰将下巴搁在莫蔓菁的肩上，缓着劲儿，跟她说："我的两个姐姐走了，按照规定，家里还可以上一个人的户口。”

“啊？什么意思？”

“咱们还可以再生一个。”他笑着亲她的嘴，“你不是想要女儿吗？”

“我不要！”莫蔓菁下意识地就拒绝了，“好痛，我不想痛了。”

“啊？哦……那行。”他点了点头，“那咱们不生了。”

莫蔓菁推开他，就要往外走：“我回去了。”

“你去哪儿？”他失落地按住被角。

“我得回去，不然你的父母明早会发现我睡在你的房间。”她走到门口，愣了一下，一回头，石峰也蹙着眉，好像哪里不对，又好像没什么问题……

她抿住唇，笑了起来。

石峰也反应了过来，冲她招手：“快过来！睡觉！”

石墨也是看过父母恩爱的，但当时他不记事，等他快五岁了，“廖慧级地震”的“余震”来了。

廖敏提着水果上门来还钱，特意用袋子装的钱，里面有各种一角、五角的零钱，看得人心酸。

在人民币不断贬值的时候，借了近五年的钱终于还了。两千块，石峰声称不要利息。

莫蔓菁特意没出去，窝在房里，听廖敏说着感谢。

廖敏说廖慧读博了，不知道能不能留在那儿，她帮廖慧问问他知不知道哪里缺研究大气科学的老师。

莫蔓菁在房里火一下就冒了起来。好在石峰说他不了解，他没留校，教育就业这方面他不清楚。廖敏说可惜，她老公学的也是气象，而且就在石峰他们学校，那里好像缺研究大气科学的老师，但廖慧可能想去更好的学校。

石峰惊讶，他倒是没听说，这一问才知道原来自己和她老公认识，本来冷冰冰的对话也一下热络了起来。

莫蔓菁在房间里捏着手指赌气。

廖敏说，她追她老公的时候还抄了他当年追廖慧时写的话，“好看的人总是会被厚待，连天气都格外照顾。”说完她哈哈大笑。

是，男人的风花雪月越多越好。房间里的莫蔓菁更气了，石峰这辈子都没跟她说过这样的情话。

等廖敏走了，莫蔓菁冷着脸问他：“为什么不要利息？你知道这两千块放银行现在有多少利息吗？！光利息就抵你在天文台挨一个季度寂寞的工资。”

他无所谓地说：“没事，我喜欢待在那儿。”

他压根儿没明白莫蔓菁在计较什么，以为她是因为钱生气，拼命替廖敏说话，说她老公也是学校的，跟他父亲算同事，跟他算同专业。还有，他听说廖敏断指后身体不太好，希望她多包容她们。

“路上那么多要饭的、吹冷风的、断手断脚的，我赏个一分两分还能换来跪拜和谢谢，这一百来块够我做一天大爷，赶上齐呼万岁的阵势了。要包容，咱包容得过来吗？”

“你讲话怎么这样！”石峰有时候也受不了她的刻薄。

夫妻不要熟络，最好陌生点，如此便可相敬如宾，一旦熟络，捅破了友好的窗户纸，若立场对立，多是针尖对麦芒的局面。尤其在一方嘴皮子更为利索的情况下，那个说“算了，算了，不跟你说了”的男人就燃起了冷战的第一把火。

莫蔓菁吃饭的时候没吭声，父母就察觉出不对劲了，大家现在都对她的脾气有几分了解了。

睡前，石峰感觉到她的僵硬，死死地咬着牙，问她是不是还生气呢。

这时候，他已经缓过气来，开始低眉顺眼地认错，说："以后她再来借钱，我就提利息，现在钱都还了，没必要。"

莫蔓菁一听以后，气更不打一处来："那以后廖慧回来，你会帮她找工作吗？"

"她一个留美博士，我能帮她什么啊？"

意思就是"帮不了"，他能力不够，而不是态度端正的"不帮"。

莫蔓菁接下来开始演死鱼，本来很容易消的气，由于石峰又出了趟远门而加重了。

他为气象地基检测设备选址，有两年不着家。这中间，学校为招老师来过两趟，廖敏的丈夫跟着一起，他好像知晓了石峰跟廖慧有过一些关系，嘴上不着调地调侃，像是半个亲戚。

莫蔓菁在生意局上见多了这种腔调的人，着三不着两的，但既然调侃对象是石峰，就另当别论了。

石峰回来一趟更难得了，但莫蔓菁的话一次比一次冲，还提了离婚。他怎么也哄不好，就闷头办事。他们堵着气，他以为是因为那点儿利息，但她是生着小家子气。

霓虹在刚露出鱼肚白的天际如星光闪烁。

秦甦有些困了，她枕在石墨的肩上，问他："后来他们怎么和好的？"

石墨说他想不起来了，又说："他们一直在吵架，可能……讲话的声音比较大吧，反正每回都凶巴巴的。我爸不说话我妈就凶他，凶完他更不说话，我妈又心疼，来来去去的。"

"天哪，我好喜欢。"她这种性格的人太喜欢这种感情了。

"你喜欢他们？"这对夫妻太吵了，浪漫是浪漫，但也折腾。

车、马、邮件都慢的那个时代，大转折都以年记事，还是他和秦甦好，一年什么都搞定了。

“喜欢，他们虽然折腾，但没有放弃彼此。”她感动得想哭，但熬了夜，眼睛干得哭不出泪来。

“哦……”他想起来了，“后来，他们关系缓和的某个契机是，我妈又一次把离婚的事搬到台面上来说，我爸问她为什么，他不好吗？”

秦甦笑，这对话不是发生过吗？

“然后我妈说，她都三十岁了，错过恋爱就结婚生孩子了，这辈子她得好好体会一次恋爱。”石墨觉得当时莫蔓菁是认真的，她很认真地想开始一段新的生活。

然后石峰很认真地对她说：“那就跟我谈。”

莫蔓菁说：“咱们都结婚了，几乎可以说是老夫老妻了。”

他说：“结婚了也可以谈恋爱啊，我跟你谈一辈子的恋爱。”

接着，石峰接受了学校邀请，成为大学老师，与莫蔓菁朝夕相对，天天恶心石墨。

秦甦捏起小拳头，抵着石墨的胸膛尖叫：“天哪，好浪漫！”

作为儿子，说起五十岁人的感情，石墨觉得很尴尬，但老婆在身侧呢，他很自然地捏上她的手，青出于蓝而胜于蓝地见缝插针：“我也跟你谈一辈子恋爱。”

石书沐的哭声响起，五点多是他吃奶的点。他每天起得比鸡早，一看就是个学霸苗子。

Fake Love

Special 3

一家四口

“小猴子”六十八天的时候，又被送去了一趟医院。再回来时，她跟弟弟躺在一张婴儿床上，就像被百变小樱的大小库洛牌施了魔法，体形差得更大了。

秦甦因为“小猴子”生病暴瘦了一圈，对吃喝一点儿忌讳都没了。她吃完晚饭，逗会儿孩子，还要加顿餐。好带的孩子是真省心，给什么吃什么，她第一次喂儿子吃稀释过的菜汁时，他傻乎乎地就咽下去了，轮到“小猴子”时，为难死秦甦了，哄了一个小时，最后气得她把奶瓶里的菜汁喝了个干净。

陆玉霞抄手坐在一旁，有种翻身农奴做主人的感觉，对秦甦说：“你小时候也这样，不是不报，时候未到。”

秦甦准备产假结束后辞职，她坐在两个孩子中间，算起自己的五险一金，以后做了自由职业者，这些东西都得自己交。

石墨则开始筹办百日宴和婚礼。说是他筹备，实际是莫蔓菁催他的。莫蔓菁没办过婚礼，心有遗憾，在他们夫妻都没什么表示的情况下，事先就筛选了几种方案，最后找到专业的婚礼设计团队。

秦甦想参与来着，石墨主动请缨："让我来吧，给你个惊喜。"

经过了两天的讨论，在石墨不断清嗓简述完他和秦甦从相识到相恋的过程后，团队与家人一致决定百日宴和婚礼一起办。

现代人太忙了，连着邀请两场，怪麻烦的，一起办大家都开心。

石墨自与秦甦深夜聊过父母的爱情后，意识到那对夫妻之所以感情那么好，全是因为没有那么爱孩子，他一直像个吉祥物摆件，健健康康且闷闷不乐地长大了。

因此有了孩子，石墨下意识地想把自己的缺憾弥补到孩子身上，但显然，人的时间和精力是有限的，很爱孩子，对秦甦的关心就会少，何况他有两个孩子。

秦甦问他筹备婚礼是不是很忙，他这天回来居然没第一时间去看孩子，捧着她的脸亲了又亲，像没亲过嘴似的。于是石墨把这个想法告诉了她，说以后眼睛只长在她身上。

秦甦"扑哧"一笑："有病。"他之前看她流两滴泪都怕惊着孩子，这一刻说要把眼珠安在她身上，矫枉过正了。

石墨说："还是百分百地爱你吧，我发现虽然我爸妈忽视我，但我现在依然很爱他们。"总要有遗憾的，如果父母约束，他小时候爬树也爬不了那么欢。

秦甦赶紧摸手机："快点儿再说一遍，我觉得这句话可能比名字值钱。"莫蔓菁老公在侧，天天牵手，十指像长在一起似的，儿子的表白却极为罕见，让她听见这话，怕是要激动得当场立遗嘱。

石墨再下班回来时，就算要边接电话边换鞋，也要拉过秦甦亲亲她的额头。都市精英的时间都是以秒记的，是以，这些仪式感更为珍贵。

秦甦手上抱着娃也会凑上去，无关情欲，就是无声的表白：

今天依然爱你。

石墨当然忍不了不关心孩子，但给孩子多少关心都是不够的，现在带孩子比以前要复杂很多。

这件事好像无论多少个人做都是不够的，使唤声此起彼伏——“帮儿子拿左边的尿布，那尿布‘小猴子’穿了红屁股，他没事，用旧了好买新的”“帮书沁拿口服补盐液，奶粉泡浓点儿，盖住点儿味道，她能尝出来”……

洗澡也是，他们洗澡一堆人排队接力，家里没有一个人能闲着。

儿子先洗，因为快。冲一遍水，逗一会儿，捏一只“吱吱”响的黄鸭子，他的目光盯着黄色追了一会儿，拎起来冲干净，只要一个人在旁把小鸭子拿在手里吸引他的目光，他就会乖乖的。接着另一个人拿浴巾将他一兜，擦一擦水，后面的人再把他抱回婴儿房，给他穿衣服。

用石墨的话说就是用ETC过高速，顺畅，不用排队。

轮到“小猴子”洗澡时，所有人都忘了步骤，从她进浴室开始便陷入混乱，水花四溅，不停有人提建议，要这样，要那样……秦甦回回洗完都要躺在床上，耍赖说耳朵疼，下回罢工。可到了下回，她还是不舍得，一定要亲自上阵。

她推推石墨，问他：“儿子洗澡是ETC，女儿呢？”

石墨抹了一把脸，长出一口气，想了想：“是ET（外星人角色），而且是对人类不友好的那类ET。”

女儿太难伺候了。

秦甦累极的时候，真有为什么生女儿的念头飘过，儿子不好吗？一个孩子不好吗？

婚礼准备过程秦甦当真没参与，她看石墨一个电话接一个电话，便知这事累人得很，听内容，他一直在协调灯光和材料的事，找酒店也不顺，换了两家。莫蔓菁出于对秦甦的重视，把宾客由四百人增至六百人，最后加钱改在更好的酒店，设计团队又开始修改细节。

听个大概都仿佛要令人窒息了，更别说细则协调了。秦甦光是试几套婚纱旗袍、调整款式与尺寸，就想撂挑子了。

她问潘羽织："生孩子之后好容易疲劳，是不是身体虚了？"

潘羽织说："你这不是生理上的虚，而是精神上被绑架了，知道自己逃不掉，身体开始怠工，精神抖擞是一天，懒懒散散也是一天。"

秦甦真的累，累得逃避夫妻生活。她感受到丈夫的热情，居然生出退缩之意，低声说："宝宝明天要去打疫苗，我得早起。"

她一折腾就是小半宿，进入兴奋的状态也容易神志不清，但第二天精神不振时又要懊恼，昨天该早点儿睡的。

婚礼设计得很精心，省掉了她和石墨不感兴趣的堵门礼和叫门礼，可还是天不亮就得起来，要是带了孩子什么都不方便。

秦甦起来第一件事是装扮宝宝们，给他们戴上小皇冠和小礼帽，可可爱爱的。等弄好他们，她穿上婚纱，"小猴子"却拉了，临时找来帮忙的月嫂不清楚她这么好动，换尿不湿时，精心别了星星和月亮的纱裙沾了屎。

秦甦还没出门，眼眶就气红了，脊背全是汗。百日宴，女儿居然要穿着布裙子。

化妆师比石墨还急，求她千万别哭。

秦甦忍了忍，憋了回去。坐上车她才整理好心情，冲石墨委屈。她刚往沙发上一坐，没想到坐在了月嫂团在一起的脏裙子上，婚纱沾上了一片屎，她一路捏着下来。

秦甦哭笑不得地鼓着嘴，自我鼓劲："很特别的婚礼开端……"

石墨偏身要看："很明显吗？"

她不想提了，越提越烦躁："算了，不说了。"

由于心情一般，到了现场，秦甦也没看出哪里好看。石墨精心设计的灯光还没亮起，银河系的几个球在舞台上，紫不紫、蓝不蓝的，非常符合"直男"的审美。

签到桌的桌布是蓝丝绒的，白墙上有一个巨型兔子灯，只是中间的兔子换成他们亲吻的剪影。

秦甦面无表情，石墨倒是兴致勃勃，向她介绍这是木星、那是月球……都是画师用颜料画上去的，这里用大量鲜花设计出了花海的效果，晚上灯光一就位，非常有星空感。

再浪漫也比不过氦气求婚那回了。

秦甦无精打采，说了声"好，辛苦了"，拎起裙摆赶紧进去补妆。

石墨看着潘羽织搀扶着她，左右看了看，走到签到处拿了支笔。

"你干吗？"秦甦刚坐下，石墨便蹲在她脚旁，拨开层层纱裙，一副找东西的样子。

"那个污渍在哪里？"他问。

"啊！不许说！"她不想把婚纱沾了屎的事告诉别人。这天会有很多老朋友来，她不想让自己有任何难堪。

他拉过她的手，捏了捏，给她鼓劲："我给你画个画。"

秦甦并没有什么兴趣，但石墨一直蹲着，她只能无奈地皱着眉头，掀开左侧给他看："这里。"

潘羽织吓了一跳，问："这儿怎么了？"

秦甦的额角又沁汗了，她低声说："沾了点儿东西。"

"能洗掉吗？"

"洗了更难看。"本来遮遮还可以，沾了水估计会洇开。

石墨以为很小，结果有巴掌那么大，难怪她这么烦躁。

他左右比画了一下，让休息室几个人把裙子扯开，秦甦疑惑："干吗呀？"

他还支着笔，在脑海中打起了线稿："把裙子绷直了好画。"

"你……"她也不是很信任石墨的技术，毕竟他不是专业画手，"能不能成啊？"就一支黑色签字笔，白色裙底也不可以打草稿。

"我画你还可以。"他笑笑，不过下一句赶紧给自己找补，"就算画得不好，也很符合今天百日宴的主题，就是热闹和童趣。"

现场的甜品都是星星和月亮形状的，奶油挑的蓝色，特别可爱。如果婚纱没有这么大的问题，她应该还是会喜欢的。

潘羽织捏了捏秦甦的肩："笑笑吧，我说你怎么看到这么漂亮的现场也不惊喜，一直苦着脸呢。"她被石墨邀请来看过现场效果，当晚震撼得失眠，没想到秦甦居然毫无反应，就算没亮灯，也不至于这么冷淡，原来是婚纱脏了。

漂亮什么呀？秦甦对婚礼没什么期待了，强撑着转过身点头："好。"随便他怎么弄吧，还能差过现在？

秦甦以为石墨要用黄色的底料做背景，画个傻乎乎的笑脸，可背后的动静像在画《清明上河图》，偏偏身边几个咋咋呼呼的家伙在后面特别没见识地"哇！哇！哇"……

她盯着白墙，问："怎么了？"

"哇！石墨，真有你的！"潘羽织又被震惊了，"不愧是偷偷画老婆的人，没白画啊！"

秦甦更加好奇了，问："怎么了？怎么了？"

一片安静，大家都屏住了气。

秦甦感觉他最后画了几个圈。等他收笔，她连忙回头往化妆镜上看。

要说多美，肯定不如雪白一片的婚纱。可秦甦倒真没想到，他一笔勾出了她脸部的侧影，占了一臂长，头顶画了一个简笔皇冠，右边屁股处那巴掌大的黄色则是皇冠的晕染底料。不能说巧夺天工，但真是意料之外，秦甦被感动得颇为不自在。

“怎么样？”他还想添几笔，“我去问问他们有没有颜料，不过我上色不太好。”

“不要其他颜色了。Less is more.（少即是多。）”秦甦咬了咬唇，上前亲了他一口。

旁边那些没见识的人又是一阵“哇！哇！哇”……

石书沐似乎会晕车，去打疫苗那次就溢奶了，这天坐车来，被抱到礼堂，又吐了秦甦一身。

潘羽织比秦甦还崩溃，咬牙同情她：“两个果然费劲。”

秦甦拉着儿子的小手给他擦口水。和姐妹们聊天的这两个小时，她早就平复了心情，还笑了笑：“是挺烦恼的，但好在老公不错。”

石墨让莫蔓菁把“小猴子”送到了他的休息室。他这么体谅，秦甦很感动。

潘羽织说：“你真会苦中作乐。”

但女儿这天不怎么折腾了，石墨的休息室全是男生，他发来微信：“从没见她笑得这么开心。”

“小猴子”秦书沁的樱桃小嘴半张着，谁逗都笑，眼睛都眯没了。

石墨几个未婚和生了儿子的男同学不住羡慕：“生女儿真好。”

石墨立在一旁哑然，给秦甦录了一段视频，夫妻俩对这丫头彻底无语。

宾客先后入场，灯光和效果这才配上。潘羽织拉着秦甦猫在门缝看："说真的，虽然程序都差不多，但星空系婚礼真的很特别。"

漫天银河闪烁，连石墨之前提过的四条对称旋臂也十分清晰，一颗颗遥远的星球小得像揉碎的金银碎屑。为配合百日主题，还设计了动画效果，小星星掉落人间，引发几个叔叔很夸张地伸手配合，坐在那儿试图接，逗得偷窥的秦甦一直乐。

石书沐不喜欢阿姨们身上的香水味，难得叛逆地一直哭。

秦甦抱着他哄，一群阿姨也围着他帮忙哄，小石头遭遇人生首次"香艳"劫难，无眉的眉头皱成两根波浪线。

婚礼谁没见过，新郎、新娘到处是，但龙凤胎不多见。外面的人洗了手排队要看，秦甦赶紧把孩子交给陆玉霞，和朋友聊起天。

她胸口的白色乳迹颇为明显，不比方才黄色的好到哪里，尤其波澜起伏时，更为惹眼。她一学设计的朋友说："既然你老公把后面都画了，索性前面也画了吧。"

"辣妹"的朋友果然也"辣"。

等会儿仪式结束她就要换敬酒服了，这件婚纱从沾上屎的那刻就已经坏到底了。

秦甦一点儿也不扭捏，还挺期待："好啊，你们帮我想想吧。"

她们在休息室闹，说搞婚纱街头艺术，有人带了蓝色睫毛膏，稍加稀释后在纸上试了试色，拿唇刷在胸前的白色乳迹处画了几个蓝色泡泡。秦甦左右照了照，还没说满意，又有人提议姑娘们一人一个唇印。

秦甦哈哈大笑，让她们亲的时候避开她女儿的便便。姑娘们立刻补上口红，将裙摆给她印满唇印。

各种限量版口红色号深深浅浅，粉粉艳艳，层层叠叠。

儿子在外间休息室狂哭，秦甦在里面偷偷搞破坏，她看朋友们揪着婚纱一个个印唇印，开心得手舞足蹈。不过她倒是记得锁门，主要怕陆玉霞误闯进来坏了她的好事，陆玉霞铁定不同意这样。

莫蔓菁听说石书沐哭了，赶紧来帮忙，见到秦甦的婚纱惊喜地说道："真酷。"

秦甦捂嘴偷笑："我妈看到，翻了个白眼，都不想跟我说话。"主要也是宝宝把她的精力耗尽了，没旁的心思管她。

婆媳俩笑得花枝乱颤，莫蔓菁还借她的头纱戴上拍了两张照片。秦甦说："等宝宝长大一点儿，咱们一起去拍全家福婚纱照，你和爸爸一起。"

莫蔓菁抿抿唇，表情复杂地笑了笑，没拒绝，也没答应。

婚礼比想象的感人、美好，女儿的"瑕"丝毫不掩石墨用心的"瑜"。

甚至没有任何煽情的情节，秦甦从踏进"银河系"、步入宾客的视线开始，心脏便不可抑制地怦怦跳动。她穿着花花绿绿的婚纱，走在童话故事里"王子和公主举行了盛大的婚礼、永远幸福地生活在一起"的大结局处，感觉自己酷极了。

她知道成人世界没有童话，但石墨让她相信，他们有，只是比童话故事书上吵了点儿。

秦甦过去看婚礼现场，听那些人讲到新郎、新娘的相识过程，总是很尴尬，像被公开行刑，从未感动过。

但听到自己的时，她还是哭得像个小孩儿。

“马里奥”和“路易基”通关相遇了。

她牢牢地捂住嘴，不让自己失控得太难看，但她泪眼婆娑地往台下一瞥，发现大家好像都在哭。

石墨真的不爱哭，冷静地走完全程。

下台时，她哭成一张花猫脸：“你不哭吗？”

他咽了咽喉咙，眨眨眼：“有什么好哭的？你跟别人谈恋爱我都没哭，现在是你跟我结婚，我有什么好哭的？”

秦甦眼尖，一眼就看见了宾客席的角落坐着个熟悉的背影。

婚礼前，陆玉霞问她：“要不要请你爸啊？让他来吃顿饭，也算客气一下，不然别人问起来，该说你结婚连爸爸都不请没良心了。”

中国以孝为大，秦甦不是没有犹豫过，但还是嘴硬地拒绝了。在秦栋梁那里，她几乎是跟自己作对般，没有松过口。

所以看到秦栋梁，秦甦有些意外，隐隐地，又有点儿不知所措。陆玉霞肯定不敢在这件事上自作主张，秦甦挽上石墨的手臂：“是你吗？”

“什么？”

他们是同时往主宾客席看的，所以回答时石墨看都不敢看她。是他自作主张，作为女婿拜访并且邀请了秦栋梁前来。

他知道秦甦拒绝得也不好受，又做不到拉下脸来邀请，不如由他来做个恶人吧。

“别装了。”她斜睨他。

“只是一顿饭。”他凑到她耳边小声说。

“知道了，只是一顿饭。”她又湿了眼眶，如释重负。

结婚就像个赶场仪式，秦甦都没来得及跟石墨说上什么话，又被推去换衣服了。

朋友找酒店借了印泥，一蓝一红，给两个宝宝一手一个，在她胸上盖了两个掌印。

秦甦怕是喝多了，揣着这两个小掌印，心都化了。由于她太喜欢这婚纱，就这么穿着去敬酒了。

这件婚纱秦甦后来一直留着，上面有宝宝的手印、奇妙的“香喷喷”、朋友的祝福吻，还有石墨的画。

秦甦自单位辞职后，经常出差，像回到了上大学和在国外的日子。她接合同翻译、做口译、带外国人旅游，东奔西跑，还因工作去了参赞家做客，开心地留了影。

生完孩子后半年，她的生活又恢复了正常。这种正常在那段被疯狂的啼哭声包围的日子里，她想都不敢想。真像潘羽织这个过来人说的那样：你走开了，孩子也能生存，一定会有人管的，但你放不下舍不得，就被绑住了，很可能是囚禁。

对孩子来说，母亲重要吗？很重要。陪伴重要吗？也很重要。但孩子能跑能跳的日子还很久，而她活力四射的日子在倒计时。

秦甦把脚上的绳子换成了一个铃铛，走到哪里都牵挂着，想起自己有宝宝，心头便仿佛叮叮当当地发出了快乐的铃响，但脚下依然自由自在。

宝宝开口喊“papa”（爸爸）了，但那天她不在家。

石墨这么淡定的一个人，开心得说话语速都加快了：“‘小猴子’虽然很小，但是很聪明，她居然叫了爸爸。”

女儿平时就比儿子爱动爱叫，早说话也不意外。秦甦开心了一秒，迅速变得颓丧。原来真的会有这种计较，为什么女儿没有先叫妈妈？

石墨也忙，这一代年轻人压力太大了。他发现“小猴子”喜欢人，于是把她和石书沐移交至石峰手里。

教职工宿舍那片人来人往，“小猴子”应该很喜欢。

秦甦一直很心疼母亲忙瘦了，又别无他法。母女责任相连，谁的肩膀松一点儿，另一方就要受力多一些。石墨看在眼里，谋划在心里，做主给丈母娘放假。

石峰欣喜是欣喜，却在电话里叹了口气：“你妈肯定得累瘦。”

石墨很没良心：“那就瘦一点儿吧，正好多吃点儿肉。”五十岁了还吃素，也不想想自己还能吃几年肉。

男人就是这样，良心如在老婆这里，就得“渣”在母亲那儿。

秦甦从北市回来，家里空无一人，婴儿车不在，估计出去了。她伸伸懒腰，抓紧时间睡了个沉沉的觉。

也不知睡了多久，她在石墨酒后晚归密密的吻里醒来，迷迷糊糊地问：“回来了？”

“嗯。”

她揉揉眼睛，看时间是晚上八点多，问：“今天外面怎么一点儿动静都没有？我妈都没叫我吃饭。”连婴啼也没有，遛娃用这么久？

“他们都走了。”

“啊？”

石墨说他解散了带娃队伍，本周娃去他母亲那儿。

秦甦大为震惊，这绝不是心血来潮的安排，可以说是迁城的动静：“怎么没跟我说呀？！”

“你也没说你今天回来呀。”他蹭了蹭她的颈窝，喷出浓重的酒气，“我准备……明天跟你说的。”

当然，明天他也没打算说。石墨的计划是第二天下午她回来，他们去吃烛光晚餐、享受二人世界。

“我特意早回来逮某些人有没有晚归，身上有没有香水味儿，衬衫领口有没有头发丝。”

“那你检查检查。”他解开衬衫口，顺从地凑近，“再闻一闻。”

酒后的石墨又乖又浪漫，瞳孔像黑曜石一样，炯炯有神，又迷离涣散。

秦甦亲亲他：“嗯，很好，奖励你。”

她起身就往婴儿房走，不知道他们都带了些什么走，虽然撂重挑有一阵了，她还是有些主人翁意识的。

石墨跟在后面，斜靠着墙壁，看她在灯光下忙碌。

“居然都收拾过了？！”房间整整齐齐，也空空荡荡。婴儿床都拆走了，看架势根本不是短住。

她奇怪地说：“怎么你爸妈都没打电话来？”

“可能忙得没空吧。”他的语气里还有点儿得意。

秦甦翻起衣柜，想看都带了什么走。因为“小猴子”老是生病，他们就给她把头发剃了。她本来五官就不显眼，这下带出去更像小男孩儿了。说他们是双胞胎，路人都直接认错性别，最后两个宝宝都不开心。

所以，秦甦每次都要给秦书沁穿小裙子。

她嘀咕道：“裙子带了几条？那条粉红色的带了吗？”

石墨看着她忙碌，半是打趣半是失落：“你对我都没怀疑了。”过了晚上九点，已婚同事全接到查岗电话，只有他没有。秦甦就算来了电话也不关心他在什么局，其实有些局还是很值得盘问一番的。

刚刚她说要闻闻香水味、看看头发丝，结果看也没看，就夸他乖……委实敷衍。

“哈哈！这难道不是我对你的信任吗？”

“是吗？”

“当然，嫁给你之后，我没有过什么不安的时候。”她会感到疲惫，也有埋怨，但是头顶永远有一把伞。个人作风方面，秦甦对石墨的信任超过对自己的信任。

“那……你没有意识到这是孩子出生后，咱们第一次单独相处吗？”

“怎么可能？咱们经常在房间单独相处啊。”她回头冲他使了个眼色。

石墨上前一步，想要跟她一起翻衣柜，奈何酒后身体失衡，屁股挨到地板，懒洋洋地歪倒了。

天花板上的小灯旋转再旋转……

秦甦坐在衣柜前算小孩儿的东西，还不放心，要打电话，被石墨一把拉住手：“明天打行吗？”

她顺势倒在他怀里，问他：“怎么回事？你怎么一副不开心的样子？”

“我关心宝宝过度你不开心，你关心宝宝过度，我也不是很开心。”他大着舌头，像个吃醋的小男孩儿。

秦甦撇嘴，计较地说道：“那是因为‘小猴子’叫你爸爸了。”她在外如何都开心不起来，感觉自己做任务掉队了。

女儿趴在陆玉霞肩上，回头叫他“papa”的样子是继秦甦的“我愿意”之后最让他感动的一幕。

石墨想起来，便忍不住偏过头傻笑去了。

秦甦咬牙：“我等以后他们记事了，还是得多陪陪，不然回来他们要叫我阿姨了。”

“别急，等他们长大了，会像我一样理解父母的。”晚一点儿叫妈妈、记人的时候偶尔不记得父母都很正常。

他说得跟真的似的，秦甦问：“你理解了吗？”

“我理解了啊。”

“你理解了？那为什么你刚才说把孩子给你妈的时候，语气有点儿幸灾乐祸。”

“有吗？”

“没有吗？”

“没有！”

“哈哈，你笑了！”

窗外，霓虹闪烁。他们点了份外卖炸鸡，开了听啤酒。投影仪上积了层灰，他们挑了部恐怖片，声影流动，两个人相互依偎。

原来这就是他们以前的生活，没那么吵，很不错，但又有点儿过于安静了。

睡前，秦甦母爱泛滥：“我有点儿想宝宝了。”她这天都没亲到带着奶香的宝宝。

“不许想，睡觉！”

石书沐不爱笑。

小孩儿不爱笑很罕见，容易显得呆滞。秦甦当然不会认为自己的儿子呆滞，她认为这是性格。石墨也没那么活泼，据说他炸面粉厂的时候很淡定，因此，儿子淡定一点儿很正常。

但这日接孩子下早教课，老师给秦甦这样的反馈，这让她很难办。老师认为石书沐反应慢，让家长多关注他的大脑发育。

秦甦接完孩子，有点儿生气，把儿子放在安全座椅上，一边系安全带一边安慰儿子，让他别理那老师：“没事，你是大人物，以后还要炸面粉厂呢。”

石书沐看着她。

她说："要不要亲亲？"

石书沐将嘴巴噘了起来，身体往前倾。

秦甦心软得一塌糊涂，给了他一个吻。儿子这么聪明，怎么会木讷呢？

这两年秦甦又重新开车了，外出太多，加上有宝宝，不开车很不方便，可"路怒症"只增不减。尤其这天，坐上驾驶座后她一直生气，气得捶方向盘，一路骂骂咧咧，最后还遇见一个别她车的大哥，车头蹭过，她赶紧回头，儿子的小眉头已经皱起来了。

秦甦那洪水一样的情绪止都止不住，推开车门就开始"泄洪"。

那大哥也是莽汉，咂嘴上下打量她，表情在秦甦眼里读来就是：娘儿们挺靓啊，车也不错，啧啧……有点儿东西……

秦甦用力地剜了他一眼，三百六十度环绕式地拍了圈照。两辆车占着马路，交警很快就到了，确认了一眼状况让他们靠边。

这边正在做事故调查，那边夕阳西下，娇滴滴的"小猴子"在后座晒到太阳了，一直在伸手挡脸。秦甦还没来得及开门抱她，她已经发出了哭声。

他们见她有孩子，态度又不同了，赶紧大事化小，说话的速度都加快了。

那大哥再看秦甦时，态度就有点儿不一样了，眼神从看"辣妹"到看"孩子母亲"迅速过渡，尤其是注意到后座还有一个时，他愣了一下："这也是你的？"

秦甦不想理他，勉强应了一声。

走时，"小猴子"对路上的车恋恋不舍，跟他们一人说了句"拜拜"，奶声奶气的。

交警和那大哥显然没料到，两个大男人傻乎乎地愣住了，看着这小丫头呆笑，挥了挥手，对她也说了句"拜拜"。

秦甦抱着女儿回车上这两步路，仍板着脸，气却不知哪儿去了。她把女儿放回安全椅，找了顶小帽子随手给她扣上。

小帽子歪斜，遮住了秦书沁的视线，小家伙的头动来动去，想自己弄开，模样甚是可爱。

秦甦给她把帽子的松紧带拉到下巴，这种小动作石墨一般都会弄到位，但她总想着，帽子戴上就好了，慢性子的人确实适合带娃。

她看了一眼石书沐，见他淡定地睡着了。他不喜欢坐车，上车如果不闹，就会乖乖地睡觉。

秦甦的手再扶上方向盘时，已经没那么生气了。

她耽误了这么一会儿，赶上了晚高峰，天都黑了。

石书沐醒了，也饿了，开始吃手指。

她刚把车开到教师宿舍区的路口，就见远处围了几个人。

她和石墨休息时就会住这里，主要是放不下孩子。她难得接一次孩子，却接到了天黑，他们一通又一通地打电话，生怕有什么问题。

毕竟一个人带着两个孩子，哪里都去不了，肯定是路上出了事情。

石墨的车紧接着拐了过来，她心想：这也是巧了。

停稳车，其他人一窝蜂地拥到后座抱孩子。

石墨慢了一点儿，停稳车时，他们都已经把孩子们抱进去了。

他拉过秦甦问："今天怎么这么晚？去哪里玩了？"

秦甦不爽地说："早教班的老师说儿子不说话，可能是智商有问题。"

"你跟老师吵架了？"石墨意外地说道。

"什么呀？"秦甦哪儿敢啊？孩子送到人家手里，她连不悦都不敢透露出，万一人家偷偷拿孩子出气呢？于是她只能应承“您帮忙多鼓励鼓励，小孩儿内向”，转头才敢做个“变脸怪”，对着车撒气。

“没事。”石墨抱着她亲了亲，说下回他去接孩子。

她撇嘴找碴儿：“是不是你去接孩子，老师会说好话？”她这天去接宝宝，老师还说“今天居然是妈妈来接”，听着就奇怪，“居然”是什么意思？

“怎么可能？她跟我提了好几回。”但石墨没当回事，尊重孩子的自然发展。将来石书沐要是喜欢爬树，他就在树下抬个担架等孩子掉下来。父母不就是收拾烂摊子的吗？

“那你怎么没跟我讲啊？”

“讲它干吗？”他细细地打量她，“你这眼睛里有血丝，不会给气哭了吧？”

“怎么可能？”她怎么会为这事哭？她眼睛里的红血丝是找那大哥嚷嚷时爆出的。

她对石墨说：“今天我去接，肯定以正视听，没人以为双胞胎是单亲家庭了！”

她这天揽活儿，纯粹是因为石墨开车不发火，所以之前都是他和莫蔓菁轮着接孩子，没想到老师偷偷语气遗憾地问他是不是离婚了。

他们这才后知后觉，原来秦甦从没露过脸，而其他孩子都是主要由母亲负责接送，外婆、奶奶辅助。

石墨鼓励她：“很好，再接再厉！”

“才不呢！一回就够了！美人不能多露面。”

她一进门，看到石墨的爷爷正在扶“小猴子”——这丫头又摔了。

总不能让一个八十多岁的老人扶她，秦甦赶紧拦住他，没让他弯腰，自己把女儿拉了起来："爷爷，没事，小孩儿摔了让她自己爬起来。"

石书沐就比较懒，走两步就不动了，在小朋友对世界最为好奇的时期，他确实有点儿安静。

秦甦鼓励他，指着"小猴子"说："姐姐饿了，去要吃的了，你饿不饿呀？"

他口齿不清地说了串外星语，意思是"路上就饿了"。

秦甦柔声说："那饿了为什么不喊饿？不告诉我们你饿了？"

石书沐看看她，然后伸出了手，往桌上拍了拍。

秦甦无语，合着他知道会有人来喂。

她循循善诱，问他："为什么不喊饿？这样不是能更快吃到吗？"

他往两处指了指，说："好长。"

他说的是他们离他远。

秦甦回头看了看。确实，会哭的孩子有奶吃，家里太大了，要是不哭，没人注意到他的需求。

"那为什么不走过来告诉我们？"

石书沐不说话，似乎在很认真地想。

秦甦鼓励他："你下次饿了就喊，妈妈给你弄好吃的。"

"小猴子"在客厅中央吸引了所有人的注意，石墨和石峰坐在沙发上看她的小脑袋，摸那个包，哄她："消了，包没了，它自己消了。"

"小猴子"可怜巴巴地窝在爷爷的怀里，赢得了帅爷爷的一个吻。

秦甦无语地看女儿撒娇，和石墨对视，翻了个大白眼。

石墨笑着走过来："消了，消了，没事。"

"喊，她记性这么好，不会长大还记得吧？"潘羽织明明说小孩子记性很差的，这丫头一直记得包是母亲弄的。

确实，秦书沁脑袋上的包是秦甦的"作品"。

前天周末，她得闲，懂事地让老人休息，她在家陪儿子和女儿玩。二十一个月正是小孩儿语言能力高速发展的时期，她一般都会放段故事给小朋友听。

"小猴子""咿咿呀呀"地表达：为什么不读那个书？父亲都是给她读的。

秦甦心想：那多累啊。石墨太尽责了，搞得她很难办。

她跟女儿说："播音姐姐的声音比妈妈的好听。"

石书沐的手在 iPad 上点呀点，手指在边缘摸切屏按钮。他平时没少观察，很喜欢按钮类的东西，家里的灯都得他来开。

家里人不想让孩子过早接触电子产品，秦甦也怕自己刚买的平板有危险，拉过儿子的小手，让他别碰，骗他有电、会触电。

石墨如果在，肯定不同意她骗小孩儿。她心里刚侥幸地想石墨不在，身后的"小猴子"跑来拉她的袖子。

秦甦这边正搂着儿子呢，回头时胳膊肘往外一伸，碰到了女儿。

她确定只是轻轻的一下，秦书沁重心不稳，样子就跟个碰瓷的大爷似的，身体一歪，一屁股坐在了地上，头戏剧性地磕到了桌角。

秦甦听到"咚"的一声闷响，便知大事不好。她吓得都没敢动，与秦书沁四目相对。秦书沁自己也吓到了，小眼睛眨了眨，忘了哭。

秦甦现在心理负担很重，家里都盯着孩子，每个人的肩上好像都有个指标似的，她最怕自己单独带孩子时哪里带得不好，让孩子磕着碰着了。

秦甦先环顾四周，确认没人，心跳加速地把女儿搂进怀里，关心地问："哪里磕到了吗？"

秦书沁傻乎乎地摸摸头，说："痛，痛……"

秦甦见她没哭，敷衍地用手摸了摸，不摸还好，一摸摸到个包，吓得她花容失色。

接下来的一个下午，她都围着"小猴子"转。

秦书沁要听人工朗读，还要绘声绘色，要这么读、那么读，读得不好还要重读……

秦甦口干舌燥，却完全不敢抱怨，都给她照办了。

没想到晚上石墨回来，这丫头告状了！她才二十一个月，居然会告状了！

秦书沁见父亲回来，手舞足蹈，被抱到怀里，对石墨说头上痛。

秦甦屏住气息，夹排骨的筷子都顿住了。

石墨问："哪里？"他也如秦甦一样伸手一摸，当即吓得像看到女儿的脑子裂开了一样，音调提高，"怎么鼓起来了？你撞到哪里了？"

全家人闻声，挤过去全身检查。

这丫头被关注了，眼泪这会儿流了下来，说道："爸爸……痛……"

石墨皱起眉头，语气很冲："怎么回事？"

莫蔓菁不停地检讨自己："哎呀，什么时候撞的？我怎么没看到呢？"

所有人都在找自己的原因，秦书沁呜呜咽咽："妈妈……下午……"她不会说，就在那儿做手势，手脚比画。

秦甦在桌前，数道目光扫来，她感觉自己像个罪人。

那伙人夸张到还连夜开车去医院，秦甦拦了一下，顺便低眉顺眼地向大家汇报事情发生的过程。她说没事，只是很轻的一下，但大家还是不放心，带秦书沁去检查了。

秦甦戴罪立功，回屋带儿子听故事书。

秦书沁自知道摔跤会鼓包，每天都要问自己的包什么时候消。她身子弱，只要一换季就发烧、咳嗽样样来，这时候两个孩子要分开来带，不然石书沐也会被传染。所以大人们都很当心这个早产的“瓷娃娃”，可摔个跤就要去医院也太宠了。因为头颅 CT 会对小孩儿的身体有影响，他们跑了趟医院又没舍得让她受辐射，只好回来静养观察。

真是夸张。

秦甦屡次三番让大人们别太宠秦书沁，尤其爷爷、奶奶。但她管不住，导致这丫头极其娇纵，到什么程度呢？她四岁上幼儿园，才两个月，回来就会爬树了。

现在的树不比从前，一棵棵都营养不良的，还刷了防虫防冻的白灰，蹭一圈下来，不耐磨的现代加工裙子已经破了。

秦甦起初不知道她爬树，毕竟她也比较忙，母亲的职责尽得没那么到位。可女儿的裙子都是她买的，报废速度这么快，她当然要怀疑。

一个工作日，莫蔓菁载着阿姨接完两个孩子，去开剧本会了，家里没主心骨，正好给秦甦逮住了机会。

一个小孩儿在树下，状似望风，东张西望。

另一个小孩儿麻溜地上了树。

秦甦大喊：“秦书沁！你干吗呢？！”喊完，树上那小女孩儿回头，还冲她打招呼、晃手臂：“妈妈……”

清脆娇俏，奶声奶气。

毕竟有几天没看到了，秦甦听见她喊“妈妈”，心又软了，但严母的态度必须摆出来，不然家里没有一个黑脸的人怎么行？

“还有你！石笑！你是不是也准备爬树？”

石书沐摇头：“我不。”

秦书沁爬得不高，也就到大人胸口的高度。

秦甦把秦书沁抱了下来，问石书沐：“为什么不？”

“危险。”石书沐很注意安全。秦书沁坐车不喜欢坐安全座椅，石书沐会认真地告诉她小孩子一定要坐这个。别看这小子说话量是秦书沁的一半，但词汇量丰富、理解力惊人，时不时说出让大人惊喜的话。

秦甦指着秦书沁告诉她：“听见没，你弟弟说爬树很危险！”

“不危险。”她指着树说，“还没滑梯高。”

小孩儿能看上的树也跟小孩儿似的，看着就弱不禁风的。

秦甦问石书沐：“为什么树还没有滑滑梯高，但是比滑滑梯危险？”

“树是直的，屁股是空的。”石书沐指着树，“滑滑梯屁股一直能挨到，安全。”

秦甦拉拉秦书沁的小手：“听见没？你弟弟说……”

秦书沁哼了一声：“胆小鬼！”

两个孩子，一个怕死，一个不要命。

到底是上了幼儿园，接触了社会长见识，看不起家里的小孩儿了。

秦书沁知道弟弟虽然比她高大，但是比她晚出生之后，开心极了。以前让她拿童话书，她都会自己屁颠屁颠地去拿，现在她会坐在那里，像传话似的指挥石书沐去拿：“帮姐姐拿那个……”

石书沐有时候理她，有时候不理她，有时候会故意拿自己喜欢的故事书。故事里没有公主，秦书沁就不想听，没耐心地左右翻滚。

秦甦听说上幼儿园之后，讲故事都要分开讲，爷爷、奶奶一人读一本，一点儿都不省人力。

最近，莫蔓菁的老花镜都直接挂在了脖子上，直言孩子有主见了、会指挥她了。

他们开始有自己的喜好，打扮起来也费劲了。买衣服时，秦书沁这也要那也要，不给买还会撒娇。轮到石书沐，问他这件怎么样，他说不好看，问他那件怎么样，他说是女孩子穿的。秦甦问他要什么，他说要穿父亲的西装。

谁穿西装上学啊？

石墨听到还挺高兴，回家把石峰送他的钢笔掏出来，拔下钢笔帽，在手心写了个“笑”字：“你还小，西装只有表演节目时才能穿，但是这支笔，”他插在石书沐的前兜，“爸爸告诉你，这支笔是西装的灵魂。有了这支笔，绅士精神就在你身上了。”

石书沐张大了嘴巴，被钢笔吸引住：“是皇帝的新衣吗？”

“不是，皇帝的新衣是讽刺皇帝的，你这支笔是隐形的绅士，就像守护神——哦！”

秦甦带领他和两个小孩儿一起看了《哈利·波特》，当时秦书沁睡着了，石书沐目不转睛，好像看懂了的样子：“像哈利·波特的隐身斗篷。”

秦甦在边上翻白眼，隐身斗篷根本不是这样用的。

但秦甦也不纠正，带孩子久了，就开始要小聪明、偷懒。

小孩子再聪明，对于这种琐事的记性还是很差的，稍微绕一绕就过去了。

就像带“小猴子”逛街，这丫头有点儿购物狂，什么都要。秦甦一开始还跟她讲道理，说“不能都买，爸爸、妈妈没钱，所以平时才不在家。你不买这些，爸爸、妈妈就可以多在家陪你几天”。

结果回去，丫头不肯穿新裙子，要换母亲陪。石墨听得心里难受，说：“买裙子了爸爸、妈妈也陪，咱们家里有钱。”

秦书沁问：“家里有多少钱？”

“很多。”

“很多是多少？房子那么多吗？”

“可以买很多裙子。”

秦甦无语，跟潘羽织吐槽石墨无脑宠女儿，以后怕是要完蛋。

潘羽织告诉她，男人天生受不得小丫头片子几句软话，胖仔也是这样，什么都买，莱莱现在已经会跟他私下进行超过八岁范畴的购物活动了。

秦甦急了：“那怎么办？这丫头自从知道家里有很多钱，再去买东西时，根本骗不了她了。”为此，她把石墨骂了一顿。

潘羽织没琢磨出来怎么敷衍八岁女孩儿的购物欲望，但是对于四岁的她会：“我教你，她要买什么，你都哄着说买，然后当着她的面放进购物车。你一边逛，一边兜晕她，两三圈后她就忘了。这中间你趁她不注意拿出来几个，结账的时候挑一两个买就行了，她不记得的。这招儿我屡试不爽。”她少说在本市市中心省下一平米的钱了。

秦甦照搬这招儿的那天，石墨在，石书沐也在。

两个男人眼睁睁地看着她一路应付那小鬼头，夸她眼光好，裙子都好漂亮，娃娃都好可爱。

一转头，秦甦就往两侧回收购物品的篮子里扔“小猴子”选的那些物品。

最后她就留了两个娃娃，石墨拉住她：“把那个芝麻屋也买了吧。”

秦甦说：“家里有一蓝一红了，够了。”

排队结账，“小猴子”由于购物太兴奋，精力耗尽，横躺在购物车里，小肚皮一鼓一鼓地睡着了，估计做梦拆盒去了。

秦甦一不做二不休，最后连两个娃娃都没买，抱起这个“省钱的小睡神”就这么空手走了出去。

石书沐没睡着，一直默默地注视着父母，结账的时候死死地盯着自己的大玩具。

石墨对儿子说：“以后要小心你妈妈。”

石书沐听不太懂，但很认真地点了头。

石书沐小朋友第一次对人生产生疑问，是幼儿园里其他人叫他名字时。从小到大，大家都叫他“石笑”，后面总接一句“笑一个”。

结果到了幼儿园，石书沐听到同学在他身后喊他，但叫的是“石书沐”。大家看着他，应该是在叫他，可怎么是这个发音？

他回去问母亲，这才知道自己叫石书沐。

秦甦告诉他：“你大名叫石书沐，很有文化的名字，小名叫石笑。”

“什么叫大名？”

“就是给外人叫的名字。”

石书沐皱起冒出淡淡毛发的眉毛：“小名呢？”

秦甦说：“就是亲密的人叫的。爸爸、妈妈、爷爷、奶奶、外婆、太爷爷、太奶奶，还有隔壁的李奶奶、赵爷爷……”

秦甦告诉他，他小时候不爱笑，所以叫他石笑。

他问："那她呢？"

他不叫秦书沁"姐姐"，当着面喊她"喂"，背后直接喊"她"。

秦甦想了想，虽然她钟爱"淑琴"，但家里除了她没有人叫这土名字："她叫'小猴子'啊，因为她很爱动。"

石书沐一想，确实，秦书沁太爱动了，睡觉还喜欢踢人，一点儿都不老实。

秦甦应付完儿子，开始掰女儿的眼皮，看看前天早上出现的那条双眼皮褶皱有没有加深。她抱着秦书沁的脸左看右看，失望地耷拉下脑袋。

今天的主流审美变了吗？没有。

今天的女儿长得主流了吗？没有。

秦书沁亲了亲她，软乎乎的嘴唇贴在脸颊，发现母亲的脸颊比父亲的还要嫩。她问："妈妈，我漂亮吗？"

"你是世界上最漂亮的小女孩儿！"

"可是他们说我长得和你不像。"

"你像爸爸。"

"那他像你？"秦书沁看了眼在旁边搭积木的石书沐。

"还好，他也有点儿像爸爸，但他眼睛像我。"秦甦觉得两个孩子都不是很像她。说实话，她的基因确实不稳定，她和秦栋梁、陆玉霞长得都不是很像。

秦书沁拉着秦甦奶声奶气地问："大眼睛好看还是小眼睛好看？大家……都说他好看。"大家还说她和弟弟长得一点儿都不像，那个语气她听不懂，也不高兴。

积木高高地摞成城堡的模样。石书沐玩着玩着，爬过来趴到秦甦空闲的那只耳朵边，双手做成小喇叭状，小声说悄悄话："妈妈，那我的小名可以告诉别人吗？"

秦甦偏头："你要告诉谁啊？"

他痴痴地笑道："秘密。"

秦甦笑："你还有秘密了啊！"

石书沐难得地撒娇，转开脸，拱她的肩："妈妈……可不可以……"

秦书沁在秦甦的另一只耳朵边紧追不舍："妈妈，我漂亮还是石笑漂亮？"由于贴得近，她时不时地挨到秦甦的脖颈，蹭得秦甦痒痒的。秦甦笑着躲女儿的嘴，头往右转，秦书沁急得拽她。头往左转，石书沐"嗯嗯"地抱着她胳膊不放。

她身上挂着两个小孩儿，不知道先跟谁说好，本来不急，两个孩子非要争这会儿工夫。

熟悉的黑色车身从窗外闪过，秦甦用胳膊肘推了推他们："快点儿！爸爸回来了！"

小孩子的注意力就是这么容易被分散，胳膊上两道热量迅速消失，奶声奶气的叫声此起彼伏："爸爸！爸爸！"

秦甦埋在石墨肩窝，小声窃喜："石笑好像有心上人了。"果然闷声容易憋大招，"小猴子"咋咋呼呼，现在还没明白男女有别呢。

石墨蹙眉，唇还意犹未尽地贴在她的额角："他说的？"

秦甦偷笑："他问我可不可以把小名告诉别人。"

石墨"嘁"了一声："那估计就是幼儿园的新朋友。"

"才不是呢，他害羞了！"石书沐哪儿有情绪如此丰富的时候？

秦甦闻见蛋香醒来，发现眼前背景与梦境高度不匹配。

哦……原来在家啊……

秦甦揉了揉头发，没精打采地挪到客厅："我以为在家呢。"

石墨给蛋翻了个面，没理解她在说什么："你本来就在家啊。"

秦甦和石墨在宝宝们一岁半时买了新房，带本市最好的小学、初中双学区。虽不是一手楼盘，但考虑到有两个学区，入学占便宜，所以父母的一点儿牺牲也算值得。

石墨本人倒是有点儿悲观，他一天到晚研究形势政策，认为这个学区买了也白搭，但别人买，他们不买也不行，只能硬着头皮买。

房子重新设计精装，是秦甦喜欢的法式复古格调——不推窗往外看，都会忘了自己在中国的那种浓郁法式风。

他们搬进来才一年，考虑到宝宝的免疫系统弱，买再好的材料、吹再久的风都觉得不安全。当然，这是借口，不接孩子的真实原因主要还是他们想腾出空间过二人世界。

秦甦此刻坐在岛台，还有不真实的感觉。

"我以为在宝宝家。"她在学校住了将近两个月。主要是石墨太忙，一直在外地，她的两个心肝宝贝在爷爷、奶奶家，她刚开始还每天来回，后来懒了，一不留神住了两个月。

昨晚石墨回来，跟宝宝玩了会儿便把她拽回了家。

石墨笑得不怀好意："我这几天都在家。"最后三个字，他加重了语气。

"哦。"看他脸上的笑容，秦甦嘴硬地说道，"在家就在家，你笑什么？"

"笑昨晚某人偷懒。"

"某人是谁啊！"她朝他皱鼻子。

他刮刮她的鼻子："你说呢？"

没葱的荷包蛋滑至眼皮底下。秦甦捂住脸，痴痴地笑。她是有点儿受虐倾向的，石墨好的时候，她虎里虎气地惹，等他凶起来了，她又开始装猫。

石墨深深地看了她一眼，咬了口自己的葱香荷包蛋。

荷包蛋好香，还没来得及消化，秦甦和石墨便被家庭群里的消息唬住了——中班的班主任叫家长来接，最好不是爷爷、奶奶，要爸爸、妈妈亲自来。

莫蔓菁："语气有点儿严肃。"

秦甦兴奋："哪个？"

莫蔓菁："小猴子。"

秦甦"哎呀"了一声，石墨以为她不耐烦，说："没事，我下午去。"

她遗憾地说道："我以为老师来告诉我，儿子早恋了。"

她把昨晚的梦告诉石墨，石墨一点儿都不幽默，很迷惑地看着她，不解她为什么要幻想儿子的感情线："他才多大啊！"

"原来父母真的会着急子女的婚事。"她年纪轻轻就已经步入了催婚大军。

石墨倒是有点儿担心"小猴子"："奇怪，那孩子能有什么事？"听起来像是犯事了。

才幼儿园中班，就要被叫家长了……

"肯定是调皮了。""小猴子"要么是爬树了，要么是破坏了公物让他们去赔钱，要么是欺负其他小朋友了，要么是不肯好好吃饭了，要么是问了些奇奇怪怪的问题让老师怀疑他们家长平时带坏孩子了……

诸如此类，秦甦早有心理准备。

有一回，捉迷藏时睡着的"小猴子"瞄到石墨抱着秦甦亲嘴，她从床底下钻出来，吓得他们差点儿滚落到地上。他们一边庆幸还穿着衣服，一边怪她为什么不出声。"小猴子"爬过来挤进他们中间，问他们为什么要亲这么久。

秦甦说成年人的亲吻和小朋友的亲吻不一样。她好不容易打完马虎眼儿，这丫头吃饭的时候当着一桌人的面，人来疯地卖弄起语言天赋，问爷爷和太爷爷，为什么父母亲吻像打雷那么久、那么响！

秦甦当即就与打孩子的家长产生深度共鸣了。

她羞得冒汗，只想抓住那只“臭猴子”揍一顿。早知道这丫头脑回路不对，要是缠住老师问些什么成人问题，她也不意外。

但事情比她想的要夸张那么一点儿，女儿今日的调皮波及了无辜幼儿。

恰是秋天的闷热晌午，秦书沁热得不耐烦，午睡起来不肯穿衣服。

“开了空调了，你看其他小朋友都不热。”两位老师好说歹说，秦书沁才勉强同意穿了上衣，但是不肯穿小裙子，她嫌腰上的松紧带箍得人不舒服。

老师别无他法，只能同意她穿个小短裤。结果她要她自己的还不够，还问其他女同学：“你不热吗？”扭脸又问男同学，“你不热吗？你这个裤子都不透气……”

一节拼图课结束，全班小朋友一大半都在那儿闹着说热，被穿着小短裤的秦书沁一闹，五六岁的小朋友们直接效仿，纷纷脱衣服、脱裤子。

挑唆小朋友破坏幼儿园纪律，这非常严重。老师筋疲力尽，难得严肃地对秦甦和石墨说，这学期秦书沁的小红花、大红花都没有了。

秦甦和石墨不停地跟老师道歉，也挨个跟办公室里其他被叫来的家长道歉。社会精英为了孩子，腰都弯断了。秦甦偷偷地对石墨说："今天说的'对不起'加起来比我这辈子说的都多。"

莫蔓菁买了根盐水棒冰给石书沐，一老一小正坐在椅子上说话。

莫蔓菁刚才就听隔壁班家长说了，中（2）班一个女孩儿挑唆全班同学不穿衣服，同学哄闹，班级大乱，有个老师都急哭了。现在的小孩儿太可怕了，教学压力太大了。

莫蔓菁在一旁连连称是，有一种仿佛看到面粉厂悲剧再次发生的无奈感。她就知道，石墨的孩子不会省事的。全家都盯着闷不吭声的石书沐，没想到一级破坏分子是"小猴子"。

秦书沁被保育员抱了出来，脸哭得红彤彤的。她看见秦甦就张开手臂，委屈地涕泗横流："妈妈……"

到底厮混了两个月，没白陪，之前只知道爸爸，现在张口就是"妈妈"了，亲情也是一分付出一分回报。

但秦甦正在气头上，抹了把汗，没理她。

石墨从保育员手里接过孩子，皱着眉头给女儿擦眼泪。身后几个孩子也都在哭，听说被取消了一个月的小红花，悲痛欲绝。

"小猴子"一路哭回家，秦甦都不知道她在哭什么，翻了几个白眼，几度想开口凶她，被石墨不停地清嗓子给拦住了。

秦书沁自己也不知道在哭什么，头脑一片混乱。她很害怕母亲不理她，老师好像也不喜欢她了，放学时同学一直回头看她，眼神怪怪的。她觉得事情不好，又说不出哪里不好，反正状况很坏。

她到家还在哭，但雷声大雨点小，一看就是自己也尴尬，所以只能硬着头皮哭。

秦甦就这么抄手看着她，熬鹰一样，也不哄，也不骂。

石墨洗完手"啧"了一声："干吗呢？"他把女儿抱进怀里，

“小猴子”很有眼色，两只手连忙搂上石墨的脖子：“爸爸……”

她最伤心的是，老师说没有小红花了。她没有时间概念，觉得这辈子都完了。

石书沐很乖地拿了瓶纯奶给她，她没接，哆哆地问石墨：“我可不可以喝饮料？”

石书沐在中（5）班。当时学校考虑到双胞胎黏在一起影响社交，就将他们分开了。也幸好分开了，看得出来，石书沐还没被秦书沁带坏。石书沐还老老实实的，只喝过纯奶，但秦书沁不知道从哪里嘬了口含有糖精的奶，渐渐地不愿意喝没味道的奶了。

家里为免让他们过早地吃上“人工美味”，费了好大心血研究饮食，结果进入学校，他们沾上了很多坏习惯。

石墨抱着秦书沁，强调女孩子得穿裤子或者裙子，说完怕她钻漏洞不穿上装，又补充说上面也要穿。

秦书沁点头，但她哭累了，想喝奶了：“爸爸，我想喝奶……”

秦甦拿过她不要的纯奶，插上吸管：“就只能喝这个，你说的那个饮料不能喝。”她的语气不是很好，带着气。

秦书沁敏感地察觉到这天周围的磁场变了，刚在父亲怀里找到的温暖又没有了，嘴巴一瘪，又开始哭了。

石书沐想，这么大了怎么还哭呢？他尴尬地围着沙发跑。

石峰听闻“小猴子”犯错了，急忙从会议上早退。等听完她犯的是什么错，石峰哈哈大笑，对孙女使了个眼色：“哎哟，哭得眼睛都没了。”说完，抱着她出去遛弯了。

秦甦生闷气，本来还感到有点儿好笑，见家人对秦书沁无条件地包容，生出了糟糕的预感。她对石墨说：“咱们不教育她，以后她会犯大错的。”

老师的原话是“她很会煽动，平时也很有主意，其他小朋友很喜欢跟着她做，但她带头的事都不是什么正确的事”。

这种孩子上课活跃机灵，老师喜欢，但下课也是个令人头疼的“捣蛋鬼”，老师头疼。

“她知道以后没有小红花，很着急，说明她很在意名誉。”石墨认为，这就是惩罚。而且，让大家一起不穿外裤在大人眼里算什么大事？

秦甦准备跟女儿好好聊天，教她在公共场合要学会忍耐、学会沉默，自己的小毛病不要影响别人。

石墨说：“你在抹杀孩子的天性。”

秦甦火了，跟这个爸爸是没法儿交流了。

她坐在客厅等，等到饭点也没把女儿等回来。她等着等着，气也消了，给女儿做了她喜欢的肉蛋羹，浇了点儿菜汁。

女儿傻，没她聪明，虽说遗传了她不肯吃蔬菜的臭毛病，但“小猴子”看不见绿色就肯吃，秦甦比她严重，闻见菜味都不愿意。这也算基因的退化吧。

秦书沁终于回来了，小肚皮鼓鼓的。石峰一副一本正经的长辈模样：“我……那个……路上带她吃过了。”

秦甦见是公公，也不好意思多说什么，看了眼时间，都晚上八点了，对孩子来说是深夜，主动说：“我带她去洗漱。”

走到洗手间，秦甦神色一变，命令秦书沁张嘴。

“小猴子”眨眨眼：“妈妈，我知道错了……”那语气委屈得秦甦都心碎了。

秦甦撇了撇嘴，强摆严母姿态：“哪里错了？”

“我以后热了会告诉老师，我会好好说的。”她复述了一遍爷爷说的话。

“还有呢？”

“我会穿裤子的。”

“然后呢？”

“上面也穿。”

“嗯，还有吗？”

没有了。“小猴子”想不出来了，爷爷就跟她说了这么多。秦甦一直盯着她，眼神好凶，秦书沁感觉自己没有回答对，但爷爷不在旁边，怎么办？

她在秦甦严厉的注视下，迟疑地点点头：“有的。”

“什么？”

“妈妈，你过来点儿。”她站在洗手台边的小凳上，对秦甦招了招手。

秦甦上前，小家伙一踮脚，在她脸上印了个吻：“还有这个。”

石墨打完一通漫长的公务电话，心里惦记着秦甦正在生气，快步上楼。

“这么晚居然吃东西？”秦甦见莫蔓菁年过五十身材保持得良好，照搬那套过八点不食的破习惯。

“女儿在外头被野奶灌饱了……她不吃，只能我帮她吃了。”她终于知道家庭主妇为什么胖了，辛辛苦苦炖的蛋羹，宝宝不吃，只能自己硬着头皮吞下去。

肉蛋羹是好吃，但她知道有菜汁。她把碗朝石墨一推：“还有几口，你吃吧。”

石墨端起碗，宝宝吃十几口的量被他一下倒进嘴里，开口问：“她喝了什么？”

“你爸带她喝了饮料。”秦甦到底是女人，深谙同性的花招，虽然被女儿亲得晕头转向，但迅速清醒。她让秦书沁张嘴，果不其然，这丫头嘴巴里一股人工糖精的味道。

秦甦和石墨也不好说石峰，只能像个小人一样，背后将这件事捅给了莫蔓菁。

莫蔓菁担心孩子发育，不许石峰惯着孩子。石峰一看事情败露了，只能认㞞，这才老实交代，原来有一回他领着孙子、孙女遛弯，经过超市，“小猴子”要喝这个，说同学不肯上学，家里就给他喝这个。同学说这是个大宝贝，比她罐里的牛奶好喝。

石书沐很乖，说奶奶说了这个不能喝。

“小猴子”不是第一次闹着要喝这个，但都被莫蔓菁劝住了。可爷爷耳根子软，给孙女帮腔，对孙子说喝一次没事的，于是给她买了一打。

一打四瓶，秦书沁每天准时问爷爷要，喝完她也没闹，但还是总惦记着，尤其喝没味的奶时，格外怀念它。

莫蔓菁啐他：“像你这样当家长，小孩儿怎么长得大！”

秦书沁在幼儿园坐第一排。

这么多小孩儿，她还坐第一排，可见长得多瘦小。

每次老师调整座位，莫蔓菁都盼着往后坐一点儿。其他小孩儿算是生长发育的一个标准坐标，她往后坐一点儿，就说明赶上其他人一点儿。

可从小（2）班到中（2）班，她一直坐在第一排。

秦甦见公公都被说得没了声，那点儿咄咄逼人的劲儿没了，并且“小猴子”经历情绪波动尿了床，“嗷嗷”地哭，秦甦马上就原谅了她。

睡前秦甦还焦虑，女儿这么会挑唆，以后是个诈骗犯怎么办？

秦甦早上抱着“哇哇”哭的女儿，又想，能怎么办？送牢饭呗。

石书沐在幼儿园有了新朋友是真的。秦甦本来都忘了这件事，但是莫蔓菁笑嘻嘻地跟石书沐避着她嘴贴耳讲悄悄话时，秦甦嫉妒了，很尴尬地在旁边问："你们在说什么呀？说给妈妈听听。"

石书沐傻笑，秦甦非要听。

莫蔓菁问石书沐："可以告诉妈妈吗？"

石书沐埋进奶奶怀里，害羞地摇头："不要……"

秦甦清晰地感受到，孩子就是个健忘的动物，谁陪得多，谁就是亲密伙伴。石书沐上回还拉着她问可不可以把小名告诉别人，现在看连载故事都不允许她瞄一眼进度。

她看着儿子，陷入忧伤，当机立断，当晚给他讲了两个小时的《哈利·波特》。

给小孩儿读《哈利·波特》很累，石书沐的记性没那么好，会不停地问"这人是谁""这个呢""他为什么这样""她为什么那样"……但秦甦很认真，有问必答，不会答就瞎答，胡说八道，充满耐心，睡前便升级为石书沐最好的伙伴。

但她听完有点儿难过，儿子每天最大的快乐居然是跟人家女孩儿说"拜拜"。

她很没素质地把儿子的秘密分享给石墨："他好害羞啊，说个'拜拜'都要鼓起勇气……"然后他还能兴奋半天。

"好纯真的幼儿园友情。"石墨夸儿子正派、有绅士风度。

"什么呀，我觉得太慢了。"

"小朋友的好感不就是多说几句话吗？难道要像秦书沁一样，让别人脱裤子？"

可石书沐跟同学的友情进展也太缓慢了。

等出完水痘，他错过了拍毕业照，也错过了和女孩儿告别，一下就要念小学了。

他和秦书沁入学前就被大人计划好了人生走向，他将读北市的某个大学附属小学，是石峰联系好的。

秦甦问他："你跟人家女孩儿讲了吗？"

石书沐说他说了。

秦甦问："那人家女孩子读哪里啊？"

石书沐的小帅脸上有两个深深的痘痕，非常碍眼，他摇摇头，表情有点儿难过："我不知道。"

"你没问？"

"我问了，但她说她也不知道。"

当时不知道，现在肯定知道了。幼儿园都毕业了，小学肯定定好了。秦甦问："你想知道吗？你以后还想找她玩吗？"

石书沐害羞，埋进母亲的怀里，很小声地说："想……"

秦甦回家真的打电话给幼儿园老师了。

石墨无语："你真帮他去问？"

"问啊，我可是石笑的好朋友！"为不落得个像莫蔓菁那样与儿子面不和心和的结局，她决定从娃娃开始改善母子关系。

秦书沁和石书沐由于出水痘错过了拍幼儿园毕业照，秦甦便把十周岁拍全家福的计划提前至小学入学前。

儿子和女儿穿完小朋友的学士服，再穿小西装和小婚纱，金童玉女，可可爱爱。这边三十年珍珠婚的莫蔓菁挑了三天，逛到脚后跟都疼了，终于租来一件气质与尺寸都合适的婚纱。

秦甦很利落，拎着她的"涂鸦版婚纱"往拍摄的教堂前走。石墨结婚时的西装穿不了了，他当时吐得一塌糊涂，婚礼结束就扔了。可谁在意父亲穿什么款式的西装呢？摄影师给他从工作室随手拿了套合身的，就是裤腿有点儿短。

秦甦笑了，说最近男士流行穿九分裤。

拍摄地是个荒凉的商业中心，处处是样板建筑，多用于拍摄取景。

他们手拉手经过一个卖玩具的摊位，秦甦被花花绿绿的玩具吸引了目光，惊喜地摇石墨的手臂：“哇！有小老虎。”

宝宝们参加过一次演出，主题是动物园大会。石书沐演一个树墩，秦书沁活泼，戏份多，演了一只老虎，结局处反转，她被一只猴子耍弄，失去大王的位置。可以说，虽然猴子是正派，老虎是反派，但戏都在老虎身上。

秦书沁把老虎演得惟妙惟肖，莫蔓菁把手都拍肿了，说秦书沁是她见过表演最好的小朋友。这话多少带了点儿滤镜，但秦甦当真了，还带她去了莫蔓菁推荐的表演艺术培训班上课。

秦甦再看见老虎，总忍不住想当女儿的成名作周边买给她。

她拿起一看，发现那是一双虎头鞋，还是成人的。她遗憾地说道：“我以为是娃娃呢。”

老板热情地问：“拍照是吧？要什么尺码？我这儿还有其他小动物的。”

虎头鞋橘底黑纹，用的是粗劣毛绒。秦甦盯着那胡须，皱起眉头，感觉似曾相识。她捏着鞋子，左右看看：“你是不是家里有一双？”

石墨：“啊？”

“我记得第一次去你家，你家有一双虎头鞋，后来你扔了。”

石墨：“那是我妈的。”

“她扔的？”

“我扔的。”当时她误以为那是他未婚妻的，他想也没想就扔了。

“你怎么随便扔你妈的鞋子呢？”秦甦说着要买，“补偿一下你妈。”她稀罕这个中式小虎头，表情看着就夸张热闹。她笑嘻嘻地蹲在老板的大黑塑料袋前挑鞋子，问石墨：“你妈穿多少码的鞋？”

“我哪儿记得。”他不明白秦甦买这个干吗，又想起莫蔓菁确实挺喜欢那双鞋的，据说是她写第一个剧本时穿的，有纪念意义。

秦甦揣度着莫蔓菁的尺码，好像和她差不多。这种老棉鞋本来尺码就很模糊。她伸脚，准备自己试一下。

石墨不自在地清清嗓子：“她和你一样，三十七点五码的脚，穿三十八码。”

秦甦拿着鞋子，回头冲他挤眉弄眼。

“干吗？”

“不干吗。”

她呀，等会儿要把这事告诉莫蔓菁。

Fake love

Special 4

重获新生

秦甦为自己的名字苦恼过无数回。

秦栋梁和陆玉霞这两个朴实的人，是如何能找出这么一个四不像的生僻字，把她和它嵌牢一生，从出生证到棺材板，完全甩不掉。

经历过学生时代各种奇葩的点名，秦甦练就了一身面不改色自我介绍的好本领。她和王美丽能成为好朋友，全赖第一次见面时王美丽说的那句"'更生'是'reborn'（重获新生）的意思吗？好有趣的名字"。

那是第一次有人这样解读她的名字，秦甦揣着这个单词，有意无意地开始等自己的重生。

她告诉石墨，自己的名字有涅槃之意，那是她给自己添加的释义。

石墨问她："那你的涅槃来了吗？"

秦甦说："来了。"又冲两个孩子努努嘴，"就是他们。"

她跟着大众认知，曾将生育看成自己人生的一道分水岭，穿过这条线，她应该算涅槃过了，“reborn”了。但在具体行使母亲的职责时，她在一个又一个全新的视角里，明白了“reborn”的意义。

那日“小猴子”遛弯归来，趴在她身上问：“妈妈，你为什么一直睡觉？外面的太阳可好了。”秦甦心想，太阳有什么稀奇的？不过她还是答应女儿抽空陪她一起晒太阳。

秦甦于次日牵着女儿的小手坐在桃花盛开下的长椅上，温柔的春光爬上她裸露的皮肤，一路渗透，晒暖了她日渐电子化的躯体。她仰起头，眯起眼，甚至摘掉了遮阳的帽子，贪恋一晌春光。

“小猴子”上蹿下跳地摘了一朵野花，磕磕绊绊地跑来：“妈妈，给你花。”

秦甦从未如此细致地看过一朵野花，从它的经络到根茎，再到它素淡的花瓣，一点儿一点儿地感受造物主的力量。

晒完太阳，恰逢附近小学放学，念幼儿园的“小猴子”非常崇拜小学生，秦甦便牵着她在校门口看小学生。一个一个小学生跑出校门，秦甦和“小猴子”在拥挤的人群中不紧不慢地走着。

秦甦换了个角度感受世界和时间，像是被注入了无限能量。

“那一刻，没有一道目光追随我而来，我的心也没有为任何一个陌生人跳动，但纤弱的一朵花、温柔的一缕光还有手心的一只小手都让我感到了重生。”

老婆这么感性，石墨也陷入了关于人生的思考。

石墨在材料学上是一个碳元素，耐高温，导电导热，化学稳定性良好，可塑性也不错，可以说人类石墨和材料石墨具备完全一致的特点，也是巧了。他自认不幽默，每次的幽默都需要精心准备。很可惜，石书沐完整地继承了这一点，还比他早察觉到。

全家时常被“小猴子”的语出惊人和奇思妙想逗得前仰后合，

石书沐会站在一旁跟着笑，笑完渐渐地生出失落。小孩子是敏感的，他发现大家都喜欢围着“小猴子”。

这日，又是“小猴子”从表演培训班回来卖弄技艺的寻常夜晚。石墨注意到独自回房的儿子，问他是不是不开心。

石书沐喝了口牛奶，摇了摇头。

石墨又问：“那你晚饭吃饱了吗？”

石书沐点头。他不知道自己吃没吃饱，反正难过得没有感觉。

在其他方面，“小猴子”也很威风。同样考一百分，爷爷和奶奶都围着“小猴子”夸她机灵，全班二十多个人考一百分，发卷子的时候，老师也只会对“小猴子”嘻嘻哈哈地晃试卷。进入秋冬，出门前他们总要反复确认“小猴子”有没有偷偷地解扣子，她乱吃冰拉肚子，大人前后忙活，却不舍得责备她。而他很乖、不生病、不偷脱衣服还好好吃饭，却什么奖励都没有。

原来“乖”在童年里是哈利·波特的隐形斗篷，穿上了，人就隐形了。

同样是双胞胎，他失落于自己受到的关注这么少。

他不会表达，只会闷闷不乐。

石墨用一套并无激励效果的口号鼓励完儿子，秦甦迅速跳到他面前，问他：“儿子说什么了吗？”

石墨一直当秦甦粗枝大叶，没有发现这件事，原来她发现了，还为此故意把目光落在女儿身上，一个晚上，就她最捧“小猴子”的场，热情得好像只生了一个孩子。也是，平时她哪儿有这个耐心听“小猴子”唱一个小时走调的流行歌？

“你以为我昏头了吗？”生之前想要女儿是梦想，生下来手心手背都是责任，哪会因为儿子、女儿就区别对待？

石墨持怀疑态度，在他看来，秦甦的爱里时常带点儿昏庸。

他问：“那你看到他上楼，怎么没安慰他？”

“我为什么要安慰他？他如果失落就要说出来啊。”秦甦着急儿子的闷不吭声，对照石墨小时候的闷声憋大招，她不是不担心。这份担心不再是怕他长大后炸面粉厂，而是怕他将来也不知道为自己争取。

不是每个人都是他的父母，有义务观察他微妙的情绪波动，对渴望的事情压抑诉求，久而久之就是病。社会上这种病人太多了，她不想儿子这样。

石墨又问：“那你知道他为什么难过吗？”

秦甦说：“因为他听妈说，我不想要儿子。”莫蔓菁下午打电话给她说了这事。

石墨意外了：“你知道啊？”

他试图逗石书沐，告诉他没有这回事，妈妈就是喜欢开玩笑。

石书沐一本正经，板着小脸说，他知道妈妈喜欢女儿，他看出来了。

这么小的孩子就感受到母亲的偏心，石墨听得都难过。

“是啊！”她着急回来就是为了向儿子解释这件事，哄他开心，结果他生了一晚上闷气，也不说，也不问，末了自己还上楼，扮演起了忧郁的王子。秦甦有些着急，但想了想还是忍住了解释的想法，“算了，反正我得给他上一课。”

石书沐黏妈妈，因为他觉得母亲漂亮，笑呵呵的，还会逗他，特别幽默。所以当他得知妈妈怀宝宝的时候一直想生个女儿时，难过得想哭。这把说漏嘴的莫蔓菁吓坏了，她只是当玩笑说给石书沐听，怎么这小子这么没有幽默细胞？

晚间，秦甦全神贯注地听“小猴子”那难听的歌，石书沐失落加倍。他会背乘法口诀表了，可母亲还不知道。他拉着她说这件事的时候，“小猴子”超大声地积极汇报自己拍皮球的笑料，把母亲的注意力完全抢走了。

他很着急，可用母亲的话说，他急的时候只会“眉毛打架”，就是不会说话。

次日，又是“小猴子”挑食、逃早饭、全家围着她转的一天。石书沐闷不吭声地把小肚子认真地塞得鼓鼓的，坐在门口自己穿鞋。

他想，他不喜欢母亲了，因为母亲也不喜欢他。

秦甦遥望了一眼，等在那里。石书沐拉住爷爷的手，没忍住回头，看见了母亲。秦甦冲他招招手，他条件反射地抬起手，也挥了挥，迅速忘了自己在生气。

秦甦嗲嗲地配合他们，噘起嘴巴：“要不要亲亲？”

石书沐的两只脚自动迈开，往母亲那里跑。

秦甦躬身抱住他亲了一下，问他为什么耷拉着小脸，不开心吗？

石书沐摇头。

出门前，他又回了次头，秦甦一边梳头一边看他，像是在等他。

他读取到那双漂亮的眼睛里好像有对话的意图，但没来得及细想，很快被“小猴子”打搅。“小猴子”抱住母亲的大腿，撒娇地表示不肯上学。

都是小学生了，还这么幼稚。石书沐扭开脸，不理她了。

秦甦也说：“你已经是小学生了，必须上学，这是九年制义务教育。”说着秦甦抱住秦书沁亲了好几下。

石书沐默数，一二三四五六七，比他多。

坐到车上，秦甦难得地跟了过来，她很少送他们上学的。未经修饰的素净脸庞上挂满了笑容，“小猴子”嘴巴甜，坐到车上还抱着母亲亲了两下，说放学时她观察了一圈，自己的母亲最好看。石书沐心想：这还要你说？妈妈本来就最好看，真是个狗腿子。

车子发动前，秦甦走到石书沐所在位子的窗口，又问他是不是不开心。

石书沐依然摇头。

秦甦心里叹气，揉了揉他额角的碎发："那你想不想妈妈接你放学呀？"

石书沐犹豫了，他的母亲是个懒鬼，不喜欢拥堵的校门口。他迟疑地眨了眨眼："可以吗？"

"真的吗？妈妈你要来接我？""小猴子"耳朵灵光，迅速捕捉到关键信息。

秦甦没理女儿，继续看着儿子问："想吗？"

接他也等于接"小猴子"，思及此处，小帅脸一臭："随便。"

秦甦追了两步："为什么，你刚刚不是还挺期待的吗？"车在移动了，石峰是个很掐点的人，没工夫等他们维系母子情。

石书沐不知道怎么说。

秦甦急了，眼看车子就要开走了，主动说："你说想妈妈来接，妈妈就去接，你不说，那我就不去了。"

"我要妈妈接！""小猴子"主动抢答，"妈妈来，我要妈妈！"那两截因好奇煤气灶如何工作而烧得参差不齐的辫子一甩一甩的。

石书沐见母亲追着车，在紧迫的离别时挤出一句"那你记得来"。

这是石书沐这年说的最值得的一句话。

放学后母亲真的来了，还穿着他挑的红裙子。她没有带"小猴子"，把她扔给了爷爷，牵着他去坐了旋转木马。

上回他只坐了一遍，便很酷地说男孩子不稀罕坐这种东西，然后眼巴巴地看着"小猴子"转了一圈又一圈。母亲说，这天没有人围观，就他们两个人，想怎么坐就怎么坐。她还偷偷问他像不像在坐《哈利·波特》里魁地奇球赛的飞天扫帚。石书沐开心极了，原来母亲也发现了。

他坐了五遍，困了才下来。他知道母亲力气很小，他不像“小猴子”，明知道母亲抱不动还硬是央求。

母亲给他买了冰激凌。那是她明令禁止“小猴子”吃的东西，却给他开小灶。他爱妈妈！

秦甦站在冰柜前挑来挑去，买了根雪糕，没忍住，自己尝了一口才想起要给儿子吃。

一回头，小家伙笔直地站在那里，一动不动，乖得像是和他父亲一个模子刻出来的。

她心满意足地扮演了一天母亲的角色，按照既定的剧本，接下去要解释和说教了，当一个严肃的母亲。可她看到此刻的乖儿子，心里酸溜溜的。原来懂事是这么让人心疼的属性。

吃冰激凌的石书沐笑得像“小猴子”一样傻，“咯咯”地笑个没完。母子二人你一口我一口，开心极了，还说了好多心里话。

华灯初上，秦甦牵着儿子去石墨的单位等他下班，三个人一起吃了顿拿刀叉的西餐。石墨对石书沐进行了一场男人与男孩儿的绅士教育，只是这天没有反面教育的典型“小猴子”在场。

回家前，秦甦问他：“开心吗？”

石书沐用力地点头，还亲了母亲一下：“开心！”

秦甦说：“开心的话下次还带你出去玩。”

石书沐激动地挂到秦甦的脖子上，问：“真的吗？”

秦甦点头：“但要你要求。”

“啊？”石书沐不理解。

“意思就是，今天我带你出去，是因为你跟我说‘放学来接’，我才去接的。”

石书沐努力消化。秦甦怕他不明白，补充样本案例：“你看‘小猴子’，她要什么都会主动说，所以家里人才跟着她的要求转。”

石书沐撇撇嘴：“我不喜欢那样。”

“她确实太吵了。”秦甦为了让儿子开窍，开始出卖女儿，“但是如果特别想要什么东西，自己就要争取，不然别人又不是你肚子里的蛔虫，怎么知道你在想什么？”

“什么是肚子里的蛔虫？”

接下来，秦甦给儿子上了一堂偏题的生理课，吓得他肚子痛了。石墨抱着他迅速上楼，石书沐到了马桶边就是一通呕吐。

秦甦万万没想到，儿子的肠胃也如此脆弱。

安排妥当，秦甦对慈母角色仍恋恋不舍，抱着石书沐念了一段《哈利·波特》，前半段是书上的内容，后半段是她脑子里的“同人文”。如今的石墨早把《哈利·波特》看完了，也知道伏地魔是什么，所以当他听到秦甦胡诌剧情的时候，十分担忧，儿子将来识字后，亲自啃下这部大部头的巨著时，内心会受到多么大的冲击。书上根本没有那么多言情线，点到为止的同学情被秦甦扩写成一段段俗套的八点档剧情，导致读了三年他们还卡在火焰杯的部分。

终于回房，夫妻分头洗漱，间或说两句话，主题都与儿子有关。秦甦说，她希望儿子知道争取是有用的：“我不是教育他功利，我是告诉他对自己想要的不要憋着，说出来才能有。”

石墨接受，如果曾有人这样点拨他，他也许不会在感情里如此被动。

秦甦一边贴面膜一边看向镜子里光着膀子擦身体的石墨，忽而情动，叫了他一声：“石黑土！”

石墨愣了，这绰号很久没人叫过了，他问："怎么了？"

"今天儿子问我是不是不喜欢他，我说不是，只是一个女人心里只能装下一个男人。"话音一落，两个人都笑了，什么鬼话？

石墨问："他信了？"

"嗯。他还说，他也要找到那个心里只能装下他的人。"

难怪这晚的《哈利·波特》讲这么久，估计都耗在言情线上了。

秦甦见他不说话："你不感动吗？"

"感动什么？"他假装无所谓的样子。

"真的没有感动吗？"秦甦趴到他肩头确认他眼里的无波无澜是真的，"我说出口的时候，自己都感动得湿了眼眶。"

他调整呼吸："还好吧，老夫老妻了。"

他们幸福地走过七年之痒，是老夫老妻了，可即便这样，石墨面对秦甦的表白，依然会闪过侥幸和不自信。他不知道石书沐会不会在童年教育的引导下，走出这种被动的感情状态，但他的性格困境已成定局，没得救了。

秦甦揭了面膜，跳到他的背上，像个追踪摄像头一样，鼻尖撵着他的脸颊移动："老夫老妻了？那你为什么要害羞？为什么转开脸不看我？"

"因为肉麻。"

"肉麻得你脸都红了？天哪，石黑土，你好纯情。"说着她要去翻他的身份证，把他的出生年月读给他听。这招她上次试过，把他逗得前仰后合，这么大年纪还在感情面前害羞，确实值得嘲笑。

石墨无法，最后挠她的腰，制止了处刑场景发生，然后承认自己非常感动。

入梦前，他们就儿子的教育问题进行了一番讨论。秦甦说，她想给儿子培养一些幽默感。

石墨反问："你是想培养一个梦中情人吧？"

在他的印象里，秦甦以前的对象多少有些浪荡子的无耻和幽默在里面，他距离这种幽默审美很远。

"才不是。我是想激发他身体里属于我的幽默感！"她不希望儿子像石墨一样安静守诺，看得她难受。

没等到石墨思考后回答，秦甦就倒头睡着了，一夜梦个没完。

醒来，她拉着石墨说了很久梦的内容，可能是因为傍晚跟儿子说了好多往事，所以梦到了很久没去的音乐教室。

秦甦很喜欢讲梦，因为她总能把梦说得很有趣，而石墨也很喜欢听，尤其是有他戏份的部分，那是她潜意识里爱他的部分。

她一边刷牙一边踱步："我需要答考卷才能冲破后门的铁链成功闯关，但我做了十几遍都答不对。你知道吗？梦里的高考居然要满分才算过关，比真实的高考还严格。"

石墨摇头，用手帮她兜了一把薄荷沫子，将她推到洗手池前，让她认真洗漱。

"你猜，我为什么会做到这个梦？"

"因为高考是每个人的噩梦？"

"不是！是有人会来救我！"

游戏进入倒计时，秦甦的心跳忽然加速。脚下娇艳嫩黄的花朵和碧绿粗壮的藤蔓不断疯长，以迅雷不及掩耳之势覆盖过她的脚踝、膝盖、腰际。说时迟那时快，屋顶破了个大窟窿，刺眼的阳光照入不见天日的音乐教室。

"然后，云中伸出一根俏皮的豌豆藤！"她提高音量，"你猜是谁？"

幼稚。石墨揉了揉她凌乱的头发，无奈地道："睡前故事对你影响太大了，下次我来读。”

啊！他真不解风情！

“是我的‘路易基’来救我了！”

“好，好，好。”他又避开了脸。

沉迷于年少不着调的游戏角色的幼稚爸妈，儿女也不会成熟到哪里去。

秦甦一天在石书沐的脑子里灌输了过多信息，他消化几天后，拉着石墨问：“妈妈说你费了好大的工夫才追到她的，怎么追的？”

石墨趁机教他成语，说了句：“守株待兔。”

次日，石书沐买了一只“梦中情人”——熊猫兔。他的母亲说要勇敢提出要求，所以他拉着爷爷买了这只兔子。家里的人都不喜欢养动物，可是他提了，爷爷居然真的买了。石书沐开心极了。

只是这只娇俏的熊猫兔到家仅一晚，就被“小猴子”抓去洗了个澡，一出浴室便开始抽搐着翻白眼，奄奄一息。

石书沐号啕大哭，上演了一场不肯上学的戏码，倒是“小猴子”心虚，催奶奶快点儿送她去上学。

兔子在半路死了，没赶上宠物医院的抢救，不过医生那句“兔子洗澡时不能吃水”给“小猴子”的洗澡行为定了罪。石书沐的成语积累量不错，回家要“大义灭亲”。他对父亲提出要求，要送“小猴子”进监狱。

石墨没想到成语可以这么用，也没想到秦甦说以后要给“小猴子”送牢饭的话“一语成谶”。

在他的努力调解下，两个小家伙勉强休战。

虽然搞得一团乱，两张小脸都哭得发紫，但石书沐明显突破了自己的憋气结界，主动了一些，这让石墨多少有些宽慰。如果他小时候敢拉着父母说“我要你们的目光在我身上，我要你们的注意力围着我转”，他们估计也会多爱他一些。

他把沾满眼泪和鼻涕的西装换下，匆忙赶往一家名叫 Velluto 的意大利餐厅。“Velluto”意为“天鹅绒”，社交平台展示的图片是满满的小布尔乔亚风格。秦甦认真在网上搜索了好几天，精心挑选了这家，要请留学时期最好的朋友吃饭。

进门后，石墨几乎以为走错了。灯光摇曳却不够亮，像提前喝醉，灯丝一闪一闪的，好像快熄灭了。几块蓝丝绒帘子布景也不够出彩，皱皱巴巴的，仓促得像临时一铺还没拉平整。当然这也可能是设计，石墨不懂这些。

尽管如此，秦甦仍笑成了一朵花儿，已经在咬牙切齿地喝酒了。石墨心想，秦甦这么喜欢浪漫的氛围，此刻心里一定很恼火。

他走近，看到微醺的她正在吹牛皮：“飞上枝头？哈哈！没有啦，我就是俗烂的母凭子贵。”

对面的人也笑得没心没肺，对这种话题一点儿不尴尬，问她：“要是‘皇帝’纳了‘后宫’怎么办？”

秦甦反应极快，答案跟背了数百回一样流利：“还能怎么办？以大局为重，时时备着避子汤，保证长子能继承皇位。”

“那你家长公主呢？”

“她？我希望她别……”话音没落，瞥见了石墨，她话锋一转，“但我对我老公比对我自己还要信任。”

石墨朝秦甦的好友打了声招呼，礼貌地落座。

秦甦问：“孩子呢？”

石墨摆手，没把儿子要把女儿送进局子的事道出，打算先安静地吃顿饭。小孩子哭累后倒头就睡，成年人却依然要维持社交礼仪。

整个过程两个姑娘插科打诨，没个正形，又明显顾忌他在场，收敛些许。

秦甦拍了一堆照片，在马路边就开始修图，一直修到距家倒数第二个红绿灯，才确认发布，如愿收获“依然女神”“国家一级保护‘辣妈’”等一系列夸奖。

她伸了个懒腰：“啊！还有五分钟，就可以亲到我的香乖乖了。”她现在一天不亲两下儿子和女儿都睡不着。孩子们才读小学，她已经开始担心他们大了不让亲了怎么办，实属“深谋远虑”。

石墨这才告诉她，两个孩子在吵架。他离开时，石书沐正在根据看过的电视剧布置庭审现场。

石墨抬手看了一眼表：“这个点庭审应该结束了，估计已经判刑了，不知道判了几年。”

秦甦一惊，没想到儿子的“勇敢”会这么极端：“只是一只兔子而已。”

“你儿子说了，那是一条生命。”因为他不擅长讲《哈利·波特》，也怕接不上秦甦那些自由发挥的剧情，所以每次都挑中国传统故事读。石书沐听过《嫦娥奔月》，如今加上石墨的“守株待兔”，他明显把兔子当情人了。

酒后秦甦的大脑有些宕机，这显然在她处理问题的极限上又提出了新问题。

“那怎么办？我帮谁？”“小猴子”算失手杀兔，加上是未成年人，不知者无罪，可她也不想打击儿子这难得的正义感和公正感，好难办。

完了，回家又是一场硬仗。她这一刻只想装失忆，来逃过处理纠纷这一劫。

“我想了一晚，没想到什么合理的、理性的解决方法。”

秦甦急了：“完了，我有点儿害怕回去了。”她让石墨停车，“我得好好捋一捋，不能打没准备的仗。”

他没停，一路驶过了大学城，再次上了高架桥：“今天你说梦，我想到一件事。”

“什么？”

“有一个地质时间概念叫‘深时’，是地下世界的计时单位。地下世界是人间的颠倒镜像，地面是镜面，很像你的梦。”

“嗯？”秦甦带着酒意，没有跟上节奏。

石墨无论如何也想不出幽默的段子，只能扶着方向盘，一板一眼地挤出话来：“今晚，咱们逃去地下世界吧。”

“石黑土！”秦甦惊讶地扶住车窗。

他偏头看向秦甦，以为她会责怪自己不负责。

缠身的藤蔓忽而解锁，难解的高考试卷不用做了，她抓住哥儿们递来的豌豆藤，手舞足蹈：“快开！咱们快逃！”

夜光微微，酒气消散。

勇往直前，偶尔消遁，逃去地下世界躲一躲，做一回偷懒的父母，当一回用力的情人。

接下来的一路，秦甦彻底放松。

成人世界没有童话，但石墨让秦甦相信，他们有，只是比童话故事书上的吵了点儿。

图书在版编目（CIP）数据

菲克老虎：全二册 / 金呆了著 . — 北京：中国致公出版社，2023

ISBN 978-7-5145-2054-5

Ⅰ. ①菲… Ⅱ. ①金… Ⅲ. ①言情小说 - 中国 - 当代 Ⅳ. ① I247.5

中国版本图书馆 CIP 数据核字（2022）第 217373 号

菲克老虎：全二册 / 金呆了 著

FEIKE LAOHU：QUAN ER CE

出　　版	中国致公出版社 （北京市朝阳区八里庄西里 100 号住邦 2000 大厦 1 号楼西区 21 层）
发　　行	中国致公出版社（010-66121708）
特约监制	鹿玖之
责任编辑	杨　鸿
责任校对	魏志军
策划编辑	鹿玖之
封面设计	小　茜
责任印制	长　安
印　　刷	大厂回族自治县德诚印务有限公司
版　　次	2023 年 7 月第 1 版
印　　次	2023 年 7 月第 1 次印刷
开　　本	880mm × 1230mm　1/32
印　　张	18.25
字　　数	428 千字
书　　号	ISBN 978-7-5145-2054-5
定　　价	69.80 元

流言和谣共部防。

生泉

中国致公出版社

目录 Contents

4月 Apr.

SUN	MON	TUE	WED	THU	FRI	SAT
						1 愚人节
2 十二	3 十三	4 十四	5 清明	6 十六	7 十七	8 十八
9 十九	10 二十	11 廿一	12 廿二	13 廿三	14 廿四	15 廿五

SUN	MON	TUE	WED	THU	FRI	SAT
23 初四	24 初五	25 初六	26 初七	27 初八	28 初九	29 初十
30 十一						

5月 May

SUN	MON	TUE	WED	THU	FRI	SAT

SUN	MON	TUE	WED	THU	FRI	SAT
7 十八	8 十九	9 二十	10 廿一	11 廿二	12 廿三	13 廿四
14 母亲节	15 廿六	16 廿七	17 廿八	18 廿九	19 初一	20 初二

SUN	MON	TUE	WED	THU	FRI	SAT
28 初十	29 十一	30 十二	31 十三			

6月 Jun.

SUN	MON	TUE	WED	THU	FRI	SAT

11	12	13	14	15	16	17
廿四	廿五	廿六	廿七	廿八	廿九	三十

25	26	27	28	29	30	
初八	初九	初十	十一	十二	十三	

7月 Jul.

SUN	MON	TUE	WED	THU	FRI	SAT
						1
						建党节
2	3	4	5	6	7	8
十五	十六	十七	十八	十九	小暑	廿一
9	10	11	12	13	14	15
廿二	廿三	廿四	廿五	廿六	廿七	廿八

23	24	25	26	27	28	29
大暑	初七	初八	初九	初十	十一	十二
30	31					
十三	十四					

Fake love

Chapter 1

孕七周

在 KTV 的老同学聚会上，秦甦开盲盒一样打开了自己的年度第二场春天。

两周后，她在微信里提出分手。

他沉默了一天，晚间回复她："好的。"

七周后，秦甦看着白色塑料棒，杏眼怒睁，不敢置信地低声骂了句脏话。脚边的一次性集尿器里，淡黄无味的液体恶心得她头晕。

她秦甦居然会被"滚滚天雷"选为命定之人，太离谱儿了！

她无力地把头磕在马桶圈上，又猛地抬起来，嫌弃地擦了擦额角，脏死了。

她像个斗士，安慰自己：秦甦，没事，你得站起来，你不是一个人！

下一秒她又泄气了，她就想一个人，不行吗？

她恨不得捶自己这不争气的肚皮，拳头恶狠狠地快砸到小腹，又咬牙切齿地收了回去。

烦死了！

秦甦疯狂地抽纸，把塑封和说明书包得严严实实的扔进垃圾桶，又随手抓起一团纸覆盖，确保万无一失，而那根验孕棒则被她塞进自己的小羊皮包里。她还没想好下一步要做什么，但不想就这么扔了。

秦甦走出卧室，她的母亲陆玉霞已经做好了早餐，香气扑面而来。

秦甦咽了咽口水，隐隐有想呕吐的感觉，不太强烈，尚能忍受。她偏过头深呼吸了两次，坐在红木圆桌前吃了起来。

“怎么去了那么久？”

她随口答道：“拉不出来。”

陆玉霞白了她一眼：“你老吃荤，吃点儿素菜才通便。”

秦甦麻木地吞咽：“知道了。”

“今天晚上我炒青菜。”

秦甦这才反应过来：“啊……我不要吃青菜……”

陆玉霞像哄小孩儿一样：“我就买两棵好不好，宝宝？”

“啊……”秦甦苦着脸，眼看胡扯的便秘当真影响到了晚餐，率先让步，“还是吃鸡毛菜吧，没那么苦……”

热乎乎的粥吃进嘴里，为秦甦解决问题的脑细胞输送葡萄糖。她不禁开始回忆，自己这二十八年是怎么一步一步沦落到这番田地的。

秦甦十四岁那年，父亲秦栋梁转移财产后离婚，同比他小十五岁的女秘书双宿双飞，留下她们孤儿寡母独自生活。秦甦以为多年后可以上演一场妻女翻身的反转戏码，没承想在她十六岁那年，秦栋梁的小公司就因经营不善破产了，老夫在，少妻跑了，人财两空。

秦栋梁与陆玉霞也算少年夫妻，白手起家，患难与共，想来是因为有福未同享，他遭了报应，老天收回了那份财富馈赠。

秦甦争气，名校毕业，法国留学，教育部最新统计的全国二百二十六个本科专业中，法语专业的初次就业率排在前十名，是个香饽饽。她的就业之路也很顺利，回国后一直在北市的某出版社做外文图书编辑，朝九晚五，周末双休，体面自在，存储也稳如死水。从事出版行业真的心酸，有在大出版社却拿低工资的冷门编辑，也有专做流量鸡汤、赚得盆满钵满的热门编辑。他们组从新人编辑到资深编辑，有三至五年的收入鸿沟。而她工作两年，月薪税后到手不过八千元，每月除去正常花销，也就能买两三支口红，还得是代购价。

秦甦幸得祖上有套老房，不然算上北市的租金，这个收入大概每天只能吃泡面。

她获得了陆玉霞与秦栋梁最优良的基因，从小到大大家都夸这丫头怎么长的，竟这般好看，跟父母完全不一样。幸好陆玉霞温柔老实，不然秦栋梁肯定得带她去做亲子鉴定，但也因为陆玉霞老实，所以才在离婚时一毛钱没捞到，还要在丈夫破产失婚后偶尔关照他的单身汉生活。

秦甦因为这事，冲去秦栋梁的出租屋将房顶掀翻了好几回。父女二人那暴脾气争吵的音量高到扰民，警察都拦不住。

秦甦天生美貌，年幼时家境优渥，加之母亲温柔贤惠，历任男友卑躬屈膝，惯成了她那个泼辣蛮横的性格。当然，这些是她二十三岁大学毕业前的性格，出国留学这一年她经历了异乡磨砺，性子柔和多了，虽然比大部分姑娘仍要火暴些，但前男友们再遇见她时均感到有些不可思议。

二十六岁那年，秦甦被富二代徐路阳追求。对方仪表堂堂、出手阔绰，她注重外貌，又正值空窗期，很快被外貌优势和金钱攻势俘虏，恋爱一谈便是一年半。

一年半这个时间在秦甦不计其数的恋爱史中是最长的一段，再加上到了长辈催婚的年龄，她和徐路阳均有了结婚的意思。

男“财”女貌，天生一对。他们互相见了家长，陆玉霞本性温柔，再加上身份是丈母娘，对徐路阳自是满意，还越看越称心。

徐家做足了面子功夫，可秦甦仍敏感地察觉到对方高人一等的疏离。徐路阳家在北市的谢利山庄，住着独栋别墅，怎么可能对一个在西城区住“老破小”的姑娘满意呢？

恋爱是你情我愿，婚姻是门当户对。恋爱时天天你侬我侬的两个人，谈婚论嫁免不了剑拔弩张。秦甦的暴脾气日益显露，本来还因为好感藏着掖着忍着，现下胸中不满、心中怒火都惯性般地砸向男友。

秦甦：“你妈不喜欢我，你一转身她对我笑着的脸就拉下来了。”

徐路阳：“那是她笑累了，你太敏感了，宝贝。”

秦甦：“你爸说要我和我妈搬出去住，是嫌弃我家房子小吗？”

徐路阳：“那是因为你现在住的地方离上班的地方太远了，换个方便的地方而已。”

秦甦：“今天吃饭时，你妈是不是对你说我妈穿得土？别否认，我听到了。”

徐路阳：“她说阿姨穿得……少……怕她冷……”

女人天生敏感，秦甦能感觉到对方家庭接受自己的那份勉强，她已经走到了婚姻的门前，忍一口气就能推门进去了，可忍气吞声这项技能她还没学会。她开始耍性子闹脾气。徐路阳一开始还忍着哄着，时间久了也有些烦，开始躲。没有男人愿意每天面对一只母老虎，也没有男人想不停地听女人诉苦，即便对方美若天仙。

心灵空虚之际，徐路阳和前女友顾兰亭在同学会碰面，干柴烈火后，一发不可收拾地建立起了密切的联系。

秦甦从降低的约会次数、增高的送礼频率中，敏感地察觉到了异样。她趁着他去上厕所，纤指飞快地解密打开微信，发现他清空了微信消息。这太可疑了。然后，她做了最令人不齿的事情——跟踪。

她在徐路阳公寓的地下车库，口罩、帽子、墨镜全副武装，做足了准备，却发现对方根本没工夫发现她。那两个人一路从下车激吻到地下车库的电梯，消失在感应门里。

秦甦蹲在阴冷无光的地下车库，低声抽泣，气音和鼻音交替，声音如鬼魅般回荡在幽静的地下空间。

那个女人一点儿都不好看，为什么就把她比下去了呢？她一定要这两个人好看！

然后，秦甦开始了她人生中最为荒唐的一段冲动恋爱，为期两周，相当草率，也后患无穷。

秦甦坐在证券大楼的沙发上，平静地看着对面的神秘前男友，说："七周。"

她是个行动派，晨起验孕发现结果是两条杠，上午溜号做了B超确认怀孕，下午三点就摸到了证券公司，直勾勾地盯住前台，把石墨叫了出来。

她将B超报告丢在他面前，一边补口红一边强调，这个孩子肯定是他的，根据医生从胎心和胎芽推断出的孕期，时间差不多符合。怕他不承认，她还强调，那个时间段他们是恋爱关系。

天知道，之前模模糊糊的关系此刻一锤定音，秦甦有多豁得出去。

石墨扣袖扣的动作一顿，扫了一眼那张报告："所以呢？"

所以？

对啊，所以呢？

秦甦不紧不慢地抄起手，这才上上下下、仔仔细细地打量起石墨。好吧，其实他往这边走来时，她就被西装革履、人模狗样的他惊艳到了。要说他们也认识十多年了，她从没这样仔细看过他长什么样。

石墨看着秦甦那双充满风情的杏眼来回转动，冷冷地等着她的下文。在过去的十多年里，甚至在那段短暂的恋爱关系里，她没有一次这样打量过他。

秦甦看着他不说话，顿了顿，仿佛突然想起了什么重要的事，手指又在 B 超报告上敲了两下："哦，忘了说，有两个妊娠囊。"

医生笑嘻嘻地告知她怀的是双胞胎后，秦甦陷入了片刻的迷茫。她本来想这天下午就做掉，但面对这种低概率事件，任谁都要憧憬两秒。她还非常市侩地想，不知道双胞胎堕胎是不是算一个的钱。

石墨神色微动，不过还是很好地控制住了："所以呢？"

臭男人！秦甦心里骂了他百遍。男人在这种时候不为所动，简直让人无从张嘴，她只能厚着脸皮说道："虽然作为成年人，我需要为自己的行为负责，但孩子是双方行为的结果，你也需要承担一部分责任。"

石墨没再说"所以呢"，仍静静地等她的下文。

秦甦也同样在等他的反应。换成任何一个男人，她都不会对话题的进展这么没有把握。她来时想象过石墨该有的反应，要么惊讶，要么抱歉，要么翻脸，这些反应她都做过方案，唯独不声不响最让人不知所措。

她怕男人耍花招，特意选在公共场合进行出其不意的谈判，人但凡要点儿脸，都不会在公共场合耍赖。

无波无澜地对视十秒后，双方平静地扭开了脸，就像没有恋爱过、没发生过关系一样。

石墨扬起下巴，说："你说。"

秦甦见他半天不说话，主动试探道："堕胎 AA 制？"

石墨垂下头，似乎在思索。就这几秒已经让秦甦绝望了，她真是遇见了个大煤渣儿，她的拳头攥紧正准备大开杀戒，石墨突然抬起头来，带着歉意开口："医院的部分我来。"

"啊？"秦甦坐直身体，对这句话感到满意。

石墨以为自己表达得不够清楚，重新说了一遍："做检查、手术的钱我来出。"

"这还差不多。"

"既然你说孩子是我的，那这是我应该做的。"虽然那晚说分开的时候，她狠得不像个人。

秦甦听到这话，不悦地蹙起眉。石墨得逞地扬起嘴角，抱歉地耸肩："我开个玩笑。"

秦甦瞪了他一眼，恨恨地想：这也可以开玩笑？他怕是不要命了。

石墨清了清喉咙，说："那你怎么和……"

秦甦没等他说完，急切地接过下半段："还有后续的营养费。"

石墨点头，不再迟疑："可以。"

秦甦垂首，大脑迅速运转，想将这一数字具体化。她知道自己此刻的嘴脸非常像个小人，但这都是该为自己争取的利益，她不可能做一个为男人的过错而背上经济负担的女人，身体惩罚于她足矣，经济方面是他该负担的。

"一万元。"

"好，我转给你。"

他居然没有讨价还价。她咬牙说道："还有……"

"你说。"

"陪我去做手术。"她越说越来劲，一点儿一点儿地把这件事具体化。

石墨拿出手机，打开日历："几号？"

"这两天？"

"哪一天？"他说，"你告诉我，我把那天腾出来。"

终于，谈判走到这一步，秦甦心里涌过一点儿暖意，软下声来："你哪天有空？我都可以。"

"那明天？"

"好啊。"她展颜一笑，搅得石墨的呼吸没控制好。好在秦甦沉浸在自己大获全胜的喜悦里，完全没有注意到。

"我自己预约挂号，晚上我把时间和地点发给你，咱们在医院碰头。"

"好的。"石墨看了眼表，"那……"

秦甦这才恍然，赶紧摆手："你去开会吧，拜拜！"前台联系她时说石总在开会，是她来势汹汹，一副要算账的模样，要他立刻出来。此刻想来，自己也算打扰了人家工作。他这么客气，她也不好为难。

石墨起身，冲她点了点头，两手抄在兜里，刚一转身，就听她叫住他。

"喂！"秦甦两眼亮晶晶地露出痴汉一样的光芒。

石墨转头："嗯？"

"我发现你变帅了！"

秦甦坐在沙发上，跷着二郎腿，仰视英俊高大的石墨，视角自带广角拉长效果。

但这句夸奖落在石墨耳朵里仿佛不那么中听，他双手垂在身体两侧，认认真真地叫了遍她的名字：“秦甦。”

“嗯？”

“这么多年，你拿正眼看过我吗？”

什么叫没拿正眼看他？难不成她是斜眼看人的？哪个美女天天斜眼看人？！是精神不好，还是嫌自己太好看，扮丑亲民？

秦甦因这句话怄了一路的气，自己在大脑里左右思量。她赶到单位打了个卡，本来想直接走人，转身时成年人思维运转，心知接下来两天可能没什么精神，于是坐回办公桌，认真写完宣传推文，一字一句校对后插入图片，提前提交。

晚高峰的地铁上，她拿出平板做外文书的选题准备，触控笔并不流畅地圈圈画画，勤勤恳恳的都市丽人形象在拥挤的人群里格外吸引眼球。这时候认真表演专业属性，让秦甦投入感倍增，效率高于坐在办公桌前。她下了地铁，才艰难地扭转酸痛的脖颈，筋骨一直作响。

她预约了一家高级私立医院的手术，点完“确认”后栽倒在床上，陆玉霞叫她吃晚饭也没听见，一觉睡到大天亮，成功地逃过一顿鸡毛菜。

孕早期的系列反应在她身上一一出现，除了嗜睡，孕吐也开始了。

晨起洗漱，秦甦挤出牙膏，喉间一阵恶心。她捂住嘴巴，不停地深呼吸，在卧室里瞎转悠，试图分散注意力。

她的卧室不大，靠墙一排衣柜占据半壁江山，中间区域专门放她的名牌包，推拉门一开，感应灯随之亮起，真皮包瞬间流光溢彩，美得惊心动魄。秦甦有很强烈的物欲，品位也不赖，加之一直精心包装自己，财力输出很高，消费起来简直跟人民币有仇，机关枪一样横扫商场。就算是家境优渥的徐路阳，也几度被她的购买欲惊吓到。

观看二〇〇六年的电影《购物狂》时，秦甦直呼女主角就是翻拍自本人。尤其在电影不断地明示疯狂购物是一种病态行为后，她痛定思痛，试着收敛消费行为。

即便如此，她也从没有想过卖掉她的包。

但神奇的是，秦甦忍住呕意的这一刻，产生了奇怪的想法——如果卖掉这些包，以后再努力做一些有经济效益的书，说不定可以养得起小孩儿。

漂亮“辣妹”抵触小孩儿的并不少见，但随着年龄增长，以前宁绕二里地都不愿碰见的物种，这一刻见到了，嘴角竟会不由自主地浮现慈爱的笑容。这些“小肉丁”居然这么可爱，圆滚滚的脸蛋儿，藕节一样的手臂和腿，还有世界上最明亮的黑眼珠子。她以前怎么没发现这宝贝呢？

秦甦闻不得牙膏呛鼻的薄荷味，恶心不止，无法完成刷牙。她只得一只手撑着洗脸池，一只手涂抹粉底液，歪歪扭扭地化了个简单的妆。

她把牙刷牙膏装进包里，想着等会儿好一点儿了再找个洗手间刷牙。

这天她给自己开特权，打车去医院，下车保管好小票，等会儿见机报销。

报销？对了，石墨！

秦甦这才后知后觉，忘记把时间发给石墨了。她赶紧发去医院定位，问他下午行不行，上午她要做检查，顺利的话，下午就可以完成。

医生开了很多检查，她作为大龄女青年也乐得做个免费全套的体检，屁颠屁颠地在高级私人医院里乱窜。没了公立医院的人山人海、喧嚣嘈杂，呼吸都畅快不少。

石墨回得很快，问她检查要不要人陪。

秦甦说不用，发完手指往上滑了滑，查看过往消息。

她和石墨很早就加了好友，但没聊过天。

重逢那天，她抱着报复心理开始了一段短促的恋爱。在酒店一晌贪欢后，石墨次日发来“在？”，第二周发来“？”，在她提出分手后，他很识趣地没有纠缠。大概是秦甦太过果断，他也不好继续联系。或者，他也只是配合她演一场成年人的风花雪月。导演喊停后，他们毫不留恋地离开了镜头。

秦甦从心电图室出来，一眼就看到了玉树临风的石墨，确切说是循着旁边患者的目光发现的。

做惯焦点的人偶尔会为别人能比自己夺目而吃醋，她没好气地鼓起嘴，故意斜眼看过去。

私立医院过道宽敞，灯光明亮，镜面般透亮的墙面照出一对璧人，俊男靓女，天生夺目。这样的两人得生出多好看的孩子啊。

原来不是只有男人才有基因自信，女人也有。面对这样的两张脸，她完全失去了人类的语言，只得目瞪口呆。

秦甦的目光顺着石墨锃亮的鞋尖一路上移，直到撞进他从容不迫的目光中，才讪讪地别过脸。

石墨收起手机，上前一步问她检查结果如何。

“一切正常，还要去抽个血。”秦甦叠好报告，问他，“不是说下午吗，怎么现在来了？”

“毕竟你现在怀了我的孩子，你做检查，我在家躺着不太好。”

秦甦满意地点头，夸他有心了。

她内心实在忍不住那股兴奋，指了指反光的墙壁："你快看！"

石墨回头，只看到了自己的一张脸。

看什么？他疑惑地看向秦甦，这才在余光里目睹到他们的般配，心脏剧烈地跳动着。她的眼神难得地为他闪动，而非左顾右盼。

秦甦捧住脸，不住地感叹："天哪，我这袋鼠肚子里兜着一对天使吧！就咱们这颜值、身高，这……学历……"说到这里她犹豫了一下，用手肘推他，"你考上大学了吧？"没等到石墨回答，她自顾自地陶醉下去，"他们得多好看啊！"

周围三两个等候的患者不由得望过来，秦甦如愿地收获了惊艳的目光，满足地离开了影像楼。

恰值春日，花坛里的花争奇斗艳。秦甦喜欢美的东西，围着花坛转悠一圈，真丝衬衫一时被风吹得鼓起，一时又瘪下去贴牢曲线。直到石墨来回打转的脚步隐隐显出催促，她才磨蹭到门诊大厅抽血。

秦甦问他怎么来的，他说开车。于是她顺理成章地问起石墨的工作："在证券公司是做什么的，股票吗？"

哦？她对他有兴趣了？提出交往的时候，她都没有问起过他的工作。这一刻站在关系的终点，她的问题倒是多了起来。

石墨回答："金融行业，俗称券商，我在投资银行部，做发行承销和并购重组。"他认真地等了会儿，问她，"了解吗？"

"不了解，"秦甦摇头，说，"不过不重要，我只想知道，这工作收入高吗？"

"还行。"

"你住哪儿？"

"我自己吗？"

"嗯！"

“你希望我住哪儿？”石墨反问。

这倒是把秦甦噎住了：“我就是随口问问……”

石墨贴心地揣测：“我以为你想问我顺不顺路，等会儿送你回去。”

“那顺路吗？”

他低笑：“我会送你回去的。”

石墨说完，盯住秦甦，见她毫无反应，自嘲地扯了扯嘴角，心想，她果然不记得。

秦甦挽起袖子，一边抽血一边问：“那你知道我家住哪儿吗？”

“知道。”

针尖挑破白皙的皮肤，扎入血管，暗红的血顺着管道蜿蜒而出。秦甦吃痛地皱眉，语气倒是如常，好奇地问道：“在哪儿？”

“不就在咱们高中后面吗？”他记得秦甦的母亲在学校后门开过一家小卖部。高一和她同班那阵，他经常去买冷饮。那会儿她会在班里吆喝大家去她家买零食，肥水不流外人田。

“你真的知道！”石墨知道不奇怪，她从初三开始就住在那里，从来没搬过家。奇怪的是这么多年过去了，他居然还记得。他们过去只是没讲过几句话的普通高中同学。

秦甦心头如有烟花绽放，拔针后随手按住手臂，再度上上下下、仔仔细细地打量起石墨来，挑逗地抛了个媚眼：“喂，石墨！你不会是暗恋我吧？！”

石墨脸色一沉，转身就走，一个眼神都没给她。

按压点错位，温热的鲜血流出。秦甦急忙问护士要了几根棉签，压住伤口，快步跟上他：“开个玩笑而已。你这个时候说‘是啊，我暗恋你’，也没关系。”

石墨这才看见她流血的针眼，扳过她的手臂，帮忙按压，他盯着染血的棉签："为什么没关系？"

她笑嘻嘻地打圆场："因为'爸爸'喜欢'妈妈'是很正常的事。"

她用意念补充：才不是。男人喜欢她，是很正常的事。没有肤浅的男人能逃出她外貌的诱惑，再正经的男人都逃不过她三个媚眼与两句软话的"极刑"。

当然，她自己也知道这个玩笑开得不合时宜，没心没肺的笑容在石墨无语的眼神里渐渐收起。她撇嘴："干吗？不是吗？"

秦甦的话像只利爪，牢牢地攥着石墨灌水气球般濒临涨开的心脏。他箍紧她的手臂，按牢棉签，不经意似的反问她："那'妈妈'喜欢'爸爸'吗？"

秦甦刚解下的"魅力包袱"又拾了起来。她推开他帮倒忙的手，压低视线，嘴角失控地颤抖，带着那股得意劲儿，憋不住地露出笑意。

这个石墨不会真的对她有非分之想吧？

这并不在秦甦的计划内，不过如果……想着想着，她的笑渐渐消失，惊惧由脚心直至瞳孔。几分钟后，计划生育专科一号门门口发出一声"河东狮吼"。

秦甦一时没缓过气来，泛酸的恶心涌上来，陷入反射性干呕。她一路跌跌撞撞，踉跄至洗手间，胃内空空，脚下虚浮，无力地趴在洗手池边头晕目眩。

石墨欲要扶住她，反被秦甦用力地推开，似是仍在气头上。

她的发丝四散开，部分散在背上，部分挡住脸颊，后背和脸上四处发痒，碍手碍脚，燥得慌。秦甦哼哼唧唧，缓了口气，发话："喂，你帮我把头发扎一下。"她没好意思说，自己手上沾了点儿黏稠的胃液，不方便扎头发。

“用什么？”

秦甦手臂一伸，细腕上赫然有一根花色电话线发圈。只是石墨哪里认识这个？他还等在那里。

秦甦等了两秒，没见动静，率先明白过来。交过这么多男朋友，对男人什么脑子要没点儿数，她也算白瞎那些经验了。

她刚鼓起劲，准备直起身扎头发，便感到一双手小心翼翼地在肩头滑动，他正帮她拢头发。当然，很快被女生的惊叫声打断。

那姑娘诧异女洗手间怎么有男性，一边后退一边瞪着石墨。石墨抱歉地欠了欠身，指了指秦甦，拜托她照顾一下，行至门口又顿了一下，问那女生有没有扎头发的东西。

秦甦的世界围着个小焦点，左右打转，随着一阵爆发的呕意，苦水倾泻而出。

空气里爆发出一阵干呕声，石墨两手抄兜，怔怔地走神，背靠着女洗手间门关切地问：“还好吗？需要叫医生吗？”听起来很严重，像是把五脏六腑都吐出来了。

夸张。

“别丢人！”半晌，秦甦重重地叹了口气，“好点儿了，那股气吐掉就好多了。”说罢，她拿出牙膏和牙刷开始刷牙。

石墨听见声音，问：“呕吐还要刷牙？”

“是！我有偶像包袱。”秦甦含着口泡沫，含混地说，“单身女人要时刻营业……”

石墨没听清楚，过了好一会儿，咀嚼了一遍，脸上才偷偷地露出一丝笑意。

秦甦整理好仪容出来时，石墨刚从自动售货机买了瓶矿泉水，拧开瓶盖给她递了过去。

秦甦连嘴都不想张，吐得颌关节发颤，摆了摆手，没好气地倒打一耙："现在装什么好人？"

好，继续她呕吐之前的那个话题。

石墨再度强调："措施是完备的。具体情况你不知道？咱们又没喝酒。"

是的。那天他们清醒的时候，她说他是她交往过的最厉害的一任男友，他半信半疑，问她哪里厉害。秦甦没继续夸，恨恨地冷笑。她就是要做赢家，要做焦点，她并不稀罕做男性的捧哏。

秦甦当然知道石墨做了措施。她闯荡江湖也不是笨蛋，摊上意外怀孕这种低概率事件就当倒霉。可如果石墨喜欢她很久了，那中间能要的花招可就多了，细思起来简直心惊肉跳。

"说吧，那晚你是故意的吧！"

"我为什么要故意让你怀孕？"

秦甦杏眼一眯，霸道地说："因为你暗恋我！"好吧，她确实存在诈他的成分。就像那天她提出交往，也就是试试报复计划可行的概率。

石墨仰头灌下一大口矿泉水，喉结滚动得像心跳一样，上上下下。他捏紧空瓶往垃圾桶一掷，姿势不错，但心态不稳，打到洞口下半边缘，弹回到脚边，就像高二分班后，她难得地晃过篮球场，看到他投篮时打铁的笨拙样。

他捡起水瓶，丢进垃圾桶，直到稳稳落进去的声音传来，才一字一顿地回应她："证据。"

"嗯？"秦甦指了指自己的肚皮，"这不是证据？"

"我要暗恋的证据。"他看了眼她的肚子，"如果真的是我的，那也是个意外。"

石墨不认为孩子是他的，他清楚自己"喜当爹"的可能性更大。所以秦甦义愤填膺地跑来公司时，他完全没当真，就连这一刻都当自己是她“渔网”中的冤大头。

这不能全赖他，秦甦跑来宣称自己怀孕时的理直气壮，与那晚在 KTV 里撞见他、径直开口问他要不要和她交往的表情别无二致，这要他如何相信她？

秦甦脸色惨白，那一点儿玩笑口吻的轻松消失殆尽。她死死地咬住嘴唇，又问了他一遍：“那你现在在这里干吗？”如果他觉得孩子不是他的，又何必浪费一个工作日出现在医院？

秦甦是个比较容易接近的美人，并不高冷，所以石墨与秦甦有不少共同好友，唯独他和她半生不熟。

即便不熟，他也知道秦甦生气的样子。用他们之间共同好友的话形容——秦甦生气？你能看到她的发根立起来！我可没夸张！真的立起来了！

石墨眼里闪过笑意，心想：她还真像一只奓毛的猫。

见她额角沁汗，他一边掏纸巾，一边四两拨千斤地问：“生气了？”

秦甦拍开他示好的纸巾，快被硌硬死了。她就知道男人那熊德行，对基因的绝对性有一种病态的坚持。她恨恨地说：“我有没有骗你，亲子鉴定可以回答。”他这是怀疑她行骗，真是冤死了，怎么有这种倒打一耙的人。

石墨连连点头，隔了点儿距离主动帮她擦汗：“好，好，好。”

拜托，他这反应明显是在打发她，压根儿没信她！秦甦气到要爆炸。

医院毕竟不是谈事的地方，恰好是午餐时间，秦甦下午两点手术，需要禁食。

石墨本想找咖啡店坐会儿，又被秦甦苍白的脸色和倚墙的虚弱动摇，主动问她：“要不开个钟点房躺会儿？”

秦甦又是吐又是气，堵得慌，冷嗤一声：“你想得倒是美。”

他也不自辩，走出两步，见她没动：“秦小姐，那你想要站在风里？”

春风刺刀一样划过皮肤，秦甦识时务，选择躺进他的车里。说实话，想到下午要堕胎，她又是疲惫又是迷茫。

石墨独自觅食，回来时从汽车后备箱取出一瓶矿泉水。

这时候秦甦已经从头昏脑涨中缓了过来，对着车里的内饰发蒙。她拍了张照片给朋友，仅仅是副驾驶座的一角，敏感的懂车小弟就嗅到了低调奢华的气味，告诉她值七位数。对方问：“这是个‘高富帅’吧？

秦甦发了个问号过去：“凭什么推断？”

对方很懂行，告诉她，这车矮子开不了，否则远看估计像无人驾驶，价位也不便宜，还烧油，加上她是个非常病态的颜控，“高富帅”没跑了。

秦甦眼神古怪地随着石墨打转，盯着他那双十指不沾阳春水的手发动腕力拧开瓶盖，将矿泉水递到自己嘴边。

石墨问：“不想喝？”

秦甦不语。

石墨靠近自己唇边，试探地问：“那我喝了？”

秦甦眉心蹙起，又做作地松开：“我不想喝……”在石墨喂到他嘴边的瞬间，她大喘气地再度开口，“但……宝宝想喝。”

石墨偏过脸，掩饰笑意，清了清嗓子送到秦甦手边。

秦甦还是没接。

“真是你的……”她无奈，这事不搞清楚，她得冤一辈子。

“知道了。”石墨郑重地点头，“我刚才吃饭的时候想了想，避孕套有一定的失败率。”

秦甦垂下眼眸，心里算时间，不满意地摇头：“你就吃了不到十分钟的饭，想得不够久，你再想想。”

石墨忍俊不禁，问道：“要怎么想？”

“我去找你时明说了，我十五号和徐路阳分手了，因为他出轨了顾兰亭。”秦甦才没有要开玩笑，她打开手机日历，点出标注的日期，“我找你时是二月二十八号。人但凡有点儿骨气，就没理由发现对方出轨还会找回去的，所以我从十五号之后，没有其他受孕的可能。”

这种解释若是跟有感情的恋人说，肯定要动怒，不提刀都委屈，但他们这恋爱没谈几天，说是露水也不为过，闹什么情绪都不对，只能尽量理性复盘，还两个宝宝公道。

石墨见她很严肃，点了点头。

秦甦做出恭请的手势：“我说完了，现在，请你说出你的疑点。”

石墨说：“我没有疑点。”

秦甦瞪他：“你有！”

“没有。”

“你有！”

四目相对，一瞬间电光石火，一声车鸣打破僵局。

石墨挑眉，行吧，没品就没品吧。

“好，我有。”石墨不再否认。

他狎昵地靠近秦甦，近得几乎能闻见她唇边未散的清凉牙膏味。他故意放慢语速，慢得秦甦能感受到他唇齿间温热湿润的气息：“那我问你，为什么是我？”

薄荷味飘在齿间，秦甦被帅得一时忘了呼吸，等反应过来该回答问题了，一张嘴倒吸一口气，被未及吞咽的唾沫呛得连连咳嗽。

一波未平一波又起，秦甦的嗓子眼因频繁呕吐无比敏感，剧烈咳嗽完，肚子又开始疼了。

石墨问："疼得厉害吗？"

"让我躺会儿。"秦甦担忧地捂住小腹，任石墨徐徐地降下副驾驶座。

她默默地叹了口气，看着车顶，复盘那段带点儿乌龙性质的恋爱。

车内的气氛如万花筒般旋转，话题回到本该"兴师问罪"的原点。

秦甦说："我跟你说顾兰亭的时候，你完全没有异样。"

秦甦之前知道顾兰亭对石墨有意思。

当时顾兰亭还没挖墙脚，只是自己现男友的前女友。秦甦在姐妹八卦局上听说这事，优哉游哉地放话："石墨啊，我高中同学，这顾兰亭找对象的水准在走下坡路了。"

在她的印象里，石墨只是个普通同学，高高瘦瘦，面目模糊，坐在后排，并不活跃，分班后就与她没了交集，偶尔能听说点儿消息，也不劲爆，无甚惊奇，也就如风过耳了。

石墨说："你问的是'你们一起来的？'"

他确实和顾兰亭同时出现在 KTV 里，并且意外地看见"稀客"秦甦，这样的社交场合她并不常出现。秦甦高中分班后就一直和文科班那帮人玩，嘴上热情地表示同过班就是一家人，实际上一次也没参加过他们的聚会，被友人损为"小没良心的"。所以，她的出现让石墨颇为意外。

秦甦说："是啊，顾兰亭又不是'普高'的，她念的是'外国语'，就算和咱们同一级，也不可能出现在咱们学校的聚会上，所以我默认她和你是一对。"她在看到他们出现的那一刻，心里就把八卦传言和亲眼所见联系到一起了。

说罢，她瞪着石墨，咬牙切齿，而且当时，他竟然没有否认。

石墨一般不会在社交场合甩姑娘脸色，顾兰亭和大家都不熟，只是被起哄带来，她和他有过业务往来，顺道和他坐在一起，找个人说话，没什么奇怪的。

秦甦在洗手间门口问他们是不是一起来的，他没道理否认说“不是，顾兰亭和我不是一起的”。

当时石墨点完头，秦甦就开始“噼里啪啦”地“倒豆子”，告诉他，顾兰亭和她未婚夫徐路阳好了。她完全没有在意他的反应，全程自说自话，复述地下车库的激情片段。彼时秦甦失心疯，气炸了，就等着和石墨一起计划一场捉奸。

说完她见他没反应，还问他：“你不生气吗？”

秦甦气成那样，叙述时嘴唇都在发抖，这时候有点儿情商的人都得同仇敌忾，于是石墨说：“生气。”

得，一拍即合。

秦甦当时问：“你说！咱们该怎么办？”

石墨只得回：“那……你说呢？”

人物、事件溯源到这里，秦甦忽而迟钝地回过味来——那晚，她为什么会问他要不要跟她在一起？这件事，为什么会从“捉奸”变味儿了呢？

原因在石墨——他太帅了！

当时石墨清爽地出现，穿着风格极简的白卫衣和牛仔裤，舒适的皂香萦绕周身，倒是没有后来穿着西装出场那么惊艳，但确实撬动了秦甦的色意。

她当即换个了思路，认为享受资源为上佳选择。

所以秦甦神情一变，表示 KTV 的走廊好吵。石墨后退半步，在她闪烁的眼神里，迟疑地抿了抿嘴唇：“那……”

他们年近三十，眼神一对，有些事就无须多言了。

关系开始得暧昧又草率，也许再走一段，可以达到一个不错的互相了解阶段，但遗憾的是，这段恋爱还是结束在乌龙事件被戳破的紧要关头。

石墨何其无语，他压根儿没说过自己和顾兰亭是情侣。

秦甦先是半羞半恼，等想起自己为何将石墨和顾兰亭认定为一对，立刻色向胆边生，把恋爱关系进行到底。

顾兰亭对石墨有意思？那就别怪她不客气了！

接下来委实是亲历者事后回忆起来都难以理解的动物性行为。最诡异的是，石墨居然全盘接受，接受了秦甦的每一个要求。

这种奇怪的事，一个愿打一个愿挨，不成才怪。这个男人也太来者不拒了吧？！

秦甦疯掉，捂住发红的脸："你为什么不拒绝我？"

石墨透过她的指缝与之对视，学她的厚脸皮："我为什么要拒绝？"

高中女神主动送上门，而他只是个普通男人，做了一个普通男人该做的事。

"别的女人这样，你也答应吗？"

"那得拒绝！"券商的应酬注定需要涉足声色场合，这种情况并不少见，拒绝是他的日常操作。

秦甦："那你就是暗恋我啊。"

"暗恋是什么？"

她还真的解释起来："暗恋就是你偷偷喜欢我，但不敢告诉我。"

石墨轻扯嘴角，将她从头到脚扫了一遍，笑得像只慵懒的狮子，眼神深不可测，他说："秦小姐，暗恋是这个世界上最没效率的感情。"

秦甦被他嘲弄的表情唬住，一时没了声音。

他轻咳一声："这么没品，故意让人怀孕的事，我不会做的。"

秦甦恨恨地追上一句："这么没品，赖人当爹的事，我也不会做的！"

好，一锤定音，这就是个意外。

秦甦陷入思考，怎么办？她有些不舍得，但她已经提出分手了，而且他们那段恋爱冷冰冰的，他们谁都没有留恋。

石墨抄手，看着秦甦卸下盔甲般戒备的神气，安静地闭眼，画面与高一上课偷偷睡觉的姑娘重合。

秦甦肯定是变了的。在他的记忆里，她高中独自摸黑回家还会害怕，现在已经能独自担当这么多事了，一张嘴巴伶俐得很，吃不了半点儿亏。

石墨看似错过很多，但从别人的嘴里，又什么都没错过。

她一张漂亮生动的脸蛋儿在他的眼皮底下晃，还问他要不要做自己的男朋友，换谁能拒绝？

一点半左右，秦甦被徐路阳姐姐的一通电话打断酣梦，问她怎么回事，他们怎么分手了。

秦甦打了个哈欠，沙哑地道出委屈："他'劈腿'了。"

徐路阳的姐姐是高翻学院的老师，当初秦甦接翻译私活儿，通过徐露丝认识了徐路阳。眼见关系破裂，她还是不想闹得难看，是好是歹，这份委屈得在她这儿打住。她还得继续混饭吃呢。

车厢里，秦甦的声音透着消沉。她没有痛斥"渣男"，这反而让徐露丝不好意思，她将徐路阳大骂一通，并且强调不会给顾兰亭好脸色看，当年就看她不顺眼。

秦甦表现得宽宏大量，叹了口气，说："不用，算了。"

石墨将信将疑地在她脸上打量，终于在她猛一记精神抖擞的威吓眼神里掩唇低笑起来。果然，秦甦从不吃亏。

当然，她不是天生的烈女。不肯吃亏源于她家庭的变故。

陆玉霞性格怯懦，没能在财产上守住，被男人败光，以致生活惨败到住回外公学校分配的“老破小”。秦甦不是天生会看眼色的人，也不怎么识时务，但从申请留学到学成归来，她把所有能吃的苦都吃了个遍。当时因故赋闲一年，陆玉霞把赖以为生的小超市都盘了出去。

被生活捶打过，秦甦后来开始识相。她当然产生过依赖男人的想法。她盘靓条顺，性格直接，又懂男人，比长得美但豁不出去的姑娘拥有更多接触异性的机会。但她心底始终对男人有着一道防线，也是这道防线让她自认无坚不摧。

以前秦甦谈恋爱光找自己喜欢的，做恋爱的直觉达人，但毕业回国，她的恋爱开始有价码了。和徐路阳分手时，她恨不得把他千刀万剐，但最终还是选择平静地结束，原因就在于徐露丝。秦甦有从国营出版社跳槽做自由职业者的计划，到时候需要徐露丝牵线介绍私活儿。

秦甦挂断电话，苦涩地挤出笑：“我刚刚都想赖徐路阳了，就说孩子是他的，可想到我是有品的人，不能做这种事……”她叹了口气，冲他挤眉弄眼，缓解气氛，“等会儿打完胎，我把 B 超报告和手术同意书发给他，吓吓他好不好？”

石墨配合地扯出笑：“好。”

再走进医院，秦甦的心情就没那么轻松了。签手术同意书时，医生看过报告，惊讶地感叹道：“双胞胎啊。”护士也附和：“啊，打吗？有点儿可惜。”

不知道是因为被那通电话搅和，还是因为母子连心，她鼻头都酸了，而天生没有良心的臭男人还在认真阅读手术同意书上的术中意外条目。都意外怀孕了，还有什么更意外的事？秦甦掏出身份证，石墨靠得近，伸手接过，替她递了过去。

秦甦的目光不由自主地落在石墨手腕的墨绿表盘上。

护士打开手术室的门。秦甦的手搭上门把，目光恋恋不舍地滑过鳄鱼皮表带。

秦甦："喂。"

石墨正拿手机搜索术后注意事项，没听见。

秦甦又叫了他一声。

石墨这才抬起头，快步走到她身边："怎么了？"

"陪我进去吧。"

石墨问："可以吗？"

"不知道……应该不可以。"她埋怨道，"你就没点儿舍不得？"

若他说非常舍不得，那有点儿假，这件事于石墨而言一是突然，二是没有体验感，但若要说没有舍不得，也不完全是。于是他配合地点了点头："舍不得。"

"你没有！"

"我有。"

"你没有！"

又来了。

石墨索性闭嘴。

秦甦没想到这招用一次就不管用了，他也太能拆招了。于是她轻轻地抚上肚皮："喂，你要不要摸摸他们？这毕竟是你第一个和第二个宝宝。"说完自己半信半疑，"是吧，你之前没有吧？"

石墨在她咬牙切齿再度发怒前，先一步斩钉截铁地说："当然！"前提是如果孩子确实是他的……

秦甦从石墨兜里抽出他的手，搭在自己平坦的小腹上。秦甦问他："你平时手出汗吗？"

"很少。"

"你现在出了。"

他知道她在递话，就很贴心地接了下去："嗯，我舍不得。"

秦甦知道他在骗人，男人有什么舍不得的。

她说："你猜猜是一对男孩儿还是一对女孩儿？会不会幸运一点儿是龙凤胎？"见他不语，她继续说，"它们是异卵，应该长得不像，但咱们的基因摆在这里，肯定好看。"

瞧她的基因迷恋。

石墨手心里的汗沁湿了秦甦的手背，他深吸一口气，手又揣进了兜里。他不想让自己的焦虑暴露。

秦甦以为他是在抗拒，无语地撇嘴："好啦，我知道你没有暗恋我。"

怎么又提这茬儿了，石墨问："为什么？"

"如果暗恋我，你肯定舍不得打掉这两个孩子。"

"我说了，我舍不得。"但他能怎么样？他总不能跟一个不喜欢他的女生说生下来。秦甦连多交往一阵的耐心都没有，让她为他生下概率产物，负责终生，这样应该更不负责吧。

"那……"秦甦眼巴巴地盯住他，"我也舍不得。"

护士探出头，温柔地催促了一声。

秦甦完全没理，絮絮叨叨起来："我第一次做'袋鼠妈妈'，还兜了两个，感觉很神奇。我以前没有想过生孩子，但这次很神奇。"

很神奇！神奇到改变一个"辣妹"的人生蓝图。但她不知道要怎么告诉他这份神奇感，好急。

石墨没说话，看她皱眉噘嘴，细细确认她的意思。他想知道，她是又一次心血来潮还是认真的。

秦甦在他的沉默里变得委屈，转身的那刻，眼泪像决堤一样簌簌地落下。狗男人！她用力吸了吸鼻子，负气地推开手术准备室的门。

秦甦刚探入半身，手腕就被满是汗的大手拉住了。

石墨："那……"

秦甦到了药店门口，才捂住心口，稍稍松了口气。

不打，难道生吗？她站在风里，对着药店两眼空洞，算起自己的物质能力与时间精力。或许，在职业进取与重新开始上，她需要选择后者，这样的时间成本变现率更高。

石墨出来时捏着包薄薄的创可贴，撕开封口，给她递了一片，问她什么时候受伤的。

秦甦瞥向翘起的食指，说不知道。刚才千钧一发之际，石墨握上她的手腕，察觉到她翘起的食指有些异常，这才发现了鲜红的豁口。

"应该是下午弄伤的，难怪我的手指有点儿累。"她没感觉到疼，但神经控制她趋利避害地翘起了手指。这一点，倒是神奇。

秦甦说："去哪儿？"

石墨张望，问她："咖啡店行吗？"

她慢条斯理地贴上创可贴，动作间丝毫没露出烦扰，但一抬头张嘴，那股护犊子的迫切暴露无遗："刚刚你说'要不再考虑考虑'，我觉得这么郑重的事情不适合在咖啡店考虑。"

"哪里合适？"

"去你家吧。"

石墨显然十分意外。

这一细节落进秦甦眼里颇为受打击，要不是试图达成合作关系，秦甦应该已经臭脸了。换平时，她也不会这么主动。

当然，石墨已经是个过去式男友了，这种迟疑无可指摘。男人，你能指望他们什么？

“不方便吗？不会是你有女朋友吧？”

“暂时没有。”

“有男朋友？”

石墨：“……”

他说她可以去，但进门前得让他整理一下。

“可以啊！”单身居室嘛，“突然袭击”看到的景象总是不堪入目。

但秦甦真的进门后，却完全不是设想的那样凌乱，甚至可以说异常整洁。

当然，整洁可能也源于空间不大。没有想象中的大平层、豪华装修，石墨为方便上班，住在证券公司所在的商务区附近的一套公寓里。

按密码时，他犹豫了，一进门就把秦甦堵在门口。

在石墨表示自己需要整理家里后，秦甦将这一举动解读为不想让她看见内部环境。她站在逼仄的玄关，嘴上礼貌地问他自己换什么鞋，实际上眼睛骨碌碌地转动。

秦甦越过石墨高大挺拔的身子，看见了克罗心圆墩茶几。

管中窥豹，可知整体风格是暗色调复古风。四点八米的挑高设计和墨绿背景墙纵向拉长了视觉空间，而为了不过分压抑，另一面墙的颜色选用了奶酪白。

虽然房子是租的，但是设计处处精心，品位不俗。

石墨依次打开鞋柜，都是他的鞋，拉到最后一扇，入目的赫然是一双女式拖鞋，鞋头还有可爱的虎头娃娃。

秦甦问：“我可以穿吗？”

石墨好久没打开过这个鞋柜了，迟疑一秒，说道：“应该……可以吧。”他拎出拖鞋丢到她的脚边，自己则左右脚一踩皮鞋，快步往楼上走。

秦甦肚子没大，却已经有了孕妇样，换鞋时手还像模像样地扶住鞋柜。那串急促的脚步声在头顶响起，她掸着虎头上的落灰，心头好奇涌动，一咬牙也跟了上去。

但她到底没有石墨快。

秦甦一探究竟的心思不够强烈，慢吞吞地挪过去，拘谨地踩了两级台阶，石墨已经冷静地返身，站在楼梯口居高临下地看她了。

秦甦问：“你不是要整理一下吗？”

“整理好了。”

他是找叮当猫帮忙了吗？秦甦歪头，抛了个颇为暧昧的眼神：“那……我方便参观一下吗？”

“可以。”

她揶揄他：“真的？没有不方便的东西？比如我脚上的拖鞋这类？”

“那可能有。”他倒也淡定，哂笑一声，“都三十岁了，难道还要装张白纸？”

秦甦漂亮的表情登时垮塌，目光冰冷，严肃地朝他一指：“我告诉你，你没有三十岁！你才二十八岁！大家都是同学，报年龄的时候不要乱四舍五入！”

她用力地白他一眼，快步上楼，结果真的什么都没有。一张一米五的床整整齐齐，白色床上用品是家里唯一的亮色点缀，夜里的月光照进来，应该会发光吧。

秦甦指了指洗手间，眼尾一挑，石墨会意地伸出绅士手，邀请她上前，一副任君检查的架势。

她也不知道自己以什么身份，如此光明正大地巡查人家家里，只是石墨的态度又丝毫不让人尴尬，于是她安慰自己是“奉命”，自然地在洗手间晃荡了一圈。

干净舒适，没有异味，也没有女性痕迹，是非常不错的男性居室。

“要看衣柜吗？”石墨转动一个隐蔽的木质船舵，随之柜门自动向两侧倒退，他主动介绍，“是个特意打造的内柜。”

秦甦听他介绍，不禁无语：“我是来买房的吗？”

他们很像中介和买家。

石墨跟着失笑：“我以为你想看。”

她眼神躲闪：“我想看啊，但到底不方便。”秦甦心中打气，期待他快点儿说“方便的，方便的”。

可男女间哪儿有那么多同频的心领神会？石墨清清嗓子，避开眼神，没有继续下去。

他问她：“要喝什么吗？”

秦甦先说了句“不想喝”，话音一落又抚上小腹，拿腔拿调地说道：“还是喝一点儿吧，听取‘群众’意见。”

石墨的目光落在她的小腹上，指尖动了动，又习惯地抄进了兜里，下楼去拿喝的了。

秦甦亦步亦趋，走到小型开放厨房处煞有介事地问：“方便让我看冰箱吗？”

“我的冰箱里只有酒和水。”

“那给我来瓶酒吧。都有什么酒？”

石墨的手伸至矿泉水瓶边，听她这么说，指尖一顿，还是取了两瓶水。冰凉的瓶身握在手里，他问：“要热一下吗？”

“不给我喝酒吗？”她故意问。

“你怀孕了……”

“可都要打掉了。”

“那也得尊重生命，没打之前不要喝酒。”

这个时候话题是该往打胎的方向走吗？

秦甦难以置信地看向石墨，那厮明明都接收到她质问的眼神了，居然避开，拿水壶开始烧热水。她心头猛地蹿起股无名之火，屁股滑下高脚凳，转身作势要走。

石墨手疾眼快，好像就在等她发火，一把拉住她。他的语气像是逗她，又像是哄她：“生气了？”

秦甦气到爆炸，用力地甩手，一边发出粗重的喘气声，一边唇瓣快速张合地嘲讽：“你都要打掉了，还提尊重吗？”

四目交接，呼吸相撞。秦甦一眼捕捉到石墨的动摇，并借着这份动摇用眼神擒住他。成人面具下，满是利己的陷阱与推诿，二十八岁的秦甦早过了幻想天降骑士的年龄，此事绑架谁都没用，抱怨女性身份也属徒劳。

与其暴虎冯河，不如三十六计。

气是真气，但她知道石墨的反应不算太差。她不能指望世界上哪个男人是天生的父亲，就像不能指望哪个男生天生会恋爱或是基因里刻着会照顾女生喝热水的习惯。

他们的心脏挨得很近，近到跳动时彼此能感受到小小的律动。石墨半搂着秦甦，喉结上下滚动，直到耳边响起热烈的沸水声，一句话也没能说出来。

秦甦毫不遮掩地迎接他的目光。从她笃定的神态看来，石墨已经是一个降兵了。

漫长的对视后，他率先避开，含混地说：“你不想打就不打。”

石墨因工作常需与各种人见面，也习惯彼此之间并不产生好奇。按理说，秦甦的人生他知道得够详尽了，更不该有好奇，可纵是秦甦直白地把答案写在眼睛里，他还是忍不住探究。他第一次被人盯得败下阵来。

不打？

“可是两个孩子我养不起！”

秦甦毫不遮掩，在他后退一步准备倒水时，她的身体语言先一步，又牢牢地将他堵住了。

这是她与生俱来的特权，她不必卑微地试探任何人，尤其是男人。长得好看的人不需要费这个工夫去套一层虚伪外壳说些假模假式的话，那类迂曲获利的社会套路是为那些保护自己免受拒绝与失望之苦的人设计的，秦甦完全不需要。

石墨从顶柜随便取出两个杯子：“不是口渴吗？咱们边喝水边谈。”

“好。”

石墨很喜欢喝酒，用来装矿泉水的杯子都是格兰凯恩威士忌杯，这种杯子底座短，杯身呈郁金香形状，杯口收拢，方便气味聚拢。

秦甦的嘴唇在杯口来回地蹭，本想问问他都喜欢喝什么，嘴巴一张又马上收住话题，这扯东扯西还没完没了了，遂大灌一口温水，单刀直入地说道：“你想要孩子吗？”想了想，她又重新组织语言，“不对，先问你养得起孩子吗？”

这个问题她心里早有了答案，但还是要走个流程，再确认一下。

“这要看怎么养吧。”

“普通养法。”

“那应该养得起？”他也不是很确信，现在养孩子确实太贵了。

“好，如果我想把孩子生下来，你会愿意和我分担吗？”

石墨迟疑后很快点头。

秦甦试探地问：“一人一个？”

石墨直起身，问：“还可以这样？”

说实话，从他点头同意分担的那刻起，三种方案一一划过脑海，比如向长辈交代，接着奉子成婚，后续一起养孩子，迅速过上“肥宅”已婚男士的生活。他整个人被突袭的重磅炸弹砸出多年未见的暴风情绪，只是他想了这么多方案，唯独没有想过分开养娃。

秦甦继续情绪高亢地设想：“以我现在的经济能力是养不起孩子的，尤其是两个，如果养一个，我做自由职业者，做兼职翻译的散活儿，那么时间自由些，钱包也鼓些。”只是这样不太稳定，但在出版社这两年她看得很明白，稳定等于贫穷。

石墨看着她。

“当然，如果你的经济条件允许，帮忙分担一下我孕期的生活费与医疗费用，生娃部分我肯定承担更多的责任和压力，这个有一说一。”

确实有一说一，但也太有一说一了。也许应该再细致一点儿，这么快地分解掉生娃的细节，让人难免有些难以接受。石墨眉头紧蹙：“所以你的意思是？”

“咱们二八开？”

秦甦怕他觉得自己吃亏，强调自己的身材和桃花都会因为生育而受损，而他作为男人完全没有影响，所以多出点儿是应该的。

楚河汉界，泾渭分明。石墨的脑子有一刻是蒙的：“这么说，你怀孕期间，我还可以有桃花？”

“可以啊，你是自由的！”说着，她严肃地板起脸来，“但是，她必须要接受宝宝。”

“宝宝”，秦甦说出这两个字时，连心跳都温柔了。她的指腹在胖胖的杯壁摩挲，内心渐渐确定了。

石墨扶额想了想，问：“这么说，你怀孕期间也会谈恋爱？”

“会啊，如果有合适的人……”秦甦说是这么说，实际内心对男人接受关系的能力完全没信心。她轻扯嘴角，眯起眼轻嘲一声，“呵，男人。”

“那……”石墨想试着提一下其他方面，比如他们可以试着再一次在一起，也几度想复制她的幽默，说出“一回生，二回熟”这样的话，但她的眼神太过笃定了，像看一个毫无感情的男人。

“嗯？”

他叹了口气，只能顺着她的思路说：“你想过孩子上户口的问题吗？”

信息时代，一切答案都在搜索引擎里。

某问答表示，非婚生子女也可以上户口。单身男人可以做父亲，单身女人可以做母亲，除户口与单身证明外，只要提供出生证明或者亲子鉴定结果就可以。

浏览至此处，秦甦两指将“亲子鉴定”几个字定焦一拉，放大至石墨眼前：“快看！届时孩子呱呱坠地，就能真相大白！”

“好。”石墨抬高眉毛，似乎对手机上的内容并不满意，“没有说双胞胎怎么分啊。”他认识不少律师朋友，当即打电话和发微信咨询，但他们都是负责金融部分，对于民事不通，而且他的问题并不常见。

于是，石墨作为实干派的优势惊到了露出愁容的秦甦。他直接打电话给地区派出所，两个人住在不同城区，他选择了自己户口所在的派出所，转至户籍科，问明白需要哪些手续，用纸笔记录了下来。

秦甦两腿半叉、两手交叠地坐在克罗心圆凳上，钦佩石墨能够直接地处理问题，不仅确认自己所在城区派出所的上户籍方法，为防区域区别，又打到她户口所在的城区派出所，再度核实这一问题。

秦甦抬起手将落发别到耳后，勾唇聆听他打电话，心中悄悄响起了掌声——是最佳拍档呢！

石墨只是为了核实她计划的可行性，却不想她心里已经敲下了买卖锤，兴冲冲地跑去冰箱拿酒，还从冷冻室里取出冰块。

见料理台上有雪克壶、吧匙等器具，她问："你调酒？"

"有时候。"石墨放下手机，飞快地从她手上夺过杜松子酒，"你不能喝酒。"

"我知道！"用不着他强调，只是惴惴半日，如此高效地解决问题，秦甦没有酒就觉得不够尽兴，"高兴嘛，我看你喝。"

石墨问她："高兴什么？"秦甦的眼尾天生上挑，妩媚动人，此刻的她愣是把两眼笑得如即将升起的弯月，分外拨弄人心。

"心想事成，不该高兴吗？"她夹了两块冰丢进自己的温水里，晃动杯身，与他纹丝不动的杯子碰杯，听那清脆的冰块碰撞声。

见石墨不动，她试探地从他手里拽了拽酒瓶，感到力道的松动，她保证："我不喝，只是帮你倒。"

石墨松开酒瓶，任她操作。

一动一荡，中分的碎发从耳后滑下，他看见她秀挺鼻梢左侧的那颗痣还在。他接过她潦草地用矿泉水与杜松子酒摇晃后的酒，轻轻地抿了一口，鬼使神差地问道："你后来没去点痣啊？"

"啊？"秦甦正在拧盖，顺着他的目光摸向鼻子，无意识地搓了搓，"哦……没啊，为什么要点？不好看吗？"

他垂眸，又喝了一口，清了清嗓子："我记得你当时说要去点痣的。”不知道她后来上课学习状态如何，反正高一时她的文具盒里总要放一面小镜子，一边照镜子一边听课，斜后方的石墨每天就这样看她摇头晃脑。有一天她照得不满意，下课撑头嘟囔着“我要去点痣，这颗痣好丑，丑得我午饭都吃不下了”。之后她又和同桌一唱一和，对着镜子研究得头头是道，看架势真要攒钱去点痣。

石墨几度想告诉她，这颗痣不丑，他军训时第一眼就被那颗痣吸引住了。那时候高中女生都被包得严严实实，哪儿有“性感”一说？可她硬生生在他脑海里与这个词产生牵连。那颗痣点了真的可惜。

后来每次偶遇，他都要不着痕迹地确认一遍她点痣了没。

“是吗？”秦甦自己都不记得了。她怎么记得自己一直很喜欢这颗痣？说着她掏出手机，对着黑屏左右确认，觉得很迷人啊。

“是高一吗？我说要点掉？”

石墨点头：“嗯。”

“可能吧……那时候审美不成熟，经常觉得自己不好看，不管多少人夸我好看，我都觉得自己长得不完美。”当年她极有可能说过要去点痣。鼻尖有痣的审美那时候还不流行，脸上哪里有痣好像都不好。后来外国有个很漂亮的女明星横空出世，她喜欢自己这颗明星同款宝贝痣还来不及呢，怎么可能点掉？

“现在呢？”石墨问。

她两手捧脸，眯眼一笑：“超美！”

她自卖自夸完毕，除了杯具响动，一片安静。

石墨陷入沉默的啜饮，嫌酒不够，又自己添了点儿，淡淡的酒香飘散。

现在应该是大聊特聊的时候，他怎么不说话了呢？秦甦主动开启话题，接着上一个话题承上启下：“你也很帅，所以咱们的宝宝一定很好看。”她又说了一遍。

石墨深深地叹了口气。

“干吗？”

“什么？”

“突然这么严肃干吗？”他叹什么气？

石墨用手腕蹭了一下嘴角的酒渍，失笑道：“突然得知要当爹，我叹个气还不行吗？”

酒精催发出他难得一见的轻浮，不经意的懒散一笑差点儿叫秦甦丢了魂。她盯着他，怔怔地出神，久久没动。

他这么帅，以前怎么没注意到呢？

待华灯初上，秦甦回了家。

分别后，她转战微信，继续编辑那段被美色耽误的话：“我也是第一次当妈，我要做的功课比你多多了，要看各种孕期检查、饮食注意事项，买孕妇装……”还有什么一时也想不起来，她之前从来不关心这些。

她想着认真搜索一番自己需要投入精力的事项再发出去，结果手滑，直接发了出去。

她“哎呀”了一声，还来不及撤回，就收到了回音——一笔来自石墨的转账，一万块，备注是检查费。

太稳了，队友稳重靠谱儿得不像话。秦甦一边爬楼一边感叹，意外怀孕这件倒霉事真是“祸兮福之所倚”。

车上，她和石墨有过一段简短迅速的问答。他问她为什么会想要生孩子，秦甦说因为有了。他问：“如果没有呢，生育这件事不会在你的计划里，是吗？”

秦甦说："对，你呢？"

石墨表示自己也从没考虑过这个问题，似是怕她不快，又补充道："但既然发生了，我会尽力。"犹豫片刻，石墨又问，"如果是一个，你会打掉吗？"

"可能会打掉吧。"秦甦想了想，鼻头酸了，于是又摇了摇头，吸了吸鼻子，"也可能不会。"

尽管这几年已经产生出了对"小肉团子"的审美心态，生育还是离她有点儿远。和徐路阳谈论婚嫁，已经属于她不可思议的人生开端了。

她一个没谈过两年以上恋爱的人，要饲养一个生灵到十八岁，简直天方夜谭。这么多不可思议的堆砌，任谁都会奇怪她留孩子的举动。

她到家跟陆玉霞打了声招呼，房门一关，赶紧给高中同桌打去视频电话。

仿佛命中注定，生活情节环环相扣，处处隐喻。视频一接通，一张娃娃头占满屏幕，角落里，她的高中同桌在指挥孩子："莱莱，跟更生阿姨打招呼。"

秦甦的高中同桌叫潘羽织。自从生了孩子，她就没了自己的名字，全世界都叫她"莱莱妈"，不过她是主动、热情地迎接这一变化的，这一点从她的微信名"莱莱妈咪"不难看出。

孩子认生。

潘羽织见宝宝面对镜头不够主动，很着急："莱莱，比心。你最近不是学会新动作了吗？给阿姨比一个！"

秦甦盯着屏幕，精神抖擞地开始社交营业，仿佛没有看过似的，一脸期待地瞪大眼睛。她夸莱莱冒出的一毫米牙尖太可爱了，简直想咬一口，又问脸颊的高原红是怎么回事，是空调温度太高了吗？秦甦脸上笑眯眯的，内心深处则朦胧地泛起复杂的情绪：难道这就是她以后的生活吗？

好在，比怀孕前接受度高了不少。

直到莱莱被外婆抱出去，秦甦才得空跟同学说话。这会儿工夫她收下了那一万元的转账，给石墨发了消息："我一定会努力'下崽'的！"

她费力地登录校内网这个几百年没有登录的破网站，一个一个点掉弹出的广告，问潘羽织："你还记得石墨吗？"

潘羽织："记得啊，高中时他坐在后排，后来还在五班。咱们八个人去了文科班。"

这种事她当然记得。秦甦问："他人怎么样？"

对方也奇怪，什么人怎么样，他们也不熟，于是说道："就那样吧。"

秦甦一边适应落伍的校内网页面，一边问她："你还记得我高中戴的是什么项链吗？"

潘羽织脱口而出："十字架吗？"

秦甦落在触控板上的手忽地停住："你记性好好啊……"那条项链她上大学后就再也没戴过。都过去十来年了，她自己都不记得了。

潘羽织陷入回忆："有一天出操你不是把它弄丢了吗，当时班里好多人都帮你去找，"她揶揄道，"那天三号心动男嘉宾不是还翘课出来和大家一起找，回去被罚站了吗？这么浪漫的事我当然记得啊。"做了母亲的人回忆起这种事情，总归是很带劲的，一说起来没完没了。

秦甦听得稀里糊涂，仿佛主角不是自己。她的记忆一定被橡皮擦擦过了。

“那大家都知道我戴十字架项链？”

“知道啊，不知道怎么帮你找？”

“哦……”原来如此。

“你怎么突然问石墨？你们不会勾搭上了吧？你不是要结婚了吗，又换对象了？不是吧秦更生！”

大多数母亲都会在育儿后阶段性地与外界隔绝，短期进入“山顶洞人”状态。秦甦和徐路阳的故事早在数月之前就已结束，中间还插入了一段荒唐的短期恋爱。而此刻的潘羽织全然不知，还试图对秦甦进行道德审讯。

“不是，不是，不是！”秦甦懒得解释，“我只是最近看到他，发现他变帅了，就奇怪以前怎么没发现他这么帅！”

潘羽织：“这很奇怪吗？你现在看你高中的照片，变化也堪比整容。”

“哪儿有？我高中就很美。”秦甦说着手指一点，一张自拍照径直出现在眼皮底下。秦甦绝望地闭上眼睛，压抑嘴角的抽搐。救命，为什么校内网头像会是一张吐舌头的自拍照？那迷离的眼神、上翻的眼、探出的舌尖，真的很像吊死鬼。

她忍住尴尬，赶快离开自己的主页，一点儿都不好奇自己在十年前都发了些什么伤春悲秋的非主流言论。

潘羽织怂恿她读两条，秦甦拒绝“公开处刑”。

她敲下“石墨”二字，搜索框下方迅速弹出两个小头像。光标上下移动，好像都不是她认识的石墨。

秦甦搜索到一半，和潘羽织聊着琐碎的事，不知聊到哪个话题，她突然心跳加快，回到刚才的页面。她两眼一眯，重新聚焦。屏幕上的人陌生又熟悉。

秦甦第一反应是石墨整过容，将照片来来回回地仔细放大，发现又不完全是。石墨对于外貌好像没有那么在意。部分有点儿“姿色”的男人照镜子频率不比秦甦低，听别人夸奖两句就得意忘形地抹发胶。

石墨就很稳重，夸他帅他要么面无表情，要么无所谓地笑笑，于是乎……更帅了。这种男人她不可能没印象啊？

秦甦翻阅完零星的几条动态，搞明白了缘何自己以前对石墨没印象。

在半年一更的寥寥十六条动态里，秦甦从别人回复的内容中获取了以下信息——

一、石墨高中的绰号分别有“鼹鼠”（难怪她隐隐记得“老鼹”这个昵称）、“牙擦苏”、“石黑土”等。

二、在校内动态停止更新也就是他大学毕业前，他交过一个女朋友，是个漂亮的校花，秦甦感到好笑，他们竟同是颜控。

三、自大三期末考发了复习动态后，那个和他互动的女生便再没出现，底下哥们儿回复称他为单身狗。

四、他的大学文凭不差。

五、大学期间，他应该没什么绰号。

六、他的影像资料只有一张高中照片作为头像，动态里唯一一张照片是本科毕业那天，他发了三个室友的合影，但没有他本人。

秦甦呆住了，燃起强烈的好奇心。她想起高中流行溜冰，大家周末常约去溜冰馆。青春期男女假借失控的摇摆碰撞身体，再兴致勃勃地合影留念，因此社交平台上有很多集体照。她费劲地“考古”，挨个空间踩过去，终于找到一个没有锁空间且有存照的心宽人士，她羞耻地抠着脚趾，一张一张地翻过去。

结果印证了她的猜测，不是她眼瞎，完全是石墨气质的改变翻天覆地。

那时候的他倒不是丑，就是普通。那会儿大家都一样，流行元素不过是“杀马特”。男生朴素点儿的整个小平头，潮一点儿的就用斜刘海儿遮住一只眼睛，做作地来回甩头；女生人均梳着齐刘海儿，厚厚地盖住前额，掀起来，一小半儿都闷出过痘痘。

高中的石墨平头戴眼镜，干干净净也平平无奇，个子倒是一直很高。他闭上嘴巴没有特别明显的嘴凸，但他咧嘴笑时，门牙比现在龅出不少。

即便是眉眼精神的帅哥，有了这些面部问题，也会落入平庸的队伍。如果看仔细点儿可能会说五官不错，不看仔细那就是个路人甲。

秦甦怔怔地出神，手不由自主地抚向小腹，那她以后的宝宝也会龅牙吗？她把那两张群体照放大至两倍、三倍、五倍、八倍。但低分辨率的照片画质不行，看得不甚清楚，好像很严重，又好像不严重，到底是骨骼问题还是牙齿问题？

秦甦急得额头冒汗，决定考察更多的照片。

Fake love

Chapter 2

孕九周

夜晚，城市如钻石项链般闪亮。

从高处俯瞰，寂寞都市人的光标次第闪现，有序地移动。

石墨知道自己在秦甦的世界里没有姓名，就像他那天说的，她压根儿没正眼看过他。

他像看热闹一样围观那帮青春期男生十八般武艺齐上阵争取秦甦的好感，也看得出，秦甦很享受这种众星捧月的感觉。

她是天生的风云人物，漂亮又张扬，各类型爱出风头的男生都是她的裙下之臣。

这种女生，看得见他才怪。

一次突然的、玩笑似的恋爱邀约搞得他就像个不会直立行走的猿人，毫不犹豫、不问将来地答应了。

石墨在屋内不停地踱步，将秦甦发来的几个关于孕产知识的公众号一一点击关注，对着她说的“共同学习”笑了一阵，心想怎么会有人这样处理事情?

十二点多，石墨临睡前，几百年没联系的高中老友诈尸一样弹了出来，不断地刷消息。

“秦甦为什么一直问我要你的照片？

“你们谈恋爱了？

“我要发给她吗？我还要去翻U盘。”

石墨没回，对方自说自话：“怎么都三十岁了，还在做女神的狗腿？”

石墨站在二楼抽烟，目光恰巧落在一楼的克罗心圆凳上，皮里虚线勾出的十字架影影绰绰，像是他的寂寞光标。

感情上的石墨随俗浮沉，没有锚点，大多时候有欲无求，走到哪儿算哪儿。

可海好像很小，飘来飘去最后总会绕回到秦甦这儿，或许海其实很大，他压根儿没绕走，迷路了？

不然为什么最后都会绕回到她身边？

手机还在不停地响，那边的同学翻阅照片，燃起旺盛的聊天欲望。

石墨无视消息，点开前置摄像头，五官近距离贴上屏幕，面无表情地盯了自己半天。

半晌，他终于回过去一条消息：“随便你。”

石墨等了两天才等到秦甦主动发来的消息，状况和在酒店那晚差不多，丝毫没有因为他们即将成为育娃拍档而亲密多少。

秦甦：“咱们得见一面，刚看了一篇文章，说双胞胎分开养不利于亲密性！”

石墨：“时间、地点。”

秦甦多有效率呀，直接说道：“你有空了就下楼。老地方。”

秦甦这两天终于把石墨的颜值变化史研究透了。

他没有整容，只是整牙了，五官是天生的“淡颜系”帅哥。

高眉骨、挺鼻梁，眼皮微褶，认真看人时恍惚深情，眼锋一扫时又显薄情。上半张脸天生浪子样，嘴唇又因整牙而富有肉感，不厚不薄，恰好中和了眉眼的轻佻。

难怪他五官这么帅却不像坏男人，好妙。

秦甦使用修图软件详细分析手头的图片，在脑海中描摹他的骨骼，看得走火入魔，待他步入视线，心跳猛地加快。他好像梦中情人，周身洇出仙气来了。

石墨说："下次来事先跟我说一声，我经常不在公司。"

秦甦说："我只是出来办事路过，你不在我就走，没事。"

春日的潮气很重，雨丝落下，反常的轻盈。

自然地打过招呼后，对话戛然而止，好像电影突然切入了慢镜头，呼吸和眨眼都开始慢悠悠的。

秦甦直勾勾地盯着石墨的嘴，目光沿着他的下颌线一路下滑至肩颈。她知道他不是那种举铁健身的男人，但他脖颈处的血管、挺拔的体态还有手背上分明的青筋，均恰如其分地透出都市人罕见的健康状态。

她看得入神，一动不动，直到意识到失礼才赶紧停止。

秦甦："对了，那个……"

石墨："你发消息说……"

沉闷的气氛忽而热闹起来。

石墨被她盯得发毛，下意识地屏住呼吸，差点儿闭过气去，索性开口，没想歪打正着，同时开口的两个人皆顿了顿，似乎都在等对方继续。

石墨说："你是又要改方案了吗？"

这话说得太公式化了。

石墨对于孩子怎么分没有异议，毕竟他们现在只是不足两个月的胚胎，非生物意义上完整的人，但如果可以的话……他说：“有女儿的话，我想要。”

秦甦立刻打断他的非分之想：“我查过了，同卵双胞胎不会出现龙凤胎情况，只会是一对男孩儿或者一对女孩儿。而咱们的宝宝是异卵，可能会有一男一女的情况。这样的情况下，我要一个女孩儿，如果你也想要女孩儿的话，就祈祷我生一对女儿吧。”

石墨：“所以我没有选择权？”

秦甦知道这样说有点儿冷血，但还是说：“女孩儿会有很多生理问题，你作为爸爸不太适合单独养育。”

“也是。”石墨明显有些失落，身体前倾，换了个姿势。

秦甦将这天来找他的目的道出：“不过，我已经意识到最好不要把孩子分开来养育。常说双胞胎有感应，咱们要让他们从小培养感情和默契。”

“所以呢？”

“所以我还没想好，或许咱们可以跟家里沟通，长辈提出的问题可能会很多，届时咱们一起罗列，再解决？”

石墨说：“好。”

在这桩事情上，秦甦处理得足够理智与熨帖，他没有什么可以指摘的。这样作为成年人直接表述出问题，给出方案，没有三推三让的无聊把戏，就处理突发问题而言，她的做法让人通体舒适。

当然，也有让人不舒适的地方，只是都让石墨给忽略了，比如什么都是她说了算。

秦甦问：“你爸妈那里，你准备说吗？”其实石墨不说也可以，他作为男人并没有什么影响。

“我爸妈都在国外。”

秦甦愣了一下：“是吗？那他们会……”

石墨主动表示："他们会支持的。"

秦甦松了口气："那太简单了，你家没问题，我家听我的，完全没有复杂的事。"

石墨也意外，这件事真的像小孩儿过家家一样简单？

他见她面容有点憔悴，关切地问她："还吐吗？"

秦甦说："每天早上起来都要吐一吐，中午也会吐，晚上有时候食欲还可以。"

"那怎么没告诉我？"

秦甦不解地说："难道你想每天起床看到我发呕吐的消息给你？"

他点头："可以啊。"

四目相对，空气陷入片刻静止，三、二、一……秦甦忽而仰起脸蛋，好像发现新大陆一样："你的眼睛是做激光了吗？"

石墨抿唇偷笑，终于……

秦甦自从燃起撂挑子单干的想法，上班的积极性就直线下滑。她先是迟到，再是瞌睡，最后在选题策划会上胆大到睡着，不愧是一具躯体三个人，胆子都比以前壮了不少。

她不确定自己的化妆品是否是绿色产品，这几天素面朝天，与平时光鲜亮丽的"辣妹"相比，确实精神不济。

单位没人怪她，她也不自责，回家就继续睡。

她太嗜睡了，睡醒第一件事是找吃的，吃两口觉得恶心开始吐，吐得脑袋充血，昏昏沉沉，再倒头继续睡。

她迷迷糊糊地想，是要这样睡到生吗？她会得血栓吗？她会饿死吗？

秦甦依然讨厌绿色蔬菜，并且随着饭桌上越来越频繁地出现蔬菜，她的厌恶情绪愈发强烈。

陆玉霞见她萎靡不振、肠胃不佳，将问题归因于她没吃蔬菜，于是变着法儿地哄她吃蔬菜，甚至在她好不容易来了食欲想喝粥时，还自作主张地加了点儿青菜碎末。

秦甦看见菜粥脸色立刻变了，一口都没吃上就开始干呕，直到吐出苦胆汁，吐得泪流满面。

吐完，秦甦烦躁地破罐子破摔，直言自己怀孕了，请陆玉霞善待生命，不要再弄这些草折磨她了。陆玉霞第一反应是“哎呀”了一声，说要赶紧定日子结婚，两手刚一拍上，就被秦甦告知已和徐路阳分手。

陆玉霞说道：“哎呀，都怀孕了，总归要复合的，不然孩子怎么办？”

秦甦分秒不耽搁地投掷第三颗“炸弹”——这孩子不是徐路阳的。

她表情愤愤的，看着就像赌气。陆玉霞当她胡说八道，反正秦甦平时常常说些气话。

秦甦吐完就饿了，见陆玉霞惆怅地转圈，就虚弱地撒娇：“哎呀，妈，我想喝白粥，弄点儿外婆做的肉酱吧，不要放青菜。”

陆玉霞揣着心事，说：“知道了。”

黏稠的米粥抚慰空虚的胃。喝粥时，秦甦一直在打电话，临时接了个私活儿，后天要去警察局做一天翻译，时薪二百元，去三小时。

陆玉霞盯贼一样盯着她，准备等她挂断后再盘诘一番。

秦甦谈着谈着就说起自己准备辞职，以谋求更高的薪水，嘻嘻哈哈地告诉对方有兼职工作一定要优先考虑她，她业务好，人又漂亮。

陆玉霞六神无主，国企这么好的单位怎么要辞职？她急得恨不得出声打断秦甦的电话。

电话那头的朋友听秦甦说要辞职，打开话匣子，表示从事国内出版业如果不是理想主义者、没有殉道精神，根本坚持不下去，因为做外文引进太艰难了。秦甦一边喝粥一边叹气，吐槽理想与现实之间的差距。

她分散了精力，就忘了呕吐，还吃了很多。

陆玉霞却渐渐坐不住了，目光在秦甦平坦的小腹上来回打转。她想着想着委屈起来，眼圈一红，办了件大事。就这么一个举动，硬生生地在秦甦鸡飞狗跳的“袋鼠生涯”里劈出了一片新的炼狱。

陆玉霞急火攻心，知秦甦吃亏，落了下风，叫徐路阳立刻来她家。电话里她还摆出了长辈的架势，语气难得地严肃，甚至可以说得上凶悍，只是挂完电话气势又没了，还很没主见地叫来了秦栋梁。

秦甦正打着电话呢，听见秦栋梁的声音，气不打一处来，冲到客厅开始发威。

她对父亲的恨意是随时爆发的，就算血脉相连，这老男人眼睛一红、眉头一皱，能使她心肺发酸，可她一旦回忆起初中问他要生活费时他抱着那女人要她的情景，立刻可以不认爹。她一心软，就想那事，一想那事，心就狠了下来。

等老保险门“吱呀”一声打开，徐路阳进门时，秦甦早已经杀红了眼，肾上腺素直线飙升，情绪阈值冲顶——“渣男”一个都别跑！

徐路阳听说秦甦怀孕，人都傻了，分秒不耽搁地从应酬局出来，到达时身上带着股尚未消散的酒味，离开时却浑身湿透，还滴着水。

这一晚，每个人的嗓子都喊得哑掉了。

秦甦把那两个腌臜男人赶走，长出了一口气，一股热流随之而下。

最后，骁勇善战、战无不胜的女将军像个易碎品，在去医院的一路上小心翼翼，大气都不敢喘。

在出租车上，陆玉霞为女儿默默祷告。

秦甦擦干眼泪，认清了生活就是一个轮回。“意外”这家伙坏得很，常是半夜袭来。每次去医院都是她和母亲两个人，不知道从几岁开始就是这样。从生理上来讲，每个女人都用血和痛写就一部史诗，秦甦目前顶多写完了序章，刚进入正题。

半夜两点，城市都睡了。

石墨驱车一路疾驰，心脏跳动如擂鼓。待他赶到医院，电话里哭哭啼啼的秦甦正抱着罐酸梅，一颗一颗飞快地吃下，紫红的核堆在纸巾里，而纸巾恰好垫在危险部位——小腹。

秦甦看见石墨，先害羞了一下。方才电话里，她情绪失控，一直哭，呜呜咽咽地说自己流血了、完蛋了。

石墨刚从睡梦中醒来，没反应过来，哑声问她：“哪里流血了，手指吗？”

秦甦直言：“当然是下面啊！谁手指流血会半夜哭诉？又不是十八岁。”

现在想起来，好羞耻，石墨好像不怎么说这些俗话。好在石墨的注意力没停在这些细枝末节上。他走近她，小心翼翼地看了眼她的小腹，好像眼神重了都会伤到她。

他轻声问她：“怎么回事？现在怎么样？”

话音一落，陆玉霞从帘子后面出来，两只眼睛哭得像核桃一样，都吵完一个多小时了，还在喘气。她在大事上除了哭，向来什么都不会。

秦甦说："见红了，做了B超，抽了血。目前宝宝还好，医生说这几天少活动、多观察。"

她瞥了一眼陆玉霞，鼻头跟着泛酸，飞快地转过眼睛，指了指石墨，对她说："喏，就是他。"

她好不容易才说通了陆玉霞，劝她相信孩子不是徐路阳的，如果是徐路阳的，她保证连夜打胎。陆玉霞很保守，连秦甦夜不归宿都要唉声叹气，更别说打胎，她吓得汗毛都竖起来了。在她心里，不管孩子的父亲是谁，宝宝都是上天的礼物，总归是要生养的。

石墨朝陆玉霞欠身，礼貌地打了声招呼。

陆玉霞满腹委屈，掀帘子那刻还在生气，搞大女儿肚子居然不结婚，真是混账，等一抬头看清石墨的脸，整个人的气势忽然就跌下去半分。她张了张嘴，吞了一小口唾沫，没能放得出狠话来："哦……那个……怎么称呼啊？"

石墨说自己姓石，单名一个墨。

陆玉霞见石墨英俊潇洒，声音温润清亮，心中的不悦有所减少。她让他赶紧坐下，说他半夜过来辛苦了。

逼仄的急诊室加床哪儿有坐的地方？石墨摇头说不用。

陆玉霞手边只有开水，没有水果，唯一能入嘴的也就是秦甦怀里刚买的酸梅，这丫头抱得紧紧的，一点儿也没有给客人的意思，搞得她连招待的东西都没有，只能干巴巴地絮叨起秦甦最近食欲差，怀了宝宝没精神，每天只出不进，身体吃不消。

"你看，她都躺到医院来挂营养液了。"说到这里，陆玉霞又燃起理智的怒火，板着脸问他，"小石工作很忙吗，怎么没来看看她？"

石墨道歉，表示自己多有不周，以后会注意。

陆玉霞是典型的母亲口吻，委屈巴巴的。秦甦叹气，帮石墨说话，表示他们昨天才见过。

陆玉霞立刻眉开眼笑："哦，聊孩子吗？"

石墨说："是的，阿姨。"

"都聊了些什么呀？"

秦甦接下话茬儿："我们就说了些孕期花费怎么分摊的问题，目前没有分歧。"

陆玉霞不理她，继续问石墨："小石是做什么工作的？"

"证券公司。"

"上班忙吗？"

"看情况，有时候忙，有时候闲。"

"你们怎么认识的？"陆玉霞好奇地问。

"我们是高中同学。"

"高中同学？同班吗？"她"哎哟"了一声，终于开心了，年龄都不用问了，成绩也不用问了，重点高中出不来差生，"那就是知根知底了！"

秦甦指望用酸梅填肚子，嘴里正含着一颗，听她这么一说差点儿呛到，赶紧吐了核："妈！"

陆玉霞挤出温和的笑，没理秦甦，盯着石墨追问："那小石的爸妈那里怎么说？"

"我准备明天跟他们说。"石墨原本就是这样计划的。

"要咱们一起约个时间吗？"陆玉霞为难地说道，"怀双胞胎的肚子大起来很快的，得抓紧点儿时间。"

她恨不得这一刻就见证求婚，也恨不得把秦甦的嘴巴捂住，替她做主答应。

石墨与秦甦刚对上眼神，还没对接信号，就被陆玉霞拦截，她将炮火对准石墨："怎么说，准备什么时候把事办了？"

心电监护仪心率那栏飞快加速，上一秒显示每分钟九十次，下一秒显示每分钟一百次，眨眼的工夫，蹿到了每分钟一百一十次！

秦甦紧张，怕陆玉霞越说越歪。但偶像剧不是白看的，听见心电监护仪报警，她来了灵感，捂住小腹，哼了一句："我累了。"

陆玉霞："那……"

下一秒，石墨握紧的右手塞进一根手指，正用力地挠他的手心，给他暗示。

他会意，主动说道："阿姨，很晚了，您早点儿休息吧。至于孩子的事，改天我登门拜访，一起商量。"

石墨一边说，一边回握住秦甦的手。秦甦吓了一跳，心电监护仪报警更加厉害。不过，她很快被他垂首说的一声"痒"止住了情绪波动。

原来是因为痒，她以为他真要配合陆玉霞的传统思想呢。

陆玉霞就想他们培养感情多谈谈，待她兴高采烈一转身，秦甦竹筒倒豆子一样哀叹这晚的动荡："男人好奇怪，这时候还觉得是我在委曲求全。"

"怎么说？"石墨帮她把果核团起，丢进垃圾桶，又抽掉她垫高的一个枕头，帮她换了个平躺的安稳睡姿。

"我妈误会了，把徐路阳叫到我家来。我明确地告诉他，从他'劈腿'那刻起我跟他就没有关系了，我爱跟谁就跟谁。但是，他居然不信！"她略过了她父亲的那部分。

"为什么不信？"

"男人的自信！"

徐路阳不认为她会这么快找别人，还代入了偶像剧的思路，怀疑她委屈自己，决意偷偷处理孩子。他还表忠心地说以后会好好对她，以家庭为重，宝宝都有了，他们应该考虑结婚。

太讽刺了吧？！

秦甦好说歹说，徐路阳最后还是没信。她只能冲到洗手间，泼了他一盆冷水，让他清醒一点儿。

怎么还自说自话上了？太好笑了，她就算怀上他的孩子，也会拽着他一起去打胎。不管是人是钱还是精力，一个都不能少！

说话时，秦甦挺尸一样看着石墨，他则俯视她，一时半会儿还没什么，对视久了就有点儿怪怪的。她不方便动，只能又用手拽拽他："喂，你坐下来呀，站着看我怪怪的。"他看她的角度像送葬看遗体。

两个人的手挨到一块儿，心跳又快了一点儿。好在心电监护仪再度亮黄灯报警时，石墨转身去找凳子了。

等他坐定，两个人勉强算平视对方。秦甦继续刚刚的话题，强调道："你看，宝宝就是你的，不然我说是徐路阳的岂不是更简单？反正他人傻钱多。"徐路阳自己抢着领爹的身份牌。

石墨低笑，没想到她还在计较这事，他当时确实不该怀疑。

她见他笑，假装不开心，握住他一根手指轻轻地摇晃："是你的！你的！你的！"

温度在指尖漾开，石墨笑得咧开了嘴，又很快地抿了抿唇，正色掩饰住怒放的心花："我知道，是我的！我的！我的！"

目光一撞，似嗔还喜，可那心电监护仪太王八蛋了。

秦甦撅嘴，恶狠狠地往那该死的机器上斜睨着，为什么要暴露她的心跳！

石墨一直含笑盯着她，她忙捂住脸："我的脸是不是很肿？"她哭过之后，脸会肿成猪头，眼皮翻很多层，让视线都受影响。

"我说不肿是骗人的。"他拉开她的手，顺了顺输液管，小心翼翼、动作笨拙地把它塞进被窝，替她掖好被子，手则撑在她的枕边，“但……还是很漂亮。”

秦甦等他一句夸奖就像在等一只笨手挠痒痒，始终绕着边缘抓，好不容易才在蚊子叮的包中心挠挠，此刻是又痒又舒服。

心电监护仪报警了好一会儿，影响病人休息，护士巡视时将心率报警上限调高了点儿，临走时多看了石墨一眼。

秦甦心念一动，问他：“可以拍一张你的照片吗？”

他问：“用来干吗？”

秦甦说：“我要跟朋友介绍我未来宝宝的爸爸。她们肯定会奇怪是什么让我迷了心窍，到时候我就亮出照片，用颜值说话！”

她拍了一张，拿到眼前一看，又好气又骄傲，随手拍都好帅。闪光灯下，男人侧面的立体感完美。

他等了几秒，问：“还要再拍吗？那张可以吗？”

秦甦把手机给他：“自己看。”

他淡淡地说道：“还行。”

秦甦：“这叫还行？”他都可以出道了好吗？！

她慈母般的目光将他包围，痴痴地说：“你长得真好看，这么一想，生儿子也不错。”

石墨被看得浑身发冷，只能转开目光，庆幸自己没有接心电监护仪。他刚轻咳一声要说话，又被秦甦打断。

“你有小时候的照片吗？”

石墨母亲的微信头像就是石墨的百日照。

他点开递到秦甦眼前，尽管心里发笑，面上还是配合她的一切要求。

小孩儿眼睛大或者皮肤白最容易显得好看，“淡颜系”的婴儿不如“浓颜系”，不会有多惊艳，所以石墨的低分辨率婴儿图看不出什么名堂。但秦甦还是满意地保存，传给了自己。

传送时，石墨的手机相册露出几张图，最新一张赫然是宝宝的B超报告。他把文字部分截去，留下了两团花生米大小的阴影。

秦甦“咦”了一声，惊讶地说：“你还留着B超报告？”她当初看了几十遍，所以即便是雾状也能一眼认出。

“就看看……培养培养感情……”石墨的神色间闪过一丝不自然，深夜里声音的断断续续格外容易被放大、捕捉到。

秦甦眼带揶揄，心里得意地想：臭男人，假装高冷，心口不一。

她的手指又忍不住戳上去：“咱们宝宝的B超是不是也很好看？”她怎么看都看不腻，打算等下个月再去拍一张，更新图库。

又是“好看”，石墨笑：“长得好看很重要？”

秦甦不假思索说道：“挺重要的。”

秦甦是吃颜值红利长大的，她一直知道怎么用好看的外表为糟糕的性格挡箭，也知道如何利用好看的外表丰富自己的生活。

虽然美丽无用论甚嚣尘上，但人类的眼睛骗不了人，仅凭一两面、几句话就穿透人的外貌潜入内心，到底是稀罕事。大多数人都不会深交，而秦甦做惯了漂亮的过客。

当然，这些都是肤浅的优势，她到底也不是别无所长。可呱呱坠地就有一技之长，又有哪个宝贝会拒绝呢？

“如果不好看呢？”石墨问。

秦甦没想过，十分肯定地说：“咱们的宝宝肯定好看啊。”

“那如果我没有戴牙套……”

“哦？”秦甦的演技不错，疑惑先从口腔发出，再蔓延至眼底，问出下一句前先目光好奇地绕他唇周、腮帮两圈，像哥伦布发现新大陆般，慢悠悠地抬高了一点儿音调，“你整过牙？高中吗？还是大学？”

石墨喉结滚动，直接噎住。她把认识他的同学盘问了个遍，还指望他一无所知？

“怎么整的？为什么整？是因为咬合问题还是因为骨性凸出？”脱口而出的这两个问题，是她经过一番颌面部研究、画了无数草图，拟出的两个门外汉假设。

秦甦不想暴露自己在意石墨外貌的心态，显得她好像在给崽挑基因，但那迂腐心态拦都拦不住地不断发酵，于是她只能遮遮掩掩。她本来想挑个聊天机会，不经意间夸他牙齿好整齐，然后再刨根问底，既然他都说了，那就……

石墨老老实实地说道：“我拔了八颗牙齿，其中四颗是阻生齿，也就是智齿，腾出空间后门牙慢慢回收，辅以两年牙套。不是很清楚有没有骨性凸出，但咬合没什么问题。”

心电监护仪的声音又飙过了高限。

秦甦得来全不费工夫，来不及高兴，就被石墨直白地挑破：“下次有什么问题直接问我，照片的话我这里最多，哪个高中同学都不会有我自己多。”

秦甦带笑的脸僵住：“哦……”

石墨的语气冷冰冰的，措辞又礼貌到了极点：“还有什么问题吗？可以现在问。我知无不言，言无不尽。”

秦甦有一种背后说人坏话被逮个正着的尴尬，扯了扯嘴角：“没有呀，我只是……想说你和之前长得有点儿不一样。”

“没有吧，不过我比高中高了五公分，然后体重增了二十斤。”

“二十斤啊？”

“嗯，太瘦了，就去进行增肌锻炼了。”

难怪他能变化得这么彻底，气质翻天覆地。

“谁告诉你的啊？”秦甦想知道是谁背叛了她。

石墨揉了揉鼻子，笑道："你到底问了多少人要？"

"也没几个啊。"她有微信的高一同学就没几个，列表里有石墨已经算稀罕事了，她都忘了他们是怎么加上的。还有，她很坦白，无奈地说道："他们只找到了你的毕业照，生活照都没有。"

"那等会儿我发几张给你。"

然后他问："那你呢？"

石墨学她盯住脸，一动不动，直到以牙还牙，把她看得汗毛竖起，直往枕头边缘缩："我没有整容。"

"我这算整容？"石墨的手摸向下巴。

"不算吧。"

石墨想了想，问出刚刚没问完的问题："要是我整容了，你还要孩子吗？"

"这是什么问题呀……"她拒绝面对，皱起鼻子继续往退无可退的枕头边缘缩。不听，不听，不听！

"换个方式问，如果孩子的爸爸不帅，你会愿意生下来吗？"

秦甦的手下意识地搭在小腹上，想捂住宝宝的耳朵。

她看着石墨，石墨看着她。心电监护仪很安静，她的心跳没有加速，他们都在静静地等待一个完全不需称之为问题的问题的答案。

过了好一会儿，秦甦说："会。孩子的爸爸帅是加分项，但基础项是靠谱儿、负责。"她艰难地挤出符合正常社会人逻辑的答案后，道德绑架般地抛出问题，"你靠谱儿、负责吗？"

她现在问不觉得迟吗？

石墨没有正面回答，露出一个意味深长的笑："你相信自己的眼光吗？"

秦甦眯起眼睛，假模假式地审视起来。

三秒后，他们默契地笑了。

在 KTV 的那天，秦甦问他愿不愿意做她男朋友。他问："为什么，你了解我吗？"她说："我相信自己的眼光。"

她眼光好不好不知道，但没有耐心是肯定的。在秦甦的报复心冷却、石墨又没有回以超高的幽默感与撩妹技能后，她手起刀落地斩断了关系。

可能，这两个孩子就是上天用来平衡她过度膨胀的自恋的吧。

石墨和秦甦这一手配合打得真像相熟多年、知根知底、意趣相投的老队友，而除了他们自己，好像没人能理解不婚生子这件事。

太阳升起，秦甦办理了出院。她坐在轿车后座，"玻璃人"似的挪回了家。

终于脱离公共场合，撇开无关人等，陆玉霞和秦甦、石墨顺利地接头，她准备了很多问题，只是很遗憾，还没机会问出口就被告知了以下结果——

一、孩子户口暂定跟秦甦。

二、孕期石墨负责秦甦因受到怀孕影响的所有经济损失，秦甦负责怀孕；产后秦甦和石墨共同分担生活费、婴儿用品费以及月嫂费，费用按照谁付出的时间成本高，谁掏钱比例低的标准拟。

三、孩子一岁前由秦甦和石墨共同照顾，一岁后的事再说，目前计划这么远不现实。

四、秦甦不哺乳，拒绝一切利弊说教和母爱绑架。

……

听到这里，陆玉霞已经要休克了。准确地说，秦甦说完第一句，陆玉霞眼前一黑，后面每一句都伴随一阵尖锐的耳鸣，听得不清不楚。

大概是家庭剧变对秦甦的影响太大，秦栋梁的背信弃义、抛妻弃女太过绝情，而陆玉霞天生没有主意，这些都让秦甦没有安全感。她习惯快刀斩乱麻，总怕刀下得慢了，亏就吃了。

陆玉霞又流下泪来，颤着唇问她："不结婚吗？"

长辈流泪对石墨来说是新鲜的惊悚环节，他在陆玉霞落泪的瞬间反射性地站起，手刚碰到抽纸，就被秦甦按住。

她把纸巾盒往陆玉霞跟前一推，并没有帮她擦眼泪的想法。她的母亲遇到事除了哭并没有其他技能，而她早就从跟着母亲一块儿哭进步到在母亲的眼泪里解决问题："因为意外怀孕需要处理的是怀孕，而不是婚姻。"

秦甦无法帮陆玉霞建起关于婚姻与孩子是两件事的新兴思维，陆玉霞甚至都捋不清自己的婚姻与孩子。

两回事？陆玉霞听到了这荒唐的话，急得喘气节奏大乱："那你为什么……要……"

荒唐！疯了！

后面的话羞于启齿，但她要说什么，于成年人来说不言自明。

石墨的嘴唇刚一动，再度被秦甦按住："这部分我来。"

秦甦张嘴就对陆玉霞说："因为我是自……"边说边要站起来。

石墨打断她的话："阿姨，因为秦甦想要个宝宝。"

秦甦愣住，不解地看向他："什么呀？"谁没事想要个宝宝？又不是芭比娃娃。

秦甦的每一句话都是在陆玉霞的伤口上撒盐，她平时就是这样直来直去地处理问题，或许省去了和旁人打太极的工夫，但对家人，尤其是性格软弱的家人，伤害很大。

陆玉霞愣住了，说：“她都要结婚了，她……”想要孩子可以结婚后生啊。想破脑壳，她都搞不明白秦甦前阵子还好好的人生怎么忽然就乱七八糟了。

“对，但……就……”石墨磕磕巴巴，编不下去了。

秦甦竖起耳朵等了几秒，一扭头看见石墨喉结一上一下，紧张得像被上课提问却不知道老师讲到哪里的学生。

她眼神一柔，没了脾气，往沙发上一歪，道：“我好累，昨晚都没睡好。”

陆玉霞看了眼她的肚子，哭得更厉害了。于她而言，什么理由都说不通，不结婚就生孩子就是不像话。

秦甦拽了拽石墨，示意第一轮谈判结束，有关人员需在陆玉霞第二次情绪失控前撤离现场。

“在橱里。”秦甦坐到床上，指挥石墨帮她取出平板。她明显很疲乏，说完这三个字，气都叹得老长。

如要卧床，那么她周一就不能去上班，不上班的话，既需要交接工作，又得开假条，而一开假条，“社会关口”就要失守，太平日子就要结束。

不知道会有多少像陆玉霞这样的“不理解”出现，不过好在没有人会像亲生母亲一样撕心裂肺地为她焦急、设身处地地为她哭泣、死皮赖脸地劝她结婚。别人最多奇怪地说两句，面对面的时候表示理解“新人类”，背后却紧锣密鼓地开小群盖楼。秦甦作为风云美女，早就习惯了这些。

石墨拉开柜门，一竖排的包率先撞入眼帘，他认得出其中几个奢侈品商标。

“看，这是我为宝宝们打下的江山！”累是累的，但是一看到包还是精神抖擞，秦甦眼神留恋地扫过那一排包，畅想起来，“生了女孩儿就给她臭美，生了男孩儿就给他拿去讨好女朋友！我买的都是经典款，到时候就是中古包了，不会给宝宝们丢脸的。”

石墨：“那我也得贡献点儿什么吧，但我没有包。”

“你有车啊。”

“这样啊……”指尖在柜门点动，他算起家当来。

“听起来你不舍得？”她计较地皱眉，突然封建思想上头，心头碎碎念，他是要留给谁？她怀的可是长子！

“没有，我只是觉得等他们到了开车的年纪，那车也不能开了。”他当真思考起传给下一代的可行性。

“对哦。那再说吧。”吹完牛，秦甦很老实地表示遗憾，“不过这些包我就不传给宝宝们了，儿孙自有儿孙福，他们要名牌包就各凭本事吧。”她说这两天朋友会来家里，帮她把包一一拍照定价，挂到二手物品交易网站。

石墨眉头紧蹙：“你缺钱吗？”

“不缺，但你要问我有钱吗，我也没有。”很现实的问题。

“其实没必要的，我……”

“那你接下来的话也没必要。”秦甦见他表情严肃，朝他流里流气地吹了声口哨。论吹口哨，她可是女生里响当当的流氓。

他不说话，仍锁着眉头。卖包听起来似乎很惨淡，不知道秦甦的经济是否有困难。

秦甦好笑地说：“拜托，孕期的费用都由你来承担，这可不是个小数字哟，当代产品设计与营销把对孕妇的剥削拉到很高的层次，你不为自己叫屈居然可惜起我的包来了。”

“秦甦……”

“Hey，man！ Business is business.（嘿，伙计！公事公办。）”

“OK.（好的。）”

石墨转身，叹了口气从包里为她取出平板，递到她的枕边。

屏幕亮起，等待键入。

“密码。”

秦甦不方便，直接报：“我生日，11……”

石墨：“18。”

她惊异地问：“你知道我生日？”

他淡淡地说道：“嗯，那天你掏身份证了。”

记性真好。她轻咳一声，好奇地问：“你生日是什么时候？”

石墨低头解锁，等抬头时才慢悠悠地说：“在你的前面一天。”

高三有一场聚会，约秦甦一起来，当时群里计划好，晚上先给石墨和另一位寿星吹生日蜡烛，等唱歌唱到零点，再给秦甦吹生日蜡烛。一局三寿，一步到位。

秦甦是捧场王，热情地答应，结果临聚会前两天找理由推掉了。

他们差点儿就一起过十八岁生日了，虽然彼此并不熟，但那本来是个契机……当然了，也许在场很多人都在等着一个靠近她的契机。

秦甦眯起眼来，不可思议地将石墨上上下下、仔仔细细地再度扫描了一遍。

哟，看不出来啊，他居然是“天蝎男”！

石墨帮秦甦打好假条，及时送到她的单位。假条白纸黑字，红戳一盖，等同于官宣怀孕。同事纷纷关心，询问婚期，秦甦是一流的打马虎眼大师，在工作群里先谢过大家，又说自己来人间一遭，阅遍亲友婚育方案，无甚惊奇，想体验一种新的人生方案，当代女青年不要局限于婚姻格局，要看得更高更远，才能更快更强。

在座都是读过书的人，秦甦把调子拔高到这种程度，谁再问一句，都是暴露自己的墨守成规和不知变通，尽管百般迷惑，工作群里还是整齐地刷起了“烟花”与“大拇指”。

要好的同事私聊她问怎么回事，秦甦简单交代，一边打字，一边眼皮打架。

石墨发消息问她中午吃了吗、吐了吗。她回复他吃了、也吐了。

等消息的间歇，她实在撑不住，手机脱手，跌入睡梦中。进入梦乡前，秦甦把微信显示的“对方正在输入”看成“对方正在偷人”，潜意识的迷惑融入梦中，她像个侦探一样抽丝剥茧。

是谁？石墨在跟谁偷人？

梦里的秦甦眼睛瞪得像铜铃，健步如飞，一点儿也没有孕妇的样子。她走在一栋楼里，鬼鬼祟祟地跟踪石墨，环境熟悉又陌生，追到三楼时她才想起来，这是她的高中学校。

身边所有人都飞奔上楼，像发生了地震一样。秦甦左右看看，才明白是上课了。等石墨钻进铁皮箱子般的教室，秦甦方才看清金属牌子上写着“高三（5）班”。

（5）班？

好晦气，她才不要来呢！

她从窗口探头，石墨正跟女同桌有说有笑，还亲昵地刮了一下对方的鼻子。远远地看过去，他的眉骨微凸，笑起来轮廓柔和，侧脸帅得不像话。可他越帅，她越委屈，下意识地抚上小腹，酸楚漫上眼眶。

那个女生有点儿眼熟，她紧锁眉头拼命想，谁？谁？谁？终于，灵光乍现，这不是校内网上那个漂亮的前女友吗？

教室里的两个人躲在书本后，无视课堂纪律，面颊紧贴在一处。

在混沌间，秦甦十分生气。他们居然当着她的面亲昵，有没有考虑过她是个孕妇，看不得这种画面？

秦甦再一回神，已经在回家路上了。天黑黑的，她好饿，手伸进兜里想掏钱买点儿吃的，可她居然没有钱。为什么她怀孕了还要饿肚子？为什么老天爷对一个孕妇这么残忍？

她一路哭一路找钱，像一只发怒的猫，正迷茫时，身后出现了脚步声，她走他也走，她停他也停，啊？

她一回头，身后狭长的小径空无一人，连片落叶都没有。好劣质的梦，外景就像绿幕。但她还是吓死了，心脏就像被按下了加速器，她拼命地跑，持续地跑，像阿甘一样，横贯中西，穿越寒暑，跑到头发变长，跑到大腹便便，跑到呼吸间伴随剧烈的胎动。

秦甦的肚子像个随时要爆掉的水球，大到看不见自己的脚，只能抱着肚子跑，跑得都忘了自己为什么要跑，终于羊水破裂，不知马路边从哪儿蹿出个没五官的医生，帮她剪断脐带，告诉她宝宝很健康，身高一米八四，体重七十八公斤。

她两手一拍，终于生下来了！她拍了拍裙子，心想，赶紧去找石墨算账！这家伙居然在她怀孕的时候和别的女人亲昵！

一抬腿，她又开始跑了，还没完没了。

好在，潘羽织的一通电话把她吵醒了。

“喂？”秦甦接起电话。

“秦更生，有人造谣你怀孕了，还说得有鼻子有眼！”

“嘿嘿。”杀她们个措手不及。

“同名同姓吧？”

潘羽织宁可相信世界上真的还有这么一个名字生僻的女的怀孕，也不信秦甦怀孕。

“是啊，还是双胞胎呢，就是昨晚见红了，所以……”

秦甦摸向肚子，一片平坦。哎？她六神无主，娇呼一声。

孩子呢？刚才还挺着大肚子呢！

周日，石墨醒来接了杯咖啡。一切如常，微信也安安静静。

他上一次这样频繁地盯着微信也是因为秦甦。

她先是说对他感兴趣，想谈段报复性的恋爱，再是春风一度后说要分手，就好像是突然插进生活里的一条广告，转瞬即逝，恍然若梦。

答应恋爱的次日，石墨主动给秦甦发去微信，说什么都显轻浮，他认为发一个问号最好。顾兰亭也问他昨天在KTV里怎么突然消失了，而且秦甦也不见了。

石墨没回。同样的，秦甦也没回复他。

秦甦提到顾兰亭喜欢他时，他下意识地选择装傻，这样也许会酷一点儿，但事实证明他失策了，没有错综的关系纽带，秦甦手拿女神免死金牌一路通关，约完就消失，毫不恋战。

石墨等了一周，心情像块久置的奶酪，发绿发臭，她也没有消息。

他编辑了一下消息后又发了个标点符号出去，十分钟后，照例石沉大海。石墨将手机往沙发上一丢，认命，他又被秦甦耍了。

很好，这很符合成年人的做法。

只是没想到，说完分手后的再会，居然不是十年后她牵着女儿、他牵着儿子在幼儿园门口的尴尬照面。她全然没提那次冷淡的分手，把他们的关系定性为过去式。

她鼻尖那颗迷人的淡痣说话间在他眼前晃动，他漫不经心地听着，且看她要怎么耍花招。

她通知他怀孕、打胎及保养事项，他一句都没信，眼神停留在她的脸上，想知道是不是漂亮的女人都拥有这样骗人的权利。

然后，他鬼迷心窍，给了她这样的权利，全盘接受。

这是第一次秦甦讲话时注意力全程都在他的脸上，是她第一次拿正眼看他。没有张牙舞爪的青春期躁动，没有KTV聚会的声色光影，亮堂堂的大厅里，卡其色的皮沙发上，他们两个相对而坐。

她理直气壮列出条件的样子，和高中时期以及那晚提出恋爱时并无两样。

秦甦上高中的时候风评很不好，现在回忆起来，没有任何一个旋涡中心的漂亮女生是零负评的。她刚入校就被称为女神，入学分班考试名列前茅，大家夸她美貌智慧并存，加之个性张扬，她很快迎来恶意。高一期中考，她被检举语文考试作弊，当时没有摄像头，老师凭桌肚里的一本文言文手册取消了她那门功课的成绩，并对她进行了思想及风评教育。

秦甦哭着跑掉，坚称没有作弊，拒绝写检讨书，翘了一天课，第二天没事人一样回来了，递交了一份千字长文。老师以为她知错了，打开一看，竟是她罗列的事件疑点，一二三四五六七……层层递进，有理无据，逻辑清楚。同学们一度还当爽文传阅，就等着老师低头，学生逆风翻盘。

班主任气极了，吹胡子瞪眼地认为她不知悔改，恶劣至极，当着全班人的面对她进行了道德羞辱。一周后，原本取消成绩的处罚升级为留校察看，通知贴在了布告栏。

分班时，秦甦毅然决然选择自己没有那么擅长的文科，离开了那个瞎眼的班主任。

她是学校里第一个如此张扬的女生，此后的一系列行径都像是故意与校规作对。当然，她的成绩也没再爬上来。在老同学面前，她嘻嘻哈哈地假装没事，石墨却知道文科于她不是好的选择，她根本背不进去书——秦甦此人记性奇差。

春日微雨，秦甦的电话把石墨拽出回忆。

“石先生，您今天休息吗？”

石先生？您？

石墨挑眉，失笑地问候她："今天吐了吗？"

"江湖救急！"秦甦头顶冒着火星，身体只能慢吞吞地穿衣打扮，"我都来不及吐，吓得咽下去了。石墨……我接了份兼职，我忘了。"她还强调是二百元每小时，她孕期的工作时薪不低。

石墨确认了一遍："今天？"

"一个半小时后！"

"线上吗？"石墨的理解里，她在出版社工作，应该是文书工作。

"在派出所。"

石墨正色道："医生让你不要下床，减少活动。"

"我知道，但我都答应人家了。"她必须去，不然就失信了。要是早点儿想起来，还有转圜的余地，她昏睡到中午才想起来，心凉了一大截，找谁都来不及了。

"我给你钱，你别去了。"

什么呀，不是钱的问题。秦甦嘟囔道："算了，我自己打车去吧。"她挂断后皱眉三秒，末了自己揉了揉眉心，孕期要保持心情愉快，男人都是猪蹄。

石墨开车到秦甦家楼下已是半小时后。她家没有电梯，四层楼靠爬。上回送她回来，他问她爬得了吗，她说坚持一下，反正后面就不下来了，没想到第二天就要下来。

石墨来接秦甦，陆玉霞喜出望外，拉着他问："小石周末休息？那工作还可以啊，强度不大，还有双休。"

石墨点头，递上水果，表示这阵子闲一点儿。

"还带水果，客气什么。"陆玉霞接过精品水果，乐得合不拢嘴。她心想，这小孩儿长得这么俊，还这么懂事，随即心下一沉，觉得石墨唯一的缺点就是不结婚。

“小石，你是自己住还是和爸妈住啊？”陆玉霞不解，石墨有女人吗，没女人为什么不结婚？秦甦说他们谈过恋爱，既然谈过，为什么又要宣称是独立男女？扯这些有个性没实质的东西，“叛逆协会”给她发工资吗？

“我自己住。”石墨抬起手看表，“阿姨，秦甦呢？”

“在厕所吐呢。”陆玉霞对秦甦有气，也知道这丫头的心肠是石头做的，只能眉开眼笑地从石墨这里下手，“小石跟家里讲了吗，怎么说？”

一阵冲水声后，秦甦扶着洗手间墙壁摇晃而出：“早知道不吃了，喉咙难受死了。”那感觉就像钢丝球摩擦她的咽喉壁。孕吐不到一周，秦甦的力气便消耗得差不多了。她之前吐完擦了嘴就能吃，这一刻吐完嗓子都冒烟了，咽口水都难受。

她急忙抽出两张纸巾擦嘴巴，快步前往茶儿翻超市购物袋。她要带点儿吃的走，派出所可能没吃的。

陆玉霞指着她的公文包：“帮你装进包里了，少吃点儿，这种话梅都是防腐剂。你要是喜欢吃，我找你外婆做。”

秦甦哪是喜欢，她完全没办法，嘴巴一直找酸溜溜的味道：“好，多做点儿，用西梅做，还能通便。”

陆玉霞帮她收拾好东西：“你这两天拉了吗？”

“没有……”秦甦懊恼，肚子有点儿胀，但出不来，可能因为躺着没动，肠子也不蠕动。

早知道那天不开便秘的玩笑了，这也能成真。

秦甦菜着张脸一回头，石墨坐在红木圆桌前，朝她摇了摇车钥匙，嘴角朝下，努力地憋笑：“好了吗？什么时候走？”

“你不是不来吗？”她的眼神飘到他身上，有些许愠怒。刚才在电话里，他没说要来接她。

时间紧促，秦甦拎上包边说边走，陆玉霞还眼巴巴地等着石墨说他家的事，招呼他等会儿和秦甦一起回来吃饭。

楼道窄暗，仅容一人通过，他们一前一后，陆玉霞探头不放心地交代："当心点儿，慢点儿。哎哟，去了那儿找个地方坐，就说你有了，得坐着。"

"知道。"

她颤颤巍巍地挪，后面的人等她挪三格才动一下，她边挪边说："我以为你有事。"

"周末，没什么事。"见她板着脸，他说道，"你是因为我没立刻说要来接你，所以才生气了吗？"

秦甦想了想，好像也不是："我做了个梦。"

"什么梦？"

"可能是个胎梦？"

秦甦正在思考如何向石墨叙述这一梦境，肩膀上忽而搭了只温热的手。

"你走得太慢了，不是赶时间吗？要不我抱你下去吧。"

"啊？"她的身体先脑子一步，立刻高举双手，"背我，还是公主抱？"

石墨在平台处蹲下，将她小心翼翼地捞进怀里，嘴上说："你撑着点儿，我很久没锻炼了，可能会失手。"说是这么说，抱得却异常稳固。

石墨侧过脸，避开秦甦近在颈下的气息，清了清嗓子，问："梦到什么了？"

秦甦盯着他的喉结，舔了舔自己的嘴唇，没说话。

"嗯？"石墨抱着她匀速下楼。

秦甦两手抱着他的脖颈，十指交叉，以防滑落，目光所及不是喉结就是下颌线，若是视线上移，能看到石墨漂亮柔软的嘴唇。

没听见声，石墨垂眸和她色眯眯的眼神撞个正着。

秦甦说得磕磕巴巴：“我梦到……你和别的姑娘……接吻了。”

石墨严肃地掉开脸，嘴角紧抿。

虽然是梦，但还是有点儿恶劣。

下到一楼，秦甦仍在叙述梦境。这个梦太累了，累得她不敢想象，像孕晚期一样，左右翻身困难，起身身子重，低头看不见脚，还要一路煎熬地狂奔。

“然后呢？”

“然后……估计是你们接吻后我受刺激了，最后跑到羊水破了。”

石墨斜睨着她：“我们接吻，你为什么要受刺激？”

是啊！这就是她懊恼的事。秦甦叹了口气，瞥向小腹：“大概是因为我没得到。”

石墨很想笑，鼻腔出了口气，又不那么想笑了：“那后来生了什么？不说是胎梦吗？”

秦甦回忆：“好像是个儿子？”一米八四、七十几公斤，那应该就是个儿子吧。

“一个吗？”

“好像是的，只有一个。”

石墨确认她坐稳了，往她耳后指了指。

“嗯？”

“安全带。”

“你不帮我系吗？”她故意这么问，手倒是很主动地去拉安全带。随时挑逗单身帅哥是她的本能行为。

谁知石墨迅速俯向她，扣安全带时身体几乎以环抱的姿势紧贴。

也不怪他，路虎车身高，座宽，手再长都要微倾身体。

秦甦下意识地挺直身体，脊背贴向座椅，试图为他腾出操作空间。呼吸声相闻，眼神交错，她扫见他眼底一闪而过的笑。

石墨收起狭长凤眼里的戏谑，说道："你的胎相本来就不稳，我怕你频繁受刺激。"又是做梦，又是公主抱，还要系安全带，架子端得十足。

秦甦难得地被噎到，眨眨眼，又偏头偷笑起来。

"笑什么？"他笑。

那他笑什么？！秦甦问："你怎么不问我那女的漂不漂亮？"

石墨很笃定："肯定很漂亮。"

喂，这位先生，注意她的心眼儿！

"为什么？难道你也是'颜狗'？"

"还好……"他并不想承认自己这么肤浅。

秦甦来劲了："那你高中时有女朋友吗？我认识吗？"那个女孩儿不会是和她同校吧？

"没有。"

"是吗？"

"高中谈恋爱影响学习。"

"你好无聊！"怎么会有这么无聊的男人？秦甦生出危机意识，"我以后不会管我的宝宝几岁恋爱的。"

石墨沉默。

秦甦非要问出个究竟："你呢？"

他不说话。

她凶巴巴地蹙起眉："说话！"

石墨不答反问："高中时期开心吗？"

"开心的。"

“是吗？”他狐疑地看向她。

她眯起眼睛：“我为什么要骗你？”他居然质疑她。她极少在感情的问题上强颜欢笑，也不会在感情上勉为其难。就像他们恋爱的那几天，她不喜欢那种不熟络的感觉，很自然地提出了分开。开心就是开心，不开心就是不开心。

石墨单手搭在方向盘上，姿态随意，说：“可我看到你哭过很多次。”

“啊？”

秦甦确实有段时间很爱哭。

原因很多，有陆玉霞强悍的“哭包”基因，有青春期的激素波动，还有对于秦栋梁卷款跑路的无助。

秦甦一哭就像开闸泄洪，没完没了，所以她都是偷偷躲起来哭。

她试图在与异性相处时找到避风港，但好像没有男生会静静地坐在对面、安安静静给她递纸巾、听她抽噎或号啕大哭。在男生的刻板印象里，让女人流泪就是男人的无能，他们必须问出个子丑寅卯，更有甚者会跟着一块儿陷入忧郁。

秦甦的问题是高中生无法解决的，她不堪其扰，于是躲起来哭。

男生好讨厌、好躁动，关系就像跷跷板一样，你迁就迁就我，我迁就迁就你，紧张的学习和时间缝隙里，彼此之间的角力与妥协始终没找到平衡点。

悲伤青春期，哭泣原因又加一。

秦甦乜斜着眼睛，嘴角勾起挑衅般的笑：“石黑土！你很可疑！”他的记性未免也太好了吧，他们压根儿没有多少正面交集，何况她……

石墨对这个问题并非没有准备：“高二自习课，我们溜去打篮球，集体被罚，有的去打扫篮球场，有的去整理器材室，我……被派去打扫音乐教室。”他瞥了她一眼，“还记得吗？广播还通报批评了。”

秦甦找碴儿的骄横神气被时光棒捶了一下，她确实有一处独自哭泣的好去处——闲置的音乐教室。高中课表上会安排音乐课，实际上上的音乐课很少。小楼独栋，爬山虎遮盖，木地板踏上去每一下都有“咚咚”如心跳的回应。

秦甦难过了就去哭会儿，不难过了也去待会儿，坐在那里背书心情都会好一点儿。她上高中时感到最痛苦的事就是背书，怎么会有这么多东西要背？她问潘羽织：“你怎么能记住这么多东西？”对方答：“我三岁就能背唐诗三百首。”

秦甦当场喊救命，她十六岁连三十首都背不下来，因为韵律相似，还经常嵌句。她找到的唯一适合自己背书的方法就是读一百遍，依靠嘴上重复，形成机械记忆。

音乐教室是她常去朗诵的地方，那老楼教室还有回音，就好像有人在跟读。她读着读着就会哭，一边哭一边骂“也太难背了”，哭完继续背，太痛苦了。现在的秦甦想起音乐教室，泪腺都会产生出咸湿的感觉，她当年少说哭了一鱼缸的眼泪。

她问：“什么时候？”

他早有准备：“高二。”

“上学期还是下学期？”她开始在大脑里翻课文，想确认石墨去打扫卫生时，自己在哭背哪一篇。

“好像是……下学期？”其实是上学期。

虽然时隔十余年，但这段记忆仍然很清晰。秦甦松了口气，幸好是下学期。她最难过的一段日子是高二上学期，那半年眼睛都是肿的，有一种自己给自己挖坑，一边填土一边窒息的感觉，还因为总是肿着眼睛获称“小金鱼”。

石墨看了她一眼：“在想谁？”

“这还用想？”

他扯扯嘴角，并无笑意：“也是。”

“都是当年的事了。”秦甦怅然。

“我记得前几年王谦回国了。”

“那你消息不太灵通，”秦甦“哼”了一声，“他已经移民了。”

“是吗？”石墨的消息确实不太灵通，也没必要灵通，他们也只有几次课间篮球赛组局的交情而已。

“嗯。”

“那？”

很多人都问过他们为什么没和好，在他们眼里，王谦回国总归有她的因素在。连潘羽织都问过秦甦，和徐路阳在一起是不是因为他和王谦长得相似。

这可把秦甦吓坏了。

秦甦说道：“每个前男友都是完稿的小说，再续就不是正文了。”

秦甦和王谦有过短暂的和好，在法国。这事也有老同学知道，没瞒着，但细节是他们只和好了两周，然后再也没联系过。

空气中的氧气含量似乎陡然降低，秦甦想到某人也算前男友，自觉不对味，赶紧开玩笑打圆场：“你高中也太关注我了吧？好奇怪。”

石墨把她的表情都看在了眼里，语气倒是无所谓的调调：“这有什么奇怪的，高中有谁不关注你吗？”

也是，课本这么无聊，网络尚未普及，画报女神远在他乡，校园女神是最好的精神鸦片。

午后容易犯困，雨丝都懒了。芳草泛青，本是踏青的好日子，派出所门口的马路却冷冷清清的，车辆稀少，显出寂寥。

石墨把车停在斜对面，点了支烟，忘了吸，叼在嘴上发愣，等嘴唇感到灼热的温度，才掐着烟屁股灭了，紧接着又点燃了一支。

手机上有十几个未接来电，都是他母亲的。

他通知莫蔓菁女士要当奶奶后，对方以每天五十通电话的频率“轰炸”他的手机，以致他不得不为保持通讯通畅而把自己的母亲拉黑。莫蔓菁转而用石峰先生的电话，继续高频“轰炸”，石墨对着屏幕熟练操作，再次拉黑。接着各种来自M国的陌生电话打来，也不知道她找了多少人。

这天早晨他打开微信，意料之外的是，戒网五年的莫蔓菁把微信下载回来了，发来航班信息，她说：“准时来接你老娘！不来把你塞回肚子里！”

他看了眼日期，是一个月后。他松了口气，那时秦甦的胎相应该稳了，不至于被莫蔓菁搅了心情。

秦甦发微信问他要照片，先是他的再是他父母的。三十分钟后，她发来两张宝宝照片，配了一长串“哈哈”的字幕版大笑。

两张照片和世界上任何婴儿照都没有区别，但一眼就能看出他和她的五官。一张圆滚滚的脸蛋上，乌溜溜的眼珠像黑葡萄一样，格外夺目；另一张则是眉目疏淡，白白嫩嫩，从小眼神就能瞧出淡定劲。两个宝宝的风格完全不同，共同点是俏生生的鼻子，这是板上钉钉的遗传特点，他们的鼻子都长得很好。

石墨收起手机，又抽了支烟，跟着烟燃起的还有未完的故事——

老师剥夺自习自由，分配打篮球那帮人每周三最后一节自习课去打扫卫生，为期一月。

石墨懒洋洋地挥着扫把晃了一圈，扫起两片掉入教室的落叶。这儿太干净了，完全不需要打扫。

于是，他充分利用这段时间，躲在音乐教室后门，没想到这是个好去处。晚秋暑热消去，爬山虎打碎阳光，抖落在半截楼梯平台，有时赶巧，他坐在楼梯半腰，垂首还能看见高三的一对师哥、师姐逗留或打闹。后来他们不常来了，有点儿可惜，估计是被教室里的哭声吓到了。

快活的日子不足半月，后门就贴上了用零点五毫米粗的黑笔写就的单薄大字："校园内禁止吸烟！"

石墨调皮，还把叹号下面的点给涂黑了。

派出所硬邦邦的简易凳上，秦甦将公文包垫在屁股底下，生怕凉到宝宝。以前生理期吃冰都不碍事，这一刻忽然脆弱得都不敢碰三十七摄氏度以下的东西。

石墨："不舒服告诉我。"

秦甦："可爱吗？"她问宝宝。

石墨："可爱。"

秦甦："好冷漠。"

石墨："看了十遍。"

嘿嘿。

工作很简单，只是几段文书翻译，再做一个笔录。说是三小时，实际工作时长只有四十分钟，其他时候都在等待。工作人员已经将问题精简好，她只需要翻译几个关键的问题。

那位法国先生一开口就是带着乡音的"vinte"（葡萄酒），听清她的巴黎口音后，别扭地配合她改口"vin"（葡萄酒），害得她眉眼闪过笑意。事后民警给她结算签单，问她刚刚为什么要笑，她解释完法国的口音歧视问题，马上从“笑”里意识到自己的不专业。

她咬咬嘴唇，担忧地问：“我刚刚笑得厉害吗？你们以后有工作不会不找我了吧？”难怪腮帮子发酸，她看小孩儿的合成图看得得意忘形了。

民警小哥转开脸，轻声说：“没有，笑得很专业，发音很好听。”

她抓紧时机，说：“那你们以后需要法语翻译可以找我！‘南法’和‘北法’我都可以的！”

派出所拥有长期合作的翻译队伍，囊括各类语言，她曾以为自己要跻身这种成熟的兼职队伍已经晚了，哪里都不缺法语翻译。但这天等待工作的间隙，她拉着这位民警小哥聊了一会儿，才知道负责他们所的那位翻译小姐去外地了，眼下正是青黄不接的时候。

民警小哥说：“好，你留个名片，我夹到名片册里。”

另一个民警大哥话多，不害羞，夸她业务好，说上回临时找来个顶尖名校的翻译，结果是笔译，口语不好，听力也不好，对面的法国人根本听不懂，磕磕巴巴地交流了将近五小时，没有这天顺利。

秦甦不好说同行的坏话，但对于接活儿有戏感到开心。她立刻拉开包，手碰上笔记本，想起来自己的名片是出版社的，头衔不合适。于是撕了张纸，现场做名片。

她写上“秦甦”，标上拼音“sū”，一笔一画地写下清晰的电话号码。写完又觉得单调，她跟正在办公的女民警借了支红笔，画了个爱心，画完爱心还觉得单调，又在爱心后画了个重重的叹号。尽管不是弯弯笑眼，她还是非常努力地收起冷艳，笑出亲和力，双手奉上名片。她上次在纸上画这种幼稚的东西还是高中呢，当时也是这么“激动”。

等秦甦出来，石墨身边的垃圾桶凹槽上已经攒了一堆烟屁股。

她先是嗅到了石墨身上的烟味，拿眼一扫，发现了那堆“小山”，登时心里“咯噔”一下，生出危机感。

“你抽烟？”

还抽得这么厉害？

青葱萌动戛然而止，石墨跌回郁郁葱葱的微雨春日，转身时两指还夹着半截烟。他没料到秦甦提前一刻钟出来，下意识的动作是往嘴边送烟，对上她不敢相信的眼神，指间一顿，方才想起她是孕妇，迅速捻灭那一点儿猩红，用手扇了扇空气中未散的缭绕余烟。

秦甦险些站立不住。

石墨立在春色浓郁的背景板前，垂首往唇边送烟的动作也太帅了，融合了男人的不羁与性感，眉眼的“浪”劲儿全数显现。

秦甦的心脏原本跳得好好的，撞见此景忽然加快。她一口气没喘上来，捂着嘴巴开始弯腰干呕。

石墨欲要扶住，反被秦甦摆手拒绝。

她摇晃得厉害，像棵被风吹弯的树苗。石墨当她介意烟味，脱去自己的外套扔在车头：“没味道了。”话音一落，他再度被拒绝。

秦甦扶住车身大喘气，额上青筋因干呕充血凸起，貌似承受了极大的痛苦。她好不容易缓过来，再抬起头时，脸色惨白。

石墨眉头紧蹙，手伸进兜里，指尖在方方正正的烟盒上拨弄。

须臾，垃圾桶内发出微不可察的声响。

终于稳稳地坐下，秦甦才得空喘息表示，自己是饿过头才吐的，不关他的事：“我在派出所不好意思吃酸梅，胃里空空的。”

石墨喝了口水，腮帮一鼓一缩地漱了漱口，问她：“现在还好吗？”

“好了。”秦甦咬上酸梅，如久旱逢甘霖，舒服得伸腿，她指了指石墨那瓶水，“我也想喝。”

石墨抽过烟，就没给她，从后备箱里另取了一瓶水递到她手边，却被她伸手一推，石墨会意，拧开盖来才重新递给她。

秦甦得意地眨眨眼，心想“孺子可教也”，说道：“谢谢。”然后啜了一小口，问他，“你抽烟？”

石墨偏头摸了摸鼻子：“嗯……新媒体、金融、互联网行业里，七八成都抽吧。”

“哦……那……”秦甦想问他抽得厉不厉害，他们没有备孕，她心里总归是惴惴不安的。

石墨知道她在担心什么：“我前一阵子戒烟，就是没成功。”复吸了后这一阵子抽得比戒烟前要猛。

她递过去一个明显的问询眼神：“前一阵子是什么时候？”她要把每个数字具体化。

“戒了一百零四天，还在组里领到了戒烟三个月的金币。”他伸手从副驾驶座前拉出个红丝绒盒子，“看看。”

秦甦心中一喜：“真的吗？”

吓她一跳！看见那小山堆般的烟屁股，秦甦的心都凉了，父母抽烟喝酒，孩子致畸率很高的。她打开红丝绒盒子，里面赫然躺着一枚戒烟金币，重量估计四五克吧，她掂不出来，上面刻着“戒烟九十天纪念币”。她两眼发光地问：“你们公司给的吗？福利这么好？”公司还为戒烟的人发金币？

“头儿是戒烟困难户，正好备孕二胎，号召大家一起戒烟，最后坚持三个月的只有我和他。”石墨见秦甦爱不释手，说，“那就送你吧。”

“这样吗？”秦甦心动，不过还是摇了摇头，“这是你的戒烟奖励，给我不好。”

说不好就应该放下，但秦甦没有，仍旧捏在手上，眼巴巴地等他再送一次，这样她才能够心安理得地收下。

石墨伸手拿了回来，语带遗憾地说：“那算了。”

秦甦眼睁睁地看着金币被拿走。

石墨低眉敛目，掩饰一闪而过的笑意。

“我记得你也抽。”

秦甦：“嗯，抽过。”

“现在不抽了？”

“戒很久了。”

“怎么戒的？”石墨断断续续戒了五六次，都没成功。这次的一百零四天不是最久的，有一次他戒过半年多。他自以为养成习惯，精神松懈，不想某天别人递来支烟，他接过，竟自然地抽了起来，仿佛没戒过一样，如此又破功抽了回去。

怎么戒的？秦甦想了想。

她的最后一支烟在一个大雪纷飞的日子。秦甦站在街头，哆哆嗦嗦地掏出支烟，冰凉的手颤抖着，一口一口地往嘴里送。对面一对男女也在抽烟，不同的是他们分享一支烟，你一口我一口，又急切又狼狈。男人贪心，深吸一口，抖落一大截烟灰，女人气急，骂骂咧咧。于是二人翻了脸，动了手。

此景与电影里的街头颓废不谋而合，却背离了她想象的浪漫。

自看过这一幕，莫名其妙地，秦甦再也没抽过。

车没启动，她当石墨在等自己回复，便说道：“法国烟太贵了，我实在抽不起，就戒了。”

“好，那我也试着再戒一次。”石墨说。

“好啊。”她两颊一缩，吐出个核，“吸烟容易老，我不抽之后皮肤好了很多。”

“你都抽什么？”秦甦好奇。

“抽得糙，就 ×× 吧。”他问，“你呢？”

“混合烟爆珠这类的。”

陆玉霞女士提醒秦甦一定要叫石墨回来吃饭，她准备了一桌好菜。秦甦自然拒绝，她完全能想到陆玉霞那弱势单一的手段。

陆玉霞赌气地说道：“他不来你也别吃了。”

秦甦颇有骨气，预备拉着石墨在外凑合一顿。石墨考虑到长辈的心情，说道：“早点儿开始第二轮审讯好了。”说这话的时候他完全没有考虑自己的母亲。

秦甦“咯咯”直笑：“问题是无穷无尽的，你解决一个就有下一个。只要你不面对，问题就不存在。”她胡说八道完，还是认真地对冷处理陆玉霞中年焦虑的方案给出了合理的解释，“当然啦，因为我妈的注意力很容易转移，我才这样的。过一阵就好了，她会接受的。”

陆玉霞纯属有人哄吃山珍海味也哭闹，没人哄吃白米咸菜也能忍。这类母亲无论怎么生活都会受委屈，她们只会不断地做出重复的选择，不管自己嫁得多差，婚姻结局多惨烈，脑袋里也始终只有嫁人一条出路。

秦甦原先叛逆，但好歹尊重母亲，但就和徐路阳差点儿办成的婚事来看，陆玉霞的指挥水平不太灵。

秦甦摸了摸肚皮，心想，她的人生得“原创”。

说是这么说，但计划赶不上变化，秦甦最后既没回家，也没在外凑合。她折返至石墨这里是因为陆玉霞把秦栋梁叫到了家里，好像缺了男人家里就不能转了似的。她在楼下看到那辆旧雪铁龙，气得直抖，这车是那女人不要的。

好在石墨没有直接走掉，他强行把正在撸袖管的秦甦掳上车，一路沉默地驱车，行至电梯口处，一旁的秦甦还在掉眼泪。

石墨张了张嘴，终是一言没发。他好像习惯了只是听她哭，不说话。

秦甦疲倦地跌坐在落地窗旁，屁股底下垫着软硬适度的南瓜蒲团。这房子采光好，地方大，独独窗户的开口太小，只给少许的缝隙喘气。她像个缺氧患者，鼻尖搁在窗框上，吹着风。半晌，她止住了眼泪，露出宽心的笑。

石墨从厨房半墙看过去，秦甦及腰的长发随意散乱着，宛如失落的弃妇。她哭了一会儿，用手腕上那根电话线一样卷曲的玩意儿将长发松松地扎起。

他后知后觉，原来她当时在洗手间是让他拿这个扎头发……

秦甦支起身的瞬间，石墨重新专心地吃眼前的牛排。

秦甦对正在煎牛排的石墨说："谢谢你。"上一次告别后，他还把冰箱填满了，太贴心了。她支支吾吾，忽而善解人意起来："你说，我在你这里，会耽误你找女朋友吗？"

虽然这样说显得马后炮，但她不自觉地焦虑起来。她喜欢关系干干净净，不想因为自己给任何人带来麻烦。所以她在进入关系前会问清楚，在结束关系前会说明白，再短暂的心动都要有个明白的始终。

响起油的爆裂声，石墨单手掂锅，给牛排翻了个面："你觉得女朋友知道我即将有小孩儿，还会接受我吗？"

秦甦顺着说："那你女朋友需要解放一下思想，罗斯和瑞秋怀孕、育儿的时候，都还各自恋爱呢。"怕他不知道，她补充道，"那都是十几年前的美剧情节了。"

石墨含混地附和："哦……那有机会，我让她去看看这部剧。"

"这样啊……"

秦甦喝完车上剩的半瓶水，憋出一声令人发窘的闷嗝，见他没反应，悄悄地当没发生，得寸进尺地继续说："可是想起来很亏。"

"亏什么？"石墨背身抄手，垂下眼帘，似乎是在数着秒等牛排熟。

"就……我怀孕肯定没有恋爱谈，少说一年，多则两年，虽然我谈多了饱和了，但如果你谈，我肯定会觉得心理不平衡。"秦甦在舒适的私密空间转圈，突然意识到一个自私又严峻的问题，如果他交了女友，那么她会很尴尬。

嘴上说人是自由的，但自由是个很微妙的东西。

话音一落，西餐平盘送至眼前。水磨石纹理的盘子上，肉质鲜嫩的牛排飘出浓浓肉香，勾起人的食欲。胃部感到收缩和挤压，让秦甦疯狂想进食，可油腻的味道在她喉咙口再度打起小旋风。

石墨两手撑上岛台，身体前倾，直勾勾地盯着她，露出意味深长的笑："那……你是想让我谈，还是不想让我谈？"

秦甦咬紧嘴角，石墨这个问题问得很刁钻，甚至有些暧昧，她皱起眉头："也不是我想不想，就是怕麻烦，嗯……等会儿……我等会儿跟你说……"

胃里一阵翻涌，秦甦将头往桌下一埋，痛苦地打了个饱满的响嗝，又等了一会儿才稍许舒服了些。

"不能闻油味吗？"石墨忧心忡忡地问。

她抬起头，委屈地捂起嘴巴："你不可以嫌弃辛苦的孕妇。"见他叹气，她严肃地指明，"连气都不可以叹。"

石墨担心地打量她："你这样吐不是个办法，只出不进。"

"我问过医生和过来人了，孕吐都这样。"如果实在吐得厉害就得去输营养液，没别的办法。她一想没别的办法，那就不想了。

见她状态不好，石墨说："要不别吃牛排了。"

秦甦摇头，做都做了，伸手问他要刀叉。

石墨用商量的口吻问："换个蔬菜沙拉？"这是他能想到的清淡的食物。

"不要，我不喜欢吃草。"秦甦两手拉住差点儿被抽走的盘子，"试试吧，大不了就是吐，我现在真的很饿。"她又饿又恶心，好烦。

他又问："水果沙拉？"

这边秦甦不再理他，拿起刀叉开吃了。

石墨定在岛台前想了想，转身切了半个柠檬。

青涩的酸汁均匀地淋在牛排上："用柠檬解腻试试。"

秦甦吃了两口，饥饿感就消失了，取而代之的是心口又被一口气哽住。她刚皱起眉头，背后一双温手已经抚上了背脊。

"不舒服了吧……"

隔着针织衫，那双手一下一下地轻拍，挺舒服的。

呕吐极其消耗精力，秦甦绷紧的神经在石墨的手掌下勉强恢复平静。只是，这样的手法好像是老人常用来糊弄小孩儿的，她说："你好老派。"

"那算了。"他收回手。

秦甦嘴硬，脊梁骨却软，留恋他手掌的温度，表情闪过不自在："不过，谢谢。"

"好点儿了吗？要喝口水吗？"听她说吐，不够具体，但看她这样吐一天，他也跟着要窒息了。

秦甦趁那两口牛排没吐出来，赶紧躺下，预备催眠自己，快点儿睡着——这样也许会忘了吐。

即将入睡，徐路阳打来电话。她点了拒接，那边感受到回应，坚持不懈地打来第二个、第三个。

她感到好笑，这人到底有多自恋？说了几百遍和他无关，他还坚信是她嘴硬，八点档言情剧真是害人不浅。手机太重了，秦甦调小音量，搁在枕边，听他“忠犬男”一般讲述两年改造计划、此志不渝终生计划，翻着二十个白眼入眠了。

又是梦，好多梦，零零碎碎的，梦到好几个前男友。梦境师精心剪辑，把在一起时的快乐与崩析后的残忍对比，搅得她的情绪骤起骤落。

再醒来时，眼前一片幽蓝，半空飘浮着一层橘黄色。秦甦眨眨眼，陷在对梦境的回味里，翻来覆去地迷糊了一会儿。光影蔓延，如浪浮动，那感觉像小时候被陆玉霞逼着早睡，眨巴眼睛歪躺在母亲的臂弯里，努力感受白墙上电视里斑斓的色彩。

软被将她包裹得严严实实，加之乳胶床垫的体感，真像是回到了母体，一切更像梦了。

立灯亮着，墙壁上正投放电影《窃听风暴》。石墨戴着耳机，白噪声均匀地漫入耳朵，他的腿上搁着电脑，三指在触控板上来回地滑动。

直到一个纸团砸在额头，他才仰起头，注意到秦甦醒了。

“哈哈！好准！”她两手一拍，手舞足蹈得像投中了三分球。

石墨捡起纸团，用拇指拨开一条缝，就认出了纸团的内容，眼神立刻变了。他拽下耳机：“你从哪里拿的？”

复式房间空间垂直挑高，纵向贯通。为加强视觉开阔感，石墨的楼梯用的是透明玻璃围栏。秦甦坐在地上，额头贴上玻璃，与他对视。

她问：“什么？”

“没什么。”石墨看了她一眼，问道，“你睡得好吗？坐在地板上嫌凉吗？”

秦甦心里一阵狐疑，石墨刚才那句话语气不对劲，她在心里重复一遍，指了指后面的垃圾桶：“我看到里面有很多纸团，就拿了一个。”垃圾桶很干净，除了纸团没有什么。

“嗯。”他又问了一遍，“睡得舒服吗？”

秦甦点点头：“梦好多，意识是失去了，但睡得不算踏实。”还有一段梦里她在找吃的，乞丐一样，风刮在皮肤上，冷得特别真实。

“哦……”他讽刺地勾起嘴角，“睡觉还在打电话，那是睡不踏实的。”哪儿有人能梦里梦外同时连线的。

秦甦这才想起刚才正在打电话，回头看了看手机：“我后来睡着了。”

“嗯，我上来看看你有没有踢被子，看到手机亮着，显示正在通话中。”

秦甦笑，她这么大了，踢被子了也会自己拽回来，他明明是关心她，还找这么奇怪的借口，真是好别扭。

她说：“然后呢？”

“电话里有个男人的声音，说‘宝宝需要爸爸，你不能这么自私’，我听着不得劲，把他骂了一顿。”

“哎？”她两手攀上玻璃的磨砂边缘，“骂他什么了？”

“不可以骂吗？”他露出了疑惑的表情。

“哦……也不是不可以，我怕伤了他自尊，搞得他哭鼻子。”

石墨故作恍然大悟状：“我也是这么想的，所以先把电话挂断了才开口骂。”

“哈哈！”秦甦起劲地笑，毫无负担地听着，“都骂了什么？”

“骂他没眼光，这么漂亮的女神怎么舍得不要。”

石墨说完了，秦甦的吐槽欲却一点儿没被点燃。梦里断断续续的内容与现实拼凑，她静静地坐着，自嘲地笑了笑，没有接话。

Fake love

Chapter 3

孕十二周

时针到九点。石墨去厨房做了份水果沙拉，苹果切块，浇上沙拉酱，端到二楼，秦甦刚穿完外套，正在梳头发。石墨的梳子是简易款，大概是酒店里不要钱白送的。她多年没用过这种不带气垫的梳子，梳齿划过头皮，好直接的体感，不由得迷恋地多梳了梳。

石墨走进洗手间，意外地说：“要走？”

“是啊，难道要留宿？”这里就一张床。

“可以啊。”

“那怎么睡？”她冲他抛了个媚眼，“孤男寡女的，我又这么漂亮，怕你做出不好的事来。”

石墨倚靠着黑色田字格玻璃门，与镜子里的她四目相对。他很想继续这个话题，但开口的瞬间还是把调情的话憋了回去：“我有个气垫床垫，充上气就可以睡了。”

这样通透的空间与舒适的床上用品，秦甦也不想走，可赖在这里总归不好，见石墨这样说，赶紧顺势问：“那会不会不好啊？”

“那我送你回去？”他侧身一让，一副真让她走的样子，眼见秦甦的脸垮了下来。

石墨轻扯嘴角，递上沙拉：“行了，吃点儿水果吧，你晚上就吃了两口肉。”

秦甦仍坐在二楼吃，没下楼，不过这次屁股底下多了个南瓜蒲团——石墨帮她拿了上来。

她在二楼看投影，视野极好。《窃听风暴》里，乌尔里希·穆埃饰演的警卫戴着耳机，哭丧着脸，被遥控器关进了白墙。

投影重新打开时，播放的是《动物世界》，秦甦反应了会儿才确信石墨真的在给她看《动物世界》。

“你是在给我做胎教吗？”

“我领导说他老婆怀孕期间一直看《动物世界》。”

“可是我不想看。”

石墨仰起头，问：“那你想看什么？”

“我想看吃的。”她饿了，硬吃了两口沙拉，苦味在口腔漫延，味同嚼蜡。既然不能吃，那就看看好了。

石墨看她抱着碗，苹果块几乎没动，只能叹气，搜索起《舌尖上的中国》。饿着肚子看吃的，真的不是找罪受？

石墨看着投影，一会儿敲敲键盘回复消息，一会儿换个姿势抬头看看她。

柴米油盐酱醋茶，相似的楼宇森林中溢出独属于具体城市的味道。秦甦看得认真，不住地咽口水，中国胃的灵魂被点燃，蒸馒头都有味得很。

她回忆起在美食荒漠嚼蜡的日子，两眼射出如饿狼般的光，一垂眼，正好对上石墨投来的目光，开口闲聊：“我在法国，一边啃法棍，一边看《舌尖上的中国》，还有网站上的各种美食视频。”

“在法国吃得很差吗？”

“比英国好一点儿，但和国内比差远了。”留学圈除了比学校，还爱比美食。英国长年位于鄙视链底端，搞得秦甦很好奇，还能比法国更难吃？

“其实我一直想问，你怎么去学语言了？”石墨听说秦甦去读了法语，很是吃惊。女神到底是女神，每一张牌都打得别出心裁，记性这么差还去学了个天天背书的专业。

“分数低呗。”她勉强上了一本线，服从调剂，被扔到了法语专业。罗曼语族听起来响亮，实际上她是学校招收的第一届学生，师资和外语资源都很可怜，秦甦一度怀疑自己耗费四年学出来会是个哑巴。

“那你怎么进了出版社？”

“我妈想让我做稳定的工作，学历够不上高校教师的门槛，补习班不够稳定，进国企大概是最稳定的一种选择吧。”她毕业时糊里糊涂，最迷茫的阶段，谁指挥她，她都听上一耳朵。

“那……处分有影响吗？”

秦甦愣了一下，没想到他还记得这么久远的事，真是坏事传千里。她舔了舔嘴唇：“哦，学校高二下学期帮我撤掉了。”

当时班里人都道，秦甦以后不能做公务员了，班主任也为灭秦甦的傲劲，以处分的严重性吓唬她。学生时代，谁听到这个都不免为自己刚“开火”的人生就此“熄灭”而绝望。

秦甦听到处分，哭了一整个上午，当然下午又恢复了原样。

好在这个烂段子最后以好的结局收场。她每个月给校长和教务处处长写信，一度成为老师办公室的大笑话。

原本一众老师还在坚持要灭她的威风，维护5班班主任的颜面，但实在扛不住她这份坚持，或者说是执拗。秦甦寒假见不到老师心里没谱儿，夜不能寐，食不知味，便打校长电话，问他要家庭住址，表示自己要去他家背课文，还背“小抄”上的那一篇。

校长崩溃，跟她说开学后再找她谈，让她先在家好好过年。

秦甦扮猪吃老虎的技能大概是那时候学会的，顶撞老师时毫无想法，单纯想把是非黑白贴在对方脸上，但在自救时，她迟钝地总结出来，哦，漂亮可爱还可以这样用啊。

于是乎，一开学，他们找她谈话，表面上没有松口，坚持说她有错，但行为上还是给了她肯定的答案——撤销处分，不留档。次日，公告栏上贴了近一年的通告也撕掉了。

这件事只有几个亲近的好朋友知道，大部分人只知道“秦甦作过弊、受过处分”。可能是由于心理压力，尽管同学们都很友好，秦甦还是不太愿意参加 5 班的聚会。

在空荡荡的音乐教室里，鬼魅般回响的哭声在耳边响起。石墨心中怅然：“你真厉害。”他不能想象，这样的委屈她嘻嘻哈哈地承受了下来。

“还可以吧。”秦甦面无表情，目光聚焦在笼屉喷烟的投影画面上。过了一会儿，蒸汽好像隔着幕布冲她眼睛了。

石墨看她避开画面，手臂挡住眼睛，心口酸得像柠檬汁。

高中看她在音乐教室哭完一节自习课，下课立刻和同学嘻嘻哈哈，石墨闪过不谙世事的少年式疑惑：这女孩儿到底是开心，还是不开心？是厚脸皮的坏女孩儿，还是戴面具的假阳光？

因着这份疑惑，那张“校园内禁止吸烟”的纸上，叹号被他改成问号。

石墨捡起地上的纸团，一点儿一点儿地抚平。那颗疑惑的心随着她偶尔偷偷乱弹的难听琴音被拨弄至今，好像有答案了。

《舌尖上的中国》一集播完，自动播放下一集。

光影变幻，秦甦忧郁的劲也缓了过来：“喂，你呢？”

石墨两手枕在脑后，长腿搁在沙发扶手上，正仰躺直腰：“什么？”

“你这房子是姑娘捯饬的吧。”她指了指屁股底下的南瓜蒲团。这东西，她一屁股坐上去就知道不是便宜货。石墨的车上没有饰物，是典型的“直男”风格，家里却处处有小布尔乔亚的味道。

墨绿色的背景墙，乳白色的一字沙发，线框墙上，投影的每一幕明暗交替都像是一场未完待续的午夜巴黎梦。浴室里的六边形瓷砖、压花玻璃、复古灯花、凹槽死角华而不实，完全不是男人会选的装修风格。二楼主卫区区四五平方米的空间，竟安了个小浴缸，石墨也是够会享受的，而下水处干了的水渍说明他近期没有使用过。

石墨的一言不发激起了秦甦的好奇心，语气中流露出找碴儿的意味：“太不公平了，我的事你什么都知道，但你的事我都不知道！”她的前男友、处分、工作，他都知道，还都记得，而她只知道他比她大一天，并且有个前女友，这算什么信息？一点儿都不具体。

这怪谁？她从来就没有对他产生过好奇。

石墨笑问：“那你要知道什么？”

“想知道这法式风格是哪位姑娘设计的呀。”她眉飞色舞，大胆猜测，“是你大学时的女朋友吗？”

石墨嗤笑一声，目光在屋内扫视一圈，反问她：“你喜欢吗？”

“问我干吗？”

“你喜欢不就行了？”

“要是不喜欢呢？”

“那就不住了。”

环绕音响传来爆炒的声音——新鲜食材哗地被倒进油锅，“噼里啪啦”地响起来。

秦甦惊呼道：“天哪！”这操作未免太奇怪了，有钱人是这样思考问题的吗？她不太相信，又确认一遍，“我不喜欢你就不住了？”

石墨的语气虚实难辨：“那没办法，得听取‘群众’意见，谁让你一个顶仨呢。”上次秦甦喝水，说是听取“群众”意见，当时石墨没及时反应过来，独处时回过味来，径自笑了一会儿，这次拿出这点逗她。

幕布内炊烟袅袅，五味俱全，幕布外小布尔乔亚旖旎满溢。

秦甦“扑哧”一笑，脚趾跳起舞来。她拉过垃圾桶，拿起一个纸团，对准砸下：“喂！”

石墨的肩膀挨了一下，纸团弹到了茶几底下。

秦甦半蹲在南瓜坐垫上，喜不自胜地挑逗他，又扔了一个下去：“石黑土！你喜欢我吧？”

石墨坐起身，弹掉颈窝的纸团，没来得及开口，又迎来了下一个纸团。

“你喜欢我！”秦甦眼里的光影像一对斑斓的鱼。

“承认吧！”她皱了皱鼻子，“哼”了一声。

石墨想开口说话，又被她的得意劲噎得一句话也没说出来。

秦甦拈起块苹果塞进嘴里，酸甜沁入齿间，突然好吃起来。见石墨站在沙发上盯着自己，不由得咧着大嘴，露出一口雪白的牙齿，兴奋得直搓脚。

她晃脑袋回忆起那些细节，一本正经地推测：“所以我说对你有意思，你就答应了交往！所以你没有拒绝！所以你随叫随到！所以你积极配合我怀孕的各种要求！我还以为是咱们的默契呢……所以你才对我这么耐心……”所以他才如此好得不像话，秦甦想着想着，激动得鼻涕泡都要冒出来了，撑起脑袋，“让我想想啊，你是什么时候喜欢我的。”

她将果盘搁在地上，扒上玻璃，半探出身：“高中吗？还是……”卡壳三秒，秦甦恍然大悟地张大了嘴，“我懂了，你肯定是后来被我征服的！”

高中实在有些遥远，就算喜欢也就是些朦胧的情愫，不用等高中毕业，一分班估计就没了。肯定是重逢那天她表现得太惊艳了！她性格这么“辣”，确实没几个男人能招架得住。

秦甦说到高中，石墨还愣了一下，后半段就有点儿扯了，他试图劝她清醒：“何以见得？”

秦甦俨然一副胜利者姿态，朝他冷笑：“你不要否认。”

四目遥遥相对，就像钓者戏鱼，鱼戏水。不知是谁将钓线收起，又不知是哪位处于下风无助地在水中蹬腿。

“行吧，那就喜欢你。”石墨的脑子是清醒的，但遇上这样骄横难缠的秦甦，他晕头转向、神魂颠倒，“很早就喜欢你了。”

至少比重逢那天早。

秦甦看着他，一口一口地吃苹果，仿佛信了：“那我怀孕，你就没想过别的？”

“什么？”

“比如一般人会想的，奉子成婚之类的。”

石墨笑了，但没说话。

秦甦眯起眼睛，继续说道：“石黑土先生看我不想结婚，内心应该很失落吧？”

“嗯，挺失落的。”他耸了耸肩，索性承认。

她遗憾地摇摇头，大力地咬下最后一口，把碗一搁：“好可惜啊，喜欢我这么有个性的女孩子，你这种凡俗的想法很难达成啊。”

“是啊，怎么办？差点儿就天上掉馅儿饼，抱得美人归了。”

“年轻人，天上怎么会掉馅儿饼呢？天上只会掉陷阱！”一掉掉两个“吞金兽”！

绚丽的美食色彩冲击眼球，直白的情愫像鱼一样，滑溜溜地溜过手心。

石墨率先笑的，秦甦也跟着笑。后来，他拿出气垫，她下楼帮忙打气，他们再也没提这件事。

好像是玩笑，又有几分真。

白日下过雨，关掉灯后月光洒入，像是把整个房间紧紧地拥在怀里。秦甦重新窝进被窝里，抱着软被翻来覆去，难以入睡。可能是前半夜睡多了，也可能是苹果吃多了，口腔内反复涌出酸水，不足以呕吐，却搅得她失眠。

秦甦想到笑闹的那段，把脸埋进被窝，幼稚地心动了。石墨仰头看她、嘴角含笑时，真是好清俊的一个男人，搞得她忍不住想出言调戏他。

她想着想着，大脑彻底没了停止运转的迹象，反而越发兴奋，她开始徒手在半空捕捉月光。

巨大的墙面让影子都变得神奇了，她玩了一会儿，彻底睡不着了，长长地叹了口气，起身拿包。既然睡不着，那就涂个润唇膏、抹个护手霜吧。她的手伸进公文包，拨开笔记本和化妆包，指尖不小心探到一个硬邦邦的硬币状物体。

她疑惑地掏出来，愣了一下。

戒烟金币的金属光泽在月光下直晃人眼。

秦甦心跳猛地漏了一拍，感动和羞恼登时涌上心头——这个男人真的很会。

秦甦坐着躺着，真的就在家窝了三个多礼拜。她这辈子都没这么宅过。大学实习时跟着工作室老师翻译原著，每天大部分时间对着字典和电脑，痛苦不堪。饶是如此，她也能在早晚间给自己放放风，跑两圈步，约几场会，蹭几场野迪，或唱几次歌。

她很少在娱乐方面委屈自己，但这三周，饥饿和呕吐耗尽了她的全部精力。她头昏眼花，四肢乏力，每天昏昏沉沉，还要担惊受怕，最终因为跑洗手间腿都软了，还去了趟医院。结果显示孕后掉秤五斤。为此她挂了几天营养液，开了点儿维生素。

孕吐症状也在那次之后渐渐好转，从吃几口吐几口，到吃两顿吐一顿，再进步到眼下吃完打个嗝就饱饱地入眠。

秦甦将红玉髓取下，换上银制十字架，每天捏着它入睡。外婆原本在大舅和二舅家轮流住，最近被接来家里，主要也是陆玉霞没人给她拿主意不能活，找个人跟她说话，让她分分心，倒也好。

三人每晚都会有一段安静的时刻，但母亲的陪伴依然没有缓解陆玉霞女士的焦虑。

某天陆玉霞打开门，怄气说不管秦甦了，孩子生出来了也随她，自己绝不沾手。秦甦说好的，孩子生下来她就去上班，找个保姆阿姨带好了。

她不能逼迫母亲跟她一起承担这份责任，母亲搭把手最好，帮不上忙她也不强求。

门一下被合上。

中午吃饭，陆玉霞又改口，气若游丝般妥协："那个小石……人怎么样啊？他的爸妈带孩子吗？"

秦甦一边扒饭一边笑："他人怎么样不重要，是喜欢脚踩两只船，还是抽烟喝酒搞花样，都不重要，只要有一定责任心，掏钱给宝宝就行了。"

"你想得倒美，世界上哪儿有这样的人？开始几年还好，后面谁说得准？"撇开自己，陆玉霞讲起男人来头头是道。

"社会上有些人是被关系和名誉绑住的，和出钱相比，他们更怕丢脸。"石墨就是这类人。谦谦君子，自知道他的父母在国外后，秦甦特意去了解了一番。他的父亲是气象研究学者，在 M 国的 M 大访学。他的母亲很神秘，具体职业不明，有人说是搞影视编剧的，也有人说是写书的，总之赚得不少。

陆玉霞问："小石看起来挺稳重的，他也没想过结婚？"

她女儿这么漂亮，工作、学历都拿得出手，谁不想娶？她想破脑袋都想不明白，俊男靓女绕过结婚去生孩子，图什么呀？图孩子乱拉屎、乱撒尿，吃饭还要大人喂？

秦甦筷子一顿，不知道要如何作答。从石墨的沉默和配合来看，他应该是愿意达成合作关系的，但就她最近了解的劲爆消息，此中另有隐情。

但他就是不肯说。她一定要撬开他的嘴！

潘羽织得知宝宝是石墨的，人都傻了，生娃后邀约十回有九回都脱不开身的人，在知道秦甦孩子父亲的身份后，下午便出现在秦甦面前。

"我不信。"她叉腰坐在秦甦的床尾，要秦甦出示亲子鉴定结果。

秦甦抬起手抓起抱枕，用力地丢向她："去死啦！"

潘羽织："八竿子打不着的人，怎么可能？你说是王谦的我都信。"

此处值得强调的是，潘羽织和她先生胖仔是高中恋人，而她恰是坚定的初恋维护者。如果秦甦和王谦成了，那么她和她最好的朋友都是和初恋结婚，这也太浪漫了！

“什么鬼？”秦甦吐了个西梅核，“我和王谦才是八竿子打不着的人。”

“怎么会！只是隔着个太平洋而已。”很近啊，地图上相隔不过一个巴掌。

“是啊，隔着太平洋呢，他又没那么……”说完她捂住自己的嘴巴，清清嗓，“我以后要做个朴素温柔的妈妈。”

潘羽织眼里闪过浓浓的讽刺，完全不信：“是谁昨晚还在问我孕期可做和不可做的事？是谁把注意事项逐个确认的？”

“你，你，你！”秦甦弹她脑门儿，潘羽织居然好意思说，她只是问问大概，谁知道她把亲身经历也细述了一遍，“你注意点儿分寸，以后不许给我讲你被窝里的事了，我现在是孕妇，不能听！”她近期激素波动大，睡眠不稳定，睡前听见什么，什么就跟着入梦。

潘羽织不信她：“你以前很爱听啊。”

秦甦捂上她的嘴：“我现在不能听！”

潘羽织露出我懂的眼神，正要开启十八禁话题，突然响起两声敲门声。

陆玉霞扫黄般，进来先用目光审视一圈，再边叹气边搁下水果拼盘，拍了拍潘羽织的肩：“你好好跟她说说。”

潘羽织忙不迭地点头：“好的，阿姨，我好好劝劝她，太不像话了！”

陆玉霞恨铁不成钢地看了秦甦一眼，仿佛她是个冥顽不化的劣迹少女。

秦甦听得耳朵都长茧了，此刻眼睛早盯在了果盘上。

陆玉霞这天雕了一个福娃。她总能把这些花样搞到极致，她们平时聚会的茶歇都是由她来准备的，手艺精巧声名在外。

而一般母亲厨艺精湛，女儿多数是废柴，秦甦也不例外——陆玉霞切水果是雕花，她属于劈柴。

等那边的门一关，潘羽织就咬牙切齿地回到正题："不结婚你就生小孩儿，你脑子是不是不好？孩子出生后多少事情？五个你都不够转，要是让我一个人生、一个人带，怀三胞胎我都给他手起刀落了！"她做了个切菜的姿势。

秦甦不是没想过打胎、没去过医院，但办不到啊。她这么果断的人，如果不是出于可怕的天性，怎么会在这种事上犹豫？秦甦摸上肚子，假装堵上宝宝的耳朵，她怕宝宝伤心。

潘羽织继续说："那你生下来以后呢？"

秦甦将碎发挽至耳后："石墨和我会共同承担。"

非婚姻情况下共同抚养孩子，只领取父亲母亲身份牌。

"不结婚你信他？"嘴上跑火车的男人满大街。

秦甦"哼"了一声："结了婚的男人又有多少值得信？"

这句话抛出来，潘羽织哑口无言。她和胖仔婚前恩爱有加，婚后快乐无边，但"产崽"后突然就发生质变了。一叫他看孩子他就去厕所。有回吵架，潘羽织嚷嚷着要带他去医院，倒要看看他肠子里到底堵了多少。

当然，胖仔大部分表现得都是好的，但是带孩子方面，男人天生就喜欢当甩手掌柜。

秦甦有点儿赌气地说道："我对男人不抱有这种期待，连从一而终都不指望，还指望他们带孩子？"

话也不是这么说，猪队友好歹也是队友。潘羽织批评道："你这有点儿消极了。”

“积极得很，我认为，有钱就好了。”

潘羽织语塞，这倒也是，生孩子这件事生出如此多分歧，不过就是因为钱不够。她问：“那……石墨有钱？”

秦甦的语气很肯定：“有的！”

“真的？多有钱？难不成也在谢利山庄有别墅？车库一排名牌车？”

她们美人的选择面也太大了吧？！这种硬件优质男都要排队的吗？

“嗯……不懂，不过人家好歹财务自由，我说的每个条件他都心中有数地点头，但是徐路阳这种‘有钱人’就不行，每一笔稍大点数额的开支他都会迟疑，因为他要问他妈。”

“那你还不结婚？还不确定关系？就不担心他后面要是有女朋友了，孩子的事有变数？”

“担心啊。”

“那你还这样处理？”

秦甦当然担心，但他们只是短暂交往过的恋侣，没擦出什么火花，加之当初她是揣着点儿报复的心思，还是她主动提出分开的，现在回到关系的原点，好像没有这个必要，也拉不下这个脸面。

“我们签了协议，等宝宝出生，亲子鉴定结果出来就去公证。”如果石墨不执行，秦甦一定会全城搜索，绝不放过他。她还特意跟他强调“你也知道我高中怎么堵老师和校长的，你懂的”，他也说他懂。

秦甦不信见证过自己的强势的男人，还会以为她是个思想简单、好打发的弱女子。

“我的天……我可以理解你怎么想的，但真的太理所当然了。”

潘羽织抚着心口直叹气，而秦甦却一脸淡定，搞得倒像她皇帝不急太监急似的。

她埋头吃水果，牙签利落地戳下，恨不得穿破的那层纤维是秦甦打结的脑瓜儿，给她戳通。

潘羽织把陆玉霞雕的娃娃头水果吃完，又继续问："那……那个石墨有女朋友吗？"

"有过。"

"现在呢？"

"没有吧。"秦甦的眼睛一亮，凑到潘羽织耳朵边说悄悄话，"但他有过一个未婚妻！"

"哎？有过？意思是现在没了？"

"是的！所以他短期内不会结婚。"

"为什么没结婚？"

秦甦的脸立刻拉了下来，这一点，她也没打听到。

潘羽织神神秘秘地走远一步，上上下下、仔仔细细、如第一次见到秦甦般打量了一遍："你这么漂亮，他对你不动心？没道理啊……"言及此，不禁两眼冒光，"会不会他喜欢你？"

秦甦得意起来，朝她理所当然地耸了耸肩："拜托，喜欢我是很正常的事啊。我就是第一眼美女，一见钟情体质！"

潘羽织转开脸，不想理她。

秦甦兴致勃勃地胡说八道："这真是我一直以来的困扰，所以我得试试生了宝宝我的魅力值会不会降低一点儿。你也知道，我最大的梦想就是做'舔狗'。"她长叹一口气，无奈地跷起长腿，"但我们'独孤求败'真的很寂寞。"

话音一落，愤怒的潘羽织将抱枕砸在了秦甦的腿边。

谁让她是个孕妇？不跟她计较。

“神经！你最好是！”

在知道石墨曾差点儿结婚后，秦甦敲锣打鼓，为获取迟到一年的消息而手舞足蹈。

“是你的大学前女友吗？”问出这句话，秦甦意识到她的信息还是很匮乏，她只知道这么一个人。

石墨沉默，最后还是摇摇头。

“为什么没有结婚？”这是去年的事了。

“不合适。”

“都订婚了还不合适？”

“嗯，订婚了发现不合适。”

好奇心迫使她追问，但石墨神情落寞，秦甦只能作罢。如果有人追问她为什么和徐路阳掰掉，她也很难坦然地道出“出轨”之外的内因。

有些关系，其实只是需要一些搪塞别人的借口。

那次交流之后，石墨出差。在外地的第一周，他也没能赶上她掉秤输液时陪在她身边，秦甦发消息问他：“是因为我打听你，你不开心了吗？”

“没有，真的忙。”

“好，你不能怪我，只能怪你什么都不肯告诉我。”

石墨怎么可能怪她，毕竟，秦甦什么时候把功夫下到过他的身上？就算胡搅蛮缠，也是意外之喜。

高中生活就像陀螺，罚扫完石墨也没再去音乐教室。有一次晃到后门，他看到树上的熟果爆浆，在纸上溅了两滴汁，又过了一阵，那张纸早在风吹雨淋里看不清字迹，直到被人揭下，那个黑色的点都没被发现。

高二期末考那会儿自习课多，每天都很吵，习题册都靠“空中传送”，做着做着题就被砸到头上，“飞来横祸”也就这样了吧。

石墨那“叽叽喳喳”的同桌见他不堪其扰，告诉他画室很安静，高二、高三的都去外面报名师班，学校的课没什么人去上。

石墨拒绝。

同桌说，还有几个漂亮学妹，刚学画，准备转美术生。

哦？那他就去看看吧。

少年激素波动的阶段，尽管不善言辞，但对于漂亮姑娘还是无法抗拒的。石墨和几个同学在美术画室找到座位，认真地学了一下午，至于漂亮姑娘，他看了一眼，就……还可以。

学校要求校内穿校服，那衣服谁套上都不好看，当然也有例外，但不是她们。同去的几个男同学与漂亮姑娘们热闹地打成一片，画室和自习时的班级一般吵闹。

与画室紧相连的是音乐教室，石墨往窗外看了一眼，看的恰是熟悉的后门。

那就去那儿待会儿吧。

他绕到后门的电线杆那。两个月没来，音乐教室外的爬山虎已经萧条成条索状，整栋楼失去绿色，显得阴森森的。通往音乐教室的门是锁死的，他正准备绕道，熟悉的背书声清亮地传来。

秦甦居然还在？

这次她背的是地理科目。石墨直接坐在冷风倒灌的后门口，楼梯都没上去，用五分钟的工夫把她重复了三遍的内容熟记于心，然后对她后面的每次卡壳咬牙切齿。

石墨想：这都背不下来？

那头的秦甦也崩溃：“啊！为什么记不住？为什么别人都记得

住？！”背着背着，她又哭了。

石墨叹了口气。他将裤兜里的纸盒撕成片状，从前胸口袋掏出石峰给的钢笔，用简易的思维导图将她背的那段捋了一遍。

他正思忖着怎么给她，那边的秦甦还在呜呜咽咽地碎碎念：“呜呜呜，我真的除了漂亮一无是处……”

秦甦好看，但不是校花。B城高中的校花是官方选举机制，秦甦没可能。与争议性的处分无关，她的长相不符合官方审美，用彼时流行的词汇形容，可以说是妖冶邪魅。

她眼型狭长，眼尾上翘，眼神因睡眠不足时常显得漫不经心，这副面孔曾被潘羽织调侃为轻浮美人。按三庭五眼官选的校花们路过镜子都要装作对自己的美貌不屑一顾，同天天把镜子贴在脸上、把漂亮挂在嘴边的秦甦完全是两种风格。

大家心照不宣，称她女神，而非校花。

按说一个天天上课照镜子的女神，石墨早该对她的自恋见怪不怪，但这一刻听到“除了漂亮一无是处”的话，作为凡人，他还是被惊到了。

石墨深吸一口气，敲了敲门，将字条往里一推，留了一角迟疑地压在指下。约莫一分钟过后，空旷教室里的抽噎声渐止，脚步声传了过来。

她按住字条，预备拿起，不料正好与欲收回手的石墨“正面交锋”。她惊呼一声，显然没料到那边的人压着，字条立刻被石墨抽回了手边。

时间被按下三秒暂停键，又在秦甦开口的瞬间继续。

“不是给我的吗？”她拍了拍门，起身拉门的动静把石墨吓了一跳，好在随后又传来她的声音，“这里怎么有把锁？”秦甦拽了拽粗壮的链条锁嘀咕，犹带湿重鼻音。

门缝人影晃动。她蹲下身，敲了敲门边：“喂？有人吗？”

石墨的心跳出铿铿节拍，差点儿没站稳。在那边越发暴躁的敲门声里，他像个白痴一样在纸片上潦草地写下“漂亮个屁”，像是会被追杀一样，用指尖往里一推，飞快地跑了。

次日石墨为了其他事情又去了音乐教室，行至后门，他看了眼门缝，卡片没了，多了一张字条，上面写着：“谢谢！”

雪白的纸，没有任何褶皱，看得出是专门从笔记本上裁下来的。他依旧没带纸，好在没换外套，钢笔还在前胸口袋。

石墨随手在那纸上撕下一角，写了句没必要回复的废话：“不客气。”

第二天那张字条自然消失，被替换成新的字条，写着：“但我很漂亮，你下次早操的时候可以看看我。”

好像知道他没纸但随身带钢笔，秦甦留言的字条特别大，贴心地折成对半。

“好啊，你几班，叫什么名字？”石墨原本很烦石峰给他塞的钢笔，什么绅士？累赘。那天回去后，他上课却一直把钢笔拿在手上转动，等待下一次派上用场。他想，这是个好东西，原来绅士就是准备随时拯救迷茫的漂亮姑娘的。

次日，门缝一角的纸上写着“5 班，柏树姗”。

石墨取笔的动作一顿，又好气又好笑。

这是他们班校花的名字。

怀孕满十二周，是第一次产检的日子。久关的“麻雀”秦甦把自己拾掇成精致的“金丝雀”，抹上最近购买的有机化妆品，娇艳得生机勃勃。

有一股春风吹得特别轻佻，把“袋鼠妈妈”的裙摆扬了起来。

感受到下盘清凉，秦甦玛丽莲·梦露式妖娆地按平，缓缓往咖啡店走去。

也就搔首弄姿地走了几步，坐下立刻老实了，因为饿……她最近好容易饿。

石墨来得匆忙，迟了几分钟，本以为一定会挨炮筒子脾气的秦甦一通埋怨，没想到她看见他眯眼一笑，还挺客套："好久不见！"

石墨前几次见她都是素面朝天，这日胭脂粉底全妆亮相，忽而艳丽得像大明星。他说："也没多久吧？"他记得他们也就不到一个月没见，"久等了吗？我不是说不用过来吗？我可以去接你，或者直接到医院门口见。"

"可是我好久没出门了。"秦甦朝石墨抛了个媚眼，将手边的微信号一推，"宝妈第一单！"她坐下没多久，就有男士主动送来微信号。潘羽织曾说过，秦甦的漂亮就像是偷来的，别人的关注都让她窃喜。一般美女收到这种东西，都要故作懊恼地皱半天眉，把美丽当烦恼，而秦甦就像个屠龙战士，认定这都是她的战利品，要炫耀。

石墨垂首一扫："加了吗？"

秦甦摇头："你们这边的人都这么主动？"

他没回答，漫不经心地脱掉西装，将手机塞进口袋，问她："可以走了吗？早上没吃东西吧？"

秦甦还在兴奋，继续说道："我高中也收到过字条！"方才收到字条，她立刻抬头看向那个男人，生怕再次错过。对方也颇为意外，明明是来送微信号的人，反被秦甦的眼神盯得羞红了脸。

石墨起身，将凳子往小圆桌肚里一送："走吧。"

"不是普通的字条。"秦甦说，"是很认真地鼓励我、教我功课的字条。"不是那种俗气的表白。

石墨偏头看手表，脸上毫无表情："功课可以用字条教？"

"恰到好处的点拨！"秦甦顺势起身，"我们传了半年多的字条呢。"

石墨领着她往地下车库走，问："然后呢？"

"没然后了。"

"功课进步了吗？"

"我也不知道，"她笑笑，"但是不那么痛苦了，感觉有了盼头。"

"都传了些什么？"

"很多内容，比如……他会教我理解概念，会给我画画……"她亦步亦趋，没料到这天的石墨很不绅士，一路快走，害得她也着急地赶了两步，意识到时她已经拽上了他的手，"哎，你等等我！"

他清了清嗓，后退了两步："哦，抱歉。"

等上了车，秦甦已经结束了这个话题，说起这天的检查项目："那家医院有个包所有孕期检查的活动，如果咱们后面都在这家孕检，要不要参加？"

"好，你说了算，等会儿问问看。"

驶出地下车库，秦甦开始给他读这天孕检的内容，尿检、血检，包括部分传染病、免疫缺陷的血检，胎儿畸形筛查，无创 DNA 检测，等等。

石墨一路都在"嗯……嗯……嗯……"，最后忍不住说道："那个字条的事你还没说完呢。"

"啊？"秦甦愣了一下，偷笑起来，"字条啊，放心啦，我最近没有心情交男朋友。"

她也是够自信的。石墨问："高中的字条呢？不是传了半年多吗？"

“嗯。”

“后来呢？”

她眯起眼睛：“干吗？”

石墨出了口气，扯了个不那么好笑的玩笑：“难道那个人是王谦？他是用传字条的方式在大学追到的你？”

秦甦没说话，直到车在红绿灯路口停下，她才慢悠悠地靠近他，两手抓着安全带，警惕地挑起眉毛：“好奇吗？想知道吗？”

气息呼出至耳旁，石墨含混地问：“可以知道吗？”

秦甦自上而下地打量，指尖吃豆腐一样划过他的下颌，恨恨地说道：“你什么都不告诉我，我也不告诉你！”

第一次孕检需建立档案，医院建议时间早一点儿，因为检查项目很多。秦甦预约的是上午九点，而石墨出差归来赶个早会，耽误了一会儿。她说：“你忙可以不用一起的。”石墨问：“那你会生气吗？”秦甦老实地说：“我是没什么，但是‘群众’会不开心。”

很好，就为了“群众”，他们耽误了很久，九点半才到医院。到达诊室，医生建议下次不要化妆过来，会看不清脸上的气色，秦甦跑去洗手间留尿的时候洗去妆容，看上去顿时憔悴了不少。

“难怪要说‘黄脸婆’。”见石墨笑，她叹了口气，“我都好久没化妆了。自从学会化妆，我就没素颜过这么久。当然啦，我的素颜也很漂亮。”不过是给自己鼓劲而已，她素颜的时候会有比平时矮一截的错觉。

“其实没必要卸妆的，”石墨说，“下次不化妆就好了。”

“我想等会儿让医生看看我的气色。”

“现在西医都是报告式医生，只会看检验结果，看气色要去找中医。”

“那医生既然说了，我等会儿还是要去给她看看。”

饶是紧赶慢赶，他们还是错过了一项检查，要等到下午才能进行。石墨说：“那带你去吃饭吧。”

秦甦空腹一上午，饿得头昏脑涨，原计划是去吃定食，嘴上念叨着鳗鱼补身体，可经过麦当劳，闻见垃圾食品的气味就迈不动腿了。她留恋地扭头，义无反顾地往前走。走出两步，母性的勇敢消退，鼓着嘴巴熟门熟路地从侧门进：“走，今天我请你吃饭。”

石墨配合地说：“谢谢你。”

午餐时间，商业区的快餐店内人来人往。

石墨在并不灵敏的自助点餐机上点餐，一转头，秦甦已经灵活地盯上了座位。等那桌人起身，她赶紧一坐，说道：“等我肚子再大一点儿，我走到哪里就可以道德绑架到哪里。”在石墨还没做出反应前，她率先补充，“开玩笑的啦。”

石墨扯起嘴角，依然配合：“那我笑一下。”

她上瘾似的，又抬起他的下巴：“很帅！”

石墨愣了一下，手背下意识地揩了一下她触过的地方，有点儿痒。

她继续盯着他，目光炯炯地说：“不笑很帅，笑起来更帅。”

马屁拍得很突然，石墨深谙此中玄机，啜了口咖啡：“什么事，说吧。”

秦甦拿起鸡块蘸了蘸甜辣酱：“接下来的话题一点儿都不浪漫哟，很现实。”

现在又有什么浪漫的？石墨扬扬下巴，示意她说。

“石先生，这里有一个单子，麻烦您签一下。”她将方才的产前检查套餐表一推，讪讪地说，“有一点儿贵。”

“两万多，还好啊。”他看了一眼，大方地说。

“你知道产前检查本来多少钱吗？”她前同事说过这家私立医院生产很舒服，环境好，护士好，明星都去。因此秦甦在还没生育想法时便种下了如此念头：以后要是生孩子，就来这里。

“多少？”

“在普通公立医院做只要四到六千。”

“现在的也不贵啊。”

很好，态度不错。秦甦朝他竖了个大拇指，低下头又吃下一块脆脆的鸡翅，转开眼没看他：“孕检是这么多，后面顺产六万六，剖宫产八万八，也不知道两个孩子要不要加钱。”

现在的物价贵得叫人咋舌，上午建档时，她看到后续费用都傻了，到底是明星去的地方，按照收入比，她确实应该去人山人海的公立医院。

对面的人很安静，她也不意外。

“可以换的。”她赶忙抬头，并不想在这件事上为难他。

石墨咽下汉堡：“不用换。”

两人对望着，他的眼神坦诚得叫她愧疚。

“毕竟你一次生两个孩子，不算贵。”一步到位。

秦甦眨眨眼，问：“那你知道坐月子多少钱吗？”

石墨到底功课做得不够：“多少？”

“一天将近五位数……”套餐都是六位数起步，她差点儿晕过去。

石墨笑得直抖，难怪头儿天天嚷着要赚奶粉钱，这真不是便宜的事。

“我孕检做到一半就后悔了。”她只想撒腿就跑。

石墨没说话。

“咱们换。”她坚定地说，“我没那么娇气，其实我还挺糙的。后续宝宝的营养跟上就行。”她被自己感动得想哭，母爱的牺牲精神第一次溢进生活。

“不用换。”

“其实你不用硬撑。”

“但……我可能暂时戒不了烟了。”

石墨把手头的烟才处理完没两天，又被秦甦“贴心”地赶出来抽。

她美其名曰：他抽烟的样子太帅，抽烟帅的人就应该多抽、赶紧抽、立刻抽。

石墨对她的“特别”早见怪不怪，走出几十米找了家便利店买烟。鬼使神差地，他买了口味清淡的女士烟，说实话，有些男士烟的气味真的呛。

雨后春风湿漉漉的，一路黏糊糊的。灰白烟雾自下扑面，于鼻端分成两缕，飘散开来。返至麦当劳门口，石墨刚好抽完一支烟。

人声嘈杂中，秦甦两只手抓着个汉堡，腮帮子鼓鼓的，吃相可以说是狼吞虎咽。她说最近每天都好饿，好像要把上个月吐出来的都吃进去一样。看石墨进来，秦甦急不可耐地咽下，喝了口柠檬气泡水：“怎么回来了？”

他晃晃烟盒：“抽完了。”

秦甦望眼欲穿，等到现在，只能说：“一支够吗？”

石墨眯起眼睛：“你想干吗？”

她摇晃着冰块，朝他递了个眼神：“再来一支？”

石墨再次走了出去，与秦甦隔窗相对，原本熟悉的掏烟动作竟然笨拙起来。他掰烟盒屁股，几下之后发现掰反了。这种低级错误……他大概是没什么做明星的天赋了。

石墨的近景卡顿传导至秦甦的眼中是流畅的远景画面。

他一只手夹烟，一吸一吐间烟雾缭绕，大白天竟将一张脸熏得仿佛灌满欲望，另一只手的衬衫袖口挽至小臂中段，一副玩世不恭的模样。

秦甦目光炯炯，两只手抓着汉堡挡住下半张脸，眼巴巴地等他抽烟。好妙，这种奇怪的要求他竟然也会一言不发地满足，莫不是个工具人？这一刻想想，他确实有求必应。她说对他有意思，他就说“好啊，谈谈”；她说没意思，想分开，他就说“好的”，也不再纠缠；她说怀孕了，他愿意陪她去打胎；她说想生，他就说“行，那就省钱生”。他也太乖了吧？

秦甦喜欢酸，将番茄酱直接挤进嘴巴，像看电影一样，一边嘬，一边欣赏画面。这时候的欣赏心态颇为复杂，可以上升到伦理，她像是在看情人，又像是在看儿子。是每个“袋鼠妈妈”都会这样心情矛盾地欣赏自己的老公吗？

秦甦牵起嘴角，像痴汉一样傻笑，又在笑纹漾起时猛地一僵。

等等，“老公”是谁？

石墨进来时，她叼着吃干净的番茄酱包装调戏他：“你抽烟时好帅！”

照理说她以前真没这样急色，但卧床养胎的这阵，每天都得看两部俊男片，就算剧情降智，只要“男色”鲜活，她都可以接受，内心时不时还要点评一下：没有石墨帅。有时候“群众”的意见真的很主观，但她也拿他们没办法。

石墨笑问：“抽烟有什么好看的？”眼角的余光里，看到秦甦一直紧盯着他的方向，害他这支烟抽得七上八下，手足无措。抽烟本是为解乏解闷，这支倒好，有几口压根儿没过肺，直进直出。

她翻白眼，觉得他明知故问：“就像你们男人喜欢看美女，一个道理。”

石墨学她说俏皮话：“那好，轮到我来感受你刚才的心理了。”

秦甦坦然，一只手撑脸，懒洋洋的，看起来千娇百媚。两人用眼神愣愣地在吵闹的麦当劳里划出片无声区来。

石墨眼里闪过盈盈笑意：“确实好看。”秦甦明眸皓齿，神气娇横，原本也只是个高分美人罢了，但鼻尖那颗小痣奇异地让她有了风情。看久了，石墨脑海中的画面也多了，先是高中的远景，远远地看着，再是那晚的近景，沉醉地吻着。

石墨看着看着，呼吸就变了节奏。他下意识地舔了一下嘴唇，眼里涌起情欲的潜流。

漂亮是秦甦的武器。一个战士如果不了解自己武器的能量，上战场反会被武器所累。但此刻的她，突然不是很明确自己武器的具体能量。

她别扭地避开眼睛，跟着舔了一下唇：“走吧。”

他拉住她的手腕：“不再坐会儿？”

“坐着干吗？你又不说话……”

“说啊，说话啊，还有一个小时才上班。”

“好啊，说啊。”她坐回原处，面前的餐盘狼藉，让她不舒服，信手一推推到一边，两只手交叠放在桌上，身体前倾开始八卦，“说说你未婚妻？”一道送命题。

石墨板着脸说：“换一个话题。”

她不耐烦地起身：“走了！”方才的怦然心动倏地不见了。

她快走出两步，很有节奏感地慢下脚步，等他再抓一次她的手腕说聊聊。结果走到门口，她看到石墨将西装搭在腕上，已经跟了上来。

什么呀！这个男人的未婚妻莫不是个明星，他还需要为对方保守商业机密？她问了几个老同学，得到的信息只有他要结婚了、买戒指了、最后没办，再没有其他的。搞得她更加好奇，一定是琼瑶式的狗血爱情，不然没道理这样。

秦甦一路不爽，坐到医院等候区才缓了过来，换上成年人的虚伪面孔，开始暗暗地找碴儿。

“肚子有点儿撑。”秦甦哼哼唧唧地说。

“吃多了是吗？”他的手还没抬起，就被她拉过，按在小腹上，“你要不要摸摸宝宝？”

“现在摸得出来？”

“有一点儿很微妙的弧度。”她挺起身体，抓住石墨的手强行感受，“感觉到了吗？”

石墨小心翼翼地摸了一下，感到非常平坦，诚实地说：“没有。”见秦甦咂嘴，他又说，“我查过，怀双胞胎要三个半月显肚子。”

“有的，有的，有的。”她让他静静地感受，不要说话。

石墨笑着点头。他一直不想提柏树姗，是感觉这个话题开启后会很麻烦，只能靠鸵鸟本能避开话题，也清楚她会为没有得到即时的八卦新闻而生气，但……他不想事情变得麻烦。

“摸到了吗？”她拍了下肚子上游走的手。

“嗯。”他走神了。

“你骗人！”她郁闷地咬牙。

石墨漫不经心地收回手，像模像样地复述了一遍她的描述：“摸到了微微的隆起。”他的重音加在“微微”二字。

“根本没有隆起。”她骗他有弧度，没想到他居然不尊重客观事实，配合敷衍。男人，大猪蹄！

石墨也不尴尬，赖皮地道：“官方说有，我不能反驳。”

“你堂堂一个大学生，不会辩证思考吗？”她说着还不忘吐槽他一句，“情景功利主义！”

石墨知道她不爽，只能笑着认错，语气温柔地哄她：“那我再摸摸？”

秦甦被他的眼神撩了一下，僵硬地掩盖自己的失措，像个门卫一样，对他探访“群众”的频率精确到次数：“就一下哟……再多就是吃孕妇豆腐……”

石墨这次珍惜机会，摸得最认真。手指拨弄琴弦一样抚过生长的“丘陵”，不带情欲的指尖细细地抚过纯棉裙料，盲人一样盯着一处，目光涣散。

半晌，秦甦都痒了，按上他的手背：“好了吗？探视要结束了。”

“等等。”石墨慌乱地抓住她的手，指尖又重复了一遍刚刚的路线，一度划过她的内裤边缘，要不是他一本正经，秦甦都要自作多情了。

他说：“好像真的有。”

“嗯？”秦甦不信，随手一摸，真的和昨天不一样。

秦甦说，她每天都会认真地、轻轻地抚过自己的肚皮，一边害怕自己将会大腹便便，一边忧心宝宝为何不长大，是她吃得少了吗？

讲这些无效心理活动时，她就像个絮叨的老太太。照以前，出于男女关系的考量，她肯定不会跟其他男人讲的。所以絮叨完，秦甦别扭地找补：“才三个月，我很紧张是吗？我以前很少想这么多的。”

石墨自然地握上她的手：“辛苦了。”在微信聊天时，她很少说这些。

秦甦消沉地叹气：“肚子以后会丑，记住今天的平坦。”

她以为这种感受男人根本不懂，但听到石墨说出那句“辛苦了”，她有点儿想哭，那些说男人不懂的话又被咽回了肚里。女人好可怜，辛辛苦苦，十月怀胎，男人只消真诚地说一句“辛苦了”，就能抵掉她所有的抱怨。她生气，但也感动。

石墨深深地看了秦甦一眼：“为什么愿意啊？”她更像是游戏人生的人。

又问！又问！又问！每回问都扎心。

秦甦眼皮耷拉着说：“‘不愿意’打架输了，‘愿意’打赢了。”

下午一点半，温馨的检查室里，石墨第一次看到了低清影像下的生命，朦胧的陌生情感再次破土发芽。他情难自禁，给了秦甦一个拥抱。

他抱得有点儿突然，身体挨上，秦甦被撞得朝后仰，直到肩背被他紧紧地搂在怀里，才意识到这是个“爸爸”给“妈妈”的拥抱。

他没说话，但急促的呼吸声替他说了。

秦甦不自在地说：“好好的，怎么突然这么肉麻？”

可下一秒身体分开，秦甦又舍不得了。她目光黏在石墨高大挺拔的背上，想到等会儿要回家，难过得心脏直抽。

顺着本能，她直白地将“群众意见”宣之于口：“石黑土，我回你家吧。”

石墨取报告的手顿了一下，像是没听清，扭头确认：“什么？”

“‘群众’说今晚想跟爸爸在一起。”

医生暧昧地“哎哟”了一声，背景、人物、戏份颇为到位，旁人虽没明白他们的关系，但也看得出是“妈妈”在黏“爸爸”。

石墨接过报告，但笑不语。刚跟宝宝建立了心灵联系，秦甦的存在感骤然降低，女神抛出如此橄榄枝，竟没有得到马仔的热烈回应。

她没等到回应，只能嘴硬地怄他："是因为有女人不方便？"

医生得体地收起笑容，拿着鼠标看向电脑屏幕。石墨拍了张B超图片，照例保存后将报告叠好交给秦甦。

"喂……"秦甦叫了他一声。

他居然没回应？本以为去他家并不是什么麻烦事，还是她把他的单身汉生活想得太简单了？

石墨拍了拍她的肩膀，表示自己这天需要办事，可能会应酬到很晚，让秦甦自己打车回家。

"这样啊。"不知怎么回事，她的乐天功能忽然宕机。

清晨出来时，春日原本还很烂漫，只是不知怎么回事，这会儿又阴郁起来了。脚边猛然卷起一阵劲风，秦甦的裙子被吹成筒状，又气若游丝地束成条状，秦甦布娃娃一样任风摆布。

劲风和激素携手作战，没走一百步路，秦甦彻底失去了精气神，没精打采的。

石墨边打电话边提醒她，这个路段出租车不好打，用软件叫车更方便。没承想他走近车旁，秦甦还亦步亦趋地跟在后头。石墨关心地拉住她的手，问："哪里不舒服吗？"

秦甦摇头。

石墨问："那我帮你叫车？"

秦甦摇头，开始一言不发地盯着他。

他抬手看表，供应商的时间约在下午三点，有些赶，但……他长出一口气，说："那好，我先送你回去。"

饶是这样说了，秦甦的表情依然不见阳光起来，她赌气道："我忽然有点儿伤心，不想独自待着。"

"你早上不是一个人来的吗？"石墨后退半步，试图在她脸上找出阴谋诡计的痕迹，“你妈不在家吗？”

“是……在……但……”秦甦忽然词穷，不知如何表达自己的不舍，又清楚石墨赶时间，心里一急，下意识地用另一只手拉住他。

石墨自然地回握住，用商量的口吻说道：“那我给你发个红包？五百？一千？两千？”

随着数额增加，秦甦的脸色越来越臭。这个男人，居然想用钱打发她。

好男人变“渣”的心酸涌上，两行清泪簌簌滚下，秦甦立刻转身边哭边走。

春风荒唐地吹动西装，石墨不敢相信，怎么说哭就哭？一个人演上琼瑶剧了？他伸手拉住她说：“你要去我家也行……不过我可能来不及送你，等我这边忙完，晚上看能不能不参加饭局。”

他准备跟领导说他的母亲回国了，得去接。也不算说谎，真实情况确实是莫蔓菁这天回国，只是不用他去接。她工作室的助理闲了半年没事干，也就指着这个活儿干干。

秦甦睁着泪腺失控的眼睛，吸吸鼻子：“好啊，我等会儿就在车里等你。”

石墨真的赶时间，行至车旁又看了眼表。

到底是耽误别人工作，秦甦主动打开副驾驶座的车门，一撩裙摆，系上安全带，不再浪费时间。

石墨坐到车上又确认了一遍，见她恢复正常，不禁问道：“刚才是怎么了？”怎么说哭就哭了？好像也没什么事发生。

秦甦正给陆玉霞发消息，听石墨关心自己，情绪又低落了：“我也不知道。”胸口突然就堵住一口气，很想哭，很不想和他分开。

待车驶上高架桥，视野开阔，秦甦才在插科打诨里缓过气来。

她告诉陆玉霞，自己这天夜不归宿。陆玉霞急得连打好几通电话，忧心忡忡地说：“怀了宝宝怎么可以……夜不归宿！身体才好一点儿怎么可以夜不归宿！赶紧回来！”

陆玉霞最近很有意思，每天都要问秦甦“小石联系你了吗”，她怕石墨跑路、辜负秦甦，不信男人的承诺。

秦甦告诉她，人的倒霉经历是有限的，她们没有那个“幸运”遇见比秦栋梁更差的了。

秦甦生怕她拉拉杂杂一堆废话，直接拒接，发消息告诉她：“是和石墨在一起，放心。”

陆玉霞很快地问：“那要帮你打包行李吗？”

秦甦感到好笑：“只是一天而已！”

秦甦再看向石墨时，她的心情略有好转，逗他：“你不是有女人吗？会不方便吗？”

石墨好笑：“嗯，不过我那儿地方小，床是一米八的，今晚你们挤一张床好了。”

“哦。”飞速倒退的风景碎成抓不住的流沙，无端惹她愁绪。为分散精力，她扭头继续找石墨说话：“她漂亮吗？”

她问得没头没脑的。石墨牵起嘴角，回答她：“没你漂亮。”

“比起未婚妻呢？”

果不其然，石墨陷入沉默。

秦甦再度望向窗外，得逞地笑了起来——你不说我就怄死你！

石墨张了张嘴，欲言又止，看清秦甦翘起的嘴角，跟着也牵起嘴角。嗯，这样也挺好。

工厂在郊区，车程漫长，行程逾半，路上人烟与建筑逐渐稀疏。

秦甦这日又是早起又是做检查，自怀孕后拥有猫咪般悠长睡眠的孕妇开始打盹，半眯着眼睛在座椅下摸索。

石墨见状靠边停车：“等等，我来设置一下。”他这台车的驾驶座、副驾驶座都有座椅记忆功能。

秦甦一听，问：“那我以后按一下就可以躺平？”

石墨安全至上：“不能降得太低，一旦有意外，安全带受力改变，安全气囊弹出也会受影响。”

秦甦枕在全黑的护颈头枕上，看他一点儿一点儿地调节高度，问“这样舒服吗”“这样呢”“还是这样”。

宽厚的座椅将秦甦笼在安全感里，椅背升降，像是婴儿的摇篮，她不禁温柔起来，感叹地说：“石墨，你真好。”

石墨扯起嘴角，漫不经心地反问：“多好？”

多好？这个问题问得好。

秦甦咬住唇，认真地想了想：“是……我这几年来遇见的最好的男人。”

“是吗？”

“是啊！”

等他调好座椅，秦甦已经安静地闭上了眼睛。后面的路上她一直在翻身，调成舒适的卧位，待车徐徐地停稳熄火，盲摸到安全带，飞速地解脱束缚。

石墨知道她没睡着，替她放平副驾驶座的座椅，交代道：“你睡你的，我把车停在厂区高处的停车场，钥匙在车上，醒了看会儿风景，有事打我电话，我尽量五六点结束。”

她想应一声“好”，只是气力抵达鼻中就没了，一声也没哼得出来。下一秒，额角痒痒的，那绺卷发被石墨拨开。秦甦心想：喂喂！那是造型，别弄！

只是她一开口，声音绵软得自己都酥麻了：“别闹……”

车厢静得有点儿久，秦甦有一会儿以为他蒸发了。

忽然，她听他唤了一声：“秦更生。”

哎？他怎么还没走？秦甦皱眉。

他忽然下定决心，一字一顿地说：“我没有未婚妻。”

随着关门声，车厢里只余她一人。

秦甦困死了，到底不是在厚实平整的床铺上，始终睡得不够踏实。半梦半醒间，思绪又开始活跃——石墨连话都说不清楚，什么叫没有未婚妻？是没有过未婚妻，还是现在没有未婚妻……还有他为什么要叫她“秦更生”，以前他都叫她秦甦的。

她气鼓鼓地一蹦，沿着梦里的窟窿掉进了音乐教室。屁股着凳，两脚落地，她一仰头，听到了“马里奥”撞击金币的音效。

音乐教室的凳子条纹是镂空的，坐一半硌骨头，坐满了卡屁股肉。刚开始她来还抱着头悬梁锥刺股的刻苦之心，认定学习就是要受苦，没几天陆玉霞做了个软垫，秦甦立刻沦陷了，陆陆续续地开始带小毯子、保温杯，家当变得有点儿多。

她直直地盯着课本，一个字都看不懂，头顶的“马里奥问号箱”怎么顶都顶不出答案。好可怕，这个游戏有问题。还有几个月就要高考了，她怎么一个字都不会背！

秦甦走到后门，蹲在地上盯着门缝发呆。

音乐教室小楼独栋，对“普高”来说，这种无用课程的专属教室，空间属实过大。两层楼只有一楼可以使用，二楼半腰处有条手腕一样粗的铁链紧锁。传说，某一届毕业生在这里做过不好的事，气得校长定制铸铁，牢牢地把门锁了起来。

由于两侧窗户均有更高的建筑，采光差，室内阴森森的，四下弥漫着湿重的腐味和臭味，同学们嘲之为下水道。她每次自习和午休外出，都会跟同桌说"'马里奥'要去上工啦"。

秦甦来来回回观察过几十遍，翻找落叶，细嗅墙灰，不得已确信她的兄弟"路易基"再也没有来过。

自高三开学，他一次都没出现。

她确信那是个男生，源于他某回慌乱中咳嗽了一声。

她兴奋地隔门大喊："别跑，我来找你。"然而，待她冲出教室绕到后门，他早就没了身影，溜得比兔子还快。

那天她留字条说："是因为长得丑吗？"

"肯定没你漂亮。"

"你不是说我长得一般吗？"

拜托，他当时可是信誓旦旦地在字条上说"是戴红头花的那个柏树姗吗？我觉得一般"。

哟！小伙子口气不小！

她八卦地问："那你觉得高二有谁漂亮啊？"是很土但她很在意的问题。

"有个叫秦更生的，我觉得不错。"

秦甦怒翻白眼："文盲！"

夕阳西沉，秦甦倒在车里真就睡到了下班高峰，睁开睡眼，怀里还抱着石墨留下的西装。

唉，梦里也没能和他见面，好可惜。

秦甦一只手挥舞着戏弄日光，一只手穿过裙底，以指尖细细地划过小腹微不可察的"丘陵"。

嗯……要做母亲了……

供应商的资料与公司数据文档比想象的多，石墨组里的人斗志异常昂扬，他不断地看表，提前撤退，出来也到了点灯时刻。

漆黑的夜里，嫩黄的忍冬一簇簇的，花蕊仿佛散发着亮光。石墨绕过排排厂房，跑到高处停车场，偌大片空地，就他那辆车锃亮发光，宛如一匹油亮的黑豹。

远处亮着光线柔和的车灯，铁皮箱里装着他的秘密。

石墨走到车前敲了敲车窗，秦甦抱着包番茄味薯条正吃着。她降下车窗，一只手撑头，装模作样地说道："石先生，由于您不遵守约定，没有在'五六点'抵达，所以车被我占为己有了。"

她笑容下的情绪低落。好寂寞呀，他终于来陪她了。

确实是占为己有了，他的车上从来没人吃过零食。

石墨立在夜色中，盯着她发笑。他笑得那么好看，眼神像流浪狗一样真诚纯洁。秦甦关于金钱的玩笑话跑到嘴边，又吞了回去。

"你说，我像不像等男朋友下班的女朋友？"她等了好久，时间数着秒过，见到姗姗来迟的他，还要贤良淑德地挤出微笑，气人不气人？！

"像。"他刚刚往这边走时，涌起了同样的想法。

秦甦绕着发绺儿做作地说："哎呀，那怎么办？石墨，我那么好，会耽误你的感情吗？"

石墨微笑，接了句很礼貌的恭维："你已经耽误了。"

话音一落，一股异样的情愫在两人心间涌动。

夜晚空旷厂区的浪漫突然加入一只讨厌的飞蛾，他们慌乱地各自左右偏头，好像在躲一只见光飞舞的蛾子。

夜静风定，雾色朦胧，不合时节的蝉鸣似有若无。

春夜到底犹带寒意，秦甦的手臂撑在车窗边，被吹出一身鸡皮疙瘩。

她喉咙发紧地避开眼睛："这样吗？"还差点儿做作地咬上嘴

唇，好在忍住了。

“我的意思是，”石墨将拳头抵上唇边，口吻稍稍有点儿严肃，“刚才开会整理材料，一直在想你是不是还在情绪低落，所以就分心了，导致效率低下……那……应该是耽误了吧？”

秦甦一言不发，眼神复杂地盯着他，内心咬牙切齿。

玩笑不就是这样——她制造暧昧，他露出獠牙，她倒退一步，佯装害怕，这个时候他就应该再进一步啊，为什么和她一样倒退？搞得那么像真心话，搅得她心跳加速。

石墨像忽然发现了新大陆，指着她的脖子说：“你换项链了？”她换上了高中佩戴的银质十字架，缝隙藏垢，带着氧化发黑的暗迹，有股朋克风。

“什么……”干吗突然扯开话题啦？秦甦摸了摸十字架，嘟囔了一声，低下头去。

石墨叹了口气，说：“好，我暗恋你。”

秦甦扭开脸，意兴阑珊，没了平时乘胜追击的得意。她关上车窗，不再看他，没精打采地说：“你开车吧，我饿了。”

绕过车头的几步路，石墨的心跳频率恢复正常。“吃吗？”他上了车，把脆皮鸡悬在她面前。负责和他对接的经理夸这边食堂的脆皮鸡特别绝，外面没得卖，他特意厚脸皮地要了一份，让人饭点去拿。

“我想吃饭菜。”她实在太无聊了，只能吃零食。虽然面前的脆皮鸡很诱人，但……好吧，她承认，这一天吃的垃圾食品过量了，作为孕妇，她不能这样没有节制。

高中生才有的情愫徐徐消退，石墨换上成年人的面孔，闲谈道：“哪儿来的零食？”

“这里有一家超市。”荒郊野岭，方圆几千米都是厂区，当然有零食店。她在地图上搜索一番，顺道摸索过去。她好歹在地广人稀的法国生活过，那种饿狼找食的基本能力还是有的。

“应该有点儿远吧，开车去的吗？”

“你的车我不会开。”她开始嫌弃，“好大。”

“对女孩子来说是大了点儿。对了，你买车了吗？”他记得她有车，这次却没见她提起。

“买过。”

“后来呢？”

“卖掉了。”

石墨意外地问：“原因是？”手头紧吗？

“我有‘路怒症’。”说到这个就来气，秦甦烦躁地说，“每次上下班路上都会气出汗，基本每开完一趟都会骂得嘴巴干，渐渐地就不开车了。”

“所以你每天坐地铁上下班？”

“我坐地铁就十站路，都不用转乘。”

石墨问出了个接下来他后悔了一路的问题：“为什么‘路怒’，说说？”他对这个词还挺陌生的。

秦甦收到了一个令她无比懊恼的问题，但她很乐于倾诉，关于这方面，她可以写出一篇博士论文。于是她扳起手指开始给他总结，越说声调越高：“被超车，被别车，被莫名其妙按喇叭，被突然转车道、突然急刹的司机气到！”她气得额上开始冒汗，那些画面挡都挡不住地杀进脑海，偏偏眼前景色疯狂地倒退，仿佛在心头拨急弦。

石墨点头，清了清嗓子，说：“好，咱们换个话题。”

秦甦架起控制了一天的二郎腿，抄起手气势汹汹地扭向他：“还有开车不开直线、一直在蛇行的奇葩！你都不知道他要开哪条道，我也怀疑他自己都不知道自己要去哪条道，要不是现在的司机都不敢酒驾，我都要报警了！还有……”

石墨那只架在车窗上的手摸了摸鼻子，老实地搭在了方向盘上，问：“今晚想吃什么？”

“后来有一回实在太生气了，下午五点下班，我七点多才到家，饿得我都哭了，我气死了，之后就不肯开车了。”

“是回家吃还是在外面吃？”

“为什么现在拿驾照就不能提升一下开车者的素质？”

“那就在家吃吧，还是吃牛肉吗？我擅长做的菜不多，牛肉的花样还挺多。”主要是他上次去超市买多了，还有就是做菜太需要集中精神。她在家里，房间完全没有阻隔，他的目光总忍不住拐过去。

就像那晚，他躺在一楼，居然看她玩了大半夜的手影。

秦甦还在喋喋不休，额上的青筋都气得突起了。红绿灯时分，石墨给她递了瓶水，驶至城市主干道。他指了指霓虹灯闪烁处：“这边好像有家杭帮菜，挺正宗的，不知道人多不多。”

秦甦咽下矿泉水，不解地说：“不是说回家做牛肉给我吃吗？”

石墨用食指点了点额头，仿佛是自己失忆了：“对，对，对，吃牛肉。”

第三次来，秦甦俨然有了女主人的姿态，主动按下二十八层的按钮。石墨则立在一边回复消息。他的语音消息不断。他没有公放，转成语音文字一一查看，表示他们喝了酒，可能会有荤话。

秦甦这才意识到他真的推了很多事情在陪她。如他坚称忙碌、果断拒绝，她还可以靠着心里骂他、嘴上讹他而获取快感，但他这么配合，让出自己工作、生活的重心，这才让秦甦忧愁。

他有点儿好过头了。

他说密码，她输入“000888”。

她问：“有什么寓意吗？”

石墨说：“数字挨得近，喝多了手抖也不会按错。”

进了门，秦甦左右翻找，问起那双虎头拖鞋。

石墨说丢了，秦甦惊讶了一下，问：“为什么？”

“没有为什么。”

她扶着墙，踩进他新买的粉色拖鞋，脚感很舒服，但……那双虎头拖鞋……“为什么要扔了？”

他说旧了。

“是未婚妻的吗？”她问。

石墨抿起嘴，刚要解释，面前猛地贴上来一张脸，她鼻尖那颗痣几乎贴到他的嘴边。

秦甦眯起眼睛，满眼狡黠：“我睡前听见你说，你没有未婚妻？”

石墨倒退一步，迅速换上鞋，一边往洗手间走一边说：“是的，我没有。”

“可是你上次说你们订婚后发现不合适。”

他开了一听啤酒，大灌一口，笑道：“你还记得啊？”

她耷拉下脸：“我又不是金鱼。”这么重要的情节怎么会忘记？

“我上次对订婚这件事有误解，以为是两家人吃过饭、交换过礼物就叫订婚。”

她惊呼道：“那就是两家人吃过饭了？！”这还不叫订婚？

“但吃到一半吃崩了，算订婚失败吧？”他无所谓地笑笑，“这就不叫订婚了吧？”

“为什么失败啊？”她拉开岛台的凳子，端端正正地坐好，等他继续说。

石墨高深莫测地顿了顿，等秦甦眼巴巴地把头凑过去，忽而说："以后告诉你。"

"啊……"秦甦苦脸，"为什么啊？"说到一半了，就转移话题了，这个男人好过分。

石墨调戏般揉揉她的头："下次你'路怒症'犯了，我得有招。不然月份大了，你随便发怒会影响宝宝。"

秦甦太好奇了："她是明星吗？"

"怎么可能……"

"那她漂亮吗？"

"就那样。"他更想回复"一般"。

"啊？"她抓紧时间问，"那和我比呢？"

"世界上怎么会有比你还好看的女人？"他越说越顺嘴。

说是这么说，她说道："这……还是有的啦。"就是不多。

"有吗？反正我没见过。"石墨说得无比自然，亦真亦假，像是真心流露，又像是一个配合的捧哏。

他从冰箱里取出番茄、牛腩和配料，嘀咕来不及精细处理牛腩了，转身问她吃不吃葱姜。

秦甦点头，说自己最近什么都吃，非常重口味。

"番茄土豆炖牛腩，可以吗？"加上土豆应该可以管饱。

"好啊。"从郊区驱车回来已是八点四十，她看石墨抓了两块脆皮鸡填肚子，知道他饿了，很有眼色地上前帮忙，给土豆去皮。她在手工方面很差劲，但这天表现不错——因为石墨有刮皮刀。陆玉霞刀工一流，看不上这种花里胡哨的东西，平时也不给她上手的机会。秦甦刮完很开心，把土豆洗干净放在灯光下拍了张照，还发给了潘羽织。

石墨给番茄划十字烫水去皮时，瞥了她一眼，挑眉收回眼神被秦甦逮了个正着："干吗啊？"一副觉得别人没见识的骄傲样。

他违心地夸道："刮得真漂亮。"

她抓起另一个土豆，边下刀边谦虚地说："一般啦。"

石墨手法利落，牛腩肉是软肉而非冻肉，没真功夫是切不出这种均匀的刀口与大小的。他挥刀的时候，仅腕部用力，就把葱、姜、蒜分成翠绿、杏黄与嫩白的一小碗。一看就知道，热锅倒油后会爆香，动作麻利。

秦甦作为"手残"达人由衷地钦佩："你很会做饭呢！"

"还可以吧。"

"我不会。"

"那以后我多做。"说着，他打断她正要下刀的动作，"我来吧，你休息会儿。"

"我来我来，我会切土豆块。"她刚有点儿战绩，感受到下厨房的愉悦。

"我来。"他扣住土豆，且十分用力。

"嗯？"她指尖插进他掌心与土豆的间隙，不服气地抠了抠，"为什么？"

"我不想你伤到手。"

"不会的。"

"好，那我说实话。"他盯着她的眼睛。

她皱眉："你说！"

"今天就两个土豆，现在幸存一个半，等你切完估计只剩半个，下次买五个的时候你再切，行吗？"他的语气就像哄小孩儿一样。

秦甦"扑哧"一笑，松开说："好啦。"

石墨三两下切好，将配料下锅，作料倒得颇为熟练潇洒。最后，拿起厨房乳白色的嘀嗒钟定时五十分钟。

秦甦看他忙活，不由得感叹："你真的好帅啊！答应养崽帅，为崽下厨也帅！"这一刻石墨的表现力，足够她奉献出由衷的夸奖。

石墨拉开凳子，又开了听啤酒。由于冰箱太满，啤酒只有常温的，不如冰的爽。

"需要等多久？"

"五十分钟。"

"那这中间咱们干吗？"

"聊聊天？"

她鼓掌，故意说："好啊，那聊未婚妻！"

气泡在口中泛滥，石墨咂了咂舌，淡淡地看着她。

番茄的香气飘入鼻中，手机时不时地响动，倒计时的声音"嘀嗒嘀嗒"。

石墨自顾自地喝着啤酒，抓起一块软掉的脆皮鸡，饿极了似的。

"会有女孩儿吗？"她看了眼不停弹出消息的手机。

"你猜啊。"酒精让他的笑里带着痞坏的意味。

秦甦两手撑头，朝啤酒努努嘴："我也想喝。"

石墨一口酒一口肉，没有拒绝她，也没有说要给她咂一口。他的眼神始终落在她的脸上，就好像她是块投影屏幕一样。

秦甦的注意力一会儿落在冒泡的炖锅上，一会儿落在精致的吊灯上，躲了一圈，终于还是迎上他微醺疲懒的性感眼神。

她慢吞吞地说："好奇怪啊，你每次不说话盯着我的时候，我都会有一种很强烈的感觉。"

石墨捏紧空易拉罐，往垃圾桶一丢，嘿，三分球！他开心地抖肩，两手抱头后仰，问她："什么感觉？"

"就……感觉……你喜欢我很久了。"

上次在 KTV 里重逢，她叫住他，他也是这种眼神。她当时没读出异常，此刻感觉这幽深眼神里，情感超重了。

这本不是调情，只是说出口，话便染上了暧昧。

秦甦这么厉害的人也差点儿落荒而逃，但到底快三十岁了，她一手挡在他眼前，强调道："别看了。"

两道夹杂酒气的鼻息呼上她的手心，石墨漫不经心地说："喜欢你不是很正常吗？"

"哦……是啊。"秦甦的手心痒得慌，终于放下。浓稠的肉香让她咽了咽口水。想起自己之前的那些自恋话语，她难得地有些羞赧："但如果喜欢很久那就很奇怪了。"

石墨不解："为什么？"

"我好凶的，不会有人喜欢我很久的。"

会被美丽骗一时心智与财富，但朝夕相对，美丽总归会腻。

Fake love

Chapter 4

孕十三周

秦甦的感情一帆风顺，她易动心、没耐心，巧的是遇见的男人也多是如此。

有“渣男”父亲的教训，秦甦后天养成很强的责任嗅觉，男人“劈腿”、变心并不在她的黑名单前列，恶劣程度第一名的一定是抛妻弃女。

经历过惨淡的穷困生活，愿意给钱的在她心里总归不会太次。

所以，在徐路阳打来好几通电话追回“孩子”的抚养权时，她不由得陆玉霞的心软特质上身，原谅了他。如虎毒不食子，就算是基因迷恋，也不算坏到底。

但和徐路阳第二年的感情，真可以用不美好来形容。从见家长开始，恋爱的浪漫就消失了。她糟心地回忆，好像她除了漂亮，真的一无是处。她上高中时不会背书，工作后不会处理亲密关系，横冲直撞是让她不吃亏的优势，同样也是她走不远的劣势。

说出那句“不会有人喜欢我很久”，秦甦的眼眶立刻红了。

太惨了，月经虽然缺席，但被激素摆布的糟糕情绪没有迟到。

秦甦想起大舅妈绝经，将两大包卫生巾打包给陆玉霞。交接时异常愉快，大舅妈表示自己终于不用被激素绑架了，舒服。

秦甦一数，自己还要被激素绑架二十多年，不由得更加难过。

石墨抽了两张纸递给她："会的。"

她用力地咽下喉间的咸腥："不会的。"

石墨用手腕蹭了一下嘴角的酒花，咧嘴笑着说："试试呢？"

为什么不愿意试试他？不要浅尝辄止，一定要一口闷了。他前期是有些无聊，但他属于后劲儿足的那类。

石墨也不说试试谁，但答案在微醺的眼神里呼之欲出。

他饮尽手中的酒，在嘀嗒钟响前按停，将土豆和剩下的西红柿下锅，调节火候继续炖。然后再次拿起嘀嗒钟，又转了一刻钟，故意一样，慢动作搁在了秦甦的眼皮子底下。

一举一动间，石墨持续注视着秦甦，这让秦甦心跳加速，跟着紧张起来了，仿佛自己被非洲大草原上一只慵懒的雄狮盯上了，稍一动作便会被吃干抹净。

两三平方米左右的小空间里，空气被极度压缩。她模棱两可地接话："试什么啊？"小腿羞怯地并拢，往凳下缩。要死了，这男的要干吗？

石墨不再接话，她也咬死了不答应。

番茄土豆加入牛腩，食材散发出醇浓的香味，香得越来越难以忽视。她往料理台上望了一眼，眼神收回时正好与他的撞了个正着。

她用力地瞪他，他居然还笑。

厨房"嘀嗒嘀嗒"的节奏忽而被打乱，惊起一串铃声和两波狂如擂鼓的心跳。石墨将啤酒搁在桌上，按停钟表。

铃声止，他本是要顺势起身的，鬼使神差地又坐了回去。

石墨沉默了好一会儿，又灌下一口黄汤，哑声说："秦更生……

不试试怎么知道没人会喜欢你很久？”

炖锅盖盖下，“咕噜咕噜”地响着，香气四溢。秦甦半是紧张半是馋，咽了一小口唾沫：“我又不是没试过。”

她并非与每个男朋友都不欢而散，大多是走着走着就没了意思，不单她乏味，对方也失去耐心。她的可爱和美貌很容易在恋爱前期滤镜厚重，就像唱歌一样，调子起得特别高，后续只能细着喉咙顶气支撑。泼辣的性格只有前期新鲜，后面不过是重复消磨彼此的好感，把一段好好的感情打磨得又单又薄。

她知道，美丽的皮囊撑不起一段稳定的亲密关系。

他几乎寸步不让：“那最近就没什么新的人让你想尝试？”

身后料理台上的炖锅聒噪得像相亲角的大爷大妈，“叽叽喳喳”吵得年轻男女心情烦躁。

“没有吧……男人不都一样吗？”在石墨再度说话前，秦甦先被那口锅转移了注意力，伸手一指，“赶紧的！要冒出来了！”番茄料汁的泡沫直往外冒，乳白色料理台被溅了一圈红色的汤渍，看得她着急。

终于，盖子一掀，热气蒸得人通体舒适，再大的问题在美食面前都是小事。番茄牛腩浓香四溢，酸甜口感咸淡适宜。美食吸引了秦甦所有的注意力，或者说，她掩耳盗铃，故意让自己沉浸在美食当中。

秦甦咬牙不再说话，独自生闷气，将米饭倒进脸盆大的墨绿玻璃碗里，用勺子粗粗一拌，脸埋进碗里，大口大口地吞咽，没有再抬起头来。她像个三天粒米未进的流浪汉，吃完还用力地打了个响亮的饱嗝。

光听那有力的声音，绝对想不到是有她这张脸的人发出的。

石墨之前垫胃的东西多，加上做菜的人胃口都没等菜的好，只随意地扒了两筷子，小半锅都盛到秦甦碗里去了。

他一听一听地喝着酒，每开一听，每次响起一声，秦甦的呼吸都会变重。于是他越喝越快，她越吃越快，不消十分钟，四听啤酒和一大碗饭全部下胃。

秦甦连抽两张纸巾，两手往唇上一包，粗鲁地拭去唇边的番茄油花，问："我打嗝难听吗？"

"不难听啊，不就是打嗝吗？"石墨开始运气，憋了一大股劲，只叹出一大口气。可惜他没有办法配合她的表演，目前，他的胃部没有空间容气，液体都涌到喉咙口了。

秦甦意犹未尽地把最后一点儿米粒又刮了一遍，才慢吞吞地放下勺子。

"有一次我打了个嗝，把对面的男人吓到了。"她模仿那人，整个背部往后弹靠小半米，"就好像我在喷射性呕吐一样。"当时，看着对方跳动的眉毛，秦甦生出羞耻与自问——打嗝怎么了？美女不可以打嗝吗？她长得不像会打嗝的人吗？他自己不打嗝吗？

但不得不承认，当时她端着美人架子，没能说出什么话。后来回想，她气了好久，每次打嗝都会想起那一幕。她一边生气地想，当时也许应该淑女一点儿，把那口酸气憋回去，一边又怒于自己没打得再用力点儿，最好打出雄浑的牛哞声，吓得他也终生难忘。

石墨试着想象那画面，也没能想通其中"吓"的逻辑，酒意上头开始发晕，他单手揉着太阳穴，懒洋洋地嗤笑一声，问："为什么会吓到？"

"因为他不能想象漂亮女人会打呼噜、打嗝、抠脚、放屁、流口水、拉肚子等等。"秦甦用力地翻了个白眼，"大家对美人的刻板印象就是这样，当 A 面的光鲜感消失，凡人平常的 B 面显露，那种神秘感就没了。"

越漂亮的人越为这种刻板印象所累，B 面也要跟上 A 面的节奏，简直要命。秦甦认识个美人，在家都要化淡妆，每天都要在丈夫醒来前刷好牙，保持美丽的面容与清新的口气。

她问：“这有什么意义？”

美人说：“等你不做这些，就知道这些事有什么意义了。”

石墨身体发热，脸上现出酒后酡红，额角密密的汗珠在灯下闪光。他非常努力地听她说话，但很糟糕的是，目光只能聚焦到她利索张合的唇瓣上，那上面还染上了番茄的红润。

“浪漫是极其短暂、极其片面的‘crush’（短暂的心动）。很少有人说，‘我喜欢你流鼻涕的傻样’‘我喜欢你的连环屁’‘我喜欢你抠脚的皮屑飞扬在空中’‘我喜欢你打出的那串打鸣一样、肺活量充足的呼噜’‘我喜欢你放出的屁里干音夹杂湿音’。”她越说越伤感，尤其当她看到对面的石墨嘴唇紧抿，明显在憋笑，她糟糕的情绪不断崩溃，终于直击问题核心。

她又期待又失望地抬起眼睛说：“所以，也不会有人说‘我喜欢你肚皮上珍贵如吉光片羽的妊娠纹’‘我喜欢你眼角的鱼尾纹和树皮般皱起的肌肤’。”

她才不要抱有这种期待呢。就算有人说了，也是假的，因为她自己都不觉得美。

这么想着，对面的男人果然说：“有……”石墨呼出浓重的酒气，从喉咙里挤出声音，怕她不信，又说了一遍，“有的。”

岛台仅一臂宽，他们相对而坐，呼吸交织。

秦甦盯着他的眼睛一再确认，在他沉醉的表情中，她怀疑这厮刚刚压根儿没听清自己的话，还傻笑呢。

她手一抬，将那张被欲望支配的俊脸拍开，沮丧地说道：“男人……”喝多了就爱说大话。

石墨在冰凉的岛台上趴了一会儿，意犹未尽般，手又碰到了啤酒，被打了一下。

秦甦贤惠地洗完碗，清理了流理台，将垃圾分类打包。

整理完毕，她靠在冰箱前，盯着石墨宽厚的肩背发呆……

复式房间是真好，心情郁闷时仰头一躺，天高地阔。秦甦学石墨上次的动作，一只腿伸直，一只腿弯曲，懒洋洋地躺在沙发上，发了好一会儿呆。直到耳边寂寞，才打开软件听起相声来。

她正“咯咯”笑时，厨房椅子划过瓷砖，石墨扶着墙走出来，昏昏沉沉地看向她：“怎么没叫我？”

“叫你干吗？”她小声说，手机里观众的魔性笑声响起，她眼睛一亮，朝他招招手，“石黑土，听相声吗？”

她不会搞投影，让他弄一下。

等石墨笨拙地给她调好，她从二楼方便完，想了想，还是下楼和他坐在了一张沙发上。

石墨盯着相声演员那张饱满的西瓜子脸，表情迷惑：“你喜欢看这个？”

“是啊！票可难抢了！”她不抱期待地在干净的茶几上扫了眼，丧气地说，“要是有瓜子就好了。算了……”她拿起个软枕垫在腰后，又抓起一个抱在怀里，十分惬意。

“好特别啊……”酒后的他呼气时间特别长。

“哪儿有你特别？居然在自己家喝多。”

“我没喝多。”

“你喝完都趴那儿了，还没喝多？”

“我一直在等你叫我。”谁知道她居然去听相声了，还哈哈大笑，笑得好大声。

秦甦“扑哧”一声笑了，斜睨他，收回眼神，又没忍住，抬手戳了戳他脸颊上的酡红：“都喝成这样了……”

石墨歪在沙发上，解开衬衫的两颗扣子，指了指胸口：“我喝酒身上很容易红。”

她严肃地说：“听说这是肝代谢酒精能力不足。”

“我爸也这样，不过他的工作不用喝酒。”他却不行，应酬场合很难避免喝酒。

“哦……”她挪近了点儿，明知故问，“你爸是做什么的？”还像模像样地指了指肚子，“我帮‘群众’问的。”

石墨疲惫地抬起手，拽了个软枕头，倒在她身边，说：“他是研究气象的。”怕她不清楚，他又补充道，“应用气象学，我做金融也是受他影响。”

“哦？”

“我小时候，他在偏僻的天文台工作，方圆几十里都没什么建筑，他常年不着家。我以为我们家生活很艰难，所以想挣很多钱，把他留在城市。”

秦甦问：“那你的梦想成真了吗？”

石墨笑道：“你说呢？”

“那你挣到大钱了吗？”

他谦虚道：“还行。”

没想到石墨走入券商这座酒池肉林是因为这行挣钱多，好质朴的理由。

“年薪百万？”她试探地问，见他不语，不耐烦地推推他，“有吗？”

石墨没接话，嘴巴抿得紧紧的，但自信翘起的嘴角给了秦甦一个肯定的答案。

秦甦露出惊讶之色，同是二十八岁，他们怎么会有这么离谱儿的收入差距？

她收起贫富差距心态，随口说："哦，难怪你物理好，原来是有家学渊源。"

"气象学也不全是物理……还有地理……"解释到这里，石墨蒙了一下，喉结滚动，"你怎么知道我物理好？"

"我记得分班考的物理很难，只有一个满分。"当时他自我介绍完，老师说他物理满分，秦甦什么也没记住，包括他说自己来自哪个初中、是什么星座、爱好是什么，就记得老师说，这个人是年级唯一一个物理满分。

学生时代难免敬佩优秀的人，秦甦对此记忆深刻。

难怪。石墨懒懒地扯了扯嘴角，将手臂垫至枕下，调整姿势："哦……你物理也不错，不也考了八十一吗？"他知道那份试卷很难，有很多超纲的题目。

投影上，相声演员抛出了个梗，底下观众哄堂大笑。

照以前，秦甦没能听清笑点、及时跟着笑，肯定会着急地退回去再听一遍，但此刻她完全没了那份心思，拇指抠着遥控键，默念了两遍"八十一"，这么具体的数字……

半晌。

"石墨。"她低下头，唤了他一声。

"嗯？"酒后，他的鼻音很重。

"你的牙整得真不错。"她拉拉他的手臂，"你坐起来，我看看呢。"

他们一上一下，交错相视，确实别扭。酒后的身躯异常沉重，石墨艰难地撑起身体，靠回到沙发，看向她："这样吗？"

秦甦支起膝盖，倾身靠近，两只手捧住他的脸仔细打量起来。

她的手指慢慢地摸过他的下颌，一点儿一点儿，不再用眼睛，而是用指尖触摸。“好有弹性啊。”她夸道，“你的皮肤很好，抽烟喝酒居然也没糟蹋坏，底子不错。”

石墨看着她，一动不动，眼睛里是她放大的脸。

“你这算单眼皮还是双眼皮？”她拨了拨他的眼皮，一边扰乱视线一边要求他，“你用力睁睁，我看看。”

石墨也不知道自己是做了还是没做，酒精让人思维迟钝，他没有办法很好地控制思想和动作。但就秦甦满意的笑来看，他应该是听话地睁了。

秦甦又盯了他好一会儿，身后投影上的两个相声演员嘴皮子都磨破了，也没换得她一个回眸。

她跪坐在沙发上，越靠越近，直到稳稳地落入他条件反射的双臂环抱中，才牵起嘴角，惊喜得仿佛发现了新大陆：“哎？你的嘴唇好性感啊。”她笑得一脸烂漫，指尖还点了点。

石墨面无表情地看着她，颈下酒后的猩红被她的身躯覆盖。

秦甦心机地贴上唇瓣，像奈良美智笔下的梦游娃娃，天真邪恶地操着哆哆的声音，诱惑地发话：“石黑土，怎么办？我的激素波动得厉害。”

石墨呼吸粗重，眸色一暗，手臂无意识地箍紧了她的腰肢。

秦甦暧昧地挑眉，直勾勾地望进他的眼睛里，嘴贴嘴地说：“你不拒绝，我就当同意了。”

投影上的相声演员还在继续给观众奉献笑料。

秦甦和徐露丝通完电话，鬼鬼祟祟地走出洗手间。她像个间谍，小心翼翼，仿佛脚下有红外线报警器。

秦甦捂着胸口，手本能地搭在小腹上，心想：不知道以后肚子大了，还能不能这么灵活。

客厅一楼灯熄灭了，室内仅余楼梯边的一台枝型吊灯发出微弱的指引光芒。

石墨睡了吧？她打了两个小时的电话，他要是一直等在那里才吓人吧。

秦甦往充气床那里一瞥，石墨横卧在一床薄被下，安安静静。被子居然是粉色的，哼，一看就是野女人留下的。

行至楼梯，她犹豫了一下，把心一横，转身走到充气床旁蹲下身来，没好气地刮了一下他的鼻梁。

刚刚实在惊险，吓得她差点儿窒息。秦甦完全没有料到，在白皇后将军黑国王的定局时刻，会被对方反杀。

她挑开他的唇舌，单刀直入。石墨像尊木头人，如他平时所表现的那样彬彬有礼，任她挑衅招惹，直到天旋地转，她被反压，才猛然回神，望进他精神抖擞的清明目光。

那一瞬间就像鬼片的鬼突然冒头了一样，秦甦吓死了。原以为在趁火打劫，谁料根本就是对方“诈尸”。

要不是徐露丝打了一通电话，她就被吃干抹净了吧？

她跑到二楼，将徐露丝说的两本书搜索后下单，才慢吞吞地去洗了个澡。

石墨这里真像宾馆，居然备有一次性毛巾、一次性浴巾、一次性牙刷、一次性拖鞋，她迟疑地再度拿起之前用过的那把梳子，左看右看，照这个逻辑，这把梳子越看越像同款——一次性梳子。

她一边刷牙一边回忆刚才的事。

徐露丝得知她有孕，问她不便上班的这段时间要不要接合同的翻译，她手下有几个学生在做，比较机械枯燥，但比秦甦主动要求的文学文本挣钱多一些。秦甦上大学时接过这种工作，但定力差，没有及时维护关系，所以……她的思绪一乱，画面被混乱地剪切到石墨温暖的手神不知鬼不觉地就……

她刷牙的手一顿，不对，不对，在想工作呢。

秦甦赶紧摇头，对！她应该要担心，自己进单位之后就没有系统地翻译过，平时做个幻灯片也就是随手捋捋剧情、亮点、立意、市场，抓取段落随心所欲，甚至会往自己想要展示的核心主题上引导翻译……他的舌头也好有力，之前他们接过吻吗？她不太记得了，但今天……

等等！等等！

秦甦赶紧吐掉口中的薄荷泡沫，强迫自己打起精神想工作，对！她要做好充足的准备。电话里徐露丝没有提到徐路阳，这让秦甦无比佩服这份定力与城府，直到她说出“那就这样，不早了”，秦甦还等她问孩子的事……哎呀，石墨到底喝醉没？他故意让她亲的？

啊……如果是这样，他也太有心机了吧？亏她一直把他当很乖的优质温柔男性……如果是这样，他也太性感了吧？

秦甦把脸埋进毛巾，用力地捂住口唇，求求自己赶紧不要想了，不然真要睡不着了，她宁可这晚做一晚翻译梦、富婆梦，都不想发花痴，可是……石墨接吻的时候好帅啊，救命……

她恨恨地醒了把脸。

所以！徐露丝为什么要打电话来？她应该被石墨吃干抹净的！

这夜的月光角度刁钻，石墨躺在月光下，一刀劈下来，恰好是一个割面。他摸了摸鼻子，等二楼没了动静，才掀开被子到厨房打开电脑开始回复消息。

为减小动静，他没喝咖啡，酒精致使身体沉重，困乏袭来，一路强撑眼皮抵抗。临近结束，已是凌晨四点，他还要等一封邮件，等到就睡。他打了个哈欠，手刚揉上山根，二楼便传来了起夜的脚步声。

石墨飞快地合上电脑，把自己融进黑夜。

秦甦没穿鞋，脚步声闷钝，踏踏实实地踩过头顶。石墨坐在黑暗里，直到刺耳的抽水声响起，忍不住联想到秦甦慷慨激昂的那顿吐槽，抿住唇憋笑。

和美丽得令人迷恋的秦甦比起来，遗憾美丽赏味期的秦甦更加真实。

傻姑娘，屎、尿、屁当然是不美好的，但和喜欢的人一起，就另当别论了。

石墨点开微信，顾兰亭的界面一直显示对方正在输入，等了半天也没收到她的消息。她最近的精神状态和效率非常耽误项目进程，石墨只能主动发个问号过去，以示催促。

上次出差，顾兰亭和他一起，一路上她异常焦躁，不停地看手机，看着看着还跺脚。应酬结束，她号啕大哭，哭得额角有段青筋虬枝般暴起，甚为怖人。她表示青春时代的感情真的不可靠，没有破镜重圆之说，荷尔蒙的滤镜被打碎，净是犹豫和软弱。

人都这么哭到面前了，石墨怎么也该配合两句。

他给她买了解酒酸奶，礼貌地问她："怎么了？"

顾兰亭打开泪匣，哭诉自己和初恋开始了一段以结婚为前提展开的复合，结果不到三个月，复合之说就在得意忘形之下覆灭了。

见石墨不说话，她尴尬地自嘲："嘿，你知道我之前对你有意思吧？就……主要是你和柏树姗分开后，她说了你很多好话。我想，能被前任说好话，这个男人应该很好。比如，我现在就很想把那个'妈宝男'骂一顿。"

她为了他做第三者，结果他要做爹！什么男人？

石墨挑眉，颇为意外——柏树姗说自己好话？

那顾兰亭显然是误会了，柏树姗说他好话，更大可能是她不得不这样尴尬地接话。因为秦甦，柏树姗对他完全没有好印象。

那天秦甦抱怨，她以前分手大多算和平——开开玩笑，江湖再会，少有纠缠。这一直是她引以为傲的感情观，不深情也不薄情，没想到碰上个徐路阳，致使自己“晚节不保”。分手后不过两个多月就怀孕了，肚量小点儿的人都会计较吧。说罢，秦甦推推他，照例八卦，问他和前任分手愉快吗。

愉快吗？很不愉快，完全可以用撕破脸来形容，所以石墨第一次沉默了，换来秦甦哼哼唧唧的一通抱怨：“怎么磨磨唧唧的？以后我的宝宝不能这样，得爽快点儿。”

他也想啊，但他如果爽快地告诉她，她更要不爽了。

终于，四点十分，石墨的手机收到一条微信消息，顾兰亭终于把工作文件发来了。

天边隐隐露出了鱼肚白。

一米八的大床，一整夜没消停。

白色的被褥和床单被秦甦揉得凌乱，其程度可以称之为刚经历了大战。她从床头睡到床尾，再从床尾翻到中间，横来斜去，唉声叹气。最后，凌晨四点起了个夜，才抱着个枕头睡了过去。

十点多，她醒来的第一件事是跑到楼梯口往下看，确认石墨还在不在。上次醒来，他就不在，还见外地给她留了打车钱，气得她都不知道该真心实意地夸他，还是阴阳怪气地夸他。

“早！”石墨倒了杯牛奶，跟她打招呼。

咖啡机声音太大，本来怕吵到她，既然她醒了，他转身去厨房开始打咖啡。

白T恤衫、黑裤子，换个人穿就是路人甲，但石墨穿竟比露八块腹肌还要性感。

“你已经醒了？”他起得居然比她还早？她心里涌起一股对年薪百万的人的同情：“你昨晚睡得很晚。”

“你知道？”他倒好咖啡豆，秦甦已经跑到了一楼。

她穿着他的白衬衫，光着一大截长腿。上回浴后她也是这么穿的，但他没看到，这次嘛……她两腿一跷，左右显摆，“看你在办公我就没来打扰你，不然我大概会……”

咖啡机“嗡嗡”地打断她的话，石墨轻咳一声，接满小半杯：“不然什么？”

“你昨晚到底喝多了没？”秦甦计较。

“你猜？”他逗她。

“石墨你……”

她刚一运气，耳边突然传来输密码的声音。她和石墨同时止住声音往门口看。复式房屋空间紧凑，厨房的岛台挨着入口，仅两步之遥。

第一次输入失败，响起一串表示输入有误的“嘀嗒”声，那人立刻又输了一遍。

秦甦讶异，压低声音问：“是有人喝多了跑错门吗？”

第二次密码输入失败，那人收手，轻轻地敲了两下门。石墨沉下脸，搁下咖啡杯往门口走，秦甦也跟了上去。

石墨掰过她的肩膀，正色道：“你先上楼。”

舒适美好的清晨被打断。秦甦愣了一下，看了看门，又看了看他，心跳骤然加速：“谁啊？”

“没谁，我来处理。”

秦甦的眉毛立刻拧上了：“你不会真的有女人吧？”

石墨忍俊不禁，揉了揉她额角的凌乱碎发，悄悄话送至她耳边：“现在就你一个。”

秦甦那眉头此刻是皱也不是，舒展也不是，别扭地僵在那里。她控制住自己的心跳，揪住他的T恤衫下摆，贴上身去威胁道：“你不可以脚踩两只船。”

石墨的手摸进衬衫下摆，掐了下她的腰：“知道。”

她刚绽开笑颜准备转身撤退，石墨的手机就响了。

门口那人隐隐地听见了铃声，清亮的女声扬开：“石墨！你是不是在家？”她不耐地敲了两声，“在家就开门啊！”

真是个女的！秦甦心里五味杂陈，不敢相信，僵在那里开始运气，预备爆炸。对方在这里干什么？她的宝宝要怎么办？那女的会影响他的财政吗？她是来捉奸的吗？她算什么，又是亲又是摸，他们还是合作关系吗？喂，她不喜欢不明不白的男女关系，就算是短暂地开始、仓促地结束，也要说清楚！

她盯着石墨，失望至极，拳头在身侧攥得死紧。

石墨伸手要拉她，被秦甦一把打掉，手上一点儿也没留情面，“啪”的一声，清脆响亮。

门口那女声贴上门，她听清手机响铃，确信他在家，敲门声更大更急了：“石墨，你在家吗？在家开门！什么时候换的密码？”

石墨皱着眉头走到门边，无奈地对秦甦提醒了一句：“我妈！”

狂风骤雨猛然停止。

秦甦一听，反应飞快，火速上楼。拜托……她现在还穿着件刚到大腿根的白衬衫呢，太不严肃了！

石墨的父母这几年黏得异常肉麻，宛如新婚夫妻，形影不离。莫蔓菁女士舍得与石峰分开，提前回国，实属稀罕事。

这样看来，石墨未婚生娃这件事的严重性可见一斑。

说一件事来表现中年夫妻惊人的爱恋浓度——几年前石墨出国，莫蔓菁怕他不回来，说要生二胎，吓得他差点儿把饭都呛出来。

在石墨的印象里，母亲对父亲多是冷言冷语，从小在带他这件事上也不怎么上心。早年石峰的工作是响应国家气象局的号召，跑遍中国大江南北，为气象地基检测设备选址，因此常年不着家。每回石峰出远门回来，莫蔓菁女士都要甩脸子，等他出了远门，又在嘴硬后落寞地红一阵眼眶。

对于虚张声势的女人，石墨从小见怪不怪。

就像此刻，莫蔓菁女士板出张扑克脸，像是来讨债的一样。

她斜戴软边宽沿呢帽，鹅黄色风衣使得她春日少妇感满满，只是汹汹气势又暴露了其凶悍本质。门一开，她就恶狠狠地瞪住石墨，一边往里走一边问："人呢？"

石墨两手抄在兜里装傻，问："什么人？"

难怪半天叫不开门，一进门，莫蔓菁就瞥见一双女人的小白鞋，尺寸在三十六到三十八码之间。

"女人！"她叫唤完，看清自家儿子的乌青眼圈，重重地叹了口气，踩着高跟鞋往里走，被堵在门外几分钟的愤怒消减一半，"在哪儿？穿衣服了吗？"

石墨一只手横在她面前："别进去了，不方便。"

莫女士立在那里冒火："我又不是来捉奸的！"防她干吗！

石墨紧蹙眉头，寸步不让："你都知道有人了还进去？"

"怎么？见不得人？又不是没见过！"丑媳妇还不见公婆了？话说到一半，她又留了个心眼儿，压低声音，"不会是另一个吧？"

她上上下下地打量石墨，见他回避，不由得心里打鼓：莫不是她儿子"出息"了？

那真是要大力地鼓掌。

石墨用力地掰过她的肩，把她往门边推："你回去，我下午找你。"

"不行！我一定要进去！我这次回来就是来……"莫蔓菁使了大劲推搡，要往里冲。他越拦，她越气。

石墨很少这样逆反，一定有鬼，电话也不接，问话也不回，到家也不让进。虽说以前他也是块石头，和他的父亲一样，但属于没有秘密的石头。现在倒好，他被狐狸精骗了、蒙了，居然未婚生子，还不许她管，也不许她问，她能不失心疯吗？

这个臭小子！莫蔓菁用力地挣扎，气得语无伦次，发出毫无用处的威胁："你再拦，你再拦……我告诉你爸！石……"名字喊到一半，小过道逆光处走出一道倩影，留着一头长卷发，描出一圈温柔的粼光，那姑娘还朝她弯腰鞠了一躬。

莫蔓菁抻着脖子看了一眼，第一反应是：柏树姗怎么长高这么多？

高分贝的嗓音突然收住。

"阿姨好！"下面都吵起来了，秦甦再不下来就不像话了。她万万没想到，石墨这个音量都不会传出两米五的人，其母说话的分贝竟可跟她的狮吼一较高下。

完了，石墨还说他父母这边没问题，这架势一看就是没接受啊。她哆哆嗦嗦地下来，做好了撸起袖管、据"宝"力争的最坏准备，又在下楼看清对方的那一刻，被对方的美貌结结实实地震惊到。

越过石墨的肩，秦甦惊讶地看着那位女士——这人顶多就三十五岁吧？一张没被生活摧残过的脸与陆玉霞对比鲜明。

她闪过一个念头：是继母吗？

石墨回头时脸上还带着严肃，一开口又恢复了温柔：“你先上去。”

秦甦没办法上去了。

莫蔓菁看清秦甦，眼里闪过一丝讶异，快走两步看了个清楚，心想：这臭小子眼光见长啊！

眼前的人素颜白净透亮，眼神灵气十足，鼻尖那颗明星同款小痣把颜值拔高到了脱俗的程度。

莫蔓菁将被石墨弄皱的风衣袖口捋平整，高傲地昂起头，朝对方礼貌地点了点头：“你好，我是石墨的妈妈，我叫莫蔓菁。”

她的姿态如偶像剧里男主角的母亲一般，保养得当，盛气凌人，虚实难辨的表情下藏着蛇蝎心肠。而一旁的石墨英俊帅气，带着痴情人设，目光融化少女心，但除了爱，也只有傻乎乎地放弃万贯家财这一项工具人本领。

再看秦甦自己，活脱脱一个手无缚鸡之力还被人搞大肚子的无能女主角。

她在套路剧本下认尿，再一次乖巧地鞠了一躬，只是这次手护在了小腹上。

秦甦飞快地心算，如果这女人开口让她离开她儿子，那她就要五百万元。如果让她消失在他的生活里，要她一人抚养孩子，那她就要一千万元。

嗯！不能再少了！现在通货膨胀很厉害的。

“长得真漂亮！”莫蔓菁惊叹出声。要说女演员她见多了，每天走马观花，其实也就那样，没了聚光灯和狂热粉丝，丢进人群里还挺难找的。

这姑娘素着一张小脸，穿了一件白T恤衫，还赤着脚，身材修长，出落得花朵一般，很有记忆点。

秦甦心想：嗯，我知道。

但她还是说："谢谢！"

"电影学院的？"莫蔓菁问。

哇，这话说得……动听。

好吧，无论后面她怎么贬低，秦甦都不准备生气了："我学法语的。"

石墨知道赶不走莫蔓菁，只能护到秦甦旁边，对秦甦说："我现在送你回去吧。"

"干吗急着走啊？聊聊啊。"莫蔓菁真是看不惯石墨这石头样，小时候还可爱点儿，现在半天打不出个屁，没意思，养儿子就是养白眼儿狼。

"好啊，聊聊啊！"秦甦笑眯眯地走近莫蔓菁一步。

客厅面积很小，此刻站了三个人，实在拥挤。

这一步估计也就是人类在月球上迈出的那一小步距离，却大大地拉近了秦甦和莫蔓菁的距离。

要知道，莫蔓菁嘴巴硬，姿态高，实际眼下很无助，亲儿子一个劲儿地赶她走，她还要厚着脸皮主持大局，心都凉了。

人的笑分很多种，一个眨眼工夫，莫蔓菁的官方笑容换成真心的慈母笑："小姑娘叫什么名字？"

"秦甦。"

"'苏州'的'苏'？"

"差不多，是个通假字，通'苏'，不过不是'苏州'的'苏'。您可能不认识，就是……"

还没说完，莫蔓菁打断，淡淡地说："我知道，'更生'是吧。"

"阿姨，您好厉害啊！"秦甦惊讶。她的名字不算多生僻，但十个人有九个都要皱眉头。

莫蔓菁笑了笑："我是戏文专业出身。"言外之意，学富五车，大众小众的玩意儿她都知道。她看了眼自己带的文件袋，还记得出门前助理的交代："我上去拿个东西。"

秦甦看着莫蔓菁上楼的窈窕背影，拉着石墨夸："难怪你妈这么年轻，嗓子保养得这么好。"原来是唱戏的。

石墨知道她想到哪儿去了，解释道："戏文专业出来的一般是编剧。"

电光石火之间，秦甦这下想起来了，上次打听到他的母亲写东西挣钱。她问："那她编的剧都拍了吗？都叫什么？"她说不定看过。

"都是老早的剧了，现在她不自己写了，有工作室。"大锅饭杂食艺术。

"哦。"这个她懂。不少在工作室工作的翻译打工人是没有署名权的，原来石墨的母亲是大老板。

楼上传来一道抽屉翻倒的声响。秦甦登时心跳加速，突然抓住石墨的手，屏住呼吸："怎么办！你妈上去了！"

他问："怎么了？"

"嗯……床很乱……"床单凌乱皱巴巴的，刚脱下来的白衬衫被她随手丢在地板上，乱得不堪入目。

她刚扯上被子一角，便听到下面的吵嚷声，生怕失礼，赶紧露脸。早知道她就整理好了再下来，现在更失礼。

石墨笑得直抖肩膀："又没做亏心事。"

说是这么说……"这么乱还没做亏心事，这才比较亏吧。"她噘起嘴巴，憨态可掬。

"没做吗？"他学她，用手指点了点她的唇珠，压低声音调戏道。

秦甦羞得想撒泼吃豆腐，咬住唇，还没来得及伸手，就被他搂进怀里。石墨用商量的口吻说：“要不我先送你回去吧。我妈刚回国，问题肯定很多很杂，比较烦。”

“你妈知道……”她指了指肚子，目露责备。估计是不知道，不然莫蔓菁怎么一句都没问？

“知道，但也不知道。”

“什么呀？”

莫蔓菁女士只是被石墨通知他将有孩子，但他和对方不准备结婚。

石墨说完挂断，信息止步于此，接下来不管她如何歇斯底里、在异国发疯，他都不再搭理，只说等宝宝降生再说，她又不能帮着生，问了干吗？

她震惊了，自己的傻儿子这窍也开得太快了吧？

当初她反对他和柏树姗结婚，就料到越是父母反对的婚姻越会迎来年轻人叛逆的反抗。看！都带娃“逼宫”了，还示威一样通知她不结婚，呸！吓谁呢？！

莫蔓菁从书桌最底层抽屉取出之前搁置的手稿，在二楼晃了一圈，见人没跟上来，肚里又一堆问题，准备下楼问。

行至楼梯口，她探头往下望，好巧不巧，正好看见石墨替秦甦撩发，凑得极近，手指抚摸她的太阳穴找疙瘩，嘴里说：“看不出来……没发红……回去睡一觉就消了。”

出息了，都会“劈腿”了？

莫蔓菁心里五味杂陈，只能打断他们不合时宜的亲密，边下楼边说：“你二楼的画怎么都没了？”

秦甦：“什么画？”

石墨冷着脸道：“丢了。”

“你当宝贝的东西丢了？”莫蔓菁震惊了，真的不懂石墨了。

石墨并不想回答这个问题，让出一步：“走吧，我下午去找你。”

“怎么丢了？我还挺喜欢的。”莫蔓菁嘀咕，“之前不让你钉墙上，你非要钉，现在墙上多了几个钉子，画倒丢了。”

她翻了个大白眼，手搭在精雕细刻的扶手上，指尖抠进金属花边，忽然目光一凛，盯住秦甦。

莫蔓菁的眼神太突然、太凌厉，箭一样射来，秦甦差点儿没接住。但想到自己和石墨现在关系不一样了，做人“媳妇”到底矮一截，只能眨眨眼无辜地装乖。

莫蔓菁疑惑地走到秦甦身边，指尖亲昵地挑起她的下巴：“你有点儿眼熟啊……”就说怎么这么面善？

石墨拽开莫蔓菁女士的手：“走吧，你是打车来的吧？自己再打车回去。”

秦甦笑了笑，套近乎说：“我和石墨是高中同学，您可能见过我。”

“我没去过他的高中。”莫蔓菁连家长会都没参加过。高三他成绩下滑，班主任连着三天打她电话，最后只换他舅舅去顶缸。她那两年在云南农村，跟全国顶尖导演的团队封闭式写剧本、改剧本，昼夜颠倒，一度都忘了自己有儿子。

秦甦意外地说：“啊？是吗？”石墨的母亲居然没去过他的高中。

“走吧，走吧，拿了东西就走。”石墨不住地催促。

“但我真的好像见过你很多次一样。”莫蔓菁越看秦甦越奇怪，不由得问道，“你家住哪里？咱们是不是邻居？”

“在‘普高’后面的教师新村。”她还住过几个地方，但懒得说了。

“哦……也没去过。”

秦甦只能硬接：“那可能是缘分吧。”老套尴尬得自己都要掉鸡皮疙瘩。

石墨把不情不愿的莫蔓菁推到门口：“走吧。”

莫蔓菁走到门口想起刚才的不爽：“你为什么改密码？你原来那个密码我记了很久才记住，现在又换！”

“我的生日你还要记很久？”

“那个哪是你的生日？最后一个数字不是。”根本就没逻辑，哪儿有人为了防小偷，故意把密码加一的？

石墨懒得理她：“我下午找你。”

莫蔓菁走到门口，朝面善的秦甦招手：“秦小姐，我先走了。”

“阿姨，慢走！”秦甦鞠上这天的第三躬，算是赶上在石墨家人面前拜堂成亲的步骤了。

“好的。打扰你们了。”

“没，没，没。”

莫蔓菁避开秦甦的脸，敛起笑容，对石墨说：“你最好想好……”说着，拽过石墨的衣领，摆出严母的凶悍样，“孩子的事情要怎么说？！是你自己来说，还是把柏树姗带过来说？”

“跟柏……”他低声避开柏树姗的名字，“跟她有什么关系？”

莫蔓菁看着他的表情，不由得疑惑：“没关系？不是她坑你？”

“我们没联系了。”

莫蔓菁仿佛被雷劈了，一路上的愤怒和自觉晦气突然没了对象：“那孩子是谁的？”这句话说得声音有点儿大。

秦甦支起的耳朵终于收到音，主动认领：“阿姨，是我的。”

莫蔓菁作为一个成年女性，什么大风大浪没见过？被观众骂，被制作人坑，咽过职场“咸猪手”的苦水，也熬过丈夫常年在外的寂寞，加上儿子内敛、母亲不亲，几十年漫长孤独的岁月都熬过来了，受点儿媳妇的气又何妨？女人决定结婚生子时，就要接受做媳妇、婆婆的双重立场。

莫蔓菁写剧本曾代入过自己，做好最坏准备——将来要跟一个不喜欢的女人面对面做一家人。所以这一个月里，她调整心态，做好了接受柏树姗的准备。

不管柏树姗如何虚伪、无趣，到底是儿子选的，她就当生了个瞎子吧。男人在选女人这件事上，品位是杯盖一掀即可望到底的清茶——相当寡淡无趣。

之前她心怀愧疚与同情，用力对柏树姗母女好，可她们真是会哭，每年过年都要来家哭一通，泪眼汪汪，照理国家赔偿抚恤了不少钱，怎么还搞得这么惨，像是要露宿街头了。最后什么负疚感都被耗光了，莫蔓菁恨不得拿出结婚证和出生证丢到这对母女面前，老子、儿子都带走吧，还她清净……

她不喜柏树姗死气沉沉的阴郁模样，也见过她做鬼一样摆不上台面的小动作，只能问石墨：“你喜欢她什么？”他怎么就没遗传到她的审美呢？

石墨当时给出的答案让她记忆深刻，大概可以归入男性审美恶臭一环：她是校花。

校花？

笑话……

男人实在太可笑了！

全家七个人里，两个男人都中意柏树姗，另外四个老的举中立牌，表示“小石头”喜欢就好。莫蔓菁只能咬牙和血吞，打算做个冷脸的恶婆婆。也许自己写的剧本人物终于还是要应验到自己的身上——家长里短，钩心斗角，戴上假面具才能阖家团圆。

幸好，生活比电视剧精彩。反转突如其来，叫人措手不及。

一家人本来整整齐齐地准备吃顿和睦饭，算是从简地确定一下关系，谁料这“如胶似漆”的两个人忽然闹掰了，说不联系就不联系了。

从石墨上大学开始，每年过年都要上门来的柏树姗从那天起就不再拜访了，只有她的母亲还会来打声招呼。按照一般的套路，情侣间就是小打小闹，早晚都会破镜重圆。加之后来石墨身边也没出现什么异性，所以此番他说有了孩子不结婚，还不让她多问，她第一个想到的就只能是柏树姗了。

还有哪个女的能招她这么讨厌，让石墨都不敢在她面前提名字和结婚？当初闹得两家人那么尴尬，是不好意思结婚的。

直到秦甦说怀孕的是她，莫蔓菁震惊得像中了头彩，越看她越顺眼。笑眯眯的姑娘清秀水灵，鼻尖那颗痣动人得很，说话她也听得见，不像柏树姗，声音小得她需要随时集中注意力。

莫蔓菁怀疑过柏树姗的嗓门是一线天，声音完全靠挤，莫蔓菁生怕一个走神没听清，别人当她在给媳妇摆脸色呢。

她欣喜若狂，折回去拉着秦甦看了看肚子，贴心地问几个月了。要命，竟然是双胞胎，她一边笑一边骂，生儿子就是生白眼儿狼，这天大的好消息都没告诉她。

待莫蔓菁依依不舍地坐到出租车上，才后知后觉反应过来秦甦是谁，缘何面善。

石墨回家，偌大个客厅里乱放着四五个行李箱，许久没见的助理姐姐剪了短发，他夸了句真靓，收获对方的笑容。

“咱们石墨真是长得太好了，下次有什么角色可以找他客串一下。”

莫蔓菁冷笑道：“他还不够格。”

她换下那套贵妇行头，穿了身居家服，盘腿席地而坐，分配给合作方的礼品，一边写卡片，一边骂他是“小没良心的”，小半年没看到她这个母亲，一句“漂亮”也没夸。

石墨何止是半年没见着她，他半年都没回过家，遂诚恳地道：“漂亮依旧。”

“是旧了，不如新人。小时候还拉着我的手说我是世界上最漂亮的女人，转眼就骗我，跟漂亮女人跑了。”还骗了这么多年。她把手里的精装贺卡一扔，不甘心地叹气：“有喜欢的姑娘也不告诉我。”

石墨知道她认出了画中人：“我以前画着玩的。”

“你画着玩，然后非要挂在墙上？”

“画了就挂上去呗，反正墙上空着也是空着。”

“那么漂亮的墨绿墙，你钉了钉子就毁了，就好像漂亮姑娘脸上长了几颗痦子，能好看？”

那房子原先是她的工作室，在石墨回国后就给他做了居室，装修时他自己挑的法式风格，拿了微博上的样板图给她参考。

莫蔓菁还当他开了窍，突然热爱起生活来，与他一拍即合，妙哉。母子俩合计一番，一切都很完美。她还想，以后他成家肯定不住这里，她可以去偷闲，回味早期的创业时光。

但！这小子在最后一刻叛变，毁了完美的装修艺术——他竟钉钉子，挂了几幅丑得没边的简笔画。

幸好后来她灵机一动，及时拯救，给它用不规则金属框裱了一下。

“我再给你买两幅贵的换上去，不就看不到钉子了吗？”他往沙发上懒洋洋地一躺，“反正你也觉得丑。”

莫蔓菁提高音量："这是钉子的问题吗？是画的问题吗？"

石墨没接话，目光在屋内逡巡。

"你说吧，你是不是高中时期就惦记人家了？我记得你高中就开始乱涂乱画了。"

石墨从小跟父亲学画气象要素图、分布图、曲线图等，线条机械，笔触生硬，倒是上高中时开了窍，受外国文化影响，开始临摹漫画女孩儿。当然，也就是画些"直男"喜欢的要素——大眼睛、齐刘海儿、大长腿、海魂衫、过膝袜。而且，膝盖到腿根的部位是每幅画的重中之重。

莫蔓菁"啧啧"两声，也就作罢。

说实话，男生在这种事上要开窍，别人拦都拦不住。那段时间，石墨的内裤、床单突然换洗得勤快起来，房门关得干脆利落。莫蔓菁长时间不着家，只能通过阿姨的转达了解一二，再靠些不入流的手段辅助，比如偷偷翻翻儿子的书桌，以了解其思想动向。

起初，石墨画得和漫画书上差不多，后来特意找老师学了一段时间，再画就有模有样了。直到他把成形旧作钉上墙，莫蔓菁才发现他在画人方面的进步，哎哟，画出特色来了。

"你画的是她吧？"见石墨不回答，她也不意外，自顾自地说道，"肯定是，我就说没见过怎么会眼熟。"

莫蔓菁这厢包公断案，石墨那厢爱搭不理。

她拿起笔对着面前的A4纸写贺卡，十分吃力。

石墨见她眯眼看字，半天才下笔，利落地起身从长桌抽屉里取出副老花镜："老了就是老了，别逞能。"她非要漂亮，不肯戴老花镜。

莫蔓菁发觉他的动静，当他搭理自己，一边掰开镜腿，拨弄鼻托，架上鼻梁，一边感叹道："我还以为你喜欢小柏那种，吓死我了，你自己就够无聊的了，再找个愣的，又蔫儿坏，这日子往焯水扁豆上过去了。”又没味又没嚼头。

她自作多情地陶醉起来：“我还挺喜欢更生的……漂亮是其次，主要是什么你知道吗？”

助理认真地等下文。

莫蔓菁一伸食指，自问自答地点评起来：“机灵！那两个眼珠子会看眼色，还会卖乖……你说这双胞胎要是龙凤胎就好了……哈哈，我居然会想这种事，我可不喜欢带小孩儿，到时候我贴你们钱……”莫蔓菁跟助理聊上了，还把石墨青葱画作的进修之路又念叨了一遍。

石墨抄兜在屋里转来转去，东看看西看看，第一次来一样。

莫蔓菁又拆了一沓贺卡，将包装纸往他身上丢，唤起他的注意力，又开始絮絮叨叨。

“你不结婚，人家姑娘同意？家里同意？

“你这么喜欢人家，为什么不结婚啊？

“别跟我嘴硬，你从高中就画人家，臭流氓，我要是人家姑娘，都害怕，跟变态似的。

“人家的肚子都大了，不结婚对得起人家？

“别过几天人家父母找上门来！我跟你爸都是正正经经的人，别被你搞得晚节不保，你们金融行业的人倒快钱无所谓，‘渣’还能‘渣’出名声，我们都是靠正经名誉吃饭的。”

莫蔓菁一个人的声音灌满客厅的各个角落，绕如蛙噪，唯独石墨没被渗透。

生儿子最坏的地方在于，他不跟你交心。确实，女儿跟母亲讲感情的事是贴心棉袄、取经聊天，儿子讲这些就显得婆婆妈妈、儿女情长了。

石墨神游天外，半晌说：“我想换套房子。”

“什么？”

复式房间的楼梯很窄，产检那天，他看到几个孕妇挺着大肚子，低头都看不见脚尖，上下楼应该会很麻烦。他说：“她肚子大了后下楼不方便。”

莫蔓菁翻了个白眼，合着她刚才那些话他都没听进去。

她拽起个枕头，冲他砸过去：“你这么喜欢人家，怎么不结婚呢？还跟我搁这儿未婚生子搞前卫。”

石墨接住枕头：“你是不是家长里短写多了，怎么老是说结婚？”

“你过日子不家长里短？你过日子搞演讲、做幻灯片？谁家饭桌上不讲两句长短？”

熊熊怒火之下，莫蔓菁都准备说塞他回肚里的气话了。那边石墨忽而低下声来，对她说：“结婚是基于双方感情结的，不是基于小孩儿。”

他说完，莫蔓菁沉默了一会儿，咬牙装作没听懂他在说什么：“你不是挺喜欢她的吗？”

“人家不喜欢我，总不能我也婚后硬培养二十年感情吧！”

莫蔓菁想把他的嘴缝上：“硬你个头！我和你爸好着呢！”

怀孕三个半月，秦甦小腹微隆，看上去像吃多了没收腹。

她生出一点儿做功课不足的危机感。

毕竟是双胞胎，不能马虎，秦甦买了孕期的课本，想要系统地学习。只是她打开书看到孕妇的小腹图片，想到自己后面肚子会越来越大，牛仔裤、紧身裤什么的都不能穿了，手一痒，就去逛购物软件了。

接着她又耗了大半天对各个品牌进行对比，选完品牌，再货比三家，领券折算哪家价格划算。

好看的孕妇装总是断货的，断货的又常是最中意的。秦甦只能恨自己怀晚了，赶紧加了孕妇购物群，确保下次上新可以及时收到消息。一加群，她才发现爱宝心切的孕妇们购买力惊人，互相传染，接力推荐，秦甦爬楼爬得眼花缭乱，购物车加爆都没摞完——孕期天然安全护肤品、防妊娠纹油、孕妇装、纯棉内衣裤、铁剂、钙剂、叶酸、通便西梅汁以及一堆有的没的。

最后看到孕妇枕，群里都说是个好东西，秦甦杀红了眼，全面被洗脑，一点儿清醒也不留，正在往购物车里塞，屏幕上弹出了“购物车已满”的提示框。

啊……秦甦只能折回购物车，将前面的一一结算，每下一单都会给石墨分享过去，买到一半她就睡了过去。小屏幕耗神，小数点烧脑，明天再买吧。

眼前一黑，秦甦与现实告别，连石墨的打款消息也没来得及点开。

“买。

“买。

“买。

……

“买完了吗？有空打个电话吗？”

秦甦枕在冰凉的书本上，脸颊一阵舒适。

梦里，她胸襟半敞，沟壑深邃，站在一团昏黄暧昧的灯光下，纤纤玉指正在涂抹护肤油。石墨看到，要帮她抹，表示这么辛苦的事不能只是妈妈做，爸爸也要帮帮忙。

她害羞，暧昧地由他接手，两只手规矩地摆在身侧，嘴上教他如何倒油，在掌心搓热。

石墨的手指修长，但他毕竟是男人，骨架比她大，手掌宽阔厚实，如恒温的熨斗，来来回回地熨帖皮肤。

他的右手比左手粗糙，所以她更喜欢右手，左右手交接的间隙，她心里都会叫嚣：右手！右手！右手！

肚皮、胳膊、大腿，他都效劳了一遍。他就如此这般，认真卖力地替她抹油，指尖滑至每一个唐突之处，都恰到好处地收住力道。

一束光落在唇珠，晶莹剔透，如要滴水般诱人。

秦甦内心如尖叫鸡，两脚来回搓蹭，欲要故技重施夸他牙整得真好，顺道亲一嘴，刚一张口，却“哇”地吐出来一堆秽物。她想说抱歉，一抬头，却看到了石墨恐惧的眼神。

她一害怕，吐得更厉害了，像黄河一样滔滔不绝，呕吐物上还飘着一星半点菜叶，是晚上陆玉霞逼迫她吃的。她变成了个怪物，漂亮的皮囊之下，呕吐物一点儿也不好看，五颜六色，像某阵流行的“彩虹吐”。

梦的最后，秦甦吐得太多，差点儿被淹死，只能游泳逃生。奇怪的是，怎么游路线都是歪的，距离门一米远时又被打退。而石墨早就丢下她开快艇跑了。

醒来时，秦甦还在做抓取的动作，试图捞起个漂浮物撑一阵。

她郁闷地捞起枕下硌脖子的东西一看，原来她刚才在枕着书睡觉，难怪逃生的时候路线一直是歪的。书页中央被水浸过，皱皱巴巴的。这是她的新书，还没看几行字呢。

她摸摸嘴角，用手机一照，果然，有干了的屑渍。

秦甦拿起手机搜索，结果显示“孕期孕妇胃括约肌松弛，胃酸反流，导致口水增多”。

盯着石墨的“通话请求”半晌，秦甦想起刚才梦中的情节，气鼓鼓地想要删除对话框。这时微信系统弹出提示："过去二十四小时内有一笔未处理的转账，确定要删除对话框吗？"

她赶紧返回去，还是把钱收了。

潘羽织早上侍弄完孩子，像丢小包袱一样把孩子送到早教班，头也不回地走了。

从早上七点开始，每小时连发十条微信消息的秦甦，到十点又没有声息了。潘羽织抵达秦甦家，陆玉霞拎着饭盒正急匆匆地往外走，出门时点了点自己的太阳穴，挤眉弄眼，暗示秦甦这天又不对劲、闹情绪呢。

一进门，果不其然，像被孙悟空大闹过的蟠桃宴，家里一片狼藉。名牌包被丢了一床，衣服带着衣架散在贵妃凳上，摞成两座山。

金贵的孕妇踩在凳子上，用危险动作搬运全新的畅销书。

秦甦见着潘羽织，第一句话就是："今天莱莱哭了吗？"

潘羽织提过，家人送莱莱去早教班，告别时都要依依不舍，上演生离死别剧码。她一开始不懂，把孩子送到老师手边就走，跑得飞快。小孩儿眼角挂泪，脸蛋贴在窗户上，一脸迷茫。还是早教老师在群里提醒她，她才知道自己有一道"母爱工序"没有完成。

后来她会了，离别时牵着女儿的小手扮演忧伤不舍安抚她。

秦甦听后笑坏了。于她一个对小孩儿不感兴趣的人来说，这个笑话只能算一般好笑，但为了配合潘羽织，她夸张了一下，一笑笑过头，显得对这个话题特别感兴趣。是以，后来她时常需要配合着表现出后续的"感兴趣"来补足当时的"过度"。

这天，潘羽织的眼眶一圈染了亮片的卧蚕，没有哭的痕迹。

"我和她已经度过虚假母女的阶段了，以前还想偷懒，当两三岁的小孩儿什么也记不住，以为大喊两句口号，小孩儿就会爱我。”

秦甦伸手搬书，脚下晃了一下。

“你当心点儿！”潘羽织赶紧稳住凳子，替秦甦接过书，“现在小孩儿真是不好骗，她很清楚谁对她是真的好。在家里，她最亲奶奶，其次是爷爷，然后是外婆，最后才是胖仔和我。”这个次序是按宠爱和陪伴程度排的。

潘羽织指望浑水摸鱼，每天喊“最爱莱莱”“莱莱世界第一漂亮”“莱莱是妈妈的心肝小宝贝”，然而，这些空洞的招数对小孩儿完全没用。“小孩儿很聪明的，他们要实打实的陪伴。”完全不吃虚招。

“那今天你没有假哭？”秦甦的两眼亮晶晶的。

“没有，现在家里人都要我送，因为我和莱莱彼此都不加戏，我把包袱一丢，她头也不回。他们送，莱莱哭哭啼啼大半天，又是哭又是哄，弄得跟大半年见不着似的。”

秦甦捧下最后一摞书，歇了歇手上的活，嘴上还在问：“那她啥时候记事啊？记事后你还这样敷衍她，能行吗？”

“不知道，三四岁？四五岁？到时候再说吧。”

秦甦问：“是三四岁还是四五岁？这个差很多啊。”

“嗯，有点儿复杂，跟什么海马体有关，小一点儿记得几个星期前的事，大一点儿能记几个月前的事。”

秦甦追问：“小一点儿是多小？两三岁吗？”

“就莱莱这个年纪吧。”

“莱莱满三岁了吗？”

“现在三十二个月。”潘羽织也意外，秦甦居然越说越感兴趣，她边回答边见缝插针问自己的问题，指着空置的书架问秦甦，“怎么整理这些了？”

秦甦的房间装修过一次，格局重新排布过，家具也是新买的。不过，囿于老房子先天不足的结构和采光问题，装完添完没几年，又旧了。

秦甦把没塑封的书本择出来：“我准备把东西能卖的卖，不能卖的丢掉，以后有了小孩儿，地方估计会很挤。”

“不包括这些包吧？”

“包括。”

“天哪，秦甦，你的牺牲也太大了吧。”潘羽织惊得搂起一本《哈利·波特》在胸口抱紧，“石墨给了你什么好处？”又是卖包又是生孩子的。

在潘羽织眼里，秦甦比她还不像个母亲。

“他能给我什么好处？不过就是帮我分摊一下经济负担。”秦甦翻了个白眼，“也不是全卖，几年没背的就卖掉好了。”作为都市囤积狂，代价本来就太大了，几万一平的城市居所寸土寸金，堆些用不上的精致无用品实属浪费，“过几天王美丽帮我挂去二手网站。”

她以前下不了狠心，这一刻想到宝宝，干脆利落。

“他是多有钱啊……”按说排得上号的帅哥美女都离不了她的八卦网，怎么石墨这号人物完全没印象呢，“我还问胖仔‘知道石墨吗，秦甦怀了他的种’，他还说，‘秦甦就知道找帅的’。”

“哈哈！”秦甦笑得前仰后合，“胖仔看人真准！”以她的这个标准，意外怀孕也不会意外到哪里，颜值的底线永远守住。

“他也记得石墨长得不错，可我怎么不记得了？”

男人眼里的帅和女人不一样，秦甦说：“他整牙了。”

“哦，整得帅吗？”

帅，很帅！岂一个“帅”字了得。

但鉴于梦里他嫌弃她、抛弃她，真实又具有冲击性，秦甦无精打采地贬低："也就那样吧……"

见潘羽织不解，秦甦把郁闷了一上午的事情倒了一遍："好烦啊，我现在打呼流口水，以后还会越来越胖，我不想谈恋爱。"

潘羽织感到好笑："只是梦而已。"

"是啊，只是梦，换了其他男人都好说，只是石墨……有点儿特别。"

潘羽织的八卦之心骤起："哪里特别？"

"不是你想的那种特别。"秦甦斜睨她一眼，"你知道为什么都不建议办公室恋情吗？因为谈恋爱会影响工作分工和进程。"万一恋爱谈崩了，工作都稳不住。

"你是怕？没必要喽，你们也不是没恋爱过，不就是恋爱了才怀孕的吗？不是分开了还在进行良好的合作吗？"

这揭穿得也太残忍了。

"唉……也不是怕，就是有点儿烦，感觉不干脆。"万一感情上有点儿牵扯，是否会耽误正常的养育供给；万一他半道"劈腿"，要不要给他进行道德谴责？还是说她得拿出"大老婆心态"，睁一只眼闭一只眼？哇，太考验了，还是"Business is business"最为简单。

"那你们后来那啥了吗？"潘羽织推她。

"没有！不过差点儿……照这么朝夕相对下去，我和他谁都忍不住……"她捧住脸蛋，做出害羞的模样。俊男靓女共处一室，激素波动难以避免。所以她得在独处时好好确认一下自己的尺度，想好再走到一起会不会有后顾之忧。

"忍不住就不忍了呗，能有多大事啊！"

"说是这么说啦，但……"潘羽织到底是在幸福的家庭长大的，又是跟初恋结婚，安全感系数很高。秦甦欲言又止，低头继续一本本筛书，粗略地翻过一遍，取出书里夹的笔记、字条和书签。

那边潘羽织还在劝她："你放松点儿，孕妇就是会多想的……而且这种事结婚最简单了，你不结婚才这么复杂的。"

又绕到了结婚上，秦甦不想继续这个话题了，举起一本《那小子真帅》，朝潘羽织扬了扬："你看，我高三过生日时，你送我的礼物。"

这本书居然还在，潘羽织曾狂热迷恋韩式爱情，给每个过生日的女同学都送了一本。她灵机一动："到时候你生个儿子，咱们正好订个娃娃亲。"

"好啊！"秦甦朝她眨眼，"万一生的是一对儿子，还可以兄弟争女，整一出好戏！"

潘羽织笑得狂拍大腿："我的妈呀！我们莱莱命太好了！"有两个帅小伙抢她。

"哈哈！"秦甦也仿佛笑成一个傻子，两只手抖得厉害，书本扉页夹的一张纸跟着掉了出来。

她一开始没在意，随意扔到一旁，与潘羽织又扯了两句，方才后知后觉地捡了起来。

字迹眼熟，秦甦来回看了好几眼，心脏狂跳，慢半拍才开始读内容，几乎是一个字一个字地念出来，才把涣散的注意力重新集中起来。

他："那就找个人陪你啊，我说你怎么每天都一个人背书呢？"

她："谁啊？你吗？"

他："好啊，那我上任？"

她："行！你准备准备！"

他："这么快？"

她：“嫌快？还是说你嫌我不漂亮？”

他：“没。”

她：“你上次说我一般的！”

他：“开玩笑的，谁会嫌弃校花呢？”

最后一句是他回的，所以字条传到她手上被保留了。角落里有他画的简笔画，一个普通的男的，他说是他的自画像。

骗子……

她把字条递给潘羽织：“你看我找到了什么！”

这字条潘羽织见过，还跟秦甦讨论过，但她忘了后续：“那后来你们见面了吗？”

“没有啊。开始得鬼鬼祟祟，结束得也鬼鬼祟祟。照着他的自画像比对一圈，发现全校男生都长这样。”

“我觉得肯定是他太丑了，知道配不上你，网友见面不都是‘见光死’吗？”

“他都没见过我长什么样啊！”

“他不是以为你是柏树姗吗？”潘羽织朝她挤出呕吐的表情。

“哦……对哦……”这个久违的名字曾让她们一度咬牙切齿到搞起封建迷信，差点儿去学纸扎小人。

秦甦叹了口气，手摸上胸口的十字架，苦笑道：“人生真的是一环扣一环。”要不是他，秦甦根本不会想到，一个玩笑冥冥之中会让她找到构陷作弊的幕后黑手。这明明是死无对证的事，却意外被送上了如山铁证。

外间忽而喧闹，陆玉霞回来了，包装袋的声音此起彼伏，没完没了。

秦甦没当回事，还在说：“如果这个男的真的跟柏树姗在一块儿了，那他就废了。”什么字条情谊全不作数。

潘羽织："脏了！"

秦甦："垃圾！"

潘羽织："下地狱！"

秦甦："瞎了狗眼！"他居然连她都认不出来，她和柏树姗的风格完全不同好吗？！

潘羽织引导："还不如石墨！"

秦甦顺口说道："对，还不如石墨！"

说罢她把纸团一团，用力丢进垃圾桶，还用力地啐了一口："呸！"

"哈哈，那就结婚吧。"潘羽织顺利地把她绕进去，得意地轻点她的小肚皮，惊呼道，"是不是大了一点儿？"

秦甦毫无顾忌地掀起裙子，给她展示自己的肚子，指尖游走，强调弧度："一点儿，很神奇。"

"哈哈，后面会更神奇呢。"

秦甦捂住肚子，脸上的表情又恐惧又期待。

潘羽织不再开玩笑，拉回主题："结婚吧，结婚稳定一点儿。"好歹受法律保护，听胖仔说，石墨确实家境不错。

"算了吧，"秦甦把《那小子真帅》往非卖书里一放，"结婚是要跟喜……"

没等说完，房门由外往里一推，门把上还带着热乎的余温。

石墨看到潘羽织一愣，抱歉地招呼："不好意思，不知道有人，忘了敲门了。"

潘羽织惊呆了，整个人猛地站直，惊喜地挥手招呼："好久不见啊，老同学！"

秦甦翻白眼，什么老同学，走在路上根本认不出来好吗？！

石墨点头回应："好久不见。"他把书往旁边推了推，腾出空位，将果盘搁在秦甦的书桌上，“你妈说你没吃早餐。”

“哦……”秦甦自己都忘了。她早上看什么都烦，加之刚从充满呕吐物的梦里惊醒，恶心得什么都不想吃。

石墨问：“现在饿了吗？想吃什么吗？”

潘羽织轻车熟路地拿出牙签，叉上一块火龙果，两眼色眯眯地盯住石墨，一边咀嚼一边表示满意：不错。

秦甦嫌弃地眯起眼睛，冲潘羽织挤眼睛。

潘羽织瞪大眼睛，都有些生气了，就这还犹豫？秦甦在搞什么？

她用无声的口型疯狂对着秦甦重复——结婚！结婚！结婚！结婚！

秦甦的房间本来就不大，眼下东西全部摊开，乱七八糟，像废品收购站一样。

潘羽织很有眼色，见石墨不急着走，大腿一拍，忽然想到件急事，非得在饭点立刻走。秦甦还指望她帮着整理房间，顺便聊聊天呢，见她要走也只能磨磨蹭蹭地跑去送，抓紧时间再絮叨几句知心话。

潘羽织问她要了根头绳，自嘲没出息，看见帅哥直出汗，一边扎头发一边往玄关走，又是气又是没办法：“秦更生，你飘了。”

“什么？”秦甦不解。

潘羽织叹了口气，三下五除二地迅速束起头发，穿鞋时看见秦甦的白色贝母抓夹，特别温婉地说道：“你这抓夹是哪儿来的？”没见她用过啊。

“之前买的，最近掉发好厉害，孕妇群里的人推荐说这个好，头发拉扯不严重，我正好有，就拿出来用了。”

“你都有孕妇群了……”

秦甦当年也是看见莱莱才勉强接受潘羽织的身份变了，眼下换潘羽织异地而处，依然没法儿接受秦甦要做母亲的事实，总觉得她还傻乎乎的，连结婚都不会……还以为她是众星捧月的小姑娘，想一出是一出。

“为什么说我飘了？”秦甦还在纠结。

“哎，也没什么，我想了想，”潘羽织掩住口唇说起悄悄话，毕竟石墨在房里可能会听见，“长这样的多数是‘渣男’，给钱就好，你多为自己争取点儿！”潘羽织顺手抓过抓夹又看了两眼，夸了句“好看”。

秦甦笑眯眯地摘下来，往她跟前一递：“你要吗？”

“你还有吗？”

“我还有一个金属的……”

“那行。”

房间连下脚的地都没有。

石墨不像她们脚下轻盈，稍踮两步脚就能飘出去，男性身躯高大，加之西装、西裤笨重地束缚住了他。

他扫了一圈，直到秦甦和潘羽织的声音在门口消失，才蹬掉一摞书，从垃圾桶里拾起个纸团。

石墨对着纸团盯了很久，终究还是没有打开，掌心一捏，将其掷入了垃圾桶。

门枢发出“嘎吱”一声响动。秦甦再回房时，地上的书摞得比刚才整齐。

石墨西装搭在转椅扶手上，白衬衫的袖管挽起，干练地露出男性健康自然的肌肉线条，衬衫后背印着片汗渍。秦甦自叹，居然看这也觉得性感。

“热吗？”

白色及踝短袜上露出一截小腿，前后交错，挪到石墨的眼皮底下，光影沉浮，情欲的潜流迎着款款摆动的裙摆上行。

石墨“嗯”了一声。

到底六月了，这天中午的最高气温达二十九摄氏度，男人阳盛，多不耐热。秦甦热心地去给他拿冷饮，又被炒菜炒得热火朝天的陆玉霞拽住说：“我正做饭呢，别乱吃东西。”

秦甦：“他热。”

陆玉霞立刻换上关切的神色问：“那要不要开空调啊？”她将两只手在围裙上草草一擦，煤气一关，分秒不耽搁地就要找遥控器给石墨开空调。

陆玉霞不喜欢空调，只有三伏天里开几天，平日风扇转转头，吹吹风，所以一时间也不知道遥控器在哪里。

“我知道怎么弄，你赶紧做饭吧。”

“你知道在哪儿？”陆玉霞不信。

“知道，知道。”她孕后容易燥热，这几天每天晚上都开空调睡，只是怕陆玉霞唠叨，就没说。

秦甦从分类备用抽屉里找出个木挖勺，房间里石墨明显在瞎整理，机械地摞书，只为整理出一条道，秦甦把百乐宝递给他：“你吃，我来弄。”

石墨不喜甜，不过还是接了过来，问：“什么口味？”

“巧克力，我喜欢吃巧克力味的东西。”她又问，“你喜欢吗？”

石墨舀了一勺，一入口就被齁到。

秦甦的嘴角抽动，怀疑他是故意的：“哼，果然，抽烟的人，什么零食都不如烟有味啦。”

他往她跟前一递：“你吃吧。”

“我不吃。”秦甦摆手拒绝，人还本能地往后退了小半步。她明显感觉到石墨的尴尬，尤其她站着，他坐着，半举的手臂往下一垂——原来霜打的茄子是这么一幅画面。

“我不是嫌弃，我的意思是……”

“我知道。”他把百乐宝往地上一搁，单手一撑，跟着人起身的还有迅速落入手中的西装。

“怎么还生气了？！”秦甦皱眉，说，“我是孕妇，需要控制糖分摄入。”她早上虽然没吃早饭，但是吃了好几块太妃糖，眼下不能再吃冰激凌了，太放纵了。

石墨穿上西装，稍作整理，说：“我有事，先走了。”

他明显就是有情绪。

秦甦恨恨地拿起百乐宝，就着他的勺往嘴里喂了一口，含上冰凉的巧克力冰激凌，还用力嘬响木勺，吸得脸颊一凹。她没好气地说：“幼稚！”

看到她这副样子，石墨脸上不由得浮起笑意：“我不是这个意思。”

“不是这个意思，那是什么意思？”

石墨说：“我有事。”

有事啊？秦甦问：“那你不吃中饭了吗？”

“不吃了。”

秦甦问：“那你来干吗？”

“你没回我微信。”

秦甦愣了一下，说：“是吗？我最近在控制使用手机的时间。”

不是的，她胡扯的。但她总不能跟他说自己做了个噩梦，梦里他太过无情无义，导致她太过生气，所以把真实的他“连坐”了吧？

石墨当然知道她在胡扯。秦甦接收了转账，但没有回复他的通话请求，连句最常敷衍使用的“不好意思，睡着了”都没发给他。

一天一个脸色，捉摸不透。

他扯起嘴角，说道：“那行，戒网愉快。”

秦甦看到他意味深长的笑，心里涌起怪异感，只能说：“我要是看到了，会及时回复的。”

石墨深深地看了她一眼：“那我先走了。”

等他走出两步，秦甦才慌里慌张、后知后觉地拉过他的手，羞耻得想挖地洞。她突然想到，怎么有空收转账，就没空回消息呢？

好吧，她是有已读不回的习惯，也许不礼貌，可漂亮姑娘的礼貌本来就很难面面俱到。

她装傻地说：“那个……你要不要摸摸宝宝？长大了哟。”因为石墨工作忙碌，他和“小群众”已经十多天没亲密接触了。

石墨转身，秦甦顺势贴进他的臂弯，捞起他的手，十分主动地说：“快！”

生命的“山岭”低矮，表面带着若有似无的温度，秦甦身着宽松的棉质睡裙，已经有了恬静的孕妇模样，石墨轻抚两下，淡淡地说：“大了。”

秦甦的目光黏在他的脸上。

嗯？他怎么没有上次那么激动了？

她仍按着他的手，不满意石墨的“父爱”演技，当然，更多的是对自己“已读没回”的心虚。

他掰开她的手，秦甦索性踮起脚尖，两手搂上他的脖子：“那抱一下。”

“好了，走了。”石墨搂着她，在她的太阳穴印下浅浅的吻。

浅尝辄止，进退有节。

“真就走了？”她拉过他的手，感受他温暖的体温，“我妈做了好多菜。”

“是吗？那我得去说一声。”

“哦……”

秦甦贴门而立，没有出去送他，石墨和陆玉霞的对话断断续续地传进耳朵里。

陆玉霞：“啊，怎么就走了，刚才你不是说今天陪她吗？”

石墨：“有事……”

陆玉霞：“哎哟，我做了好多菜，真不吃饭了？阿姨的手艺很好的。”

石墨：“她吃……”

陆玉霞：“哎哟，她能吃什么呀？这不吃那不吃的，都是给你做的！”

石墨：“临时……下次……那阿姨我先走了。”

秦甦竖起耳朵，又是愤愤不平，又是惴惴不安。尽管石墨的话被门挡住大半，秦甦仍听出他走是临时起意的。

原来他本来是要留下来吃饭的啊……

可想而知，这顿饭秦甦和陆玉霞吃得都不是滋味，她再回房整理时，委屈得直想流眼泪。

石墨怎么这样啊？他把潘羽织挤走了，自己也走了，还把她和陆玉霞搅得心神不宁。

她一边想着，一边矫情得哭了。

孕妇的眼泪和胃液真是不值钱。

Fake love

Chapter 5

孕十四周

秦甦真的找过他?

石墨额角的太阳穴像在砸墙一样拼命地跳动。

他走出秦甦家，一路走一路解扣子，脱掉西装，衬衫扣子也因为燥热开到小腹。

后备箱的矿泉水在自然蒸箱里热得烫手，石墨牛饮完一瓶，才稍稍缓过气来。

原来，秦甦找过他……

高中认识秦甦的都知道，她是懒觉大王。

清晨的秦甦困顿有余，精力不足。石墨早操时蹦个高，能远远地望到秦甦，她的脑袋像弹簧小人，左右摇摆，上下伸缩，无处安放。

困得要死的时候，她就原地站住，同学围着她旋转、跳跃一圈，她也能闭上眼睛，垂头丧气，打盹儿打得理直气壮。

有时候，班主任无可奈何的那句“秦甦！打起精神！不要修仙！”能声如洪钟地传出很远，惹得周围同学笑得前仰后合。

高中的男生极其幼稚，甚至试图用取笑和戏谑的口哨博取女神的注意力。

但不得不承认，早操结束、队伍靠拢时，秦甦慢吞吞揉眼睛的动作太可爱了，乌黑长发柔顺地披散在宽大的校服上，阳光洒在头顶，像小天使头顶的光环。

石墨站在后排，能看见前排的男生们上蹿下跳，可笑得像群猴子。

拜托，她这种女生，怎么可能看得上他们？

分班后，他作为5班老同学试图朝她微笑、颔首、打个招呼，但她百分之九十的情况下都视若无睹，很不礼貌。他当时想，秦甦真是个很差劲的女生。

音乐教室很神奇，石墨本以为他是讨厌秦甦的，毕竟她和他根本就不属于同类。这种“讨厌”是正义的，符合他遥远的普通同学的身份。

没有哪个优等生会对作弊的同学没有鄙视之心，同样的，也没有几个男生禁得起女神的青春期刺激。很矛盾，但他不想承认。

石墨别扭地鼓励过这个“笨蛋”后，每次收到她认真写下的“谢谢”都会指尖狂舞。原来，她有礼貌啊……只是不对他……

他上课像得了多动症，一下课就迫不及待地要往音乐教室赶，有时候跑好几趟才会遇见一张字条。

石墨开始接受，自己也不过是个被“漂亮”把玩生理激素的猴子，和那帮上蹿下跳的傻男生们别无二致。

经过接触，石墨发现秦甦和别的漂亮女生的区别在于她很生动。跟他传字条时，绝不刻板，像相识已久、毫无防备的老友，什么玩笑都开，直接攻破了石墨的防线。

她问他：“你为什么总在后门？要不要来面聊啊？”还记得强

调，“我很漂亮的！”

石墨：“不了。”

她坚持：“真的是因为你丑吗？”

她又提起，让他不由得怀疑她真的很在意外貌：“你在意外貌吗？”

秦甦：“在意的，但是如果你不帅，我也可以接受的。”

石墨：“为什么？”

秦甦：“你善良啊，而且咱们是朋友。”

善良——多么美好的品德，但和“帅”相比真是一文不值。

朋友——多么美好的身份，但和普通同学相比，就是没有区别。

石墨没回，她也没再追问这件事。下一次，又是他听她背书，打趣她的记忆力，开始新的一轮字条传递教学。

他们经常只是互留字条，能够及时传递的机会并不多，运动会那次传得最频繁，几乎全程你一笔我一画，后来她没耐心，就在门那头古灵精怪地喋喋不休，怪他不肯跟她见面：“难道你丑得像伏地魔吗？”

他问：“伏地魔是什么？”

她愣了好久，一字一顿地问：“所以……你……是外星人吗？”

石墨听说过《哈利·波特》，但是没看过电影或者原著，对反面角色一概不知。

后面秦甦就开起他是外星人的玩笑——怎么会有人不知道《哈利·波特》呢？他一定没有被输入地球文化。她还会为自己正在跟外星人对话而兴奋，问他有没有玩过《超级马里奥》，他说没有，然后又被笑话了。

不知道秦甦是真傻还是假傻，石墨一时也分辨不出，只能配合她的玩笑，一笔一画地传递下去。他开始给她画自画像，先是外星人，再是自己想象中进化的人类形象。

秦甦惊叹他居然会画画：“难怪你的思维导图那么工整，我画得就很歪。”

“还行吧。”彼时石墨早摸出了规律，接完这种废话，后面很难迅速收到下文，必须以问号或者她感兴趣的话题结尾，“我很会画画，尤其是人物。”

秦甦：“可以画我吗？”

石墨：“好，你等我一天。”

那天石墨坐在教室后排盯了柏树姗一天，把她的五官画了个大概，秦甦收到画还挺满意的，夸他真的会画：“那……你不是觉得秦更生好看吗？你画她给我看看。”

他故意问：“谁？”

她无语：“……”

她生气了。

石墨等了两天，没再收到回信，本来还指望她能顺势承认自己的真实身份，结果这厮摆明了不想告诉他，非要憋到最后，像使了个大招一样。

往后门塞完秦甦画像后的一周，秦甦终于回复：“你暗恋秦更生吧？你画得也太好了，明显比我的好！”

角色扮演的信念感很强，这一刻，她依然没有暴露自己的身份，让人佩服。

那张画其实不太漂亮，比较写实。柏树姗那张是通过卡通笔触处理过的，而秦甦的这张他画废了很多稿，最后选择实实在在地把她画了一遍，从线条到神韵，甚至鼻尖那颗痣都恰到好处地落在了舒适的位置，是可以代替证件照的真实程度了。

石墨在心里骂她“精分”，还真演上瘾了：“嗯，有几次想冲上去打招呼。”

秦甦：“她人很坏的，不会理你的。”

石墨：“嗯，听说过。”秦甦的坏名声无人不知，都不需要她自己煽风点火。

秦甦：“那你还想跟她打招呼？”

石墨：“没办法，她太漂亮了。”

秦甦：“肤浅！那……我呢？”

青春期男女这样传字条，如何能不想歪？打开了这种直白的话匣子，只能越说越明白。他们约好高三开学见面，秦甦还开玩笑似的说，她要让他忘掉女神。

石墨就算激动，也不敢完全确定，按照她不按常理出牌的习惯，到时候会不会拉柏树姗来见面。

不过，没事，到时候他会拆穿她的。

“我高三开学那阵子有事，可能要晚几天来。”期末考试那天，他往门底下塞了最后一张字条。

高二暑假，石墨一直在进行物理竞赛集训，九月第一周没去上课，参加完物理竞赛的初赛，没想到成绩还可以，在没有任何主观能动性的情况下被丢进封闭式的复赛集训，直到九月底复赛结束，才得以“释放”。

中间有几天，石墨想到了秦甦，但大部分时候还是在做题做实验。

由于从小就接触这些东西，他的物理实验能力高于大部分参加集训的同学，但最终成绩还是不够理想，没能进决赛。他们学校那届的物理竞赛生全部落榜。当然，这种并不轰动的消息肯定没有传到秦甦的耳朵里。

文科班和理科班之间隔离，秦甦根本就不会在意这些事。

高三石墨他们全体搬了教室，被打发去了学校东南角的学思楼，距离音乐教室所在的副科楼近一千米远。

待石墨回到学校，秦甦已经开始了新生活，照样嘻嘻哈哈、漂漂亮亮，还有了新的追随者。当然，她也没再去过音乐教室。

如果石墨没有记错，他跑过好几次文科班那排教室，秦甦被重新分到了重点班，开始了新一轮的社交。他“偶然”经过，看到她不是在背书就是在聊天，要么就是和她的朋友在走廊闲话家常。

可能对于上高中时的石墨来说，秦甦更像是个外星生物，无情无义得不像个人类。

所以，秦甦曾找过他?

春夏之交的太阳一路烧了下去，几场急雨看似打乱了节奏，实际上只是为如火的天气添了把柴火。

石墨站在大太阳下，忘了掸去烟灰，风吹来，烟灰落下烫着了指头，又被扬进了风里。他在滨江大道吹了一小时热风，人才冷静下来。

他驱车到家，输密码时，门内响起一段吉他扫弦的声音，应声落下的还有一道开锁声。

“不是公司有事吗?”秦甦用力地扫弦，拨出刺耳的音效，比起电钻也毫不逊色，“回来得好快。”

石墨的右手僵在密码键盘前，食指上还落了一粒顽固的烟灰，他抬起拇指，揩了下去。

秦甦冒着热气哼哧哼哧地赶过来，见石墨真不在家，叹气怪起自己来，原来他真的有事啊。只是她还没翻开乐谱，门边就有了动静。

她胡乱地拨弦，冲门外面的人问话："所以你是生气了，是吗？"就因为她收了转账但没有回消息？

外边还是没声音，她不禁皱起眉头，上前一步。吉他笨重地撞到门上，发出声响。

她看向猫眼，那边的光就像受到感应，猛然被罩上一层黑色。她扒在门上使劲地眨眼，终于确认——嗯？他居然挡住了！

"是石墨吗？"她有一点儿不确定了。万一是别人怎么办？是他的同事怎么办？万一是个女的怎么办？

那边的人清了清嗓子，含混地"嗯"了一声。

秦甦转动眼珠回味几遍，才隐隐地确定，这嗓音低沉的程度应该是石墨了。

"你最好想好理由来敷衍我。"秦甦放下笨重的吉他，反手解锁开门。看他的智商能不能把她搪塞过去。

门一开，昏暗的玄关照进一道光……

石墨手里捏着车钥匙，靠在门边，定定地看着她。

秦甦作为有心找碴儿的人反倒被他看毛了。石墨干吗呀，没头没脑地盯着她，眼神谜一样？

她被看得心虚，老实地承认："好吧，我早上看到了消息。"

她思忖要不要讲梦，上次也跟他讲了一通梦，这次再讲，他会觉得她烦吧？本来也是，没有男的愿意听"袋鼠妈妈"分享梦境这种无厘头的担忧，她自己讲来也觉得无聊。可能秦甦太习惯给人留下有趣的印象了，幽默的包袱背得很重。

石墨扬扬眉，说："嗯，我知道……"

秦甦噎住。很好。

她说："我下次会回的。"

"好。"

她举起手机，朝他扬了扬，开始问罪："但是，我中午给你发消息，你没有回！"

石墨抿起嘴笑了，这条他还真看到了，只是在开车，就没及时回。

秦甦在家越想心里越惴惴不安，屋里还一团乱呢，完全无心收拾，巴巴地拎着饭盒跑过来道歉，结果石墨这厮居然还笑。

她一个漂亮的孕妇跑这么远，容易吗？

"那你想好理由敷衍我了吗？我这个人很难搞的，尤其是我现在有心刁难！"她抄起手，一副跋扈的模样。

穿堂热风从她的裙子下摆穿过，裙子鼓成诱人的待放花苞状。

石墨站在门口，朝虚张声势的秦甦说："我想好了。"

她皱眉问道："什么？"

石墨朝她招招手："你过来。"

她半信半疑，朝前迈了一步。

其实，石墨嘴角含笑、身体前倾，那副欲要透露秘密的暧昧表情露出时，秦甦就猜到他要吻她了。

这是男女之间的心照不宣。

温热的呼吸掠过嘴唇，石墨扣着她后脑勺吻了下来。

秦甦在两性关系里多占据主动地位，曾以为在和石墨的关系里依旧如此，但眼下……她心脏狂跳，像击鼓、像舞水袖、像跳踢踏舞、像放鞭炮，吵得她连连倒退，鼻腔泛酸，眼眶里一下涌出泪来。

石墨像是感应到了，拇指抚上眼角，捧住她的脸替她擦眼泪，但吻没停。

石墨环着秦甦，嘴唇一下一下地像盖戳似的，在她鼻尖那颗痣旁流连。他一开口像春风吹过，性感地挠人耳窝："哭什么？"

秦甦上气不接下气，哭什么？她在哭吗？

好不容易感受到手不是不见了，而是挂在他的肩上，又被石墨那仿佛《植物大战僵尸》豌豆射手式的吻撩得脚下发软。

为什么要这样亲？她最受不了这样，好像看见一息尚存的火星即将复燃，一闪一闪地诱惑她再主动一次。

秦甦吸吸鼻子，说："我不知道……"话音刚落，两颗硕大的泪珠子又掉了下来。

石墨亲昵地拱拱她的鼻尖，眼里漾满笑意："可真爱哭。"是不是喜欢笑的人也喜欢哭？秦甦也特别喜欢笑来着。

"不是的，我不爱哭，只是因为激素波动。"她除了对漂亮这种客观事实肯承认，其他主观方面的缺点能赖就赖。

这天她就是忍不住，眼睛已经很酸了，但眼泪还是止不住地往下掉。

最奇妙的是，她每眨掉一滴眼泪，眼前的石墨就清晰一分，她看清了他眼角的纹路、睫毛的长度、瞳孔的颜色，以及中央镜头般的瞳仁里映着的两个漂亮的她。

她忍不住地捧住他的脸，似嗔还喜："干吗亲我？少来这招！"

他"嗞"了一声，说道："我问你了啊。"

"嗯？什么时候？"

石墨说得真诚，搞得秦甦竟有一刻怀疑自己是不是漏听了。

"现在！"眼底闪过狡黠，他扣住下巴，贴上她不断喘气的嘴，"秦更生小姐，请问可以接吻吗？"

惊鸿掠过眼底。

秦甦素来伶牙俐齿，机敏善撩，此刻却像一只落在美男花上的花心蝴蝶，傻傻地咬住了嘴唇。

他拿捏住武林高手般的力道，轻重疾徐，交错出手，渐渐

"催动内力"，引得秦甦强烈"共振"。

站着的两人脚步错乱地转起圈来，像是圆舞的新手，糟糕的脚下功夫彼此绊困。玄关的花瓶东倒西歪，险险地滚到边缘，被凸起的雕饰救了一命。钥匙架像鞭炮一样叮当作响。

秦甦失控地踢到墙角的吉他，作为一个冒犯者的她倒是被刺耳的弦音吓了一跳，倒抽一口凉气，娇呼出声。

石墨眼疾手快，捞住她向后仰的腰，抱起她往沙发走。

他想起来了，她还怀着孕。

秦甦以极其亲密的姿势挂在他的身上，左右打量，好奇怪。找到可以放下她的地方，石墨反倒不再有动作了，直到唇瓣上的湿润风干，他也没再主动，只是用他深邃的眼朝她放电，仿佛挠痒不朝心尖尖上挠，净在边缘蹭。秦甦被他看得难受，只能翻个白眼："你看什么看哪？"

石墨想：她是真的漂亮。

他在脑海里描画了这么多次、这么多年，见过的美女数百，怎么就没有这样漂亮的呢？集精明和憨厚、风情与纯真于一体，让人永远摸不清她的下一招。

石墨擦掉她下颌上的一抹泪痕，诚实地说道："漂亮得挪不开眼。"

秦甦："还好吧。"

石墨："谦虚了。"

秦甦："漂亮的人很多。"

石墨："但你独一无二。"

秦甦噎住了。她太习惯自己把优点先夸完，让别人无话可说也无可辩驳，这次石墨抢她的台词，她反倒磕磕巴巴地不知道要顺着还是逆着了："咯咯……嗯……"

石墨满眼都是她，呼吸拂过她的唇瓣，像酷暑雷雨疯狂席卷后，青草散发出的气味，又像是狂风袭境后，刮起的那阵盐味海风。

秦甦扛不住这样的对视，她喜欢有来有回不停地对话，说到心动处就继续下一步。她接受不了这样的凝视，尤其其中情感的深厚几乎叫她扛不住，简直窒息。

秦甦无语地连连后退，左右躲避，手却还搂着人家的脖颈，欲拒还迎大概就是这样吧？最后的最后，她只能把脸埋起来，不准他看了。

谁知下一秒，额角被印上了一枚重重的吻，秦甦整个人蒙了，抬起脑袋，问他："你干吗呀？"

他又亲了一口，说："太漂亮了，忍不住。"

她被夸得像喝过酒一样脸颊酡红，情窦初开似的害羞了。

石墨含笑，像是看不够似的，眼睛几乎贴上她的脸，近到皮肤绒毛都清晰可见。

他的气息扫过唇瓣和耳垂，一路下滑，最后落在了她的颈窝。他不再动弹，只是静静地抱着她。须臾，他问道："秦更生，你有过喜欢的人吗？"

"你这说的是什么话？"

"那就是有，说说看。"

秦甦眨眨眼："喜欢人这种事感觉都是上辈子的事了，我这个年纪大概只有'crush'——短暂的心动，也可以很坦然接受心动过后的失落。"她推推他，"你呢？"

他亲了亲她："那说说上辈子的事？"

她怪里怪气地降下音调："我问你呢！"为什么都是她在说！

"我有。"

“说呀！”

“你先说你的。”

“那太多了……”

“说说最心动的。”

秦甦想了想：“那个，在巴黎……”

他清了清嗓子：“换一个。”

秦甦皱眉，看了他一眼，不过还是换了一个：“说实话啊，徐路阳这人还是挺会花架子的，有一……”

石墨冷着脸再次打断：“还有吗？”

她感到好笑地捏住他的脸：“你要听什么？”

“你说的那些我都不太认识，有高中的吗？”他问。

也是，他都不认识。但是高中……

秦甦坐着有点儿累，撑着手臂慢慢把自己放平，两只手轻轻地搭在小腹上，脑袋枕上他的大腿，直勾勾地看了他一会儿，才说出一句：“没有，我上高中时很不开心。”

感情这种事是锦上添花，不开心的时候哪儿有空想着恋爱？

“因为……那个吗？”他说不出“作弊”这个词。

这种事现在看来不值一提，但发生在弱小无助的高中生身上，还是桩冤案，真的是百口莫辩的天大委屈。

“是，也不是。”秦甦说，她高中的天空是灰色的。

父亲跑了，不爱她了，母亲天天哭，只能让外婆看店。她什么也做不了，每天也不知道在干什么。她试图招揽客人让店里生意好一点儿，但于改善生活而言，实在杯水车薪。她想争取到钱，是拉下脸面的那种争取，还试图找电视台的记者姐姐曝光秦栋梁抛妻弃女的事。也是巧了，这个关头秦栋梁破产了。

秦甦推了推石墨：“是不是看不出来我以前也是个千金小姐？”

她是从小学开始就有司机专车接送，坐在铁皮盒子里，晒不着太阳、吹不着风雨的有钱人家的小孩儿。

“看得出来，”他抓起她的手指摆弄，“十指不沾阳春水。”

“哦，手啊……那是因为我懒。”她继续说，“所以，我高中不喜欢谁，”说罢又坚定地补了一句，“对，谁也不喜欢。”

没有人能拯救她，她的一切努力都是小强一样可笑的自救。

石墨陷入沉默，倒是秦甦开始问他：“高中你有喜欢的女生吗？”

“有吧。”

哇！开金口了！

她立刻扫去心中阴霾，兴致盎然地盘起腿，拍拍肚子说：“来吧，给宝宝们讲讲。你要是说没有，那我会很失望的。”她希望宝宝的父亲也有灵敏的情感发育神经……

石墨假装想了想：“忘记了。”

她问：“你大学的女朋友是咱们高中的吗？”

石墨摇头。

秦甦咬住嘴唇，实在想不出问题来了，她和他的生活的交集少到可怜：“你之前的那个未婚妻是她吗？”

她其实也知道这个问题很白痴，谁会兜兜转转地一直在高中找对象啊？所以在石墨再次强调那人不是未婚妻时，她飞快地略过了这一段：“知道啦，是未婚妻还是前女友有什么区别，又不是领过证。”在这种事上咬文嚼字倒是不必。

“你会弹吉他吗？”她牵上他的手。

石墨摇头：“不会。”

“那我弹给你听。”她两眼亮晶晶的。

“你来就是为了给我弹吉他的？”她还特意带了把吉他来。

“没有啊。”她跑到门边拿起吉他，懒懒地拖到沙发旁，单腿翘起，架好吉他，朝他抛了个媚眼，“我不是送上门给你亲了吗？”

秦甦左右调整坐姿，抱吉他的姿势看起来很专业。石墨意外，秦甦居然会弹吉他。

当然，五分钟后，从她不熟练的调音和重复了十几遍的第一小段中，他的期待值又降低了不少。

秦甦勉勉强强、磕磕巴巴，又断断续续、来来回回地终于弹完了一遍《小星星》。最后一个音弹完，她问石墨：“听出来是什么歌了吗？”

他点头，说：“是儿歌《小星星》。”

秦甦松了口气：“那就不是我的问题，我妈昨天没听出来，问我是不是黄梅戏。”这是她给宝宝准备的胎教歌曲。

“挺好听的。”石墨憋住笑。别说，确实像，或者说，说它是个什么曲子都不奇怪。

秦甦笑眯眯地说：“刚刚弹得不好，等我再弹两遍。”说着，她低下头再次拨弦。

发丝垂落，卷曲的发梢在手臂间荡来荡去，石墨起身帮她绾发，秦甦指了指茶几上的金属抓夹：“用那个。”自从上次发现石墨不认识那个电话线发圈后她算是明白了，他对女性用品并不熟悉。

石墨识别出那个不属于家中用品的东西后，迟疑地拿起，在并不悦耳但很轻快的弹拨声里对这个张牙舞爪的东西生出疑惑。

秦甦把吉他搁在膝上，拿过抓夹，两手一捋，左右一绕，利落地夹上了：“好了。”

她的心思全在吉他上，温柔地跟着曲子哼歌词。终于流利地弹完一遍，她率先为自己热烈地鼓起掌来：“我太棒了！这首曲子我只学了两天！”

石墨清清嗓子，也为她鼓掌，说：“宝宝会喜欢的。”

秦甦的两眼登时蓄满了眼泪，她被石墨这句话感动到了：“是吧，会喜欢的吧？”

石墨在她的眼泪里石化，不是很理解她的突然感动，只能顺着她说：“会喜欢的。”

她吸吸鼻子问：“你喜欢吗？”

“喜欢啊。”他心想：你弹什么我都喜欢。

他刮刮她的鼻子，用拇指替她揩去莫名其妙的眼泪。

秦甦蹬鼻子上脸：“那你有什么特长吗？你看，比如说我会弹吉他。”

会弹吉他……

石墨很欣赏秦甦的自信。他偏头偷笑，被秦甦斜睨了一眼，似乎读出了他的取笑：“我专门过来逗你开心，你还笑话我？”就为没有及时回复消息这种幼稚事，她在家急得团团转，大老远跑来，他居然笑她……

“我没有生气，”他说真的，“你又不是第一次不回我消息。”

“还有哪次？”秦甦心里“咯噔”一下。

“你……咱们……我给你发了两次消息。”见秦甦开始皱眉回忆了，石墨拉过她的手说，“算了，无所谓的。”和容易焦虑、成绩不稳定的青春期比，二十八岁的他完全扛得住这种“失联”。

秦甦的嘴角耷拉下来，真正无所谓的话哪儿能这么快说出这么准确的时间、次数？明明就是在意啊。她索性不说话了。

轮到石墨替她找理由：“我知道，女神的记性都不好，洗个澡睡一觉就忘了回复，这些我都理解的。”

她别过脸，哼。

“好啦，我开玩笑的。”他揉揉她的手，又送到嘴边亲了亲，“痛吗？听说弹吉他手指会痛，是不是有个东西叫拨片？”

“那个我还不会。”秦甦反手握住他，两只手圈住，眼神复杂地问，“干吗亲我？”为什么突然情绪如此饱满地看着她、亲吻她，搅得她心脏“怦怦”跳，“群众”都要有意见了。

石墨笑道：“喜欢你啊。”亲吻喜欢的人需要什么理由？

秦甦的鼻头又发酸了，捧住他的脸用力盖上戳，感动地说：“我也喜欢你！”

超市人群涌动，周六迎来了全城的休闲高潮，买东西的人集体出动。秦甦腻歪完终于拿起手机，微信有二百零六条未读消息。她特意举到石墨面前，表示自己真的是公务繁忙。

像她这样的漂亮姑娘，消息总归不会少的。

秦甦没有辞职，顾虑到出版社生孩子有社保报销比例，还有福利津贴，她的爱财之心蠢蠢欲动，屁颠屁颠地做起组长交代的幻灯片，点灯熬油地把几个片段翻译好，接着还要看合同翻译，她的笔译能力一直比较弱，虽然有时胜在文字灵动，只是她的那一套用在合同翻译上又算碰上了弱项。

于是，秦甦的又一个强项再度派上用场——适应力好。她要了合同翻译作为模板，最近正在研究，重新跟一拨同学建立了联系，开始进入热情社交以交换社会资源的阶段。

陆玉霞为她在生孩子阶段换工作焦头烂额、夜不能寐，秦甦反为人生每一门课都翻开了新篇章而激动，也太新鲜了！

女儿不清醒，陆玉霞这时候还是只能想到一条路——把握住男人。她加了石墨的微信，交代秦甦的饮食。

“不好意思啊，小石，她挑食得厉害，麻烦你想办法让她多吃点儿蔬菜。

“她吃酸挺厉害，前几天的醋熘白菜她吃了两口，你可以弄给她尝尝。”

秦甦在家多了一嘴，说石墨会做菜，把陆玉霞惊呆了，现在还有几个年轻人在家下厨啊？可快点儿合法地领回家，照顾她这可怜的、四体不勤的女儿吧。

秦甦的外公、外婆是纯素食主义者，吃素三十余年；陆玉霞倒还好，荤素都吃；到了秦甦这一代，像猛虎扑食一样，只认荤的，加之小时候骄纵，愣是没法儿扭转过来。

说她不吃素活不久，秦甦还有理，说自己就随便活活，活到个三十五岁也就差不多了。五十六岁的陆玉霞差点儿气绝，这丫头的意思是要她这个母亲送她这个女儿走。

“好的，阿姨，今晚就弄醋熘白菜、柠檬虾，加一道咖喱牛肉。”酸香俱全。

石墨一边回复陆玉霞的消息，一边拽住渐渐走歪的秦甦。

秦甦怀孕三个半月，肚皮一点儿也不显，纤瘦高挑如少女，平日倒好，还庆幸没到负重时刻。但行至拥挤处，人的屁股、胳膊都能擦到身体，尤其一些人推车不长眼，石墨不由得眉头紧蹙。

秦甦这边拿着手机就放不下来，一个劲儿地低头回复。他搂住她：“看着点儿路。”

“哦。”她还在发信息，“咯咯”直笑，时不时还露出无语之色。

倒是石墨晃了一圈，终于想到了买什么，装好袋子，那边陆玉霞又发来了叮嘱：“不要信她说的‘都行’，等做好了她就都不行了。哎哟，小石啊，不好意思，担待点儿啊。”

石墨叫住秦甦，又报了遍菜名，问她确定都吃吗。

秦甦看完莱莱长达一分三十秒的完整表演，认真地组织了一句不谄媚也不敷衍的褒奖，发给潘羽织代为转达。

对付连亲生母亲虚假的爱都能识别的聪明丫头，她不能懈怠。

石墨等了一会儿，见她没有应答的意思，低声问："我刚才说的你都吃吗？"

"可以啊。"她无所谓地点头。

"你确定？等会儿我做好了你不可以挑食。"他尽量委婉地说。

秦甦回消息的指尖停了一下，非常有眼力见儿地抬头看了他一眼："那你……再报一遍菜名……"她莫名地在他冷淡的眼神下像个小媳妇。

石墨又说了一遍，秦甦问："柠檬虾是什么？"

"一种很清新的泰式虾，简单，比较适合夏天吃。"

"好，都行，听起来很好吃，但是不要醋熘白菜。"

"吃两口吧，我做得酸一点儿。"他倒不是很清楚秦甦不吃蔬菜，上回吃麦当劳，见她把菜叶子拎出来，还当只是偶然。

不吃绿色蔬菜确实很不健康。

秦甦答应，毕竟吃人嘴软，想了想又补了一句："那再加点儿辣。"说完她又低下头去回复消息了。

来到冷冻货架前，石墨只用了五秒就挑好牛肉，把她带离。

她问："你不看价格吗？"

石墨淡淡地说："拿最贵的就行了。"

秦甦惊讶地看了一眼购物车里的牛肉，巴掌大的一块居然要两百多元："你好大款啊。"

她的注意力终于回来了，石墨轻扯嘴角，哼了两声。

秦甦拉着他的手，娇滴滴地开玩笑："包养我啊。"

石墨伸出一只手挡住她的屏幕，像个长辈一样："可以，但是别玩手机了。"

秦甦抱着他的手臂，指尖揉他手臂，暧昧地凑到他颈边："是不想我回异性的消息吗？"

石墨抿唇不语，等她自己意会。

秦甦不依不饶，蹬鼻子上脸，两只手环抱住他的腰，拿“群众”使劲当枪使，贴着他哼唧着胁迫，非要他说出个子丑寅卯来：“是这个意思吗？哎哟，你不说，我就当不是。”

说罢她做作地把手机举到了他面前。

石墨扯出个疲倦的微笑，无奈地说：“你说呢？”

秦甦装傻，两眼伪装出勾人下地狱的纯洁：“我不知道。”她非要他说出两三句暴露占有欲的话。

石墨只得咬咬牙，偏头在她的额上印了个吻：“嗯……”

秦甦喜滋滋地埋进他的怀里，只是感受到男性的体温，心里五味杂陈，笑容酸溜溜地挂在嘴角。

本在犹豫的事情突然就这么尘埃落定了，倒也好，省了左右权衡和辗转反侧。

甜是甜的，只是她还没笑到腮帮子酸，愁云又跟着涌了上来。她本质上更偏信这是心动，而非所谓的爱情。希望石墨是个不错的人吧，将来散了，感情买卖不成，对子女的仁义也要在。

他们悄悄地在大庭广众之下咬耳朵说情话，两个人的手牵得特别紧。牵着牵着，也不知是谁主动的，结完账，他们自然地十指紧扣。

六月中旬的温度里，这样的亲密刚刚好。

二十八楼，华灯初上，落地窗外映了片绮丽的霓虹。

秦甦进门就冲到窗前，由衷地感叹：“外面的景色真漂亮。”

身后的开关声响起，一瞬间灯火通明。

“我觉得小了点儿，两个人住可以，但以后四个人住太小，如果请人带宝宝，这实在不像话。”

秦甦意外，他居然开始操心娃生下后的实际空间了，男性家庭职能敏感度很高啊。

好评！

“慢慢来吧，还有半年多呢。”半年时间对男女来说，什么都能发生。

石墨焯了遍虾，切了柠檬、生菜、葱、蒜、小米椒，调制作料时，呛人的作料味道飘出，秦甦说嘴巴这就馋了，石墨说：“有空吗？帮个忙。”

石墨见她闲坐着，就指导她取冰、剥虾。

秦甦急忙放下手机，从冷冻柜抄起两坨冰，滚烫的虾过了冰水，释放出一片温柔氤氲的烟雾。

秦甦深嗅一口：“好香啊。”

在石墨的指导下，待虾肉收缩完同时冷却后，秦甦开始剥虾。

她一边剥一边看着他忙碌的身影，偷偷地发笑。

石墨见她没戴手套，提醒说：“别被虾刺伤了。”

秦甦无语：“我哪儿有那么娇贵？”

这回轮到秦甦的手机振动个不停。

石墨下菜前，于疯狂的振动声中稍作停顿，似是无可奈何地叹了口气，被秦甦捕捉到了。

她看了眼屏幕，主动说是徐路阳：“等这几天忙完了，我找个地方跟他说清楚。”

石墨奇怪她这几天没有动静：“你最近在忙什么？”

秦甦絮叨了一遍最近的事：“我前几天又去了趟派出所，连着翻译了四个小时，我妈陪我去的，还观察了一下周围的环境，说那里对小孩儿不好，阴森森的，笑死我了……”

石墨说：“累的话可以不用去，咱们不是说好了，孕期的费用我来出吗？”

“那我怀孕期间干吗？躺着？那不行，我年纪轻轻的，又不是不能走路，平时在家躺着真的很容易废掉，我忙惯了，虽然梦想是躺着，但没有办法接受真的躺着。”她囫囵地剥完最后一个混进来的小虾米，走到洗手池旁洗手，“还有啊，我又漂亮又聪明，这都是可以变现的价值，在家躺着，就是每天都在亏钱！”

“好。”他无力招架，只能笑。

秦甦认真地盯着石墨翘起的嘴角，那种拿她无可奈何的样子使她酥得脚趾发麻。她咬住下唇跟着痴笑，如波浪般弯绕的几绺鬈发蓬蓬松松，一个搞怪的动作，发丝得意摇晃。

她湿润的“咸猪手”快意地爽了一把。

石墨皱眉头都让她眉飞色舞。这也太性感了吧？她忍不住想要挑逗他，像这家伙吻她一样，又突然又理所当然。

耳边醋熘白菜的爆炒声如夏日不歇的雷雨一样，一直响。

她好像完全没有眼色，就像一个粗鲁的访客，没有缘由地突然闯入他的炒菜空间。

世界颠倒，男色惊惶遁逃，女色孤勇冲撞，人类的呼吸声与油锅的爆裂声混成一片……

石墨哪见过秦甦这个样子？他抓着她的手臂往外抽，一副正人君子样：“别闹！做菜呢！”

说实话，秦甦闻见包菜那股草味就想跑，手顺势关掉煤气：“不吃这个了好不好？”

石墨索性搁下锅铲，按住秦甦不安分的手，点破她的诡计：“你说了吃的。”

在超市时觉得可以下咽，但真的看到、闻到，又是另一回事，秦甦开始耍赖：“我想吃你……”她不想吃草。

锅里的酸气跑出，搅得人食欲大开。石墨的喉结上下滚动，垂首看向水汽中的秦甦，眼尾上挑，毫不掩饰欲望。

炖锅里的牛肉渐渐软化。

倒计时的钟“嘀嗒嘀嗒”地响着，从五十分钟跑到了二十分钟。

终于铃声大作，像高中的上课铃声一样催人警醒。

秦甦反手推开石墨：“你快下去吧。”她的唇周湿漉漉的，一看便是被热烈的欲望浇灌过。

石墨失笑：“你呢？”

“我再哭会儿。”她委屈死了，脸埋进枕头，一个劲儿地哭。她抓着床单，用身体语言告诉他自己不满意。

他问：“哭多久？”

她说：“哭到开饭！”

一声轻笑传来，身后的呼吸声与体温离开，秦甦蜷着身子又抛了几行泪。这压根儿不算值得哭的事，她的眼睛却跟泉眼似的，汩汩冒水。

她双目放空，无神地横卧床榻。她回想刚刚的事，想着想着又乐了，像个哭了又笑的傻瓜。

在刚才那种关键时刻，他们全身每个细胞都做好了准备，上至呼吸道，下至脚趾尖。明明在楼梯那儿就要绷不住了，结果到了床铺前，石墨忽然“嗞”了一声，打开了搜索引擎。

动物的本能冲动混入关于人类繁衍的思考，碰撞出了好学的火花。

好学生就是这样，更希望有充足的知识储备再上战场，秦甦这种冲动型选手无法理解，陷入郁闷。

石墨觉察到她的安静，同她对视。

下一秒，一滴眼泪滑过他的大腿根，痒痒的。

石墨抱着她说："咱们问一下医生，或者你等我查一下详细的视频教程。"

秦甦心里委屈，呜呜咽咽地就开始哭。她让他抱着她，他依从。她说再用力一点儿，他拥住她，加了点儿力道。她觉得不够，打了个比方，让他像很爱很爱她一样用力。石墨轻笑，照做了，力道逐渐加重，皮肉紧贴。

他们抱了很久，直到铃声大作，她的眼泪也没歇。

回想至此处，秦甦又觉得好笑，舔了舔嘴巴，恰好等到石墨叫她吃饭："需要我抱吗？"

话像开玩笑，语气又很正经。这人是怎么做到这样绅士地调戏孕妇的？

秦甦趴在栏杆上，张开双臂耍赖："好啊，来抱我。"

厨房半封闭式的，她正好与楼下的石墨对视，那天她也是这样偷看半夜工作的他的。

石墨真就上来了，稳稳地抱住她，贴着耳朵问她，这次用普通的抱还是很爱很爱她的抱。

秦甦对自己强调：不要哭！今天感动份额超量，"群众"表示快吐了。

石墨搂着她，将手送到她鼻尖下："闻闻酸不酸。"

秦甦假模假式地一闻："嗯，酸，恋爱的酸腐味道。"

石墨："是我刚才挤柠檬残余的味道。"

秦甦："哦……"

走到灯光下，石墨才发现秦甦的眼睛是肿的："就为这事哭得那么认真？"

"你要理解我们孕妇的激素波动。"秦甦说潘羽织怀孕的时候也是这样的。聊着聊着，说起自己的恋爱长跑，别人没感动，潘羽织自己感动得哭了一个小时，与之形成鲜明对比的长跑对象胖仔就干坐着看她哭，场面很好笑。

“这就是爸爸和妈妈的区别吧，爸爸就是个谁来当都不奇怪的角色，反正你们都是捡现成的。”自嘲“喜当爹”，还不是爹很容易被取代，不像母亲，无可替代。

石墨伸手替她拨开额前散落的碎发：“那妈妈饿了吗？吃吃咖喱牛肉。”这是他的拿手菜。

秦甦撇撇嘴，自己又把头发拨了回来，那是她专门打理出来的带有绒毛感的造型：“你真的很爱做牛肉啊，我来你这儿吃了三顿饭，顿顿有牛肉。”

石墨盯着她几乎要刺进眼睛的头发，生出不解，不过没再做多余动作：“不正合你这个肉食动物的胃口吗？”

她配合方才没有继续的情节，不爽地说道：“不合！本质上，我每次来都是吃素。你这儿就跟素菜馆似的，把蔬菜打扮成肉的模样喂给我，实际就是假肉。”

净是接吻这种把戏，差评！就算是素菜馆也差评！

秦甦说罢，故意不碰咖喱牛肉，夹起柠檬虾，将鲜嫩的虾压进汤汁狠狠地蘸了一把，才塞进嘴里。

只是她咀嚼到一半，得意就消失了。

秦甦陷入安静，眼神沉醉，须臾，嘴角漾起惊喜和满足：“好好吃啊！”她咽下后立刻吃了另一个，一个接一个。

“这叫泰式柠檬虾吗？看你做起来很简单。”很清爽，果然适合夏天，“你的手艺真好。”

“冷菜，好吃主要是因为你剥虾剥得好。”石墨刚才偷吃了几口，眼下已经饱了。

哟！

秦甦白了他一眼："你好狗腿啊！"不过她很满意。

"来，吃两口醋熘白菜。"他没有放过这道菜，又重新炒了一碗。新鲜脆嫩，又酸又辣，没有中国人能抗拒，只有秦甦除外。

不是没有准备的，刚才在二楼听见爆炒声，她的心就凉了一半。

秦甦又往嘴里塞了一口虾，做了均衡营养的挣扎后，脑袋靠在墙上，摆出一副哭累了的虚脱模样："要吃可以，但得你喂我吃。"

石墨这回是真的闻到了"恋爱的酸腐味道"，秦甦也自觉肉麻，好笑地替自己挽回面子："干吗啦？我为宝宝牺牲，你不应该也牺牲一下吗？"

"我喂几口你吃几口？"

"好啊。"

这个倒是划算，石墨拿起碗，夹起一筷子："啊……"

秦甦肿泡样的杏眼闪过一丝狡黠，在石墨凑来的瞬间，倾身吻了他一下。动作匆忙，只是擦过嘴角，却足以撩动石墨，在他眼里漾起涟漪。

石墨心跳加速，又是开心又是无奈，只能盯着秦甦，直到把她盯毛并主动吃下那筷子醋熘白菜。

"我吃了。"味道是不错，够酸够辣，但是白菜真的是难吃，她自己辩解道，"其实我不算挑食，我只是不喜欢吃十字花科的东西。"

"十字花科是什么？"

"就是卷心菜、白菜、青菜、西蓝花、芥蓝之类的日常菜。"

石墨叹了口气，拖着小圆凳坐到她身边，地方小，两人挨在一起，四腿打架。他说："今天多少吃两口，下次我问问医生挑食怎么办。"

"你真好。"秦甦噘起嘴巴，撒娇道，"那我吃一口菜，你给我亲一口。”

她一定要作到石墨也崩溃。

“你怎么跟色鬼似的？”石墨仰倒身体，试图抵抗她的热烈。

她假装做出妥协：“那行，我吃一口，你亲我一口。”不过是主动和被动的区别而已。

她笑得就像一颗诱人的水果糖，等在那里，果不其然，唇上凑来“勉强”的一个吻。

石墨心甘情愿，表面无可奈何：“吃吧。”

“好。”啊呜啊呜。

他再嘬一口，说：“吃！”

这一下她感受到唇部的摩擦了。

“好。”清脆地咀嚼，愉快地下咽，秦甦对他能坚持多久产生了好奇，又凑上嘴，接了更重的一下亲吻。

她笑：“你有尝到酸味吗？”

石墨也笑，故作不知恋爱酸腐味：“嗯，我做的醋熘白菜味道不错。”

秦甦挑眉问：“还要亲吗？”

石墨看了眼，她只动了三筷子，每次都挑最小的，也是狡猾。他只能恳求道：“再吃两口吧。”

“我怀疑是你想亲我。”

“嗯，是我想亲你。”

成年人哪儿有力气这样持续腻歪？四五个来回就断电，开始办事。秦甦比石墨先没耐心，埋头吃了半碗醋熘白菜。

手机振动，碗筷作响，石墨简单地动了两筷子，再看向秦甦，这姑娘一边吃一边又哭了，他惊异地扣过她的下巴，拭去眼泪：“这次哭什么啊？”

“我不想吃了。”她都要吐了。

“那就不吃了。”都什么事啊！

秦甦其实也没多想哭，但鼻头就是酸酸的。既然“蓄水池”满了，索性用力地眨掉眼泪，她叹了口气问他：“你除了会做饭，还有其他特长吗？”

石墨对她突然的好奇多少有些不能接受：“你真的想听？”

“不然呢？”

石墨沉吟，看着她的眼睛说：“我会画画。”

秦甦并不意外：“哦……”

“你知道？”

“上次你不让我看垃圾桶，我就好奇，打开了一个纸团……”她盯着他的表情，小心翼翼地确认，“你生气吗？”这不算侵犯隐私吧。

“你看到了什么？”

“你画了两个小人。”她抑制住嘴角上扬，迟疑地说，“是……宝宝吗？”

“嗯。”

她“啧啧”说道：“那你画画的技术和我弹吉他的技术差不多啊。”

石墨皱眉：“嗯？”

“就画这么简单两个小人，还画废那么多稿纸……”污染环境，一点儿都不环保。

石墨心里乱麻似的，很不痛快：“秦更生。”

那是他的画，她看过的画。

她问：“干吗？”

石墨叹了口气，能拿她怎么办呢？“我希望以后宝宝可以遗传你的自信和乐观。”

她听出他的讽刺了，耷拉下眼皮，哼哼道：“不用了，他们只要遗传我的美貌就好了。”

秦甦吃多了，剩下的醋熘白菜被她囫囵地咽到了胃里，眼下她想打嗝，却始终打不出来。孕妇不能吃药，也不便按摩。真到了不舒服的时候，秦甦又不哭了，开始解决问题，抱着枕头坐着运气，又上上下下地爬楼梯。

石墨作为始作俑者提议出门散步。

换T恤衫时，他一直沉默，秦甦左右扭腰热身时见着了，拉他手安慰，不关他的事，是她吃急了。

石墨苦笑，哪是这件事……他只是心情复杂，自己奉若珍宝的回忆在她眼里一文不值。听她和潘羽织痛骂他，还有几分侥幸，至少她记得他，还这么记忆深刻，恨是一种他求之不得的浓郁情感。

结果倒好，她不记得画，也没喜欢过他。

在石墨眼里，秦甦恨他、骂他都比无视他好。感情里宁做负心人，也好过路人甲。

石墨在和柏树姗分道扬镳后，做过一个梦，一个很真实的梦。

梦里，石墨终于和秦甦在一场精心组织的高中聚会里重逢，他绞尽脑汁，八方周旋，也得到了秦甦的青睐，只是聊天时，秦甦对他完全没有印象，提及音乐教室更是一脸茫然，用那双漂亮的眼睛无辜地盯着石墨，像催眠图片，不停地旋转。

事实比那个梦好一点儿，重逢时好歹没那么荒唐，她至少记得他们曾是同学，也揣着复杂的心思，对他发出了恋爱的邀约。

“走吧。”

“等等！”

秦甦穿了件细红格纹的半袖连衣裙来，初夏夜凉，加之胃胀，她有种背脊发寒的不适感，取了件石墨的白衬衫宽松地套上，扎在腰际。这厮的衣柜走单调高级风，木质舵一转，门一开，入目是一溜的白衬衫和黑西装，说是搞金融，如若不长他这样，说这是卖保险、搞中介的衣橱，也没人怀疑。

秦甦穿上鞋，拉着石墨的手，说自己好久没有这样朴素地出过门了。石墨问什么叫朴素。

“就这样，简简单单，不用化妆也昂首挺胸。”作为一枚金贵的孕妇，她会很自然地为这样的简单舒适而心安。

石墨笑，夸她这样简单地绾发很温柔、很漂亮，说话时他一直盯着她，还把十指相扣的手抬起，往嘴边一送，动情地嘬了两下她的手背。这是自然而然的亲密举动。当喜欢一个人的时候，每一点儿爱意的克制都会变态。石墨“变态”了好多年，突然释放，多少有些浓郁。

秦甦嫌弃地“咦”了一声：“演得过啦。”说是这么说，手还是喜滋滋地紧了紧，“其实这种不用营业的生活也挺好的。”

“营业是指化妆吗？”

“保持精致状态吧。”她想了想，推了推他，“我大学的时候穷，为了维持良好的营业状态，衣服穿完了就要换男朋友，如果比较喜欢，处得舒服，就凑合凑合，混搭再穿一阵子。好累。”

他们步入霓虹灯下，车声、人声近在耳旁，很是嘈杂。

石墨闻言皱着眉头，一只手扒住另一只手的手腕，试图掰开，被秦甦咬牙反捉了回去。她说：“干吗？你们天天穿黑西装、白衬衫的男人洗个澡就算帅哥，根本不懂我们女孩子的痛。”

他强调：“你已经很漂亮了。”石墨再没见过比她更漂亮、更张扬的姑娘了，连她也自卑？

“可是漂亮的女孩儿超级多，而且漂亮是一种很腻的东西，就像甜品一样，第一口惊艳，后面都是一个味道。”她说。甜品就应该在橱窗里，远远地看见，会觉得精致精巧、食欲大开、不断念想，但是带回家就没那个意思了。

“我做好了你会腻的思想准备。”秦甦偏头看向他，又垂下眼帘，飞快地避开目光，急促地眨动睫毛，惹得他怦然心动，她装模作样地叹了口气，“有一天你要是不喜欢我了，也要对宝宝很好。”好委屈，她都要掉眼泪了。

石墨戏弄过后，语气淡淡地回应她：“哦，我知道了。”果不其然，手上挨了一记掐。

秦甦没等到掏心掏肺的告白，一个眼神过去，迎上他默契上翘的嘴角，鼓了鼓嘴，踏实感又涌上心头。

明月悬于霓虹之上，不太显眼。他们牵着手，锻炼颈椎似的看了会儿月亮。

石墨告诉她：“这是下弦月，今天是农历二十四，差不多这个日子。”他抬手，描绘月亮的边缘，“你看，它像左边的括号。”

秦甦张嘴傻看了一会儿，发现还真是，问：“那上弦月是右边的括号吗？”

“差不多，其实更偏向半圆，只是肉眼看过去很像括号。”

秦甦笑了笑：“除了上、下弦月，还有什么吗？”

“还有新月、蛾眉月、满月、残月……下次看到了指给你看。”

她满心欢喜，看月亮的时候，手边顺便还牵着个懂月亮的人，真浪漫。她说：“下次咱们再出来看。”

“好啊。现在天文台不方便去了，等哪个周末，我带你去天文馆看。”

他们从主路走到辅路，再从辅路逛入小径。秦甦有意说起自己加入一个孕妇群，里面除了有人分享怀孕的经验，还有好多孕妇说怀孕辛苦，工作和身体很难平衡。问及丈夫在干吗，她们都说丈夫不光挣得少，还不顶事，遇事就跑，溜的利索劲儿就跟孩子不是自己亲生的似的。总之怨声载道，听来令人窒息，这样的负能量难免会惹得怀孕初期的孕妇焦虑。

石墨说："我在的。还有，我挣得还可以。"

收到承诺的时候，秦甦觉得，如果自己下一秒死了就好了。

她捧住脸，弯起眼睛感动一秒，又马上耷拉下脸，眼神冰冷地说道："这句话我听过少说五百遍，而他们……哼，都离开了。包括我爸。"

石墨预备掏心掏肺表忠心，又被秦甦打断："啊！我想起来了，有个人不喜欢我的长相，但对我很好。"就是故事后来的结局不太好。

"他也是咱们高中的，不过我不知道他是谁，啊！"言及此，秦甦激动地跳了一下，吓得石墨赶紧拖住她的手臂，控制高度，她继续说，"他也会画画。"下半句潜台词没说出口：他画得比你好。

石墨听心脏打着铿锵的节拍，像实心锤似的使劲撞，问："然后呢，你们在一起了吗？"

秦甦眼波荡漾，捏着石墨的指尖，说："肤浅！我和他是革命友情！"

她上次和石墨提过的，那人和她传字条，给她说课，给她画画，还会逗她开心。不过，他不是很幽默，好在分寸不错。她讲过分的玩笑，他一般不接。

这样看来，那人比她有分寸感。

想起他下午问的问题，秦甦说："如果说高中有什么特别美好的事，大概就是这么一桩吧。"初恋都没它美好。

石墨清了清嗓子："那……你们怎么没在一起？"

"我没见过他！"秦甦神神秘秘地凑近，"他没有跟我说过话，也没有露过脸！但是我们聊了接近一年！"她眯起眼睛装神弄鬼，"你说吓不吓人？"

石墨面无表情，嘴上非常配合："为什么呀？"

"你猜！"

"因为……你们传的字条？"

他居然一猜就中，秦甦惊叹道："你好厉害呀！"

石墨暗想：大姐，你自己说过了。

秦甦讲故事应该没什么天赋，悬念抛到一半，就被看破剧情的观众随口道破，立刻兜不住故事，倒了一地。

秦甦说："我觉得他是个很好的人，当时我还挺怕交新朋友的，介意别人看到我时眼里露出那种看'污点学生'的怜悯，我当时在很多人眼里应该是除了漂亮一无是处。"

石墨垂首，心想：那"他"也很差劲，当时的"他"看待你，一开始就戴着有色眼镜。

秦甦却接着说："他不一样的，他不知道我是谁，也不知道我长得好不好看，却愿意教我。看我哭，还逗我开心，虽然一点儿都不好笑。"但她天生就喜欢笑，看到别人逗她，心里没笑，脸上也会笑开。

石墨嘴里泛起苦味，心想："他"……就是喜欢你好看，"他"其实很肤浅。

秦甦说到动情处，低下声来："当时别人看我背不出书，会叹气，你知道那种感觉吗？我听到别人叹气，就知道解释自己没有作弊是没用的，我的样子就给人一种我很笨、除了作弊没有捷径通过考试的错觉。"越是被这样看，她越不愿意在别人面前背书。

她特别不想看到别人眼里的同情。

“但他不一样，可能认识的途径不同吧。他不知道我那些烂事，见我背不出来还鼓励我，我也不需要用力掩饰自己记忆力上的缺陷。”没有了打压式的眼神与声音，代之以鼓励和玩笑，秦甦不能说背得有多快，但至少没有了负担，心里还有个伴，那种踏实感到底不同。

石墨心里原本悬在高空的期待忽然就落地了。原来一门之隔的她对他生出过这么美好的误解，而他自认配不上。

秦甦“嘻嘻”一笑，两只手摇摆，走出两步，捏着裙摆开心地扬起声调：“虽然后来他失约了，我们没有机会见面，还挺生气的，但是想到他，我又没那么难过了。他就像是……《美少女战士》里的夜礼服假面！”说完她咂咂嘴，算了，石墨肯定没看过这部动画片。

石墨低声自嘲：“是吗？这么好？”

“嗯……他很有耐心，字也很好看，画画也好看，我感觉得出来，他是理科班的。”秦甦吸了吸鼻子，“我怀疑他比我高一届，开学就去读大学了，或者高考失利，去县城复读班复读了。”她给“路易基”的失踪想过很多理由，这两个是最说得通的。

“真的好遗憾啊！都没来得及续写故事。”她用开玩笑的语气说道。

她双手背在身后，两绺刘海儿就像天上的上弦月与下弦月，如巧夺天工的括弧荡漾在颊侧，比夜色还温柔。

石墨立在几米远处，脸上的笑容却渐渐消失了。

“我说完啦，回答你下午的问题啦。”她赶紧见风使舵，快走两步回到石墨跟前，“该你了！该你了！该你了！”

她左右手分别牵牢他，幼稚地摇晃：“说吧，说吧，说吧。”

他什么也不说，搞得她非常好奇。

“说什么？”

嘴硬。秦甦没见过这么嘴硬的男人，但她还是很有战略性地收敛脾气：“也没什么好聊的啊，散步嘛，随便聊聊天啊，都是我一个人在说，搞得你像个没有故事的男同学。”

“我早说过了呀。”

“什么？”

“你。”

石墨想象过很多时刻——他抓住女神的手，鲁莽地串起音乐教室的细节，求女神恢复记忆，要么尴尬而归，要么被她冷淡地回应“是你呀”，要么他们从此没有机会见面，这桩事就这么被时光蒙上灰。

所以此时此刻，真的是他能想象到的最好的结局了。

她记得，而且还记得很清楚。

秦甦每天都在傻乐，但好久没有幸福过了。

她躺在床上，细细地回味这一天，莫名其妙的梦、莫名其妙的失落、莫名其妙的亲吻，还有莫名其妙的动情。

她心里的砖块一再滚动，石墨先生在她内心的位置空降第一位。

她尤其喜欢今晚的“crush”时刻——他平静如古井，像在叙述一桩平常事，那个“你”字说出口时，秦甦体会到了心跳骤停的感觉。

她在床上不停地翻滚，实在睡不着，翻身下床，坐在玻璃围栏前，脑门贴在玻璃上，静静地望向月光下的石墨。

漆黑的夜里，他躺在气垫床上，好像海上飘着的一叶扁舟。

时间静静地流淌。半晌，石墨的耳郭一动，他霍然睁开眼，猛地直起身："还不睡？"

秦甦眨眨眼，也没意外："睡不着。"

"地上凉。"

"你的梦中情人在二楼躺着，你不来陪吗？"

石墨低笑。他拒绝了一起睡的邀请，坚持分开，一是他睡相不是很好，喜欢抢被子，也喜好睡在中间，睡眠中的霸道行为很难自控；二是他睡前有一段未眠时间，如果他们并排躺在床上，他作为一个成年男性会非常难受，也许会难以入睡。

"不了。"

"那恭喜你啦！你的梦中情人要来找你了。"秦甦忍不住，想要抱着他。

在石墨开口阻拦前，她迈着碎步，人已经趴在了他的身上，两只手紧紧地圈着他，说："我想跟你睡。"

四四方方的一张床，竟有对俊男靓女游过欲望的滩头，只是单纯地拥抱。

石墨拒绝："你上去睡，气垫床对腰不好。"

"没事的，我腰好，吃得消。"

他只能叹气，说："我吃不消。"

"哈哈哈哈，既然你这么诚实，那给我亲两嘴再睡。"

"嗯……真软。"她捧着他的脸，问他，"你知道你的嘴巴为什么这么软吗？"

石墨亮晶晶的眼睛环视了一圈，以为她在调情，但此刻他脑袋里一片空白。

她自问自答，揭示答案："因为没有死皮！"

真是个精致的男人，她开心地又嘬了两下："真好亲。"

Fake love

Chapter 6

孕十六周

有的人的人生是丝滑的，这种人秦甦在留学圈经常见到。他们含着金汤匙出生，一路顺风顺水，稍次一点儿的衣料划过皮肤都能泛起红疹。

有的人的人生是磨砂的，出门前要确认一遍衣服上是否有线头，同时预估自己的来回路费与时间成本，就连在冲动下接吻，也要留一丝清醒，用力润一遍嘴唇，修饰粗糙的本质。

秦甦第一次用唇部磨砂膏，就来自朋友王美丽的叮嘱。

王美丽有回约会，感受到男性视角的冒犯，自认不太合适，告别吻又生出嘴唇柔软的惊叹，于是深吻进去。她用一串波浪般的音调兴叹出一个“哦”字，宣称那是她人生中最妙的一个吻。

她形容那个吻为“水上芭蕾”，后来实在话不投机，缘分也就尽了，但对于那个吻的感受，她大概反刍了八百回。

王美丽由此推演出另一种两性关系的境界——交谈的契合和身体的契合。

秦甦翻白眼说：“十五世纪就有人提出了柏拉图式爱情与纯肉

体式爱情了。”

王美丽告诉她：“老师讲题和你自己做题是一种体验吗？没接过这种吻吧？一看你就没遇着过这种嘴。”

接吻说得学术一点儿，是两张嘴克服空气阻力摩擦做功。她就奇怪，为什么每张嘴亲起来都有这么大的差别。王美丽也奇怪，按照她们这“心狠嘴辣”的程度，不至于对谁格外倾心，生出优待的荷尔蒙滤镜，那肯定是嘴有区别。

自此，秦甦再约会时，多少就有点儿被洗脑，琢磨起吻这个动作的机械原理。她和王美丽在一场巴黎的黄昏雨里，窝在被窝，互扯蜜蜡纸，龇牙咧嘴地研究出来——这与嘴唇的厚薄、唇纹的疏密以及唇部表皮有关。

暧昧地讲小话、磨蹭嘴皮子时，唇感的差异简直就是丝滑与磨砂的感觉。

秦甦没有丝滑的人生，但想要说小话、乱磨蹭时丝滑的嘴皮。

只是很可惜，女孩子琢磨出大道理，第一件事不是出门找别人的嘴皮，而是磨自己的嘴皮。秦甦找来各种唇部磨砂膏、食用红糖，又是敷又是磨，最后自己越来越精致，至于男人，就还是那样。

秦甦很早就放弃了找合适的嘴皮这件事，但石墨的嘴皮实在让人舒服，不由得让她回忆起那段“嘴皮猜想”。

秦甦以前是喜欢薄唇男人的，觉得性感。都说薄唇郎薄情，当然，她也不是深情人，谁都不吃亏。

但薄唇就口感而言还是差点儿，嘴唇太厚又实在有碍观瞻。

那夜，她盯着石墨的嘴唇，蠢蠢欲动，这个厚度真的很特别，于是她凑了上去，一回咂摸不出具体滋味，这次她彻彻底底地品出味来了：丝滑般的口感！

秦甦甚至想拉王美丽来试试，问她是不是这种感觉。

当然啦，也就是想想，男人这种东西，不太方便共享。

秦甦问石墨：“你用唇膏吗？”

他想了想，说有回嘴干，莫蔓菁女士给他囤了凡士林，换季时嘴唇干了他会用。

凡士林好，孕妇可用。秦甦从他备用的全新唇膏里顺了一个回家，每天挖一指头，拇指大的一小罐飞快见底。

秦甦再见到石墨已经是两周后。这两周里，秦甦办了两件大事。

第一件大事，秦甦去见了个发达了的、开公司的老同学，收到对方的专业建议——当翻译想搞钱得去非洲，第三世界搞钱最容易。她去援非项目培训处咨询了一系列事项，一看就知自己不合适，于是摸摸肚皮，灰溜溜地回来了。

只是她那份援非项目培训班的报名表被陆玉霞看见，由此引出了第二件大事，她又跟秦栋梁吵了一架。

要他管？她的生活好端端的，为什么要他来干涉？

秦栋梁早对秦甦的暴脾气见怪不怪，表示自己是她的父亲，总归要关心她生活的。秦甦质问，她高中的时候怎么没有父亲？为什么等她生活好一点儿了就有父亲了？

男人事后的统一说辞——过去的都过去了。

秦甦一点就着，扬声告诉他：过去的事情过不去！

她的小腹已经仿佛一个小帐篷，但动作仍然利落。她火气一上来，砸了两个盆栽，泥土四散，松竹歪倒，满地狼藉。

盛怒之下，秦甦失控地把秦栋梁的鞋从楼上扔了下去。

她站在窗台旁流泪，陆玉霞在她身后唉声叹气地整理，那个中年男人则狼狈地赤脚逃走，在带着土腥气的花坛里踩着泥土找鞋。

约莫是确认窗户方向好锁定位置，秦栋梁抬头看向窗口。秦甦飞快地蹲下身，躲开他的目光，因着急促，腰撞到了个硬物。

她坐在地上哭，陆玉霞也哭，一边哭一边还对她说："地上凉，你起来。"

秦甦"哇"的一声哭得更厉害了。

她捂住脸，心里太难过了。她讨厌秦栋梁，又没有办法摆脱他。她明知道陆玉霞在给他交租金、给他送饭，也只能睁一只眼闭一只眼，撞见了就像纸老虎一样发威，真发了威，痛的还是她自己。她想，是不是应该把自己身上的他的一半血放掉？这样就不用难过了。

都说父母是欠子女的才这般辛苦。可子女不能利落地分割亲情时，也像他们是欠她的。

秦甦看不得母亲难过，跪在地上，挪到茶几旁，拉住擦地的陆玉霞恳求，下次别找秦栋梁了，她能处理好自己的事。她还怀着孕呢，不会去非洲的，而且石墨也不至于这么不负责任。说到这里，她强调了一句"石墨不是秦栋梁"。

她在对责任的嗅觉上绝对敏感。

陆玉霞说："你不结婚，我怎么都不放心。"她自认自己进棺材都不会想明白，在她看来，婚姻从来都是终身大事啊。

秦甦问："如果结婚了再离婚，和现在有区别吗？"

陆玉霞拿秦甦自己的话堵她："你不是说石墨负责任吗？"

秦甦怔怔地发呆，一时竟然没有想出反驳陆玉霞的理由。

是啊，石墨负责，但他能负责多久呢？男人的责任心和股票一样不稳定。

但是，她之前是为什么理直气壮地不结婚的？

秦甦使劲捋，终于捋出来了。彼时她和石墨是未心动却关系跃进的分手情侣，眼下关系变了，难怪她不能理直气壮地反驳“他们是自由的”。

陆玉霞向来是处下风、嘴巴笨的那个，这天倒是占了上风，收拾完烂摊子，对秦甦发话：“你自己好好想想。”

秦甦哭得太厉害，忘了感受身体的异样，上厕所时发现内裤上一片红……

都说怀孕三个月就进入稳定期了，但仔细想想，其实女人大概是从备孕到产后漫长的一年多时间里，都处于不稳定时期。

秦甦这次不是见红那么简单，她的一条内裤血淋淋的。出发去医院前，她垫了卫生巾，心里做了最坏的打算。

陆玉霞叫了救护车，掏钱的时候她一点儿都没舍不得，但那一百元的红钞票皱巴巴的，秦甦看见就哭了。

陆玉霞以为他们抬她的动作把她弄痛了，取下脖子上常年佩戴的项链，交到秦甦的手心里：“是不是疼？疼就拿着它。”

秦甦叹气，其实这血流得没有任何感觉。她用力体会生命在体内流逝的细节，但奇怪的是，就像它来时一样，她没有感到快乐，也没有痛楚。

交完急诊费，去做B超的途中，陆玉霞问：“给小石打电话了吗？”

秦甦右手捏着项链，左手拿着手机，想了想，还是摇了摇头：“不了，他昨晚三点多还在通话中，今天上午八点坐飞机去港市，肯定没空，打过去他也不能帮着做B超。”

现在关键是找医生，而不是找男人。

陆玉霞又生气又无奈：“那也要……也要说一声啊……”

秦甦苦笑，生孩子是女人一个人的历险记，男人不添乱就好了。

“妈，”她吸了吸鼻子，缓着劲轻轻地说，“你以后不要把秦栋梁拉进咱们的生活了。”她红着一双眼睛，像是临终前一样严肃地交代，“咱们不能再为他牺牲生活了。”

她两次进医院都是因为他，她都累了。

秦栋梁再次进入她们的生活也就是这几年的事。秦甦从法国回来，大笔的支出结束，要开始回报家庭了，他出来，不就是看漂亮女儿有良好的变现价值吗？她不嫁人，还生孩子“自我贬值”，他当然操心。

她不想把他往极恶处想，但种种迹象由不得她幻想什么父爱回归。

陆玉霞抹泪，没说话。

进B超室前，秦甦的平车在门口排了会儿队，被推进去那一刻，她拉住陆玉霞的手撒娇：“妈，求求你了……”

“知道了……”陆玉霞转开了脸，等平车被推入B超室才抹了抹眼泪跟进去。

医院的工人师傅奇怪地看着她们母女一路哭泣，尴尬得也不敢吱声，愣愣地忘了挪动。

三甲医院的人很多，B超室是惨白惨白的，不像那家待产医院的粉红色那样温馨。

一个白大褂说：“衣服撩起来。”

一个实习的医生在旁辅助：“几个月？”

秦甦迟疑地看了一眼那师傅，他似乎有看热闹的意思。

陆玉霞清醒过来，对师傅说了声“不好意思”，扯上帘子，圈出一片隐私空间，对秦甦说：“好了，好了。”又扭头对医生说，

“医生，麻烦你了，她出了好多血……”

医生说：“我问几个月了。”

“四个月。”秦甦说。

“哦，出血了啊，出了多少？”冰凉的耦合剂在隆起的肚皮游移，秦甦感觉痒，舔了舔嘴，手抓着被角，一颗心七上八下，“一片卫生巾不止，哦，日用的。”

那医生盯着显示屏说：“双胞胎呀，我说四个月怎么这么大……”探头移动，秦甦和陆玉霞屏住气，医生盯着屏幕来回确认，淡淡地发出世界上最动听的声音，“好的，两个都好着呢。”尽管声音不带任何情绪，但那白大褂一穿，说什么都特稳定人心。

陆玉霞还是着急：“那怎么会出这么多血呀？！”她想她生孩子那会儿上蹿下跳都没事，现在的孕妇真“金贵”。

医生：“可能是胎盘位置偏低，不过这个要结合临床医生的意见。”

陆玉霞：“怎么会这样？！”

医生：“双胞胎发生前置胎盘的概率本来就要比单胎高一倍，还有，有一个胎儿太靠近子宫口了，容易见红。”

陆玉霞：“那要怎么办？”

医生：“卧床休息，禁止性生活，二十八周以后，养好的话胎盘会上去的，及时复查就行。”

陆玉霞“哎哟”了一声：“还有吗？那个……饮食上有什么要注意的？是不是要多吃蔬菜？”

医生已经开始敲报告，给实习生使眼色，叫下一个：“这个你问主治医生……报告等十分钟。”

秦甦左手捏着手机，牵起嘴角，心里组织好了语言：“石黑土，一个好消息，今天历险，出了好多血，但宝宝健康，万幸！

一个坏消息，我不能有成人生活了，好惨！”

生活是割裂的。

陆玉霞在跟护工师傅询问晚餐青菜的品种，师傅说他哪儿知道，菜品是医院食堂统一采购的，他只负责记录餐点。

陆玉霞担心是大青菜，那秦甦是一口都不肯碰的，正要跟秦甦商量，一回头，这丫头已经睡着了，还嫌灯光刺眼，在眼皮上搭了一片衬衫袖管，隔着被子能明显看出她隆起的小腹。

这一个多月，她的肚子像是打了气的气球，膨胀得飞快，快得像少女的噩梦。

从甜蜜到地狱只用一朝夕，从地狱到甜蜜也只用一场梦。

梦里太快乐了。

秦甦学习芭蕾，年轻的秦栋梁和陆玉霞手牵手地坐在舞蹈教室的后排，欣赏她丑小鸭般的舞姿。

她牵着裙摆得意地瞎晃，周围的小朋友都跳得比她好，但是没有一个比得上她的天鹅之姿。

舞后汗水浸湿少女的抹胸，行动间风拂过露出的肌肤，微凉地拂过，引起舒适的低吟。

直到梦境波动，秦甦茫然睁开紧闭的双眼，无意识地抬起手起往胸上一摸，一双湿漉漉的女人手。

“嗯？”

她听到“哗啦啦”的水流声，毛巾再度覆上。

“醒了？你不是说你胸胀吗？我给你用温水敷敷，舒服点儿了吗？”陆玉霞问。

“嗯，舒服。”

最近秦甦的胸脯就像被关进了蒸箱。高筋面粉膨胀成可爱甜面包的视频固然好看，但亲历一遍面包的痛，秦甦以后再看视频时估计会对炙烤和发酵强烈地感同身受。

在雌激素、孕激素的刺激下，秦甦逐渐有了胸大到承受不住的感觉。陆玉霞说："你这才哪儿到哪儿啊，后面还要大，会垮下来。"

秦甦面无表情地仰天长叹："啊……"

医院里手边东西少，陆玉霞拿出她小包里的凡士林，在色素沉着圈抹了一遍："这个是隔壁床的美女告诉我的，说用这个涂也挺好用。"

陆玉霞指头一抠，那个小罐里本来也只有一半，这下两只指头就见底了。

她昨天还和石墨开玩笑，该不会等他回来凡士林就用完了吧，石墨说，那罐用完他应该就忙完了。

"你这个太小了，隔壁美女的那个很大的。"陆玉霞比了个馒头大的手势。

"妈……我这个是抹嘴巴的。"

"哦……我说呢，我以为是赠品。"

秦甦给石墨发消息："凡士林没了……"她配了一张见底的图，内壁还附着一点儿，刮刮估计能坚持两天。

秦甦吃完一份五味锦咖喱炒饭，和隔壁床的孕妇聊了一会儿天。同是孕妇，话题相投，她们聊得十分忘我，秦甦还收下人家一罐即食燕窝，"咕嘟咕嘟"地进了顿补。

她们加了联络方式，说出院后常联系，熄了灯还面对面意犹未尽地聊了两句。

秦甦想：哎哟，原来住院还可以交朋友，真好。

呼吸如静溪流动的夜里，她这次入眠比之前多费了些工夫，手隔着薄被，小心翼翼地抚摸。

秦甦的小腹皮肤绷得痒，住院这两天她完全不敢碰肚子。本来她每天按照妊娠霜的按摩手法早晚各护理一遍，肚皮膨胀这么快也没多少不适，但这两天没涂抹，皮肤便绷得发紧发痒。她内心绝望，仿佛能听见弹性纤维损伤的声音，在腰际肌肤扯出波浪卷的花纹。

她闭上眼睛，安慰自己：宝宝健康就好。

手机“嗡嗡”地振动了一下，彼时秦甦意识模糊，在入梦边缘挣扎一秒，还是跌进了梦里。

遥远的声音传来——

“氢锂钠钾铷铯钫铍镁钙锶钡镭……”

“请李娜加入私访媲美盖茨被雷……”

这是早读才有的声音，可此时已近黄昏。

高三开学，“路易基”没有出现。秦甦生了几天闷气，又无从下手，只能傻乎乎地想到柏树姗，暗想：不好，他不会直接去找柏树姗了吧？要命！

背化学元素的声音像紧箍咒一样在耳边回荡，宋体黑字灵活地裹住秦甦的身体，挡住她的视线。

秦甦用力地挥开、推搡，石头移动，跑开几个“字”，仍牢牢地束住视线，看不清前路。她下意识地就叫出声来：“石墨，救我！”

眉头一皱，石头“字”应声而落，在身侧碎成粉末……

粉末堆成小山，裹住裙摆，秦甦飘摇如无根之人，好不容易抽出条腿，连滚带爬、灰头土脸地从坟头一样的石灰堆里爬了出来。

来不及整理了，时间紧迫，秦甦抬腿就往教学楼冲。对，她在跟踪人。她看见柏树姗跟一个男生有说有笑的，气质儒雅但其貌不扬，她有预感，那男生肯定是她的兄弟。

走出两步，一个碍眼的男人两手抄在兜里，从天而降。

王谦用力地踩扁易拉罐，一脚踹到对面楼转角处，颀长的背影立在风里，居然有点儿帅，更帅的是他侧过脸时露出凸起的鹰钩鼻鼻梁，像港片里荷尔蒙爆棚的阴鸷反派。

王谦问她，真的不考虑跟他交个朋友？

秦甦想了想，这么帅，是有点儿想来着，但心理怎么想的不重要，重要的是梦里的人物带着使命。她用力地摇头，生怕伤害不了对方一样，干净利落、毫无感情地说："你好土呀，我一点儿都不喜欢你。"

哟！太狠了，这小伙子大概一辈子都忘不掉她了。

这个剧情点完成，秦甦拔腿就跑，一边拍开沾在皮肤上的石灰，一边明目张胆地跟踪柏树姗。

明天是月考，因而这天放学格外早。知道国庆只休两天，学思楼的学生们已经地动山摇地哀号过。同学们随意确认完自己的考场，赶紧跑了，此刻教学楼空空荡荡。

数理化竞赛生不在校，理科班的同学都说优秀生不在，就等着这场考试刷个排名得意一下，柏树姗这么要强的女生没回去抓紧时间复习，居然还到文科班的这排教室外晃荡，奇了。

更奇的是，柏树姗越走越近……

秦甦赶紧去掏兜，动作间，手疯狂颤抖，似乎预见了什么。她心中涌起强烈的不安，感觉这一幕发生过，只是被梦境按下了重复键……

兜里掏出的座位条赫然显示"学思楼高三（11）班 18 号考试位"。

而柏树姗进入的正是秦甦明天的考试教室……

她们一个理科班，一个文科班，考场不会在同一间教室。秦甦疑惑，也没听说这次有考场是拼的。

画面扭曲。

秦甦扶着墙，终于迟钝地意识到跟踪人需要小心翼翼，她忘了自己的目的，也忘了那个疑似“路易基”的男生去了哪儿，只能拼命地咽下心跳，生怕一张口心脏就蹦出来了。

一个进门，一个猫腰，像惊悚片一样节奏分明。

拐角处是视觉死角，秦甦用余光确认高三（11）班的教室门合上，在心里数了三下，终于挪步至窗边。她咬紧牙关，几乎吓得站不住脚，僵硬着脖颈强迫自己看向教室。

她保证，这辈子看到的所有恐怖片都没有这一幕惊悚。

她捂住自己的嘴，推门而入，现场逮人。

柏树姗听见声音，手飞快地从桌肚里拿了出来。

秦甦张开嘴巴，准备尖叫，但怎么也发不出声音。

耳边，刚做梦时的读书声再度响起——

“氢锂钠钾铷铯钫铍镁钙锶钡镭……”

“请李娜加入私访媲美盖茨被雷……”

秦甦试图呼吸，却白费力气，只能手脚挣扎，人一扑腾，世界亮起白光。

陆玉霞放大的脸贴在眼前，手捏着她的鼻子，堵住气孔：“做噩梦了吧？”

秦甦像掉进了水里，挣出梦境大口地喘气，欲要坐起，被肚皮卡住。她垂首看了一眼隆起的肚子，松了口气，是梦来着。

秦甦摸摸它，问了声宝宝早安。

床头柜上，三大三小共六罐凡士林整整齐齐地立在纸巾旁，新的。秦甦惊喜地左右张望，恰好看到了走进病房的莫蔓菁。

她绾着头发，穿着T恤衫和阔腿裤，精致干练，看见秦甦，激动得像看见了情人：“醒啦？哎哟，你刚刚做梦，小拳头握得哟！你妈说要叫醒你，我怕你在梦里打架，打到一半拉出来不解气。”她笑眯眯地放下清洗过的葡萄，开玩笑地问，“打赢了吗？”

秦甦郁闷：“还没动手，被我妈叫醒了。”

“哈哈！真的在打架！”莫蔓菁也只是胡说八道。

“嗯……”秦甦苦笑，“不过没事，这人我打过好几回了，不缺梦里一回。”

“哈哈，那等会儿睡午觉的时候再回去打。”莫蔓菁替她拉起桌子，让她吃点儿葡萄垫肚子，“你妈一大早就回去做饭了，带了好多菜，现在又去热汤了。她说你特别挑嘴，跟阿姨说说，都挑什么嘴啊？”莫蔓菁想，人家的母亲怎么这么能干？她什么也不会，勉强会洗水果。

“我不吃青菜。”

“哦，那是挺挑的。”

秦甦指了指床头的凡士林：“阿姨，这是你带来的吗？”

“石墨叮嘱我带的。”他还打了三通电话让莫蔓菁别忘了，当她有健忘症，她说，“你现在醒了回他吧。哎哟，手机一直在振动，就是人不醒，睡得真沉。石墨说你没回消息，我说你睡觉呢。”

“是吗？”秦甦打开手机，已经是十一点三十四分。难怪陆玉霞已经从家做菜带了过来，一个上午确实干什么都够了。

秦甦重新低头，温柔地对宝宝说：“刚刚说错了哟，是午安。”

“我听你妈说得真惊险，还叫了救护车，你留个我的电话。不对，你们年轻人现在都不打电话吧？加个微信吧。我最近没什么事，不出市，你缺什么、要什么就告诉我。”她一脸慈爱，对秦甦如对待亲女儿般的亲厚。

秦甦看着她眼角漂亮的笑纹，跟着温柔地说道：“阿姨，你保养得真好。”

“啊？哈哈，是吗？我家臭小子说我老了。”

“石墨吗？哎？他会说这么坏的话？”在秦甦眼里，石墨还挺顺着姑娘的，一看就是家教良好的好好青年，稍加调教，会是极其优秀的“狗狗型”男友。

“他？嘴巴坏得不得了！”莫蔓菁提到这臭小子就来气，“经常把我气得浑身冒汗，还好我心脏好，不然电视剧里被逆子气到心脏病发作的就是我。”她在M国每天都掐自己的人中，要不是交通不便，又报了影视类的进修课，她真的会挥着鞭子抽死他。

“他……都干吗了？比如？”

“他！”莫蔓菁眼睛一瞪，正准备吐槽，对上秦甦好奇的眼睛，话锋一转，“他做儿子不行，但是做……那个……他对你肯定是好的。”这边八字刚一撇，她不能由着自己的任性把事情搅黄了。

“哈哈。”秦甦尴尬。

秦甦：“我收到凡士林了。”

石墨：“喜欢吗？”

秦甦翻白眼，又不是珠宝首饰，凡士林有什么喜欢不喜欢的？她回复道：“不喜欢！”他亲自送过来她才喜欢！

莫蔓菁和陆玉霞像失散多年的姐妹，一边吃饭一边讲话，特能聊天。

莫蔓菁说秦甦睡相美，医生、护士进来看她憨态可掬的睡相，查房都没舍得叫醒她，走到房门口还回头看了一眼。

秦甦不好意思，“嘿嘿”一笑。

“现在就有点儿傻了。”陆玉霞取笑。

“没有，真的好看，‘小石头’惦记了这么多年的姑娘到底是不一般的。”秦甦是让人看不腻的美，动态美，静态美，做噩梦都好看。莫蔓菁找到病房，就这么欣赏了一上午美人，感叹石墨这臭小子的眼光真是好。

“啊？石墨喜欢我们秦甦很多年了吗？”陆玉霞惊讶得提高了音量。

这种剧情，守住八点档不挪眼的女人可太爱了。

“是啊，喜欢呢！高中就喜欢了！”

“真的啊！高中就喜欢了？”陆玉霞看到了结婚的希望。

莫蔓菁两手一拍：“喜欢呢！石墨这个臭小子就是不会表达，我跟你说……”

秦甦住的是两人间，隔壁床的孕妇出院了，这天换了一位高龄孕妇，四十五岁怀第一胎，非常谨慎。吃顿午饭的工夫，她至少对她们翻了二十个白眼，把帘子拉上又拉开了两回，以示不满。

三个女人激动起来是一千五百只鸭子的嘈杂，秦甦有点儿尴尬，称自己要睡觉，莫蔓菁和陆玉霞手挽手出去喝茶了。

临走时，陆玉霞对秦甦那满溢的爱意差点儿把她溺死。

她估摸着母亲是看到了石墨娶她的希望了，不用想也知道这两个女人出去要聊什么。

睡前，石墨发来消息：“不喜欢？”

秦甦：“？”

石墨：“？”

秦甦：“不喜欢！”

石墨：“……”

入梦前，秦甦还疑惑，凡士林有什么喜欢不喜欢的？

这次她没有再梦到柏树姗。她倒还盼着梦见柏树姗，再打她几个巴掌呢，结果这厮也是会跑，没有再入梦。

秦甦住院五天，石墨去港市也刚好五天。秦甦一睁眼，陆玉霞就笑眯眯地在秦甦的头顶俯视她："猜猜谁来了？"

秦甦迷迷糊糊地揉眼睛，指头粗鲁地扒拉糊住眼睛的眼屎，一边伸手抽纸一边哑声问："谁啊？"

床头柜如有感应，她还没碰到包装袋，纸巾就自动被放入掌心。

"睡得好吗？"

悦耳的嗓音宛如清水中洇开的一滴墨，舒适得她一阵失语。

她扭头，忘了接过纸，呆呆地支着手臂看向他。

石墨收起手机，一只手顺着纸巾反握住她的手，一只手伸到她的眼下，徒手帮她拨开那些凝固的眼屎。

她的眼睛大，眼屎多，大眼人类比小眼人类多了这个困扰。

但，石墨是第一个这样帮她扒眼屎的男人，笑得毫不介意，动作无比自然，用温暖的指尖拨开干了的分泌物。

秦甦颤抖着下巴咬住他的手腕，呜呜咽咽，开始用眼泪冲洗剩下的眼屎……

莫蔓菁女士收到重大指令，却擅自忽略，差点儿导致石墨的情场事故。当然，石墨也不意外，这不是第一回。石墨上高中时，他画得最好的一幅肖像画被莫蔓菁带去剧组垫茶杯，被水浸得皱皱巴巴。他气急败坏，却听她干巴巴地疑惑地问道："这画的不是我吗……"

此番，看到秦甦一直回答"不喜欢"，他就意识到，他的母亲又办"好事"了。

石墨在港市分身乏术，恰好莫蔓菁打电话来，他提了一嘴给秦甦准备礼物的事，莫蔓菁着急地骂他怎么不第一时间通知她这件事。

她飞快地揽下活计，还调侃石墨，是终于要商量婚事了吗？

这门亲事她同意。

她到了医院，看到陆玉霞忙前忙后，莫蔓菁终于意识到石墨缘何没有第一时间告诉她：“完了，我什么也不会，太不好意思了，人家的妈好会弄啊，我做菜也不会，后面带孩子也不会，怎么办……”

石墨冷漠地说：“那你还去干吗？”

莫蔓菁无奈，她这也是被社会关系绑架，赶鸭子上架。

“唉，人生的剧本要求我一定得到场，你以为我稀罕这么大年纪去接纳全新的陌生家庭？当然，我没有说更生不好。更生好，更生美，一步到位，就是因为她这么好，我不好意思落下普通婆婆太多。”生儿子就是这点不好，婆婆好难做，话少一点儿会被说成给媳妇脸色看，热情一点儿又要展示作为婆婆的一技之长，“算了，还好我有钱。”

莫蔓菁女士哪儿是落下普通婆婆太多？她连一个基本传话人的差事都没办好。

石墨低头，从脚边纸袋里掏出个白色的丝绒礼盒，递到秦甦眼前：“我问的是你喜欢这个吗，我妈忘了给你了。”

他原本等不及吃晚饭就要走，秦甦这头睡得正香，陆玉霞左右搓手想把她弄醒。石墨说不用叫醒秦甦，陆玉霞就开始在床头收拾碗筷，说次日出院，现在开始收拾。她也真是个狠心的母亲。

秦甦还在揉眼睛，石墨不由得问道：“是没睡好吗？”

秦甦细细地清理眼周，拭去眼泪，开玩笑说：“嗯，梦里在跟猛男调情，结果睁眼是你。”

拿着丝绒礼盒的手立刻回缩，石墨的脸拉下来了。

秦甦“哈哈”一笑，朝他摊手：“给我看看是什么，一直问我喜欢不喜欢的。”

石墨风风火火地飞回，却一句好听的也没听到，盯了她好一会儿，带着令人玩味的表情，语气较真："真梦了？"

秦甦斜睨他："连做春梦都算出轨吗？"现在对女性的思想绑架太严重了。

下一秒，丝绒盒被重重地塞进她的手心。

石墨偏过脸，拳头抵在唇边，轻咳一声，没给她看表情。

秦甦咀嚼着"出轨"二字，屈指一抓，指甲在丝绒盒面拉出抓痕。好烦啊，她居然也害羞了。

她咬住下唇，掰开丝绒礼盒，看巴掌大小的盒子就知道是项链。盒子才开一半，石墨像忽然意识到了什么，提醒她："不是戒指。"

秦甦"扑哧"一声笑了，彻底没了郑重，一下掰开："那我就随便看看。"

礼盒里是一条珍珠项链。娇俏饱满的冷白珍珠，直径在五点五毫米左右，共七颗，每颗珍珠之间间隔一颗虎牙样的装饰，是一条野性与柔美兼具的别致项链。

秦甦眼里漾起惊喜："好漂亮啊。"她取出项链，在手心细细地拨弄小虎牙，摩挲珍珠，"是阿姨挑的吗？"

石墨："这是我自己在港市买的。"是他的眼光。

"这次？"

"上回……放在家里，这次让她拿给你的。"结果莫蔓菁忘了。

"上回是什么时候啊？"

他没回答，只是问："喜欢吗？"

"好喜欢啊！"秦甦高兴得疯掉，越看越喜欢，撩起头发，小心翼翼地侧身露出脖颈，"我最近好喜欢珍珠，年纪大了，开始看珍珠和宝石了。"她去年去水贝国际珠宝交易市场买了好多回来，还发了朋友圈。

他自然刷到了她的朋友圈。

石墨倾身为她戴上："我上次在你家正好没看到这款。"他特意打量了一圈，确认没有同款，这么多珠宝首饰，一看就知道肯定有异性的礼物，他非常介意有同款。

"我家都是市场上淘的原始货，要么就是德国一个小众品牌的，这款好漂亮。"她合上包装盒，再看向牌子，想起自己之前看婚戒时浏览过这个牌子。

石墨从床边凳挪坐到床上，看着那串獠牙珍珠，与秦甦特别般配："我第一眼看到这条项链时，就想到了你。"

它就像秦甦化身珠宝躺在了柜台里，后来，又躺在了他房间的床头柜。他以为没有机会送出去的，毕竟当时他们还只是普通同学。

"是因为看到了这个尖牙吗？"她指了指 18K 金的小虎牙。她性格确实尖锐，虎里虎气的。

"是珍珠和獠牙。"这条项链是一体的，不是只有珍珠，也不是只有尖牙。

"嗯……"她眨眨眼。

他笑说："你的 AB 面啊。"

秦甦一愣："我的 B 面你也喜欢？"她的 B 面怕是弄烦了好多男人。

他肯定地点头："当然。"

不知道是石墨太好，还是秦甦太容易感动，只是一个点头，搞得她下眼眶又盈出条银线似的泪。

她握住石墨的手，重拾方才的话题："我觉得咱们的宝宝是色狼，梦不是我做的，是他们做的。我不喜欢猛男。"

石墨给了她一个“你觉得我信吗”的眼神。

秦甦住院五天，隔壁床换了三拨人，加之秦甦每天早中晚都会散步十分钟，和几个病房里的年轻孕妇打过几次照面，互相熟络了。

秦甦告诉石墨，以前觉得怀孕好像不是什么难事，这么多人都顺利地生了，可当孕妇效应发生，她发现大家都没那么容易。

她说，自从知道有个宝宝靠近子宫口，她动都不敢动，生怕走路就掉出来，医生又不建议她不动，她只能下地稍稍活动。怀着双胞胎，随着月份增大，颠簸特别明显，她能感受到行动间皮肤的上下波动。

“听说流产过再怀孕会更容易流产，我第一天来时，医生告诉我，旁边的孕妇姐姐上一个胎停，这次试管婴儿怀上，是双胞胎，结果一个胎停，另一个胎心弱。”她拉住石墨的手，感叹自己躺在边上都要窒息了。医生建议秦甦适当下地活动，却对那位孕妇姐姐强调不可以下地，最好大小便都在床上。她转头就开始流眼泪，人家自己都没哭。“潘羽织生孩子的时候我也以为很顺利，结果前天她带莱莱来看我，我才知道，她顺产后刚到母婴中心，就发生了产后大出血，赶紧送去急诊。”秦甦睁眼就是孕妇恐怖纪实录，所以每天都在睡，睡得比之前都要久。

她内心深处大概是不愿意听到这些的。

石墨担忧地握住她的手，安慰她：“我刚才去问过医生，说你这个情况并不算危险，但可能还会出血，出血了也不怕，后面咱们好好养。”

秦甦吸吸鼻子，小声说：“幸好……”出口又意识到这音量一米多远的隔壁床还是能听见，没什么隐私，只能拽住石墨的衬衫领口，把他往下拉，“你再靠我近点儿。”

石墨失笑，看向剩下的半边窄床：“那我躺上来？”

“好啊。”她兴奋地瞥了一眼门，指了指帘子，“把门关上，帘子拉上，护士不许家属躺在床上。”隔壁床的孕妇舍不得丈夫坐着打盹儿，让他上床睡会儿，每次都会被护士盯，强调病床白天不可以躺家属。

石墨一听，马上就作罢：“那我不躺了。”

“不要！”秦甦就急他这副好学生性格，“你等会儿就要走了，陪我躺会儿。”她皱起鼻子，作势要哭。

石墨看了眼隔壁床午睡的孕妇，轻轻地关上病房门，拉上床边的帘子，躺到了她的身旁。

医院的床很窄，秦甦赶紧往一边挪，给他的男性躯体让出位置。等他躺好，她凑上他的耳朵，压低声音，继续说完那句话：“幸好咱们那次没那个，如果现场出血，你会有阴影吧？”

秦甦和另一个病房的姐姐聊天，两人性格都很爽朗，有事都直说。

那位姐姐说起自己家里的计生用品要过期了，可惜了。秦甦见缝插针，问他们孕期不用吗，不是说外液刺激会引起宫缩吗？

姐姐告诉她，他们就是看要到期了，想着不要浪费，结果住了院，自嘲以后都不敢了。

秦甦听来心情复杂，第一个想到的是，要是胎盘低置是经由此事捅破，而非因她的情绪波动，石墨这么乖，大概率是会愧疚的。

石墨只能说：“别瞎想。”

他们鼻尖相抵，人中被呼吸吹得发烫，渗出汗来。

“我没有。”她就是正常地想。

门口响起护士叫嚷的声音，应该是中午有人生了，要被送去产房。秦甦睁大眼睛，生怕她们一个兴起进来打搅她。

她屏息数分钟，声音渐小，抓紧时间和石墨腻歪，楚楚可怜地抬眼问他：“还有别的好听的话吗？你知道隔壁孕妇姐姐的老公每天会说多少好听的话吗？”什么“亲亲老婆”“心肝宝贝”“娇娇妹妹”……各种肉麻到让人融化的昵称。

秦甦的表情很复杂，她内心一边呕吐，一边对这种壮汉绕指柔生出渴慕。

“你要听什么？”石墨将手轻轻地搭上了秦甦隆起的小腹。真的大了不少，之前的丘陵现在已经鼓成江浙名山的高度。

秦甦威胁：“嗯？”

“我每天都很想你……和宝宝。”他好像只能想出这个了。

秦甦原本预备了一个大背篓的话，准备为难石墨，结果宝宝实在过分，听到这么一句就满足了。她的额头滑至他的唇上，消沉地说：“我也是。”

秦甦很久没有这样依赖过一个男人了。她最信任的一个是她自己，再就是陆玉霞。母亲和女儿一辈子都不会有背叛和分离，就算每天吵架，也是最紧密的关系与彼此的力量来源。至于石墨……

“石墨，我觉得我生完宝宝应该会很丑。”她这次住院惊心动魄，不仅看到孕期，还看到了产后——生完孩子的女人没了任何顾忌，横肉一摊，头发凌乱，像工具人一样任人摆布。

“不会啊，就算不那么完美，也就是一阵子的事。”他知道女人产后可能会面对的一些情况，“等出院回家，你会有工夫的。如果忙，咱们就多请几个阿姨帮忙？”

秦甦叹气，石墨对育儿的生活状态想象得真美好，这年头，找个好阿姨比找个好老公都难。

秦甦沮丧地不断吸鼻子，不敢声张的事情见到他也有点儿绷不住了，她撇撇嘴说道：“石墨，我可能长妊娠纹了。”气音传到他耳边，泪就从脸颊两侧滑落了，“我不好看了。”

她的身上会有永恒的“蕾丝”，会有大众审美之外的痕迹，她没有做好接纳的准备。

“这是妈妈的勋章，我妈也有。”石墨慌忙给她擦眼泪。秦甦这泪说来就来，刚才还在央求情话，后面就开始呜呜咽咽，就像这盛夏的晴天与暴雨一样，来来回回，天气预报都报不准。

什么勋章啊，不过是骗女人的谎话。

“可是……别人会介意的。”她知道自己好看，但是到底要见光的。她想着想着，就拧巴起来。

为她擦眼泪的手指一僵，石墨的音调骤然低下：“谁？”

恋爱分手，乃是家常便饭。

秦甦是短跑选手，冲刺力强大，耐力却不够，经常闯破暧昧关卡，就步入了你左我右的分道扬镳，像永远闯不出地下关卡的“马里奥”。

是以，秦甦时常在没走进感情、将将靠近时，就做好了出来的准备，可以说是遵循节力原则的个中高手。

这个世界没有无缘无故的深情，男人不傻，美人又多，大家都是自私达人，秦甦毫不避讳地将此坦诚地告诉石墨，倒是没想过他会是什么心情，他也是这么想的吗？

秦甦想着想着，屁股酸了，往左翻了个身，手抚过肚皮：当然，他一定是这么想的，不然他们当初也不会那么迅速地陷入你情我愿的关系，不然他也不会答应负责得如此之快，他一定是做好了成年人、成年爱的准备。

秦甦不是剑客，恃靓闯情场，在感情上心想事成，常是赢家，高度任性。

所以，当石墨黑着脸离开，她辗转反侧，想尽力挤出一些普通人的遗憾和焦虑，表现出对自己失言的懊悔。但心底隐隐的变态告诉秦甦，她很酸爽！尤其是在确认这个男的比她想象的要认真后，秦甦舒展脚丫，抬抬腿，做出了长跑前的热身动作。

她把脸埋进枕头，克制不住地傻笑。

长跑是甜蜜又令人懊恼的情爱运动项目了。

睡眠不足的人很容易做出冲动的事情。石墨在方向盘上趴了一会儿，嚼了两粒木糖醇才精神点儿，他头挨到床就开始犯困，秦甦的脸贴在眼前都不管用。

这种事在高中肯定不会发生。那会儿他精力旺盛，温一夜书、做一夜题，脑海里飘过振奋的人和事，都能立刻精神，这会儿是不行了，睡觉是头等大事，姑娘嘛……反正她也不喜欢他……

石墨算是明白什么叫拿女人没办法，以前听朋友提起老婆，对方净是咂嘴摆手，嘴里说“算了，算了，随她，随她”，一副“真是无理取闹”的无奈样……轮到石墨，他也只能说“算了，算了，随她，随她”，他高中不也是这么过来的吗？

现在至少比高中好，人在身边，拉得到，亲得着。

但莫蔓菁不这么想。她意识到儿子喜欢了秦甦这么多年，心里一惊，在家里翻找起画来。

石墨的画大部分都没被保留，因为……她前年遇到创作瓶颈期，试图通过劳动输出换取灵感，把家里的“垃圾”都清理掉了。

石墨回来，看见自己的房间空得像被洗劫了一样，人都傻了，这才知道自己所有的高中课本都被当作废品送给收垃圾的老爷爷了。

莫蔓菁奇怪，他这么忙，难道还会想要温书，还想做什么电流、动量、能量、小球、细绳那些反人类的变态题?

石墨没有缘由地发了一大通火，把莫蔓菁的强词夺理吓回肚子里。在儿子的怒目相视里，她如梦方醒，被激发出重重的灵感，于剧本中插入新鲜的人物——“不孝子”一个。于是乎，剧本的丰满度和话题性得以提高。

瓶颈解除。

她回忆起这个，想起有些没扔，被石墨重新整理过放了起来，一部分被他带去复式房间挂在墙上，一部分则放进柜子，他还对莫蔓菁千叮咛万嘱咐，差点儿上锁。

石墨这个小孩儿被爷爷、奶奶、外公、外婆接力赛一样地捧在手心长大，别的没学会，把老人家存储东西、舍不得丢的毛病倒是学了个精通。

她一边骂这臭小子这么多年还不会断舍离，这么多废纸还留着，一边又心疼自己养的这个臭小子，画了这么多秦甦得是多喜欢她呀!

有些画笔触生涩、细节僵硬，画得不太像，也能通过鼻尖的那颗痣一眼辨认出是秦甦。

莫蔓菁以前不认识秦甦，不知道石墨画的是谁，以为自家儿子只是个普通色鬼。这一刻知道是秦甦，为母的心里真是酸涩。

要不是“越位进球”这么一出，也不知道人家姑娘会不会跟他续上一段靠谱儿的情缘。

莫蔓菁阅人无数，用热情的粗枝大叶包裹细腻，常让人忽视她的玲珑心。和秦甦接触了几日，莫蔓菁就看了出来，秦甦是那种没心没肺的美人，不知情场失意为何物。

人身处的时代很重要，莫蔓菁看着她灵动的眼神与后天被异性追求建立起的自信，心叹自己生不逢时，要不然她也不至于守着棵“老铁树”，等了二十年才开花。

莫蔓菁把这些画收拾好，拎上阿姨准备的老鳖汤，左右手的东西一并，保温盒与牛皮文件袋贴在了一块。

哎哟……

莫蔓菁这下长了心眼儿，怕把石墨的“大作”洇湿，又给放了回去，暗想下次给秦甦看吧。

路上石峰打电话问她：“儿媳妇漂亮吗？”

莫蔓菁想了想，用一种试探的答案回应他：“和我年轻的时候差不多。”

石峰很会打太极，也不给明确的答案：“那我儿子的眼光遗传的我，可惜没有青出于蓝。”

那是漂亮还是不漂亮？

莫蔓菁打着电话边盘问边走到病房，恰好秦甦醒着，她笑眯眯地把电话送到秦甦耳朵旁：“来，姑娘，你公公的电话。”

秦甦的一口即食燕窝赶紧咽下，她慌忙拿起手机，也忘了细思是哪个“公公”，心脏“扑通扑通”地跳，恭敬地说：“哎，哎，哎……叔叔，您好！”

怎么办？怎么办？她要说什么？聊天气吗？

莫蔓菁跷起脚，看向床尾的那一排燕窝礼盒和补品，满意地点点头。这是她昨天让助理送来的，就算明天出院，也要给秦甦营造一种重视感，隔壁床的孕妇每天都有人探望，秦甦和她母亲的这些东西显得过于简单了。

她跟陆玉霞说，回去自己炖，东西实在，这些零售即食也不知道有几两货，没空炖的时候再喝。

陆玉霞搓着手说，秦甦已经下单了炖燕窝的工具，回去她们就自己炖。

也不知道是气势还是见识的原因，陆玉霞在莫蔓菁面前总矮半截，对方说什么，她都唯命是从，搞得她不像秦甦的母亲，而像秦甦的用人。

莫蔓菁拉着陆玉霞坐下，闲聊起石墨："我那个臭小子，真的是，儿大不由娘，我吃了十几年燕窝，他每次见到都要讽刺，说我是花钱吃动物的口水，交智商税。到了秦甦说怀孕要吃燕窝，他二话不说，来问我什么燕窝好。"

陆玉霞"咯咯"直笑，心里那叫一个甜。

莫蔓菁叹气："还是生女儿好。"女儿能跟她一起喝燕窝，聊男人。秦甦和她一起说起男人的不是，那叫一个快意，轮到莫蔓菁自己在家，都是数落，两个男人各自臭着一张脸，完全没有这种一拍即合的愉快。

陆玉霞心里还苦呢，要生了个儿子，她也就不用这么憋屈了，偏偏生的是女儿，要担心她结婚生子，哪一步做了都吃亏，不做也吃亏，感觉一辈子净在挑亏吃。还没办法为她挑，只能陪她吃亏。

陆玉霞看心头肉一样的姑娘大着肚子，她的眼泪直往肚子里流。秦甦怕是不知道，女人生了孩子会遭什么嫌弃，才敢没有法律保障地瞎生。

秦甦挂断电话，后背都湿了，说："妈，把空调温度调低点儿，我热……"

莫蔓菁笑道："哈哈哈……我老公的声音很降温的。"

秦甦听到"老公"两个字，喉咙口像被容嬷嬷用针扎了一下，有不适闪过，中年夫妻，真是恩爱。

她很快整理好不适，一边送还手机一边附和道："嗯，叔叔的声音是很好听的……就是我有点儿紧张……"手里突然被塞进一部手机，她一点儿准备都没有，石墨的母亲也太雷厉风行了。

莫蔓菁接过手机，问她："他都说了什么呀？"目光则落在珍珠项链上，内心咬牙切齿：哦，石墨要她带来的项链是这条啊！呵呵，这个臭小子。

"他就问我有什么需要的，我说没有，他说肯定有，我说没有，他说别不好意思，我说没有，你儿子都给我买了，叔叔这才作罢，说给我带点儿实验室的东西。"

秦甦轻松地开玩笑，却没迎来莫蔓菁嘻嘻哈哈的调侃。她的目光顺着莫蔓菁呆滞的眼神下滑，也落在了自己脖子上的这条项链上。

"怎么了？"秦甦摸了摸项链。

莫蔓菁的语气里没有任何调笑的意味，脸沉了下来："这臭小子，真是气死我了。"

这条獠牙珍珠项链是石墨和柏树姗分手之后买的，正好他从港市回来，莫蔓菁整理行李箱，取出给她带的免税店化妆品，发现了这条项链，自然兴冲冲地认领，戴在了脖子上。

她想着，石墨也没有女朋友，再加上小尖牙与小珍珠颇符合她的品位，窃喜了半晌，儿子真有心。

没想到第二天项链就被石墨从脖子上强势地解下，拿回去还细细地用眼镜布擦拭珍珠上的佩戴痕迹。莫蔓菁是真生气，几天都没跟他说话。

她倒是不知道，床头柜里的珠宝是这条，早知道那天看一眼，好歹还有个心理准备，猛地在秦甦的脖子上看到，心情倒像是失恋，苦涩得很。

到底要经历一些事情才能体验各种角色。比如，莫蔓菁此刻有一点儿理解那些刁难儿媳的婆婆了，她们看待自己的儿子，多少有点儿情人心态。他本来就没多少注意力在她身上，现在彻底给这个漂亮姑娘了。

她暗自绝望：白养了，白养了，养儿子就是养白眼儿狼。

出院当天，石墨没来，秦甦怀疑他生气了，喜滋滋地发了好多消息，做“舔狗”的时刻格外快乐！

秦甦：“早安呀！”

秦甦：“今天要出院了！”

秦甦：“哥哥为什么不理人家，是因为妹妹不够漂亮吗？”

秦甦：“珍珠项链好漂亮，我还发了朋友圈。”

秦甦：“潘羽织问我谁送的呀，我说是我男神！”说完发去一张朋友圈截图，重点圈出“男神”二字。

秦甦：“我算了算，咱们的宝宝会是射手座或者摩羯座，唉……我不是很喜欢这两个星座。”

欲扬先抑，她紧接着又发一条：“但是人会变的，我以前也不喜欢天蝎座的男生，现在整个人欲罢不能。”

绿色的对话气泡布满聊天界面，始终没有收到对方的回应。

这种情况换作以前，只有秦甦在骂对面男人的时候才会出现。

秦甦：“早上护士给我听了胎心，太神奇了，忘了录，下次产检你跟我一起听？”

还不回？

秦甦：“你知道你什么时候最帅吗？不是说‘买，买，买’，而是不理我！”

十分钟后，没了耐心。

秦甦：“不要蹬鼻子上脸，该回的时候就要回！不然没有下回了！”

石墨："刚醒……"

秦甦坐在行李箱上傻笑，被陆玉霞拍了一下屁股："要是轮子滑了，你就摔了！怎么这么不上心？！"

莫蔓菁的助理很认真地帮陆玉霞整理打包，一口一个"阿姨"叫得特别亲切，还时不时地偷瞄秦甦，小声惊叹："太漂亮了吧。"

以前她就想，小石头这么帅得娶多漂亮的姑娘啊。莫蔓菁不以为然，告诉她，好看的人都是为改良基因存在的，以石墨这般长相和性格，他肯定会被一个心眼儿坏、脸蛋丑的姑娘骗走。彼时莫蔓菁讨厌柏树姗，每天倒苦水，这下一看，完全不是啊，小石头这对象多好看哪。

这个人和小石头简直是天设地造的一双，绝配！

陆玉霞连连摆手："哪里，哪里，这两天她睡得多，肿得厉害，不能看，不能看！"

盛夏的热风拂过，树上的知了不停地叫。阴云朵朵，也帮着漂亮的孕妇撑起伞来。

秦甦什么也不用干，站着都有人来问候累不累。

她看看手机，又看看她们，突然幸福得不知所措。

石墨租了一套房子，离公司比之前的位置偏远一些，位于旧城区，正好在私立医院与三甲医院之间，离高中后面的教育新村也近。

鉴于产检的条件以私立医院为优，而医生的经验技术以三甲医院为优，他在租房时，舍弃居住环境，优先考虑了医疗配置。

这是他这两个月才有的意识。之前他对做父亲这件事的感觉模模糊糊，更让他心醉神迷的是秦甦，而现在真正作为一个社会角色去筹划一整件事，有很多需要周全和难以周全的地方。

孩子的学区房也是一个问题。

政策每年都在变，风向不定，众说纷纭，他对买房这事持观望态度。主要是，他不知道孩子有多少东西需要塞进砖头房子，也不知道家里要多大才够孩子东奔西跑。

住别墅的朋友说，有了孩子，家里就不够住了。石墨在内心画了个问号。

石墨去过他家，三层，房前空地是玩具车轨道，一层做成泡沫玩具世界，再往上他没有参观，听说还有钢琴和舞蹈教室。这么一想，确实拥挤。

而他……将会有两个……想到这里，人都清醒了，指尖颤抖，想来支烟。

盛夏日头一到十点，室外热得无法站人。空气干燥，呼吸道被热气熏得发疼，划根火柴就能点着似的。

莫蔓菁正在收拾石墨的东西，正逢公婆"碰巧路过"，在二十八楼这么不容易偶遇的地方，也是很巧。

两位老人的手搓来搓去，眼睛冒出渴望的光，皱巴巴的手上还拎着沉重的水果。

莫蔓菁不舍得让老人受这大热天来回跑的罪，给石墨打电话，告诉他："把你养大的爷爷、奶奶要去你新家！跟你说一声，不是我带来的！是我作为母亲告诉了你的父亲，而你的父亲作为儿子又转达给了他的父亲和母亲。"她顿了顿，强调道，"我们都是懂得孝道的子女辈，干不出先斩后奏的不孝事情，所以你爷爷、奶奶来这事也怨不得我！"

她阴阳怪气地说完，闷声等石墨开尊口同意。

石墨没听清莫蔓菁在说什么，睡眼惺忪地看手机。

微信一条一条的消息弹出，他低笑出声来。

那边莫蔓菁当他答应了，还被自己的幽默逗乐，松了口气：

“算你有良心。”

石墨：“……”

秦甦那边办好出院手续，说准备出发了，这边阴云都飘了来。

好看的人总是会被厚待，连天气都格外照顾。

这句话是石峰说的，不过是对另一个女人。莫蔓菁望着天空，内心把这句话给了儿媳妇。

在老人的帮助下，莫蔓菁把石墨的衣服、鞋子以及电子产品整理好，三个人去楼下社区超市买了三根盐水冰棒，一人一根，边吃边聊天。

她婆婆说：“周围有超市、菜市场，位置挺好，马路对面还有个公园，就是小区有点儿旧，是千禧年初的小区，不知道那个女孩子介意不介意啊？”

老人家心里担忧，怀了孩子还不结婚影响不好。石墨这做法不像话，租套房子在外面给女人生孩子，就是不娶人家。

莫蔓菁知道婆婆这是在打听秦甦：“待会儿她来了你就知道了。”

老头儿说：“我看了照片，那姑娘娇滴滴的，估计不喜欢这种地方。”

石峰的表妹石娟就爱搜罗这些情报，动不动添油加醋。

莫蔓菁说：“那姑娘挺好的，应该不在意这些，而且这房子就是为她考虑选的。离医院近的几处小区，就这里有大户型的房子。市区有公馆可以租，清静是清静，但交通不便，她不能开车，她妈对豪华商圈的生活习惯不了解。这里是上选。”

老人当然没意见，只要那姑娘满意就好。

秦甦一行人终于抵达，阵仗像颁奖典礼的走红毯现场，连社区健身器材旁锻炼的老头儿、老太太都凑热闹，伸脖子、踮脚地张望，都想知道这车里坐的是什么大人物。

秦甦的肚子没那么大，但一看这么多双眼睛看着自己，手下意识地就搭在了肚子上，赶紧“母凭子贵”：“爷爷、奶奶好！”

路上，石墨在电话里给秦甦打了剂强心针，告诉她，他的爷爷、奶奶很爱他，所以也会非常“爱她”，着重词意味深长。

秦甦了然，开玩笑回应他的紧张：“哦，知道了。我会很尊敬他们的，有问必答，比如你让我怀孕但不负责这件事，我会如实地倒打一耙！”

秦甦对于关系的想当然，又破了一层功。

中国是典型的关系社会，“真空养娃”真是理想化了。

秦甦像一尊不能活动的雕像，被安置在沙发。陆玉霞这天有安排，参观完新居，看秦甦被石墨的爷爷、奶奶围着，满足地撤退。她收下莫蔓菁嘻嘻哈哈的保证，一点儿也没担心，只是走到楼道口时还是心情复杂地湿了眼眶。

这似乎是很不错的一家人，不知道是真对秦甦好，还是把她当作一个生养载体，没有那张证，到底是外人……

石墨在港市那边的事情结束，飞回B城已经是夜深人静的零点。

天气预报说台风要来，他怕误机，撇了明早的会议提前回来。

他打车到新家，沿着小区走了一圈，确认爷爷给他发的超市和市场的位置。老人家手抖，拍张照不容易，他也发了张照片回复：“爷爷，看到了。”

脚下温热的风夹着灰尘，吹过静谧的小区。

发完消息一回头，石墨的笑便僵在了脸上——台风过境前的萧瑟夜空下，无人的小径尽头，一个披头散发的宽袍女子幽怨地盯着这处，一动不动，像个女鬼似的。

“怎么这么晚在外面？”他也没告诉她自己这个点到啊。

阵阵热风鼓起衬衫，倒是吹出股落拓不羁来。

他两只手抄兜走近秦甦，她反倒退了一步。

她没好气地瞪着他：“你知道你现在像什么吗？”

“什么？”他主动拉她的手。

秦甦这厢左右避开，终于还是被他捉在了手心。夜风吹得她手背微凉，他暖上她的手，亲了亲她的额角，没听见回应，又问了一声：“嗯？”

在他掌心与嘴唇的双重软化下，秦甦才稍稍缓过气：“像半夜不想回家、在外瞎逛的臭男人。”

石墨笑得不行，揽过她的肩往回走，四两拨千斤地说：“我以为你睡了。怎么这个点下来了？”

“我晚上吃多了，你的爷爷和奶奶好热情，一直给我夹菜，我为了回应这份‘爱’就只能吃。九点多我下来想消食，碰到几条狗，我有点儿怕……结果熬到这个点还是难受，又下来了。”秦甦“哼”了一声，说到这里就来气，“巧了，正好逮到了不回家的男人。”

“我记得你不怕狗。”他记得她还会逗狗。

高中，她家小卖部门口，她经常会跟一条大黄狗对骂，骂完它丑还要追着它喂食，关系非常变态。

“嗯，是不怕，但我们美女很吸引‘舔狗’的，我怕它们凭着嗅觉来蹭我，我要是摔了就不好了。”她胡说八道，毫无编的痕迹。

真是个嘴硬的丫头，怕伤到孩子还要兜圈子。石墨握紧她的手：“我下次陪你散步消食。”

“宁可深夜在菜场门口徘徊都不愿回家的男人，哼，你有时间吗？”话说出口，秦甦察觉到自己的幽怨，心里恨得咬牙，孕期的男女关系到底是比较被动的，她竟堕落成这样。

石墨解释道：“我在看菜场的位置，家里应该没什么东西，明天早上我来买菜。”

秦甦想了想，确实，第一天入户，又逢出院，几人初次仓促碰面，连晚饭都是去的菜馆。

秦甦：“你怎么这么居家？”

石墨：“不好吗？”

“嗯……居家男挺好的，但没有猛男有魅力。”

果不其然，话音未落，掌心的手飞快地抽走，秦甦眼疾手快，牢牢地将手攥在手心，哈哈大笑：“哼！还说没有生气！”

昨晚她在微信上一直逗他，问他为什么突然离开，是在角色扮演“霸总”吃醋吗？

石墨说没有，单纯忙。直到凌晨这厮发来定位，她才知道石墨又连夜飞回了港市，心里酸酸地泛出不舍，此刻也就是嘴硬逗他。

石墨反问：“生气又能怎么办，还能不梦了？”

秦甦翻白眼甩锅道：“那就管好你的女儿！”

石墨以为医生告诉她性别了，不由得惊喜地问：“是女儿吗？”

“不知道，但我得有个女儿，万一都是臭小子，我岂不是比你妈妈还要惨？”那是双倍的痛。

双胞胎是好，但如果是两个儿子，简直是人生折磨。

看到莫蔓菁这么乐观的中年女性一说起儿子都要唉声叹气，秦甦生怕自己也生两个儿子，后半辈子也要跟着愁眉苦脸。

“性别可以看吗？”

秦甦打听过，好在潘羽织倒是做了回人，告诉秦甦，孩子是礼物，无论是男是女，坦然接受就好。

秦甦把这句话复述给石墨，说完仔细思忖，一想不对，她好像钻进潘羽织敷衍的圈套了："什么礼物？要是她生了个儿子，应该跳脚得比我还厉害。"

孩子性别话题一直持续到进屋也没有答案。

秦甦主动开灯，像他第一次带她去复式楼，中介一样专业地介绍了一遍户型。

石墨笑，说他来这里看过一次房，不用这么认真。

之前在那套房子，从门口到厨房就两步路，这里得十来步，秦甦在厨房收拾，问他："怎么租了这里？"

石墨说，离陆玉霞近，离医院近，然后离莫蔓菁远，一举三得。

秦甦"扑哧"一笑："你这么烦你妈？我好喜欢她！"

石墨把手机往茶几上一扔，疲惫地歪坐在沙发上，双手揉脸，声音沙哑地说："是吗？好像大家都很容易喜欢她，可能她常活在混乱的剧组里，做的又是被上下打压的原创工作，性格必须讨喜才能混得好吧。"

"那你不喜欢？"

"不喜欢，因为她不管我。"

莫蔓菁算是活成剧本里的婆婆模样，带孩子的戏份没有，管孩子的婚事处处在行，每次说起儿媳问题，她都很精神、很负责。

"可是阿姨说都是你不理她。"

"那是她小时候不理我。"

秦甦舀起瓷盅里的燕窝，一边吹气一边好奇地问："你记得小时候的事？"

"记得。"

"很小？"

"很小就记得。"

秦甦想起了莱莱，想知道小孩儿记事从什么时候开始：“谁帮你换尿布你应该不记得吧？”

“这个不记得，但是我妈不管我，我记得很清楚。”

莫蔓菁对石墨很负责啊，秦甦不由得好奇：“她怎么不管你？”

石墨冷漠地说道：“我从小只有钱，没有妈妈。”

他脑海里有这样一个片段——石峰离家前若是犯了脾气，莫蔓菁便会赌气把自己关起来写剧本。他想要母亲陪他玩，每次提出这样的要求，手心就被莫蔓菁塞进钞票。

“那时候五毛是紫色的，两块是绿色的，这是别的同学能有的最大金额的零花钱了，但我抽屉里全是五十元、一百元的大额钞票。”

秦甦一脸嫌弃，第一次见人这么不知足。她小时候家里那么富裕，也没有一抽屉的百元大钞，只有一两张。

石墨看她的表情，就知道她不理解自己。

“不说这个了。”他笑着问她，“燕子的口水好喝吗？不是说肚子胀吗？喝得下吗？”

“口水是液体，正好顺顺气。”她也不避讳自己在交智商税这件事，“你别不信，我在病房里，怀二胎的孕妇都说喝燕窝效果神奇，宝宝的皮肤特别好。我查过，喝燕窝没有危害，所以这个税咱们得交。”

“我没有不信。”他抬起手，给她揩去嘴边黏稠的液体，“你喝得开心就好了。”

秦甦被这细腻的动作弄得不知所措，舔舔唇周，把白瓷碗送到他手边：“还有几口，要不要尝尝？”

晶莹剔透的半碗“口水”，还丝丝缕缕的……

石墨看着她舔嘴唇的小动作，摇摇头：“不用了。”

秦甦应了一声，一口饮尽，继续闲聊："你的父母好恩爱啊，我听她叫你爸'老公'。"

叫"老公"确实很恩爱。

"嗯……"石墨盯着她湿漉漉的嘴唇，又看了一遍她舔嘴巴。

"是从来不吵架的那种恩爱吗？"电话里，石墨的父亲声音冷峻，字正腔圆，是个有礼貌又有些距离感的男人。

秦甦想象不出他被叫"老公"的反应，很反差，画面值得期待。

石墨的喉结上下滚动后，他清了清嗓子："没有吧，他们早些年关系其实不太好。"

"多不好？"秦甦好奇地趴上他的肩头，两眼亮晶晶的。

长发垂在石墨的胸口，痒痒的。他想拨开那些烦恼丝，指尖却顺着发丝上滑至嘴角，拇指在肌肤上游移。

他沙哑着嗓子问她："燕窝是百合味的吗？"

"不是。"秦甦的脸蛋顺势往他手心里蹭了蹭，模样嗲嗲的。

石墨眯起眼睛，奇怪地问道："那怎么有股百合味？"

"嗯？有吗？"秦甦用鼻子嗅了嗅，没闻见，脑袋一偏准备拿碗仔细闻闻。

石墨眼里带笑："我尝尝？"

浓郁的男性气息很是撩人，秦甦的脑海中冒出句"想亲我直说"，但眼底划过了然的笑意，终是没有开口。

她静静地跪坐在沙发上，假装对他倾身靠近的企图一无所知。

漂亮的鼻子在过招前先友好地蹭蹭，他贴上来时，她没有回应，像个情窦初开的傻姑娘，等他主动。她喜欢斯文小生做出这种带诱惑性的动作。

石墨的鼻音像大提琴的低音，滑过耳畔。

她暧昧地问他："有百合香吗？"

他还流连在嘴角，装傻："还没尝出来，得再尝尝。"

秦甦的肩膀一拧，调整到舒适的战斗姿势。

呼吸吞尽前，她撵着他的唇说出一句杀男人不见血的挑逗："你这样是尝不出的。"

心旌摇荡的当口，石墨呛咳地说了声："对不起。"这厮的素质教育上线，还给她帮忙往上拉衣领。

原本气氛好好的，偏偏秦甦这张得意忘形的嘴说了句丧气话，大意是希望他们将来分开时也能像第一次一样，好聚好散。

石墨眼里的情欲迅速消失，眨眼间毫无痕迹。

秦甦眼看着他变脸，吓得都回忆不起那句话具体是如何道出的。

"哈哈，我胡说八道的，"她指着肚子，开始耍赖，"但'群众'怀疑感情的持久性，我左右不了'群众'的意见。"

夜晚，理智渐渐模糊。

石墨扯出一个疲倦的微笑，陷入沉默。

秦甦喉咙发紧地看着他，对视久到脊背上的汗液都干了。

半晌，他说："一八九〇年年底，整整一个月，伦敦气象局没有记录到伦敦一分钟的阳光。"

秦甦一怔，屏住气息等他没头没脑的下一句。

石墨如迷路羔羊一般，在陌生的茶几下找酒，终于确认酒不在触手可及处，重重地叹气："我好像一直待在一八九〇年年底的伦敦。"

秦甦干巴巴地接话："你的时间静止了吗？那你要赶紧跳出那个时空，现在伦敦的晴天还挺多的。"

他瞥向她："是吗？"他伸出手指沾沾她的眼泪，疑惑地看着那些泪珠，“怎么我这儿还在下雨啊？”

秦甦“扑哧”一声笑了，两只手迅速抹过脸颊，朝他弯眉笑：“好啦！现在雨过天晴！”

他又是良久未语，胸闷得慌，手指在膝盖上不停地点动。

秦甦慢慢地滑跪在软蒲团上，拉了拉他的手：“是不是想抽烟了？家里现在大呢，你去洗手间开个排风扇，或者去阳台。”之前在复式楼里，环境比较封闭，她看见楼上和楼下都有烟灰缸，但她在的时候，他都没抽过烟。

“不抽。”

“在戒烟？”两个烟灰缸没被拿来，秦甦问莫蔓菁烟灰缸是不是忘了带，莫蔓菁朝她挑眉，某人说帮他扔掉，她就代劳了一下。

“不说这个了，早点儿睡吧。”石墨左右看看，在墙上找到一个木质钟，“快一点了。”孕妇这么晚睡不好。

秦甦摇头：“我明天还能睡一天呢。”

他们很久没有面对面地说废话了，或者说，他们的关系一直处于不稳定的大开大合状态，全是关乎人生抉择的重大谈话，极少有说废话又不在乎时间的时候。

“好。”他牵过她的手，这次老老实实的。

秦甦安静地缩在沙发旁，发丝轻佻地晃动：“我刚才胡说八道的。”

他说：“我知道。”

“那你干吗不说话？”

他低笑道：“我不太会说，要么你说。”

秦甦笑着将头发拨至耳后，乖巧地枕上他的大腿，鼻尖抵住西裤，埋首细嗅尘埃：“那我说了，你不能怪我矫情。”

他捋捋她的发丝，说：“不会。”

秦甦闷闷地呼了口气："我觉得自己不能用很好的状态跟你在一起。"嗯……就说不能说吧，一开口就想哭。

"为什么？"

"我会变胖、变肿、变丑，还会变得松垮。"她会像一块没有张力的弹力布。

她习惯了做"车见车载"的美女，现在做"车见车让"的孕妇，生出了落差感。她并没有想过，自己要在孕期谈恋爱。

"哪儿有啊？你现在还是这么漂亮。"他说得一脸真诚。

她抬起他的下巴，苦涩地说："你的演技不错，那记得要骗我久一点儿。"

被这张帅脸骗，倒也不赖。

秦甦沮丧，说自己住院这几天完全没敢看肚子，按她脑海里的画面，肚子应该已经被撑出很重的纹路了。

石墨掀开她的裙子，借暗淡的灯光扫了一圈，告诉她："圆溜溜的，很光滑，没有纹路。"

她复制网红表情粘贴在脸上："我不信。"

他亲了亲："自己看。"

"我不看，我妈那天看我的肚子吓了一跳。"

他说："我刚才也吓了一跳，突然大了不少，但你说的纹路暂时没有。"

"你可能没看过妊娠纹。"

"怎么会？我妈有妊娠纹，我看过，而且我长身体的时候长得快，大腿根有生长纹，我认识。"他又偏头往她的肚子上看了看，捏了捏软肉，"你没长，这里还有一点儿弹性空间。"

她不知是因为痒了还是信了，笑问："真的吗？"

"你自己看。"

"我怕看到了会难过。"

"真没！"

"真没？"

秦甦掀开裙子，石墨轻轻地在她的肚皮上落了一个吻。

裙底露出一张帅哥脸，竟然违和地生出一股温情。

她的肚脐还没有凸出来，隆起的肚皮上有一个不规则的坑，她用手摸了摸，松了口气："真的没有。"

那天陆玉霞震惊的眼神把她吓到了，秦甦以为自己的腰部皮肤一定和隔壁几个孕妇一样："我看到剖宫产生下双胞胎的妈妈，真的像袋鼠妈妈，拿掉袋鼠宝宝，肚皮松得可以甩面。"

"有了也没事。"石墨安慰她，这会儿刚二十周左右，又是双胎，秦甦以后长出妊娠纹也不是没可能，"我不介意。"

秦甦看看他，憋住笑，没把那句开玩笑的"猛男介意"说出来。

石墨像是知道她要说什么，一动不动地等在那里，眼神复杂地盯着她。

秦甦主动败下阵来，朝他哼哼着撒娇："那爸爸……帮我涂油吧。"

"可以吗？"说实话，他不是很敢碰她的肚子。

"我那天梦到你帮我涂了，梦里你涂得很好，手法熟练。"

石墨看她跑去拿护理用品的身影，一阵好笑："梦里咱们只涂了油？"

"嗯……"梦里秦甦还吐了，吐得家里都快淹了。

石墨不解："真的？我梦里这么老实？"

秦甦挑眉："嗯，比你现实里老实。"

"我现实里不老实？"他要是不老实，就不会这么多年看她谈了一场又一场恋爱而按兵不动了。

“你刚才摸我的时候就很不老实。”那手法，现在还火烧火燎的。

“刚刚那是……”好吧，他确实是故意的。

“还有第一次啊，”她“咯咯”直笑，这几天老在脑海回放，“你也太爽快了吧。”

石墨坦然：“我没有办法拒绝你。”

石墨说的是做不到拒绝秦甦。

在秦甦听来，确实，是个男人都拒绝不了她的诱惑。

秦甦的头就像被按进了蜜罐里，齁得忘了呼吸，差点儿忘了正事。她把装着瓶瓶罐罐的包塞到他的手里：“那就开始吧。”

“先用这瓶精华油抹一遍手臂、肚皮、腰背和大腿，抹完油，再用这个妊娠霜抹肚皮，另一瓶抹腿和手臂。”她问他，“都记住了吗？要不要我再说一遍？”

“记住了，先油再霜。”他问，“手法呢，抹一遍就好？”

“嗯，轻一点儿，打圈就行。”

他问：“梦里我的手法和现在比如何？”

秦甦：“现在更好。”

“真的？”他的手都在抖。

“嗯，现在我的身体反应更真实。”她枕在抱枕上，眼眶湿润，原来陪伴会这么让人舒适。

石墨清了清嗓子，湿润的手朝她一摊：“要不你自己来吧。”他以为她难受。

“不要。”她搬出责任分工，“妈妈怀孕这么辛苦，抹油就爸爸代劳吧。”

“行。”

她咬住抱枕，娇哼道："认真点儿哟，反正这张肚皮以后好看不好看，都是你看。"

打圈的指尖稍作停顿。

她闷声笑问："伦敦的天晴了吗？"

石墨放下妊娠油，拿起妊娠霜，抹完肚皮和腰际，在她躲闪时，低笑道："好像是晴了。"

抹完妊娠油和霜，两人满身大汗。石墨倒好，冷水澡一冲，但秦甦还不能洗澡，静静地躺在床上，把空调调到二十二摄氏度。

石墨进屋，冻得一哆嗦："这么冷？"

"我热。"她说。她特别爱吹空调，春天时就在吹冷气了。

石墨满足了："那就是龙凤胎。"

"哈哈，我也这么想。"她摸了摸自己的獠牙项链，"一个叫小珍珠，一个叫小金牙！"

石墨不说话了。

"哈哈，不好听吗？"

"不好听！"

"你以为你的名字很好听吗？"

她等他反驳，没听见声，问他："怎么今天跟我睡啊？"他不是说受不了吗？

好半天，石墨才哑着嗓子开口："现在四大皆空。"

床是一米八的，比之前的床要大一些。最关键的是，他不想隔着一堵墙。

"难怪去洗了那么久。"

他预知般地擒住了她的手腕。

秦甦嘻笑着挣扎，石墨只能把她整个人圈在怀里，声音里满是睡意与疲惫："宝宝，睡吧。"

秦甦心神荡漾，融成一摊水，在黑暗里安静了一会儿，伺机抽手，又被石墨紧了紧："都快两点了。"

她的声音清醒："我舍不得睡。"

"嗯？"石墨从喉咙里挤出一个字。

"明天醒来，你就不在了，是不是？"她看见他定了闹钟，应该是有事。

午夜的月辉像夏日冰镇杨梅上结的霜，漂亮清凉，和室内这二十二摄氏度冻死人的空调一样。

石墨拉起被子，埋进秦甦的颈窝使劲蹭了蹭脸，牵上她的手，声音清晰起来："好……咱们说说话……"

清晨，秦甦抱着一线期待，用手往身侧探了探，先是手指，再是手臂。期待落空后，她的手尴尬得像活动着的雨刷，自暴自弃地来回刮扫。

床太大了，好寂寞。男人太忙了，好无聊啊。

她拿起手机，壁纸上是截止日期。

说好中旬翻译完给人家的，她得开始干活儿了。她刚开始翻译，还排在新手队列里，机构给的钱不算多，和英语翻译差不多，千字二百元，说后期需要老师帮忙校稿，但和单位比起来，性价比很高。

机构的老师真把她这个孕妇当闲人，前面才完成了一份合同，手上还有两份没弄，就问她下周有没有空接单，秦甦感觉自己是个无情的翻译机器。钱是香，但她不确定自己下周的状态，想了想还是拒绝了，不过回复时她的嘴巴很甜。

秦甦万事都喜欢给自己留条路，对外都是可爱"辣妹"的形象，缺点就是喜欢窝里横。当然，窝里横的终极受害者就是陆玉霞女士。

厨房里一阵响动，她正哼着《甜蜜蜜》，和莫蔓菁工作室的助理姐姐摆放秦甦的家当。

空空荡荡的家里逐渐有了生活气息。

这几天陆玉霞都守在医院，和莫蔓菁的计划只能暗中进行，每天趁着回家做菜的时候，断断续续地给秦甦打包行李。

这丫头的东西太多太杂了，幸好前几天她不知从哪儿整了出幺蛾子，搁那儿自己收拾归类，让陆玉霞的工作量大幅减少。

不提秦甦的“金山银山”，光没拆的快递都堆成小山了。幸好莫蔓菁理解年轻人的消费观，还差人一块儿搬。换作别的婆婆，不翻白眼就不错了。

陆玉霞怕秦甦闹脾气，摆什么先锋人物的架子，不肯与石墨住在一起，还担忧了几天。谁知道这个炮筒子怎么想的？她做好了最坏的打算——把家里的锁换掉。

结果没等她语重心长，搬出在老年公众号上看到的《准爸和准妈同居的好处》，就听秦甦“嘻嘻”一笑，爽快地说：“我愿意。”

陆玉霞半是好笑半是好气：什么愿意不愿意的，有本事跟石墨说去，跟她说个什么。

Fake love

Chapter 7

孕二十周

塑料袋的声音直响，人声嘈杂。

秦甦揉着眼睛，迷茫地在客厅里晃荡，显然对环境有些陌生。

她一间一间房摸过去，心里想，昨天看到一张书桌来着，在哪个房间？

唉，家太大了。她初中之后就没住过大房子，谈的男朋友家倒都挺大的，但对她来说更像是豪华落脚点，走完这程，还有下一程。

她经常是连化妆和洗漱用品都要谨慎地堆往一处，以便抽身走人时可以很利落。

石墨租的是五室两厅两卫，用的是成套中式家具，有少许的使用痕迹。

他说用心装修的新房一般是不会出租的，而一些豪华装修是投资客买来租售的，美观是美观，但质量不一定过关，给孕妇住不放心，还是租老房子住着安心。

昨天这段话秦甦是随意一听的，现在慢吞吞地回过味来，生出种被精心呵护的感动。

她咬着左手拇指，痴痴地笑着给石墨发去消息："我起来啦，宝宝也起来啦。"

石墨："代我向'妹妹'打招呼。"

"妹妹"是他们昨晚商量好久的名字，说着说着，秦甦开始担忧自己会生两个儿子，石墨直言其实他也怕。于是秦甦出了个馊主意，掩耳盗铃大法，强行要把其中一个定为"妹妹"。

她甜滋滋地回："好！"

陆玉霞这天穿了一条新裙子，红色蕾丝裙上绣上了一只骄傲的大金凤凰，腰际宽松，蝴蝶袖恰好藏起中年松垮的拜拜肉。

这衣服有点儿隆重，原是买了在外婆八十五岁大寿上穿的，结果买了两年多，陆玉霞舍不得穿，怎么劝都不听，声称要撑到秦甦结婚再穿。

秦甦奇怪，问："今天怎么穿新衣服了？"

"今天我女婿要吃我做的饭。"她两颊散发着淡淡的乳霜香气，笑得如逢人生的第二个春天。

助理姐姐朝秦甦招手，说了声"美女，早"，手边还跟了一男一女，说是莫老师工作室的同事，帮着一起搬东西的。

秦甦问了声好，给他们取了矿泉水一一递上，然后像个后宫小主似的，捧着小腹往桌前一坐，信手拈起块苏打饼干，一边吃一边奇怪地说："石墨要来吃饭吗？"

陆玉霞背对着她回是，说这天莫蔓菁也要来，正好两家人吃顿便饭。

秦甦："啊？"

她自顾自地说："小石给你弄了早饭走的，小伙子还会煎蛋，就是没想到家里的猪睡到中午。"她转了个身，"我给你热热。"

“咱们四个人吃吗？”

“你还想叫谁？”

“嗯……”

秦甦想过，既然要和石墨住在一起，那么陆玉霞照顾她，肯定要时常打照面，加个莫蔓菁也很正常。但四个人一起吃，未免太和谐了。其实这种和谐从昨天他爷爷、奶奶来便开始了，不对，应该说从她住院就开始了，不对，再往前，是从确认育娃合作那刻就开始了，和谐得秦甦脚下发飘。

秦甦拿起陆玉霞带来的蒲扇，虎虎生风地走回房间，给石墨打电话。

石墨接起后说了声“等等”，接着电话陷入死寂。

秦甦静静地等着，大概两三分钟后，一声沉重的开门声响起，清朗的声音终于传了过来：“怎么了？”

秦甦听那两位母亲的意思就是“逼婚”，也不管年轻人是什么想法，反正他们默认是一家人。

这事办得如此简单直接，一看就是莫蔓菁的主意，陆玉霞在家把头转晕也想不出这招。

秦甦听罢，第一反应是揎拳捋袖，准备做一番澄清演讲，但打通电话，在这静默的两三分钟里，她看着时明时暗的手机屏、时隐时现的自己的肿脸，心绪慢慢地平静了下来。

秦甦说：“我妈说，你晚上要来吃饭。”

“这个……”石墨感到好笑地摸摸鼻子，清了清嗓子与她兜圈子，“我其实也住在那里。”他只是下班回家。

秦甦心想也对。

“我的意思是……你妈妈也要来。”

石墨当她介意：“是吗？她没跟我说，是人太多了吗？我跟她说一声。”

“不是！”

“嗯？”

“你上回不是说，两家人一起吃饭就是订婚吗？”他和那个前未婚妻不就是两家吃饭没吃成，所以掰扯文字游戏吗？

石墨含混地“嗯”了一声。

“那今晚是订婚吗？”

他倚靠门框，拳头抵在唇上，又清了清嗓子：“这……算吗？”

秦甦：“当然不算！”

“这样啊……”对面没了声音。

须臾，秦甦的肚子“咕咕”地叫了一声，外面陆玉霞正好叫她吃午饭，她捂住听筒对外喊了声“知道了”。

说罢，她借着大声说话的劲儿朝石墨骄横了一把：“你都没有求婚！这怎么能算呢？”

这样啊……

母亲在就是有一点不好，什么都要你吃热的。这还不算，秦甦孕后贪凉，走两步就把拖鞋蹬了，陆玉霞跟在后头盯着她穿鞋。

最后，秦甦只能躲到那间有书桌的房间，把空调开到二十二度，开始办公。

莫蔓菁来时一阵热闹，两人寒暄，音量毫不控制。陆玉霞正在帮秦甦这懒丫头拆快递，莫蔓菁见状将包一放，也跟着拆，想看看年轻孕妇都买了些什么。

秦甦听见声音了，但扛不住困意，灵魂试图钻出去礼貌地打声招呼，最终还是被睡神封印在躯壳里。

合同只翻译了一页纸，她就昏睡在键盘上，将文档按出了十几页乱码。

直到电脑弹出警示音，弹得她烦了，才咽了咽口水挪开。

这时候，两个中年妇女也去睡午觉了。

客厅一片安静，快递纸盒和包装袋被整齐地摞在一旁，网购的东西堆了小半间房。

秦甦在卧室和客厅之间犹豫了一下，还是拉过软蒲团，踢掉拖鞋，往快递堆前一坐。

奈何她天生国脚般稳准狠，那排纸箱被飞去的拖鞋打到，底盘不稳，开始歪斜。眼见要倒了，秦甦眼疾手快，迅速起身，把它扶住了。

秦甦蹲在地上重新摞稳，远处的手机响了。

蹲久了，秦甦起身时明显有点儿吃力，手还撑了一下纸箱。

接起电话，还是石墨，她笑眯眯地问："怎么啦？"

他问："在家吗？"

"嗯。"

"等会儿我有个同事会来拿一份文件，是之前提交材料的补充部分，在鞋柜上面。他没来过这里，我给了他地址和你的电话，如果他找不到，可不可以麻烦你送下去？或者，阿姨有空吗？"说话间，飞快地踏在大理石上的脚步声清脆，他似乎很忙。

秦甦答应下来，石墨很快挂了，一分钟后还发来一条"谢谢"的信息。秦甦翻白眼，瞎礼貌什么呀。

东西实在太多了，陆玉霞给她拆盒子和外塑封，她负责归类，把 M 码的孕妇装拆掉标牌就堆在篮子里，准备直接洗。还有各种纯棉制品，都挺没意思的。拆着拆着，她的目光停留在一个小东西上。

秦甦买了一双宝宝鞋过瘾——粉红色的小鞋，鞋身约莫半个成年人手掌大，指甲盖大小的红色小蝴蝶结系在鞋上，可爱到让人想尖叫。秦甦又是捏又是亲，好像自己宝宝的脚就在嘴边。

直到敲门声响起，她才小心翼翼地放下小鞋子。

石墨的同事很聪明，一路找来并没有费什么工夫。

秦甦把头一抬，发现鞋柜上只有一个花朵形状的钥匙碗，里头搁了各个房间的备用钥匙。

她打了声招呼，给他拿了双拖鞋，将抽屉一个一个往外拉，嘀咕道："你等等……"

小伙子说不着急，目光落在秦甦身上，好奇地打量：这是石总的女朋友吗？好漂亮啊，就是眼睛有点儿肿，还穿着睡衣，是不是刚睡醒？

他寒暄道："是在睡午觉吗？打扰了。"

"没有，没有。"秦甦没听清言外之意，满脑子都想着找文件。

几个抽屉都空荡荡的，她的内心不由得慌张起来：石墨不是说文件在鞋柜上面吗？难道她怀孕怀傻了？这才半个小时而已，她就记错了？

她给石墨打了通电话，他说："就在鞋柜上，早上忘拿了，怎么，没找到吗？"

秦甦"哎呀"了一声，陆玉霞特别爱收拾东西，肯定被她收拾了，嘴上敷衍着石墨："知道了！马上给他！"

她蹑手蹑脚地走进一间客房，那是陆玉霞整理出来给自己住的，这亲家俩关系好，躺在一张床上睡呢。

秦甦心里涌起温柔和幸福，走到床边拍醒陆玉霞："妈，鞋柜上有个文件袋还是文件夹来着，你看到了吗？"

"哦，在茶几的玻璃底下。早上我们搬东西，人多手杂，磕来碰去，我怕弄丢了，就……"秦甦忙点头，食指抵到唇边，"嘘"

了一声，压低声音："知道了，知道了，没事，你睡吧。"

她走出房间，看见那西装笔挺的小伙子站在门口擦汗，忙说道："不好意思。"她拿了文件，走进厨房，去取了瓶矿泉水，关好冰箱门转身时，约莫是找东西太急，脚下突然一阵痉挛。

脚上的一根筋绷得不能动弹，秦甦心头紧张，痛得几乎站不稳。电光石火的关键时刻，她毫不犹豫地把手上的东西全抛了，两只手扶住餐桌，龇牙咧嘴地稳住自己，活动脚腕。

文件袋里的内容散落一地，秦甦一边深呼吸缓解抽筋，一边垂目确认纸张有没有沾到水，幸好地上是干的，这么简单的一件事可不能搞砸。

在两台冰箱的嗡嗡声中，急促的喘息徐徐缓下。确认无碍后，秦甦的活动速度明显慢了下来。

她捡起文件，根据页码顺序重新放好，看到那张手写承诺书时愣了愣。小伙子在一墙之隔的玄关处问她："你好，找到了吗？石总在问。"

"好了，好了，我给你拿瓶水。"她赶紧把文件塞进文件袋，一圈一圈把线绕好。

"不用，不用，我不渴。"见秦甦已经把水递了过来，他害羞地接过，赶紧道谢，"谢谢你。"

秦甦把文件袋递给他，两指还无意识地牢牢夹着，被他拽了一下才松开。小伙子尴尬地笑笑："那……我……"他也不知道该叫她什么，叫嫂子吗？

"啊？"秦甦心里在想事，整个人慢了半拍。

"嫂子，我先走了。谢谢您！"他扬了扬手上的文件。

"好的。"秦甦扯出笑，在他转身的那一刻，还是喊了句，"等等！"

“什么？”

“我问你呀，”她从他手里抢过文件，又一圈一圈地解开缠绕的线，抽出文件，准确地翻到第十三页，“这个是你们石总的字吗？”这份手写承诺书是他写的吗，还是实习生写的，石墨只是签了个名？

“嗯，是的。”小伙子看了一眼，很肯定，“没有特殊要求的情况下，石总都写繁体。”

秦甦面无表情地说：“哦。”

陆玉霞被吵醒就睡不着了，翻了个身，见身边的莫蔓菁睡得正香，她生怕影响到对方，轻手轻脚地走了出来。

家里大就是好，下脚都没有什么障碍。

她身心愉悦地走了出来，问：“东西都整理好了？”

秦甦低眉敛目，坐在宽阔的棕皮沙发上，听见声音也没反应。

她怀孕快五个月了，但除了肚子，四肢仍是纤细的，穿上孕妇装还不显孕相。陆玉霞走到茶几旁，拎起那双小鞋子，笑得无比慈爱，对秦甦也是好声好气，哄她说道：“小石买了榨汁机和破壁机，我买了青菜打成汁给你喝，好不好？”

秦甦不说话。

“怀孕了肯定要吃这些的，你现在不是一个人。”

秦甦没精打采：“哦。”

陆玉霞拨开秦甦额前的碎发，见她板着脸，疑惑地问道：“这是怎么了？”

秦甦揉揉小腿肚子：“妈，我的脚刚才抽筋了。”

陆玉霞“哎哟”了一声，弯腰给她查看，一边揉一边问：“没摔吧？”

“没，我刚才查了，说是缺钙。”

“那我等会儿去买点儿骨头炖汤？”

“好的。”真是怀了两个吸血怪。刚才去洗手间时，秦甦照镜子，吓得倒退两步。这脸色也太差了吧？眼睛肿就算了，还唇色惨白、脸色蜡黄，太可怕了。关键是她还见了人！太丢脸了！

她坐在沙发上，听陆玉霞在玄关处换鞋，大概是出门买骨头去了。

秦甦走到阳台上拿了个橙子，不紧不慢地开始剥皮。

沁香的橙子被晒得暖洋洋的，甚至有些发烫。她坐在夕阳里，发着呆，嗅着橙香，直到咬进一口，脸上才浮起笑意。

她丢掉橙子皮，收回手，指尖又开始了那个动作——画句号。

“路易基”的句号很特别，像一个倒置的逗号，急速地往右上扬，给人很没耐心、草草收尾的错觉。

秦甦看见文件，第一眼落在了熟悉的句号上，接着才往前看承诺书上的字体。

写繁体也是够装的，字迹有点儿熟悉，因为“路易基”三个字不分繁简体。

唉，可惜来不及多看一会儿。她回房间翻了翻石墨的东西，他真是个不爱学习的人，连本书都没有。

她心里生出疑惑，整个人跟着夕阳一道陷入复杂与忧郁。

莫蔓菁起床恰遇漫天夕阳，秦甦安静地坐在藤椅上，青丝散着，美得像神话里的羲和。她随手抓拍了一张照片，给石墨发过去：“你老婆真美！”

“这橙子好吃吗？”莫蔓菁也从窗台上拿了一个。

“阿姨，这个热，您可以去冰箱拿凉的。”陆玉霞非要她吃热的，秦甦不想吃烫过的水果，总觉得水稀释了甜味，便把水果晒热。

“不用，我也吃热的好了。”莫蔓菁不会剥橙子，指甲抠来抠去也没剥开橙子皮，秦甦见状接过来，帮她剥好。

莫蔓菁笑得皱纹都多了好几道：“哎哟，谢谢，我没想到还能吃到儿媳妇剥的橙子。”

秦甦没有反驳，礼貌地笑了笑。

莫蔓菁看了秦甦一眼，问她：“石墨高中的时候是不是很奇怪？”

“没有啊，他很正常。”相反，倒是她比较奇怪。

“我一直觉得他很奇怪，”莫蔓菁朝她挤眉，“他不爱说话，还有不良嗜好，有回他洗完澡，围了条浴巾，我仔细看看，幸好没有文身。”

“嗯……”那都是小混混干的事。

“估计就是内化的叛逆，不声不响的。他怪我和他爸一直不在身边，以前没说过，前年他要结婚，我不同意，他才说的。”

“嗯……您为什么不同意呀？”秦甦非常好奇，但问出口，到底还是斟酌了下。

“我不喜欢那姑娘。”莫蔓菁掰了瓣橙子咽下后，说了句比橙子还甜的话，“我喜欢你。”

秦甦害羞得不知所措，忙塞了瓣橙子：“谢谢阿姨。”

“哎哟，一家人。”她抓起秦甦的手，摇了摇，替儿子说起话来，“石墨挺好的，随他爸，什么话都烂在肚子里，不讨好，肯定没有那些花言巧语的男孩儿讨人欢心，不过人不错。”

她长叹一口气，也对着夕阳惆怅起来：“幸好他长得不错，不然我真是要操碎心了。你看，他喜欢你这么多年，结果现在才跟你在一起，还不敢跟你说结婚……没见过这么被动的男人。”

见秦甦没反应，莫蔓菁又说道：“不怪你，要是这个男的喜欢的是我，我也不理他，一点儿也不爽快。”在这个话题上，石峰被排除在男人的范畴之外。按照基因来说，石墨到底还是进化了的，比石峰要好一些，在三十岁之前就捋顺了自己的感情状况。

夕阳如醇酒般斟进了玻璃窗。两个女人坐在大阳台上，安静地享受落日，沉醉在温柔的情绪里。

秦甦许久才回过味来："阿姨，他喜欢我很久了吗？"

"是啊，高中就喜欢了。"

秦甦笑："他告诉您的？"石墨不善言辞，也不爱表达，不像是会跟母亲说感情的事的人。

"哪儿啊，他画了好多个你。"

秦甦惊讶地问："是吗？"

"家里有好多！不过也有一些是卡通人，之前他那个挑高户型的房子里，墙上还挂着你的画，你看见了吗？"这次她还整理了画框，只是画没了。

秦甦摇头，呼吸忽而变得急促，舔了舔唇，又确认了一遍："挂了我的画？什么画？素描吗？"

"有水粉画，有素描。你要看吗？在我家里，我下次带给你看。"

"好啊！您明天带过来？"

"行啊，我带来。之前不知道是你，我还给扔掉了，被他臭骂了一顿。"

秦甦不好意思地笑了笑："是吗？"

她迷惑地坐了好久，直到太阳落山，直到夜幕降临，直到石墨说这晚赶不及回来吃饭了，她还没缓过神来。

其实她隐隐地有些明白了，但不信。

她不相信。

很久以前，有个男生常去一间人迹罕至的音乐教室做叛逆的事。

有一天，他遇见了个笨蛋女生，书读百遍还不明其义，只得出手相助，由门缝塞入字条，开启了很土的匿名聊天。

成年后，他们再次相逢，他认出了那个笨蛋女生，撞见她被挖墙脚，顺势而为，趁火打劫，被老天爷的馅儿饼砸中后，想了个捉弄的主意，向她说："我喜欢你！很早就喜欢了！"

第一次听见，女生惊喜；第二次听见，女生雀跃；第三次听见，女生笑笑。

之后男生故技重演，女生就像听见"今天天气不错"一样，不再有心动的反应。

直到有一天，女生真的发现了"他早就喜欢她"的蛛丝马迹。

她的第一反应是，不可能；第二反应是，哎？他不是早就坦白了吗？

秦甦在脑海中改编了一出又一出《狼来了》，故事缺乏细节和决定性证据，但不重要，重要的是凌晨两点，经过多次修改的《狼来了之我喜欢你》终于"定稿"了。

秦甦捏着小珍珠和小獠牙，茫然和窃喜两种情绪交织在一起。上次出现这种情绪，还是她发现石墨人不错，生出合作的欲望时。

整个晚上，两个女人把莫蔓菁夹在中间，四只渴望的眼睛采取包围战术，听她开了一晚石墨的血泪搞笑成长总结大会。

从莫蔓菁剪脐带失误得脐炎开始，一路从石墨婴儿时期天天滚下床，讲到他初中门门满分、打球骨裂、缺课一个月回去考试还是满分的学霸人生。

莫蔓菁从白开水喝到低度鸡尾酒，口干舌燥、嘴皮磨破，直到石峰来电话，还恋恋不舍地约好下回再讲。

秦甦打开石墨的朋友圈，把他那些无聊的行业消息和最新政策大致浏览了一遍，翻了几十个白眼。这么不可爱的朋友圈，如果不是有个可爱的母亲，谁能想得到他那么鲜活过？

夜里格外安静，内卧在幽深的走廊尽头。

房子隔音不错，石墨走到内卧，几乎没什么响动，手搭上门把手，凉风吹过赤足的脚心。石墨倒抽一口凉气，这空调真是厉害，跟这姑娘的心似的。

秦甦闭目躺在床上，呼吸均匀。

石墨蹲在床头，替她拨开凌乱的青丝，她鼻尖那颗痣隐匿在黑暗中，五官这一刻看来柔和得像个天使。

正是温柔如水的时刻，哪料秦甦突然睁开眼，目光清醒，撞了石墨个措手不及。

她一直醒着，静静地在那里装睡。

气息挨近，唇肌灼热，她静静地等他非礼她，好让她逮个现行，双倍非礼回去。

谁知道他会摸头发？这么个幼稚的动作差点儿让她心跳加速地直接破功。

她拿眼瞪他，咄咄逼人地说："石黑土，你知道你今天逃了咱们的订婚宴吗？"

四目相对，石墨忍俊不禁："所以你给我的朋友圈点了几十个赞？"她还是一条一条地点过去的。

秦甦听他声音沙哑，闻到他满身酒气，不由得心疼地捏捏他的脸："开心吗？有漂亮姑娘把你那些东西都浏览了一遍。"

石墨笑而不语。

她挑逗地抬起他微带胡楂的下巴，拇指来回地摩挲："嗯？"

他觉得痒，把她不老实的手反握在手心，还在那儿笑。

"笑什么！"秦甦话锋一转，眼波荡漾地嗔怪道，"有空看朋友圈，说明不是很忙。"

男人四两拨千斤的本事一流，秦甦话里的坑无数，他一一避开，亲了亲她的手，问：“怎么还没睡？”

秦甦的鼻头耸动：“我闻到了妖气。”

石墨笑着趴在了床边：“是酒……”

她叹了口气，都两点了。她问：“喝了多少？”

“没多少，还挺清醒的。”

他也不看看自己笑成什么样，清醒个鬼，被人一撩就跑了。秦甦发现石墨酒后很好逗，起身推他：“酒局有漂亮姑娘吗？”

他的回答又土又诚实：“有姑娘，但都没你漂亮。”

还挺懂行。她又问：“那她们给你敬酒了吗？”

“没……”他说她们给另外几个“大肚子”敬酒去了。现在的人很精明，看到他头不秃、肚子不大，就很有眼色，不会白费力气地往上贴。

“哦，那你以后肚子大了，也……”

他皱眉：“不会的！”

“不会什么？”

“我家没有啤酒肚基因。”石峰到现在还是精干的身材，莫蔓菁常年坐在家里，照样纤瘦。

“重点是这个？”

“也不会的。”

“你家也没有出轨基因？”

他盯着她，眼神复杂：“没有。”

“你这么看着我干吗？我家有也不代表我有。”她捂住他的眼睛。

石墨被蒙上眼，呼出浊重的一口酒气：“我觉得你有……”

秦甦咬牙切齿：“举例说明。”

石墨说：“算了。”

“不可以算了！你说！”深更半夜，秦甦摆出了要吵架的架势。

“没有啊，只是觉得……嗯，你说得对，你家有不代表你有。”酒精让他头重脚轻，他感到疲惫，在床边的踏脚地毯上徐徐躺下，“阿姨回去了？”

“嗯，她说家里有东西要收拾。”收拾什么东西呀，不过就是放心不下那个没用的男人。

石墨问她怎么这么晚都没睡，是不是他晚归影响到她了，那他下次睡客房。

秦甦摇头，满脸惆怅，表示这晚有心事。

石墨很自然地问她有什么心事。

秦甦上上下下、仔仔细细如初见般将石墨好好地打量了一遍：“你以前有中意的女生吗？”

他点头。

“是谁？”

他不避讳地直言：“是你。”

“真是我，还是求生欲？”秦甦傲娇地捋捋头发，“我不喜欢那种虚头巴脑的答案，你有话直说。”

他扬起嘴角：“就是你。”

她盯着他，问：“那……你以前很喜欢我吗？”

“喜欢一个人到什么程度可以用‘很’？”

“寝食难安？睡眠质量下降？”说这句话的莫蔓菁很懂得抛故事悬念，说完这两个词就走了。这说书先生一走，就轮到秦甦寝食难安、睡眠质量下降了。

“还好吧。”石墨躺在地上，眼神涣散，似乎在回忆，又没回忆出浓烈的情感。

“那你喜欢我什么？”

“漂亮。”

“还有什么吗？”漂亮也太肤浅了吧？这种喜欢能维持多久啊？

一阵沉默。

石墨喝了酒，脑子昏昏沉沉的，正在思考比漂亮更好的优点，眼前灯光忽而一闪。

下一秒，真丝靠枕稳准狠地砸在了他的肩上。

“看来你是没有多喜欢！”秦甦咬牙切齿，他竟然想这么久？！

“咱们就同班了一年。”他拉过靠枕，索性垫在脑后，在地板上舒服地躺着，“这么短时间的了解，能有多喜欢？”

秦甦坐起身，看向仰躺的石墨：“这倒也是，你整个高中时期连张字条都没给我递过，毕业了也没有主动联系过我，重逢后在一起都是我色欲熏心主动提出的。看来还是现在比较喜欢我，都会送珠宝了。”她捏起项链，“我查了，这个不算便宜。”

谈及字条，石墨也不动声色，静静地看着她，然后才说：“不便宜，但也不贵。”

秦甦挤出笑：“不错，很有风度。”

石墨半眯起眼，又化作那只慵懒的狮子：“你怀了龙子，皇宫里不什么都是你的？”

秦甦白日发消息夸他选的这房子好大，唯一的不足就是“皇帝”公务繁忙，“妃子”独守宫殿，有点儿寂寞。他现学现卖，调侃起秦甦来。

秦甦问：“皇宫里什么都是我的？”

石墨爽快地说：“是。”

“你那块我玩过的手表也可以给我吗？”她这天为找他的字迹，翻了翻东西，正巧看到了那块墨绿手表，试戴了一下，居然很合适，不愧是她一见倾心的手表。

石墨轻笑："可以啊，那块表我本来就不怎么戴。"他忙的时候早晚各一趟航班，做空中飞人，过安检摘戴手表太麻烦，索性就不戴东西了。

虽说他一口答应在意料之中，秦甦还是雀跃了一下："是吗？那那天还挺巧的。"

"嗯……"

石墨重重地呼出口气，艰难地撑起身体："不早了，我去洗澡。"关门时，他好像突然想起了什么，回头对秦甦说，"对了，其实那天我是特意戴的。"

一眨眼，洗手间门上了锁。

秦甦没反应过来，直到他把门锁上，迟来的羞耻感才爬上脸颊，她"雪姨"上身，趴在门上敲："你什么意思？石黑土！你给我说清楚！"

水声响起，隔断了秦甦的声音。

石墨洗到一半，浴室的门就被打开了，石墨的偷笑还挂在脸上，秦甦就闯了进来。

卧室二十二摄氏度的冷风灌入，把石墨冻了一个激灵。

"你当心，地上有水。"即便地上做了防滑的设计，沾了水的瓷砖仍是孕妇容易跌倒的高危地点。

石墨的手探出淋浴间，有力地握住秦甦的手臂。

秦甦还在那儿甩，不过手到底还是扒着玻璃门，小心地护着肚子："你什么意思，把我当拜金女？"

他嘴角下压："我没有，开玩笑的。"

水汽蒸腾，石墨的两颊红红的，本来他喝酒就容易脸红，现在倒好，嫩得像刚运动完的小伙子，整张脸被水汽修饰得无比性感。

“你有！”她赌气，眉心皱了起来，“我要是想找有钱的，那可太多了！”如果只是想嫁个有钱人，那她大学都不用毕业，只要在陆玉霞身上复制个一星半点儿的温柔贤良，就可以凭一张脸风光大嫁。

石墨讽刺地扯扯嘴角：“好……多！你厉害……”他松开手，沉着脸把自己送进淋浴喷头下。

秦甦的右手臂一凉，水花溅到了她的身上。

石墨仰头对着喷洒的喷头，两只手来回用力地洗脸。

秦甦知道石墨习惯用这个动作让自己清醒或者转换情绪，也知道自己很喜欢他这个动作。

此刻热气缭绕，搞得她一时不知道该看男人洗澡，还是看男人生气。

这一刻，她仿佛不是在浴室，而是在厨房，瞧瞧这醋劲儿。

他居然生气了！

秦甦还气呢！好吧，石墨确实拿捏到了关键，她是看到车和表才彻底动摇。她想：这个男人真的好有心机，但……看你喜欢我这么久，老娘给你个台阶。

她拉上他的手，摇了摇。

石墨屏息：“干吗？”他的眼皮猛然一掀，挤出隐隐的双眼皮纹路，眼神甚为凌厉。

水珠不断地下坠，半挂在睫毛，半渗进沟壑，好性感。

秦甦问：“你生气了？”

石墨低声说道：“没有。”

她舔了舔嘴唇，朝他睃了一眼：“可我生气了。”

他冷眼，一副了然的样子：“你想干吗？”

“你冒犯了我，让我冒犯回来。”

石墨："……"

他闪躲地偏开脸，鼻尖又浇上了水珠。这个动作伤害到秦甦了，她一抿嘴唇，甩脸就要走。

石墨的手腕使了点儿力，拉住她，哑声叹气："我喝了酒……"他喝了两轮酒，吐了三次。

"啊？"她知道啊。

石墨说了句"等等"，仰头灌了口热水，快速地漱掉，没给她反应的时间，扣住她的后脑，欺身吻上。秦甦攀住他湿漉漉的臂膀，差点儿没站稳。

一场潦草的吻结束，秦甦头顶兜着块浴巾，带着石墨同款酒后酡红，脸红心跳地走了出来。不知道是不是因为怀孕，她仿佛揣了三颗心脏，每次见石墨都有心动的感觉。

石墨的纸箱没有整理，她直接取出那块手表往自己手上一戴。墨绿表盘、宽皮表带，说是男表，但女士戴也很有个性，而秦甦本来穿戴就偏好男款。

秦甦听见水声停止，舔了舔嘴唇，赶紧拉开自己的首饰盒，想挑一个作为回礼。这几个月，石墨不论是作为父亲还是情人，都花费了不少，没有苦劳也有功劳，她不回赠一个礼物也不好意思。

她回头看了一眼他的上半身，问他："你不戴项链是吗？"

他围了块浴巾，水珠一路往下淌，问："怎么了？"他洗了个热水澡、刷了个薄荷气味的牙，又吹上凉爽的空调，酒一下就解去大半。

她咽了咽口水，控制住蠢蠢欲动的心："我送你一条项链。"她找到条全新的名牌三合一项链，"是男款！好看吗？"

她拎到他眼皮子底下晃了晃，眼神在他的肚脐附近逗留了几秒。

“哪儿来的？”石墨瞥了眼盒子上的品牌标志，擦头的手顿了顿，他记得在她家看到过一模一样的。大半夜她从哪儿找的男士项链？思及此，石墨的脸色迅速阴沉了下来。

秦甦：“我买了还没……”还没说完，石墨打断她：“我不用。”

“没戴过！全新的！”她不送二手的。虽说这家项链不怎么样，但牌子好歹是一线，不算太差。她踮脚够上他的肩，手试图穿过脖颈，被他拉开手臂，跨出两步，保持了两米距离。

石墨板着脸拒绝：“不用！”

房子大就是不好，之前在复式楼，他怎么避，都是一只手可以拉到的距离。

秦甦眼见刚刚还接吻的人说臭脸就臭脸，困窘地站在原地。莫蔓菁晚餐时说，这臭小子看着像个好好先生，其实喜欢生闷气，有话不直说，完全是老天为了报复她的直白而送来堵她快人快语的盾。秦甦还说“没有啊，我觉得他情绪稳定，人也爽快，很完美了”。

此刻她咬咬牙，自己打自己的脸。做母亲的怎么会评错自己的儿子？她这个“袋鼠妈妈”真是天真。

她转身走回梳妆台，默不作声地把三合一项链收回盒子里。

石墨胡乱地擦干身体，动作明显缓了，喉结动了动，他迟疑地回头。秦甦坐在梳妆台前没了声，只留给他一个背影，紧接着抽噎声响起。

石墨仿佛当头挨了一棒，他闭着眼睛叹了口气，走近她问：“怎么了？”

情人的脸真是瞬息万变，秦甦飞快地把头埋进掌心，左右扭动不让他看：“你凶我……”

“我没有。”他试图拉开她的手，被她死死地捂着，肩膀颤抖，好像受了极大的委屈。

他只能揉揉她的头发，低下声来说：“我只是不太喜欢戴项链。我平时工作飞来飞去，金属的东西……”

“不是这个原因！”

他的目光落在手表上，握着她的手腕夸她：“这个手表很配你，漂亮的人果然什么都撑得起来。”

“不许转移话题！你不是因为这个凶我的！”

石墨软下声，从她的头发揉到耳垂，试图用指尖温柔地安抚她：“我没凶你……”

“你刚才对我大呼小叫了！”她控诉道。

“我哪儿有……”他总共才说了几个字？石墨蹲下身，“有的话，我道歉？”

“你道歉就收下项链！”

石墨紧咬牙关。

她用手捂着脸，看不清他的表情，只用鼻音询问：“嗯？”

“行。”

她追加条件：“要戴！”

他叹了口气，眼神复杂。

她嘟囔道：“我不喜欢欠别人，你送一样，我送一样。就算不是同等价位，也是心意。这是我第一次送你东西，结果你不肯要。”

“我不肯要？”石墨的呼吸一滞，笑道，“这东西你原来是要给谁的？”或者谁给你的？

慢镜头晃过，空调的凉风吹过舒张的毛孔，石墨愤怒得丝毫不觉冷。

“哼！”秦甦捂脸的两根食指往外一撇，露出一双狡黠的眼睛，“说实话了吧！”

她的两眼神采奕奕，毫无哭泣的痕迹，“吃醋了？”她贴上他的脸，笑嘻嘻地问。

石墨别开脸，脸上浮起一丝自嘲的笑。

“吃醋了就说！说了我会解释给你听的！”她两手一摊，心想：呵，男人。

石墨没理她，起身往外走：“我倒杯水。”

秦甦一只手搭在小腹，屁颠屁颠地跟在后头。

“快三点了！”脚心贴地板的声音响在身后，他厉声说道，“穿鞋！”

“我明天还可以睡一天，你赶紧听我解释，这样我就能早点儿睡了。”

石墨从冰箱取了瓶水，一张帅脸臭得很：“说！”

情势飞快反转，走向不利于秦甦的方向，她恨恨地咬牙，怪自己没掌握好节奏：“这是我在法国做代购的时候，一个女的跑单，我自己留下来的。不是别人送的，也不是我买了要给别人的。”

他大口喝水，没有接话。

“那条项链还挺有意思的，三合一，有一个戒指，一个圆牌，一个图标，戒指可以取下来戴。我觉得还挺适合咱们的关系的，你说呢？”

石墨还在喝水，一瓶过半，一口接一口，气都没歇。

秦甦倚靠门框，语气也颇为委屈：“我只是想送你个东西，你要是不喜欢，我这几天再去买个别的。”

石墨的喉结上上下下地滚动，直到一瓶水见底。

秦甦：“喝那么多水，会夜尿的！”

“酒后容易渴。”他不自在地清了清嗓子，捏扁塑料瓶往垃圾桶里一扔，“不用买了。”

石墨这晚第一局结束已是九点四十分，商场基本都在准备收摊，买戒指这事就算想办都来不及。

他从项链上解下戒指，拉过秦甦的手。

她眉毛上扬，有些不解："你这是在求婚吗？"

"可以吗？"

"拿我送给你的戒指向我求婚？"

"先模拟一下？"他试探地问。

"这怎么模拟啊？"

他单膝跪在地上，往她的指头上推戒指。秦甦懊恼，死命按住他的手指不让他往里推："你是不是喝多了？这哪叫求婚，根本就是强娶！"

"可我没买到戒指，怎么办？"他的舌头还有点儿大，明显没有完全清醒。

"那就明天买啊，明天没空就过几天买。"她指了指手腕上的表，"手腕都是你的，手指算什么？"孩子都有了，人还能跑到哪里去？

"我怕你过几天又改主意了……"

"我是那种人？"秦甦好笑地捏他的脸，"你喝多了好奇怪啊！"

怎么不是？当初不是她说在一起又提分开的？她的主意那么多，他又哪里摸得清？

石墨疲惫地躺在床上，揉山根解乏，声音重得如同装了一吨的疲惫："我今天碰着徐路阳了……"

"是吗？"

"他来接顾兰亭，公子哥的病犯了，要给我们走公账的饭局买单……"他顿了顿，抬眼看向秦甦，"你知道我要说什么吗？"

秦甦摇头："不知道，这不正听呢吗？"

他表情复杂地笑了笑，仰头吐了口浊气：“顾兰亭喝多了，看他掏钱包，一个巴掌就打了上去。”

“啊？”

“然后我们就劝，一伙人都喝多了，东倒西歪，场面还挺难看的。”

“为什么突然打人？”没有原因？顾兰亭不像是这种人啊。

“你猜？”

秦甦指了指手表：“三点多了，别闹！”不过她真的还挺好奇的。

“哦。”石墨抬手关了床头灯，在漆黑的环境里沉默了许久，一扭头，秦甦还睁着乌黑晶亮的眼睛等着听八卦。

石墨撑着她的背，拉她躺下：“行了，我说，我说。徐路阳……还在用你送他的钱包。”

这两日时阴时晴，时风时雨，台风绕过本市，只下了一场迟到的雨。

秦甦是被雨滴敲打窗玻璃的声音吵醒的。

睡醒前，她正在做心系人类的女娲，拼命地伸展四肢，以己肉躯，弥天大缝。恰是高潮时刻，耳边响起马蹄落地的壮烈声效，她幽幽地睁眼，身体还沸腾着热血。

她一抹额头，摸到了密密的汗珠。

她躺在床中央，两只手像雨刮器一样上下扫，身边果然没人。

早上石墨洗漱完时，凑到她耳边轻声问：“要擦肚皮吗？”

她半梦半醒，点点头。

她被封印在身体里，触感清晰、意识虚浮、感官混沌地游移于边界。后来他什么时候擦完妊娠油、什么时候离开，她完全没了印象。

秦甦看了眼时间，早上十一点。

“爸爸，早安，醒啦！”

她用手撑着床，稍稍偏着身才坐起来，以前腿一蹬就坐起来的灵活性现在没有了。

秦甦挤了牙膏，用比平时慢多了的速度一点儿一点儿小心翼翼地开始刷牙。

这两天牙龈有点儿出血，她在孕妇购物群里问了一句，里面的百事通比搜索引擎还灵，几十个案例挤满屏幕，大家的分享欲很强。

秦甦结合书本和群聊，总结下来就是孕期的黄体酮含量增高、口腔供血量增加，导致牙龈毛细血管扩张、弯曲、弹性降低，血液淤滞，会有牙龈出血的现象。当然，这些产后会一一恢复。

她一边走一边看。

偌大的客厅昏暗，联排的窗户把视野拉长，绿树被风吹雨打，抖落尘埃，声势浩大的夏雨浇得人视觉舒畅。

秦甦感觉正身处黑暗的异世界，自己像个孢子母细胞，正在经过畸变，通过破坏自身结构，进行有丝分裂，生殖孢子。

打破“黑暗异世界”的是“人间使者”陆玉霞。陆玉霞听见客厅的动静，围了条买鸡精送的围裙，从房间走了出来，看样子是做饭做到一半跑进去看电视了。

她的目光首先落在秦甦的肚子上，问她：“今天宝宝动了吗？”

昨晚大家说得热火朝天，秦甦感觉到肚子明显动了一下，吓得愣在那里。她没破坏良好的聊天氛围，等莫蔓菁走了，才拉着陆玉霞说的。

秦甦摇头，说："没有动，可能我昨晚笑得厉害，以为动了吧。"

陆玉霞说："我问了，医生说双胞胎四五个月就会动了，也就是这阵子了。"她走到厨房，又拿了个东西走了出来，"这个钱包你怎么扔了？"她早上整理垃圾桶，以为这个钱包是不小心掉进去的，翻了翻里面，发现卡都被抽掉了。

秦甦看清是徐路阳同款钱包，面露尴尬，含着口白沫往洗手间走："我不要了！你别捡回来！"

"怎么不要了？不是说挺贵的吗？"

"不要了！"她很坚决。

秦甦半夜三点听石墨说完那件事时，一开始还感叹徐路阳脑子真是不好，居然还用刻有情侣名的钱包，不要命了……还有，那个顾兰亭喝多了还挺厉害，估计积怨已久，也不知道这对道德外破镜重圆的鸳鸯能不能走下去……她操心这儿操心那儿，闭目养神一分钟后，突然心脏狂跳，飞快地掀开被子开始掏包。

石墨这厮真是，有话不明说，兜了一晚上的圈子，害得她好一会儿才反应过来。

她和徐路阳用的是同款钱包，买的时候在专柜刻了字。彼时他们荷尔蒙上头，她的刻了"Q&X"，他的刻了"X&Q"。石墨这种只看过一眼她身份证就可以准确记住地址并定位到区域派出所的人，心思缜密可见一斑，绝对注意到了钱包。被这种男人喜欢，真是甜蜜的负担。

"你这个小孩儿真的是……你不要我要！"陆玉霞看了看牌子，好像叫什么"爱了喂"，好端端的名牌钱包，挺贵的。之前秦甦做代购，把整箱整箱的东西寄到家里，潘羽织负责在国内包装寄出。整理的时候，秦甦跟她说过这个很贵，包装盒都要确认完好，要八角尖尖、纤尘不染。

秦甦听见后说道：“你用就用，不要让石墨看到。”

秦甦下午被接去了石墨家。

石墨总说莫蔓菁不靠谱儿，秦甦想，这不挺靠谱儿吗?

莫蔓菁早上就把石墨的画拍照发了过来，问秦甦要不要来她家看，秦甦的“好”字发出去才半小时，车就到了。她人生第一次享受到这种“贵宾”待遇。

从这几张画里秦甦看不出什么，当时他们从门缝里传的字条，传完基本就被扔了，除了最后一张他的“自画像”，其余均没有保留。秦甦记不清楚他画了些什么，仅凭莫蔓菁发来的几幅作为论据，不足以支撑石墨是“路易基”这一论点，她还想看更多。

石墨家和秦甦想象的不尽相同。

她鲜少接触书香门第，缺乏想象，所以走进幽静的大学住宿楼群，路过一座座墙上爬满了爬山虎的大院，整个人立刻被古色古香的学院风貌浸染，安静了不少。

和谢利山庄的华丽风格比，大学校园里的房子更让她喜欢。

石墨的爷爷在门口接的秦甦。老人不高，一米六五左右，听说他早年在新疆吃苦，营养不好，后面几个弟弟都长得很高。老人第一次见秦甦还强调，家里有高个儿基因，他只是营养不良。见她带了水果，他连着“哎哟”了好几声，赶紧从孕妇手里接过东西。

秦甦怎么好让白发苍苍的老人拎？她把东西死死地攥在手里，背到身后，礼貌地转移话题问：“爷爷，您也是住在这里吗？”

他指了指东面，说：“我们住在那儿，离得近。”

莫蔓菁闻声下楼，鼻梁上还架着没来得及摘掉的眼镜：“这里是老校区，环境没那么好，新校区那边的宿舍楼比这里紧俏。”她顺手从秦甦手里拿过水果，递给阿姨，半捂住嘴跟她说悄悄话，“老爷子听说你要来，非要过来，我拦不住，你理解一下，他们就这一个孙子。”

“就石墨一个吗？”秦甦意外地问。

“嗯，他们就石峰一个儿子，本来还有两个女儿一个儿子，都出意外没了。”她苦涩地扯扯嘴角，朝她挤眼睛，“所以他们很宠石墨。”

也因此，他们比别的老人对家里添丁的盼望更为殷切。

保姆阿姨看见秦甦的脚上沾了雨水，赶紧去拿毛巾。

秦甦忙说不用，她用纸巾擦擦就好了，结果话还没说完，阿姨便消失在门口了。

莫蔓菁笑了笑：“没事，让他们忙去，我当年也这样，还不好意思呢，结果等娃落地，这些体贴就都给娃了。这阵子能做女王就坦然点儿，女人也就这阵子最尊贵，别不好意思。”

“好。”秦甦坐在琉璃窗下，刚叉上一块苹果，就听到门口一阵嘈杂，风雨声夹杂着人声。

“不用换鞋。”

“没事，没事。”

“在里面呢，两个！”

“哎哟！双胞胎！老石真的是好福气！”

秦甦中午还在“异世界”感受自己“有丝分裂”的异变身体，下午就仿佛被丢进了动物园，被人免费观摩。

一群老头儿、老太太黑压压地拥进厨房，给秦甦拿完毛巾的阿姨差点儿没挤进门，说道：“姑娘，来，赶紧擦擦，不能着凉。”

秦甦的颈上也不知是雨是汗，不住地往外流。她挨个儿叫完人，呼吸明显紧了不少，像被人勒住了脖子。这些老教授们聊的话题都很正常，可秦甦一个也答不上来。

“他们什么时候谈的，怎么没告诉我们？”

“哎哟，石墨什么时候领的证，怎么没通知我们？”

“办酒席了吗？你怎么没叫我们哪！”

“这么漂亮的姑娘藏着掖着，有了孩子才告诉我们，石教授不够意思！”

石墨的爷爷也尴尬，两只手搓来搓去，八十岁的人了，本就佝偻，此刻更是矮了大半截，秦甦看着都难受。

他显然都不知如何把情况交代给这些老教授们。大家都退休了没事干，追查起事件发展来，那真是“没有他们做不到，只有你想不到”。

他嗓音含混地说：“这个……还没弄……”

一众老教授们惊了，着急上火：“他们还没结婚？为什么没结婚？石墨不肯结婚吗？石墨怎么会不结婚呢？石墨这么好的孩子！”

莫蔓菁淡淡地说：“这不是正准备呢吗？孕妇为大，我们都听姑娘的。现在年轻人新潮，不在乎恋爱、结婚、生子的先后步骤，想干吗干吗。我们老了，都落伍了，反正跟着年轻人走就对了。”

一群老教授目瞪口呆，舌头打结。

“哦……”别人家的事也不好当面多嘴……

“也对，现在是年轻人的天下……”

“嗯，我们是落伍了……”

“那现在没结婚，这个……上户口怎么弄啊？”

石老总算找到地方插话了：“结不结婚都可以上户口。”

这话听着还是不像话，老教授当中又有人问：“那你们准备……”

一个看着石墨长大的老教授急了：“小秦，小秦是吧？哎哟，我跟你说，我们石墨真的一点儿花花肠子都没有，老实得不得了，真的是好男人！”

“就是，就是，石墨长得好、工作好、家境好、人品好，是新时代四好男人啊！”

莫蔓菁偷乐：“人类繁育计划已经进行到一半了！石墨追求小秦的长跑也已经看到终点了！”她看到的是——高速发展的经济时代，年轻人高压生活、事业忙碌，结婚和生子得分两条故事线进行，一条顺叙，一条倒叙，如此两不耽误。

结婚的话题朝着吹嘘石墨杀过去，动物园参观也有素质地按序进行。

秦甦保持礼貌的微笑，僵硬地咀嚼水果，嚼得腮帮子都酸了。

真是好强大的道德绑架，要不是她与石墨木已成舟，心甘情愿，换以前遇上这场面，指不定她得多烦躁。现在……她竟然有点儿不好意思。尤其看见老人局促不安，脸上无光，想到石墨说的爷爷、奶奶很爱他，整个人感同身受地心疼起来。

门再次被打开，石墨的奶奶姗姗来迟。莫蔓菁见战场又添新成员，赶紧带秦甦逃离，去了二楼的一间大卧室：“不好意思啊，姑娘，今天累着你了，现在带你去看画。”

房间朝南，视野开阔。一张木质大床，款式并不新。胡桃木书架的右边放着一张样式简单的书桌，桌面空无一物。今日下雨，若是个晴天，光线一定极好。

“这是书架，没拆腰封的书都是买来装饰的。”莫蔓菁指着一面雪白的墙壁，“这面墙以前都是他的奖状，后来房间重新装修，奖状才被揭了下来，本来还挺壮观的，一看他就是个自律的好孩子。”莫蔓菁内心潜台词是：石墨一看就是那种很没意思的三好学生，别人绝对看不出他会未婚先生娃。

莫蔓菁拉开衣柜门，吃力地拖出一个沉重的箱子：“这里面就是他以前上学时的东西。”她回头，见秦甦不动，招呼道，“不想看看孩子他爸以前多优秀？”

秦甦踏进这间卧室的瞬间，就明白了石墨性格里的稳重宽厚源自何处。在这样一个稳定的家庭长大，就算对父母很少陪伴心有不甘，也不会多缺爱。她不由自主地发出感叹：“他好幸福啊。”

“这句话你一定要跟他强调，这小子根本不知道自己有多幸福！”莫蔓菁来气，“那天还跟我说，他是自己长大的。”

莫蔓菁抱怨到一半，石墨的奶奶在底下喊她，问她茶叶放在哪儿了。

老太太的身体真硬朗，声音比秦甦的都大。莫蔓菁让秦甦随便看，自己先下去应付那帮老教授了。

门一关，秦甦的耳边忽然安静下来，倒是有些不适应。她站在那个纸箱前好一会儿，才开始翻看“少年的秘密”。

石墨收到了莫蔓菁先斩后奏的消息，称她带秦甦去家里喝下午茶，顺便看看爷爷、奶奶。他的眉头立刻蹙起，谁会大雨天带孕妇去喝下午茶？

莫蔓菁刚把消息发出去，就听到电话一响，吓了一跳，这小子肯定又奓毛了。唉，生儿子就是还债。

电话一通，石墨连个问候都没有，开口就是直白的质问。

她恨不得让石墨赔她一份打肉毒素的钱，说道：“我不能带她来吗？更生都没说什么。”

“人家好意思拒绝你吗？”石墨了解莫蔓菁，没人能拒绝她的那张嘴。这辈子能扛住她攻势的也就自己了，连石峰都不能。

“我看她挺高兴的，而且那帮老教授也没说什么……”

石墨提高声调：“你们还叫了他们？”

莫蔓菁咬住唇，暗想不妙。那帮人也不是她叫来的，公公、婆婆知道要有曾孙子和曾孙女了，那张嘴控制不住地宣扬，天天盯着她，她的压力也很大。偏偏石峰还不在国内，她简直是家里的顶梁柱。就跟法人代表似的，公司一有什么岔子，她第一个背锅。

石墨说道："算了，我打个电话给秦甦。"

莫蔓菁刚松了口气，那边石墨又叫了她一声："对了，妈。"

她迅速嘟囔："干吗？还有什么要批评我的？"

石墨轻笑道："生气了？"

"你这么凶巴巴的，指望我能笑得出来？"

"生气就找石峰哄你。"

她翻白眼，没理他。

他正色道："我房里的那些东西，高中的画啊，还有别的什么，别让她看。"

莫蔓菁愣在那里。

"晚上让阿姨准备点儿好吃的，我回来吃饭，正好接她回去。"

莫蔓菁心脏狂跳。她将电话一挂，木质楼梯上很快响起急促的脚步声。

纸箱长宽各约半米，深约一米，大小够秦甦兜着两只"袋鼠"钻进去了。

衣橱的门半开着，卡着半截衬衣。

在别人的房间里看到衣橱开着，总觉得怪怪的，秦甦犹豫了一下，伸手把它关上了。

纸箱的最上面堆了两本旧相册，秦甦开心地浏览起石墨的幼年照。

以前秦甦欣赏不来小孩儿的长相，网上那么多网红小孩儿的生活萌照，她从来不看，用的表情包也都是猫狗居多。直到莱莱出现，她为友谊弯腰，开始存些小孩儿的图。

如果以那个“标准”为可爱的话，那么把石墨的照片修复一下，他绝对可以做个网红。他是个“淡颜系”酷仔，都没几张笑的照片。

小时候的石墨去过好多地方，多到秦甦怀疑他身后只是张宣传背景图。

她一张一张地翻过去，很快忘了“小男孩儿”，而被牵着石墨的男人完全吸引了目光。

石峰和石墨有神似之处，但眉眼比石墨更深邃，如此便多了几分惹女人怜爱的忧郁。

像素不高的照片里看见这样一个帅哥，秦甦倒有种看早年港星写真的感觉。莫蔓菁不愧是八面玲珑的女人，眼光真好。秦甦正沉浸在石峰的帅气里，门忽然被推开了。

她惊喜地回头，对莫蔓菁说：“阿姨，叔叔长得好俊！你们家的基因真好！”她回看秦栋梁和陆玉霞，觉得他们只能算周正，不管是气质还是五官皆不出彩，生出的秦甦有这样的颜值更像是遗传学上的偶然性。

莫蔓菁一口急气冲上来，看到秦甦，笑得有些勉强：“看到哪里啦，更生？”

“我还在看相册。”她拍了几张石墨小时候的照片，回去再做一些宝宝合成图。

“相册呀。”莫蔓菁朝那摞得整整齐齐的箱子看了一眼，勉强松了口气，心想生儿子真是要命，继续说道，“他们走了，咱们拿下去和石墨的爷爷、奶奶一起看吧。”

“好啊。”秦甦待在房里，留老人在楼下总归不妥。

她把相册放在一边：“阿姨，你等等，我再看一眼画。”她往里翻，准确地抓住粉红色文件袋的一角。早上莫蔓菁发给她的图下垫着这么一个东西，她猜是用来装画的。

她刚往上一提，手腕就被按住，画掉回了箱子里。秦甦疑惑地看向莫蔓菁。

莫蔓菁有些为难，看秦甦的眼神多了几分心疼。

这时候，莫蔓菁的脑子里已经写了好几出替身的戏，尤其是当她意识到，自己一厢情愿地认定那幅画画的是秦甦这件事从没被石墨正面承认时，像被一盆冷水从头浇到脚，透心凉。画上一定是另一个鼻尖有痣的姑娘，可怜秦甦做了替身，还有了身孕。

秦甦低头，重新去拿那粉红色文件袋，被莫蔓菁再度拦住。

“咱们下去吧，姑娘，你的背心都湿了，这个房间没开空调，三伏天里别热坏了。”她脸上带笑，和蔼地拉开秦甦的手，郑重其事地合上纸箱。

准备放好箱子时，秦甦将手搭在了箱子上，慢吞吞地反应过来，疑惑地问：“我是不能看了吗？”

莫蔓菁冲她笑了笑，说道：“老人们在下面等呢，下次吧。”

秦甦不解地盯着莫蔓菁。

莫蔓菁瞧着那双楚楚动人的眼睛，在心里把石墨骂了一通，说道：“更生，我忽然想到这是石墨的隐私，我作为妈妈不应该暴露儿子的隐私，都怪我大嘴巴。”

“是吗？”秦甦看向箱子，“可是你早上已经把图发给我看啦。”她现在看看画又有什么关系？

“说是这么说……”莫蔓菁烦躁地皱起眉，想了想，拉过秦甦的手，“那就麻烦更生你帮阿姨保密。”

秦甦无语地看向莫蔓菁。

莫蔓菁不好意思地转开了脸，太丢人了。

台风裹挟的雨量不足，一上午倾倒了大半，此刻只余阴云作舞，伪造阴沉滞重的人间气象。热乎乎、湿漉漉的风由半开的窗缝蹑足穿入，于准婆媳二人之间游走。

气氛稍显尴尬。

秦甦的脑子转了个弯，她迟疑地说道：“是石墨不让吗？还是……”话没说完，楼下阿姨买菜回来了，石墨的爷爷、奶奶耳朵不好，声音喊得大，加之老房子隔音不好，像一伙人围在石墨房门口那般喧闹。

莫蔓菁亲昵地挽起她的手臂：“来，姑娘，咱们下去看看阿姨都买了些什么菜。”

秦甦没动，手臂交叉的间距拉大。她咬住下唇还在犹豫，内心想多翻些少年往事来着。

莫蔓菁扯着嘴角，强笑道：“不是说挑食吗？走，下去，让阿姨看看有多挑。”

秦甦眨了眨眼，还在那儿傻傻地问：“不可以看吗？”

莫蔓菁放弃伪装，无奈地压低声音：“你千万别生儿子……”

接着，秦甦被拽了一下手臂，踏出第一步，之后挪出房间的碎步显然快了不少。一转眼，人就被莫蔓菁带到了楼梯口。

石墨的爷爷、奶奶看见秦甦，恨不得亲自来扶，睁着两双浑浊的眼睛巴巴地迎接她下楼。

秦甦这几天发现走路有点儿看不见脚尖，粗略地一量，腹围七十九厘米，走平地或者上楼还没什么，下楼却忽然担心了。她扶着楼梯扶手一步一步地往下走，莫蔓菁见着，遗憾地说了一句：“我本来还想过一阵子把你接过来照顾呢，现在看来，楼梯不是很方便。”

秦甦苦起脸，心想：我来这里住像话吗？楼上那么多秘密。

她这么想着，往莫蔓菁那儿抛去个幽怨的眼神。

莫蔓菁赶紧扭开脸，汗都出来了。她在影视行业摸爬滚打二十年，早就是人人尊敬的前辈，走到哪里大家都顺着她，有着即便胡说八道都有人拍手叫好的荒唐优越感，结果在自己家里吃瘪了。

阿姨兴高采烈地报了串菜名，秦甦差点儿以为自己听错了，那不是满汉全席吗？她客气地说："不用吧，咱们简单吃点儿就行了。"

石墨的奶奶说："这已经很简单了。你第一次来我们家，准备得太仓促了，哎呀……把你妈妈叫来啊。"

"不用，不用，她今天去打麻将了。"之前陆玉霞天天照顾秦甦，放了好几回鸽子了。陆玉霞在家哀叹，等秦甦这孩子生下来，自己的那些"麻友"估计就找到新"麻友"了。秦甦临出门时，赶紧催陆玉霞去玩，维护好"麻友"关系。

"都三点了，快结束了。"

秦甦说："她们那帮人都连着打。"这次绝对是要超过零点的架势。

"哦……"奶奶的语气颇惋惜，"你妈妈的精力倒是挺好的。"

"嘿嘿。"

莫蔓菁赶紧张罗："你妈妈喜欢搓麻将啊？我也喜欢，下次叫她来，咱们的人数不正好吗？"

之前陆玉霞和徐路阳的母亲打麻将，一下午输了四千多元，心疼了小半个月。秦甦自知贫富差距，摆手婉拒："我妈打得小，都是打五毛、一块的。"

莫蔓菁说道："家里人本就打个五毛、一块的，再大就是聚众赌博了。"

秦甦松了口气，说："那行，下次约。"

她拍了句阿姨的马屁，坐到沙发上和石墨的爷爷看相册。老头儿、老太太看见孙子，就算只是照片，都眉开眼笑的。石老头儿边翻相册边嘀咕，说有几个月没看到孙子了。

秦甦坐在老式皮沙发上，听石墨的奶奶讲石墨的成长故事。小时候的石墨爬树、挖泥巴……调皮的事一点儿也没少干，出生时雪白的小子却常年晒得比炭还黑，永远在夏天正当午的时候跑出去疯玩，抓都抓不住。

“他上楼都不爬楼梯，爬管子。”

“咱就把窗户锁起来。”

“他还是爬管子，爬得更厉害，直接爬到二楼楼顶，再从天窗上跳进来！”

“身上永远都是青一块紫一块。”

“那时候有人突然喊我，我都害怕人家是通知我这小子摔死了。”

“后来实在没办法，住宿区改造，我们把外水管砌了水泥，把天窗也封起来了。”

老头儿、老太太你一句我一句，把那只“小猴子”描绘得仿佛在眼前上蹿下跳。

秦甦不敢相信这是石墨，这厮平时走路都不带蹦一下的。她问：“那都是什么时候的事啊？”

“上小学的时候吧，后来他还是比较听话的。”

“他妈妈回来就好了。”老太太说。石墨上小学那年，莫蔓菁跟着石峰去了内蒙古，本来说去两年的，结果两个人闹别扭，莫蔓菁两个月就回来了，回来后管教了儿子一阵，明显好多了。

“还是我按着他的头练字的，练字这个事情很能磨炼心性的。”

“估计就是上了学好点儿了。”

“哎！”老头儿不同意，咂了一下嘴，“还是练字，练字让他屁股挨凳子。现在他一手字多漂亮。”

“他的字很好看，我上回看到了。”秦甦终于找到稍微有点了解的话题。

“那你是没看到，小学三年级我还因为他的狗爬字被叫去学校。连数学试卷都看不清他写的什么答案……”莫蔓菁端来一碗新炖的燕窝，趁热送到秦甦手边，“来，姑娘，喝燕窝，生下的宝宝白白嫩嫩。”

秦甦呷了一口，燕窝有点儿烫，她小口地吹气时，眼里忽而射出一道精光：“爷爷，他练了多久的字啊？”

老头儿揉了揉脸上的皱纹：“这个……”

莫蔓菁插话：“他小时候没养成练字的习惯，后来要好成绩，作文有卷面分，他没办法，硬着头皮练。学习这种事，还是要自己意识到重要性才肯学。”

秦甦看了莫蔓菁一眼，大口呼气，饮完燕窝，把空碗交到莫蔓菁手上。

莫蔓菁给她抽了张纸擦嘴，乐呵呵地送碗回了厨房。

秦甦赶紧拉着石墨的爷爷问：“爷爷，有他初高中练的字吗？”

老头儿说：“家里有啊。”

老太太说：“他不要，我们都留着。”

如果二老只有这么一个宝贝孙子，那什么“龙飞凤舞”的墨宝肯定都留有痕迹。

秦甦说她要给宝宝看看。

然后三人转移阵地，秦甦拿着伞，搀着老太太，一路往他们的家里走。两个老人兴高采烈地带秦甦去参观他们的房子，他们住的是一栋离莫蔓菁那儿五百米远的四层建筑，住房没有翻新，还是八十年代的老旧风格。

二老住在一楼，采光差，有一个小院，栅栏上长满了爬山虎，郁郁葱葱。此时雨停了，雨滴还“滴滴答答”地意犹未尽。

秦甦坐在临院的小房间里，抱着一团写了毛笔字的纸，心想失策，赶紧又要了其他的。老头儿一听她要看钢笔字，转身又给她拿了出来。

石墨的爷爷、奶奶果然很爱他，秦甦要什么有什么，应有尽有。

秦甦接过字帖，随意翻翻，又心平气和地打开了一本《暑假快乐（八年级）》，随意欣赏了几篇尴尬得让她想抠脚趾的作文，发出了好几声“咦”。

她用左手胡乱地翻着，右手解锁手机，打开莫蔓菁发来的那几张画，嘴角带着讽刺的笑。这男人在搞什么？遛她？

暑期的校园里人烟稀少，要么是打工的，要么是读研、做实验的。大家行色匆匆地骑车赶路，耳朵上无一例外地戴着耳机。秦甦散了半天步，准备打道回府时，路过一家店，名字挺土的，叫星星月亮咖啡店。

她用两只手拢住光线，透过玻璃好奇地打量门店内饰。

店员是个学生，清秀干净，皮肤白皙。他主动拉开店门，目光自然地落在她的肚子上：“你好，请问要进来喝杯咖啡吗？”

秦甦原本只是散一圈步，消化一下燕窝，再消化一下往事，然后回去吃大餐，没想到会看到一个帅哥，然后，肚子里有个小家伙动了一下。

她将手搭上隆起的肚皮，眼睛迅速睁大。那帅哥还等在那里，用眼神询问。秦甦不能喝咖啡，便问：“我可以点一杯白开水吗？”

店员愣了一下，说“可以”，转身走入柜台，利落地给她开了瓶矿泉水。

秦甦找了个临窗的位子落座，告诉石墨自己在一家咖啡店，离他家很近。他果然知道是哪里，直接回：“知道了，来了。”

石墨在微信里总是一本正经，她之前还没什么感觉，现在看到，竟会为爽利的回答心动不已。

从她坐下到石墨进来，大约有十几分钟的时间。

这十几分钟里，秦甦把身体机能的视觉部分用来盯着那帅哥，脑子则开始思考些复杂的、小孩子不懂的事情。

万花筒旋转、变换，秦甦摸着记忆里残留的几片棱镜拼拼凑凑，把过去没能明白的那部分石墨拼出了点儿具体的模样：

比如他会在与她重逢时一直温柔地傻笑。

比如他在她竹筒倒豆子说与他无关的事情时，耐心地听着，还义愤填膺。

比如他们明明不熟，一问一答之间却很有默契。

比如他配合她恋爱又分手，细细想来，他们那次真的和谐得有些过分，就好像合同的甲方和乙方。

比如他问她，这么多年有正眼看过他吗。

比如他从没否认喜欢她，还总是添一个定语“很早”。

比如……比如……太多“比如”了……

秦甦想着，眼泪止不住地往下掉。

石墨停好了车，进门跟长辈打了声招呼，转身就往星星月亮咖啡店走，从小弄穿过去是一条捷径，就两三百米的距离。

他在本校念的大学，加之从小在学校长大，对这里很熟。可以非常肯定地说，这里的每一株草都被他踩踏过。

当年石墨心比天高，没把这所学校放在眼里，高考失利后，只能硬着头皮学。周围老师的孩子大多不优秀，差一点儿的连本校都考不上。

石墨不免染上秦甦的多虑，心想：他的孩子跟教师家庭应该没有相关性了。

走到落地玻璃前，石墨一眼看见了擦眼泪的秦甦。

他顺着她的目光，皱眉往柜台看去，问：“怎么了？”

秦甦的肚子又动了一下。她赶紧转开脸，两只手竖起挡住眼睛：“我正在给宝宝做胎教。”

石墨现在随身带纸。

他推开校园咖啡厅里的粗劣餐巾纸，抽出自己的纸巾，送到她手边：“你的眼睛下面沾了一片白色的碎屑。”

她惊呼一声，赶紧接过纸巾：“完了。”她在那个店员小哥眼里没有漂亮形象了。

石墨蹙眉，问：“为什么？”

她吸了吸鼻子，告诉石墨，看到小哥的瞬间，宝宝们就动了一下。然后她就被宝宝们操控了，只能坐在这里看帅哥。小哥一会儿低头玩手机，一会儿打单子拿笔计算入账，抬头时还会与她对视一眼，害羞地笑笑。说到这里，秦甦对石墨强调：“对视时，我明显感觉到肚里的小家伙在活动。”她两眼放光，激动地拉住石墨的手，使劲摇，压低声音兴奋地说道，“你知道那种感觉吗？好奇妙！”

石墨偏头看了一眼那白皙的小男生，对方的年纪在二十岁左右，确实年轻。

他拉开她的手：“回去吧。”

门口的铃铛一直响，又有学生进来了，竟然还是个帅哥。

她“哇”了一声：“这个学校帅哥好多啊！”

“老校区都是理工专业，所以男生多。”

“不过没有这个店员小哥帅。”这个男生个头不行，背没挺直，气质差了点儿，她挤挤眉，“你不觉得宝宝们的眼光很好吗？”

石墨语气冷淡：“一般。”

秦甦故作不解，睃他一眼：“是吗？”她两只手撑脸，杏眼犹红肿，暧昧地冲他挑眉，“可是你进来的时候，宝宝们也动了一下。”

石墨的眼里闪过笑意，又很快隐藏了起来。他拉过她的手正色道：“走吧。”

“等等哟，我帮宝宝们给小哥留个字条。”

咖啡店里有心情记录本，她拿了支荧光彩笔，撕了一页纸，认真地思考纸条的内容。

“你说我写什么好呢？”

石墨：“随你……”

“我就写‘你好帅，我喜欢你’！”她问，“可以吗？”

石墨不说话，面无表情地看着她。

她当他认可了，下笔开始写，一边写，一边说：“我高中也写过字条，当时觉得还挺浪漫的。只是那个男生一直没有给我回应，可能是我没抓住好的时机，有点儿可惜……”她鼓了鼓嘴，直起身画下叹号，“所以啊，我以后有了宝宝，要教她该勇敢时就勇敢。唉，妈妈没有别的本事，除了漂亮，只有勇敢可以遗传了。”

说罢，她摊开那张纸，放到他眼前：“我写得怎么样？字好看吗？”

秦甦的字是典型的外文系学生的字，整体往一边斜。石墨说：“还行。”

还行？那就是不行！

秦甦又看了一眼，不满意地往他手边一推：“不好看，我重写！”说着，她又从本子上找了一张空白页。

她撕下纸，手腕很自然地压上页脚，说：“我和他写了好多字条，少说应该有几百张，大多是这种从本子上撕下来的，有时候上面还有一半数学题。”她抬起头，朝他害羞地笑了笑，“但是好可惜，我都没留下来。”她有点儿丢三落四，这种字条就算保留两天，过几天也会随什么东西一块儿失踪，被认真保留的只有最后一张，上次也被她丢掉了。

她又写了一遍“你好帅，我喜欢你”，送到他眼皮子底下，问：“这次好看吗？”

石墨看了看手边这张，又看了看眼前这张，清了清嗓子：“有点儿斜。”

“是吗？”她定睛一看，还真是，“法文写多了。”

她又把字条往他手边一推：“那我再写一次，你等等我！”

荧光笔的墨水不足，她摇了摇，哈了哈气，写到一半，墨水还是没有了。她用力写完，状况有点儿惨不忍睹。她苦着脸问：“这样行吗？”

他眉峰上挑：“你问问宝宝。”

她垂目看了一眼肚子，假装问了问，长出一口气：“宝宝不同意。”

她把字条往他手边一推，示意废弃，准备起身再找一支，被石墨的手按住，掌心被塞了一支带着体温的钢笔。他说：“用这个好了。”

她摊开掌心，看了看，惊奇地说：“你居然随身带钢笔。”

“我爸给我的。”石墨说自己很久没用了，不知道还能不能出墨，有一回拆快递比较急，拿它剖胶带，倒是勉强能用。

秦甦在本子的角落下笔试了试，第一笔“撇”落下，周围的景物仿佛迅速倒退，一股强烈的时空感撞击她的心灵。

这回好像怎么也怪不到宝宝了，她用力地吸了吸鼻子，说：“哇……居然能出水。”

石墨看着她的眼泪滑过鼻尖的那颗痣，落在纸上，他的喉结上下滚动，手心里攥着那张纸巾，忘了递给她。

她用手臂揩过眼泪："我来想想写什么。"

"不是那句吗？"

"换一句！"她的眼睛里噙着泪，笑容还是如常灿烂。她抿着嘴，借着钢笔的笔锋，流利地写完、折好，往石墨手里一塞："爸爸去给宝宝递字条吧。"她将两只手搭在肚子上，拿出孕妇的腔调。

"写了什么？"这回她用手挡着，石墨没看见。

秦甦按住他的手："咯咯，字条是秘密！"

石墨轻撇嘴，眯起眼睛。

秦甦两眼狡黠，认真地套上笔帽，递到他手心："谢谢你的笔，很好写，以后别用来拆快递了。"

隔着小小的圆咖啡桌，两人互望一眼。

石墨将钢笔插进西装内口袋，起身往柜台走去，转身的瞬间，字条两角被捏起错开，刚瞟了一眼又被迅速地合拢——我好漂亮，你是不是也喜欢我？